Beleza oculta

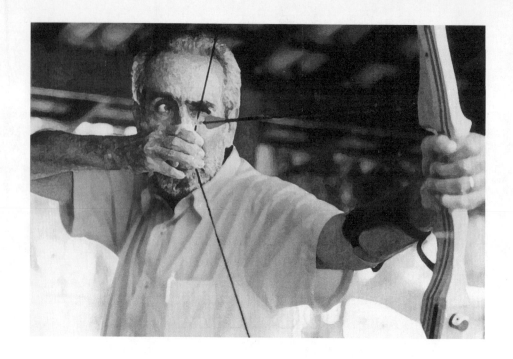

O Arqueiro

GERALDO JORDÃO PEREIRA (1938-2008) começou sua carreira aos 17 anos, quando foi trabalhar com seu pai, o célebre editor José Olympio, publicando obras marcantes como *O menino do dedo verde*, de Maurice Druon, e *Minha vida*, de Charles Chaplin.

Em 1976, fundou a Editora Salamandra com o propósito de formar uma nova geração de leitores e acabou criando um dos catálogos infantis mais premiados do Brasil. Em 1992, fugindo de sua linha editorial, lançou *Muitas vidas, muitos mestres*, de Brian Weiss, livro que deu origem à Editora Sextante.

Fã de histórias de suspense, Geraldo descobriu *O Código Da Vinci* antes mesmo de ele ser lançado nos Estados Unidos. A aposta em ficção, que não era o foco da Sextante, foi certeira: o título se transformou em um dos maiores fenômenos editoriais de todos os tempos.

Mas não foi só aos livros que se dedicou. Com seu desejo de ajudar o próximo, Geraldo desenvolveu diversos projetos sociais que se tornaram sua grande paixão.

Com a missão de publicar histórias empolgantes, tornar os livros cada vez mais acessíveis e despertar o amor pela leitura, a Editora Arqueiro é uma homenagem a esta figura extraordinária, capaz de enxergar mais além, mirar nas coisas verdadeiramente importantes e não perder o idealismo e a esperança diante dos desafios e contratempos da vida.

Lucinda Riley

Beleza Oculta

Traduzido por Natalia Sahlit

Título original: *The Hidden Girl*

Copyright © 2024 por Lucinda Riley
Trecho de *As sete irmãs* © 2014 por Lucinda Riley
Copyright da tradução © 2024 por Editora Arqueiro Ltda.

Todos os direitos reservados. Nenhuma parte deste livro pode ser utilizada ou reproduzida sob quaisquer meios existentes sem autorização por escrito dos editores.

coordenação editorial: Gabriel Machado

produção editorial: Guilherme Bernardo

preparo de originais: Cláudia Mello

revisão: Carolina Rodrigues e Milena Vargas

diagramação: Abreu's System

capa: UNO Werbeagentur, Munique

imagem de capa: © FinePic ®, Munique

adaptação de capa: Natali Nabekura

impressão e acabamento: Lis Gráfica e Editora Ltda.

CIP-BRASIL. CATALOGAÇÃO NA PUBLICAÇÃO
SINDICATO NACIONAL DOS EDITORES DE LIVROS, RJ

R43b

Riley, Lucinda, 1965-2021
Beleza oculta / Lucinda Riley ; tradução Natalia Sahlit ; prefácio Harry Whittaker. – 1. ed. – São Paulo : Arqueiro, 2024.
496 p. ; 23 cm.

Tradução de: The hidden girl
ISBN 978-65-5565-697-8

1. Ficção irlandesa. I. Sahlit, Natalia. II. Whittaker, Harry. III. Título.

24-92973   CDD: 828.99153
                       CDU: 82-3(415)

Meri Gleice Rodrigues de Souza – Bibliotecária – CRB-7/6439

Todos os direitos reservados, no Brasil, por
Editora Arqueiro Ltda.
Rua Artur de Azevedo, 1.767 – Conj. 177 – Pinheiros
05404-014 – São Paulo – SP
Tel.: (11) 2894-4987
E-mail: atendimento@editoraarqueiro.com.br
www.editoraarqueiro.com.br

Prefácio

Caros leitores,

Obrigado por escolher este romance de Lucinda Riley. Eu me chamo Harry Whittaker e sou filho dela. Se você conhece meu nome, sem dúvida é por causa de *Atlas: A história de Pa Salt*, a conclusão da série As Sete Irmãs, de autoria da minha mãe, que se tornou minha responsabilidade depois que ela morreu, em 2021.

Eu queria explicar como o livro *Beleza oculta* veio a ser publicado em 2024. Para isso, preciso fazer um resumo do trabalho da minha mãe. Então, peço que você siga comigo.

De 1993 a 2000, minha mãe escreveu oito romances sob o nome Lucinda Edmonds. A carreira dela aparentemente foi interrompida por um livro chamado *Seeing Double*. A trama fictícia sugeria que havia um membro ilegítimo na família real britânica. A morte então recente da princesa Diana e a subsequente turbulência monárquica fizeram com que as livrarias considerassem o projeto arriscado demais. Como consequência, os pedidos de livros de Lucinda Edmonds foram cancelados, e o contrato foi anulado pelos editores.

Entre 2000 e 2008, minha mãe escreveu três romances e nenhum deles foi publicado. Então, em 2010, ela fez um grande avanço. Seu primeiro livro como Lucinda Riley – *A casa das orquídeas* – chegou às prateleiras das livrarias. Com esse novo nome, ela se tornou uma das escritoras mais bem-sucedidas do mundo, tendo vendido sessenta milhões de livros até o momento em que este texto foi escrito. Além dos novos romances, minha mãe reescreveu três obras de "Edmonds": *Aria* (que se tornou *A garota italiana*), *Not Quite an Angel* (que virou *A árvore dos anjos*) e o já mencionado *Seeing Double* (publicado como *A carta secreta*). Quanto aos três romances inéditos, todos já foram lançados com enorme sucesso.

Isso me traz ao livro *Beleza oculta*. Originalmente publicado em 1993 com o título *Hidden Beauty*, foi o segundo romance que minha mãe escreveu, aos 26 anos. Ela sempre comentava que se orgulhava da história, e sua intenção era reapresentá-la ao mundo. Infelizmente, ela nunca teve essa oportunidade.

Quando li o manuscrito pela primeira vez, fiquei muito impressionado. Nestas páginas, você vai encontrar ambições frustradas, amores proibidos, vingança e assassinatos... culminando com uma profecia fatal e esquecida. O que me chamou a atenção foi que o manuscrito continha muito do que Lucinda traria à tona em seu trabalho posterior – locais glamourosos, o significado da família e a capacidade do amor de transcender gerações. No entanto, como sempre, ela não se esquiva de questões difíceis como a depressão, o alcoolismo e a violência sexual contra as mulheres.

Não há dúvidas de que Lucinda sempre foi uma das melhores contadoras de histórias do mundo, mas sua voz autoral amadureceu naturalmente ao longo dos trinta anos de carreira. Ela teve um trabalho imenso em suas três reescritas anteriores: mudou enredos, adicionou personagens e alterou seu estilo. Neste livro, assumi esse papel, atualizando e renovando o texto, ajudando a transformar "Edmonds" em "Riley".

O processo foi desafiador. Naturalmente, eu queria manter o trabalho original o mais intacto possível, mas era minha responsabilidade modernizar perspectivas e sensibilidades sem destruir a essência do romance. O mundo mudou muito em trinta anos, e os comentários na internet parecem ficar mais cruéis a cada dia. Espero ter conseguido andar na corda bamba com sucesso e ter feito justiça a ela. Preciso enfatizar que minha mãe era bem familiarizada com o mundo no qual você está prestes a mergulhar. Na juventude, ela trabalhou como atriz e modelo, e tenho certeza que partes deste livro se baseiam em experiências pessoais.

Como os leitores de Lucinda sabem, minha mãe muitas vezes opta por estruturar sua ficção em torno de eventos reais, muitas vezes para contar histórias menos conhecidas desses períodos. A série As Sete Irmãs retrata as tensões das Guerras Mundiais, o conflito entre Reino Unido e Irlanda, o movimento americano pelos direitos civis, além dos desafios enfrentados pelos aborígines australianos e pelo povo cigano espanhol. Em *Beleza oculta*, Lucinda mostra os horrores do campo de extermínio Treblinka na Polônia ocupada da Segunda Guerra Mundial. O tema claramente era importante para ela, como sem dúvida será para todos os cidadãos compassivos e engajados. Ela tinha esperanças de que os eventos ficcionais mostrados neste romance encorajassem uma leitura mais ampla sobre o Holocausto.

E, assim, *Beleza oculta* não está mais oculto. Para os leitores pregressos de Lucinda, minha mãe está esperando por vocês como uma velha amiga, pronta para levá-los de volta ao passado e pelo mundo. Quanto aos novos leitores, sejam bem-vindos! Estou muito feliz por terem decidido passar um tempo com Lucinda Riley.

Harry Whittaker, 2024

Prólogo

A velha encarou Leah e sorriu, seu rosto franzindo-se em mil rugas. Leah pensou que ela devia ter, no mínimo, 150 anos. Todas as crianças do ensino fundamental diziam que ela era bruxa e uivavam como *banshees* quando, ao voltar da escola, atravessavam o vilarejo e passavam pelo chalé quase abandonado da mulher. Para os adultos, ela era a velha Megan, que cuidava de pássaros feridos e usava misturas de ervas para reparar suas asas quebradas. Alguns diziam que ela era louca; outros, que tinha o dom da cura e estranhos poderes psíquicos.

A mãe de Leah sentia pena da mulher.

– Coitada da velha, completamente sozinha naquele chalé úmido, imundo…

Por isso, pedia que Leah pegasse ovos no galinheiro e levasse para Megan.

O coração da menina sempre disparava de medo quando ela batia na porta caindo aos pedaços. Geralmente, Megan abria devagar, espiava em volta e pegava os ovos da mão de Leah, assentindo. A porta se fechava e Leah corria de volta para casa o mais rápido possível.

Porém, naquele dia, quando bateu, a porta se abriu muito mais, de maneira que Leah conseguiu ver Megan e os recantos escuros do chalé.

A idosa ainda a encarava.

– Eu… Eu… A mamãe achou que você podia querer uns ovos – declarou Leah, oferecendo a caixa e observando os dedos longos e ossudos se fecharem ao redor dela.

– Obrigada.

Leah ficou surpresa com o tom gentil da mulher. Definitivamente, Megan não falava como uma bruxa.

– Você não quer entrar?

– Bom, eu...

Mas um braço envolveu o ombro dela e a puxou para dentro.

– Eu não posso ficar muito. A mamãe vai se perguntar aonde eu fui.

– Diga a ela que estava tomando chá com Megan, a bruxa – respondeu a velha, dando uma risadinha. – Sente-se aí. Eu já vou preparar o chá – disse ela, apontando para uma das poltronas surradas que ladeavam uma pequena lareira vazia.

Leah se sentou, nervosa, as mãos entrelaçadas debaixo das pernas. Ela olhou ao redor, observando a cozinha apertada. Em todas as paredes, havia prateleiras repletas de velhos potes de café com misturas de cores estranhas. Megan pegou um deles, abriu-o e colocou duas colheres de chá do pó amarelo em um antigo bule de aço inoxidável. Depois, derramou a água da chaleira nele, colocou-o em uma bandeja com duas xícaras e o posicionou na mesa em frente a Leah. Devagar, a velha se sentou na outra poltrona.

– Você pode servir, querida?

Leah assentiu, se inclinou para a frente e serviu o líquido fumegante nas duas xícaras de porcelana lascadas. Ela fungou. O líquido tinha um cheiro estranho e acre.

– Está tudo bem, eu não estou tentando te envenenar. Olha, vou tomar o meu primeiro, para você ver se eu morro. É só chá de dente-de-leão. Vai te fazer bem – disse, depois pegou a xícara com as duas mãos e bebeu. – Experimente.

Um tanto tímida, Leah levou a xícara aos lábios e tentou respirar pela boca, já que o aroma pungente era demais para ela. Em seguida, tomou um gole e engoliu sem sentir o gosto.

– Viu, não foi tão ruim assim, foi?

Leah balançou a cabeça e pousou a xícara na mesa. Ela se remexeu na poltrona enquanto Megan esvaziava a própria xícara.

– Obrigada pelo chá. Estava muito bom. Eu realmente preciso ir. A mamãe vai começar a...

– Eu vejo você passar por aqui todos os dias. Você vai ter uma beleza extraordinária quando for mais velha. Ela já está começando a despontar.

Leah corou enquanto os penetrantes olhos verdes de Megan a examinavam da cabeça aos pés.

– Isso pode não ser a bênção que o mundo pensa que é. Tome cuidado.

Megan franziu a testa, depois estendeu a mão por cima da mesa. Leah estremeceu quando aqueles dedos ossudos se fecharam em sua mão como garras. O pânico cresceu dentro dela.

– Sim, mas eu... eu preciso ir para casa.

Os olhos da velha fitavam um ponto muito além de Leah, e o corpo dela estava rijo.

– O mal existe, eu posso sentir. Você precisa ficar alerta – previu, erguendo o tom de voz.

Leah estava paralisada de medo. A mulher apertou sua mão com mais força.

– Coisas sobrenaturais... coisas malignas... Nunca mexa com a natureza, você perturba o padrão. Pobre alma... ele está perdido... condenado... ele vai voltar e te encontrar nas charnecas... e você vai retornar por vontade própria. Não se pode mudar o destino... você precisa tomar cuidado com ele.

De repente, o aperto na mão de Leah se afrouxou e Megan voltou a afundar na poltrona, com os olhos fechados. A menina se pôs de pé com um salto, correu até a porta da frente e saiu para a rua. Só parou de correr quando chegou ao galinheiro, nos fundos da pequena casa geminada onde morava com os pais. Abriu a trava e se jogou no chão, dispersando as galinhas.

Leah encostou a cabeça na parede de madeira e deixou a respiração se acalmar.

Os moradores do vilarejo estavam certos. Megan era louca. O que ela dissera mesmo sobre Leah tomar cuidado? Foi assustador. A menina tinha 11 anos e não entendia. Queria a mãe, mas não podia contar o que havia acontecido. A Sra. Thompson pensaria que ela inventara aquilo e diria que não era nada bonito espalhar boatos maldosos sobre uma senhora pobre e indefesa.

Leah se levantou e, devagar, foi até a porta dos fundos. Ao entrar na cozinha quente, o cheiro seguro de casa a tranquilizou.

– Oi, Leah, você chegou bem na hora do chá. Sente-se – disse Doreen Thompson, virando-se e sorrindo, então franziu a testa com uma expressão preocupada. – O que foi, Leah, o que aconteceu? Você está branca como um fantasma.

– Nada, mãe. Eu estou bem. É só uma dor de barriga, só isso.

– Dores de crescimento, provavelmente. Experimente colocar um pouco de comida aí dentro, tenho certeza que você vai se sentir melhor.

Leah foi até a mãe e a abraçou com força.

– Mas o que é isso?

– Eu... eu te amo, mãe.

Leah se aninhou naqueles braços reconfortantes e se sentiu muito melhor.

No entanto, na semana seguinte, quando a mãe pediu que ela levasse os ovos para Megan como sempre, a menina se recusou terminantemente.

A velha morreu seis meses depois, e Leah ficou grata por isso.

Parte Um

Junho de 1976 a outubro de 1977

1

Yorkshire, junho de 1976

Rose Delancey pôs o refinado pincel de pelos de marta no pote de terebintina. Pousou a paleta na bancada manchada de tinta e afundou na poltrona puída, afastando do rosto o pesado cabelo ruivo-ticiano. Pegou a fotografia em que trabalhava e a comparou com a pintura concluída no cavalete à sua frente.

A semelhança era extraordinária, embora fosse difícil distinguir uma elegante égua da outra. Enquanto tentava reunir uma coleção de obras para exibir na galeria de Londres, pinturas como aquela pagavam as contas.

O trabalho fora encomendado por um rico fazendeiro local que era proprietário de três cavalos de corrida. Ondine, a égua castanha que encarava Rose do quadro com uma expressão emocionada, era a número dois. O fazendeiro estava pagando 500 libras por cada tela. Com isso, Rose substituiria o telhado da labiríntica casa de pedra onde morava com os filhos. Isso não interromperia o avanço gradativo da umidade nem acabaria com os fungos e carunchos que deterioravam a madeira, mas já seria um bom começo.

Rose contava com aquela exposição. Se conseguisse vender ao menos uns poucos quadros, diminuiria sua dívida consideravelmente. Ela não tinha mais o que prometer ao gerente do banco e sabia que o cerco estava se fechando.

Porém, fazia muito tempo que não expunha – quase vinte anos. As pessoas podiam tê-la esquecido desde aquela época inebriante em que era adorada pela crítica e pelo público. Rose era jovem, bonita e talentosíssima... mas, então, tudo dera errado, e ela trocara as luzes brilhantes de Londres pela vida reclusa de Sawood, nas ondulantes charnecas de Yorkshire.

Sim, a exposição em abril do ano seguinte com certeza era uma aposta, mas tinha que dar retorno.

Rose se levantou e, habilmente, moveu a enorme tela em meio à desordem do pequeno estúdio. Depois, olhou pela janela panorâmica para a serenidade lá fora. Aquela vista nunca deixara de enchê-la de paz e fora a principal razão para a compra da fazenda. A construção ficava no topo de uma colina, com uma vista ininterrupta do vale. Bem abaixo, uma faixa de água prateada conhecida como reservatório de Leeming fazia um belo contraste com o verde onipresente dos arredores. Ela odiaria perder aquela vista, mas sabia que, se a exposição fracassasse, teria que vender a casa.

– Droga! Droga! Droga! – exclamou Rose, batendo o punho na pedra dura e cinzenta do parapeito da janela.

Claro que havia outra opção. Sempre houvera outra opção, mas ela resistia em aceitá-la fazia quase vinte anos.

Rose pensou no irmão, David, com sua cobertura em Nova York, uma casa de campo em Gloucestershire, uma mansão em uma ilha particular do Caribe e um iate de longo alcance atracado em algum ponto da Costa Amalfitana. Muitas foram as noites em que, ouvindo a goteira na panela de metal do lado direito da cama, pensara em recorrer a ele. Mas preferia ser despejada a pedir dinheiro a David. As coisas tinham dado errado demais, fazia tempo demais.

Havia anos que Rose não via o irmão, apenas acompanhava sua ascensão meteórica nos corredores do poder por matérias de jornal. Oito meses antes, lera sobre a morte da esposa dele, que o deixara viúvo com um garoto de 16 anos.

Então, havia uma semana, ela recebera um telegrama.

QUERIDA ROSE PT TENHO RIGOROSOS COMPROMISSOS DE TRABALHO NOS PRÓXIMOS DOIS MESES PT MEU FILHO BRETT SAIU DO INTERNATO NO DIA 20 DE JUNHO PT NÃO QUERO DEIXÁ-LO SOZINHO PT AINDA DE LUTO PELA MORTE DA MÃE PT SERÁ QUE ELE PODERIA FICAR COM VOCÊ PT O AR DO CAMPO FARIA BEM A ELE PT VOU BUSCÁ-LO NO FIM DE AGOSTO PT DAVID

A chegada do telegrama impedira Rose de entrar no estúdio por cinco dias. Ela havia caminhado longamente pelas charnecas, tentando entender por que David estava fazendo aquilo.

Bom, ela não tinha muito o que fazer. David havia apresentado um fato. O garoto estava chegando, provavelmente um fedelho mimado e esnobe, que não ficaria muito feliz de se hospedar em uma fazenda caindo aos pedaços, sem nenhuma diversão a não ser ver a grama crescer.

Ela se perguntou como os próprios filhos se sentiriam com a chegada de um primo até então desconhecido. Rose precisava encontrar um jeito de explicar o súbito aparecimento não só de Brett, mas também de um tio que provavelmente era um dos homens mais ricos do mundo.

Miles, seu filho alto, bonito, com 20 anos, não aceitaria a notícia sem questioná-la, enquanto Miranda, de 15 anos... Rose sentiu a costumeira pontada de culpa ao pensar na difícil filha adotiva.

Rose temia ser ela própria a culpada pela rebeldia de Miranda. A garota era mimada, grosseira e brigava com a mãe por tudo. Rose sempre tentara amá-la tanto quanto Miles, mas Miranda parecia sentir que jamais conseguiria competir com o vínculo de sangue entre mãe e filho.

Rose se esforçara muito para amar Miranda, para dar o melhor de si. Mas percebeu que a filha só criava tensão, não contribuía em nada para gerar um clima familiar em casa. A mistura de culpa e falta de comunicação fizera com que, na melhor das hipóteses, as duas se tolerassem.

Rose sabia o quanto Miranda ficaria impressionada com a chegada de Brett e a incrível riqueza do pai dele. Sem dúvida, ia flertar com ele. Era uma menina muito bonita, com uma longa fila de corações partidos em seu encalço. Rose desejou que ela não fosse tão... óbvia. O corpo de Miranda já estava bem desenvolvido, e a garota não fazia esforço nenhum para esconder isso. Ela também tirava bom proveito dos deslumbrantes cabelos louros. Rose tinha desistido de proibir o batom vermelho-vivo e as saias curtas, já que Miranda ficava azeda por dias, e o clima da casa também.

Ela consultou o relógio. Miranda chegaria da escola em breve, e Miles estava vindo de Leeds, após concluir mais um semestre na faculdade. Pediria à Sra. Thompson que preparasse uma refeição especial para o jantar.

Rose se juntaria a eles e anunciaria a chegada iminente do sobrinho, como se o filho do irmão passar as férias com eles fosse a coisa mais natural do mundo.

Ela se preparou para o que viria. Tinha um papel a desempenhar. Pois nenhum deles jamais deveria saber o segredo...

2

– Leah, você quer vir me ajudar no casarão hoje? – perguntou Doreen Thompson. – Um convidado da Sra. Delancey chega amanhã para ficar e preciso preparar um dos quartos do andar de cima e limpar bem. Graças a Deus estamos no verão. Se a gente abrir algumas das janelas, o quarto já deve ficar livre daquele cheiro horrível de umidade – concluiu ela, torcendo o nariz.

– Claro que eu vou – respondeu Leah, analisando a mãe.

Doreen tinha grossos cabelos castanhos, em um corte curto e prático. A permanente recente deixara os cachos apertados demais na testa e na nuca. Anos de trabalho árduo e preocupações tinham mantido esbelta sua figura escultural, mas adicionado linhas demais ao rosto de 37 anos.

– Ótimo. Combinado, então. Vista o seu jeans mais velho, Leah. Aquele quarto vai estar imundo. E seja rápida. Quero sair assim que preparar o almoço do seu pai.

Leah não precisou ouvir duas vezes. Correu escada acima, abriu a porta da caixa de sapatos onde dormia e vasculhou o fundo do armário atrás de uma calça jeans ancestral e andrajosa. Encontrou um moletom velho e o vestiu, depois se sentou na beirada da cama, diante do espelho, para trançar os cabelos cor de mogno que batiam na cintura.

Com a pesada trança pendurada nas costas, parecia ter menos que seus 15 anos, porém, quando se levantou, o espelho refletiu as curvas suavemente desenvolvidas de uma garota muito mais madura. Leah sempre fora alta para a idade, puxara a Doreen, mas, no último ano, parecia ter espichado e ficara bem maior que as outras garotas da classe. A mãe sempre dizia que ela estava crescendo rápido demais – o que fazia Leah se sentir um pouco como um girassol – e a estimulava a comer mais para preencher o corpo magro.

Leah encontrou os tênis embaixo da cama e os amarrou depressa, ansiosa para chegar ao casarão. Ela adorava quando a mãe a levava até lá. A fazenda tinha tanto espaço... ainda mais se comparada à construção de dois andares onde ela morava, com dois cômodos em cada piso.

E a Sra. Delancey a fascinava. Era diferente de todas as pessoas que Leah conhecia, e ela pensou em como Miranda tinha sorte de ser filha dela. Não que ela não amasse a própria mãe, mas, como precisava cuidar do marido e trabalhar o dia todo, a Sra. Thompson às vezes ficava de mau humor e gritava. Leah sabia que aquilo só acontecia porque ela estava esgotada, por isso tentava ajudá-la nas tarefas domésticas o máximo possível.

Ela só se lembrava vagamente de ver o pai andando. Quando Leah tinha 4 anos, ele contraíra artrite reumatoide e passara os onze anos seguintes confinado a uma cadeira de rodas. Ele abandonara o árduo trabalho manual na fábrica de lã, e a mãe de Leah fora trabalhar como governanta da Sra. Delancey para levar alguns vinténs para casa. Durante todo esse tempo, ela nunca ouvira o pai reclamar e sabia que ele se sentia culpado pela maneira como a esposa cuidava dele e sustentava a família.

Leah amava muito o pai e passava o máximo de tempo que podia na companhia dele.

Ela desceu a escada correndo e bateu à porta do cômodo da frente. Quando o pai caíra doente, a sala de estar tinha se transformado no quarto dos pais, e a câmara municipal tinha instalado um banheiro e um chuveiro na despensa, logo ao lado da cozinha.

– Entre.

Ela abriu a porta. O Sr. Thompson estava sentado em seu lugar habitual, perto da janela. Quando viu a filha, os olhos castanhos que Leah herdara brilharam.

– Oi, querida. Venha dar um beijo no seu pai.

Leah obedeceu.

– Eu vou lá no casarão ajudar minha mãe.

– Está bem, menina. Eu te vejo mais tarde, então. Divirta-se.

– Pode deixar. Minha mãe vai trazer os seus sanduíches.

– Ótimo. Tchau, querida.

Leah fechou a porta e foi até a cozinha, onde a mãe cobria com papel vegetal um prato de sanduíches de presunto enlatado.

– Vou só levar isto aqui para o seu pai, e a gente sai, Leah – disse ela.

De Oxenhope até o pequeno vilarejo de Sawood, onde ficava a fazenda da Sra. Delancey, no topo da colina, era uma caminhada de 3,2 quilômetros.

Geralmente, a Sra. Thompson pedalava, mas, naquele dia, como estava com Leah, as duas caminharam rápido do vilarejo até lá e depois subiram a colina em direção às charnecas.

O sol brilhava no céu azulíssimo, e o dia irradiava um calor ameno. Mesmo assim, Leah tinha pendurado o anoraque no ombro, preparando-se para a caminhada de volta, já que a temperatura nas charnecas poderia cair de repente.

– Acho que vai fazer um calorão este ano – comentou Doreen. – A Sra. Delancey disse que o sobrinho está vindo passar um tempo com ela. Eu nem sabia que ela tinha um sobrinho.

– Quantos anos ele tem?

– É adolescente. Isso significa que a Sra. Delancey vai ficar com a casa cheia: Miles de férias da universidade, e a Miranda, da escola. E ela no meio da organização da exposição.

Fez-se uma pausa.

– Posso te perguntar uma coisa, mãe? – indagou Leah.

– Claro – respondeu a mãe.

– O que… o que você acha do Miles?

A Sra. Thompson parou e olhou para Leah.

– Eu gosto dele, é claro. Eu ajudei a criar o garoto, não foi? Por que está me fazendo uma pergunta tão boba?

– Ah, por nada – respondeu Leah, vendo o olhar intensamente protetor no rosto da mãe.

– Agora, se você estivesse falando da irmã dele, daquela madamezinha, bom, algumas coisas que ela usa… não são decentes para uma garota da idade dela.

Leah ficava um tanto impressionada com os trajes ousados de Miranda e observava com admiração quando os garotos se aglomeravam em volta dela na Greenhead Grammar School, onde as duas cursavam a mesma série. Às vezes, Leah via Miranda se dirigir ao parque Cliffe Castle depois da escola com um grupo de meninos do ano seguinte. Ela se perguntava como Miranda conseguia ficar tão linda e madura naquele uniforme monótono e regulamentar, quando o dela só servia para acentuar a magreza. Embora tivesse apenas um ano a menos que Miranda, Leah se sentia uma criança perto dela.

– Eu sei que você diz que a Sra. Delancey não tem dinheiro, mas a Miranda está sempre de roupa nova. E eles moram naquele casarão.

A Sra. Thompson assentiu em cumplicidade.

– Tudo está em uma escala, Leah. Veja, por exemplo, a nossa família. A gente não tem um tostão furado, assim como a Sra. Delancey, segundo ela. Só que ela já foi rica, muito rica. Então, comparando com aquela riqueza, ela hoje se acha pobre. Entendeu?

– Acho que sim.

– Miranda reclama quando não pode comprar uma roupa nova para uma festa. Você reclama quando não tem comida na mesa para o jantar.

– Por que ela deixou de ser rica?

A mãe fez um gesto vago.

– Bom, eu não sei o que ela fez com aquele dinheiro todo, mas sei que só voltou a pintar há uns dois anos. Então ela provavelmente não vendeu nada por um bom tempo. Agora, chega dessa conversa. Ande mais rápido, garota, senão vamos chegar atrasadas.

A Sra. Thompson abriu a porta dos fundos da fazenda, que dava direto na cozinha. Só aquele cômodo era maior do que todo o andar de baixo da casa de Leah.

Usando um roupão de cetim rosa-choque e mules felpudos combinando, Miranda tomava café da manhã na comprida mesa de pinho escovado, os cabelos louros refletindo os raios de sol.

– Oi, Doreen, você chegou bem a tempo de fazer mais umas torradas para mim!

– Bom, pode esquecer, mocinha. Já vou ter muito trabalho preparando aquele quarto para o hóspede da sua mãe.

– Nesse caso, tenho certeza que a Leah não vai se importar, vai, querida? – perguntou ela, pronunciando bem as palavras.

Leah olhou de soslaio para a mãe, que se preparava para retrucar, e disse depressa:

– Claro que eu não me importo. Pode subir, mãe, eu te encontro em um minuto.

A Sra. Thompson franziu a testa, depois deu de ombros e sumiu da cozinha. Leah colocou duas fatias de pão na torradeira.

– Cada vez que eu te vejo, você cresceu mais – comentou Miranda, analisando-a devagar. – Você faz dieta? Você é muito magra.

– Ah, não, a minha mãe me chama de gulosa. Eu lamberia o prato se ela deixasse.

– Sorte sua. Só de olhar para o creme de leite eu já engordo – lamentou Miranda.

– Mas você tem um corpo lindo. Todos os garotos do nosso ano dizem isso.

Leah deu um salto quando as torradas pularam atrás dela.

– Use a pastinha com pouca gordura e só uma camada fina de geleia. O que mais os garotos dizem de mim? – perguntou Miranda com indiferença.

Leah corou.

– Bom, eles dizem que você é… muito bonita.

– Você me acha bonita, Leah?

– Ah, sim, muito. Eu… eu gosto das suas roupas – elogiou Leah, colocando o prato com torradas diante de Miranda. – Você quer outra xícara de chá?

Miranda assentiu.

– Bom, você devia dizer à minha querida mamãe que gosta das minhas roupas. Se a bainha da minha saia está um pouco acima do tornozelo, ela já fica louca! Ela é tão puritana... Por que você não se serve de chá e me faz companhia enquanto eu como?

Leah hesitou.

– Melhor não. Tenho que subir para ajudar minha mãe.

– Como quiser. Se você tiver tempo mais tarde, aparece lá no meu quarto para ver a roupa nova que comprei no sábado passado.

– Eu adoraria. Até mais tarde, Miranda.

– Claro.

Leah subiu dois lances da escada rangente e encontrou a mãe no amplo corredor, sacudindo vigorosamente um tapete puído.

– Eu já estava indo te buscar. Preciso de ajuda para virar o colchão. Tem mofo em um dos cantos. Acendi a lareira para tentar tirar um pouco da umidade do quarto.

Leah a seguiu até o quarto enorme e pegou uma das pontas do pesado colchão de casal.

– Ok, levante o colchão deste lado… Isso. Espero que você não comece a deixar a madame lá embaixo te tratar como empregada dela. Se você der uma mão, ela vai querer o braço. Da próxima vez, diga que não, garota. Você não está aqui para ser capacho dela.

– Desculpe, mãe. Ela é tão adulta, não é?

Doreen notou a admiração nos olhos da filha.

– Ela é, sim, mas não é nenhum modelo de conduta para você, mocinha

– disse Doreen, depois soltou o ar e pôs as mãos nos quadris. – Bom, melhorou. A gente só vai colocar o lençol no fim. Assim, ele vai ter tempo de secar e, com sorte, essa pobre alma vai escapar da pneumonia hoje à noite – continuou ela, antes de voltar os olhos para a janela. – Tem um limpa-vidros naquela caixa. Dê uma boa esfregada nestas vidraças imundas, está bem, querida?

Leah assentiu e levou o frasco até a janela de cristal de chumbo. Ela passou um dedo pela vidraça, desalojando uma pequena aranha da teia.

– Eu vou lá embaixo pegar o aspirador.

A Sra. Thompson saiu do quarto, e Leah começou a trabalhar nos vidros sujos, espalhando e esfregando o líquido até que o pano ficasse preto. Quando terminou de limpar quatro pequenos quadrados da janela, espiou para fora. O sol ainda brilhava, e as charnecas estavam banhadas de luz. A vista era magnífica e se estendia até o vale, onde ela via os topos das chaminés do vilarejo de Oxenhope, do outro lado do reservatório.

Leah notou uma figura empoleirada no alto de um outeiro, a uns 400 metros da casa. Ele estava sentado abraçando os joelhos e observando o vale logo abaixo. Leah reconheceu os cabelos pretos e grossos. Era Miles.

Ele a assustava. Nunca sorria, nunca dizia oi, só… a encarava. Quando estava em casa, parecia passar horas sozinho nas charnecas. Só de vez em quando ela o via, uma silhueta preta contra o sol, trotando pelo vale em um dos cavalos do Sr. Morris.

De repente, Miles se virou. E, como se soubesse que Leah o observava, fixou os olhos escuros diretamente nela. Leah sentiu o olhar penetrá-la. Ficou parada, incapaz de se mover por um instante, depois estremeceu e se afastou depressa da janela.

A Sra. Thompson tinha chegado com o aspirador.

– Vamos, Leah, ao trabalho. Você não limpou quase nada.

Relutante, Leah voltou para a janela.

A figura no outeiro tinha desaparecido.

– Eu queria te perguntar, Doreen, se a Leah gostaria de ganhar um dinheirinho.

Leah estava sentada na cozinha com a mãe, tomando uma xícara de chá antes de caminhar de volta para o vilarejo.

A Sra. Delancey estava parada na porta com um avental coberto por uma variedade de cores vivas e oleosas. Sorrindo para Leah.

– Bom, tenho certeza que seria uma ótima ideia, não é, Leah? – disse a Sra. Thompson.

– Sim, Sra. Delancey. O que a senhora quer que eu faça?

– Você sabe que o meu sobrinho, Brett, chega amanhã. O problema é que eu estou bem no meio de um quadro para a minha exposição. Eu já vou ter muito pouco tempo para trabalhar, mesmo sem cozinhar todos os dias. Eu estava pensando se você gostaria de vir ajudar a sua mãe a manter a casa arrumada e preparar o café da manhã e o jantar para mim e para as crianças. Os meus filhos conseguem se virar sozinhos, mas o meu sobrinho… bom, digamos que ele está acostumado a um estilo de vida bem mais pomposo. Obviamente, eu vou te pagar mais pelas horas extras, Doreen, e dar alguma coisa para a Leah também.

A Sra. Thompson olhou para Leah.

– Contanto que uma de nós esteja por perto para cozinhar o jantar para o seu pai, eu diria que é uma ótima ideia, não é, Leah?

Leah sabia que a mãe estava pensando em como o dinheiro extra seria útil. Ela assentiu.

– Claro, Sra. Delancey, eu adoraria.

– Bom, então está combinado. Tenho uma bicicleta velha no celeiro, que você pode usar para vir até aqui. Brett chega amanhã, e eu queria que vocês preparassem algo especial para o jantar. Vamos comer na sala de jantar. Separem a louça da Wedgwood e façam uma lista dos mantimentos necessários para a semana. Eu vou ligar para o mercadinho e pedir que eles entreguem. Agora, tenho que voltar para o estúdio. Vejo vocês amanhã.

– Certo, Sra. Delancey – disse a Sra. Thompson.

Rose se dirigiu à porta da cozinha, porém lembrou de uma coisa e se virou.

– Se o meu sobrinho parecer um pouco… diferente, não reparem. A mãe dele morreu não faz muito tempo e, como eu mencionei, ele está acostumado ao que há de melhor – comentou Rose e pareceu se retrair. – Bom, como eu disse, vejo vocês amanhã.

Ela saiu da cozinha e fechou a porta.

– Coitadinho, perder a mãe tão jovem… – disse a Sra. Thompson enquanto lavava as duas xícaras de chá na pia.

A porta se abriu e Miranda entrou rodopiando, vestida com uma saia vermelha justa e uma blusa decotada de morim.

– Achei que você ia ver a minha roupa nova, Leah.

– Bom, eu…

– Tudo bem. Eu vim desfilar para você. O que acha? Não ficou incrível? – perguntou Miranda, sorrindo e girando.

– Acho que está…

– Acho que já está na hora de irmos embora para dar o jantar do seu pai – cortou a mãe.

Miranda a ignorou.

– Comprei naquela butique nova de Keighley. Vou usar no jantar de amanhã à noite, para a chegada do meu primo – comentou Miranda, abrindo um largo sorriso. – Você sabe que o pai dele é um dos homens mais ricos do mundo, não é?

– Não invente história, mocinha – repreendeu a Sra. Thompson.

– É verdade!

Miranda se sentou em uma cadeira e pôs as pernas em cima da mesa, revelando uma grande extensão de coxa branca.

– A minha querida mamãe fez segredo disso, não foi? O irmão dela é o David Cooper. *O David Cooper* – repetiu ela, aguardando uma reação e franzindo a testa quando não houve nenhuma. – Vão me dizer que nunca ouviram falar dele? Ele é mundialmente famoso. O dono das Indústrias Cooper? Uma das maiores empresas do mundo? Só Deus sabe por que a gente tem que viver nesta pocilga, quando a querida e velha Rosie tem um irmão desses.

– Não chame a sua mãe de Rosie, madame.

– Perdão, Sra. T – retrucou Miranda. – E eu aqui pensando que nada emocionante acontecia neste chiqueiro quando, do nada, descubro que tenho um tio montado na grana e que o filho dele chega amanhã. E a melhor notícia de todas: ele tem 16 anos. Será que ele tem namorada? – matutou ela.

– Trate ele bem, Miranda. O pobrezinho acabou de perder a mãe.

Miranda abriu um largo sorriso.

– Pode ficar tranquila, eu vou fazer isso, Sra. T… Enfim, vou testar a minha nova máscara facial. Tchau – disse ela, levantando-se e saindo da cozinha.

A Sra. Thompson balançou a cabeça.

– Vamos, Leah, é melhor a gente ir andando. Amanhã vai ser um dia cheio – disse ela, secando as mãos em um pano de prato e meneando a cabeça para a porta. – E estou farejando problemas.

3

A comprida limusine preta percorria suavemente os vilarejos pitorescos de Yorkshire. As pessoas olhavam para o carro, curiosas, tentando adivinhar quem era a sombra por trás do vidro escuro.

Brett Cooper lhes devolvia um olhar de desdém e fazia caretas grotescas que, sabia, elas não conseguiam ver. O céu tinha acabado de nublar e começou a chover. As charnecas ao redor pareciam tão desoladas quanto ele se sentia.

Brett se esticou e pegou uma lata de Coca-Cola no minibar. O interior do carro o fazia pensar em um túmulo luxuoso, com as paredes revestidas por um couro aveludado e persianas em cada canto, para que o pai pudesse se isolar do mundo.

Brett apertou um botão.

– Quanto falta, Bill?

– Só mais meia hora, senhor – respondeu a voz metálica.

Brett soltou o botão, esticou as longas pernas cobertas pela calça jeans e tomou um gole da Coca.

O pai prometera que o pegaria na escola e iria com ele até Yorkshire para apresentá-lo pessoalmente à tal tia. Porém, quando ele pulara animado para o banco de trás do carro, o encontrara vazio.

Bill, o motorista do pai, dissera que o Sr. Cooper sentia muito, mas tivera que voar para os Estados Unidos mais cedo do que o esperado.

Durante as cinco horas de viagem até Windsor, Brett sentiu raiva do pai por repetir, mais uma vez, o padrão de sua infância, e também medo de encarar a tia desconhecida sozinho e uma tristeza avassaladora porque a mãe não estava ali para convencê-lo de que o pai se importava com ele.

Lágrimas encheram seus olhos quando ele pensou naquela mesma época, um ano antes. Ele voara diretamente para o aeroporto de Nice, onde a mãe o encontrara. Eles tinham ido de carro até a mansão que ela havia alugado em Cap-Ferrat e passado um glorioso verão juntos, só os dois. O pai os visitara algumas vezes, mas passava os dias trancado ou no escritório ou no iate, entretendo importantes parceiros de negócios que tinham viajado até ali para vê-lo.

Então, três meses depois, a mãe estava morta. Ele se lembrava de ter sido conduzido ao escritório do diretor do internato para receber a notícia.

Brett fora até seu dormitório vazio, se sentara na beira da cama e olhara para o nada. Todo aquele dinheiro e luxo não impediram a mãe de morrer. Ele a odiava por não ter lhe contado que havia algo errado. Será que ela não sabia como ele se sentiria por não ter estado com ela no fim?

E o pai – ele também sabia, mas não dissera nada.

Brett imaginou que o pai tomara uma decisão consciente de concentrar todos os esforços nos negócios. Aquela parecia a única coisa no mundo com a qual ele se preocupava – aliás, Brett se perguntava por que ele se dera ao trabalho de se casar. Mesmo assim, a mãe tinha sido tão leal... Ela nunca reclamava de quase não ver o marido ou de ela e o filho parecerem estar no fim da lista de prioridades do pai. Brett só os ouvira discutir uma única vez, quando tinha 4 anos.

– Pelo amor de Deus, Vivien, pense nisso, por favor. Nova York é um lugar maravilhoso para se viver. Quando Brett for para a escola preparatória, vai poder pegar um avião para passar as férias lá. O apartamento é incrível. Pelo menos vá até lá ver.

Em seu tom calmo e uniforme, a mãe respondera:

– Não, David, me desculpe. Eu quero ficar na Inglaterra para estar aqui se o Brett precisar de mim.

À medida que crescia, Brett começara a perceber que, naquele dia, a mãe tinha feito uma escolha. E aquela escolha fora ele. Depois, o pai começara a voltar cada vez menos para casa, estabelecendo sua base em Nova York e raramente pressionando a esposa a se juntar a ele.

Quando Brett ingressara na Eton College, os garotos viviam perguntando como era o seu pai famoso. Ele sempre respondia "ótimo" ou "um cara muito legal", mas a verdade é que não sabia de fato.

Quando ele tinha 13 anos, David começara a puxá-lo de lado para mostrar os planos de um novo bloco de apartamentos que estava construindo. Brett tentava parecer interessado no que o pai tinha a dizer.

– Assim que você sair de Cambridge, vai entrar na empresa para ver como funciona. Um dia, ela vai ser sua, Brett.

Ele assentia e sorria, mas, por dentro, se amargurava. Brett não tinha o menor interesse em compreender o império do pai. Não era bom com números e achava estatísticas algo impossível. Passara raspando no exame de admissão da Eton por causa das ótimas notas na prova de inglês.

Nos últimos dois anos, o garoto começara a acordar suando frio à medida que o futuro que o pai planejava ficava mais claro para ele. No último ano, em Cap-Ferrat, ele abrira o coração para a mãe. Também tinha mostrado a ela algumas de suas pinturas. Ela olhara surpresa para as obras de arte.

– Meu Deus, querido! Eu não fazia ideia que você pintava assim. São maravilhosas. Você tem um verdadeiro talento. Eu preciso mostrar isto para o seu pai.

David passara os olhos pelas pinturas e dera de ombros.

– Nada mau. É ótimo um homem de negócios ter um hobby para relaxar.

Brett deixara de lado as aquarelas e o cavalete. A mãe tentara consolar e incentivar o filho a continuar capturando as paisagens esplêndidas da mansão.

– É inútil, mãe. Ele nunca vai me deixar fazer faculdade de belas-artes, nunca. Ele já tem tudo planejado. Tem tanta certeza que vou para Cambridge que não pensa nem por um segundo que talvez eu leve bomba nas provas.

Vivien soltou um suspiro. Ambos sabiam que, se o pior acontecesse, não seria difícil arranjar uma vaga com uma generosa doação à faculdade certa.

– Olha, Brett, prometo que vou falar com ele. Você só tem 15 anos. Eu tenho certeza que podemos fazer o seu pai entender quando chegar a hora. Você precisa continuar pintando, querido. Tem muito potencial!

Brett balançara a cabeça. Um mês depois, voltara para a escola e pintara a mãe sentada no balanço do jardim da casa de Gloucestershire. Era uma cópia da fotografia favorita dela, mostrava bem sua beleza delicada. Brett tinha planejado dar a pintura à mãe no Natal. Mas, nessa época, ela já estava morta, e a pintura continuava embrulhada para presente embaixo da cama dele, na escola. Desde então, ele se recusava a pôr os pés na sala de artes.

Oito meses depois, o garoto ainda sentia como se a mãe tivesse morrido um dia antes. Ela era o centro de seu mundo, sua fortaleza e sua segurança. Brett se sentia extremamente vulnerável agora que não havia mais um mediador entre ele e o pai.

Tinha deduzido que passaria as férias de verão na casa de Gloucestershire, ou talvez em Antígua. Então, quando recebera a carta datilografada por Pat, assistente pessoal de David, explicando que o pai o despacharia para Yorkshire, para a casa de uma tia qualquer da qual ele nunca ouvira falar, o desespero tomara conta. Em vão, ele havia tentado contatar o pai em Nova York e protestar, mas Pat tinha interceptado as chamadas.

– Seu pai insiste na sua ida, Brett querido, já que ele está com a agenda cheia nos próximos dois meses. Tenho certeza que você vai ficar bem. Estou enviando 500 libras para as despesas diárias. Me avise se precisar de mais, está bem?

Brett sabia que não adiantava discutir. O que David Cooper queria, ele conseguia.

O interfone tocou.

– Mais 15 minutos, senhor, e chegaremos lá. O senhor pode ver a casa daqui. Se olhar para a esquerda, é aquela no cume da colina.

Brett olhou e, em meio à garoa, a viu. Uma grande construção cinzenta, solitária entre as charnecas circundantes. Parecia desolada e terrivelmente inóspita, como se saída de um romance de Dickens.

– Que casa sinistra – murmurou para si mesmo.

Seu coração começou a bater mais rápido à medida que a limusine subia a colina. Pela milésima vez, desejou que a mãe estivesse sentada a seu lado, dizendo que tudo estava bem.

O carro deslizou até parar em frente à casa. Brett respirou fundo. A mãe não estava ali, e ele tinha que encarar aquilo sozinho.

Rose ouviu o carro chegar. Espiando pelo canto da janela do estúdio, viu a enorme limusine, que ostentava vidros fumês. Observou o motorista deixar o banco da frente e dar a volta para abrir a porta do passageiro. Ela prendeu a respiração quando um jovem alto saiu do carro. O motorista fechou a porta atrás dele, e ela percebeu que Brett tinha vindo sozinho.

– Graças a Deus – disse Rose, soltando o ar.

Então, de seu ponto de vista privilegiado, ela analisou o filho do irmão.

Rose reconheceu nele seu próprio cabelo ruivo-ticiano. O garoto se virou, e ela viu os olhos azul-escuros e o maxilar marcado de David. Brett era um jovem lindíssimo. Ela notou como ele remexia com nervosismo em algo no bolso da jaqueta enquanto o motorista tirava a bagagem do porta-malas e caminhava em direção à porta da frente. Rose achou que o menino parecia um tanto desamparado. *Ele deve estar mais nervoso do que eu*, pensou. A campainha tocou, e ela deu uma conferida rápida no espelho. Em seguida, ouviu a Sra. Thompson abrir a porta da frente, exatamente como tinha pedido. Rose despachara Miles e Miranda para passear a cavalo durante a tarde, para poder ter um tempo a sós com Brett.

Ouviu uma voz estranhamente parecida com a de David conversar com a Sra. Thompson enquanto ela o conduzia até a sala de estar. Hesitante, Rose abriu a porta e desceu, devagar, até o vestíbulo. O motorista estava trazendo a última mala.

– Sra. Cooper, eu imagino.

– Não, na verdade é Delancey.

– Perdão, Sra. Delancey. O Sr. Cooper agradece. Ele também me pediu para lhe entregar isto aqui, para cobrir as despesas com a estadia do Brett – explicou o motorista, estendendo-lhe um envelope.

– Obrigada. O senhor aceita uma xícara de chá e algo para comer? É uma longa viagem de volta.

– Não, Sra. Delancey. Obrigado pela oferta, mas preciso ir imediatamente. Vou pegar algumas pessoas no aeroporto de Leeds Bradford às cinco.

– Parece que David faz o senhor trabalhar muito.

– Ele me mantém ocupado, mas eu gosto. Estou com o Sr. Cooper há quase treze anos e, com o Brett, por quase toda a vida dele. É um ótimo garoto e não vai dar nenhum trabalho. Se parecer um pouco calado, bom, é porque as coisas não têm sido fáceis. Ele adorava a mãe. Foi uma tragédia.

– Não se preocupe, vou cuidar dele. Tenho certeza que vamos nos dar muito bem. Dirija com cuidado.

– Pode deixar – disse Bill, tirando o chapéu. – Tchau, Sra. Delancey.

Rose fechou a porta e ouviu a limusine partir. Ela rasgou o envelope e encontrou um cartão de cumprimentos das Indústrias Cooper e mil libras em espécie.

– Meu Deus – murmurou ela –, vou ter que alimentar esse garoto com caviar e champanhe toda noite para gastar tudo isso.

Rose enfiou o envelope no bolso da saia volumosa, perguntando-se quando conseguiria que o construtor passasse o orçamento do telhado, e abriu a porta da sala de estar.

Qualquer que fosse a aparência que Brett esperava ver na tia desconhecida, com certeza não era a da mulher que entrara pela porta.

A mãe sempre se perguntara de quem Brett tinha herdado aquele incomum ruivo-dourado dos cabelos e, agora, ele sabia a resposta.

Tia Rose era uma senhora corpulenta e estava usando uma blusa de cores vivas e uma saia comprida rodada. Dava para ver que ela já tinha sido uma mulher muito bonita. Observando-a com olhos de artista, Brett notou uma refinada estrutura óssea, marcada por maçãs do rosto altas e salientes. Enormes olhos verdes dominavam seu rosto, e a tia tinha os mesmos lábios grossos e voluptuosos de seu pai. Rose sorriu para ele, exibindo dentes retos e brancos. O rosto dela parecia familiar, e Brett tinha certeza de já tê-la visto em algum lugar, mas não conseguiu saber onde.

– Olá, Brett, meu nome é Rose – disse ela, com uma voz intensa e grave. Brett se levantou.

– Estou muito feliz de te conhecer, tia Rose.

Ele estendeu a mão, mas, em vez de apertá-la, ela o envolveu em um abraço forte. Sentiu um cheiro intenso de perfume e algo mais... sim, tinha certeza de que era o aroma característico de tinta a óleo. Rose o soltou, se sentou no sofá e deu um tapinha no assento a seu lado. Brett também se sentou, e a tia tomou a mão dele.

– É um prazer ter você aqui com a gente, Brett. Deve estar se sentindo um pouco estranho agora, chegando aqui para ficar com parentes que nunca viu. Mas tenho certeza que logo vai se acomodar. Você deve estar faminto depois dessa viagem longa. Quer alguma coisa para comer?

– Não, obrigado. Bill encheu uma cesta para eu comer no caminho.

– Talvez uma xícara de chá, então?

– Claro, seria ótimo.

– Vou pedir para a Doreen trazer.

Enquanto Rose ia até a cozinha, Brett olhou em volta. A sala era desordenadamente abarrotada com móveis antigos e quinquilharias, mas o que chamou sua atenção foram as notáveis pinturas na parede...

– Quanto tempo levou a viagem? – perguntou Rose, voltando a se sentar ao lado dele.

– Ah, umas cinco horas. O trânsito estava bom.

– Mas você deve estar cansado.

– Estou, sim, um pouco.

– Vou te mostrar seu quarto depois que terminarmos o chá. A casa está bem calma porque os meus filhos saíram para cavalgar. Talvez você queira se deitar um pouco antes do jantar.

– É, talvez – concordou Brett.

Fez-se uma pausa enquanto Rose tentava pensar em algo para dizer.

– Ah, Doreen chegou com o chá. Você toma com açúcar?

– Não, obrigado, tia Rose.

– Ah, pelo amor de Deus, esqueça a parte do "tia", está bem? – disse Rose, sorrindo. – Você já é quase adulto, e isso me faz sentir como uma anciã. Meus filhos também me chamam de Rose. Eu odeio "mãe" e "mamãe".

Rose mordeu o lábio ao perceber a angústia no rosto de Brett. O garoto confiante e arrogante cuja chegada ela esperava não poderia contrastar mais com o jovem tímido e tenso que, obviamente, ainda estava de luto pela mãe.

– Você vai conhecer Miles e Miranda no jantar, hoje à noite. Ela tem 15 anos, é poucos meses mais nova do que você, então, de repente, vocês fazem companhia um para o outro.

– Quantos anos tem seu filho?

– Miles tem 20 anos e acabou de voltar do segundo ano de faculdade, na Leeds University. Ele não fala muito, então não se preocupe se demorar para vocês se conhecerem melhor. Tenho certeza que vocês vão se dar bem.

Rose mal acreditava que estava tendo aquela conversa.

– Bom, se você tiver terminado o chá, vou te levar lá para cima, até o seu quarto.

Brett seguiu Rose por dois lances de uma escada rangente e por um corredor revestido de linóleo.

– Chegamos. Infelizmente, é um quarto básico, mas a vista desta janela é a melhor da casa. Bom, vou te deixar desfazer as malas. Se precisar de alguma coisa, Doreen geralmente está na cozinha. Eu te vejo às oito, para jantar.

Rose sorriu para ele e fechou a porta.

Brett olhou para o quarto que seria seu pelos dois meses seguintes. Havia uma cama de casal e uma velha colcha de patchwork jogada sobre ela. O linóleo que cobria as tábuas do assoalho estava gasto, e o gesso do teto tinha rachaduras enormes. Brett foi até a janela e olhou para fora. A garoa se transformara em chuva, e nuvens cinzentas cobriam o cume das colinas à distância. Ele estremeceu. O quarto era frio e tinha cheiro de umidade. Brett ouviu um leve gotejar e notou uma pequena poça perto da porta. De maneira preocupante, o teto bem acima da poça estava muito afundado.

Um nó surgiu em sua garganta. Brett se sentiu abandonado, miserável e completamente sozinho. Como o pai podia tê-lo enviado para lá, para aquele lugar terrível e desolado? Ele se jogou de bruços na cama e começou a chorar pela primeira vez desde que a mãe morrera.

As lágrimas rolaram por um longo tempo. Depois, percebendo que estava tremendo de verdade, Brett se enfiou embaixo da colcha, ainda vestido, e se entregou a um sono exausto.

Foi assim que Rose o encontrou, três horas depois. Após sacudi-lo de leve e não obter resposta, ela saiu do quarto na ponta dos pés e fechou a porta.

4

Brett abriu os olhos e piscou quando raios dourados de sol entraram furtivos pela janela. Por um instante, não conseguiu lembrar onde estava. Quando recobrou a consciência, sentou-se e olhou pela janela para a bela vegetação ao longe. Mal podia acreditar que o sol conseguisse transformar uma paisagem tão desolada em um cenário de tamanha tranquilidade.

O garoto se virou e se espreguiçou. Foi então que ele a viu.

Estava parada à porta, segurando uma bandeja nas mãos. Era alta e quase frágil em sua magreza, com gloriosos cabelos castanho-escuros quase chegando à cintura. Os olhos dela também eram castanho-escuros, emoldurados por longos cílios negros. Seu rosto tinha a forma de um coração, com lábios de um tom natural de vermelho e um narizinho arrebitado.

O sol brilhava diretamente sobre ela, lançando luzes dançantes através de seus cachos, e ela parecia tão perfeita que Brett se perguntou se estava tendo uma visão de Nossa Senhora. Em seguida, se deu conta de que Nossa Senhora geralmente não carrega bandejas de café da manhã nem veste suéteres e calças jeans, então ela só podia ser real. Aquela era a garota mais bonita que ele já vira.

– Oi – disse ela, tímida. – Minha mãe achou que você podia estar com fome.

A garota falou com um leve sotaque de Yorkshire. Então, *aquela* era Miranda, pensou Brett. Uau, dois meses inteiros na companhia daquela menina. Talvez as férias não fossem tão ruins quanto ele antecipara.

– É muita gentileza dela. Na verdade, estou morrendo de fome. Acho que perdi o jantar de ontem à noite.

– Perdeu – disse ela, sorrindo e mostrando os dentes brancos, perolados e perfeitos. – Vou colocar a bandeja na beirada da cama. Tem bacon e ovos, algumas torradas e chá.

Brett observou a garota se mover graciosamente em sua direção e colocar a bandeja na cama.

– Obrigado, Miranda. A propósito, eu sou Brett.

O rosto adorável da jovem se enrugou todo quando ela franziu a testa e balançou a cabeça.

– Ah, não, eu não sou...

– Alguém falou o meu nome?

Uma garota com brilhantes cabelos louros, calça justa de equitação e uma camiseta com enorme decote irrompeu porta adentro. A menina seria belíssima caso não tivesse o rosto tão coberto pela maquiagem pesada. Ela saltitou até ele e se sentou na beira da cama, fazendo a bandeja deslizar para o chão com um tilintar de louças quebradas.

– Droga! Quem colocou essa bandeja aí? Limpa isso, tá, Leah? – disse ela, depois sorriu para Brett enquanto a outra garota se ajoelhava no chão. – Miranda Delancey, sua prima ou, devo dizer, prima adotiva, já que a boa e velha Rosie me adotou quando eu era pequena.

Brett sentiu um aperto no peito. Ele observou a garota chamada Leah lutar para recolher os cacos da louça em meio à sujeira de bacon e ovos do chão.

– Prazer – disse para Miranda, depois pulou da cama. – Deixa eu te ajudar com isso.

Ele se ajoelhou ao lado de Leah.

– Deixa ela fazer isso, é para isso que ela é paga – comentou Miranda, jogando as pernas sobre a cama.

Brett viu uma faísca de raiva passar por aqueles olhos castanhos enquanto entregava a Leah o último caco de louça recolhido do chão.

– Pronto – disse Brett, levantando-se.

– Vou pegar uma vassoura e um pano lá embaixo para limpar a bagunça. Você ainda vai querer tomar o café da manhã aqui?

Brett fitou os olhos límpidos de Leah e pensou que o café da manhã era a última coisa na mente dele.

– Não, eu vou descer.

Leah assentiu, pegou a bandeja e saiu do quarto.

– Quem é ela? – perguntou Brett a Miranda.

– Leah Thompson, filha da governanta. Ela ajuda na casa durante as férias – explicou Miranda, com desdém. – Agora, vamos falar de coisas mais importantes, como o que eu e você vamos fazer hoje. Rosie me colocou à frente do Comitê de Entretenimento Brett Cooper e pretendo garantir que você não fique sozinho nem por um minuto.

Brett ficou surpreso com o olhar determinado da menina. Não estava acostumado a lidar com garotas da sua idade, já que frequentava uma escola só para garotos e passava a maior parte das férias na companhia de adultos. Miranda o avaliava da cabeça aos pés e Brett se viu corando.

– E aí? O que você quer fazer hoje?

– Eu… bom… eu…

– Você cavalga?

Brett engoliu em seco.

– Cavalgo.

– Resolvido, então. Quando estiver pronto, podemos dar um pulo na casa do velho Morris e levar dois cavalos para um bom e longo trote nas charnecas. Assim nos conhecemos melhor.

Miranda passou a mão pelos cabelos e olhou para ele.

– Legal. Hum, pode me dizer onde fica o banheiro? Acho que eu preciso tomar banho e trocar essas roupas.

– No fim do corredor, segunda porta à esquerda. O que aconteceu com você ontem à noite? Eu me arrumei toda especialmente para o jantar.

– Eu… bom… acho que eu estava cansado da viagem.

– Espero que não tenha o hábito de dormir com as roupas do dia – disse Miranda e pulou da cama. – Eu te espero lá embaixo. Não demore, está bem?

Ela desapareceu do quarto.

Brett se recompôs e atravessou o corredor em silêncio. Encontrou o banheiro e abriu as torneiras para encher a banheira. A bica tossiu, cuspiu algumas gotas e, quando a água enfim deu as caras, tinha uma estranha cor amarelada.

Ele tirou as roupas amarfanhadas e entrou, fazendo o máximo possível para não reparar no sedimento marrom e arenoso que se acumulava no fundo da antiga banheira de ferro. Quando fechou os olhos, viu Leah de pé na porta de seu quarto. Sentiu uma decepção enorme por saber que ela não era a garota com quem passaria as férias.

Vinte minutos depois, estava sentado na confortável cozinha da casa, devorando um prato de bacon e ovos. Miranda tagarelava sem parar sobre seus planos para os dois meses seguintes, e Leah ajudava a mãe secando a louça.

– Certo, hora de ir – declarou Miranda. – São só uns 800 metros de caminhada até a fazenda. Se você quiser, a gente pode pedalar.

– Não, caminhar me faria bem.

Miranda o conduziu para fora da cozinha, e Brett parou e olhou para trás.

– Tchau, Leah. Te vejo mais tarde.

– Tchau, Brett.

– Você não acha que eu devia dizer bom-dia para a tia… quer dizer, para Rose, antes de irmos? – perguntou Brett a Miranda, que descia a colina com passos largos e rápidos.

– Meu Deus, não. Ela está trancada no estúdio e, se você atrapalhar, corre o risco de ser executado. Ela só sai para comer.

– Que tipo de estúdio é esse?

– Ah, você não sabia? Rosie já foi uma pintora famosa lá na Idade das Trevas. Fazia séculos que não pintava nada, daí, há uns dois anos, esvaziou um dos quartos do andar de baixo e transformou o espaço em estúdio. Ela vai fazer uma exposição em Londres no ano que vem. Um grande retorno ou algo do gênero. Pessoalmente, acho que ela está perdendo tempo. Quero dizer, quem é que vai se lembrar dela, vinte anos depois? – disse Miranda, com desdém.

À medida que Brett descia a colina, as coisas se encaixavam depressa. O cheiro de tinta a óleo quando a tia o abraçara, as pinturas na parede da sala de estar e o rosto de Rose… é claro!

– O sobrenome de Rose é Delancey?

Miranda aquiesceu.

– É, por quê?

– Miranda, eu posso dizer com certeza que a sua mãe era *a* artista vinte anos atrás. Talvez a artista mais famosa da Europa. Daí, de repente, ela sumiu completamente de cena.

Miranda torceu o nariz.

– Eu, pessoalmente, detesto as pinturas dela. São tão estranhas. Enfim, você parece saber muito sobre ela. Você gosta de arte?

– Bom, sim, na verdade, sim.

Brett estava bem animado, mas também confuso. Por que cargas-d'água o pai nunca mencionara que Rose Delancey era irmã dele? Sem dúvida, era motivo de orgulho, não?

– Tenho certeza que Rosie vai reservar alguns segundos para discutir o assunto preferido dela com você. Agora me diga: você é bom como cavaleiro? O cavalo castrado é ótimo, mas imprevisível, e a égua... bom, se você preferir um trote fácil, eu ficaria com ela.

Eles tinham chegado ao estábulo, e Miranda o conduzia pelas baias.

– Vou ficar com a égua. Obrigado, Miranda.

Eles selaram os cavalos e guardaram o piquenique preparado pela Sra. Thompson no alforje do cavalo castrado. Depois, trotaram em ritmo tranquilo em direção às charnecas.

– Não consigo acreditar que este é o mesmo lugar onde cheguei ontem à noite. Acho que eu nunca tinha me sentido tão deprimido. Estava tudo escuro, sombrio.

– Aqui em cima é assim. O tempo muda em um instante. É incrível como as charnecas ficam diferentes quando o sol brilha – concordou Miranda.

– Quem é o dono desta terra? – indagou Brett.

– Fazendeiros, em grande parte. Eles criam gado aqui.

– Parece que ela se estende por quilômetros – comentou Brett, olhando para o outro lado do vale enquanto trotavam pelo pasto e começavam a subir a colina.

– E se estende mesmo. Do outro lado do reservatório fica Blackmoor. Vai direto até a beira de Haworth, a quase 5 quilômetros. No inverno, aqui é bem desolado, sabe? Já nevou centenas de vezes.

Brett experimentou uma sensação súbita de bem-estar. Ficou feliz de ter ido até lá. E mal podia esperar para voltar e conversar com a tia.

– Ufa – disse Miranda, enxugando a testa. – Está quente, hoje. Quando a gente chegar ao cume, acho que devia sentar e beber alguma coisa.

– Está bem.

Quinze minutos depois, os cavalos estavam amarrados, e Brett e Miranda, deitados bem no alto da colina, na grama áspera, bebendo Coca-Cola.

– Ah, olhe! – exclamou Miranda, levantando-se. – É o Miles, lá embaixo, no cavalo.

Brett se sentou e olhou para o vale, na direção para onde Miranda apontava. Ele viu uma pequena figura ao longe, trotando pelas charnecas em um grande cavalo negro.

– Ele passa a maior parte do tempo cavalgando pelas charnecas quando volta da faculdade – disse Miranda baixinho, com um toque de melancolia na voz.

– O que ele está estudando?

– História. Sinto muita falta dele quando não está por aqui – comentou Miranda, puxando um pedaço de grama. – Nós passávamos muito tempo juntos quando ele estava em casa. Miles é diferente das outras pessoas... é tão quieto...

A voz dela foi sumindo, então Miranda se virou para Brett e a seriedade do rosto dela deu lugar a um sorriso.

– Bom, eu gosto de gente animada, de muito barulho e ação, sabe? Vou me mudar para Londres assim que terminar a escola. É tão chato aqui... Nunca acontece nada!

– Eu acho muito bonito – murmurou Brett.

– É, mas você não tem que morar aqui, não é? Quero dizer, eu tenho certeza que você vai a festas chiques e restaurantes famosos o tempo todo.

Brett pensou na quantidade de vezes em que fora exibido nos eventos de David Cooper como um poodle premiado, desesperado para chegar em casa e se livrar do terno rígido e formal que o pai gostava que ele usasse.

– Sério, Miranda, esse tipo de coisa não é tudo o que dizem por aí.

– Bom, eu quero experimentar por conta própria. Quero ser super-rica um dia, para poder comprar tudo o que eu quiser. Eu teria um quarto inteiro cheio de roupas de grife e sapatos combinando. Uma casa imensa, um Rolls-Royce e...

Brett se deitou na grama e se perguntou por que o mundo inteiro pensava que dinheiro trazia felicidade. Ele sabia que não trazia.

Mais tarde, eles levaram os cavalos pelas charnecas até o estábulo e caminharam para a casa.

A Sra. Thompson estava na cozinha, preparando o jantar.

– A cavalgada foi boa? – perguntou ela, sorrindo.

– Foi ótima, obrigado – respondeu Brett.

– A Sra. Delancey quer comer na sala de jantar de novo hoje à noite, já que você não estava ontem. O jantar vai estar pronto às oito. Agora, que tal uma boa xícara de chá?

Às oito da noite, Brett perambulou pelo andar de baixo até a sala de jantar. O cômodo estava deserto, então ele se sentou em uma velha poltrona de couro ao lado das imensas janelas maineladas.

Leah entrou carregando uma bandeja com tigelas de sopa, que colocou na mesa de jantar de carvalho arranhada.

– Deixa eu te ajudar, Leah – disse Brett, levantando-se.

– Não, não precisa. A Sra. Delancey vai estar aqui em um minuto.

Ela parecia nervosa.

– Você mora aqui, Leah?

– Ah, não, eu moro no vilarejo com meus pais.

– Entendi. Hoje, a Miranda estava dizendo que Haworth não fica muito longe. Eu adoraria ir até lá para ver o presbitério onde as Brontës viveram.

Os olhos de Leah se acenderam.

– Ah, sim, você tem que visitar. Eu já fui várias vezes. Li todos os livros delas, acho maravilhosos.

– Eu também. Qual é o seu romance preferido?

– *O morro dos ventos uivantes* – respondeu Leah, sem pestanejar. – É tão romântico.

Brett a observou corar lindamente e se mover em direção à porta.

Ele pôs a mão no braço dela para impedi-la.

– Bom, já que você parece ser especialista, talvez possa me levar até lá um dia e me mostrar a região.

Ela olhou para ele, fez uma pausa e sorriu.

– Bom, claro, se você quiser, Brett.

– Eu adoraria.

Rose apareceu na sala de jantar e Leah saiu, apressada. A tia se sentou à cabeceira da mesa.

– Então, Brett, se sentindo melhor depois de uma longa noite de sono? – perguntou ela, com os olhos brilhando.

– Bem melhor. Sinto muito por ontem à noite. Não sei o que aconteceu comigo.

– O ar de Yorkshire, provavelmente. Miranda me falou que vocês saíram para cavalgar hoje. Parece que te fez bem. Você estava tão pálido quando chegou. Está se adaptando?

– Estou, sim.

– Eu preciso me desculpar pelo vazamento no seu quarto. O pedreiro vem amanhã dar uma olhada nisso. Infelizmente, o telhado inteiro precisa ser substituído.

– Sem problema – disse Brett, educadamente. – Rose, Miranda me contou hoje que você voltou a pintar. Conheço o seu trabalho dos anos 1950 e estava me perguntando se podia dar uma olhada nos seus quadros novos um dia desses.

O rosto de Rose se iluminou.

– Claro. Quer dizer que você se interessa por arte?

– Muito. Achei que o seu sobrenome era Cooper, como o do meu pai, não Delancey.

– Eu estou parada há muito tempo. Fico lisonjeada de saber que você conhece o meu trabalho. Se quiser ir até o meu estúdio depois do jantar, eu mostro o que fiz até agora para a exposição.

– Legal, eu adoraria. Mas tenho que admitir que não entendo por que meu pai nunca falou de você, ainda mais sabendo que eu me interesso tanto por arte.

Rose abriu a boca para responder, mas, na mesma hora, Miranda surgiu na porta, saltitante.

– Oi, vocês dois!

Ela estava usando uma minissaia justa e vermelha e uma blusa de morim. Miranda se sentou à mesa e deu um tapinha na cadeira a seu lado.

– Sente aqui perto de mim, Brett.

Brett obedeceu com relutância, enquanto Rose soltava um muxoxo.

– Sério, Miranda...

Ela foi interrompida por uma voz grave vinda do corredor:

– Desculpem o atraso, pessoal. Espero que a refeição não tenha sido atrasada por minha causa.

Brett olhou para o homem que tinha falado e, no mesmo instante, se lembrou da conversa que tivera com Leah. A alta estatura, os cabelos pretos e os olhos escuros o fizeram lembrar, no mesmo instante, do Heathcliff de Emily Brontë. Brett observou o rapaz beijar a mãe antes de se sentar à mesa ao lado dela, encarando Miranda. A dupla trocou um olhar.

Brett reparou, como um homem pode reparar em outro, que Miles era muito bonito. Quando se sentiu observado, por um instante Brett percebeu algo selvagem naquele jovem. Os dois sustentaram o olhar um do outro, até que Miles abriu um sorriso largo amistoso e estendeu o braço por cima da mesa.

– Miles Delancey. Muito prazer, Brett.

Por um instante, Brett sentiu a força daquele corpo musculoso quando Miles apertou a sua mão e depois a soltou.

– O prazer é meu.

Leah entrou na sala com a terrina de sopa e começou a servir Rose. Brett a observou, notando que não era o único. Com um olhar intenso, Miles seguia os movimentos da garota ao redor da mesa. Não tirou os olhos dela uma única vez, e Brett percebeu um leve nervosismo em Leah quando ela se aproximou de Miles para servi-lo. O garoto continuou encarando a menina enquanto ela servia a sopa em sua tigela.

– Como está, Leah? Você parece ter crescido um pouco desde a última vez que te vi.

Brett notou um tremor quase imperceptível em Leah.

– Estou bem, obrigada, Miles.

Leah caminhou depressa em direção à porta com a terrina vazia e Miles desviou os olhos.

– Podem começar, pessoal – disse Rose, pegando a colher.

– Bom, espero que todos vocês estejam por dentro do grande evento que vai acontecer no dia 23 de julho – disse Miranda. – Vou fazer 16 anos, e todos sabemos como esse aniversário é importante, certo? Rose, querida Rose, será que eu posso dar uma minúscula festinha para comemorar?

Rose pareceu indecisa.

– Miranda, eu estou com muito trabalho. A última coisa de que preciso é uma casa cheia de adolescentes.

– Você perguntou se Miles queria uma festa quando ele fez 16 anos – rebateu Miranda, com os olhos brilhando de raiva.

Rose sabia que estava encurralada.

– Está bem, Miranda, você pode receber alguns amigos no sábado à noite.

– Obrigada, obrigada, Rose. Você não quer ir ao cinema ou algo do tipo nessa noite?

O olhar de Rose deixou claro que ela não iria a parte alguma, e Miranda sabia a hora de parar.

Ela mudou de estratégia:

– A Sra. Thompson e Leah podiam preparar alguma comida para servir, não é?

– Você não acha que a Leah devia ser convidada? Afinal, ela é do mesmo ano que você na escola – disse Miles em voz baixa.

Miranda olhou para o irmão, que sorria para ela. Ela assentiu na hora.

– Claro. Bom, vou ter que comprar um vestido novo e acho que vou cortar o cabelo igual ao da Farrah Fawcett...

Miranda conversou alegremente durante o resto da refeição. Miles não disse mais nada e, terminada a sobremesa, se levantou.

– Com licença, pessoal, tenho alguns trabalhos para fazer. Boa noite – disse ele e saiu da sala.

– Miles vai estudar? – perguntou Brett com educação.

– Não, Brett – respondeu Rose. – A grande paixão dele é a fotografia. Ele passa a maior parte do tempo nas charnecas fotografando e transformou um dos quartos menores lá de cima em um laboratório. Imagino que tenha ido para lá agora. Algumas das fotos dele são muito bonitas.

– Eu adoraria ver.

– Peça para Miles te mostrar. Agora, que tal vir comigo até o estúdio?

– Ah, sim, por favor!

Miranda o cortou no mesmo instante:

– Ah, Brett, eu ia levar você lá em cima e colocar o disco novo do ABBA que comprei no sábado.

– Tenho certeza que o Brett vai poder ouvir o disco em outra hora.

Rose se levantou da mesa e caminhou até a porta. Brett a seguiu, lançando um sorriso falso para uma irritada Miranda.

Ele foi com Rose pelo corredor até o estúdio. O cômodo estava escuro e ela acendeu a luz. Brett aspirou o familiar e reconfortante cheiro de tinta e aguarrás. O estúdio não era muito grande e estava abarrotado de telas apoiadas nas paredes. Ao longo de uma delas, viu uma bancada com os habituais pincéis, paletas e tubos de tinta espalhados.

Brett caminhou em direção ao enorme cavalete e examinou a tela apoiada nele. Havia apenas um contorno básico, pintado com pinceladas pretas e grossas. Brett não conseguiu distinguir uma forma específica.

– Não perca seu tempo olhando para isso. Comecei hoje à tarde. Venha ver os quadros concluídos – sugeriu Rose, pegando uma das telas.

Brett sabia que o quadro seria reconhecido em qualquer lugar como um Rose Delancey. O estilo realista ainda era forte, mas as cores estavam mais suaves, mais contidas do que nas pinturas duras, por vezes assustadoras, que tinham deixado Rose famosa.

– O que você acha? – perguntou ela, ansiosa.

Brett pensou em como era estranho a grande Rose Delancey pedir sua opinião sobre o trabalho dela. Realismo não era o estilo dele; seu próprio trabalho espelhava os impressionistas ingleses, mas Brett sempre admirara o trabalho de Rose pela força e pela individualidade e estava vendo que o novo quadro tinha tudo isso e muito mais.

– Eu acho maravilhoso, Rose, de verdade. É diferente do seu trabalho antigo, mas tem uma sutileza que faz a gente querer olhar mais de perto.

Rose respirou aliviada.

– Obrigada, Brett. Eu não mostrei essas obras para ninguém, sabe? Pode parecer bobagem, mas eu estava com medo de ter perdido o dom para a pintura.

– Não, claro que não. Eu não sei o peso que a minha opinião tem. Quer dizer, sou só um novato, mas acho que você tem toda a condição de mostrar os quadros a alguém com uma opinião relevante. Posso ver os outros?

Durante a hora seguinte, os dois examinaram as outras oito pinturas concluídas. Rose discorreu sobre cada uma em detalhes, e os dois analisaram cores, formas e volumes. Ela explicou que sentia estar abandonando o realismo pelo qual se tornara tão famosa.

– É muito estranho – meditou. – Quando eu era muito jovem, tinha um estilo bem representacional. Era quase romântica demais em relação ao meu tema. Depois, à medida que fui amadurecendo até chegar à idade adulta, só conseguia ver as falhas de tudo que eu pintava e quis enfatizar isso nas obras. Os críticos costumavam dizer que o meu trabalho era quase masculino. No Royal College, eu também estava cercada pelos artistas do Kitchen Sink. E fui fortemente influenciada pelo trabalho do Auerbach, do Kossoff e do Graham Sutherland. Mas, desde que voltei a pintar, esse sentimento me abandonou. Quero que as pessoas também vejam a beleza.

Brett notou que os olhos de Rose se encheram de lágrimas.

– Elas vão ver, sim, Rose. Eu prometo.

Ela se virou para Brett e sorriu.

– Eu devo estar te entediando. Desculpe. Venha. Vamos pegar um café na cozinha?

Brett ajudou Rose a apoiar as telas concluídas na parede.

– Por que você parou de pintar, Rose? – perguntou Brett, quando eles estavam sentados à mesa da cozinha, bebericando o café.

O rosto de Rose se nublou.

– É uma longa história, Brett. Digamos apenas que eu estava esgotada, que sentia como se não tivesse mais nada para colocar na tela. Eu fiz sucesso jovem demais. É bem raro isso acontecer com um pintor, você sabe. – Ela soltou um suspiro. – Certa manhã, acordei e não queria mais fazer isso.

– E levou mais de vinte anos para a vontade voltar?

– Pois é. Mas não consigo expressar como estou tendo mais prazer em pintar agora. Naquela época, eu me sentia uma máquina, produzindo quadros em série, trabalhando com os prazos das galerias e dos colecionadores. Agora, não existe a expectativa dos outros, só a minha necessidade de pintar.

– Aposto que você não teve dificuldade para conseguir uma exposição em uma galeria – disse Brett, sorrindo.

– Na verdade, foi tudo uma coincidência. Voltei a pintar no ano passado e, quando acabei o primeiro quadro, recebi um telefonema de um velho amigo que tinha feito faculdade de belas-artes comigo. Ele vai abrir uma galeria em Londres no Ano-Novo. Contei que estava pintando de novo e ele imediatamente sugeriu a exposição. No início, eu recusei, mas, depois que terminei o segundo quadro, pensei: por que não?

Rose fitou o chão.

– Também voltei por causa da falta de dinheiro, Brett querido. Esta casa precisa de um investimento de milhares de dólares e meus cofres estão vazios. Preciso ganhar algum dinheiro, e pintar é a única coisa que sei fazer bem.

– Tenho certeza que o interesse vai ser enorme.

– Obrigada pela confiança, Brett, mas lembre-se que o público tem memória curta. Bom, chega de falar de mim. Você sempre se interessou por arte?

– Ah, sim. Isso… costumava ser o meu hobby – disse Brett, contendo-se.

– Bom, acho que você é jovem demais para se aposentar – declarou Rose, rindo.

Brett tentou pensar em uma forma simples de explicar por que tinha tentado deixar sua ambição de lado, falar sobre a pintura da mãe e que não conseguia mais pôr o pincel na tela, já que tudo aquilo era inútil.

– A questão, Rose, é que meu pai não gosta nem um pouco da possibilidade de que eu me torne um artista. Ele tem o meu futuro todo planejado. Cambridge, depois trabalhar na empresa dele para aprender sobre os negócios, para que eu possa assumir tudo quando ele se aposentar. Minha mãe sabia que eu queria fazer faculdade de belas-artes, e ela ia conversar com ele quando chegasse a hora. Mas agora…

Brett deu de ombros e pareceu tão desamparado que Rose pegou a mão dele.

– Brett, sejam quais forem os seus problemas e, acredite, todo artista de sucesso se depara com *isso* no início da carreira, você precisa continuar pintando. Talvez até encontre algum consolo na arte. Eu, com certeza, encontrei.

– É, mas parece que não tem sentido. Meu pai…

– Ele é um homem muito complexo. Eu sei, mais do que qualquer pessoa, como ele pode ser.

Rose fez uma pausa e olhou para o fundo da xícara de café.

– Mesmo assim, não abandone o seu sonho, Brett – aconselhou ela e depois bateu as mãos nas coxas. – Agora, acho que está na hora de nós dois irmos para a cama. Apareça amanhã no meu estúdio, que eu vou desenterrar um cavalete, um pouco de tinta e papel para você. Por que não passa um tempo nas charnecas? As paisagens aqui são esplêndidas para desenhar. Quero ver se vou ter um concorrente no futuro!

Rose se levantou.

– Boa noite, Brett querido. Durma bem.

Brett ficou sentado por um bom tempo, sozinho na cozinha, antes de subir devagar até a própria cama.

Tinha tantas coisas para perguntar a Rose. Queria saber por que ela fora escondida dele, mas a tristeza nos olhos da tia ao falar do irmão o impedira de fazer essas perguntas.

Brett apagou a luz da mesinha de cabeceira.

Rose estava certa: ele precisava continuar pintando. Embora a tia não tivesse contado que também tinha enfrentado desafios quando era mais jovem, ele sabia, por instinto, que isso acontecera. De repente, se perguntou se o fato de o pai parecer tão determinado a ignorar suas inclinações artísticas não tinha a ver com Rose.

Havia um mistério a desvendar, mas, enquanto isso, ele precisava pintar.

E sabia exatamente com quem queria começar.

5

– Você vai ter que se entreter sozinho hoje, Brett querido. Vou até York para comprar algo incrível para a minha festa de 16 anos e fazer o cabelo. De qualquer forma, já estou farta de ficar aqui sentada nesta pilha de cocô de ovelhas enquanto você esboça uma paisagem embolorada.

Brett respirou aliviado. Ter Miranda por perto enquanto tentava pintar tinha se revelado uma distração irritante. Mas, fora isso, desde que a mãe morrera ele não se sentia tão feliz como nos últimos dez dias. Tinha concluído quatro pinturas. A combinação de fazer o que mais amava com o ar fresco do norte tinha se provado um tônico curativo.

Miranda se levantou da mesa da cozinha.

– Eu volto para o jantar. Te vejo mais tarde.

Quando ela saiu, Brett se virou furtivamente para observar Leah, que secava a louça com a mãe em silêncio.

Com a presença de Miranda, que tinha se mostrado uma competente guarda-costas, ele tivera poucas oportunidades de conversar com Leah. Brett sabia que devia aproveitar a chance.

– Eu estava pensando em ir até Haworth para ver o presbitério hoje. O problema é que não sei chegar lá.

– Ah, é fácil. Você pega o trem para Worth Valley na estação do vilarejo. São só dez minutos até Haworth, e o caminho é lindo. Se você correr, ainda consegue pegar o trem das dez – disse a Sra. Thompson.

– Ótimo. Eu queria saber se podia roubar a Leah para me mostrar a região. Ela parece ser especialista nas irmãs Brontë, e eu não quero perder nada.

A Sra. Thompson franziu a testa.

– Bom, Sr. Brett, eu não sei. Temos que trocar toda a roupa de cama lá de cima e…

– Ah, por favor, mãe. Você sabe como eu amo Haworth – implorou Leah, os olhos suplicantes.

A Sra. Thompson pensou em como a filha havia trabalhado arduamente nas últimas duas semanas. Era uma boa menina e merecia um agrado.

– Está bem, garota. Contanto que você chegue até as quatro, para fazer o jantar do seu pai. Tem dinheiro para a passagem?

– Não se preocupe com isso, Sra. Thompson. Eu pago, já que fui eu que convidei a Leah para ir comigo.

– Eu tenho o suficiente, mãe. Obrigada – respondeu ela, com os olhos brilhando.

– É melhor vocês se apressarem se quiserem pegar o trem das dez.

Poucos minutos depois, eles desciam a colina correndo em direção ao vilarejo. Agora que Brett estava sozinho com Leah, não conseguia falar mais nada.

Mal tiveram tempo de comprar as passagens no pitoresco guichê da estação quando o trem chegou. Brett abriu a porta de um vagão lotado de turistas alemães, mas conseguiu localizar dois assentos.

Ele não pôde deixar de encarar a linda garota a seu lado. Leah olhava pela janela, e ele admirou seu perfil impecável. Passaram o restante do caminho em silêncio total, e Brett percebeu que ela era tão tímida quanto ele.

Ao chegar a Haworth, seguiram a multidão para fora do trem e caminharam pela rua em direção ao centro do vilarejo.

– Por aqui – disse Leah.

Brett a seguiu enquanto ela acompanhava, com passos graciosos, os contornos íngremes e cobertos de paralelepípedos da High Street. A rua estava abarrotada de gente que entrava e saía das diversas lojas de suvenires.

– Provavelmente vai ter fila. Eles só autorizam um certo número de pessoas por vez – observou Leah.

Brett assentiu, sabendo que estava fazendo papel de bobo por ser incapaz de pensar em qualquer coisa para dizer. Leah o conduziu por mais alguns passos no topo da High Street e ao longo de um estreito caminho, flanqueado à esquerda por um cemitério.

– Pronto, chegamos. Não é bonito?

O presbitério se erguia alto e orgulhoso, banhado por um intenso sol dourado. Brett achou difícil acreditar que tantas tragédias tivessem se passado ali dentro.

A fila não estava tão grande quanto Leah antecipara e, após dez minutos, eles já estavam na sala de estar, olhando para o divã onde Emily Brontë dera seu último suspiro.

Leah logo se animou e começou a guiar Brett de sala em sala, falando sem parar. Ele também relaxou, começou a fazer perguntas e recebeu respostas interessantes e bem-informadas.

– É difícil acreditar que Charlotte Brontë era tão pequena. Este vestido parece de boneca! Perto dela, eu me sinto uma girafa.

Os dois estavam de pé em frente a uma cristaleira com itens que supostamente tinham pertencido à famosa Charlotte.

– Garanto que você não parece uma girafa, Leah.

Brett sorriu, e Leah ficou vermelha como um pimentão.

Uma hora depois, eles estavam na lojinha de suvenires, onde Brett quis comprar uma pilha de postais para enviar aos colegas de escola.

– Agora, eu gostaria de convidar a minha guia turística e fonte inesgotável de conhecimento para almoçar. Você recomenda algum lugar?

Leah ficou desconcertada. Sempre que ia até lá, levava sanduíches e nunca tinha comido em um restaurante em toda a sua vida.

– Hum, bom, na verdade, não.

– Sem problema. Vamos descer a High Street e ver o que encontramos.

O que eles encontraram foi o Stirrup Restaurant, com pratos tradicionais de Yorkshire. Conseguiram uma mesa nos fundos do salão lotado e fizeram os pedidos. Leah se sentiu chique demais.

– Então, o que o seu pai faz?

– Nada. Ele tem artrite severa e não consegue andar.

– Sinto muito, Leah.

Leah abanou a mão no ar, espantando o constrangimento de Brett.

– Não tem problema. Ele é o homem mais otimista que eu conheço.

A garçonete trouxe duas Cocas, e eles tomaram um gole.

– Você sempre trabalha para a Rose nas férias?

– Não. É por causa da exposição e por você estar aqui.

– Meu Deus, desculpa ter estragado as suas férias, Leah – disse Brett com um sorriso.

– Ah, não, não foi isso que eu quis dizer. Bom, a gente precisa mesmo do dinheiro e…

Leah se interrompeu. Ela ouvira Miranda contar como o pai de Brett era rico. Ele não entenderia.

– Está gostando daqui? – perguntou ela.

– Muito. Principalmente do dia de hoje. Obrigado por vir aqui comigo.

Tenho tentado encontrar uma chance de conversar com você, mas a Miranda... – comentou Brett, com a voz sumindo.

– Ela é muito bonita, não é?

Brett observou a beleza totalmente natural sentada à sua frente e sorriu.

– É, se você gosta desse tipo de coisa – disse ele, então tomou coragem: – Eu te acho muito mais bonita.

Leah olhou para baixo e corou de novo. A chegada de duas tortas de carne com batatas a poupou de dar uma resposta.

– Meu Deus, que delícia – disse Brett, devorando avidamente a comida. – Eles sabem mesmo cozinhar por aqui. Quando o meu pai me falou para passar o verão aqui em Yorkshire, eu não quis, mas agora estou feliz de ter vindo. É um lugar belíssimo.

– É, sim.

Leah se sentia jovem e ingênua ao lado daquele garoto que falava com tanta eloquência em sua pronúncia precisa. Era difícil acreditar que ele fosse apenas alguns meses mais velho do que ela.

– Quando terminarmos aqui, tem algum outro lugar aonde podemos ir? Eu queria dar uma caminhada.

– A gente pode subir as charnecas que ficam atrás do presbitério. E tem as ruínas da Top Withens, a fazenda que eles acreditam ter servido de referência para *O morro dos ventos uivantes*. Só que não vamos ter tempo de chegar lá. É muito longe.

– Bom, a gente pode ver até onde consegue ir – sugeriu Brett, dando de ombros, desesperado para que o dia não chegasse ao fim e para que eles tivessem mais tempo sozinhos.

Os dois refizeram a caminhada até o presbitério e começaram a atravessar as charnecas de Haworth, mais uma vez ficando em silêncio enquanto andavam lado a lado.

Depois de um tempo, Brett se jogou na grama.

– Eu devo estar ficando velho – brincou. – Estou exausto.

Leah se sentou a uma boa distância dele. Brett protegeu os olhos do sol forte com a mão e olhou para a imponente casa à distância, que eles tinham deixado para trás.

– O presbitério está muito bonito hoje, mas eu imagino como aqui em cima deve ser desolado no inverno. Dá até para ouvir o Heathcliff batendo na janela.

Leah assentiu. Brett olhou para ela, que abraçava graciosamente os joelhos enquanto observava as charnecas.

– Você me lembra a Cathy, sentada aí. Exceto pela camiseta e a calça jeans – afirmou ele, rindo.

Ela sorriu para ele, e só o que ele queria era puxá-la para si e beijá-la. Mas não conseguiu tomar coragem.

Leah estava pensando em como seria romântico se ele pegasse na mão dela. Nunca tivera o menor interesse nos garotos até aquele momento, mas Brett… Não, ela não passava de uma garota pobre de um pequeno vilarejo de Yorkshire. Com certeza a sofisticada Miranda fazia muito mais o tipo dele.

Eles ficaram assim por um tempo, Brett desejando, pelo menos, se aproximar mais. Em algum momento, ele fez isso e depois ficou sentado ali, arrancando a grama com as mãos.

– Eu… eu gostei muito de hoje, Leah. Espero que a gente consiga passar mais tempo juntos. Aliás, eu queria te pedir uma coisa.

– O quê?

– Você pode dizer não se quiser, mas eu adoraria te desenhar.

– Me desenhar?

A surpresa na voz de Leah era óbvia.

– É. Eu te acho… muito bonita.

Ninguém nunca tinha sugerido aquilo a Leah. A não ser Megan, a bruxa, tantos anos antes… Leah tentou não estremecer.

– Você deixa?

– Bom, se você quiser mesmo… Mas eu não tenho muito tempo. Você não pode pintar a Miranda?

Brett foi firme na resposta.

– Não.

Era agora ou nunca. Brett estendeu o braço e pôs a mão sobre a dela.

– É você.

Leah pensou que ia morrer de prazer enquanto deixava Brett pegar sua mão.

Empolgado com o avanço, ele se aproximou ainda mais e envolveu o ombro dela com o braço livre.

– Eu prefiro que a Miranda não saiba, senão ela vai tentar ir junto. Eu queria que fosse só a gente enquanto eu pinto. Por que não arrumamos um lugar nas charnecas, perto da casa? A gente podia se encontrar lá todo dia por tipo uma hora. Quando é melhor para você?

Leah mal sabia o que estava dizendo ao sentir o calor do corpo dele próximo ao seu.

– De tarde. Umas três.

– Combinado, então. Vamos encontrar o lugar ideal na volta.

Leah conferiu o relógio. Passavam das duas e meia. Embora quisesse ficar ali para sempre, sabia que eles precisavam voltar para casa.

– Temos que ir.

– Ok. Mas, antes…

Ele a beijou castamente nos lábios fechados. Brett queria ser mais apaixonado, mas sabia que precisava ir devagar. Então afastou a boca, pôs os dois braços em volta dela e a abraçou com força.

Sentada ali, com a cabeça no ombro dele e os olhos fechados, Leah se perguntou se estava no meio de um sonho adorável. Seu primeiro beijo, em um lugar que amava, com um garoto tão diferente dos moleques broncos e abusados de sua classe. Aquilo era tão maravilhoso que ela teve vontade de chorar.

Por fim, Brett a soltou, e eles desceram a colina de mãos dadas. O silêncio, tão incômodo no início do dia, agora parecia completamente natural para os dois, que sentiam o primeiro gostinho do amor.

6

– Ah, mãe, eu não tenho roupa para a festa da Miranda na semana que vem – lamentou Leah.

– Você tem o vestido que usou na festa da Jackie no ano passado. Vai ficar ótimo.

– Mas, mãe, eu cresci desde aquela época, e aquele vestido é tão... infantil. Doreen estalou a língua nos dentes.

– Escuta aqui, madame, você só tem 15 anos e...

– Vou fazer 16 no fim de agosto – retrucou Leah.

– Você só tem 15 anos, e aquele vestido vai ficar ótimo se eu encompridar – disse a mãe com firmeza.

– Eu posso ir até Bradford só para dar uma olhada? Eu economizei um dinheirinho trabalhando na casa... Por favor, mãe.

– Você nunca se interessou por roupa, minha menina.

– Eu sei, mas estou crescendo, e todos os amigos da Miranda vão estar com roupas lindas.

– Eles têm dinheiro. A gente não.

A Sra. Thompson olhou para o rosto cabisbaixo da filha, e seu coração amoleceu.

– Vamos fazer o seguinte: a gente dá um pulo em Keighley amanhã para ver se encontra um material que eu possa transformar rápido em alguma coisa. Pode ser?

– Ah, mãe, obrigada – disse Leah, abraçando a mãe.

– Certo. Estou indo para o casarão. Prepare o jantar do seu pai, e eu te vejo mais tarde.

A Sra. Thompson saiu pela porta da cozinha, e Leah começou a descascar as batatas para o jantar. Depois de colocá-las para ferver, ela se sentou à mesa. Um sorriso iluminou seu rosto enquanto, sonhadora, se lembrava da tarde que acabara de passar com Brett.

Todos os dias, às duas e meia, Leah deixava o casarão como se fosse direto para a casa e disparava por entre as folhagens de urze o mais rápido que podia. Eles tinham encontrado um ponto adorável, escondido nas charnecas, onde Brett esperava por ela, com o caderno de desenhos e o carvão na mão. Leah se sentava bem quieta por meia hora enquanto ele a desenhava. Depois disso, Brett a abraçava, eles se deitavam na grama áspera e conversavam. Leah ainda precisava se beliscar para acreditar que aquilo realmente estava acontecendo. Já não pensava nele como o sobrinho da Sra. Delancey nem como o filho de um homem muito rico. Ele era apenas Brett, que conversava com ela sobre o quanto queria ser artista, que estava de coração partido pela morte da mãe e que temia voltar para Eton, deixando Leah e Yorkshire para trás.

Leah suspirou e se levantou da mesa para virar as batatas. Ela se perguntou o que Miranda diria se soubesse o que estava acontecendo. Era óbvio que ela gostava muito de Brett, e Leah ainda não conseguia acreditar que ele *a* preferira.

Leah tirou o *toad-in-the-hole* do forno, amassou as batatas acrescentando bastante manteiga cremosa e distribuiu tudo em dois pratos. Depois, chamou o pai para dizer que o jantar estava pronto.

Harry Thompson conduziu a cadeira de rodas habilmente pelo corredor estreito e se posicionou em frente à mesa da cozinha.

– Hummm, está com um cheiro ótimo, menina. Você vai ser uma cozinheira tão boa quanto a sua mãe.

– Obrigada, pai – disse Leah, sentando-se do lado oposto. – Coma antes que esfrie.

– Está bom, menina. Então, como vão as coisas no casarão?

– Tudo bem. É bom ganhar um dinheirinho.

– E, afinal, como é esse sobrinho jovem e rico da Sra. Delancey?

– Ah, ele é muito… legal.

Harry notou o olhar da filha. Fazia três semanas que ele já tinha algumas suspeitas ao ver o andar saltitante de Leah, o rubor em suas bochechas e a expressão sonhadora no rosto dela quando pensava que ninguém estava olhando.

– Entendi. Tem alguma coisa que você queira me contar? – perguntou ele, sorrindo para ela.

Leah ficou vermelha como um pimentão. Nunca conseguira esconder nada do pai.

– Ah, pai, prometa que não vai falar para a mãe. Pode ser que ela não me deixe mais trabalhar lá se souber e...

A história toda saiu aos borbotões. Era um alívio imenso contar para alguém.

– Não sei como vou viver quando o Brett for embora – concluiu Leah, com lágrimas nos olhos.

– Você tem a mim, querida. Pode chorar no meu ombro – replicou o Sr. Thompson.

Ele hesitou antes de falar de novo.

– Agora, eu sei que a sua mãe fala que ele é um jovem cavalheiro, mas esse rapaz é de um mundo diferente. Não deixe ele te magoar, está bem, querida?

– O Brett nunca me magoaria – disse Leah, na defensiva.

– Tenho certeza que não, menina – disse Harry, lançando à filha um sorriso afetuoso. – Divirta-se. O primeiro amor é mágico. Se quiser conversar, vou estar sempre aqui para ouvir.

Leah assentiu, se levantou e deu a volta na mesa para abraçar o pai.

– Obrigada, pai. Eu te amo muito, sabia? Agora, vá ver a sua novela, que eu vou lavar a louça e fazer uma xícara de chá para nós.

Harry aquiesceu e saiu da cozinha, preocupado com a óbvia força do sentimento que a inocente filha nutria por um garoto que sairia da vida dela dali a menos de seis semanas.

– Caramba, este verão está se revelando um dos mais quentes da história – disse Brett, admirando o céu azulíssimo, perfeito.

Leah assentiu, mudando de posição nos braços dele para ficar mais confortável.

– Você jura que vai escrever para mim pelo menos uma vez por dia quando eu voltar para a Eton?

– Só se você fizer a mesma coisa – respondeu Leah.

– E eu estava pensando: posso vir passar o recesso de outubro aqui, quem sabe até o Natal.

– É.

Leah simplesmente não suportava pensar na partida de Brett. Por isso, mudou de assunto.

– Quando você vai me deixar ver o desenho?

– Quando eu terminar. Você é meio impaciente, não é?

Brett se debruçou sobre ela e começou a fazer cócegas impiedosas na namorada.

– Para! Para! – implorou Leah, rindo, mas adorando cada segundo daquilo.

Ela se contorceu para longe na grama e consultou o relógio com um suspiro.

– Eu tenho que ir. O meu pai precisa jantar.

– Ok, mas primeiro...

Brett a agarrou e a puxou para seus braços. Ele a beijou apaixonadamente e pôs a mão no pescoço dela antes de descer até o volume macio sob a blusa. Brett suspirou aliviado quando Leah não o impediu. Hesitante, desabotoou o primeiro botão da camisa dela, e moveu, devagar, a mão por baixo do tecido.

– Não! – exclamou Leah com raiva, afastando-se dele.

Brett deu um salto.

– Meu Deus, desculpe, Leah. Eu pensei que você... que nós...

– É. Mas eu já te falei que não quero ir mais longe.

Brett estava visivelmente cabisbaixo.

– Você não gosta de mim o suficiente?

– Claro que gosto. Mas a minha mãe me alertou sobre o problema que isso pode criar para uma garota.

– Você acha que o que a gente está fazendo pode te criar algum problema? Quero dizer, a Miranda já deve ter estado aqui nas charnecas com metade dos garotos de Oxenhope, pelo jeito como ela age, e...

– Por que você não vai atrás dela, então?

Leah estava com os olhos cheios de lágrimas. Ela se levantou e começou a descer a colina.

– Leah, eu...

Brett suspirou e se agachou enquanto a observava correr graciosamente para longe pelas charnecas. Ele se sentiu um lixo. A última coisa que queria fazer era chateá-la, mas ela o deixava louco. É claro que ele entendia. Ela era inocente demais, ingênua demais e parecia ser muito mais nova que ele. Mas os contornos do corpo que ele sentia por baixo das roupas contavam uma história bem diferente. Leah ocupava seus pensamentos noite e dia.

Brett a amava. E diria isso a ela na festa de Miranda, na semana seguinte.

Leah continuou correndo até estar longe o suficiente de Brett, depois se jogou nas charnecas e se entregou a um choro intenso. Era tão injusto. Brett sabia que ela não gostava de ser tocada ali, mas, mesmo assim, ela se sentia muito culpada por tê-lo impedido.

– O que houve com você?

Uma sombra apagou o sol brilhante, e Leah olhou para cima. Miles estava montado em seu imponente cavalo negro, encarando-a. O involuntário tremor que ela sempre sentia na presença dele percorreu sua espinha quando ele desmontou. Ela secou as lágrimas do rosto e se levantou, desesperada para fugir.

– Nada, eu estou bem. Preciso ir para casa agora.

Leah se virou para ir embora, mas ele pôs a mão em seu ombro para impedi-la.

– Brigou com o namorado novo?

– Eu… como assim?

Leah ficou imóvel. A mão dele queimava em seu ombro. Não queria se virar e encarar aqueles olhos escuros.

– Eu vi vocês dois juntos nas charnecas hoje à tarde. Você cresceu, não foi?

Ela estava enraizada no chão, paralisada de medo. Ele soltou o ombro dela e deu a volta para encará-la.

– Não se preocupe, eu não vou contar para ninguém. Esse pode ser o nosso segredinho, não é? – disse ele, sorrindo.

Em seguida, Miles estendeu a mão e deslizou os dedos do pescoço à cintura dela. O movimento pôs Leah em ação, e ela correu o mais rápido que suas pernas conseguiram carregá-la, atravessando as charnecas e descendo até a familiaridade e a segurança da própria casa.

Naquela noite, Leah teve um pesadelo horrível.

Um homem a perseguia pelas charnecas. Ele estava se aproximando, e ela sabia exatamente o que o homem faria se a alcançasse. Suas pernas estavam ficando cada vez mais lentas, e o vale logo abaixo ecoava com a voz de Megan, a bruxa. *Coisas malignas… condenado… não se pode mudar o destino… você precisa tomar cuidado com ele…*

7

– Então, pai, a nossa Leah não está parecendo uma pintura? – perguntou a mãe, sorrindo, orgulhosa.

– Está mesmo. Esse vestido é muito bonito. Parece ter saído de uma daquelas revistas de moda. Você é talentosa com as agulhas, não é, meu amor? – elogiou o Sr. Thompson, fitando a esposa com ternura.

Leah estava de pé no quarto dos pais, encarando o espelho, incrédula. O vestido era bem simples – feito com um algodão branco barato –, mas a mãe conseguira ajustá-lo perfeitamente a seu corpo alto e gracioso. Era um vestido sem mangas, com gola canoa, justo na cintura e com uma saia plissada. Em qualquer outra pessoa, teria parecido um vestido de festa infantil, mas a altura e a magreza de Leah acrescentavam a medida exata e necessária de sofisticação, fazendo-a parecer vários anos mais velha.

– Então, mocinha. Comporte-se. Eu vou estar servindo a comida e as bebidas, então não vou ter tempo de ficar de olho em você. A Sra. Delancey convidou metade de South Yorkshire – comentou a Sra. Thompson, estalando a língua nos dentes. – Enfim, nem pensar em se enfiar no banheiro para passar maquiagem no rosto, garota. Esse batonzinho claro é suficiente para uma menina da sua idade.

– Está bem, mãe – respondeu Leah, obediente, e olhou para o relógio ao lado da cama. – É melhor a gente ir.

Doreen assentiu.

– Pegue o casaco, Leah. Vai fazer frio na volta.

Leah fez o que a mãe mandou e voltou para o quarto para dar um beijo de boa-noite no pai. Às vezes, deixá-lo sozinho partia seu coração.

– Boa noite, pai – disse ela e o beijou.

– Boa noite, meu amor. Você parece tão crescida nesse vestido. Divirta-se e se comporte – disse ele, sorrindo e dando uma piscadela.

– Pode deixar.

Mãe e filha saíram de casa e começaram a subir a colina em meio ao ar abafado de julho.

Miranda finalizou o contorno dos lábios com "vermelho morango", pôs um lenço de papel entre eles e o apertou com força. Ela olhou para o carimbo dos lábios no lenço e se perguntou pela milésima vez por que Brett não estava louco de desejo para beijá-los.

Ela já tinha tentado de tudo, do flerte escandaloso a uma atitude distante e recatada, mas nada parecia funcionar.

Miranda se levantou e se analisou no espelho. Perfeita. O vestido preto e justo exibia o corpo voluptuoso. Tinha certeza de que nem Brett conseguiria resistir a ela naquela noite. Ela já sabia como usar o rosto e as curvas para deixar os garotos da escola a ponto de bala, dispostos a fazer qualquer coisa para dar uma espiada na cinta-liga que usava por baixo do uniforme. Miranda podia não ser a primeira da classe em termos acadêmicos, mas sabia como o mundo funcionava.

Ela queria sair daquele lixo de casa, daquele vilarejo minúsculo e repressor, cheio de zés-ninguéns levando vidas monótonas e tacanhas. Mas, acima de tudo, desejava a riqueza. Dinheiro era sinônimo de poder e controle, e só havia um jeito de conseguir isso.

Amor era para os tolos. Ele deixava as pessoas indefesas e as impedia de conseguir o que queriam. Miranda nunca tivera a intenção de cair nessa armadilha.

Mas a reação de Brett a desconcertara. Ele não estava se comportando do jeito que ela aprendera a reconhecer. Brett parecia imune ao encanto que até então havia enfeitiçado os garotos de sua classe. Aquilo estava começando a irritá-la. Ele era seu passaporte para sair daquele lugar. Resumindo, ela precisava agarrá-lo.

Miranda sorriu para o próprio reflexo ao se levantar. Brett não teria a menor chance.

– Obrigada, Rose, está lindo.

Miranda perscrutou o celeiro, que tinha sido esvaziado pelos homens do vilarejo e enfeitado com bandeirolas. A discoteca móvel estava sendo montada na frente, e a Sra. Thompson preparava a comida na cozinha.

Rose olhou para a filha, desejando ter a coragem de dizer que o tubinho preto, a maquiagem exagerada e os sapatos de salto não a favoreciam em nada. No entanto, Rose tinha se esforçado muito pela festa, na esperança de que aquilo amansasse Miranda, e a última coisa que queria era começar uma discussão.

– De nada. Agora escute, Miranda, algumas regras básicas para você e os seus amigos. Eles podem entrar na casa para usar o banheiro, mas o resto está proibido. Não quero ninguém se enfiando nos outros celeiros. E, fora o ponche de frutas, que tem um pouquinho de vinho, não quero ninguém bebendo álcool. Eu estarei na sala de estar com os adultos e, se não tiver nenhum problema, vou ficar por lá. Mas…

– Está bem, já entendi – interrompeu Miranda, impaciente. – Aproveite a sua festa, que eu vou aproveitar a minha. A propósito, gostou do meu vestido? – perguntou ela, dando uma voltinha.

Rose cerrou os dentes.

– Claro, é… muito… marcante.

– Também achei. Até mais tarde. Só vou checar a minha maquiagem enquanto as pessoas não chegam.

Miranda subiu a escada do melhor jeito possível com o vestido justo e os saltos altos. Atravessou o corredor em direção ao banheiro, passando pelo quarto de Brett. Ela o ouviu assobiando. Caminhou furtivamente até a porta entreaberta e espiou pela fresta. Brett estava sentado na cama, de costas para ela, enrolando um objeto chato e retangular em um lençol velho. Ela bateu e entrou no quarto.

O susto de Brett foi óbvio, pois ele deu um pulo e deslizou rapidamente o objeto para baixo da cama antes de se virar.

– Meu Deus, Miranda, você não devia entrar assim de fininho.

– Desculpe, querido – disse ela, sentando-se na cama, cruzando as pernas e revelando a barra de uma das meias pretas. – Era o meu presente de aniversário?

– Hum, não. Mas isto aqui é.

Brett lhe entregou um pacote embrulhado com cuidado, na esperança de que aquilo desviasse o interesse de Miranda pelo que havia embaixo da cama.

– Posso abrir agora?

– Se quiser. Feliz aniversário.

Miranda rasgou o embrulho, encontrando dentro dele uma caixa de veludo azul. Abriu-a e olhou para o delicado medalhão de ouro. Definitivamente, não era o seu estilo, mas com certeza valia uma grana. Ela o tirou da caixa e o segurou entre os dedos.

– Obrigada, Brett. É lindo.

Ela mexeu no fecho da joia e conseguiu abri-la.

– Olhe, eu posso colocar a foto de alguém aqui, para que a pessoa fique sempre perto do meu coração. Você tem uma foto sua para me dar?

– Não, pelo menos, não pequena o suficiente. Fico feliz que tenha gostado, Miranda. Eu não sabia o que comprar, então pedi ajuda para a Sra. Thompson.

Na verdade, fora Leah que escolhera o presente, mas Brett achou que Miranda não ficaria muito feliz de saber.

– Você pode colocar no meu pescoço? Vou usá-lo hoje à noite.

– Claro.

Brett se ajoelhou na cama atrás de Miranda e fechou a corrente. Antes que ele conseguisse se mover, ela já tinha se virado e colocado os braços ao seu redor. O rosto da garota estava a centímetros do dele, e Brett sentiu o perfume forte que ela usava.

– Acho que eu devia te dar um beijo de agradecimento, não é? – disse ela, e encostou os lábios nos dele.

– Não, Miranda, eu...

Antes que Brett conseguisse se afastar, a outra mão de Miranda levou, veloz, a mão dele até o seu seio.

Após todas aquelas malogradas tardes nas charnecas e tantos sonhos tentadores com Leah noite após noite, Brett não conseguiu resistir. Ele relaxou os lábios e deixou a mão correr sobre um dos seios dela e, depois, sobre o outro. Sabia que aquilo era errado, perigoso, mas seu corpo estava no controle, não sua mente. Miranda não o impediu quando ele escorregou a mão para dentro do vestido.

Brett sentiu que Miranda abria devagar o zíper de sua calça para retribuir o gesto.

– Ai, meu Deus – gaguejou ele.

O primeiro toque de uma mulher em seu corpo foi uma sensação sem paralelo, e aquilo levou um Brett extremamente excitado para além do ponto de retorno.

Após gastar a paixão reprimida na mão de Miranda, Brett ficou horrorizado. Só conseguia pensar em sair dali o mais rápido possível. Ele arrancou a boca daquele beijo vicioso e foi até a porta.

– Miranda… eu…

O brilho da vitória iluminava os olhos dela.

– Desculpe.

Foi tudo que ele conseguiu dizer enquanto disparava para o banheiro e se trancava lá dentro.

Ele se sentou na beirada da banheira com a cabeça entre as mãos. Como podia ter feito aquilo depois de tudo que dissera a Leah? Era como se tivesse sido possuído durante aqueles poucos minutos – como se não fosse ele mesmo ali, incapaz de pensar em qualquer coisa exceto a própria satisfação física. Todos os homens eram assim? Todos eles ficavam desarmados quando confrontados com a própria avidez egoísta por sexo? Era por isso que ele sempre lia relatos de carreiras arruinadas após o envolvimento com mulheres detestáveis?

Ele não podia contar a Leah. Ela nunca, jamais, o perdoaria, e Brett não podia culpá-la.

Estava tão animado com aquela noite! Diria a Leah que a amava e a presentearia com o desenho a carvão concluído. Tinha até encontrado um esconderijo em um dos celeiros e, quando Miranda irrompera sobre ele, estava embrulhando o desenho em um lençol, pronto para levá-lo furtivamente até o andar de baixo, para mais tarde.

Brett se levantou e tirou a roupa. Lavou o corpo, o rosto e as mãos como se quisesse se limpar do toque de Miranda. Em seguida, respirou fundo e decidiu que, para ficar com Leah, teria que conviver com aquele segredo vergonhoso e compensá-la de outras maneiras.

No mesmo instante, ela se tornou um ícone brilhante aos olhos dele: pura, intocada, inocente, tão diferente de Miranda, que o tinha tentado e conseguido o que queria.

– Merda! O desenho!

Brett destrancou a porta e correu pelo corredor até o quarto, que estava vazio. Olhou embaixo da cama e, para seu alívio, o desenho ainda estava ali. Ele torceu para que Miranda tivesse se esquecido dele, pois sabia que, embora ela não pudesse machucá-lo, poderia machucar Leah.

Foi a primeira coisa que Miranda fez quando Brett saiu do quarto. Satisfeita com seu triunfo, sabendo que, por mais dinheiro, riqueza ou poder que os homens tivessem, eles eram todos iguais por dentro, ela enfiou a mão embaixo da cama e tirou o objeto de lá.

O choque foi terrível. Miranda ficou pálida, e a raiva queimou dentro dela. A beleza e a inocência de Leah, capturadas com tanta perfeição por Brett, iluminavam o desenho.

Mas isso Miranda não conseguia ver. Tudo que via era a garota tímida que lavava a louça de Rose para ganhar alguns trocados.

– Vaca! – disse ela, baixinho.

Esse devia ser o motivo para Brett tê-la tratado com tanta indiferença – ele estava se satisfazendo com aquela pirralhinha ordinária.

O primeiro instinto de Miranda foi quebrar a moldura e despedaçar o desenho. Não, Brett saberia que fora ela. Tinha que haver um jeito melhor de se vingar.

– Você vai ver só – disse ela para o desenho enquanto o embrulhava de novo e o colocava embaixo da cama.

Em seguida, ela se levantou, arrumou os cabelos no espelho e foi para o andar de baixo cumprimentar os convidados.

"Mamma Mia" ressoava nos alto-falantes do celeiro enquanto o DJ cumprimentava todos que chegavam à festa. Algumas pessoas avançavam timidamente até a pista de dança improvisada e começavam a se mexer no ritmo da música.

Miranda estava cercada de amigos, recebendo presentes, quando Brett entrou, recém-saído do último celeiro, bem à beira das charnecas, onde tinha escondido o desenho.

Ele não sabia que alguém o observava do início ao fim.

Brett avistou Leah.

– Eu te achei. Uau, como você está linda.

Ele a beijou e passou o braço pelo ombro dela.

– Brett, não. A Miranda está bem ali e pode ver.

– Eu não ligo mais. Ela não pode impedir a gente.

– Não, mas...

– Shhh. Venha cá. Vamos dançar.

O celeiro estava enchendo. Alguns garotos do vilarejo tinham levado sidra e cerveja, e Miranda bebia das garrafas ofertadas. Ela olhou em volta, e a visão de Leah e Brett juntos fez sua raiva aumentar.

– Venha dançar comigo.

Miranda agarrou o primeiro garoto que viu, puxou-o para a pista de dança e, movendo-se de maneira sedutora no ritmo da música, tomou um gole da garrafa de sidra que carregava na outra mão.

Brett estava com os braços em volta de Leah, e eles se balançavam lentamente ao som da música.

– Está feliz, Leah?

Ela olhou para ele.

– Estou.

– Ótimo. Eu tenho uma coisa para você. Está no último celeiro, à beira das charnecas. Vamos ter que nos separar para não sermos vistos, mas você vem? Prometo me comportar – implorou ele.

– Está bem – respondeu ela, sorrindo.

A Sra. Thompson estava levando a comida da cozinha e colocando-a na mesa com pés de cavaletes nos fundos do celeiro. Ela logo viu Leah dançando com Brett.

– Isso vai dar problema – murmurou.

Quando a música parou, ela bateu palmas e gritou:

– Comida!

As pessoas foram até a mesa cheia, e a Sra. Thompson se manteve ocupada servindo linguiças, batatas assadas e salada.

– Estou de olho em você – sussurrou ela para Leah enquanto fazia o prato da filha.

Leah olhou para o chão, envergonhada.

– Sério, mãe, a gente só estava dançando, só isso.

– Que continue assim. Nada de desaparecer por aí – advertiu a Sra. Thompson, passando para o próximo convidado faminto.

Miles observou Leah e Brett de seu ponto de vista privilegiado, no canto do celeiro. Leah estava se tornando uma garota linda, exatamente como ele sabia que ia acontecer. Mas aquele garoto com quem ela estava... ele não servia nem para beijar o chão que ela pisava, ainda que seu pai fosse dono de metade do mundo.

Miles tinha fotos dela, tiradas em segredo, da época em que ela era uma delicada menininha de 5 anos perambulando pela casa atrás da mãe. A câmera a amava, sua beleza etérea era ressaltada pela nitidez da lente.

E agora havia um pretendente ao trono dele. Miles mal podia esperar para rasgar aquele retrato como o lixo que era.

Brett precisava entender. Leah ainda não estava pronta. Ela era pura e perfeita. Miles soubera disso quando a tocara no outro dia. Ele teria que marcá-la para si mesmo.

Miles vagou para fora do celeiro, na direção das charnecas; uma figura escura e solitária sob o luar.

Leah entrou no último celeiro, tendo saído no instante em que a mãe levara uma pilha de pratos sujos de volta para a casa. O luar fantasmagórico era a única luz disponível, e ela torceu para que Brett já estivesse lá.

– Brett? – sussurrou ela.

Ela ficou aliviada ao ouvir um barulho lá no fundo. Em seguida, escutou o som de algo se quebrando.

– Brett, Brett, você está bem?

Leah cambaleou na direção do barulho e viu um círculo de lanterna no chão. No mesmo instante, o aparelho foi desligado, e o silêncio voltou.

– Brett, cadê você?

Leah tinha chegado ao local onde vira o círculo de luz e estava ouvindo alguém respirando. Ela estendeu o braço e pôs a mão em algo quente.

– Graças a Deus, Brett. Que barulho foi aquele?

Os braços se abriram para ela, e Leah se aninhou neles. Mas havia algo errado. Ela olhou para cima, com os olhos agora ajustados à pouca luz, e gritou.

Uma mão cobriu sua boca, e ela lutou, mas ele a segurou firme.

– Eu não vou te machucar, Leah. Pare de lutar, pelo amor de Deus.

Sentimentos de repulsa e medo surgiram dentro dela.

– Não! – gritou ela, desvencilhando-se com toda a sua força.

O movimento a lançou contra a parede. Ela deslizou para o chão e ouviu o vestido rasgar porque o tecido ficou preso em alguma coisa.

– Leah, Leah, você está bem? Droga, não consigo ver nada!

Leah se levantou e correu em direção à figura sombreada de Brett parado perto da entrada do celeiro. Ela se jogou nos braços dele, soluçando alto.

– O que foi que aconteceu?

– Ali... ele estava ali, eu pensei que fosse você, mas... não era.

– Tudo bem. Calma. Eu estou aqui agora – disse Brett, reconfortando-a. Ele olhou para o fundo do celeiro, mas não conseguiu ver nada.

– Fique aqui, eu vou dar uma olhada.

– Não, vamos embora.

– Mas tem uma coisa que eu quero te mostrar.

– Eu quero voltar para a casa. Agora. O meu vestido está todo rasgado e...

– Está bem, eu posso te mostrar outra hora.

Brett se virou para sair do celeiro e viu Miranda parada ali, de braços cruzados.

– Ora, ora, ora. Parece que a noite foi agitada, não é, Brett? – disse ela, olhando para o rasgo no ombro do vestido de Leah.

– Oi, Miranda – disse Brett, suspirando. – Eu queria te contar que...

– Que você também está transando com ela? – completou Miranda, com a fala arrastada.

Brett cerrou a mandíbula.

– Cala a boca, Miranda.

– Ah, não, eu acho que a pequena e inocente Leah tem o direito de saber onde o namoradinho dela estava hoje mais cedo, não? – debochou ela, depois riu com maldade.

Leah ficou parada ali em silêncio, olhando para a frente, sem querer ouvir.

– Vá em frente, Leah, pergunte a ele. Veja se ele vai negar – provocou Miranda.

Leah olhou para Brett, implorando com os olhos para que ele fizesse exatamente isso. Mas a culpa estava estampada no rosto dele.

Ela deu um soluço enorme e saiu correndo do celeiro, direto para os braços da mãe.

8

– Vamos, Leah, conte para a mãe o que aconteceu – pediu a Sra. Thompson, envolvendo os ombros da filha em um cardigã.

A garota tremia muito, e a mãe não conseguia arrancar dela uma palavra sequer. A Sra. Thompson enviara Brett de volta à festa. Ela falara rápido com Miranda, que obviamente estivera bebendo. Miranda dissera que ouvira alguém gritar e encontrara Brett e Leah sozinhos no celeiro.

A Sra. Thompson olhou para o vestido rasgado da filha e temeu o pior.

– Ele, o Sr. Brett...?

A Sra. Thompson não conseguia pronunciar as palavras. Graças a Deus fora procurar Leah quando percebera que a filha e Brett tinham sumido. Leah não respondeu. Se aquele garoto tivesse tocado em sua filha, bom... ele ia pagar por isso, por mais rico que o pai dele fosse.

– Leah, o Sr. Brett...?

– Não, mãe.

– Então, o que aconteceu? Como foi que você rasgou o vestido?

Leah continuou sentada ali, com os lábios cerrados, branca como um fantasma. A Sra. Thompson percebeu que não conseguiria arrancar mais nada dela naquela noite.

– Está bem, meu amor. A gente conversa amanhã. Acho que você precisa voltar para casa e se enfiar na cama.

A Sra. Thompson não queria que Harry soubesse daquilo, não com a saúde dele do jeito que estava. Ela entrou na sala de estar onde Rose entretinha os convidados e perguntou ao Sr. Broughton, um fazendeiro local, se ele se importava de dar uma carona a Leah colina abaixo, uma vez que ela não estava se sentindo muito bem. Ele prontamente concordou, e a Sra. Thompson enfiou Leah no banco de trás do carro, com orientações precisas para que ela fosse direto para o andar de cima e para a cama quando chegasse em casa.

Doreen voltou para a cozinha e se dirigiu até a imensa pilha de pratos na pia. A porta da cozinha se abriu e Brett entrou, envergonhado e pálido.

– Ela está bem, Sra. Thompson? – perguntou ele, baixinho.

– Está. Eu mandei ela para casa, para a cama.

– Eu não toquei nela, sabe, eu juro. Eu não faria isso. Eu gosto demais da Leah para fazer qualquer coisa que a magoasse.

– Não foi isso que a Miranda disse quando eu falei com ela. Ela disse que ouviu alguém gritando, foi até o celeiro e te encontrou sozinho com a Leah.

Brett passou a mão pelos cabelos.

– Ai, meu Deus, ela disse isso?

– Disse, sim. De qualquer forma, eu vou conversar com a Leah amanhã, e ela não vai mais trabalhar aqui pelo resto do verão. Acho que você já causou confusão suficiente por uma noite, rapaz. Se eu fosse você, iria para a cama.

– Sim, a senhora está certa. Por favor, Sra. Thompson, diga à Leah que eu peço desculpas.

A Sra. Thompson não disse nada, só continuou lavando os pratos.

Sentindo-se miserável, Brett se esgueirou escada acima. Estava tudo arruinado. E a culpa era dele. Se tivesse sido mais forte, se tivesse resistido a Miranda, nada daquilo teria acontecido. Quanto ao que se passara no celeiro, era a palavra dele contra a de Miranda. Ela estava se vingando dele por ter sido enganada, e Brett sabia que Leah nunca mais ia querer saber dele.

Arrasado, Brett se despiu e se deitou embaixo das cobertas. Fechou os olhos e sonhou com seu primeiro amor perdido.

9

David Cooper afastou a cadeira da mesa e olhou pela janela panorâmica que dava para o Central Park. Lá embaixo, as árvores eram pequenos pontos verdes, e os carros pareciam brinquedos de criança.

Ele pensou em como aquela elevada posição física refletia seu lugar na vida. Quase nunca tinha contato com as pessoas comuns lá de baixo, que corriam para lá e para cá na Quinta Avenida, cada qual com suas obrigações. Todos com quem se encontrava naqueles dias eram muito ricos e muito poderosos; um espelho dele mesmo.

O prazer de fazer dinheiro terminara para ele no dia em que a esposa morrera. Ele a amara, é claro. Mas a extensão da perda que estava sofrendo o chocara. A morte de Vivien trouxera de volta a consciência da própria mortalidade.

Nos últimos nove meses, não tocara em mulher alguma.

David sabia que o filho achava que ele não dava a mínima para a morte da mulher. Só vira Brett duas vezes desde então: no funeral e no Natal. Eles não tinham passado juntos pelo luto.

Ele se perguntou como Brett estava se saindo em Yorkshire com sua irmã. Rose... após vinte anos sem vê-la, ainda guardava a imagem da garota belíssima que ela fora aos 20 e poucos anos.

Nos últimos tempos, vinha pensando muito no passado. Tendo-o bloqueado para sobreviver, passara a vida planejando o futuro. Mas agora estava começando a olhar para trás, a deixar antigas memórias ressurgirem.

Algumas eram dolorosas – dolorosas demais para serem destrancadas. Porém, refletir sobre seu sucesso financeiro o fazia pensar em como tinha chegado longe nos últimos 28 anos.

David ficou sentado ali, em seu escritório de quase 150 metros quadrados, lembrando-se da época em que administrava os negócios na sala de estar de seu minúsculo apartamento em Bayswater.

Ele tinha começado com um decrépito prédio residencial em Islington, no início dos anos 1950, comprando o terreno por uma ninharia e transformando a construção em quatro elegantes estúdios. Naquela época, gente jovem não comprava imóveis, então ele tinha alugado os apartamentos e usado o dinheiro para comprar outro prédio parecido. Em meados da mesma década, David já tinha vinte construções como aquelas, o que lhe garantia uma renda mensal suficiente para pedir empréstimos cada vez maiores aos bancos.

No centro de Londres, ainda havia locais intocados desde a guerra. Ele construiu blocos de escritórios e os vendeu por uma fortuna à crescente quantidade de empresas que foram abertas naquela época.

Na metade dos anos 1960, David já era dono da maior empresa de construção do Reino Unido. Foi aí que ele começou a mirar no exterior, no novo e crescente mercado das viagens de férias, e comprou terrenos em praias da Espanha, das Ilhas Baleares e da Itália. Construiu hotéis e guardou parte das terras para revender aos governos após cinco anos pelo triplo do preço.

Agora, dez anos depois, possuía terrenos nos principais países em desenvolvimento e começava a buscar oportunidades de negócios em lugares mais distantes.

David fora nomeado um dos dez homens mais ricos do Reino Unido e estava entre as cinquenta maiores fortunas dos Estados Unidos.

Uma conquista e tanto.

A empolgação com o sucesso dos negócios compensava aquela parte de si que não funcionava. Ele sabia que os colegas, a esposa e o filho o viam como um homem frio. Sem emoções.

Agora que ela estava morta, David desejava ter tido a coragem de confiar em Vivien, de contar a ela por que fora incapaz de entregar seu afeto... mas era tarde demais.

Sabia que aquela súbita onda de lembranças estava por trás da decisão de enviar Brett para conhecer Rose.

David não ia buscar o filho em Yorkshire. Ele se entregara ao prazer de saber que aquela era uma opção, mas vê-la de novo depois de tanto tempo... Não estava preparado para isso. Mas talvez pudesse aparecer na pequena galeria que acabara de comprar em Londres, quando ela fizesse a exposição lá, só para dar uma olhada. A despeito de tudo, ainda se importava profundamente com a irmã.

David se virou e analisou a pintura na parede, atrás de sua mesa. Soltou um suspiro. Às vezes, ficava triste de pensar em como era fácil comprar e vender qualquer coisa, principalmente as pessoas. Levantou-se e pegou a fina pasta Cartier. Precisava estar no restaurante Sardi's dali a meia hora, para almoçar com um senador recém-eleito.

Enquanto deixava o escritório e esperava pelo elevador, ele se perguntou por um átimo qual seria o preço daquele homem.

10

– Bom, Brett, foi um prazer ter você aqui. Espero que volte logo para nos visitar – disse Rose, beijando o sobrinho. – E continue pintando. Os trabalhos que eu vi mostram um potencial imenso.

– Obrigado, Rose. Gostei muito de ter vindo. Vou tentar aparecer na sua exposição.

Bill e a limusine esperavam por ele do lado de fora.

– Tchau, Brett, foi um prazer te conhecer – disse Miranda, após descer a escada correndo e sapecar um beijo na bochecha dele.

Brett não conseguiu fazer o mesmo, então sorriu, acenou e entrou na parte de trás do carro imenso.

– As férias foram boas? – perguntou Bill pelo interfone. – Devo dizer que o senhor está com uma cara ótima.

Brett pensou nos últimos dois meses. As primeiras cinco semanas tinham sido maravilhosas, com a redescoberta da pintura e com Leah. Mas o último mês fora terrível, já que não conseguia tirá-la da cabeça.

Como a Sra. Thompson prometera, Leah não voltara mais à casa, e ele não a via desde a noite da festa. Brett passara a maior parte do tempo nas charnecas, no lugar onde antes se encontrava com Leah todos os dias, torcendo e rezando para que ela aparecesse. Ele tinha perguntado várias vezes à Sra. Thompson como Leah estava, mas ela só apertava os lábios, dizia "Bem" e encerrava a conversa.

Na última semana, ficara tão desesperado que fora até o vilarejo só para ver se conseguia avistá-la, sem sucesso.

– Tive, sim, Bill, foi... diferente.

– Que bom, senhor. O seu pai mandou lembranças. Ele vai visitá-lo no recesso de outubro. Ele estará na América do Sul pelas próximas seis semanas.

Brett se sentiu mais desanimado do que quando chegara a Yorkshire.

Enquanto os quilômetros que o separavam da garota que amava aumentavam, ele pensou que seu coração ia partir ao meio.

– Tchau, Leah. Nunca vou te esquecer – murmurou enquanto eles cruzavam a fronteira de Yorkshire e aceleravam pela rodovia em direção a Windsor.

11

Rose estremeceu violentamente, apesar dos três suéteres e do cachecol que usava. Ela soprou as mãos dormentes de frio e quase rígidas demais para pintar.

A neve se amontoava em pilhas imensas do lado de fora do estúdio. O degelo começara no dia anterior, mas a neve lá do alto sempre demorava mais a derreter.

Rose alimentou o fogo pequeno e ineficaz e aqueceu as mãos. O clima gelado de janeiro fazia com que se sentisse miserável e deprimida. Ela se virou para olhar a pintura no cavalete. E, mais uma vez, foi atingida pela insegurança.

— Ah — gemeu ela. — Será que vale a pena? Será que eu não vou ser destruída pela crítica?

Vamos lá, disse uma voz dentro dela, enquanto Rose ligava a velha chaleira elétrica. *Pense no aquecimento central que você vai poder instalar se a exposição for um sucesso.*

Rose se sentou na frente do fogo, aquecendo as mãos na xícara de café e bebendo devagar. Ela suspirou, pegou o pincel e a paleta e voltou para o cavalete.

— Pense positivo, velha Rose. Só faltam dois. E esta pintura deve valer pelo menos quatro radiadores e meio.

Ela sorriu e pôs o pincel na tela.

Cerca de uma hora depois, alguém bateu na porta do estúdio.

— Entre.

— Rose, posso falar com você rapidinho?

Miranda estava parada na porta, estranhamente pálida.

Rose tinha notado como ela andava calada nos últimos meses. Na verdade, aquilo tinha sido um alívio imenso. Nos quatro meses e meio após Brett ir embora, com Miles de volta à universidade, Rose quase conseguira concluir suas obras para a exposição.

Agora, ela se perguntava se algo havia lhe escapado. Miranda parecia péssima. Ela baixou o pincel.

– Claro, querida. Entre e sente-se aqui. O que foi?

De súbito, Miranda começou a chorar. Rose não se lembrava de já ter visto a Miranda adolescente chorar diante dela. Ajoelhou-se ao lado da filha e pôs um braço reconfortante em seus ombros.

– O que quer que seja, tenho certeza que não é tão ruim assim.

– É, sim – disse Miranda, soluçando.

– Vamos lá, então, conte para a Rose qual é o problema.

– Acho que estou grávida.

As palavras saíram como uma explosão.

Ai, meu Deus, pensou Rose. *Eu devia ter previsto isso. Um dos garotos do vilarejo, talvez, enquanto eu estava trancada aqui no estúdio.*

– Sua última menstruação não veio, querida?

Miranda assentiu.

– E a anterior a esta, a que veio antes também e… eu não sei quantas.

Ela olhou para cima, e Rose só conseguiu sentir empatia. Afinal, ela própria tinha passado pela mesma coisa.

– Tente pensar com clareza, querida. Provavelmente ainda dá tempo de…

– Umas cinco, talvez seis… não sei.

– Bom, eu vou ligar agora para uma ótima clínica que conheço em Leeds. Vou marcar uma consulta para amanhã e, se a neve permitir, vamos até lá. Talvez você não esteja grávida… Pode ser algum problema feminino e…

– Sinto isto.

Miranda pegou a mão de Rose e a conduziu até a barriga, por baixo de camadas e camadas de suéteres. Rose sentiu uma indiscutível saliência.

– Por que não veio falar comigo antes, Miranda? Tenho certeza que você notou isso há muito tempo.

A pergunta provocou uma nova torrente de lágrimas.

– Eu sei, mas é que eu estava torcendo para estar errada, pensando que no mês seguinte podia dar tudo certo.

– Ok, ok – apaziguou Rose, lembrando-se vividamente do mesmo pesadelo. – Não se preocupe, nós vamos resolver isso. Agora, que tal uma boa xícara de chá?

Ela levou Miranda até a cozinha e preparou duas xícaras. A atitude arrogante de Miranda tinha desaparecido por completo. Agora, só restava uma garotinha assustada sentada à mesa.

Miranda tomou um gole de chá enquanto Rose marcava uma consulta na clínica para o dia seguinte.

– Tudo resolvido. Vamos ser atendidas por uma médica ótima chamada Kate.

– Obrigada, Rose – disse Miranda, baixinho.

– Pelo quê?

– Por estar sendo tão legal. Eu sei que às vezes eu sou difícil, me desculpa.

– Tudo bem.

Rose queria muito aproveitar a complacência de Miranda para perguntar quem era o pai, mas achou melhor esperar pela consulta do dia seguinte.

– Eu estou com medo.

Sem a maquiagem habitual, Miranda parecia jovem, com aqueles olhos grandes, azuis e apavorados. Rose foi até ela e a abraçou.

– Não se preocupe, querida, vamos dar um jeito – disse Rose, com o máximo de confiança que conseguiu angariar.

– Infelizmente, você está grávida de seis meses e meio, Srta. Delancey. Faltam apenas duas semanas dentro do limite permitido pelo Serviço Nacional de Saúde para a interrupção da gravidez e, na minha opinião, perto demais para arriscar. A data prevista para o nascimento é 20 de abril.

Rose soltou um suspiro profundo. Era exatamente o que ela imaginava.

Miranda ficou paralisada, olhando para a médica.

– A senhora está dizendo que não tem nada que eu possa fazer? – perguntou ela, pálida como um fantasma.

– Eu estou dizendo que, na minha opinião, seria um risco para a sua saúde que eu não gostaria de correr.

– Claro – disse Rose. – Não vou colocar a senhora nessa posição. Sinto muito, Miranda, querida, mas você vai ter o bebê – determinou Rose, apertando a mão da filha com força.

– O pai já sabe? – perguntou Kate, em voz baixa.

Miranda olhou para as próprias mãos e balançou a cabeça.

– Você sabe quem é o pai, querida?

Miranda olhou para a mãe e, por um instante, Rose viu uma faísca de medo brilhar nos olhos da filha. Ela desapareceu em um instante, e Miranda olhou para a frente, em silêncio.

– Não.

– Mas, querida, eu acho que...

– Não! Isso não tem nada a ver com ele.

Rose viu Kate lançar um olhar de alerta em sua direção.

– Tudo bem, Miranda. Se você não quer falar sobre isso agora, não tem problema. Mas, no que diz respeito ao pré-natal, quero que você volte amanhã para fazer um check-up completo. Você só tem três meses até o nascimento do bebê, e precisamos cuidar de vocês dois. Você fuma, Srta. Delancey?

Rose conduziu o velhíssimo Land Rover de volta até Oxenhope ao lado de uma Miranda silenciosa. Ela quebrou a cabeça para se lembrar de algum garoto específico que Miranda tivesse mencionado nos últimos meses. Se a filha estava com seis meses de gravidez, isso significava que a concepção tinha ocorrido no meio de julho... É claro – a festa de aniversário de Miranda. Rose sabia em que estado deplorável Miranda chegara ao fim da noite... poderia ter sido qualquer um dos cerca de vinte garotos que tinham aparecido na festa. Talvez Miranda nem sequer se lembrasse, e por isso estava sendo tão reservada.

– Você vai ter que sair da escola, querida, pelo menos por enquanto. Vou adiar a minha exposição até que o bebê nasça e você esteja adaptada.

Rose estava desesperada para dizer como Miranda tinha sido burra de não contar nada antes, para que elas pudessem pelo menos ter feito planos, mas o remorso por ter sido tão autocentrada nos últimos meses a impediu. Rose sentia que a culpa era sua e, portanto, a responsabilidade também.

Miranda só assentiu e continuou olhando pela janela.

Quando chegaram à fazenda, Miranda foi direto para o quarto, se jogou na cama e ficou olhando para o teto.

O pai? Será que ela deveria contar...? Ele com certeza entenderia e a ajudaria, certo?

Ela se sentou, pulou da cama e procurou um bloco de notas na cômoda. Armada com uma esferográfica e uma folha de papel, voltou a se deitar na cama, se apoiando nos travesseiros.

– Querido…

Miranda atirou o bloco no chão com um grito enquanto lágrimas escorriam por seu rosto.

12

Leah estava sentada em seu minúsculo quarto olhando para o nada. Naquele dia, a notícia se espalhara por toda a escola. Miranda Delancey estava grávida e não voltaria até o nascimento do bebê. Sobre o pai, havia todo tipo de palpite; Miranda sempre tivera admiradores, mas ninguém tinha certeza absoluta.

Leah tinha.

O aperto em seu peito cresceu, e o nó em sua garganta gerou uma pequena lágrima, que escorreu devagar pela bochecha.

– Não me surpreende – opinara a Sra. Thompson, estalando a língua nos dentes, ao chegar da fazenda com a notícia. – Aquela ali sempre deu problema. Uma madamezinha. E aquele pobrezinho dentro dela, sem saber quem é o pai... A Sra. Delancey me falou que a Miranda se recusa a dizer.

Leah entendia por que Miranda não queria dizer nada à Sra. Delancey.

Brett. O pai do bebê de Miranda. O garoto que Leah pensava que *a* amava.

Leah passara os últimos seis meses e meio acreditando que era a garota mais infeliz da face da Terra. Seu jovem coração tinha sido tão perfeita e completamente entregue a Brett que ela duvidava que um dia fosse conseguir se recuperar.

Saber que Brett ainda morava tão perto tinha sido o mais difícil. Imaginar Miranda nos braços dele também fora terrível. Pelo menos, quando a mãe dissera que ele tinha voltado para a escola, a distância aliviara um pouco daquela dor.

Ela passara da raiva mortal por ter sido enganada à devastação de saber que nunca mais veria Brett.

Por vezes, imaginara que Miranda tinha mentido só para se vingar, mas agora Leah sabia que ela estava falando a verdade.

Leah queria odiar Brett – odiá-lo mesmo, *de verdade*, para que a saudade no coração fosse embora. Porém, mesmo agora, não conseguia. Muitas vezes, pensava naquela noite terrível no celeiro, quando aquele homem sinistro a agarrara. Leah tinha certeza de que tinha sido Miles, mas não se atrevia a dizer nada que pudesse pôr o emprego da mãe em risco. Brett a salvara.

Ela ainda o amava.

Se antes já era quieta, Leah se retraíra cada vez mais para o próprio mundo. Agora estudava para as provas e usava os estudos para tentar não pensar no coração partido. A mãe presumia que os longos silêncios durante o jantar tinham a ver com "dores de crescimento", como ela dizia, mas o pai sabia a verdade. Ele piscava para ela e contava histórias engraçadas para fazer a filha sorrir.

No entanto, ninguém entendia de verdade. Se Leah falava de Brett, o pai simplesmente dizia para esquecê-lo, mas isso era uma coisa que ela não conseguiria fazer.

Jamais.

13

– Continue empurrando, isso, garota, estamos quase lá agora! Vamos lá, só mais um empurrão e…

Com o rosto vermelho, exausta e sem um pingo de energia, Miranda deu o último empurrão. Enquanto ela gritava, seu berro se misturou aos primeiros sons da filha recém-nascida. Ela viu a estranha criatura azulada ser pega pela parteira e se recostou, sem interesse em nada que não fosse fechar os olhos.

– Vamos lá, querida, segure a bebê – disse a parteira, colocando a neném chorosa em seus braços. – É uma menininha linda – continuou ela, enquanto Miranda observava a pequena criatura de rosto amassado e feio.

Ela tinha se perguntado o que sentiria ao segurar a criança nos braços pela primeira vez. Medo, talvez? Afeto? Mas Miranda não sentiu nada disso. Não sentiu absolutamente nada.

Ela devolveu o pacotinho barulhento à parteira.

– Estou cansada demais agora – disse ela e voltou a fechar os olhos.

A parteira estalou a língua nos dentes em sinal de desaprovação, mas levou a bebê para o berçário.

Cinco minutos depois, Rose entrou correndo pela porta. Depois, afastou do rosto da filha os cabelos louros empastados de suor.

– Bom trabalho, querida. Acabei de ver a neném, e ela é linda demais. Estou muito orgulhosa de você – disse Rose, sorrindo.

Miranda assentiu, mas manteve os olhos cerrados e se perguntou por que as pessoas não paravam de dizer que a bebê era linda. Ela não achava.

– Bom, vou te deixar dormir um pouco agora, querida. Volto mais tarde para te ver.

Rose deu um beijo suave na bochecha da filha e saiu de fininho do quarto. Depois de ouvir da médica que mãe e filha ficariam bem pelas horas seguintes, deixou o hospital, pegou o carro no estacionamento e partiu em direção a Oxenhope. Fazia 24 horas que não voltava para casa, desde que tinha encontrado Miranda de pé na cozinha sobre uma poça d'água, em um terrível estado de pânico. No caminho até o hospital, Rose conseguira manter Miranda calma, embora por dentro estivesse tão assustada quanto a filha. Ela se lembrava da dor do parto e queria poder suportá-la no lugar de Miranda.

Felizmente, embora longo, o parto fora tranquilo, e Rose sentiu que lágrimas lhe enchiam os olhos ao chegar em casa. Era um dia glorioso de abril, e o perfume fresco da primavera impregnava o ar.

– Renascimento – murmurou Rose, emocionada. – Vou fazer o melhor que puder, eu juro – continuou, sabendo que os problemas estavam apenas começando.

A Sra. Thompson tinha se oferecido para assumir os cuidados diários com a criança quando e se Miranda voltasse para a escola. Rose achava difícil que isso acontecesse, já que a filha nunca tivera inclinações acadêmicas. Além disso, a atitude dos outros alunos do ano dela, principalmente os garotos, já seria suficiente para deter até mesmo a garota mais confiante.

Mas não havia dúvidas de que Doreen Thompson seria útil. Ela tinha sido muito boa com Miles quando ele era pequeno. Rose conseguira adiar a exposição até o início de agosto, quando teria que ir a Londres, e a ajuda da Sra. Thompson seria inestimável.

Ela subiu a colina e estacionou o carro em frente à casa da fazenda. Os construtores ainda trabalhavam no telhado e nos celeiros adjacentes. Rose alugara os celeiros para um fazendeiro local em troca de uma pequena renda mensal extra, por isso era necessário esvaziá-los e varrê-los para que se tornassem o novo lar de um rebanho de vacas.

– Sra. Delancey, como foi? – gritou do telhado um dos pedreiros, quando ela saiu do carro.

– Tudo ótimo. É uma menininha, e mãe e filha passam bem.

– Que ótima notícia! – disse ele, sorrindo. – Deixei uma coisa lá na cozinha para a senhora. Um dos rapazes encontrou enquanto estava esvaziando os celeiros. Ele acha que pode ser um dos seus desenhos.

Rose franziu a testa e assentiu.

– Obrigada, Tim.

Ela abriu a porta da cozinha, pensando que devia ser alguma tranqueira guardada pelo proprietário anterior.

A obra estava na mesa, com a moldura quebrada, mas o desenho intacto. Rose arquejou. Era um primoroso retrato de Leah Thompson. Ela o pegou, levou-o até o estúdio e o colocou em um cavalete. Então, se sentou e estudou a assinatura no canto direito. "B.C.". Claro. A obra era de Brett.

Rose estava completamente embasbacada com o desenho. O sobrinho tinha mostrado suas paisagens a ela, e Rose ficara impressionada com seu óbvio talento, mas aquilo... Tinha uma maturidade e uma profundidade incompatíveis com a idade e a experiência do artista. O rosto que a encarava era dotado de uma enorme beleza. Os olhos, meu Deus, eram hipnóticos. Era quase impossível se afastar deles. Neles, Brett tinha captado perfeitamente a inocência de Leah.

E ela sabia que aquilo era o produto de um olhar apaixonado.

Rose soltou um suspiro e se perguntou por que Brett nunca lhe mostrara o desenho. Ora, se Rose tivesse visto aquilo e reconhecido o talento que ele tinha em comum com a tia, pensou com orgulho, ela o teria incentivado mais.

Enquanto fitava o desenho, seus olhos se encheram de lágrimas.

David não podia desencorajar o filho daquele jeito. Ela foi até uma gaveta, pegou um bloco de papel, encontrou uma caneta esferográfica e se sentou em sua cadeira.

Após encarar o papel em branco e mastigar a ponta da caneta por cinco minutos, ela largou o bloco de papel.

Não, ela tinha uma ideia bem melhor de como ajudar Brett.

14

– Rose querida, que maravilha te ver de novo, depois de tantos anos!

Roddy a puxou para um abraço de urso apertado, depois se afastou e a examinou da cabeça aos pés.

– Humm, a mesma linda Rosie de sempre.

– É muita gentileza sua, mas acho que engordei alguns quilinhos desde a última vez que nos vimos, mais de vinte anos atrás – retrucou Rose, com um sorriso debochado.

– Amor, você ficou ótima. Sempre foi magra demais. Ah! – exclamou Roddy, batendo uma palma. – Eu nem acredito que você está aqui – disse ele, enganchando o braço no de Rose. – Venha comigo. Tem uma garrafa geladinha do seu Veuve Clicquot preferido no meu escritório. A gente vai dar uma volta pela galeria mais tarde. A propósito, as suas pinturas chegaram sãs e salvas ontem, e tenho que admitir que fiquei tentado a dar uma olhada nelas.

Rose caminhava pela espaçosa galeria recém-reformada de Roddy, e as paredes desertas eram um lembrete do motivo para ela estar ali. Sentiu um frio na barriga.

– A você, minha querida. Sei que a exposição vai ser um enorme sucesso – declarou Roddy, entregando-lhe uma taça de champanhe.

Rose ergueu a taça e bebeu, perguntando-se como estavam Miranda e a pequena Chloe. Ela se sentira tão culpada ao deixá-las, mas com a Sra. Thompson cuidando delas como uma galinha cuida de seus pintinhos, Rose sabia que as duas ficariam bem. Só torcia para que a Sra. Thompson não fizesse todo o trabalho sozinha, já que Miranda muitas vezes a usava como desculpa para se envolver o mínimo possível com a criança.

– É claro que você vai ficar comigo em Chelsea durante a próxima semana.

– Bom, na verdade, Roddy, eu reservei um hotel e...

– Dane-se o hotel, eu insisto que fique comigo. Tenho um superapartamento, que comprei há um ano. Ele é divino, e estou sonhando com noites aconchegantes regadas a gim-tônica enquanto você me conta tudo que aconteceu nos últimos vinte anos.

Rose teve que sorrir para o amigo. Durante todos aqueles anos, ele não mudara nem um pouco, exceto pelo chinó que usava agora. O corpo esguio e musculoso estava, como sempre, impecavelmente emoldurado por um terno de grife.

Rose conhecera Roddy em 1948. Ele estava no mesmo ano que ela na faculdade de belas-artes do Royal College of Art. Naquela época, foi como se ele tivesse intuído os segredos do passado dela e nunca tinha se intrometido em coisas dolorosas demais para ela lembrar.

Em troca, ela se mudara para o confortável apartamento dele em Earl's Court após terminar a faculdade e oferecera um ouvido amigo às complicações da vida sexual de Roddy – ela mal conseguia acompanhar a constante rotação de homens que o amigo sempre parecia conciliar. Roddy descendia de uma nobreza duvidosa de Devon e estava se tornando uma figura conhecida no clube privado Colony Room e no pub French's, onde jovens artistas promissores se reuniam na década de 1950.

Ao compreender que ele próprio nutria pouca paixão pela pintura, mas adorava a atmosfera e as pessoas, Roddy se concentrara em pôr em prática seus talentos mais libidinosos. No pequeno e unido círculo dos dois, era piada recorrente que o único jovem artista de Londres que ele não havia seduzido era a própria Rose. Quando ela partira para Yorkshire, ele se mudara para o sul da França para viver com um riquíssimo marchand.

– Quem é o dono desta galeria, Roddy? – perguntou ela. – Cork Street é uma localização privilegiada.

Roddy voltou a encher a taça dela até a borda.

– Bom, uma empresa de Nova York me ligou e me ofereceu o emprego de gerente deste espaço. Eu estava meio desocupado, então vim até aqui conhecer o lugar. Você precisava ter visto, aahh! – contou Roddy, balançando a cabeça. – Só tinha a estrutura, mais nada. Então, liguei para Nova York e pedi que entrassem em contato comigo quando já tivessem reformado a galeria. Aí, eles me disseram que eu tinha *carte blanche* para projetar tudo e que dinheiro não era problema. Eu não resisti!

Roddy virou a taça de champanhe e prosseguiu:

– Depois, um engravatado elegantérrimo de Nova York voou até aqui para dar uma olhada no produto final. Ele adorou, e isso me deixou muito feliz. Aliás, foi ideia dele fazer uma exposição com artistas dos anos 1950.

Rose pareceu desconfiada.

– É honesto e tudo o mais – assegurou Roddy. – A gente paga os impostos em dia, então você está segura aqui, querida. A galeria não é financiada pela máfia nem nada assim. Para falar a verdade, é um ótimo acordo. Eles me deixam fazer o que eu quiser.

– E a galeria está indo bem?

– A gente só abriu no Ano-Novo, e a sua vai ser a sexta exposição. Mas, com os meus contatos, vai dar tudo certo – disse ele, dando uma piscadela. – Eu pretendo trazer a diversão de volta para a cena artística. Ela ficou tão careta e esnobe desde que o nosso bando alegre cresceu e seguiu por caminhos separados... Convidei todo mundo para a vernissage privada: Sontag, Lucie-Smith e vários outros vão aparecer para cumprimentar a velha colega. Só para ver se você realmente ainda está viva – pontuou ele, com uma risadinha.

– Ai, meu Deus, Roddy, você faz com que eu me sinta um monumento antigo. Eu só tenho 46 anos, sabia?

– Desculpa, amor, mas as pessoas adoram um mistério. Ninguém sabe por que você fugiu para as montanhas no auge da carreira.

E, que Deus me ajude, tomara que nunca saibam, pensou Rose.

– Eu arranjei várias entrevistas para você. Tem o *Guardian* amanhã, o *Telegraph* e o John Russell na quinta... O...

Enquanto ouvia Roddy recitar uma longa lista de jornais, Rose se perguntou o que a levara a fazer aquilo. Será que conseguiria lidar com tudo? Será que conseguiria manter a calma e mentir tranquilamente para jornalistas treinados na arte do interrogatório?

Ela precisava conseguir. Vinte anos de sacrifício pessoal eram uma punição longa demais para seu crime. Aproveitar aquela oportunidade era algo que devia a si mesma. Então, Rose assentiu, sorriu e foi examinar suas pinturas com o velho amigo.

Roddy passou um longo tempo analisando os trabalhos, enquanto Rose, nervosa, bebericava o champanhe. Por fim, ele voltou os olhos pequenos e brilhantes para ela, avaliando-a com malícia.

– Acho que estou detectando um toque de romantismo neste aqui. Você se apaixonou, querida?

Rose riu e balançou a cabeça.

– Não, Roddy. Eu sei que os meus novos trabalhos são mais suaves, têm cores menos fortes e linhas difusas – disse ela, sentindo uma onda de pânico surgir. – Ai, meu Deus, você gosta deles, não gosta? Ou eu perdi meu toque?

Rose mordeu o lábio, odiando reencontrar a velha insegurança que sentia cada vez que alguém examinava seus pensamentos mais íntimos nas telas.

– Bom, eles são diferentes dos seus trabalhos anteriores, mas ainda carregam o grande toque de Rose Delancey. Você amadureceu. Talvez esse intervalo todo que você fez tenha sido a coisa certa, porque isto aqui – comentou Roddy, apontando para o conjunto de pinturas – é maravilhoso.

Os olhos dele devoravam avidamente as telas. Rose quase podia ouvir o barulho da caixa registradora na cabeça do amigo.

– Agora eu vou te levar para almoçar no San Lorenzo, depois a gente vai voltar para cá e começar a dispor os quadros na galeria. O que você acha?

– Ótimo, Roddy, ótimo.

O alívio de Rose ficou evidente quando ela sorriu para ele.

Pegaram um táxi até a Beauchamp Place Street, e Lucio, o maître, os acomodou em uma discreta mesa debaixo do grande plátano que crescia dentro do restaurante. Em meio a uma suntuosa refeição de salmonete grelhado com sementes de erva-doce e vitela San Lorenzo, acompanhada por uma garrafa de Frascati Fontana Candida, Roddy repassou a lista de quadros, e eles discutiram uma tabela aproximada de preços.

– Você não acha que estamos sendo um pouco ambiciosos demais, Roddy? Afinal, estou fora de cena há vinte anos, e o meu estilo pode estar datado se comparado ao que os jovens estão fazendo hoje em dia.

– De jeito nenhum, querida. Em primeiro lugar, as pinturas mais figurativas que você está fazendo estão muito populares agora, e olha só o trabalho do Lucien! Ele vende por uma fortuna. A gente tem que te tornar exclusiva, fazer com que os marchands e colecionadores sintam que estão comprando uma obra que vai figurar na história da arte britânica. As pessoas querem pagar pelo prazer de ter algo raro, não uma porcaria qualquer que compraram na promoção.

– É, acho que você tem razão.

Rose soltou um suspiro e percebeu que estava completamente por fora do mercado. Os números que Roddy citava pareciam absurdamente altos e iam reabastecer sua conta bancária, deixando-a em uma situação bem confortável.

– Ainda acho que é um risco me colocar na faixa de preço de alguns dos principais artistas do momento.

– Confie em mim, Rose. Você é meu projeto número um, e estabelecer a galeria no mercado depende do seu sucesso. Quando eu terminar com você, todos os colecionadores de arte daqui até os polos vão saber que você está de volta. Pretendo te tornar maior do que nos anos 1950.

– Bom, vamos ver como vai ser a exposição, certo?

Rose estava determinada a não se empolgar demais.

– Está bem, querida. Eu entendo a sua apreensão. Agora, vou pedir um café e, depois, você pode me contar tudo sobre a terra dos galgos, do queijo Wensleydale e da umidade.

– Bom, eu não tenho um galgo. Mas moro com os meus dois filhos e… bom, acabei de virar avó.

– Rose! – exclamou Roddy, quase engasgando com o resto do Frascati. – Eu nem sabia que você era casada.

– E não sou. Na verdade, um dos meus filhos, a Miranda, é adotada.

– Entendi. E o pai do outro?

– Alguém. Apenas alguém.

– A mulher misteriosa ataca mais uma vez – comentou Roddy, sorrindo. – Ok, eu não vou ficar te interrogando. Mas, Rose, você com certeza pode me dizer por que sumiu daquele jeito, não? Prometo que não vou contar para ninguém. Eu e toda a cena artística temos teorizado sobre isso nos últimos vinte anos. As más línguas diziam que você tinha fugido para um harém no Saara com aquele xeique que vivia comprando os seus quadros. Alguém sugeriu que você tinha sido sequestrada pelo conde alemão, e também rolou um boato…

Rose soltou uma gargalhada e balançou a cabeça.

– Nada tão empolgante assim, Roddy. Eu fui para Yorkshire, só isso.

– Eu tenho que dizer que, quando voltei da França e encontrei o seu bilhete dizendo que estava abandonando a mim e ao apartamento sem ao menos dizer adeus ou deixar um endereço para eu encaminhar a sua correspondência, teria te matado com um sorriso no rosto. Você levou mais de um ano para me escrever de Yorkshire, e só fez isso para que eu te encaminhasse a correspondência. Mas não importa, eu te perdoo, acho – disse Roddy, com desdém.

– Desculpe, Roddy. Eu me senti péssima por causa disso, mas, infelizmente, era o que eu precisava fazer.

– Mas por quê, Rose? Tudo estava indo tão maravilhosamente bem! A sua carreira, todos aqueles homens lindos e ricos desesperados para casar com você... Não que você demonstrasse interesse por algum deles. Eu ainda estou convencido que você tinha um namorado aristocrático secreto e não me contou. Lembro que você costumava desaparecer de vez em quando naquelas "viagens". Certamente você já pode me falar agora – sugeriu Roddy, com uma piscadela.

Rose tomou um gole do café.

– Chega de falar do passado. Tudo que eu posso dizer é que eu estava cansada. Precisava de tempo para me recompor e não queria mais pintar, está bem, Roddy?

Roddy olhou para o cenho franzido de Rose e soube que já tinha ido longe demais.

– Claro. Vamos terminar o café, depois voltar para a galeria e começar a trabalhar.

Para Rose, o resto da tarde foi revigorante: ela e Roddy passaram horas pendurando os quadros em uma ordem específica, depois mudando de ideia, retirando-os da parede e começando tudo de novo.

– Meu Deus, estou exausto. Hora de fazer uma pausa.

Roddy foi até a exígua copa-cozinha dos fundos, mas reapareceu dois minutos depois segurando uma pequena moldura.

– Acho que deixamos um de fora. Encontrei esse no depósito junto com os outros. Vamos dar uma olhada – disse Roddy, removendo a folha da moldura e colocando o desenho na parede.

– Com certeza este não é seu, certo, Rose querida?

– Hum, não. Mas o que você acha dele?

Roddy analisou a imagem, pensativo.

– Acho adorável. E a garota é um deslumbre. De quem é?

– De um amigo meu. Ele não sabe que eu trouxe o desenho, mas achei o mesmo que você e queria uma segunda opinião. O artista ainda é muito jovem.

– Por acaso eu estou sentindo um cheiro de *protégé* aqui? – perguntou Roddy, sorrindo.

– Não exatamente, não. Na verdade, ele é meu sobrinho.

– Arrá! O filho do David, não é?

Roddy encarou Rose em busca de uma reação, mas não recebeu nenhuma.

– Olhando de novo, tenho que dizer que há uma semelhança entre o trabalho de vocês, não no estilo, claro, mas na qualidade hipnótica. Se você quiser, posso pendurar ali no canto. Pode ser a primeira obra da minha pequena seção de novos artistas.

– Ah, está bem, então. Mas eu não posso vender, porque não é meu.

– Claro que não. Mas vamos pendurar mesmo assim, só para ver se aparece algum interessado.

– Ótimo. Agora, que tal aquela xícara de chá?

Uma semana depois, Rose estava de pé em frente ao espelho de parede inteira da suíte de hóspedes de Roddy, analisando o próprio reflexo. Pela primeira vez em vinte anos, lamentou o fato de ter deixado sua figura esguia escapar. Em Yorkshire, se preocupar com a própria aparência não parecia fazer muito sentido. Não havia ninguém por perto para notar. No entanto, naquela noite, os abutres compareceriam em peso, e seu trabalho não seria a única coisa exposta.

Ela endireitou o cinto do vestido preto largo e pensou que parecia a cafetina de um bordel. O vestido Dior, terrivelmente caro, era coberto por minúsculas lantejoulas brilhantes. Quando o experimentara na loja, achara que a roupa a deixava sofisticada e, quem sabe, até mais magra, mas, ao olhar agora, percebia que tinha cometido um erro.

– Merda!

Rose arrancou o vestido, largando-o, amarfanhado, no chão de mármore do banheiro de Roddy. Vasculhou o armário atrás de um de seus cafetãs preferidos. Ele era bem velho, fora comprado em uma loja étnica de Leeds por uma bagatela, mas ela se sentia confortável nele. Rose se postou mais uma vez em frente ao espelho e, no mesmo instante, se sentiu melhor. O verde-escuro do cafetã realçava seus olhos esmeralda e seu cabelo ruivo-ticiano. Ela acrescentou algumas correntes e pulseiras de ouro.

Rose respirou fundo algumas vezes para se acalmar. Estava nervosa como um gatinho assustado.

– Vamos lá, garota, você já passou por coisa muito pior. Esta é a sua noite. Pense no dinheiro e tente se divertir.

Rose atravessou o corredor e encontrou Roddy, de smoking, esperando por ela na sala de estar.

– Eu estou bem, Roddy? Fale a verdade.

Roddy estendeu as mãos para ela.

– Deslumbrante, completamente deslumbrante. O cafetã é maravilhoso. Balmain, Galanos, talvez?

Rose sorriu e pegou as mãos de Roddy.

– Nenhum dos dois, infelizmente. Hoje em dia, até a Marks and Sparks está acima da minha faixa de preço.

– Espere só até o fim desta noite. Você vai poder comprar a coleção inteira de qualquer loja de grife assim que a cena artística saudar o retorno da sua filha pródiga – disse ele e consultou o relógio. – Certo, o táxi está lá fora. Sugiro que a gente vá indo. E não se preocupe, querida. Você vai voltar para este apartamento como uma rainha.

Roddy tocou de leve a bochecha de Rose e ofereceu o braço a ela. Rose sorriu e aceitou.

Às nove horas, a galeria estava lotada. O champanhe corria solto, e Rose estava cercada por rostos que não via havia vinte anos. Sem tirar os olhos dos críticos de arte que, devagar, examinavam cada um de seus quadros, ela conversou tranquilamente com as várias pessoas que apareceram para prestigiá-la. Foi como entrar em um túnel do tempo; o mesmo grupo, a mesma atmosfera... e, ainda assim, quanta coisa havia mudado. Os fios prateados e os pés de galinha que tinham surgido nas pessoas com quem festejava até o amanhecer anos antes eram uma prova disso. Era estranho ver muitos dos jovens artistas despreocupados que conhecera transformados em homens sóbrios, com empregos responsáveis e esposas à altura.

Todo mundo fazia as mesmas perguntas repetidas vezes. Depois de praticar uma semana com a mídia, ela já respondia com habilidade, as palavras ensaiadas saindo suave e naturalmente de sua língua.

Ela olhou ao redor e viu Roddy tendo uma conversa séria com um colecionador de arte que ela conhecia dos anos 1950. Na época, ele era rico e tinha comprado três de seus quadros. Ela só precisava que alguém influente como ele desse o primeiro passo, pois o restante iria atrás.

Rose consultou o relógio discretamente, perguntando-se onde diabos Miles tinha se metido. O filho prometera estar lá às oito e meia, mas não havia sinal dele.

– Rose, querida – disse Roddy, interrompendo seus pensamentos. – Eu não falei? Sabia que você ia ser um sucesso enorme. Quero que você vá lá cumprimentar o Peter. Você deve se lembrar dele. Ele comprou três trabalhos seus anos atrás e está muito interessado em comprar dois desta coleção. Então, seja simpática com ele e…

Peter Vincent era o colecionador com quem Rose vira Roddy antes. Ela vestiu seu sorriso mais charmoso e foi apertar a mão dele.

Miles entrou na galeria. A garçonete lhe ofereceu uma taça de champanhe, mas Miles recusou e pegou um suco de laranja. Ele olhou ao redor da sala lotada e avistou a mãe absorta em uma conversa.

Ele odiava espaços lotados como aquele. Faziam-no se sentir claustrofóbico e desimportante; apenas uma lasca qualquer de humanidade extraída da talha principal. Mas a mãe tinha implorado para ele aparecer, e Miles não teve como recusar. Então, fora até Londres e passara os dois últimos dias apresentando o próprio portfólio de fotografias para revistas e jornais.

E, naquela tarde, tinha conseguido um trabalho. Era só um contrato temporário, mas com uma importante revista de moda. No mês seguinte, viajaria para Milão e cobriria os desfiles de alta-costura das coleções de primavera e verão do ano seguinte. Ele não tiraria as fotos, mas trabalharia como assistente de um dos fotógrafos mais badalados da revista: Steve Levitt. Enquanto estivesse trocando rolos de filme e carregando equipamentos, talvez tivesse a chance de fazer alguns cliques.

Miles vagou pela galeria, observando os quadros pendurados na parede. Ele achava o trabalho da mãe estranho e não conseguia associá-lo a Rose. Via que ela tinha talento, mas preferia a descomplicada reprodução da realidade que suas fotografias mostravam.

Ele virou uma esquina, grato por aquela parte da galeria parecer menos cheia que o restante e se viu olhando para o retrato de Leah. Seu rosto lindo brilhava, mas Miles sabia que aquela representação nem de longe se comparava às várias fotos que tinha tirado dela ao longo dos anos.

– Canalha – murmurou ele, entredentes.

– Perdão? – disse um homem louro atrás dele, que examinava o desenho.

– Desculpe, eu não disse nada – respondeu Miles.

– Ah – retrucou o homem, erguendo uma sobrancelha. – Por acaso sabe quem é esta garota?

– É melhor perguntar para o dono da galeria. Desculpe não poder ajudar mais – disse Miles, afastando-se e saindo da galeria.

Steve Levitt assentiu e voltou a fitar o desenho. A garota era radiante. Juventude, inocência e beleza, exatamente o que Madelaine procurava em cada esquina, todos os dias da vida. E o tipo de rosto que Steve sonhava em fotografar. Ele abriu caminho na multidão e encontrou Roddy ao lado de Rose Delancey.

– Steve, querido – disse Roddy, beijando-o nas duas bochechas. – Você já conhece a Rose Delancey?

– Já – respondeu Steve, abrindo um sorriso largo. – De anos atrás, mas tenho certeza que ela não vai se lembrar de mim. Naquela época, eu não passava de um fotógrafo morto de fome, desesperado para ganhar alguns trocados.

– Ah, mas eu me lembro muito bem de você. Uma vez, você tirou uma foto minha andando no Regent's Park com um homem que eu estava tentando manter em segredo e vendeu para metade da Fleet Street – disse Rose, rindo.

– Ai, meu Deus, você se lembra de mim! – disse Steve, erguendo as mãos para o ar com um horror fingido. – Tenho culpa no cartório, infelizmente.

– Sei que a Rose vai te perdoar. Você sabe que o Steve agora é *o melhor* fotógrafo de Londres? Até as madames da alta sociedade estão preferindo ele ao Bailey – declarou Roddy.

– Eu me viro – disse ele, sorrindo. – Aliás, eu estava aqui me perguntando se você poderia me ajudar, Roddy. Tem um desenho a carvão de uma garota deslumbrante ali no canto. Você sabe quem ela é? Certamente a Madelaine adoraria colocar as mãos nela.

Roddy deu de ombros.

– Infelizmente, não. Você sabe, Rose?

– Na verdade, sei. Mas quem é Madelaine? – perguntou ela, desconfiada.

– A *châtelaine suprême* da maior agência de modelos de Londres – contou Roddy.

Rose ficou intrigada.

– Ah. Bom, a garota da foto ainda vai fazer 17 anos no fim do mês e…

– Perfeito. A gente gosta delas jovens, hoje em dia.

– O nome dela é Leah Thompson. Na verdade, ela é filha da minha governanta.

– Uma Cinderela da vida real – comentou Roddy, sorrindo.

– Se você não se importar, Roddy, eu gostaria de trazer a Madelaine aqui amanhã para mostrar este retrato. Aí, podemos chamar a garota para o escritório e...

– Espere um pouco – interrompeu Rose. – A pobre da garota mora em Yorkshire e em breve vai fazer prova para a faculdade. Acho muito difícil que os pais dela permitam que ela perca a prova para vir até Londres.

– Nesse caso, a Madelaine vai ter que ir até Yorkshire. Ela sabe lidar muito bem com pais difíceis, isso eu posso garantir.

Rose continuou firme.

– Vamos com calma. Você não sabe nada sobre a Leah, nunca viu a garota ao vivo e...

Steve a interrompeu.

– Se ela tiver metade da beleza que está naquele desenho, vai ser tão grande quanto Jerry Hall e Marie Helvin daqui a alguns anos. Você já viu a menina, Rose. Qual a altura dela?

Rose soltou um suspiro, sabendo que a altura de Leah, que estimava ser mais de 1,75 metro, faria os olhos de Steve brilharem ainda mais. Ela deu a notícia com relutância.

– Essa garota está ficando cada vez melhor – comentou Steve, abrindo um sorriso largo. – Bem, foi bom te ver depois de tantos anos. Espero que você tenha me perdoado pela foto do Regent's Park. Na verdade, foi aquela imagem que me deu a minha grande chance – contou ele, depois se virou para Roddy. – Eu vou trazer a Madelaine aqui amanhã para ver o desenho se você não se importar.

– Perfeito – respondeu Roddy. – Aí, vou poder anunciar que não só redescobri uma das maiores artistas vivas, mas também ajudei a colocar uma jovem modelo no caminho de uma carreira brilhante.

Steve acenou para eles ao deixar a galeria. Roddy abraçou Rose com força. Ele estava animadíssimo.

– Bom, a venda daqueles dois quadros para o Peter é quase certa, tem um americano que vai voltar amanhã para analisar a obra *Luz da minha vida*, além de um colecionador de Paris que, sem sombra de dúvida, vai comprar a *Tempestade*. Você pode ter feito uma fortuna hoje à noite, querida. Vamos nos misturar à multidão para ver se conseguimos identificar outros possíveis compradores. A noite é uma criança, Rose.

Enquanto Roddy a conduzia pela galeria ainda cheia, Rose se permitiu abrir um leve sorriso. Era bom estar de volta.

15

– O que eu posso dizer, querida? Acho que a palavra "triunfo" resume bem. Você está de volta, Rose.

Ao ouvir a voz dele no telefone, Rose percebeu que Roddy sorria de orelha a orelha.

No dia seguinte à abertura da exposição, Rose tinha insistido em pegar o trem matinal para Leeds, preocupada com Miranda e a bebê. O amigo protestara com veemência, dizendo que ainda havia compradores que gostaria que ela conhecesse, mas Rose não se deixou persuadir.

Agora, estava sentada em seu estúdio, cercada pelos jornais de domingo, e a maioria deles trazia críticas à exposição dela, que variavam de positivas a elogiosas.

– Obrigada, Roddy, por toda a sua ajuda.

– Não me agradeça, querida. Você é a artista. Acho que, agora, você tem dinheiro para sair e comprar alguns pincéis e telas novos. Nós vendemos seis dos seus quadros, por um total de 15 mil libras.

– Meu Deus, isso é incrível! – exclamou Rose.

– Nada comparado ao que você vai ganhar no futuro, mas é um bom começo. Agora, a outra coisa que eu queria falar é que Steve Levitt trouxe a Madelaine à galeria ontem, para ver o desenho da Leah. Meu amor, a Madelaine quase chamou um táxi para ir a Yorkshire na mesma hora.

– Caramba – disse Rose, soltando o ar.

– Pois é. O Steve vai fazer uma sessão de fotos em Paris na semana que vem, mas quer levar a Madelaine para conhecer essa sua garotinha ao vivo e a cores quando voltar, no início de setembro. Pensei em ir junto, para ver onde a minha artista número um mora e trabalha. A gente vai com o Jaguar e chega aí para o almoço. O que você acha?

– Tudo bem, Roddy, mas eu realmente não sei como os pais da Leah vão reagir a tudo isso.

– Sugiro que você chame a Leah e a mãe dela para irem aí depois do almoço. Aí, a Madelaine pode começar a trabalhar.

– Não sei se quero fazer parte disso. Ela está para começar um novo semestre na escola e…

– Dê uma chance para a garota tomar a própria decisão. Ela pode dizer não para a Madelaine se quiser.

Rose cedeu.

– Está bem, Roddy.

– Essa é a minha garota. Diga a Leah que o fato de Steve Levitt estar disposto a dirigir até a natureza selvagem de Yorkshire *avec* Madelaine Winter é uma grande honra.

– Vou encontrar a mãe dela amanhã e perguntar.

– Ótimo. E talvez eu tenha mais notícias boas sobre as suas pinturas em breve. Tem uma pessoa que vai vir aqui na galeria amanhã e está interessada em três delas. Vamos nos falando. *Ciao*, querida.

O telefone fez um clique. Rose perambulou até a cozinha, onde Miranda esterilizava mamadeiras para a bebê. A pequena Chloe balbuciava alegre no moisés sobre a mesa da cozinha.

– Oi, querida – arrulhou Rose para a neném, que agarrou o dedo dela com uma das mãozinhas. – Ela é uma criança forte. Tem uma pegada incrível. Tenho certeza que ela cresceu enquanto eu estava fora, não foi, minha linda? – disse Rose, pegando e abraçando Chloe.

– Se você está dizendo… – comentou Miranda, taciturna.

Rose olhou para a filha e suspirou. Desde o nascimento de Chloe, Miranda tinha mudado. Todo o seu brilho parecia tê-la abandonado e, de obcecada com a própria aparência, ela passara a nem se dar ao trabalho de se maquiar. Os belos cabelos louros estavam presos em um rabo de cavalo alto. Fazia semanas que ela estava usando a mesma calça jeans.

– Era o Roddy no telefone. Tenho boas notícias. Ele vendeu seis quadros meus por um bom dinheiro. Acho que isso pede uma comemoração. Amanhã, eu vou te levar até York para um dia de compras.

– E a bebê? – perguntou Miranda, tirando Chloe dos braços de Rose e sentando-se à mesa.

A garotinha engasgou quando Miranda enfiou a mamadeira em sua boca.

– Sei que a Sra. Thompson não vai se importar de ficar de babá. Ela adora a Chloe. De qualquer forma, eu tenho que falar com ela sobre a Leah.

Miranda olhou para cima.

– O que tem a Leah?

Rose sabia que precisava tocar no assunto com cuidado. A filha já estava bem para baixo sem aquela notícia.

– Parece que tem um fotógrafo interessado em tirar uma foto dela. É um amigo do Roddy que vem almoçar aqui em setembro.

– E como é que esse homem sabe como ela é? – perguntou Miranda, com os olhos duros, questionadores.

– Tinha um desenho dela na exposição – respondeu Rose de imediato, depois se levantou, constrangida. – Eu te vejo mais tarde, querida.

Enquanto Rose saía da cozinha, Miranda fechou os olhos. Ela ouviu a filha sugar a mamadeira, satisfeita.

Ela odiava o cheiro permanente de fraldas sujas, talco e golfadas que impregnava todas as suas roupas. Odiava acordar várias vezes por noite para alimentar a chorosa Chloe e ter sua vida *arruinada* por alguém que dependia dela para tudo. Miranda só tinha 17 anos e sentia que a vida acabara antes mesmo de começar.

Todo aquele episódio lhe ensinara uma lição. Ela odiava os homens. Ela os odiava com força total. Por que a vida do pai de Chloe não estava arruinada como a dela? Um ano antes, Miranda tinha o futuro todo planejado. Ela controlaria os homens, os usaria para conseguir o que queria. Agora, era a vítima.

Miranda pegou a mamadeira vazia da boca de Chloe e pôs a neném no ombro para arrotar.

A chegada de Chloe a fizera pensar na própria mãe. Pela primeira vez na vida, Miranda estava se perguntando quem ela era e por que a abandonara tão pequena. Às vezes, Miranda desejava fazer o mesmo com a própria filha.

Agora ela entendia. Todos eram egoístas, tentavam conseguir o que podiam. Ninguém se importava com ela de verdade.

Todos os seus sonhos de uma vida melhor tinham sido arruinados pela chegada de Chloe.

Lágrimas de autopiedade escorreram lentamente por seu rosto.

16

Rose viu o Jaguar verde parar em frente à fazenda e observou a mulher que saiu do banco do passageiro.

Madelaine Winter, ex-modelo e dona da agência mais bem-sucedida da Europa, ainda era uma mulher muito bonita. Rose sabia que Madelaine era mais velha que ela, mas teve que admitir que parecia mais jovem. Os cabelos pretos e espessos presos em um coque apertado não revelavam nenhuma nuance grisalha, e o corpo que agraciara as principais passarelas dos anos 1960 ainda era perfeito. O terno vermelho que ela usava era Chanel, e a maquiagem estava impecável. Rose se sentiu, mais uma vez, velha e antiquada, além de determinada a começar uma dieta imediatamente.

– Querida! Nós conseguimos! Meu Deus, aqui em cima é tipo o fim do mundo! Como é que você aguenta?

Rose sorriu para Roddy, beijou-o, depois apertou as mãos de Steve e Madelaine e os conduziu até a sala de estar.

– Que vista fabulosa – disse Madelaine, olhando pela janela.

– É mesmo – concordou Steve, juntando-se a ela.

– Eu vou te dizer uma coisa: espero que essa garota valha a pena. Nós ficamos presos em um engarrafamento na estrada e vamos demorar horas para voltar – resmungou Roddy.

Rose pensou em como era estranho ter aqueles três londrinos elegantes em sua sala de estar. Eles destoavam totalmente do lugar. Leah ficaria atordoada, e Rose se perguntou se tinha feito a coisa certa ao encorajar a Sra. Thompson a deixar a filha conhecê-los.

– Eu preparei um almoço leve, mas sugiro que a gente beba alguma coisa aqui antes.

– Parece perfeito. Trouxe uma pequena garrafa de champanhe para comemorar a venda da sua décima pintura ontem – disse Roddy, materializando uma Magnum da sacola de plástico que carregava.

– Parabéns, Rose. Londres inteira ainda está falando sobre a sua exposição – disse Madelaine e sorriu, exibindo os dentes brancos e perfeitos.

Rose pegou algumas taças, e Roddy fez um brinde a ela.

– E à Leah – interrompeu Steve.

– Aliás, por falar na Leah, a mãe dela está na cozinha preparando o nosso almoço. A Leah vai se juntar à gente mais tarde. Doreen não está muito feliz com isso tudo, então eu seria bem cuidadosa, se fosse vocês. Ela é uma mulher íntegra e honesta de Yorkshire e uma excelente governanta. Eu não gostaria que nem ela nem a Leah fossem coagidas por vocês.

– Não se preocupe, Rose. Prometo que vou tratar as duas com respeito – assegurou Madelaine.

Naquele instante, a porta se abriu, e Miranda entrou na sala. Rose prendeu a respiração. A filha usava uma de suas minissaias justas com uma blusa decotada. O rosto estava, de novo, coberto pela maquiagem pesada. Rose sentiu um pouco de vergonha.

– Miranda. Esses são Madelaine Winter, Steve Levitt e Roddy Dawes. Pessoal, essa é a minha filha, Miranda.

Miranda sorriu e posou na porta por um segundo, antes de entrar na sala.

– Pensei em me juntar a vocês para o almoço, se você não se importar, Rose – disse Miranda, com uma fala arrastada e rouca.

– Claro, querida. A Miranda acabou de me dar uma netinha linda.

Do outro lado da sala, Miranda lançou a Rose um olhar venenoso.

– Que tal a gente comer alguma coisa? – perguntou Rose depressa.

O grupo se acomodou na sala de jantar. Sem disfarçar, Miranda esperou Steve se sentar e ocupou a cadeira ao lado dele.

– Ahh, a Doreen chegou com a sopa. Doreen, eu queria te apresentar o Steve Levitt. Ele é o cavalheiro de quem eu falei.

– Muito prazer, Sra. Thompson. Estou ansioso para conhecer a Leah.

A Sra. Thompson assentiu.

– Eu também. Meu nome é Madelaine Winter. Estou à frente da Femmes, uma agência de modelos.

– Muito prazer, Sra. Winter – respondeu Doreen em voz baixa, atordoada.

Rose sentiu uma imensa empatia pela mulher. Ela sabia que, se Madelaine quisesse Leah, não havia nada que a Sra. Thompson pudesse fazer para impedi-la. Ela seria derrotada e jogada de lado como se não fosse nada além de uma pequena irritação.

A Sra. Thompson terminou de servir a sopa e saiu da sala.

– Tenho uma surpresa para você, Steve – disse Rose.

– E o que seria?

– Ouvi falar que a *Vogue* contratou um assistente para te ajudar em Milão. Ele soltou um suspiro.

– É. O Jimmy, meu leal e fiel escudeiro há dois anos, me deixou na mão para trabalhar por conta própria. A Diane, da revista, disse que ia arranjar alguém para mim. É só por uma semana. Se ele for péssimo, posso encontrar outra pessoa quando voltar.

– Espero que você não o ache péssimo, porque o seu novo assistente é meu filho, Miles – contou Rose, sorrindo.

– Seu filho? – perguntou Steve, estupefato.

– Eu sei. É muita coincidência. Eu só soube no domingo à noite, quando ele me contou por telefone que ia trabalhar com você em Milão.

– Ele está aqui?

– Não. Está em Londres. Sei que ele não vai te decepcionar. O Miles é um fotógrafo muito talentoso e foi instruído a se comportar da melhor maneira possível.

– Que mundo pequeno – refletiu Steve.

Rose observou Miranda o almoço todo, consternada pela maneira como a filha flertava escandalosamente com Steve, jogando os cabelos para o lado e inclinando-se para que a mesa inteira tivesse uma excelente visão de seu decote.

– A sua filha sabe que está perdendo tempo? – sussurrou Roddy. – Acredite em mim, ele é tão gay quanto eu.

Rose assentiu enquanto eles caminhavam até a sala de estar para tomar café e se contorceu de vergonha quando Miranda se sentou incrivelmente perto de Steve no sofá.

A Sra. Thompson os seguiu cinco minutos depois com uma bandeja de café e uma Leah apavorada em seu encalço.

Miranda olhou para Leah Thompson. Não entendia por que Steve estava interessado nela. Leah não passava de uma garota magra e desengonçada, sem nenhum *sex appeal*. Nem se comparava a ela!

– Acho que já está na hora da mamadeira da Chloe, querida – disse Rose. Miranda olhou de cara feia para a mãe.

– Ela vai ficar bem. Está dormindo profundamente lá em cima.

– Bom, vá até lá e dê uma olhada nela, está bem?

Miranda se levantou com relutância.

– Eu te vejo mais tarde, Steve – disse ela, sorrindo de maneira sedutora para ele e saindo da sala.

Steve estava encarando a garota parada à porta. Ela usava uma calça jeans velha e uma camiseta que pendia de seu corpo com uma graça espontânea. Os cabelos eram maravilhosos. Longos, exuberantes, com uma cor natural de mogno polido. Ele achou o rosto dela perfeito para a câmera, com as maçãs salientes e grandes olhos castanhos. E, ainda por cima, a garota tinha pelo menos 1,75 metro de altura e era esbelta. Ele viu Madelaine encarando Leah e, quando ela meneou a cabeça para ele de maneira quase imperceptível, ele soube que tinha encontrado algo especial.

– Leah, deixa eu te apresentar o Steve Levitt e a Madelaine Winter.

Rose se levantou e levou Leah primeiro até Steve, depois até Madelaine. Ela apertou as mãos deles, timidamente.

– Agora, sente-se aqui do meu lado, e você também, Doreen. A Madelaine quer conversar com vocês duas.

Madelaine sorriu afetuosamente para Leah.

– Leah, você sabe alguma coisa sobre o mundo da modelagem?

Leah balançou a cabeça.

– Na verdade, não.

– Bom, você já deve ter visto modelos nas capas de revistas sofisticadas.

– Já.

– Bom, Steve e eu achamos que você também pode aparecer nas capas das revistas.

– Eu? – disse Leah, surpresa.

Steve anuiu.

– É, você, Leah. Foi por isso que eu trouxe a Madelaine até aqui para ver você pessoalmente. Ela está à frente de uma das maiores agências de Londres.

– O que é uma agência? – quis saber Leah.

– Bom, eu agencio uma série de garotas. Eu encontro trabalhos de modelo para elas, negocio o valor que vai ser pago e garanto que elas recebam o dinheiro – explicou Madelaine. – E gostaria muito de cuidar da sua carreira, Leah.

A Sra. Thompson estava sentada em silêncio ao lado da filha. Leah olhou para ela em busca de ajuda, mas não recebeu nenhuma. A Sra. Thompson estava tão atordoada quanto ela.

– Estou prestes a fazer prova para a faculdade – conseguiu dizer Leah, e a mãe assentiu.

– Bom, não existe nenhuma razão para você não continuar os estudos em Londres. Você vai ter muito tempo para estudar quando estiver viajando – garantiu Madelaine.

Os olhos de Leah se encheram de medo.

– Eu teria que sair daqui e me mudar para Londres, então?

Madelaine aquiesceu.

– Sim, mas você vai poder visitar os seus pais quantas vezes quiser, e tenho certeza que também vai se divertir muito com as outras garotas – disse ela, reconfortando-a.

– Mas eu...

Leah procurou outra desculpa desesperadamente.

– Eu acabei de fazer 17 anos na semana passada.

– É a idade perfeita, querida. Prefiro começar do zero com as garotas e trabalhar no desenvolvimento delas. Isso significa que elas não vão trazer maus hábitos de outras agências.

– Ah – disse Leah, antes de se virar para Doreen. – O que você acha, mãe?

A Sra. Thompson suspirou.

– Eu não sei, não, Leah. Eu não sei nada sobre esse negócio de modelagem. E não gosto da ideia de você ir morar sozinha em Londres.

– Você pode ficar com ela no início, Doreen – sugeriu Madelaine.

– Não posso, não. O meu marido, o Harry, está em uma cadeira de rodas. Ele tem artrite e precisa de cuidados.

– Ah, eu sinto muito.

Rose notou um lampejo de interesse mover a elegante sobrancelha de Madelaine.

– Bom, eu posso arranjar um lugar para a Leah morar, provavelmente em um apartamento com outras modelos. Claro que outro ponto a ser levado em consideração é que a Leah vai ganhar muito dinheiro caso se saia bem. Imagino que você gostaria de poder ajudar a sua mãe a cuidar do seu pai, não é, Leah?

Madelaine sorriu sinceramente para Leah. Rose ficou horrorizada com a chantagem emocional impiedosa usada pela mulher. Ela viu Leah hesitar.

– Claro, mas...

– Acho que a melhor coisa a fazer é levar a Leah e a Doreen para Londres por alguns dias e ver se a Leah gosta de lá – interrompeu Rose, com firmeza. – Tenho certeza que a Madelaine vai pagar alguém para cuidar do Harry enquanto vocês estiverem fora.

– Boa ideia – disse Steve. – Eu posso tirar algumas fotos da Leah para ver como elas ficam. Depois, a Leah e a Doreen podem visitar o seu escritório, Madelaine, e bater um papo.

– Isso parece ótimo. Posso dar mais detalhes sobre como a indústria funciona – explicou Madelaine, radiante.

Ela sabia que, se conseguisse levá-las até Londres, teria meio caminho andado para garantir um contrato com Leah Thompson.

– Maravilha! – exclamou Roddy, dando um tapa nos joelhos e se levantando. – Agora, eu realmente acho que a gente devia começar a pensar em voltar para Londres. A gente vai pegar a hora do rush, e tenho um jantar marcado para as oito.

Steve e Madelaine se levantaram.

– Na semana que vem, eu vou para Milão fotografar os desfiles, mas a Madelaine vai ligar para vocês e marcar uma data na outra semana. Tchau, Leah. Estou animado para te ver logo, logo – disse Steve, apertando a mão dela.

– Tchau, querida. A gente se vê em breve.

Madelaine sorriu para Leah e depois seguiu Rose, Roddy e Steve porta afora. Leah e a Sra. Thompson ficaram sozinhas na sala de estar.

– O que você acha, mãe? – perguntou Leah, com os olhos arregalados.

– Eu acho que nós duas precisamos de uma boa xícara de chá. Venha comigo, amor.

A Sra. Thompson passou o braço pelos ombros da filha, e as duas foram até a cozinha.

– Rose, me prometa que você vai trabalhar naquela mãe na semana que vem. A Leah é sensacional. Eu preciso dela – implorou Madelaine.

– Vou fazer o possível, mas acho que é a Leah que você vai ter que trabalhar. Ela não parece muito interessada em sair de casa.

– Sinceramente, tem um milhão de garotas que sonham em se tornar uma estrela. A gente escolheu a única que não faz ideia do que tem a oferecer – comentou Steve.

– Ah, mas faz parte da beleza dela – lembrou Madelaine. – A gente não quer perder isso. Enfim, obrigada pelo almoço, Rose. *Au revoir*.

Madelaine entrou no carro, e Roddy deu um beijo de despedida em Rose.

– Eu entro em contato em breve se tiver mais notícias sobre as vendas dos seus quadros. Agora, volte para aquele estúdio e comece a trabalhar. Vou precisar de muito mais Rose Delanceys para vender no ano que vem – disse ele, sorrindo.

Rose acenou para o carro enquanto ele desaparecia colina abaixo, depois voltou para casa. Leah e a Sra. Thompson estavam sentadas na cozinha, tomando chá.

– Eu não sei, Sra. Delancey. O que a senhora acha dessa coisa toda de modelagem?

Rose deu de ombros.

– Bom, Doreen, a Leah devia se sentir honrada pelo fato de o melhor fotógrafo e a melhor agente do ramo terem vindo até aqui especialmente para conhecê-la.

Leah corou.

– Eu nem acredito que eles me acham bonita o suficiente para ser modelo, Sra. Delancey.

– Deixa isso com eles. Essas pessoas são profissionais. Elas não perderiam o tempo delas se não acreditassem que você faria sucesso.

– Eu não sei – comentou a Sra. Thompson, desconfiada.

– Olhe, Doreen, eu acho que você devia ir até Londres com a Leah e só depois decidir. O que eu posso dizer é que a Madelaine é a melhor desse ramo e realmente cuida das garotas. E que, se a Leah se tornar uma modelo de sucesso, pode ganhar muito dinheiro.

– Eu não gostaria de morar sozinha em Londres, mas, por outro lado, se eu ganhasse algum dinheiro, você e o pai... – disse Leah, sem concluir.

– Escute, não tome essa decisão com base no dinheiro. Tirando o fato de que ele seria seu, de qualquer maneira, eu e o seu pai estamos nos saindo muito bem até agora e arrisco dizer que vamos continuar assim – declarou a Sra. Thompson com firmeza.

Miranda entrou na cozinha com Chloe em um ombro.

– Oi, minha gatinha – arrulhou a Sra. Thompson, pegando a bebê de Miranda.

– Como vai a nova Twiggy? – perguntou Miranda, com a fala arrastada.

– Com fome, assim como a sua filha – respondeu a Sra. Thompson, com rispidez. – Por que você não dá um pulo em casa, amor? – disse ela a Leah. – Conte para o pai sobre a Sra. Winter e comece a fazer o jantar. Eu tenho que arrumar tudo aqui.

– Está bem, mãe. Tchau, Sra. Delancey. Tchau, Miranda.

Leah abriu a porta da cozinha e começou a caminhar para casa.

Lá fora, respirou o ar fresco do outono. Adorava o início de setembro, quando as charnecas começavam a adquirir uma coloração dourada e, ao acordar de manhã, ela via a neblina pairando suavemente sobre as colinas.

Como poderia deixar tudo aquilo? E a mãe e o pai? Eles ficariam sozinhos se ela fosse para Londres. Por outro lado, se o que a Sra. Winter dissera fosse verdade e ela pudesse ganhar muito dinheiro, seria um sonho poder ajudá--los. Fazia muito tempo que eles enfrentavam dificuldades.

Mas a simples constatação de que poderia perder todas as coisas que tivera nos últimos dezessete anos de repente fez com que Leah se sentisse extremamente grata pela vida que levava naquele momento.

Leah passou pelo local onde ela e Brett tinham compartilhado tantos momentos maravilhosos juntos. Ela parou e se sentou. Doze meses tinham se passado, e ela ainda acordava todas as manhãs após uma noite de sonhos intensos com ele. Era assombrada por um garoto que ela queria muito odiar, mas só conseguia amar. Talvez ir embora ajudasse a esquecê-lo.

Ao chegar em casa, Leah foi direto até o quarto do pai. Ele tinha adormecido lendo um livro, e os óculos estavam empoleirados bem na ponta do nariz. Leah sentiu uma onda de amor ao observá-lo.

O Sr. Thompson se mexeu e abriu os olhos. Sorriu ao ver a filha parada no batente da porta.

– Oi, meu amor. Como foi lá no casarão com o pessoal de Londres?

Leah entrou no quarto e se sentou no pufe ao lado dele.

– Eles querem que eu vá para a cidade e me torne modelo.

Harry respirou fundo.

– É mesmo? E o que você acha disso?

Leah balançou a cabeça.

– Eu não sei, pai. A Sra. Delancey disse que é uma grande oportunidade, mas eu teria que morar em Londres. Eu ia sentir muitas saudades de você, da mãe e de Yorkshire.

O Sr. Thompson encarou a linda filha e sorriu para seu rostinho aflito. No último ano, se preocupara muito com ela. A garota sofrera demais por seu primeiro amor. Mas ele sabia que ela ia superar a decepção com o tempo, e o trabalho como modelo parecia ser exatamente aquilo de que ela precisava para restabelecer a própria confiança. Vê-la ir embora partiria seu coração, mas ele sabia que Leah tinha algo especial. Ela merecia sair pelo mundo e encontrar o próprio futuro.

– Bom. Eu sei que você vai sentir saudades de mim e da mãe, querida, mas aqui tem pouco trabalho e alguém está te oferecendo um emprego. E ainda por cima um glamouroso!

Leah pegou a mão do pai.

– Eu teria que sair da escola, e estudei tanto para ter notas boas nas primeiras provas… Quero fazer a próxima prova e pensar na faculdade.

– Bom, essa é uma decisão que só você pode tomar, Leah. Mas oportunidades como essa não aparecem com frequência. Eu vou te apoiar sempre, não importa o que resolva fazer. Você é uma boa garota e, mesmo que eu não queira que você vá, acho que merece coisa melhor do que acabar trabalhando como secretária de um escritório, com uma ninhada de filhos. Você é uma menina linda, Leah. Puxou ao seu pai, é claro – disse o Sr. Thompson, sorrindo. – Venha cá me dar um abraço.

Leah pôs os braços em volta do pescoço dele e pensou em como seria maravilhoso ter dinheiro para enchê-lo de presentes e retribuir sua gentileza. Ela o abraçou forte.

– Eu te amo, pai.

O Sr. Thompson sentiu um nó na garganta.

– Agora, vá preparar o jantar. Seu pai está com fome, e você ainda não é uma estrela, sabe?

Ele observou Leah sair do quarto e enfiou a mão no bolso do cardigã em busca de um lenço para secar os olhos. Leah era a razão de sua existência. E ele sabia que ia perdê-la.

17

– Ficaram absolutamente fabulosas – disse Madelaine, animada, enquanto espalhava as fotos na mesa para Leah ver.

– Sou eu mesma, Sra. Winter? – perguntou Leah, perplexa, ao fitar a linda garota das fotos.

– Por favor, me chama de Madelaine, e, sim, é você, Leah. É impressionante o que um bom maquiador e um bom fotógrafo conseguem fazer, não é?

– Eu pareço muito mais velha.

– Bom, eu diria mais sofisticada, mas é verdade. E as roupas que você está usando também ajudam.

A Sra. Thompson tocava nas fotos com reverência.

– Tenho que admitir que o Sr. Levitt fez um bom trabalho. Eu mal consigo acreditar que é a nossa Leah – disse ela e sorriu, orgulhosa.

Madelaine suspirou, aliviada. Gastara uma fortuna hospedando as duas no hotel Inn on The Park nas últimas três noites, passara horas assegurando à Sra. Thompson que zelaria pessoalmente pela filha dela quando Leah estivesse em Londres e até contratara uma enfermeira para cuidar do marido com deficiência. Agora, Madelaine estava encantada ao ver aquele conhecido olhar de orgulho maternal. Só faltava convencer Leah.

– Você gostou da sessão de fotos, Leah? O Steve disse que vocês dois se divertiram.

– Gostei, sim, senhora... Madelaine. Ele é um homem muito bom.

– Então, você acha que está preparada para fazer esse tipo de coisa em tempo integral?

Leah olhou para Madelaine. A culpa por todo o dinheiro gasto para hospedá-la com a mãe naquele hotel luxuoso – e a ideia de ajudar os pais com o que Madelaine dissera que ela poderia ganhar – tornava difícil para Leah dizer não.

Era exatamente isso que Madelaine queria.

– E a minha prova para a faculdade? – perguntou ela à mãe.

– Bom, como a Sra. Winter disse, você pode trabalhar como modelo por um ano e, se realmente não gostar, fazer a prova no ano seguinte. É uma grande oportunidade, Leah – encorajou-a a Sra. Thompson.

– Bom, acho que eu posso tentar por um tempo, para ver como me saio – disse ela devagar.

– Está bem, Leah, mas eu vou ter que te inscrever na agência por um ano. Infelizmente, é procedimento-padrão – informou Madelaine, pegando o contrato e entregando o documento a Leah. – Agora, por que você não assina isto aqui e todos nós saímos para almoçar e comemorar?

Leah olhou para as cinco páginas de letras miúdas à sua frente.

– Vá em frente, querida, sei que a Sra. Winter vai entender se você não gostar e quiser voltar para casa.

– Com certeza, Doreen – afirmou Madelaine, assentindo.

Leah pegou a pesada caneta dourada que Madelaine lhe entregou, hesitante.

– Eu preciso ler antes? – perguntou ela.

Madelaine deu de ombros, despreocupada.

– É tudo jargão jurídico. O contrato diz, basicamente, que a Femmes vai ser a sua única representante e vai ficar com uma porcentagem do cachê sempre que conseguir um trabalho para você.

Leah olhou para a mãe, que aquiesceu. Em seguida, respirou fundo e assinou no lugar adequado.

– Maravilha! – disse Madelaine. – Agora, antes de começarmos o trabalho árduo, vamos nos divertir.

Madelaine as levou a um restaurante elegante na esquina do escritório, em Berkeley Square. Ela pediu champanhe e, em meio a uma dezena de pratos minúsculos, conversou com Leah sobre o futuro.

– Hoje à tarde, vou levar vocês duas para conhecer a Jenny no apartamento dela. Ela é uma das minhas jovens modelos em ascensão e está com um quarto vago. É uns dois anos mais velha que você e uma garota bem legal e sensata. Ela vai cuidar de você e te mostrar Londres. Tenho certeza que vocês vão gostar dela.

Madelaine abriu um sorriso radiante e prosseguiu:

– Amanhã, quero que você chegue ao escritório às nove. Eu vou marcar um horário com o cabeleireiro, o Vidal, e te enviar para a Barbara à tarde.

Ela vai te ensinar como fazer a sua maquiagem. E talvez eu te envie para a Janet, uma amiga minha que ensina elocução, só para dar uma suavizada no seu sotaque de Yorkshire.

Leah ouviu Madelaine planejar a vida dela e viu a mãe concordar com tudo que ela dizia.

– Não parece empolgante, Leah? Agradeça à Madelaine por tudo que ela fez por você.

– Obrigada – obedeceu Leah.

– Vou tentar agendar você para a coleção prêt-à-porter de Milão no mês que vem. É onde a maioria das garotas começa. O editor de moda da *Vogue* não vai nem te olhar até você fazer sucesso na Europa.

Madelaine continuou o bate-papo no táxi, a caminho da nova casa de Leah. Ficava em um lugar chamado Chelsea, e o táxi parou em frente a uma imponente casa branca.

– Esta é uma área muito segura, Doreen, então, não se preocupe.

Madelaine apertou uma campainha, e uma garota de moletom velho abriu a porta.

– Madelaine, querida – disse a menina, depois a beijou nas bochechas. – Entre. E essa deve ser a Leah. Oi, eu sou a Jenny. Pode subir.

Enquanto as três mulheres seguiam Jenny pelos dois lances da escada íngreme, Leah pensou que a nova colega de apartamento era a garota mais linda que já tinha visto. Ela tinha mais ou menos a mesma altura de Leah, com cabelos louros e imensos olhos azuis. *Muito mais bonita que eu*, pensou Leah.

Jenny mostrou o apartamento a elas. Era pequeno, mas mobiliado com elegância. O quarto de Leah não era maior do que um armário de vassouras, mas tinha uma bela decoração, com papel de parede listrado e cortinas combinando.

Os "oohs" e "ahhs" da Sra. Thompson ao observar a cozinha em miniatura, abarrotada com todos os modernos eletrodomésticos do mercado, fez Leah sentir saudades da cozinha básica, mas aconchegante, que tinha em casa.

Jenny sugeriu um café enquanto Madelaine e Doreen se sentavam na sala de estar.

– Fique aqui e me ajude a preparar, Leah. Você parece apavorada – disse Jenny, sorrindo gentilmente.

Leah relaxou um pouco.

– Eu estou um pouco, sim.

– Não se preocupe. Eu era igualzinha quando a Madelaine me descobriu andando em uma rua de Bristol. Nunca tinha vindo a Londres.

– Nem eu – confessou Leah.

– A Madelaine vai cuidar de você, e vou estar aqui para te mostrar o caminho das pedras. É só ficar de cabeça baixa e fazer o que Vossa Majestade pedir.

– Vossa Majestade?

– É, todas as garotas da agência chamam a Madelaine de Rainha pelas costas dela – contou Jenny, com ar conspiratório.

Leah deu uma risadinha e levou a bandeja de café para a sala de estar, sentindo-se um pouco melhor.

Mas naquela noite, parada na plataforma da estação King's Cross, ela chorava copiosamente.

– Vamos lá, Leah. Parece até que você nunca mais vai ver a mim ou ao seu pai de novo. Madelaine disse que você pode visitar a gente no próximo fim de semana se quiser.

– Ah, mãe! – lamentou Leah, agarrando-se ao casaco da Sra. Thompson.

– Sério, você está agindo como uma criança de 10 anos. Agora, se controle e pense em quantas garotas dariam tudo pela chance que você está tendo – repreendeu a Sra. Thompson.

Leah assoou o nariz com força e foi ver a mãe entrar no trem.

– Não precisa esperar o trem se afastar. Volte e entre naquele táxi. Deve estar custando uma fortuna à Madelaine – ordenou a Sra. Thompson, beijando a filha e abrindo a porta de um vagão. – Tchau, meu amor. Seja boazinha e faça tudo que a Madelaine mandar. Eu te escrevo assim que puder.

– Mande um beijo para meu pai, está bem?

– Claro. Deixe os seus pais orgulhosos, querida.

Mesmo fazendo o seu melhor para impedir, lágrimas se formavam nos olhos da Sra. Thompson. Ela acenou rápido e desapareceu para encontrar um assento.

Arrasada, Leah voltou pela plataforma em direção ao táxi, que a esperava. Ela abriu a porta do grande carro preto e entrou.

– Para onde, senhorita?

Ela leu o endereço de Jenny, e o motorista partiu, levando Leah para começar sua nova vida.

18

– Obrigado por aceitar me receber com tão pouca antecedência; eu queria aproveitar que o senhor está em Washington, Sr. Cooper.

David analisou o homem corpulento com sotaque forte.

– O que exatamente o senhor gostaria de discutir?

David se sentia um pouco irritado. Tinha uma importante reunião de negócios e não estava interessado em uma instituição de caridade, que provavelmente estava ali para pedir dinheiro. Geralmente, Pat lidava com aquele tipo de coisa, e ele se perguntou como aquele homem passara pelo filtro.

– Primeiro, Sr. Cooper, eu gostaria de pedir desculpas. Vim sob um falso pretexto. Não trabalho para a organização que o senhor pensa.

Meu Deus, era só o que faltava. David suspirou.

– Está bem, para quem o senhor trabalha, então?

– O senhor poderia se sentar? Assim eu posso explicar.

Um David frustrado balançou a cabeça, mas obedeceu.

– Não vamos perder mais tempo. O que eu posso fazer pelo senhor?

O homem começou a falar de maneira suave, e toda a irritação de David desapareceu.

Quando o homem terminou, David ficou sentado em silêncio, olhando para o nada. A cor havia deixado seu rosto.

– Como foi que o senhor me encontrou? – perguntou David, por fim.

– Alguém da nossa organização reconheceu o seu rosto em um recorte de jornal. Ele conheceu o senhor há muitos anos.

David assentiu devagar.

– Bravo. E agora que o senhor *conseguiu* me encontrar, quer o quê?

– Nós sabemos que o senhor está prestes a começar a fazer negócios com este homem.

Ele passou a David um arquivo com o nome do homem na capa.

– Este é o homem com quem o senhor está lidando, certo?

Mais uma vez, David assentiu devagar.

– É. Qual é o problema?

– O senhor já se encontrou com ele?

David pensou, cauteloso.

– Não. Nós nos correspondemos muito e conversamos brevemente por telefone. Vamos almoçar juntos daqui a umas duas semanas.

– Então, eu gostaria que o senhor lesse esse arquivo. Tudo, claro, é altamente confidencial, e, se qualquer palavra que está aqui vazar, trinta anos de trabalho de inteligência terão sido em vão. Vou deixar isso com o senhor.

O homem se levantou.

– Quero que o senhor leia esse arquivo do início ao fim. Talvez o senhor ache o conteúdo um pouco perturbador. Existe uma… conexão entre vocês dois que o senhor não sabe.

David engoliu em seco.

– Quando o senhor terminar, eu gostaria que ligasse para mim neste número.

Ele estendeu a mão, e David a apertou.

– Até mais, Sr. Cooper.

O homem saiu da sala, e David foi até o armário de bebidas. Ele se serviu de um copo cheio de uísque com gelo e se acomodou na confortável poltrona do hotel para ler o documento.

Uma hora depois, lágrimas escorriam por seu rosto, e ele já estava no quinto copo.

– Meu Deus – gemeu ele.

David foi até o banheiro e lavou o rosto com água fria.

Tantos anos antes, tanta dor… Tantos anos bloqueando o passado, e agora…

Ele voltou para a sala de estar da suíte do hotel e serviu mais um copo de uísque.

David sabia que teria que tomar a decisão mais importante da sua vida.

Foi aí que se lembrou da promessa que fizera quando era muito mais jovem.

Suas mãos ainda tremiam pelo choque. Sua mente o forçou a voltar ao passado, abrindo portas para os recônditos escuros de sua memória, onde ele não entrava fazia muito tempo…

19

Varsóvia, 1938

– Mamãe, posso visitar o Joshua? Ele ganhou um trenzinho novo e me pediu para ajudar a construir.

Adele sorriu com afeto para o garoto à sua frente. Ninguém conseguia resistir a ele, nem mesmo ela. Ele era tão inteligente, com o tipo de rostinho angelical e inocente que impossibilitava a entrada de qualquer pensamento mau ou perverso.

– Claro que pode, desde que você termine de ler o que o professor Rosenberg passou.

– Ah, sim, mamãe, eu já acabei há horas. Inglês é uma língua tão estranha. Tem umas palavras que significam mais de uma coisa. Isso às vezes me confunde.

Ele falava com tanta seriedade, com tanta fluência para um garoto de 10 anos. Seus professores previam que seu futuro seria glorioso.

– Tudo bem, então. Pede para o Samuel te levar de carro. Eu quero te ouvir tocar violino na volta.

– Claro, mamãe.

– Dá um beijo aqui na mamãe, David – disse ela, acenando para que o filho se aproximasse.

Ele foi até a mãe e deu um beijinho em sua testa.

– Tchau, mamãe – disse ele, sorrindo e saindo da sala de estar.

Adele suspirou, satisfeita, e pensou, mais uma vez, em como tinha sorte. E em como estava feliz por ter assumido aquele risco terrível, dez anos antes, ao fugir de Paris para se casar com o jovem artista polonês por quem se apaixonara perdidamente.

No verão de 1927, Adele fizera uma viagem pela Europa com a tia solteira, Beatrice. Aquela seria sua última aventura antes de voltar à Inglaterra, onde se casaria com um homem que o pai aprovava. Depois, seria despachada para a Índia. Ao visitar Paris, Beatrice tivera uma grave intoxicação alimentar, o que deixara Adele livre para explorar a cidade sozinha. Durante um passeio, em uma tarde quente de quarta-feira, ela encontrara, por acaso, o bairro boêmio de Montmartre. Atraída pela conversa barulhenta de alguns artistas sentados do lado de fora de uma agitada cafeteria, Adele ocupara uma mesa vizinha e pedira um *citron pressé*. Poucos minutos depois, um dos homens requisitara sua ajuda para resolver um impasse: quem ela considerava o maior criador da época: Picasso ou Cézanne? Adele se juntara à mesa e fora apresentada a Jacob Delanski.

Ela ficara encantada com o jovem polonês alto, admirando os cabelos louros, os penetrantes olhos azuis e a risada contagiante.

Naquela tarde, o vinho correra solto e, após algumas horas, Jacob tomara coragem para perguntar a Adele se poderia pintá-la. Ela não tivera nenhuma dificuldade de responder que sim e, durante a semana seguinte, deixara o conforto de sua suíte no Hotel Ritz para ir até o apertado sótão de Jacob, na Rue de Seine.

Com uma personalidade carismática e a exuberância típica de um jovem talentoso na cidade mais empolgante do mundo, Jacob impressionara Adele. Ela estava acostumada à educação vitoriana formal e aos oficiais ingleses protocolares, jovens que o pai considerava adequados para acompanhá-la aos bailes.

Agora, lá estava ela, em um estúdio de Montmartre, bebendo vinho às três da tarde e ouvindo Jacob dizer que a amava e queria se casar com ela.

Adele tinha argumentado que aquilo era impossível, mas Jacob a silenciara, afirmando que ela estava errada, que o destino interviera. Naquele dia, ele fizera amor com ela, e Adele entendera que Jacob estava certo, que eles nunca mais deveriam se separar. Ela sabia que o pai ia procurá-la em Paris, então os dois tinham concordado em viajar para Varsóvia, terra natal de Jacob. Adele deixara o Ritz de madrugada só com uma pequena valise, a paixão avassaladora que sentia pelo lindo e talentoso amante cegando-a para a importante decisão que estava tomando.

Quando Adele e Jacob chegaram a Varsóvia, se abrigaram na casa de um dos amigos mais antigos de Jacob em Wola, um distrito artístico da cidade.

A prioridade deles era se casar, mas isso era um problema. Jacob era judeu, e Adele, uma cristã britânica. Nenhum rabino ou padre da cidade aceitaria conduzir a cerimônia. Um dos dois simplesmente precisava mudar de religião, e Adele concordara que seria ela.

Ela frequentara aulas preparatórias, e Jacob lutara para encontrar trabalho e colocar comida na mesa. Diante da falta de encomendas, ele fora procurar o pai, que oferecera ajuda com a condição de que Jacob renunciasse à ambição de pintar e aceitasse seu cargo legítimo no banco da família. Jacob se recusara e conseguira trabalho em uma biblioteca, o que garantira a ele e Adele dinheiro suficiente para alugar um quarto e organizar uma pequena festa depois do casamento, ao qual os pais dele não compareceram.

As coisas tinham sido dificílimas no início, mas eles tinham conseguido sobreviver com amor e com a capacidade de Jacob de sempre levar um sorriso ao rosto de Adele quando ela ficava triste. A paixão que ele sentia pela vida era contagiante, e Adele aprendera que não havia problema que não pudesse ser resolvido com persistência e otimismo. Um ano após o casamento, ela dera à luz um menino, que eles chamaram de David. Em pouco tempo, o único quarto do casal fora preenchido por fraldas encharcadas e cheiro de tinta, já que Jacob estava mais determinado do que nunca a se tornar um sucesso e mostrar aos pais que não precisava da ajuda deles.

Pouco tempo depois de David nascer, Jacob pintara o retrato de um parente rico de um de seus amigos e, com o dinheiro, o casal se mudara para um apartamento de dois cômodos. Três meses depois, outro membro da mesma família também quisera um retrato, e a fama de Jacob não tardou a se espalhar. Ele realizara sua ambição e pôde abandonar o emprego na biblioteca.

Quando Adele dera à luz Rosa, em 1931, a família já tinha se mudado da cidade superlotada para Saska Kepa, um distrito residencial ligado ao centro de Varsóvia pela nova ponte Poniatowski. Jacob estava criando uma excelente reputação como pintor de retratos, e sua beleza e charme lhe rendiam grandes encomendas de matronas de meia-idade sedentas por serem favorecidas dentro e fora das telas.

À medida que a fama e a prosperidade de Jacob aumentavam, os pais dele, embora desconfortáveis com a escolha da carreira e da esposa gentia do filho, abrandavam os sentimentos. Os dois também acabaram se mudando da cidade e se juntando a Jacob e Adele em Saska Kepa, e a comunicação entre eles foi restabelecida. Eles viram o cuidado que Adele tinha para educar os filhos na tradição judaica e, após saber que ela tinha nascido em berço nobre na Inglaterra, aceitaram o casamento e passaram a idolatrar os netos.

Adele entendera muito bem por que Jacob não deixara a religião por ela; aquilo seria como lhe pedir que mudasse sua essência. Mas ela estava determinada a fazer com que os filhos crescessem sabendo algumas coisas sobre sua origem. Então, desde que os dois eram bebês, ela conversava em inglês com eles – embora francês fosse a língua comum da família, já que ela tinha dificuldade de dominar o polonês. Assim, com 10 e 7 anos respectivamente, David e Rosa conversavam com facilidade em três línguas.

À noite, quando as crianças se acomodavam nas pequenas camas, Adele se sentava ao lado delas e contava histórias sobre sua vida em Londres. Falava sobre a casa enorme com vista para o Hyde Park onde vivera quando era criança, sobre o Big Ben, as Casas do Parlamento e o "Velho pai" Tâmisa, o rio que atravessava a capital do mundo. Ela prometia, diante daqueles olhinhos pesados de sono, que um dia os levaria até lá.

Muitas vezes, Adele pensava nos pais, perguntando-se como eles tinham reagido ao seu desaparecimento. Ela se sentia péssima por ter deixado à pobre tia Beatrice o encargo de dar a notícia, mas não tivera escolha. Àquela altura, eles provavelmente achavam que estava morta.

Uma batida na porta da sala despertou Adele de seu devaneio.
– Entre!
Christabel, a babá de rosto redondo, conduziu Rosa pela mão até ela.
– Oi, querida.
A garotinha, uma minúscula réplica da mãe, com um espesso cabelo ruivo--ticiano, ergueu os braços. Adele a levantou e a abraçou forte.
– Conte para a mamãe o que você tem aí para mostrar – incentivou Christabel, com carinho.
Rosa arregalou os imensos olhos cor-de-esmeralda ao entregar à mãe um pedaço de papel que tirou do bolso.
– Aqui – disse ela, apresentando com orgulho o papel.
Era uma pequena pintura de um vaso de flores. Adele prendeu a respiração ao perceber que aquilo era uma obra da filha aos 7 anos. Ela mal conseguira acreditar. O uso das cores, as formas e os intrincados detalhes mostravam a mão de uma artista muito mais madura. Adele pôs Rosa no chão e parou por um segundo para analisar com cuidado o que tinha diante de si. Era

impressionante. Ela se questionou se estava vendo a obra com um olhar imparcial... mas sentia fortemente que sim.

Parada à sua frente, Rosa aguardava com paciência, os braços cruzados com cuidado sobre o avental branco imaculado.

– Ora, ora, querida, isto é maravilhoso! Tem certeza que está me dizendo a verdade? Foi você mesma que pintou isto?

Rosa assentiu.

– Sim, mamãe. Fui eu mesma.

– Eu estou de prova, senhora. Vi com os meus próprios olhos. Ela tem um caderno cheio desses desenhos lá em cima.

– Meu Deus! Bom, Rosa, eu acho que a gente devia mostrar isto aqui para o papai, não é?

– É. E para o David também, não é? – perguntou Rosa, com os olhos brilhando.

– Claro.

Sendo filha única, Adele sempre ficava tocada com a proximidade dos dois filhos.

Quando Jacob viu a pintura da filha, ficou boquiaberto. Soube ali que dentro dela havia um talento diante do qual o dele empalidecia e se apressou para incentivá-lo. Daquele momento em diante, Rosa passou a se juntar ao pai no estúdio dos fundos da casa todas as manhãs por duas horas. Enquanto ensinava a ela tudo que podia, ele observava, com orgulho e espanto, como a filha apreendia todo aquele conhecimento com uma facilidade muito superior à esperada para sua tenra idade. Embora não falassem sobre isso com Rosa – cujo dom também se devia, em parte, ao imenso deleite com que dava vida às coisas na folha de papel –, Jacob e Adele reconheciam que ela tinha um talento prodigioso.

Fora do estúdio, o jovem David demonstrava ter um dom para o violino. Em seu décimo aniversário, em 1938, Jacob e Adele lhe presentearam com um Ludwig, um raro e valioso Stradivarius. Noite após noite, os quatro se sentavam para ouvir David extrair sons melodiosos do belo instrumento.

– Eu disse, não disse, que a maior chance que a gente tinha de ser feliz era ficando juntos? – sussurrava Jacob no ouvido da esposa quando eles iam para a cama.

– Disse, meu amor – respondia ela, com um beijo. – A vida é perfeita.

Eles adormeciam um nos braços do outro sem imaginar, em sua inocência, os horrores que estavam por vir.

No dia 1º de setembro de 1939, a Alemanha invadiu a Polônia. Mais de um milhão de homens, equipados com um poder aéreo superior, venceram com facilidade o limitado exército polonês. Após duas semanas, a Rússia enviou tropas para o leste do país. Logo depois, as forças armadas polonesas tombaram por completo, e a nação foi dividida entre a Rússia e a Alemanha.

A batalha por Varsóvia prosseguiu, violenta. Noite após noite, Jacob, Adele, David e Rosa se amontoavam no porão. O medo de Jacob crescia. Ele ouvira falar das atrocidades cometidas contra os judeus em Berlim e via uma nova onda de antissemitismo tomar o país. A política de "evacuação" de judeus de diversos vilarejos e cidadezinhas poloneses os fizera fugir, aos bandos, para Varsóvia, na esperança de escapar de brutais *pogroms*. Milhares já tinham morrido. No entanto, enquanto Jacob ouvia as explosões que sacudiam Varsóvia dia após dia, sabia que aquele era só o começo.

No dia 27 de setembro, a capital se rendeu. Pela primeira vez em uma semana, Jacob se aventurou a sair de casa e ficou horrorizado com a devastação causada na outrora magnífica cidade. O Castelo Real de Varsóvia tinha sido totalmente queimado, e a recém-reformada Estação Ferroviária Central estava irreconhecível.

Ele correu até a casa dos pais, atravessando as ruas desertas. Seu coração deu um salto quando viu o prédio vizinho ainda em chamas, com as entranhas para fora.

– Meu Deus, Jacob! O que vai ser de nós, agora que os nazistas estão aqui? Você devia ter tirado Adele e as crianças daqui enquanto era tempo.

Jacob encarou o rosto pálido da mãe.

– Eu sei, mamãe, mas a Adele se recusou.

– Bom, ela perdeu a oportunidade. Agora vai ter que ficar aqui e morrer com todos nós.

– Não fala assim, mamãe! Existem três milhões de judeus na Polônia. Nós vamos nos levantar e contra-atacar.

Surcie Delanski considerou a postura desafiadora do filho, sua juventude e força. Mas sabia, no fundo do coração, que a batalha já estava perdida.

Após a rendição de Varsóvia, o governo polonês se exilou em Paris. O novo Governo Geral da Polônia foi formado, com Hans Frank como governador-geral. Ele deu ordens para que a comunidade judaica de Varsóvia criasse seu próprio conselho, sob a instrução alemã.

O pai de Jacob era membro do conselho. Ele transmitiu ao filho o conjunto de instruções alemãs a serem seguidas pela população judaica.

– A partir de amanhã, todos os judeus vão ter que usar braçadeiras de identificação. Partes da cidade vão ficar fechadas para nós.

Jacob levou as mãos à cabeça.

– Papai, eu não acredito nisso! O conselho não está reagindo?

– Como é que podemos fazer isso quando estamos sujeitos a um reinado de terror? Tiroteios aleatórios, judeus sendo amontoados em caminhões e levados para campos de trabalhos forçados... Milhares já morreram – explicou ele, sério. – E vai vir coisa pior.

– O senhor diz que não teremos mais acesso a certas partes da cidade? Isso é guetização.

Samuel Delanski assentiu com tristeza.

– É. E nós acreditamos que é exatamente isso que eles querem. Meu filho, eu imploro, venda tudo que você tem agora. Levante o máximo de dinheiro possível antes que seja tarde demais. Graças a Deus eu tive o bom senso de sacar o valor total da minha conta. Eu sabia que os nazistas iam fechar o banco. Alguns amigos perderam tudo. Você precisa insistir para a Adele sair da cidade com as crianças. Ela ainda tem passaporte britânico, não tem?

– Tem, papai.

– Você precisa tirar a sua família daqui, Jacob – disse ele, baixando os olhos para o chão. – Lamento dizer, mas eles têm uma chance muito maior de sobreviver sem você. Uma mulher inglesa com dois filhos cristãos.

Jacob sabia a verdade.

– A Adele não vai embora sem mim. Mas eu vou tentar convencê-la uma última vez.

– Que bom. Um amigo está ajudando as pessoas a chegarem a Gdynia. Ainda tem alguns barcos saindo de lá para a Dinamarca. Se eles conseguirem chegar à Dinamarca, vão poder se esconder até que um barco saia para a Inglaterra.

Naquela noite, Jacob contou a Adele o que Samuel tinha dito. Como ele já sabia, Adele se recusou terminantemente a ir embora sem o marido.

– Você não vê, Adele, que sem mim vocês têm todas as chances de chegar a um lugar seguro? Com o seu passaporte, você e as crianças são inglesas. Ninguém precisa saber que você se converteu quando casou comigo.

Os olhos de Adele estavam cheios de lágrimas. Ela balançou a cabeça.

– Eu não vou embora sem você. Não posso te abandonar aqui para enfrentar um futuro incerto.

Jacob olhou para a esposa. O amor que sentia por ela ardia, mais forte que nunca, em seu peito. Ela tinha uma chance de escapar daquela loucura, mas, mesmo assim, estava disposta a ficar e sofrer com ele.

Ele fez uma última tentativa.

– Adele, *kochana*, você sabe que eu não posso ir com você. Se nós formos pegos, vamos enfrentar a morte imediata. Mas pense nas crianças. Pense em como elas vão sofrer se ficarem. *Por favor*, meu amor, eu imploro.

Ela suspirou, olhou para cima e pegou as mãos dele.

– Jacob, naquele dia em que nós fugimos para Paris para ficar juntos, você me implorou para que eu seguisse o meu coração. Eu fiz isso e, naquele momento, soube que tinha selado o meu destino. Não tem volta. Tomei a decisão de ser sua mulher e me converter à sua fé. Eu não vou negar o nosso amor. Nunca. Então, por favor, meu querido, aceite que nós vamos estar juntos, como uma família, até o dia da nossa morte.

Ela pôs os braços à sua volta, e ele a apertou com força.

Ele aquiesceu devagar.

– Até o dia da nossa morte.

Como Samuel Delanski previra, Hans Frank deu ordens para que os judeus de Varsóvia fossem isolados ao norte do centro da cidade até o fim de novembro de 1940. Por ter sido previamente avisado, Samuel conseguiu organizar um pequeno apartamento no gueto do distrito dos fabricantes de escovas, na Lezno Street. Só tinha três cômodos: um para Jacob e Adele, outro para Samuel e Surcie e a sala de estar, que contava com espaço suficiente para acomodar o colchão de David e Rosa. Comparado às condições em que outros estavam vivendo, o apartamento era um palácio.

Jacob tinha vendido tudo que possuía para levantar dinheiro. Com isso e os fundos de Samuel, eles presumiram ter o suficiente para comprar comida por dois anos ou mais.

Quatrocentos judeus foram isolados naquela área, que se estendia por apenas 1,94 quilômetro quadrado e consistia em apenas doze quarteirões, indo da Jerozolimska Street até o cemitério. A lotação do gueto era inimaginável, o saneamento, chocante, e já havia escassez de alimentos. Adele passava grande parte das manhãs na fila do lado de fora de uma das poucas padarias licenciadas, para levar pão para casa.

Samuel e o conselho comunitário se esforçavam para estabelecer algum tipo de normalidade entre os cidadãos do gueto. Escolas foram criadas e funcionavam todos os dias, sem falta; debates foram organizados, grupos de teatro foram criados e uma bela orquestra sinfônica promovia concertos semanais.

No entanto, no fim de 1940, o número de judeus expulsos dos vilarejos nas províncias tinha elevado a população local a mais de meio milhão. As rações para o gueto tinham diminuído e mal eram suficientes para alimentar metade da população. Como resultado, muita gente morria de fome e o comércio ilegal reinava. Aqueles que se arriscavam a sair do gueto para buscar suprimentos pagavam preços exorbitantes. Os Delanskis não tinham escolha: era pagar ou morrer de fome.

Era uma vida estranha, carregada de terror, com amigos que desapareciam e ruas ressoando com o barulho de balas, mas Adele e Jacob tentavam desesperadamente manter alguma espécie de rotina pelo bem das crianças.

De manhã, elas iam para a escola e, à tarde, Jacob se sentava com Rosa para pintar, usando o verso de telas velhas para prolongar a vida útil do exíguo suprimento de papéis novos. Isso ajudava a passar o tempo enquanto Adele tentava cozinhar um jantar palatável com batatas e outros vegetais apodrecidos. Felizmente, aos 9 anos, Rosa parecia não ter consciência de tudo ao redor, embora às vezes se esgueirasse para perto de David à noite, assustada com o barulho dos tiros. Sua natureza doce conquistara os vizinhos, que muitas vezes lhe davam uma maçã em troca de um desenho.

À noite, a família se reunia em volta da pequena lareira, e David tocava seu precioso Stradivarius, que Jacob não tivera coragem de vender.

Em abril, Surcie Delanski contraiu a febre tifoide que assolava o gueto. Ela morreu uma semana depois. Samuel Delanski a seguiu, em julho.

Sem conseguir falar por causa do luto, Jacob arrastou o corpo do pai até uma das carroças fornecidas para esse fim. Já estava lotada.

Após a morte dos pais, Jacob se tornou quieto e retraído. Ele parou de pintar e passou a ficar horas sentado, olhando pela janela para a pobreza e o sofrimento terríveis na rua abaixo do apartamento.

Adele entrou em desespero ao ver seu amado e exuberante marido se retrair cada dia mais. Quando tentava consolá-lo, ele a encarava como se não a conhecesse. Por mais que ela tentasse, não conseguia arrancar Jacob da crescente tristeza.

Coube a ela o cuidado com os filhos, o que significava organizar o suprimento de alimentos. Já fraca por causa da desnutrição e por ter que cuidar de duas pessoas mortalmente doentes, ela desmaiou no chão da pequena cozinha.

Horrorizado, David a pegou no colo. Ela estava leve como uma pluma, e ele sentiu os ossos da mãe por baixo do vestido gasto. Ele a alimentou com um pouco do caldo que fervilhava no fogão. Naquele instante, David percebeu que sua preciosa mãe vinha negligenciando as próprias rações para alimentar a família.

Lágrimas brotaram nos olhos de Adele enquanto ela observava o filho.

– Coma. Coma tudo – ordenou ele.

– Não, David – disse ela, empurrando a tigela para longe.

– Mamãe, está tudo bem. De agora em diante, eu assumo o comando. Prometo que hoje à noite vai ter comida fresca na mesa.

Determinado, David deixou o apartamento meia hora depois. Às seis horas, voltou com um saco de comida fresca.

A partir daí, David passou a sair uma vez por semana e voltar ao anoitecer com um saco cheio de suprimentos. Ele sempre chegava fedendo, e Adele imaginou que o filho atravessava os esgotos para ir até a cidade, fora do gueto.

Rosa nunca questionou como ele conseguia a comida. Sabia que David estava se submetendo a um perigo terrível e não suportava pensar no assunto.

O inverno de 1941 aniquilou milhares de pessoas no gueto. Era quase impossível conseguir carvão, e até David, com seu agora excelente conhecimento sobre o comércio ilegal, enfrentava dificuldades. O dinheiro começou a escassear, e ele viu que só teria o suficiente para alimentar a família por mais alguns meses. Mas deu graças a Deus porque a primavera estava próxima.

As viagens de David até o outro lado lhe renderam muitas informações úteis. Uma de suas fontes contou que o gueto de Łódź fora esvaziado, que os judeus tinham sido deportados para Chelmno e que o mesmo acontecia em Lublin. Havia rumores terríveis de que Chelmno era um campo de extermínio, onde os judeus eram mortos aos milhares.

David queria contar a notícia ao pai, para ouvi-lo dizer que aquela informação *tinha* que estar errada, mas Jacob agora estava confinado em seu próprio mundo. Naqueles dias, raramente saía da cama. Então, David suportou seu medo terrível sozinho.

Em julho de 1942, no dia do Tishá BeAv, o feriado judaico que relembra a destruição do Templo de Jerusalém, David estava voltando para o apartamento com um precioso suprimento de cinco batatas.

Uma patrulha nazista, imagem comum nas ruas do gueto, passou rapidamente por ele e parou em frente ao prédio do conselho judaico. David não pensou muito, adivinhando que os alemães continuavam capturando judeus para seus batalhões de trabalhos forçados – por isso, nem parou para escutar o que o comandante tinha a dizer. A regra de ouro era manter a maior distância possível.

Mais tarde, quando os quatro Delanskis estavam sentados comendo sua refeição irrisória, alguém bateu na porta.

David foi abrir e encontrou, com o rosto pálido, um de seus amigos, que morava com a família no apartamento de baixo.

– Entre, Johann. O que aconteceu?

– Meu pai me mandou aqui para avisar vocês. Hoje, ele viu os alemães cercando os idosos e arrancando as crianças dos braços das mães. As pessoas que eles capturaram na Umschlagplatz foram levadas até a Stawki Street, perto dos desvios ferroviários, onde havia uma fila de vagões de carga. Os velhos e os jovens foram amontoados lá dentro, e o trem partiu. Ninguém sabe ao certo para onde foram.

Havia lágrimas nos olhos de Johann.

– O pânico se espalhou pelas ruas. Existem boatos sobre campos de extermínio. David, mantenha a Rosa dentro de casa. É melhor ela não ir para a escola. Eu tenho que ir. Preciso avisar os outros.

– Obrigado, Johann.

David fechou a porta com o coração martelando no peito. A aniquilação do gueto, como acontecera em Łódź e Lublin, tinha começado.

No instante em que viu o rosto do filho, Adele soube que havia algo errado.

Mais tarde, quando Rosa estava dormindo e Jacob estava no quarto, Adele acenou para que o filho fosse até a cozinha.

– O que o Johann queria, David?

Ele lhe contou o alerta do amigo. Os olhos verdes de Adele escureceram de medo.

– David, estou vendo no seu rosto que você sabe mais sobre o que vai ser de nós do que diz. Mas você precisa me contar agora tudo que sabe. Nós vamos compartilhar esse segredo. A Rosa é pequena demais para entender, e o seu pai...

Ela fechou os olhos por um instante e se recompôs.

– Então, David, esse boato sobre os campos de extermínio é verdade?

Ele olhou para a mãe e assentiu devagar.

– É. As pessoas acreditam que sim.

David se sentou no chão, e Adele pôs os braços ao seu redor. Ele lhe contou tudo que tinha ouvido e chorou de alívio por poder confiar à mãe aquelas informações terríveis.

Adele ficou sentada em silêncio, ouvindo o filho, antes de lhe oferecer algum consolo.

– Eu admiro a sua força e a sua coragem, por carregar isso sozinho. Quero que você saiba que a decisão de ficar aqui na Polônia com o seu pai foi minha. Ele se culpa pelo que aconteceu com a família dele, mas o meu amor por ele...

Ela fez uma pausa e prosseguiu:

– Bom, talvez um dia você entenda por que eu não consegui ir embora. Até então, ele só enxergava a beleza e a alegria deste mundo, dava um jeito de bloquear as realidades sombrias. Mas agora já não existe nenhuma alegria para ele ver. Ele teve que se isolar no próprio mundo para sobreviver. Ele vive no passado, para não sentir culpa. Você entende?

De repente, pela primeira vez, David entendeu.

– Eu quero te dar uma coisa. Tome.

Adele tirou o medalhão de ouro do pescoço e o entregou ao filho.

– Abra.

David obedeceu. Lá dentro, havia uma fotografia da mãe, de quando ela era muito mais jovem.

– Tire a foto e vire.

David viu as letrinhas minúsculas.

– O que é isto?

– É o endereço dos seus avós em Londres. Se, por acaso, nós... nos separarmos, você precisa tentar entrar em contato com eles. Deus queira que ainda estejam vivos. Explique a eles quem você é. O medalhão vai servir de prova. Agora, memorize o endereço e coloque o medalhão no pescoço. Você tem que me jurar que nunca mais vai tirar isso.

David seguiu as instruções de Adele e enfiou o medalhão embaixo da camisa.

– Eu juro, mamãe.

Adele se levantou e remexeu no fundo de um dos armários da cozinha. Ela pegou um livrinho azul e fino.

– Aqui. Também quero que você fique com isto. É o meu passaporte britânico. Você pode usar para provar quem é se precisar.

Adele estendeu os braços.

– Venha cá me dar um abraço. Se alguma coisa acontecer comigo ou com o seu pai, cuide da Rosa por nós. Ela tem um talento enorme, e vai caber a você ajudar a sua irmã a desenvolvê-lo.

Adele abraçou o filho por muito tempo. David sabia que eles compartilhavam um conhecimento tácito do futuro.

Durante o verão, as patrulhas alemãs vasculharam as ruas do gueto, reunindo vítimas e enviando-as, por trem, para a morte inevitável. A família Delanski ficava no apartamento 24 horas por dia, e apenas David se aventurava a sair em busca de comida. Adele implorava para o filho não se arriscar, argumentando que era melhor passarem fome do que David ser pego e enviado para longe, mas ambos sabiam que a família precisava comer.

Após uma expedição infrutífera que rendera apenas meio pão mofado e duas cenouras velhas, David dobrou a esquina da Lezno Street bem a tempo de ver quatro patrulhas alemãs conduzindo um grupo de pessoas pela rua. Quando elas desapareceram, ele disparou pela rua até o apartamento.

David explodiu em soluços ao entrar em sua casa destruída e vazia. Mergulhou no chão, apertando os olhos com os nós dos dedos.

– Mamãe, papai, Rosa! Não!

Sem saber quanto tempo se passara desde que a família fora levada, David se levantou e foi até o quarto dos pais. As gavetas tinham sido abertas, e o conteúdo delas estava espalhado no chão. A caixinha de joias da mãe jazia vazia sobre a cama.

David pôs a mão no medalhão sob a camisa, e a presença dele o reconfortou um pouco. Em seguida, com o coração aos pulos, mergulhou embaixo da cama, torcendo e rezando para que não o tivessem encontrado... Não, o Stradivarius, com o passaporte escondido no forro do estojo, estava intocado.

Ele pegou o violino e o colocou sob o queixo, ainda chorando. Ergueu o arco, mas, quando a primeira nota suave encheu o quarto, a melodia familiar provocou fortes lembranças de sua família amada, e ele não conseguiu suportar.

Naquele momento, ouviu outra coisa, um barulho tão baixo no quarto que ele pensou ter imaginado. David ficou imóvel, apurando os ouvidos. E lá estava o barulho de novo. Era... alguém chorando? Seria possível?

– Rosa! Rosa, *kochana*, onde está você?

Ele cambaleou pelo quarto, seguindo os soluços até o pesado armário de mogno. Retesando cada músculo do corpo, conseguiu arrastar o móvel ao longo da parede. Ali atrás, havia uma portinha de apenas 60 centímetros de altura.

David a abriu, e Rosa, tremendo de medo e meio histérica, caiu em seus braços.

– David, David! Os soldados vieram e levaram a mamãe e o papai embora. A mamãe me escondeu aqui. Eu tive tanto medo. Estava tão escuro, e eu não conseguia respirar e...

– Shhhhh. O David está aqui agora. Shhhhh – disse ele, acariciando os cabelos da irmã com delicadeza, lembrando-se da promessa que fizera à mãe.

Foi ali que David jurou proteger Rosa até o dia da própria morte.

Após duas semanas convivendo com o pavor de serem descobertos e sobrevivendo com os restos de comida que David encontrava nos outros apartamentos vazios do bloco, ele soube que teria que se arriscar ou enfrentar a fome.

Rosa se recusava a ficar sozinha e começava a gritar no mesmo instante em que David a deixava. Só quando ela finalmente adormecia nos colchões colocados por ele, por precaução, ao lado do pequeno armário, ele conseguia sair sozinho para procurar comida. Contudo, David já tinha vasculhado o resto do prédio inteiro e precisava ir mais longe. Não podia correr o risco de que Rosa acordasse enquanto ele estivesse fora.

– Querida, por que você não faz um desenho para mim? Tenho que sair e encontrar algo para a gente comer. Não vou demorar, eu...

– *Não!* – gritou Rosa, agarrando-se a ele. – Não me deixe sozinha, David, por favor!

Não houve jeito. Ele teria que levá-la, caso contrário os gritos histéricos da menina atrairiam uma atenção indesejada.

Ele respirou fundo.

– Está bem, você vem comigo. Mas você tem que me prometer que vai fazer tudo que eu disser.

David foi até uma tábua do chão da cozinha, sob a qual estava a caixa onde guardava o dinheiro. Ele gemeu ao ver como restava pouco.

Então, teve uma ideia. Era só uma tentativa, mas alguém poderia se interessar.

David pegou o estojo do violino que continha seu precioso Stradivarius.

– Vou levar papel e lápis na bolsa, para o caso de ver alguma coisa para desenhar no caminho – disse Rosa, explicando-se sem nenhuma necessidade.

David não discutiu.

– Está bem. Venha, então. E lembre-se, você tem que fazer exatamente o que eu disser.

Rosa seguiu David pelas ruas desertas. Era um dia quente e ensolarado, e o fedor dos corpos em decomposição estava quase insuportável. David disparava pelas ruas, puxando Rosa para se proteger em nichos quando ouvia passos. Ele rezava para que um de seus contatos no comércio ilegal também tivesse escapado ileso. David sentiu que olhos os observavam enquanto arrastava uma Rosa cansada e mal-humorada atrás de si.

Quando chegaram ao apartamento de um dos fornecedores de David, o local estava deserto. Os armários estavam vazios, e Rosa reclamou que sentia sede.

David segurou a cabeça com as mãos. Aquilo era impossível. Rosa o estava atrasando e revelando a presença deles. Ele teria que deixá-la.

David viu um grande urso de pelúcia sentado em uma cadeira do quarto. Os olhos de Rosa brilharam quando ele lhe entregou o brinquedo.

– Este ursinho também se chama David. Ele vai ficar aqui e cuidar de você enquanto eu encontro alguma coisa para o jantar. Não reclame, está bem? Eu vou voltar antes que você perceba. Senão, não vai ter água nem nada para o ursinho David comer. Não saia daqui – disse ele, sorrindo para a irmã. – O ursinho David prometeu me contar se você der um pio.

Para seu alívio, Rosa assentiu, completamente encantada com o brinquedo novo.

– Está bem, eu vou desenhar o ursinho David de presente para você – anunciou ela.

David saiu de fininho do apartamento e correu rua abaixo.

Voltou uma hora depois, ainda segurando o violino. Foi inútil. Todos estavam morrendo de fome. Ninguém estava interessado em um instrumento musical, por mais precioso que fosse.

David abriu a porta da sala de estar, e seu coração parou. Rosa estava sentada no chão, devorando uma maçã, enquanto um oficial alemão analisava um pedaço de papel. Ela levantou o olhar e abriu um sorriso largo.

– Oi, David. Este homem me deu uma maçã. Ele gostou do meu desenho do ursinho David e me pediu para fazer um dele enquanto a gente esperava você voltar.

O oficial se levantou, e o chiado das botas fez David sentir um arrepio na espinha. Ele sorriu quase cordialmente.

– Você é David Delanski, e esta é sua irmã, Rosa.

David assentiu. Não conseguia falar.

– Ótimo. A sua irmã é uma mocinha talentosa. O desenho que ela fez de mim é muito preciso. Ouvi falar do seu pai. Ele também era talentoso. Venham, está na hora de partir.

O soldado bateu um calcanhar no outro e ajudou Rosa a se levantar.

– Posso levar o meu ursinho?

Por um segundo, David percebeu um fugaz vislumbre de empatia no rosto do nazista enquanto ele olhava para o rostinho inocente de Rosa.

– Por que não? – disse ele, dando de ombros. Afinal, pedir algumas horas a mais de prazer não parecia muito.

Eles foram amontoados na traseira do carro do oficial e levados até a Stawki Street, onde a visão dos caminhões de carga gerou uma onda de pavor em David.

A plataforma estava abarrotada de rostos assustados, e os caminhões eram carregados de gente até quase explodir.

David saiu do carro, e Rosa o seguiu. Ela foi até o oficial e deu um beijo na bochecha dele.

– Obrigada pela maçã – disse.

O oficial observou David e Rosa serem colocados em um vagão já lotado.

Ele viu o medo estampar o rosto da garotinha quando a porta deslizante do veículo foi fechada.

Ele voltou para o carro, depois parou e disse algo a um dos guardas, apontando para o vagão onde estavam David e a irmã.

Foi o beijo de Rosa que salvou a vida dela.

Já no presente, David encarava o nada através da janela do hotel. Ele se levantou da cadeira, o rosto revelando o terrível sofrimento que acabara de reviver, e se serviu de mais um copo cheio de uísque. Engoliu a bebida de uma só vez.

Pegou o telefone e discou, aceitando que sua vida estava prestes a mudar.

– Por você, Rosa – murmurou ele, quando a ligação foi atendida.

20

Londres, outubro de 1977

– Última chamada para o voo AZ459 com destino a Milão. Embarque no portão 17 – repetiu a voz robótica, enquanto Leah e Jenny atravessavam correndo o controle de passaportes e disparavam até o portão.

– Merda! Eu sabia que a gente devia ter saído mais cedo! Não dá para acreditar naquele trânsito horroroso! – disse Jenny, arfando, com o rosto vermelho.

– Se a gente perder esse voo, a Madelaine nunca mais vai falar com a gente! – gritou Leah.

Dez minutos depois, após implorar ao atendente do portão, as duas garotas estavam a bordo do avião, que taxiava. Leah estava com as unhas lindamente pintadas enfiadas nas laterais do assento.

– Lá vamos nós – disse Jenny, alegre. – Eu adoro essa sensação, e você?

Leah fechou os olhos enquanto os motores zumbiam e o avião subia.

– Pronto, estamos no ar. Pode abrir os olhos – disse Jenny, rindo. – Meu Deus, que bom estar sentada depois de correr tanto.

– As senhoritas aceitam uma bebida? – perguntou a aeromoça depois que os avisos do cinto de segurança foram desligados.

Jenny assentiu.

– Aceito, eu vou querer uma vodca com Coca. E você, Leah?

– Só uma Coca, por favor.

Leah ainda estava tentando acalmar o estômago.

– Sério, você vai ter que ser mais aventureira que isso quando a gente chegar a Milão. Todo mundo bebe, e eles vão pensar que você é uma baita careta se não beber.

Leah torceu o nariz.

– Sinceramente, Jenny, eu não gosto do sabor.

– Nem eu gostava no início, mas você se acostuma depois de um tempo.

– De qualquer forma – retrucou Leah –, eu sou menor de idade.

– Assim como a maioria das garotas quando começa, mas isso não impede ninguém. Saúde. Ao nosso primeiro trabalho.

Jenny tomou um gole generoso da bebida, depois se virou e examinou a cabine.

– Ah, olhe, aquela é a Juanita. Ela também está no catálogo da Madelaine. E o Joe, ele trabalha para a *Harper's*. Esse grupinho sempre acaba no mesmo avião. Daqui a pouco, você vai conhecer todo mundo. Tenho que ir lá falar com a Juanita. É rapidinho.

Jenny saiu do assento, e Leah fechou os olhos, desejando que aquela nova e aterrorizante experiência de voar acabasse o mais rápido possível.

Era difícil acreditar que já fazia um mês que estava em Londres. O tempo tinha passado voando, com os dias repletos de sessões de foto para montar um portfólio e aulas de maquiagem, elocução e comportamento. Leah sequer tivera tempo de formar uma opinião sobre tudo aquilo, de saber se amava ou odiava aquela vida. Agora, Madelaine a enviava para o primeiro trabalho.

Jenny fora maravilhosa, tratando-a como uma irmã e ensinando a Leah várias coisas que ela não sabia.

– Que diabos você está fazendo, Leah? – perguntara Jenny uma noite, ao ver, horrorizada, a nova amiga devorar um prato de batatas e peixes fritos. – Me dê isso – dissera ela, pegando o resto da refeição e jogando-a no lixo.

– Qual é o problema? Eu estou morrendo de fome.

– Nunca, jamais, coma batatas fritas – alertara Jenny, apontando o dedo para Leah. – Elas deixam a sua pele oleosa. Tome, coma esta maçã em vez disso.

Leah achava difícil se ajustar àquela dieta diferente e vira e mexe corria até o restaurante de fast-food da esquina para comer escondido quando Jenny saía à noite. Sinceramente, não sabia como Jenny estava viva, já que a garota parecia se alimentar só de frutas e müesli. Quando tentara fazer o mesmo, só ficara terrivelmente faminta.

– Eu desisto – dissera Jenny um dia, ao chegar em casa e encontrar Leah saboreando uma enorme *éclair* de chocolate. – O que me dá mais raiva é que você come tudo que quer e *nunca* ganha uma espinha nem engorda – dissera ela, antes de sair batendo o pé para tomar um banho de banheira.

Jenny tentara convencê-la a sair à noite, mas Leah estava cansada e era tímida demais para aproveitar as festas e noitadas em boates junto com as outras modelos. Quase sempre ficava em casa vendo TV, depois falava com a mãe por telefone.

Sentia muita falta dos pais e, às vezes, ficava com uma saudade terrível de casa. Madelaine a mantinha ocupada demais para que ela tivesse tempo de voltar a Yorkshire.

– Eu e as garotas achamos que você é a nova protegida da Rainha. Ela está cuidando muito mais de você. Eu fui jogada em um avião para Paris um dia depois de assinar o contrato – comentara Jenny, com uma pitada de inveja.

Jenny não precisava ter inveja. A carreira dela começara a decolar de verdade nos últimos seis meses e, quando ela voltasse de Milão para Londres, faria um ensaio de seis páginas para a *Vogue* britânica.

– Oi. Posso te fazer um pouco de companhia? Você parece solitária.

Leah abriu os olhos e viu Steve Levitt pairando sobre ela.

– Claro – respondeu ela.

Ele se sentou no assento vazio de Jenny. Dentre todas as pessoas novas que Leah conhecera, Steve era seu favorito, e ela tinha amado as sessões de foto com ele.

– É sempre assim? – perguntou Leah, apontando para o grupo reunido atrás deles, empoleirado nas beiradas e nos braços dos assentos, fumando cigarros e bebendo.

– Infelizmente, sim. O mundo da moda é um ovo. Todo mundo se conhece. Logo, logo, você vai se juntar ao clube. Eles são legais, mas... – Steve se interrompeu, erguendo uma sobrancelha. – É melhor não contar os seus segredos para ninguém. Caso contrário, no dia seguinte, a cidade inteira vai saber.

– Eu vou me lembrar disso, Steve.

– Ótimo. Quer beber alguma coisa?

Ele estava segurando uma garrafa de vinho e servindo uma taça para si mesmo.

Leah suspirou.

– Está bem.

Steve percebeu a hesitação dela.

– Isso não está no seu contrato, Leah! Se você não quiser, não beba.

– Eu sei. Mas eu não gosto de beber, não fumo e não uso drogas. A Jenny disse que todo mundo vai me achar careta.

Steve tomou um gole de vinho e balançou a cabeça.

– Continue do seu jeito, Leah, e deixe que as pessoas te aceitem como você é.

– É fácil dizer, mas quero que todos eles gostem de mim.

– Claro que quer. É difícil ser a garota nova, mas todo mundo precisa passar por isso. É normal que eles sejam um pouco desconfiados no início – disse Steve, depois se aproximou para sussurrar: – Corre o boato de que a Madelaine acha que você está destinada a algo grande.

– Eu só espero me lembrar de tudo que a Madelaine me disse e não tropeçar na passarela.

– Você tem um talento natural, querida, vai ficar bem – elogiou ele, com um sorriso paternal. – Só uma pequena advertência: a maioria das pessoas deste grupo é legal, mas algumas garotas passam por cima de quem fica no caminho delas. Tome cuidado e fique atenta a qualquer coisa que te oferecerem nas festas. *Qualquer coisa*. Milão é notória pela vida social intensa depois dos desfiles, mas tem um lado disso que não é nada bonito. Fique perto da Jenny. Ela é muito decente.

Steve riu ao notar rugas de preocupação marcarem o belo rosto de Leah.

– Você vai ficar bem. Bom, é melhor eu voltar para lá.

– O Miles está com você?

Ela sabia que o filho de Rose tinha trabalhado como assistente de Steve em uma viagem anterior a Milão, mas não o vira nas sessões de foto.

Steve franziu a testa.

– Não. Aquela parceria não deu muito certo. Eu estou com um novo assistente, o Tony, que você vai adorar. Até mais, meu anjo.

Leah relaxou um pouco, aliviada por não ter que encontrar o homem que fazia seu estômago revirar. Steve deu um beijinho na bochecha de Leah e voltou para o assento.

O táxi conduziu Leah e Jenny pelos quase 10 quilômetros que separavam o Aeroporto de Linate e Milão, a cidade mais rica da Itália.

Leah, que nunca tinha saído da Inglaterra, observava, entusiasmada, enquanto o táxi atravessava o labirinto de praças e ruas estreitas. Os carros avançavam devagar, e os motoristas buzinavam e gritavam pelas janelas. A atmosfera era cosmopolita e elétrica, e uma mistura de arranha-céus e pináculos góticos – em especial, o magnífico Duomo – dominava o horizonte.

– Hora do rush em Milão! Isso é tudo que você vai ver da cidade, então aproveite enquanto pode! – disse Jenny, rindo.

O táxi deixou as duas em frente a um enorme edifício branco na Piazza della Repubblica.

– Chegamos, querida. Este é o Principe di Savoia. O melhor hotel de Milão.

As mulheres fizeram check-in e foram conduzidas a quartos separados, planejando se encontrar no bar às sete e meia.

Leah ficou maravilhada com o luxo da suíte. Levou dez minutos para explorar tudo, apertando cada botãozinho e pulando de susto quando a TV ou o rádio começavam a tocar alto de repente.

Depois, pendurou com carinho cada peça de roupa sua. Madelaine a levara às compras assim que Leah chegara a Londres e gastara centenas de libras em um novo guarda-roupa para ela. Leah tinha ternos Bill Gibb, vestidos de festa Zandra Rhodes e um brilhante vestido de noite Jean Muir.

– Sempre que possível, é importante que uma modelo britânica vista estilistas britânicos. Se a Jean te vir nesse vestido, ela te coloca na passarela amanhã mesmo – explicou Madelaine com um sorriso.

Leah tomou banho, vestiu o roupão felpudo fornecido pelo hotel, depois se sentou para aplicar uma leve maquiagem, como Barbara Daley lhe ensinara.

– Quando você estiver em público, seja por motivos profissionais ou sociais, precisa sempre apresentar a sua melhor versão. A fama de uma modelo cai por terra no mesmo instante se o público a vir igual a uma bruxa no supermercado na segunda de manhã. Você pode usar o que quiser em casa, mas, fora dela, você é uma profissional.

Leah assentira para Madelaine e respondera que entendia perfeitamente. Ela escovou os cabelos compridos com vigor, virou a cabeça para baixo como Vidal lhe mostrara, e depois os jogou para trás. A leve permanente que o cabeleireiro tinha feito dera mais corpo às madeixas, e uns 7 centímetros delas tinham sido cortados, para que caíssem, espessas e brilhantes, ao redor dos ombros.

Jenny dissera que seria uma noite casual, um drinque informal no bar do hotel, frequentado por alguns estilistas. Leah analisou o guarda-roupa e pegou um macacão de crepe preto, escolhido por Madelaine na Biba. Ela combinou o modelo com um cinto preto e um par de escarpins.

Leah analisou a própria imagem no espelho e se sentiu razoavelmente confiante em relação à própria aparência. Por outro lado, não tinha tanta certeza de que algum dia dominaria a arte da conversa fiada.

Mas não queria decepcionar Madelaine. Então, respirou fundo e se preparou para dar o melhor de si.

Carlo Porselli olhou para o bar lotado de modelos, fotógrafos e editores de moda, que conversavam em voz alta. Seus olhos pousaram nas portas do elevador, que se abriram e revelaram uma mulher que ele nunca tinha visto.

Ele sempre dava de ombros quando os outros estilistas afirmavam ter encontrado uma "musa", pois acreditava que as roupas deviam ser feitas de modo que qualquer mulher se sentisse bem dentro delas. Mas, quando aquela visão se aproximou, mudou de ideia em um piscar de olhos.

– Quem é aquela? *Molto, molto bella.*

– É a nova modelo da Madelaine – respondeu Jenny, sentada ao lado dele no bar e bebendo a quinta vodca com Coca. – Ela mora comigo. O nome dela é Leah. Ela está no seu desfile, junto comigo, a Juanita e a Jerry.

Jenny acenou para Leah.

– Ei, Leah, venha se sentar comigo para conhecer o Carlo. A gente vai desfilar a coleção prêt-à-porter dele na sexta. Ele é o jovem estilista mais badalado da cidade – disse ela, puxando uma cadeira para a companheira.

Carlo se levantou, pegou a mão de Leah e a beijou.

– *Buona sera, signorina.* É um prazer te conhecer.

– O prazer é meu – disse Leah, com um tom forçado.

Eles se sentaram. Carlo estalou os dedos, e um garçom veio correndo.

– Vamos todos tomar champanhe para comemorar o primeiro desfile da Leah.

– Eu prefiro uma Coca se não se importar – disse Leah em voz baixa.

– Ahh, a jovem, ela cuida bem de seu corpo e rosto tão lindos. *Per favore*, uma Coca-Cola e uma garrafa de Berlucchi.

O garçom saiu, apressado, e Carlo voltou sua atenção para Leah.

– Então, é a sua primeira vez em Milão, *si*?

– É, sim.

– É a cidade mais linda do mundo, ainda mais no outono, quando os turistas barulhentos já voltaram para casa e as folhas caem das árvores. Você precisa me deixar te mostrar.

Jenny deu uma risadinha.

– Eu acho que a Leah não vai ter tempo para fazer passeios turísticos, Carlo. A partir de amanhã, a gente vai trabalhar dia e noite.

– A gente arruma tempo – respondeu Carlo, com desdém.

As bebidas chegaram, e o garçom serviu três taças de champanhe. Leah pegou a Coca e tomou um gole.

– Aqui. Você vai me insultar se não tomar nem um golinho – disse Carlo, entregando uma taça a Leah, que a aceitou com relutância.

– Está bem.

Ela levou a taça aos lábios e provou a bebida. As bolhas desceram rápido pela garganta, e ela não conseguiu evitar um engasgo.

Carlo jogou a cabeça para trás e riu.

– Bom, não era a reação que eu esperava, mas estou vendo que a gente vai ter que proteger a sua inocência dos predadores que podem querer se aproveitar dela.

Ele olhou para Jenny, que assentiu com conhecimento de causa.

– O Carlo está falando dos playboys. Esta semana é temporada de caça. Tem uma fila de Ferraris estacionadas do lado de fora do hotel neste momento – explicou Jenny e apontou para o outro lado do salão. – Está vendo aqueles homens conversando com a Juanita? E aqueles outros três com as modelos no bar?

Leah aquiesceu.

– São empresários internacionais riquíssimos. Eles vão escolher alguém hoje à noite, depois atormentar a vítima com flores e presentinhos até ela se render e jantar com eles. Depois disso, vão tentar de tudo para… bom, você sabe.

– Sei – disse Leah, corando.

Carlo suspirou.

– Infelizmente, é assim mesmo. Peço desculpas pelo comportamento dos meus conterrâneos. Mas é o sangue italiano. A gente não resiste a uma bela mulher – disse ele, olhando fixamente para Leah mais uma vez. – Então, ansiosa por esta semana?

– Estou um pouco nervosa.

– Claro. É natural. Tenho certeza que você vai brilhar como uma estrela cintilante no céu.

Carlo esvaziou a taça de champanhe.

– Agora, preciso voltar ao trabalho. Ainda tenho muita coisa para fazer até sexta. *Buona notte*, Jenny. Carregue essa pequena debaixo do seu braço – disse ele, dando dois beijinhos em Jenny.

– Asa, Carlo, não braço – corrigiu Jenny, com uma risadinha.

– Boa noite para você, *piccolina*, te vejo em breve.

Carlo beijou a mão de Leah e saiu do bar em direção à entrada do hotel.

– Não quer mesmo champanhe? – perguntou Jenny, pegando a garrafa já pela metade e reabastecendo a própria taça.

Leah balançou a cabeça e observou Juanita ser escoltada do bar por um dos jovens playboys.

– Claro – murmurou Jenny, vendo a mesma cena. – Essa aí é inacreditável. Ela está noiva de uma estrela do pop, mas não pode ver um par de calças justas com a carteira recheada.

– O Carlo pareceu legal – lembrou Leah.

– Ah, hoje em dia, ele é. Mas dizem que ele costumava ser tão ruim quanto os outros rapazes da cidade. Aí, há quatro anos, ele começou a trabalhar como estilista e parece ter se redimido. O pai dele é podre de rico.

Jenny olhou em volta para confirmar se não tinha nenhum curioso ouvindo, se aproximou da amiga e prosseguiu:

– Ano passado, me disseram que ele está com a grande "M".

– Grande "M"? – sussurrou Leah de volta.

– A Máfia – sibilou Jenny. – Mas a maioria do pessoal daqui está. Várias agências de modelos são dirigidas por sindicatos do crime. No ano passado, colocaram uma bomba em uma agência que recusou um contrato de aquisição!

Leah arregalava cada vez mais os olhos. Madelaine não tinha falado nada disso.

– *Scusate, signore*. Podemos oferecer uma bebida a vocês duas?

Dois italianos bonitos estavam de pé atrás delas.

– Não, obrigada, estamos bem – respondeu Jenny, com firmeza.

– Podemos, pelo menos, sentar e ter o prazer da sua companhia?

– Na verdade – disse Jenny –, já estávamos de saída, não é, Leah?

Ela se levantou e foi seguida por Leah.

– *Ciao*, cavalheiros.

Jenny sorriu educadamente e caminhou em direção aos elevadores com Leah em seu encalço.

– Acho que dormir cedo é o ideal para nós duas. Ligue para o serviço de quarto se estiver com fome – sugeriu Jenny, quando o elevador abriu no andar delas. – Boa noite, Leah. Você acabou de completar a sua primeira lição e passou com louvor. Você vai ficar bem.

Jenny deu um beijo nela e desapareceu em seu quarto.

21

– Boa sorte, querida, você vai se sair muito bem.

Jenny apertou a mão de Leah quando a batida pulsante da música de entrada começou. Leah deu graças a Deus porque o estilista a posicionou no fim da fila e por ter que desfilar apenas dois vestidos de festa.

– Vá! – exclamou o coreógrafo, e Leah entrou sob o brilho das luzes, atrás das outras garotas.

Uma salva de palmas e aplausos veio da plateia. Ela seguiu o padrão de movimentos que o coreógrafo lhe ensinara e conseguiu sorrir quando chegou sua vez de subir na plataforma circular da frente para mostrar o vestido que usava. Flashes pipocaram em seu rosto enquanto Leah se virava, caminhava de volta pela passarela e ia até os bastidores, na direção do assistente de figurino e do cabeleireiro designados a ela.

Para Leah, não havia pressa, mas ela observou, curiosa, como algumas modelos mais velhas e experientes praguejavam descaradamente ao vestir com destreza a roupa seguinte, depois subiam correndo as escadas e se dirigiam, serenas, à passarela.

O desfile todo terminou em menos de quarenta minutos, e houve muitos beijos e congratulações com o estilista nos bastidores. Seguiram-se drinques na galeria do estilista, e as modelos foram convidadas a continuar com as roupas. Leah estava com uma regata de cetim vermelho e uma pesada calça harém de cetim preto.

– Parabéns. Eu não disse que ia ser moleza? – arrulhou Jenny.

Jenny tinha sido uma das principais modelos da noite, e Leah achou que ela estava deslumbrante naquele terno de veludo risca de giz, com a blusa de seda de colarinho de asa e uma grande gravata borboleta bem presa no pescoço.

– Fique o mais perto possível de mim. É agora que começa a selvageria.

Leah assentiu e seguiu a amiga pela galeria, onde Jenny foi imediatamente cercada por um bando de fotógrafos, depois beijada e parabenizada pela editora de moda da *Vogue*.

Leah pegou o copo de suco de laranja oferecido pela garçonete que passava e bebeu devagar, sentindo-se desconfortável. Como lhe tinham dito, todo mundo parecia se conhecer ali.

– *Cara*, você foi perfeita! – elogiou Carlo, virando Leah e beijando-a nas bochechas. – É claro que as roupas do estilista desta noite não embelezam uma mulher como as minhas, mas, ainda assim, eu só tinha olhos para você.

– Ah, obrigada, Carlo.

– Na sexta, eu vou explorar o seu verdadeiro potencial – disse ele, depois apontou para o estilista de fama internacional logo atrás. – Espero que você não esteja modelando muitos vestidos para *ele* amanhã à noite.

– Eu ainda não sei – respondeu Leah com sinceridade.

Carlo pegou a mão dela.

– Bom, eu quero você para mim. Toda para mim. Você é a mulher que vai levar as minhas obras à imortalidade – afirmou ele, voltando a encarar Leah com aqueles olhos castanhos poderosos, deixando-a sem palavras.

– Carlo, *caro*!

Uma mulher estonteante com cabelos pretíssimos e íris verdes brilhantes beijou Carlo diretamente nos lábios. Seguiu-se uma conversa em um italiano ligeiro, com Carlo apontando na direção de Leah algumas vezes.

– Perdão pela grosseria, mas fazia vários meses que eu não via a Maria. Ela estava nos Estados Unidos faturando milhares de dólares para uma marca de cosméticos.

Maria falava inglês com um sotaque italiano bem forte.

– É um prazer te conhecer, querida – disse ela, embora sua expressão desmentisse as palavras.

– Maria voou até aqui especialmente para desfilar a minha coleção. Vocês vão trabalhar juntas na sexta.

– Te vejo em breve, certo? – disse Maria, virando para Carlo e beijando o estilista mais uma vez.

Ao se afastar, ela se virou, olhou para Leah, murmurou algo em italiano e desapareceu na multidão.

– Desculpe. Eu fui pega pelos fotógrafos – disse Jenny, juntando-se a eles.

– Aquela ali que eu vi com vocês era a Maria?

Carlo aquiesceu.

– *Sì*, Jenny.

Jenny ergueu as sobrancelhas.

– Que... ótimo que ela conseguiu vir. A gente está indo para o Astoria Club. O Gianni alugou o espaço para hoje à noite. A Sally e eu vamos com ele de carro.

– Ahh, eu levo a Leah de carro até lá. Não se preocupe, Jenny, ela está sob o meu braço.

– Asa, Carlo – corrigiu Jenny, pronunciando bem a palavra. – Está bem, vejo vocês lá. Se comporte, Leah – disse ela, piscando um olho.

Carlo bateu palmas.

– Certo. Vamos.

– Eu preciso me trocar primeiro – disse Leah, e Carlo assentiu.

Leah foi até os camarins, tirou a roupa e entrou em seu vestido de noite Jean Muir.

– Ahh, bem mais a sua cara. Gosto do design da Muir. É parecido com o meu – comentou Carlo, como se a grande estilista britânica *o* tivesse copiado.

Ele pegou a mão de Leah e a puxou pela multidão até encontrar o ar fresco da Via della Spiga.

– Antes do Astoria, eu quero te levar a um lugar. Não é longe daqui. A gente pode ir andando.

Carlo começou a descer a rua, segurando a mão de Leah. Ele notou o olhar de preocupação da garota e sorriu.

– Está tudo bem, *cara*. A Jenny confia em mim, não é?

Ele soltou a mão dela e fez um gesto abarcando o espaço.

– A gente está no Quadrilatero della Moda. Nestas poucas ruas, você encontra todos os grandes estilistas italianos.

Carlo virou à direita, e Leah o seguiu até uma rua mais calma. Em vez dos suntuosos *palazzi* brancos neoclássicos e das grandes lojas de luxo da Via della Spiga, a Via Sant'Andrea era um mundo tranquilo, remanescente do século XVIII. Leah parou para espiar a vitrine de uma antiga butique.

Carlo pôs uma mão firme nas costas dela.

– Venha, venha. A gente não tem muito tempo.

Leah se desculpou e voltou a segui-lo.

– Está vendo? Aquela ali é a galeria do Giorgio. Você vai estar lá na quinta--feira, certo?

Leah aquiesceu. Carlo parou uns 200 metros adiante.

– Chegamos – disse ele, fazendo Leah subir alguns degraus de pedra.

Na placa dourada ao lado da campainha, estava escrito "Carlo". Ele estava destrancando a porta.

– O meu assistente, Giulio, ainda deve estar aqui, e quero que ele te conheça. Espere um instante.

Carlo apontou para uma cadeira ornamentada e desapareceu nas profundezas da galeria. Leah olhou em volta. O lugar era incrivelmente luxuoso, com imensos lustres suspensos no teto pintado à mão e longas cortinas de seda *moiré* pendentes das janelas altas.

Carlo reapareceu com um homem de meia-idade baixinho atrás de si.

– Leah, fique de pé, por favor.

Ela obedeceu. Carlo se virou para o homem mais velho.

– Eu não estou certo? – perguntou ele.

– *Sì*, está – respondeu o homem, assentindo devagar.

Carlo foi até Leah.

– Este é Giulio Ponti. O Giulio trabalhou para as melhores casas de Milão, e eu o roubei para mim do mesmo jeito que estou fazendo com você esta noite – contou Carlo, depois fez uma pausa e se virou para Giulio. – Eu quero que ela use o vestido de noiva na sexta.

Giulio encarou Carlo como se ele estivesse maluco.

– Mas... já ajustamos o vestido perfeitamente para a Maria.

Carlo pareceu irritado.

– Foi por isso que eu trouxe a Leah aqui hoje à noite. Quero que ela coloque o vestido e que você o reajuste para o corpo dela. Tenho certeza que a diferença não vai ser tão grande.

– Bom... – disse Giulio, dando um relutante passo à frente para examinar Leah. – Mesma altura e mesmo quadril, acho, mas a Maria... – comentou o homem, gesticulando sem um pingo de constrangimento. – Ela tem mais volume aqui – concluiu, indicando o busto de Leah.

– Argh, isso pode ser ajustado em um *momento*. Leah, vá até o camarim, no andar de cima, à direita. Você vai ver o vestido de noiva. Coloque-o, por favor. Vamos subir daqui a pouco.

Leah assentiu e começou a subir a escada na frente da galeria. Giulio falava em um italiano ligeiro, e Leah só conseguiu distinguir o nome "Maria". Ela logo encontrou o camarim e abriu a porta.

O vestido branco brilhante estava pendurado em um canto. Como fora instruída, Leah tirou a própria roupa e colocou o vestido pela cabeça. Giulio estava certo. Ele se encaixava perfeitamente em todos os lugares, exceto no busto, onde estava um pouco grande. Alguém bateu na porta.

– Estou pronta! – gritou ela.

Carlo e Giulio entraram e ficaram olhando para ela. Carlo assentiu, e um sorriso brotou de seus lábios.

– Eu estava certo. A Leah tem que usar este vestido na sexta.

Giulio aquiesceu com relutância.

– Ela dá ao vestido a alegria e a inocência naturais de uma noiva no dia do casamento.

– Exatamente como eu pensei – respondeu Carlo, com imensa satisfação. – Pode proceder com os ajustes, por favor.

Giulio levou apenas dez minutos para fazer as pequenas alterações. Quando terminou, os dois deixaram Leah sozinha para se trocar, e ela os encontrou na galeria depois.

– Agora, vamos para a boate.

Carlo abriu um sorriso largo para Leah, e ela pensou que ele parecia um garotinho que acabara de conseguir o que queria.

– Você vai explicar para...

Carlo dispensou Giulio com um gesto enquanto pegava o braço de Leah e a conduzia até a porta de entrada.

– Eu cuido disso. Não tem problema. *Arrivederci*, Giulio.

Quando Carlo e Leah chegaram à boate Astoria a bordo do Lamborghini vermelho do estilista, foram cercados pelos paparazzi. Carlo sorriu e envolveu Leah com o braço. Flashes voltaram a pipocar. Ele respondeu às perguntas em italiano, acenou e conduziu Leah para dentro. Depois, guiou-a até um banco de couro vazio ao redor de uma mesa.

– Espere aqui. Vou pegar champanhe e, hum, uma Coca – disse ele, piscando para Leah e caminhando até o bar lotado.

Ainda tonta e exausta por causa dos eventos da noite, Leah viu Jenny vir em sua direção, de copo na mão.

– Onde foi que você se meteu? Eu te perco de vista um segundo, e você some. Eu estava morrendo de preocupação! – exclamou Jenny, irritada.

Carlo reapareceu atrás dela.

– Ela estava comigo, Jenny. E parece perfeitamente segura, não?

Ele lançou a ela um sorriso vitorioso e colocou as bebidas na mesa.

– Acho que sim, mas, na próxima vez, me avise para onde você está indo. Prometi à Madelaine que ia cuidar de você. Eu quero voltar para o hotel daqui a um minuto. E a Leah parece exausta.

– Venha cá, sente-se aqui por *un momento* e dê uma olhada no que eu trouxe para você – disse Carlo. – Sei que você gosta disso, e esse é o melhor de Milão.

Ele tirou um pequeno frasco do bolso da camisa e entregou a Jenny. Jenny pareceu hesitar.

– Eu não devo. Já usei muito.

Carlo deu de ombros.

– Então, guarde como um presente, *cara*.

– Ok. Obrigada, Carlo.

Jenny enfiou o frasco na bolsa de festa, percebendo o olhar inquisidor de Leah. Ela se virou para Carlo.

– Eu volto daqui a meia hora – disse ela com firmeza antes de deixar a mesa.

– Então. Vamos dançar?

Carlo se levantou e ofereceu a mão a Leah.

– Ah, hum… claro.

Leah desejava estar embaixo dos lençóis na confortável cama de hotel. Seus pés a estavam matando, mas ela sabia que aquilo era o tipo de coisa que precisava fazer, de maneira graciosa, se quisesse ter sucesso.

Quando os dois pisaram na pista de dança, a música mudou para uma batida mais suave, e Carlo puxou Leah para seus braços. Ela sentiu o aroma forte da loção pós-barba, depois inalou o vapor que pairava no ar. Era um cheiro estranho, algo que ela não conhecia.

– Ah, *cara, mia cara* – murmurava Carlo.

Ele levantou o rosto dela pelo queixo e o examinou.

– Eu vou te deixar muito famosa. Os nossos nomes vão estar unidos para sempre. Você é a minha musa! Diga que vai ficar comigo hoje à noite.

Carlo se inclinou e a beijou nos lábios.

– Ei, não! Carlo, pare!

Ela se desvencilhou dos braços dele e correu para a saída. Uma vez lá fora, localizou rapidamente um táxi e disse o nome do hotel ao motorista. Quando estava em segurança, entre as quatro paredes do quarto de hotel, Leah se jogou na cama e caiu no choro.

Aquilo tudo era demais. Pouco mais de um mês antes, ela ainda morava com os pais em uma pequena cidade do norte, com apenas 17 anos, completamente alheia àquele mundo. Agora, lá estava ela, atirada de repente na arena brilhante de um território desconhecido, tentando enxotar homens estranhos.

Ela se sentia perdida e queria voltar para casa, para o mundo seguro que conhecia.

Alguém bateu na porta, e Leah prendeu a respiração. Outra batida.

– Leah, é a Jenny. Posso entrar?

Leah se levantou e destrancou a porta. Ao ver o rosto inchado da amiga, os olhos de Jenny se encheram de empatia.

– Querida, me desculpa. A culpa foi minha. Eu não devia ter te deixado com ele. Vá até o banheiro lavar esse rosto enquanto eu faço um chá.

Leah assentiu em silêncio. Após tirar o rímel, ela se sentiu um pouco melhor. Abriu a porta do banheiro, e Jenny lhe entregou uma xícara fumegante de Earl Grey.

– O que foi que ele fez com você?

– Tentou me beijar – respondeu Leah baixinho.

Jenny suspirou aliviada.

– Graças a Deus foi só isso. Eu já soube de alguns que tentaram muito mais nas boates. Eu vou matar o Carlo amanhã. Ele me prometeu que não ia tocar em você.

– Não é culpa sua, Jenny. Só acho que não fui feita para esse tipo de coisa, só isso – disse Leah, voltando a sentir um nó na garganta.

– E você não acha que todas nós nos sentimos assim quando começamos? Acredite em mim, Leah, eu era mais verde que você quando comecei e aprendi as coisas da pior forma possível – contou Jenny, com os olhos azuis nublados de tristeza ao recordar o passado.

– O que aconteceu com você?

Jenny respirou fundo.

– Lembra que eu te falei que a Madelaine me mandou para Paris um dia depois de eu assinar o meu contrato?

– Lembro.

– Bom, não tinha ninguém para cuidar de mim. E ninguém me contou que existem groupies de modelos que fazem de tudo para te levar para a cama. Então, quando um francês lindo começou a me pagar taças de vinho e jantares e mandar flores para o meu quarto, eu acreditei em tudo que ele disse. Fiquei impressionada com toda aquela atenção.

Jenny afundou na cama.

– Uma noite, ele me deu coca em um cigarro, me levou para a casa dele e…

Jenny começou a chorar.

– Eu tentei dizer não. Mas ele foi agressivo. Gritou comigo. Então, eu cedi. Depois daquela noite, nunca mais vi o cara – contou Jenny, fungando. – A propósito, "coca" é uma droga, não uma bebida marrom e gasosa.

Leah assentiu.

– Aquilo que estava no tubo que o Carlo te deu era coca?

Jenny apertou os lábios.

– Era. Mas não se atreva a contar para a Madelaine, Leah Thompson. Se ela descobrir, me tira do catálogo na hora. Eu não faço isso sempre, mas todo mundo usa. É inevitável.

Leah se sentou ao lado de Jenny na cama e pôs um braço em volta dela.

– Se aquele homem te estuprou depois de te dar esse troço, por que você…?

Jenny a interrompeu.

– Você pega gosto pela coisa, só isso. Enfim, eu quero que você me conte para onde diabos você foi quando desapareceu com o Carlo mais cedo.

Leah fez uma careta.

– Para a galeria dele, para experimentar um vestido de noiva. Ele quer que eu use na sexta.

– Meu Deus! – exclamou Jenny, horrorizada.

– O que foi?

– Quem sempre usa os vestidos de noiva do Carlo é a Maria. Ela é a modelo número um dele desde a inauguração. Eles tiveram um caso por três anos, até que ela foi para os Estados Unidos há seis meses. Ela sabe disso?

Leah fez outra careta.

– O Carlo mencionou que ia contar para ela.

– Caramba, Leah. Ele te jogou na fogueira mesmo. O Carlo é muito mimado. Ele simplesmente descarta as pessoas para conseguir o que quer e deixa que os outros recolham os cacos.

Jenny respirou fundo e prosseguiu:

– Sério, você vai ter que ficar atenta com a Maria. Ela é uma vaca quando está de bom humor, e isso… – comentou Jenny, sem conseguir completar a frase.

– Eu só quero ir para casa – choramingou Leah.

Jenny a abraçou.

– Desculpe, querida. Eu não quis te assustar. Claro que você não quer ir para casa. Ser escolhida do nada pelo grande Carlo Porselli para desfilar com o vestido de noiva dele é a maior honra que você poderia receber! Isso significa que você vai ter um sucesso incrível. Eu só quis dizer que o mundo da moda é uma briga de foice. Você tem que crescer muito rápido, mas, se eu consegui, você também consegue, querida – explicou Jenny, abraçando-a com força.

– Mas e se o Carlo tentar me tocar de novo?

Jenny deu de ombros.

– Você não gosta dele? Ele está obviamente caidinho por você.

Leah fez uma careta.

22

Na sexta-feira de manhã, Leah acordou às 6h50 com o alarme, arrastou o corpo exausto para fora da cama e foi tomar banho. Ao sair, ouviu uma batida na porta.

– Quem é?

– Recepção com uma entrega, Srta. Leah.

Leah abriu a porta e encontrou o mensageiro do hotel se digladiando com um enorme buquê de rosas brancas.

– *Grazie* – disse ela, dando uma gorjeta ao rapaz.

Ele entregou o buquê a Leah, e ela carregou as flores para a cama. Em seguida, abriu o cartão.

Você nunca vai se esquecer desta noite, minha noiva. Carlo

Leah não o via desde segunda-feira à noite. Carlo não aparecera em nenhum dos desfiles dos outros estilistas, e ela ficara feliz com isso. Havia passado a semana em uma acentuada curva de aprendizagem e estava começando a perceber que, embora modelar fosse glamouroso, também era um trabalho árduo. Todos os dias, acordava às sete da manhã e, às nove, estava em uma galeria do Quadrilatero, onde as modelos eram testadas para o desfile da noite. Elas praticavam com o coreógrafo, faziam testes de cabelo e maquiagem, e tudo terminava com um ensaio geral já vestindo as roupas. As garotas normalmente não tinham mais de meia hora de intervalo para comer alguma coisa antes de se preparar para o evento principal.

E, depois, ainda havia a socialização. A maioria das modelos ficava na rua até de madrugada, entre festas e boates. Leah não sabia como elas conseguiam parecer tão descansadas na manhã seguinte. Ouviam-se muitos gemidos, e aspirinas eram passadas de mão em mão logo de cara, mas a agitação das noites anteriores parecia ser algo que elas assimilavam bem.

Leah acabara adquirindo o hábito de tomar um drinque na festa da galeria do estilista após o desfile e depois voltar de fininho para o hotel, feliz de tomar um longo banho de banheira e aproveitar o esplendor de sua suíte. Ela não era parte da turma e, embora algumas garotas a chamassem de "desmancha-prazeres", geralmente era deixada em paz.

Quase sempre, Jenny a regalava com as últimas fofocas na manhã seguinte, ao tomar café no quarto dela. Leah perguntara à amiga por que os famosos playboys não mexiam com ela, e Jenny sorrira, bem-informada.

– O Carlo anunciou que você está proibida. Nenhum deles ousaria tocar em você. Eles morrem de medo do Carlo. Eu te falei que ele e o pai têm muita influência na cidade.

Leah ficou grata a Carlo por isso. Festas selvagens, bebidas e drogas simplesmente não a atraíam, e ela sabia que a mãe a mataria caso se envolvesse com qualquer coisa assim.

Também sabia que aquela noite seria outra história.

Leah se perguntou o que as outras garotas iam pensar quando Carlo anunciasse, mais tarde, que ela usaria o vestido de noiva naquela noite. Se a maledicência que testemunhara no camarim quando uma modelo conseguira as melhores roupas servisse de exemplo, ela não estava em bons lençóis.

– Fique calma, Leah, e seja sensata – murmurou ela ao atravessar o corredor e bater na porta de Jenny.

Jenny abriu, parecendo detonada e ainda de camisola.

– Entre, querida. Eu estou atrasada. Meu Deus, que ressaca! Ligue a chaleira para fazer um café, vou correr para o banho.

Leah obedeceu, depois pegou o lindo vestido de noite Chanel de Jenny, que estava embolado no chão, e o pendurou.

– Hum, melhor assim – disse Jenny, sentando-se nua na cama e bebericando o café. – Conheci uma pessoa ontem à noite – contou ela, encarando Leah por cima da borda da xícara.

– Mas, Jenny, você tinha dito que não tocaria naqueles playboys nem com uma vara.

Jenny deu uma risadinha.

– Ele não é playboy. É um príncipe.

– Ah.

– Ah?! Ah?! A sua melhor amiga conhece um dos solteiros mais cobiçados do mundo, passa a noite com ele, e tudo que você diz é "ah"?

Leah sorriu para a amiga.

– Desculpe, Jenny. Fale mais sobre ele.

– Bom, o nome dele é Ranu, e ele é o príncipe herdeiro de algum lugar do Oriente Médio. O pai dele é considerado o homem mais rico do mundo. Você já deve ter ouvido falar dele, Leah. As festanças que o Ranu dá no iate dele e na ilha particular que ele tem no Caribe vivem aparecendo nas colunas de fofocas. Estão sempre tentando casar o Ranu com uma beldade.

Leah balançou a cabeça.

– Sinceramente, eu nunca ouvi falar dele. Como ele é?

O rosto de Jenny adquiriu uma expressão sonhadora.

– Ah, Leah, foi a noite mais romântica da minha vida. Quando o Giorgio, o designer, disse que o Ranu estava desesperado para me conhecer, não fiquei muito entusiasmada. Quero dizer, o homem não tem uma boa reputação. Mas, aí, o Ranu apareceu e… ele é tão doce, Leah. Um cavalheiro.

Jenny fez uma pausa e prosseguiu:

– A gente foi para a festa dele em um grande *palazzo* na beira do lago Como, e ele ficou do meu lado a noite toda. Depois, ele me trouxe até aqui e nem tentou me beijar. Você acredita? Antes de eu sair do carro, ele se virou para mim e disse, com aquela voz extremamente sexy: "Eu quero te ver de novo, Jennee." Eu amo o jeito como ele pronuncia o meu nome, com a tônica no "y".

Leah teve vontade de vomitar. Ela achara que a doce e sensata Jenny não se deixaria enganar pelas coisas que os homens diziam.

– Sei o que você deve estar pensando, mas eu não consigo explicar… – continuou Jenny, agora de pé, vestindo seu fiel moletom de ensaio. – Ele é diferente, eu sei que é. Ele vai à festa hoje à noite. Quero que você conheça o Ranu e me diga o que acha. Agora, chega de falar de mim. Pronta para o seu grande dia?

Leah aquiesceu.

– Acho que sim.

– Ótimo. Não esqueça: ignore tudo que as garotas disserem. Elas só vão estar com inveja porque você teve uma grande chance e é nova no circuito. Mas tome cuidado com a Maria. Estou curiosa para ver como o Carlo vai lidar com ela. Venha, senão a gente vai se atrasar.

Quando Leah e Jenny chegaram à galeria de Carlo, a maioria das modelos já estava lá, tomando café e fumando.

– Ok, garotas, venham aqui. Eu gostaria de repassar o plano, e o Carlo quer dar uma palavrinha com todas vocês – disse Giulio, com uma aparência cansada e os olhos vermelhos.

Leah e Jenny ocuparam dois assentos no fundo, e Carlo subiu na frente da passarela erguida para o desfile.

– *Buon giorno*, garotas. Espero que nenhuma de vocês tenha ido para a cama depois da meia-noite...

Algumas risadinhas vieram dos assentos. Carlo ergueu as sobrancelhas e continuou:

– Nós temos um dia muito cheio, hoje. Este ano, o formato vai ser um pouco diferente, com uma importante mudança. A bela Maria, que teve a gentileza de vir dos Estados Unidos para se juntar a nós, recebeu um pedido da empresa de lá para ser discreta e evitar qualquer interferência no marketing e nas campanhas promocionais americanas. É claro que ela vai participar do desfile, mas, diante das circunstâncias, decidimos que outra modelo vai usar o vestido de noiva.

– Boa tentativa, Carlo – murmurou Jenny, sabendo que ninguém do salão acreditava nele.

– Depois de analisar as medidas de vocês, vimos que a garota que tem o corpo mais parecido com o da Maria é a Leah. Então, ela vai usar o vestido de noiva hoje à noite.

Arquejos audíveis percorreram o salão. As garotas começaram a se cutucar e se virar para encarar Leah, que, vermelha, fitava as próprias mãos. Depois, todas se viraram para ver a reação de Maria. Ela estava na primeira fileira, encolhendo os ombros elegantes e sorrindo graciosamente.

– *Va bene*, eu vou deixar vocês nas mãos competentes do Giulio, que vai repassar a ordem de apresentação das roupas, e do Luigi, que vai encenar o desfile. *Grazie*, garotas.

Quando Carlo desceu da passarela, as garotas começaram a cochichar. Algumas das modelos mais velhas cercaram Maria e outras se viraram para Leah, murmurando falsos parabéns. Após um instante, Maria se levantou e foi até a sucessora. Todas as cabeças se viraram para assistir.

Para surpresa de Leah, Maria sorriu e deu dois beijinhos nas bochechas dela.

– Obrigada, querida, por me ajudar. Esses americanos são tão possessivos comigo. Boa sorte. Se precisar de ajuda, é só chamar, está bem?

Leah soltou o ar que tinha prendido enquanto Maria voltava a seu assento e Giulio subia na passarela para começar a repassar a ordem de apresentação das roupas.

Pelo resto da manhã, Leah se concentrou em dominar seus movimentos. Ela foi acompanhada, principalmente, de Maria, e a modelo mais velha a ajudou muito. Aliás, Maria a papariçou como uma galinha faz com seus pintinhos, levando café quando Leah estava ocupada demais para ir pegá-lo e, no geral, tratando-a como uma filha pródiga que voltara para casa.

Na hora do almoço, Leah e Jenny saíram para respirar um pouco de ar fresco.

– Não gosto do jeito como a Maria está cuidando de você. Todas as outras garotas comentaram. Ela está sendo um pouco doce demais, então não confie totalmente, está bem?

Leah assentiu, mas tinha que admitir que a preocupação de Maria parecia genuína.

O que mais a aterrorizava em relação àquela noite eram as trocas rápidas de roupa. Ela tinha visto as outras garotas fazerem aquilo noite após noite e se perguntou como elas conseguiam. Naquele desfile, Leah usaria meia dúzia de roupas, e ela e as outras sabiam que eram as melhores.

O ensaio geral foi um desastre. Leah perdeu duas deixas, e Giulio gritou com ela.

Uma hora antes do desfile, Leah estava fazendo o cabelo, com os nervos à flor da pele. Maria surgiu atrás dela.

– Ah, minha pequena, você está nervosa, não é?

Leah assentiu ao se levantar da cadeira para a garota seguinte se sentar.

– Aqui, tome isso para se acalmar – disse Maria, entregando a ela três pequenos comprimidos brancos.

Leah balançou a cabeça.

– Não, obrigada, Maria.

– É só aspirina. Olhe, eu também vou tomar – disse Maria, colocando outros dois comprimidos brancos na boca e pegando um copo d'água para engoli-los.

– Bom, eu…

Leah cedeu. Estava com dor de cabeça por causa das luzes fortes e porque tinham puxado seus cabelos para lá e para cá. E Maria também tinha tomado, então não poderiam fazer mal.

– Obrigada – disse ela, enquanto pegava o copo d'água e engolia as pílulas.

Meia hora mais tarde, Leah estava com o primeiro modelo, um suéter canelado de gola U e uma saia, feitos de uma lã macia superpopular entre os estilistas naquela semana. Tentava manter a calma. Dez minutos antes de o desfile começar, Carlo apareceu no camarim, resplandecente em um smoking branco.

– Boa sorte, meninas. Sei que vocês vão me deixar orgulhoso.

Ele foi até Leah e pegou as mãos dela.

– Você está incrível, *cara* – disse ele, beijando-a nas bochechas. – Daqui a uma hora, você vai ser a nova estrela do mundo da moda, confie em mim.

– Ok, garotas, todas na ordem, por favor.

Leah ocupou seu lugar. Quando fez isso, seu estômago deu uma imensa cambalhota e as palmas de suas mãos ficaram úmidas.

– É só nervosismo, Leah, sério – disse Jenny, vendo o rosto pálido de Leah e a minúscula linha de suor em sua testa.

Ela tocou na mão da amiga para reconfortá-la.

– Você vai ficar bem assim que colocar os pés lá fora, eu juro.

Leah assentiu. Jenny provavelmente tinha razão, mas seu estômago estava muito estranho.

Ela foi em direção à entrada da passarela e ouviu o murmúrio da plateia. Naquela noite, Leah ia liderar o resto das modelos no primeiro número. Fez-se um silêncio enquanto o mestre de cerimônias falava, depois veio a familiar batida musical. A dor em seu estômago estava piorando.

– Podem ir! – instruiu o coreógrafo.

Leah foi ao encontro das luzes e recebeu uma salva de palmas. Quando o primeiro número terminou, ela correu até o assistente de figurino, um pouco mais calma, mas passando muito mal.

Os vinte minutos seguintes foram um pesadelo. Ela fez seis trocas de roupas certa de que ia desmaiar a qualquer momento. Tentou desesperadamente ir ao banheiro, mas sabia que não podia perder nem um minuto. De alguma forma, aguentou firme e conseguiu sorrir ao executar os movimentos na passarela.

Está quase acabando, você está quase lá, agora só falta o vestido de noiva, disse Leah a si mesma ao sair correndo da passarela em direção ao assistente de figurino. Quando já tinha tirado metade do vestido de noite, percebeu que não aguentava mais.

– Desculpe, eu preciso ir ao banheiro.

Leah correu até o banheiro, deixando o assistente de figurino perplexo com o vestido de noiva nas mãos.

– *Mamma mia!* O que eu faço? O que eu faço?

Giulio desceu correndo os degraus na lateral da passarela.

– Rápido! Não temos tempo a perder! Venha, Maria, coloque o vestido!

Maria abriu um sorriso triunfante e se aproximou dele, devagar.

– Mas a minha empresa não vai gostar – disse ela, enfatizando as palavras, enquanto o vestido era colocado sobre a sua cabeça. – Ai, a parte de cima está apertada.

– Então tire o sutiã, rápido! – gritou Giulio.

Maria abriu outro sorriso largo.

– Já que você insiste...

Um minuto depois, Maria entrou na passarela, e um arquejo alto veio da plateia, seguido por uma estrondosa salva de palmas. As outras garotas se juntaram a ela, e Carlo, confuso, subiu no palco para receber uma ovação.

Jenny encontrou a figura patética no banheiro feminino, estatelada em um dos cubículos.

– Ah, querida, o que houve? Temos que ir ao hospital agora mesmo.

Leah balançou a cabeça.

– Eu não preciso ir ao hospital.

– Você está branca, Leah. Onde é a dor? Na barriga?

Leah assentiu.

– Eu não consigo parar... de ir ao banheiro. Com licença – disse Leah, empurrando Jenny para fora do cubículo.

Ela saiu cinco minutos depois, dobrou o corpo e voltou a afundar no chão.

– Parece que você está com uma infecção alimentar. Mas você quase não comeu hoje. Eu te observei. Você tem ideia do que pode ter sido?

– A Maria desfilou com o vestido de noiva? – quis saber Leah.

Jenny assentiu.

– Desfilou. E causou uma comoção. Ela estava sem sutiã por baixo, então dava para ver *tudo* através do chiffon. Acho que essa não era bem a intenção do Carlo, mas o desfile com certeza vai estar em todos os jornais amanhã de manhã.

– Ela me deu uns comprimidos. Disse que era aspirina e também tomou dois. A dor começou mais ou menos uma hora depois que eu tomei – disse Leah, baixinho.

Jenny ficou chocada.

– Ai, meu Deus. Aposto que a vaca te deu laxante! Eu já tinha ouvido falar que modelos fazem isso, mas não consigo acreditar que a Maria tenha se rebaixado a esse ponto. Você realmente acha que foram os comprimidos?

– Acho. Eu não comi nada hoje e não vomitei nem tive outros sintomas. Só não paro de ir ao banheiro.

– Meu Deus! – gritou Jenny, enquanto Leah voltava a fechar a porta para se aliviar. – Certo. Vou pegar a sua calça jeans e você pode se trocar enquanto eu chamo um táxi para te levar para o hotel. Depois, vou falar com o Carlo. A Maria não vai escapar impune.

– Esqueça, Jenny. Eu não tenho como provar nada – respondeu Leah de dentro do cubículo, mas Jenny já tinha saído.

Leah ficou deitada na cama, sentindo-se exausta e doente e com muita pena de si mesma. Ela chegara ao hotel bem a tempo de correr para o banheiro e passara a última hora lá. Mal podia acreditar que alguém fosse capaz de algo tão terrível e perverso.

Mas aquela noite confirmara a sua teoria. Ela simplesmente não fora feita para aquilo. De qualquer jeito, tinha virado motivo de chacota no mundo da moda, e ninguém jamais a contrataria de novo. Decidiu que, no dia seguinte, compraria uma passagem para casa com seus cachês e iria direto para Yorkshire, para o lugar ao qual pertencia.

Uma lágrima solitária escorreu por seu rosto, mas ela parou de chorar ao pensar que, no dia seguinte, àquela mesma hora, estaria aninhada na própria cama, sendo cuidada pela mãe.

Leah adormeceu, grata porque o pior parecia ter passado.

Uma batida persistente despertou Leah de seus sonhos.

– Quem é? – perguntou ela, com a voz fraca.

– Carlo. Por favor, me deixe entrar.

– Eu não estou bem, Carlo. Por favor, vá embora.

– *Cara*, eu te imploro. Abra a porta. Não vou embora até você abrir.

Com relutância, Leah cambaleou até ficar de pé, destrancou a porta e só teve tempo de voltar para a cama antes que as pernas cedessem.

Carlo entrou e se sentou na beirada da cama, com os olhos cheios de ansiedade. Ele pegou a mão dela.

– Como você está?

– Acho que um pouco melhor do que antes. Me desculpe, Carlo.

Carlo franziu a testa.

– Não se atreva a pedir desculpas. A Jenny me contou o que a Maria fez, e um dos meus contatos confirmou que é verdade. Isso tudo é culpa minha. Eu fui idiota de achar que ela ia aceitar aquilo de boa vontade. Sinto muito, muitíssimo, *piccolina*.

Leah deu de ombros.

– Isso me fez perceber que o mundo da moda não é para mim. Eu vou para casa amanhã – disse ela, com tristeza.

Os olhos castanhos de Carlo brilharam.

– Você não vai a lugar nenhum! Aqui, dê uma olhada.

Ele pôs um exemplar do *Il Giorno* nas mãos dela. Ali, na primeira página do jornal, havia uma foto imensa de Leah no penúltimo vestido de noite e, acima dela, algumas palavras em letras maiúsculas garrafais.

– O que está escrito, Carlo?

Ela lhe devolveu o jornal, e Carlo traduziu:

– Está escrito *Quem é ela?* Eu vou ler o resto.

Carlo limpou a garganta.

– Este é o rosto da modelo misteriosa que causou um furor no desfile da coleção prêt-à-porter de Carlo, ontem à noite. Ela não apareceu na festa após o desfile, e ninguém a viu na noite da cidade esta semana, exceto nos braços do próprio Carlo, em uma boate, na segunda-feira. Ainda assim, ela ficou apenas cinco minutos no local e saiu sozinha. Correm boatos de que a modelo seria da aristocracia russa, descendente do próprio tsar...

Neste ponto, Leah não resistiu e soltou uma risadinha.

– Ninguém do mundo da moda conseguiu entender por que o extravagante Carlo permitiu que Maria Malgasa, sua ex-amante, desfilasse com o vestido de noiva. Suspeita-se que tenha sido uma espécie de bandeira branca ofertada para pacificar a impetuosa Maria, já que não restam dúvidas em relação a quem é a nova estrela de Carlo. A beleza natural e o brilho da modelo misteriosa na passarela só serviram para tornar ainda mais forçada a exibição um tanto vulgar do corpo de Maria, já que era possível ver partes dessa moça que geralmente só aparecem na *Penthouse*.

Carlo sorriu para Leah por cima do jornal.

– Quer que eu continue?

– Não.

– Então, viu que o tiro da Maria saiu pela culatra? O fato de você não ter desfilado com o vestido de noiva e não ter ido à festa só aumentou o interesse da mídia.

Carlo estendeu as mãos para Leah.

– É bom que você não goste tanto da vida social quanto as outras. Isso fez de você um mistério, e não existe nada que a imprensa ame mais.

Leah virou a cabeça para o lado.

– Eu ainda vou para casa, Carlo.

Ele suspirou.

– A decisão é sua. Entendo que você esteja chateada com a terrível armação daquela mulher. Mas você não vê qual é a melhor forma de dar o troco? Você pode se tornar a verdadeira estrela que ela tanto teme. Fique e ofusque a Maria! Se você voltar de fininho para casa, ela vai bater palmas, se achando vitoriosa. Você entende?

Leah assentiu devagar, mas não disse nada.

Carlo estreitou os olhos.

– Quantos anos você tem, Leah?

– Tenho 17. Acabei de completar.

Ele respirou fundo.

– Ahh, minha *piccolina*, agora eu entendo. Você é jovem demais para lidar com tudo isso. De agora em diante, você vai ter o Carlo aqui ao seu lado, te protegendo.

Ele afastou os cabelos do rosto dela e continuou:

– Me desculpe por ter tentado te beijar. É que eu achei que você estava tão *bellissima* e sofisticada… Se você ficar, prometo que nunca mais vou te tocar. Eu dou a minha palavra.

Leah virou o rosto para encará-lo. Ele parecia solene e sincero.

– Você precisa ficar, Leah. É o seu destino.

– Está bem – disse ela.

Na manhã seguinte, Leah saiu do elevador e encontrou um bando de fotógrafos esperando por ela.

Sua nova vida tinha começado.

Parte Dois

Agosto de 1981 a janeiro de 1982

1

Londres, agosto de 1981

– É isso aí, pessoal. Ergam os copos para brindar à sua última semana como jovens despreocupados. Logo, logo, todos nós vamos acordar de madrugada, em vez de sair da cama às onze, depois de perder a primeira aula. Vamos trabalhar até as oito da noite, em vez de dormir de tarde para curar a ressaca da noite anterior. Quem sabe até alguns de nós vão se tornar os pilares desta terra verde e agradável. Mas, por ora, vamos nos entregar ao que os universitários fazem de melhor: beber!

Os cinco jovens sentados à mesa do pub escuro no oeste de Londres resmungaram e levantaram os copos.

– E pensar que eu reclamei da quantidade de trabalho que o sádico do meu orientador me empurrou – resmungou Rory.

– Pelo menos você tem direito a longos almoços na City, ao contrário dos alunos de medicina – murmurou Toby, cheio de inveja.

– Acho que o Brett é que se deu bem. Trabalhando para o papai com um salário inicial que a maioria de nós ficaria feliz em receber no fim da carreira. Isso é o que eu chamo de empregão – provocou Sebastian, sem um pingo de malícia.

Brett deu de ombros.

– Eu sei, gente, é duro estar no topo – debochou, desejando poder trocar de lugar com qualquer um deles.

Seus quatro amigos de Cambridge tinham escolhido as futuras carreiras, e ele teria, de bom grado, aberto mão do gordo salário para fazer o mesmo.

Brett tinha aproveitado aqueles três anos na universidade e lamentava muito que tudo estivesse chegando ao fim. Achara o curso de Direito insatisfatório e não tinha se esforçado muito, mas encontrara seu nicho e seus melhores amigos nos alojamentos mais boêmios da faculdade.

Ele se envolvera com o Clube de Teatro Footlights, pintando cenários e até participando de algumas apresentações de teatro de revista. E, para sua surpresa, ainda conseguira sair de Cambridge com um decente diploma nível dois.

Brett olhou ao redor da mesa com tristeza. Nenhum deles decidira levar seus talentos artísticos individuais adiante. Eles tinham escolhido a própria carreira, aceitando que a diversão dos últimos anos chegaria ao fim no instante em que recebessem o diploma. Ser aluno de Cambridge e se comportar de maneira escandalosa fazia parte da diversão, antes que todos eles assentassem para levar uma vida agradável e civilizada em uma profissão respeitável.

Brett parecia o único que não conseguia se conformar. Na semana seguinte, começaria a trabalhar para o pai. Estava com medo. No mundinho fechado de Cambridge, era apenas mais um aluno disposto a se divertir, porém, mesmo agora, a apenas dois meses da partida, ele sentia a diferença que existia entre ele e os amigos.

– Eu pago, gente.

Brett abriu a carteira, tirou um cartão American Express dourado e o colocou dentro da pastinha de plástico surrada.

– Obrigado, Brett – disse Sebastian, casualmente. – Bom, eu não sei vocês, mas ainda não estou pronto para voltar para casa. E acontece que tenho alguns convites para a festa mais badalada da cidade, hoje à noite. A Bella, minha irmã, conseguiu para mim. Vai ser na boate Tramp, pelo aniversário de uma modelo. Parece que vai ter umas mulheres bem bonitas por lá… – contou ele, erguendo as sobrancelhas.

O coração de Brett deu um salto.

Sabia que Leah Thompson era muito bem-sucedida e considerada uma das modelos mais bem pagas do mundo. A chance de que seus caminhos voltassem a se cruzar era pequena.

Tinha feito o possível para esquecê-la, mas ver o rosto de Leah de repente, encarando-o na capa de todas as principais revistas ao longo dos últimos anos, tornara o processo um pouco difícil.

Ele esboçara relacionamentos com várias universitárias, todas consideradas interessantíssimas por outros jovens de Cambridge, mas o sentimento que ainda nutria por seu primeiro amor nunca fora substituído. Não importava de quem era a carne macia e feminina sob ele, Brett ainda fechava os olhos e imaginava Leah.

Racionalmente, ele se perguntava se seu primeiro envolvimento emocional com uma garota tinha sido exagerado, mas seu coração ainda parava todas as vezes que via uma foto de Leah, e ele se pegava sonhando em reencontrá-la.

– Venha, vamos pegar um táxi. Vocês não querem que as melhores garotas sejam escolhidas antes de chegarmos, não é?

Sebastian se levantou da mesa quando o garçom devolveu, discretamente, o cartão dourado de Brett.

O porteiro chamou um táxi preto para os rapazes, e eles partiram em direção à boate Tramp.

– *Cara*, esta noite você está mais radiante do que nunca – elogiou Carlo, parando na porta da casa de Leah em Holland Park e beijando-a nas bochechas.

– Obrigada, Carlo – respondeu Leah, sorrindo. – Agora entre para conhecer a minha mãe.

Leah o conduziu pelo vestíbulo, o vestido branco que ele havia desenhado especialmente para aquela noite farfalhando com os movimentos dela. Carlo a seguiu até a espaçosa e confortável sala de estar, onde estava sentada uma mulher na casa dos 40, desconfortável em um formal vestido preto Yves Saint Laurent.

– Mãe, este é o Carlo.

Doreen Thompson se levantou.

– É um prazer te conhecer, Sr. Porselli. A nossa Leah falou muito do senhor.

Leah pousou a mão no ombro dela.

– Você não acha que a minha mãe está linda? A gente saiu para fazer compras ontem e escolheu este vestido especialmente para hoje à noite – comentou Leah, olhando para ela, orgulhosa.

– A senhora está *bellissima*, Sra. Thompson. Estou vendo de quem a Leah herdou a beleza.

Doreen se mexeu no assento, encabulada.

– Bom, é muita gentileza sua, Sr. Porselli, mas eu me sinto muito melhor de saia e avental.

– Bom, eu acho que você parece uma pintura. Aqui, champanhe para vocês dois – disse Leah, entregando uma taça para cada um.

– Ah, *sì*. É uma noite de comemoração, mas também de tristeza, já que eu vou perder a minha musa para os americanos na semana que vem.

– Sério, Carlo. Não seja tão dramático! Eu vou me mudar para Nova York não só por causa do contrato com a empresa de cosméticos, mas também porque eu já passo a maior parte do tempo por lá. Você sabe que é lá que as coisas acontecem atualmente.

Carlo assentiu.

– *Sì*, Leah. Mas Nova York fica muito longe de Milão, e é por isso que eu estou triste.

– Eu vou estar no seu desfile daqui a pouco mais de seis semanas. Agora, antes de irmos, tenho uma coisa para você, mãe. Eu sei que o aniversário é meu, e é você que devia *me* dar presentes. Então, antes que eu te dê isso, quero que você prometa que vai aceitar.

O rosto de Leah estava sério quando ela foi até a antiga escrivaninha de mogno e pegou um envelope.

– Aqui – disse Leah, entregando-o à mãe. – Abra.

A Sra. Thompson apalpou o envelope de velino e olhou para o rosto animado da filha. Ela o abriu devagar e tirou dele um maço de papéis. Depois, se viu confrontada por um juridiquês incompreensível, mas viu seu nome e o de Harry Thompson impressos três ou quatro vezes na primeira página.

– O que é isso, Leah? Parece um testamento – perguntou Doreen, franzindo a testa.

Carlo e Leah riram.

– Não é um testamento, mãe. É a escritura de um novo bangalô em Oxenhope. Eu comprei para você e para o pai.

A Sra. Thompson se sentou em silêncio, folheando os papéis. Leah foi até a mãe e se ajoelhou na frente dela. Doreen levantou o olhar e viu lágrimas brilhando nos olhos da filha.

– Leah, meu amor, eu não posso aceitar isso – disse ela, também com lágrimas nos olhos. – Você já deu tanto para mim e para o seu pai.

Leah pegou a mão da mãe.

– Você tem que aceitar, mãe. Uma das razões que me fazem modelar é poder dar presentes para você e para o pai. Esse bangalô foi adaptado especialmente para a cadeira de rodas dele. Está novinho em folha, com uma bela sala de estar, um quarto grande para vocês dois e um quarto extra para quando eu for visitar.

– Ah, Leah!

A Sra. Thompson caiu no choro, e mãe e filha se abraçaram com força.

– Obrigada. Eu só espero que você não tenha usado todo o seu dinheiro. Você precisa guardar alguma coisa para si mesma. Afinal de contas, foi você que ganhou.

– Não se preocupe. Tenho o suficiente para me sustentar por anos, e o Carlo me ensinou a investir – explicou Leah, sorrindo. – Eu vou para Yorkshire este fim de semana, para mostrar a casa para você e o pai – contou ela, orgulhosa.

Carlo ficou observando a cena comovente à sua frente, depois tossiu.

– Vamos, moças, está na hora.

Fazia tempo que ele aguardava aquela noite, e mal podia esperar que ela começasse.

Miranda Delancey seguiu os outros convidados até a famosa boate. Uma multidão de fotógrafos esperava do lado de fora, e ela se sentiu uma estrela. Lá dentro, o lugar estava lotado, e ela olhou de relance para a faixa pendurada no teto.

Feliz 21 anos, Leah, de todos os seus amigos, dizia.

Mais uma vez, a inveja surgiu dentro dela. Miranda mal podia acreditar no que acontecera com Leah Thompson enquanto ela estava presa em casa com fraldas sujas e golfadas de neném... embora precisasse admitir que tinha sido legal da parte de Leah enviar um convite para a festa endereçado a "Rose e família".

Chloe, Rose e Miranda tinham viajado de Yorkshire até lá no dia anterior. Rose tinha negócios a tratar com Roddy e prometera cuidar de Chloe no apartamento do amigo para que Miranda pudesse ir à festa.

Bom, aquela era a chance dela. E pretendia aproveitá-la.

Quando a limusine de Leah parou em frente à boate, os paparazzi a cercaram. O proprietário da Tramp a cumprimentou nos degraus da entrada. Carlo vinha na retaguarda com a Sra. Thompson, que estava vermelha como um tomate.

– Carlo, dê um beijo de parabéns na Leah! – gritou um dos fotógrafos.

Carlo assentiu, ergueu Leah nos braços de surpresa e a beijou com força nos lábios.

– Maravilha!

Os flashes pipocaram bem no instante em que o táxi de Brett e seus amigos parou atrás da limusine.

Brett ficou petrificado na calçada observando o italiano alto devolver os pés de Leah ao chão, passar o braço em volta de seus lindos ombros nus e desaparecer lá dentro. Brett ficou enjoado. De repente, sentiu uma vontade doida de sair correndo dali o mais rápido possível.

– Pessoal, acho que mudei de ideia. Eu vou para casa. Entrem vocês quatro, que eu vou...

O que se seguiu foi uma torrente de abusos fraternos, e Brett foi empurrado porta adentro pelos amigos.

Quando eles entraram na boate, Leah já estava cercada por admiradores. Brett se esgueirou para um canto onde passaria despercebido e se preparou para passar a noite de mau humor.

Carlo observou Leah de longe.

Ele foi arrebatado por uma onda de orgulho ao se lembrar da figura patética deitada na cama daquele quarto de hotel em Milão, decidida a desistir da carreira e voltar ao anonimato. A mulher altiva e elegante com uma multidão de admiradores atentos a cada palavra sua fora criação dele. Ela estava no auge.

Como a um pedaço de seda bruta, ele a modelara e a transformara em algo extraordinário que desmentia sua origem humilde. Empregara nisso tempo, talento e paciência, tendo o cuidado de prestar atenção a cada detalhe, como faziam todos os grandes estilistas. Durante quatro anos, ele observara, desejoso, aqueles membros longos e sensuais serem cobertos por suas próprias roupas, sem nunca a tocar.

Carlo sabia que o tempo gasto em aperfeiçoar Leah seria recompensado no fim daquela noite.

Naquele dia, ela fazia 21 anos, e Carlo já tinha esperado tempo demais.

– Oi, linda. Quer dançar? – perguntou um homem alto e mais velho, com um leve sotaque estrangeiro, partindo para cima de Miranda.

Miranda bebeu a vodca com Coca de uma só vez.

– Por que não? – disse ela.

O homem a guiou até a pista de dança e começou a se mover no ritmo da música. Ela identificou aquela dança estranha como a de um homem mais velho que tentava adaptar as habilidades adquiridas nos bailes da adolescência à batida agressiva da moderna música disco.

Miranda o avaliou. Ele era corpulento e, provavelmente, estava na casa dos 60. Mesmo na penumbra, dava para ver que seu rosto era coberto por minúsculas veias azuis e que, no quesito cabelo, ele já não andava muito bem.

Bom, o homem não era exatamente um príncipe encantado, mas Miranda notara um vislumbre de Rolex dourado por baixo da manga do terno caro e bem-cortado. Ela entrou em ação, usando todos os truques que mal tinha empregado nos últimos quatro anos. Movia-se de um jeito sensual, como um animal, roçando nele o suficiente para que ele mergulhasse os olhos no decote profundo de seu vestido de lamê dourado.

A música acabou, e o homem a conduziu até o bar.

– Champanhe? – ofereceu ele.

Miranda aquiesceu.

– Me diga, o que uma garota simpática como você está fazendo em um lugar como este? – gracejou ele de um jeito entediante enquanto Miranda sorria de maneira sedutora.

– Eu sou uma velha amiga da aniversariante.

– Ahh, da Leah Thompson. Ela é muito bonita, assim como você – comentou o homem, traçando o contorno do peito dela com o dedo.

– E você? – perguntou Miranda.

O homem deu de ombros.

– É meu dever saber quando tem uma festa imperdível na cidade – respondeu ele, com uma piscadela. – Vamos procurar um canto mais tranquilo, para você me contar tudo sobre a sua vida.

Ele pegou a garrafa de champanhe e saiu do bar, e Miranda o seguiu um passo atrás.

Assim que saiu do toalete, Leah ficou cara a cara com Brett Cooper, que tinha decidido ir embora poucos minutos antes.

Seu coração começou a martelar impiedosamente enquanto ela se esforçava para se lembrar como ele a tinha traído, mas tudo que ela conseguia enxergar era o garoto que havia muitos anos fazia parte de seus sonhos.

Brett estava mais alto. As feições juvenis tinham se definido e agora, mais do que nunca, ele estava mais parecido com Rose.

Enquanto estavam ali, de pé um diante do outro, as lembranças daqueles dias perfeitos nas charnecas voltaram à tona, negando a maneira terrível como os dois tinham se separado.

– Oi – disseram eles, juntos, e depois riram.

– Parabéns, Leah.

O som da própria voz dizendo o nome dela depois de tanto tempo fez um arrepio percorrer a espinha de Brett.

– Obrigada.

Brett vasculhou a mente atrás de algo a dizer para mantê-la ali.

– Você está muito bonita.

A frase era cafona, mas verdadeira.

Ouvir aquelas palavras dos lábios de Brett significou mais para ela do que se qualquer uma das centenas de pessoas ali tivesse dito a mesma coisa naquela noite.

– Obrigada. Você parece bem. Já estava indo embora?

Brett se envergonhou.

– Hum, bom...

– Estão prestes a fazer um brinde pelo meu aniversário. Pelo menos fique e tome um pouco de champanhe – apressou-se Leah a dizer.

Brett suspirou, aliviado.

– Obrigado, eu adoraria.

Ele a seguiu de volta para dentro bem no momento em que a música parou e o dono da boate foi para o centro da pista de dança. Ele bateu palmas.

– Damas e cavalheiros, caso tenha algum presente – disse ele, rindo. – Eu...

– Leah, onde você estava? Venha comigo – disse Carlo, franzindo a testa enquanto conduzia Leah em direção ao dono da boate, deixando Brett sozinho.

Ela se virou para Brett e articulou as palavras *Eu te vejo mais tarde!* sem emitir som algum, enquanto Carlo a puxava para a pista de dança.

– Deixo vocês nas mãos do Sr. Carlo Porselli – continuou o homem, no que foi aplaudido pela multidão –, que, como tenho certeza que todos sabem, foi quem deu à nossa aniversariante a sua primeira grande oportunidade e também é o anfitrião desta noite.

Mais uma retumbante onda de aplausos surgiu quando todos os presentes tomaram um gole de champanhe, cortesia de Carlo.

Brett notou o olhar possessivo do italiano para Leah. Durante o discurso, ele falou de Leah quase como se fosse dono dela. Leah estava docemente parada ao lado dele, a cabeça baixa de vergonha enquanto Carlo exaltava suas inúmeras virtudes.

– Vamos erguer as taças para brindar? À Leah!

– À Leah! – repetiu, em coro, a multidão.

– À Leah – murmurou Brett, quase para si mesmo.

– Agora, eu queria ter o prazer de ser o primeiro homem a dançar com você no seu dia especial.

Carlo estendeu a mão para Leah e a conduziu até o centro da pista. A multidão abriu uma clareira em volta deles, enquanto a batida lenta e ritmada de "Woman", o hit número um de John Lennon, ecoava dos poderosos alto-falantes.

Brett se retraiu, incomodado, quando Carlo envolveu Leah em seus braços e a puxou para si. Pelo jeito como os dois dançavam, era óbvio que eles tinham um envolvimento romântico. Ele não suportou assistir à cena e virou de costas.

– Ah, Leah, quanto tempo eu esperei por esta noite – sussurrou Carlo através dos cabelos dela.

Havia algo diferente em seu tom de voz. Ela achou parecido com o tom de Carlo naquela primeira noite em Milão, quando ele tentara beijá-la. Leah se sentiu desconfortável no mesmo instante.

A multidão não desgrudava os olhos dos dois, interessada. Leah quase podia sentir a expectativa no ar.

– Me beije, Leah – sussurrou Carlo, inclinando o rosto dela para o dele.

– Carlo, eu…

Mas os lábios dele já estavam nos dela antes que Leah pudesse protestar. Ela se afastou e enterrou a cabeça no ombro dele enquanto uma onda espontânea de aplausos irrompia da multidão.

– Por favor, Carlo, eu estou constrangida.

– Ainda tão tímida, minha pequena! Não importa. Vamos ter muito tempo para ficar sozinhos mais tarde. Quero que você vá comigo para o hotel. O seu presente está no meu quarto.

A música acabou, e o DJ começou a tocar um disco do Shakin' Stevens. A pista se encheu de dançarinos ávidos.

– Com licença, Carlo, mas preciso falar com uma pessoa.

Leah se desvencilhou dos braços dele e olhou em volta, à procura de Brett. Ela o viu se encaminhando para a saída e logo foi atrás dele.

– Tentando fugir de novo?

Brett pareceu constrangido.

– Na verdade, estou, sim.

Apesar de toda a sofisticação, Leah não sabia como sugerir casualmente que não queria que um homem fosse embora.

Brett criou coragem.

– Que tal uma dança rápida antes de eu ir? – sugeriu ele, valente.

– Ora, ora. Não vai me dizer que você conquistou a garota mais bonita da festa hoje à noite?! – perguntou Toby, amigo de Brett, com uma debutante desgrenhada apoiada em um dos ombros.

– A Leah e eu somos… velhos amigos. Venha.

A aparição de Toby deu a Brett a desculpa de que precisava para pegar a delicada mão de Leah e conduzi-la até a pista de dança.

Brett desejou de todo o coração que o destino conspirasse a seu favor e o DJ colocasse uma música lenta no toca-discos, para que pudesse segurar Leah em seus braços. Em vez disso, a batida disco acelerada pulsava impiedosamente.

A música parou, e a voz marcante de Diana Ross, em dueto com Lionel Richie, se espalhou pela pista. Brett aproveitou a oportunidade para puxar Leah para si.

– É muito bom te ver de novo depois de tanto tempo – arriscou ele.

– Também é bom te ver – respondeu Leah.

Sentir o corpo perfeito de Leah encostado no seu eletrizou Brett de cima a baixo. Ele a puxou para mais perto.

– Eu adoraria te ver de novo, Leah. Queria ter uma chance de explicar, hum, o que aconteceu. O problema é que eu vou viajar para Nova York no domingo. O escritório principal do meu pai fica lá, e vou começar a trabalhar com ele na semana que vem. Será que eu posso te escrever?

Leah deu uma risadinha.

– Nem se preocupe em comprar envelopes de correio aéreo, Brett. Eu também estou indo para Nova York. Viajo na terça para começar uma campanha com a Cosméticos Chaval.

Brett ficou de queixo caído.

– Uau! Que coincidência! Onde você vai ficar?

– Nas primeiras semanas, no Plaza Hotel, depois vou procurar um apartamento com a Jenny, minha melhor amiga. Ela está lá agora, trabalhando para outra empresa de cosméticos.

– Você vai sozinha ou com o Carlo? – perguntou Brett, cauteloso.

– Sozinha. Os desfiles das coleções do Carlo vão começar em breve. Ele tem que voltar para Milão amanhã.

Brett fez o possível para esconder sua satisfação.

– Posso ligar para o seu hotel?

Leah assentiu.

– Pode.

– Leah.

Uma mão a girou bruscamente.

– Acho que está na hora de irmos embora.

Carlo cambaleava um pouco, e Leah notou que ele estava bêbado.

– Carlo, infelizmente acho que vou ter que ir direto para casa. Minha mãe está comigo, lembra? Você pode me dar o presente outra hora.

O italiano pareceu prestes a explodir.

– *Permesso* – disse ele a Brett, arrastando Leah em direção à porta da frente.

– Pare, Carlo! Você está me machucando! – exclamou Leah, tentando se soltar da mão dele.

– Desculpe, mas você tem que ir comigo. Eu organizei tudo.

Ele a arrastava escada abaixo, e Leah deu graças a Deus porque os paparazzi já tinham ido para casa.

– Carlo! Eu disse pare! – gritou ela, tentando soltar o braço.

Aquele não era o Carlo que ela conhecia, e sentiu uma pontada de medo.

Na base da escada, Carlo chamou um táxi, e Leah lutou, sem sucesso, para liberar o braço daquele aperto perverso.

– Eu não vou com você, Carlo. Você está bêbado – afirmou ela, resistindo como podia, enquanto Carlo tentava empurrá-la para dentro do táxi.

– Leah! Entre aqui! Está tudo planejado!

– Não! – gritou ela, desesperada.

Dois braços fortes seguraram os ombros dela e a puxaram para trás, soltando-a de Carlo.

– Acho que a moça não quer ir, Sr. Porselli.

Leah reconheceu a voz, se virou e viu Miles, com três câmeras penduradas no pescoço, parado atrás dela. Ele empurrou Carlo com força para o banco de trás do táxi e fechou a porta.

– Leve esse homem para o hotel dele.

O motorista cumprimentou Miles, e o táxi avançou pela rua.

– Obrigada, Miles – conseguiu dizer Leah.

Seu sentimento mal poderia chegar à gratidão após aquela noite no celeiro.

– Eu não sei o que deu nele hoje à noite. Nunca vi o Carlo assim.

Miles não disse nada. Só a encarou daquele seu jeito estranho.

– Leah. Você está bem? – perguntou Brett, correndo na direção dela, com o rosto preocupado.

– Estou, eu estou bem, graças ao Miles.

– Ah. Oi, Miles – disse Brett, estendendo a mão, e Miles a apertou com relutância. – O que você está fazendo aqui? – quis saber ele, curioso.

– Trabalhando – respondeu Miles com frieza.

– O Miles é fotógrafo freelancer. O trabalho dele está sempre aparecendo nos jornais.

Leah não mencionou que Miles passava seu tempo rondando entradas de boates e restaurantes para flagrar algum descuido ou gafe dos ricos e famosos e depois vender as fotos à imprensa marrom da Fleet Street.

– Vou chamar um táxi para você – disse Miles.

– Tenho que buscar a minha mãe. Ela ainda está lá dentro.

– Eu vou lá chamá-la. Entre no carro – disse Miles, fazendo sinal para um táxi que passava, abrindo a porta para ela e depois desaparecendo na boate.

– Tchau, Leah. Eu te vejo em Nova York – disse Brett, sorrindo.

– É, vai ser ótimo botar a conversa em dia.

Os dois ficaram em silêncio, de pé na calçada, se encarando com determinação. Brett estava prestes a puxá-la para seus braços quando Miles surgiu com a Sra. Thompson. Ele deu um beijo casto na bochecha de Leah, se despediu de uma Doreen surpresa e desceu a rua.

Brett caminhou a passos largos para casa, o pequeno apartamento do pai em Knightsbridge, precisando do ar fresco da noite para clarear os pensamentos.

Eles dois em Nova York. Só podia ser o destino. Mas e aquele tal de Carlo? Talvez Brett tivesse chegado tarde demais, mas precisava tentar. Ele tinha recebido uma segunda chance. Dessa vez, faria tudo certo.

Não muito atrás, Miles também voltava para seu minúsculo apartamento alugado em Chelsea, pensando em Leah. Chegando lá, pegou uma garrafa de uísque pela metade no armário da cozinha e se serviu de um copo cheio para aplacar a raiva.

Precisara se controlar para não torcer o pescoço daquele desgraçado do Carlo. Será que ele não tinha percebido que Leah era especial? Ela era uma criatura para ser honrada e adorada, e não tratada como uma prostituta barata. Entornando o drinque, ele localizou a chave de seu quarto secreto, destrancou a porta e entrou. Fotos que tinha tirado de Leah, abrangendo grande parte da vida dela, adornavam cada centímetro das paredes. Aquele era o templo dele. Miles parou no meio do quarto, inspirou profundamente e fez uma lenta volta completa. Ele respirou Leah; se deleitou com a glória etérea dela. As imagens, como sempre, tiveram um efeito calmante.

Após se deter por um instante, Miles saiu do quarto, trancou a porta e pegou o telefone. Discou um número, e uma voz feminina atendeu. Depois de um minuto de conversa, Miles devolveu o fone para o gancho, satisfeito por ela morar a apenas algumas ruas de distância.

Ele abriu as câmeras, tirou os filmes e os guardou na geladeira, como sempre fazia.

Em seguida, esperou.

Dez minutos depois, a campainha tocou, e Miles deixou a garota entrar. Sem nenhum preâmbulo, ele a levou até o quarto e tirou a roupa sistematicamente, enquanto ela removia as dela. Em seguida, apagou as luzes principais, deixando aceso apenas o brilho fraco do abajur ao lado da cama. Era uma rotina conhecida.

A garota estava pronta para ele, com os longos membros esticados na cama. Aquela tinha durado mais do que a maioria das prostitutas com quem dormia. Ela aceitava seus jogos violentos, era receptiva às suas exigências incomuns e tinha a vantagem de ter cabelos cor de mogno. À meia-luz, com os cabelos cobrindo parcialmente o rosto, ele quase conseguia acreditar que era Leah ali.

Miles se ajoelhou, cavalgando-a, desfrutando a sensação de dominar a mulher embaixo dele. Ele nunca as beijava. Aquilo não era amor. Só havia uma mulher que poderia oferecer isso a ele.

Durante o ato, Miles se divertia com os gritos de dor da garota que se contorcia sob ele.

– Vire – ordenou ele.

A garota pareceu assustada. Naquela noite, havia algo diferente nos olhos do cliente. Algo maníaco.

– Miles, eu…

Ela começou a rastejar na cama, mas ele a arrastou de volta e bateu com força nos dois lados de seu rosto, até que o lábio superior dela começou a sangrar.

– Vire, sua puta!

Assustada demais para recusar, a garota obedeceu, vendo o sangue do lábio pingar no travesseiro.

– Miles, por favor, pare…

Miles não lhe deu ouvidos. Com um grunhido, ele completou o ato. Enquanto a garota choramingava, com o rosto enfiado no travesseiro, Miles se levantou, foi até o banheiro da suíte e fechou a porta. Quando saiu, ela estava completamente vestida e parada na porta, com o rosto inchado e os olhos cheios de lágrimas.

– Homens como você deviam ser presos. Nunca mais me ligue. Se me ligar, eu vou te denunciar.

Ela soltou o trinco da porta, depois se virou para Miles mais uma vez.

– Um dia você vai matar alguém.

A garota correu pelo corredor, e Miles ouviu seus passos apressados descerem os dois lances de escada. Ele sorriu, depois deu de ombros.

Teria que encontrar outra no dia seguinte.

Miles se deitou sobre os lençóis amassados e, enojado, tirou a fronha manchada de sangue do travesseiro. Agora ele se sentia bem e cerrou os olhos serenamente.

2

Miranda acordou com a cabeça latejando. Desorientada, sentou-se e olhou ao redor. O quarto não parecia familiar, e ela precisou fazer um esforço para lembrar onde estava. De qualquer forma, estava nua, com o vestido jogado em uma cadeira do outro lado do cômodo, junto com a roupa de baixo e os sapatos. Na mesinha de cabeceira, havia uma pilha grossa de dinheiro em cima de um bilhete.

> Querida Miranda,
>
> Obrigado por ontem à noite. Foi muito agradável. Neste fim de semana vou passear por Saint-Tropez no meu barco e gostaria que você me acompanhasse. Por favor, volte aqui às seis da tarde, para irmos juntos para o aeroporto.
>
> O meu assistente vai providenciar o seu passaporte, já que ontem à noite você me disse que não tem. Ele vai te ligar pela manhã.
>
> A butique lá de baixo vai enviar uma seleção de roupas para você escolher. Segue aqui algum dinheiro para você se presentear hoje à tarde.

O bilhete estava assinado com um rabisco ilegível e pontuado por um beijo. Miranda quebrou a cabeça para evocar o nome do homem e todos os eventos da noite anterior. Ela se lembrou de ter bebido muito champanhe e de o homem tê-la conduzido, cambaleante, para fora da boate. Mas, depois disso, era tudo um borrão.

– Merda!

Rose devia estar quicando. Ela pegou o telefone ao lado da cama, se esforçando para se lembrar do número de Roddy.

– Recepção – respondeu uma voz decidida.

Miranda se deu conta de que estava em um hotel.

– Hum, oi. Eu gostaria de saber se vocês poderiam ligar para o serviço de informações e conseguir um número para mim – disse ela, dando à mulher o sobrenome e o endereço de Roddy.

– Claro, senhora. Posso pedir o seu café da manhã?

A ideia do café da manhã embrulhou o estômago de Miranda.

– Não, obrigada. Mas um pouco de café seria ótimo.

– Agora mesmo, senhora. Eu ligo assim que conseguir o número. E posso pedir à butique que envie as roupas que a senhora encomendou?

Miranda estava sem palavras.

– Claro – respondeu, por fim.

Enquanto esperava o telefone tocar, ela pensou no que diria a Rose. Certamente não podia recusar aquela oportunidade. Precisava seguir aquele partidão até a França. Tinha sonhado com aquilo a vida inteira: um convite para se juntar ao *jet set*.

Rose entenderia.

– Não fique com muita inveja, Leah! – exclamou Miranda, com uma risadinha, quando a recepção ligou de volta com o número de Roddy.

Miranda pensou por um instante, depois discou o número. Roddy atendeu.

– Oi, Roddy, é a Miranda.

– Ai, graças a Deus! Onde você está? A sua mãe está louca de preocupação. Eu tive que impedir que ela ligasse para a polícia.

Miranda se contorceu de vergonha.

– Estou bem. Diga a Rose que eu tenho 21 anos e não sou mais criança.

Roddy conseguiu dar uma risadinha.

– Bom, você podia ter avisado aonde ia, querida. A sua mãe passou a manhã inteira ligando para todo mundo que te conhece. Ninguém sabia onde você estava.

As críticas de Roddy não suscitaram nenhuma resposta de Miranda.

– Enfim, a sua mãe quer voltar para Yorkshire com a Chloe. A que horas você chega aqui?

Miranda torceu o nariz.

– Na verdade, eu não vou voltar com ela. Um amigo da Leah me convidou para uma festa neste fim de semana. Fala para a Rose que eu estou bem, que a gente se vê na segunda e pede para ela dar um beijo na Chloe por mim. Tchau, Roddy.

Miranda desligou o telefone antes que ele pudesse responder.

Ela sentiu uma pontada de culpa ao pensar na filha. Mas se reconfortou lembrando que tinha concentrado toda a sua atenção em Chloe nos últimos quatro anos. Será que não merecia um pouco de diversão também?

O telefone voltou a tocar. A recepção anunciou que a ligação era de "Ian Devonshire". Miranda não fazia ideia de quem fosse, mas pediu que eles passassem a chamada.

– Alô?

– Oi, Miranda. O meu nome é Ian Devonshire. Eu trabalho para o Sr. Santos. Ele me pediu para fazer seu passaporte *tout de suite*.

– Está bem.

Um sorriso brotou nos lábios de Miranda diante daquele serviço prestado. E agora ela já sabia o nome do amante.

– Preciso pegar o seu sobrenome e alguns detalhes, para providenciar uma cópia da sua certidão de nascimento com a Somerset House.

– O meu sobrenome é Delancey. A minha data de nascimento é 23 de julho de 1960.

– Obrigado. Vou passar no hotel ao meio-dia com os formulários. Aí, você assina, e eu levo a papelada para o escritório de passaportes. Tenho um amigo lá que vai processar o seu pedido hoje à tarde. Você conseguiria tirar duas fotos até a hora do almoço? Tem uma cabine na estação Charing Cross, na mesma rua do Savoy.

Hotel Savoy! Era realmente onde estava? Um frisson de excitação percorreu o corpo de Miranda. Ela confirmou que tiraria as fotos e encontraria Ian no American Bar do térreo, ao meio-dia.

Assim que desligou o telefone, ela ouviu uma batida na porta. Miranda pulou da cama rápido demais e se sentiu tonta e enjoada.

– Já estou indo! – gritou ela, enquanto olhava ao redor, desesperada atrás de algo para cobrir a nudez.

Acabou puxando o lençol da cama e enrolando-o ao redor do corpo, como uma toga.

Miranda abriu a porta, e um jovem entrou no quarto empurrando um carrinho com o café dela, além de uma rosa vermelha e uma garrafa de champanhe no gelo.

– Eu não pedi champanhe – apressou-se em dizer.

O rapaz sorriu.

– Com os cumprimentos do Sr. Santos.

Mais uma batida na porta.

– Posso abrir, senhora? – perguntou o garoto.

Miranda assentiu. Outro funcionário com o mesmo uniforme elegante entrou empurrando um carrinho com uma imensa pilha de caixas e sacolas.

– Uma seleção de peças da butique, senhora. O Sr. Santos pediu que a senhora escolhesse o que quisesse. Se não tiver nada aqui do seu gosto, por favor, dê uma olhada lá embaixo, onde certamente a gerente vai encontrar algo que agrade à senhora.

Os dois homens ficaram olhando para ela, cheios de expectativa, e de repente Miranda se tocou que eles queriam uma gorjeta. Ela se lembrou da pilha de dinheiro ao lado da cama e foi até lá pegá-lo. Miranda quase se engasgou ao perceber que as cerca de trinta cédulas eram todas de cinquenta. Não teve escolha a não ser entregar uma nota aos garotos.

– Dividam entre vocês – disse ela, com ar imponente, registrando por alto a cara de decepção dos jovens.

Sem dúvida o Sr. Santos teria dado uma nota para cada. Depois que os funcionários do hotel saíram, Miranda foi até a pesada porta de mogno do outro lado do quarto. Abriu-a, esperando encontrar um banheiro, mas, em vez disso, se viu em uma suntuosa sala de estar, com imensas janelas panorâmicas ladeadas por cortinas douradas de damasco. Caminhou até elas, abrindo caminho por entre a mobília pesada e cara.

Miranda prendeu a respiração ao admirar a área do Embankment e a água prateada do Tâmisa correndo logo abaixo. Aquela *tinha* que ser uma suíte de cobertura. Voltou para o quarto e pegou o máximo de caixas de roupas que conseguiu. Depois de transferir tudo para a sala de estar, se serviu de café.

Ela se ajoelhou no chão, cercada por caixas. Por onde começar? Ora, pela maior, claro. Empolgada, moveu a tampa. No topo, apoiado no papel de seda, havia um pequeno cartão com bordas douradas, onde se lia: *Com os cumprimentos do Hotel Savoy.*

Miranda se levantou com um salto e começou a dançar pela sala, mal acreditando que aquilo estava acontecendo. Depois, se abaixou e afastou as camadas do papel de seda macio. Lá dentro, estava o vestido de noite mais sofisticado que já vira. Era feito de seda preta e trazia o nome de um estilista mundialmente famoso na etiqueta.

Sem perder tempo, Miranda se desfez do lençol, colocou o vestido e foi até o quarto para se ver no espelho de corpo inteiro. Estava perfeito. Ela rodopiou, erguendo os cabelos em um nó com uma das mãos.

– Cuidado, Leah, porque estou chegando para te pegar! – vangloriou-se Miranda, correndo de volta até a sala de estar para abrir as outras caixas, como uma criança na manhã de Natal.

Uma hora depois, a sala estava repleta de lenços de papel, etiquetas e milhares de libras em roupas caras espalhadas sobre os móveis. Sentada com uma calcinha de seda preta e um lenço Hermès no pescoço, Miranda admirava os sapatos de couro macio em seus pés.

Decepcionada, percebeu que só restava um pacote pequeno para abrir. Ela o pegou e abriu a tampa. Lá dentro, havia duas caixas de couro de tamanhos distintos, e ela investigou a menor primeiro. Miranda encontrou um par de cintilantes brincos de diamante em forma de lágrima. Na caixa maior, um colar fabuloso do mesmo conjunto.

– Uau – sussurrou Miranda.

Recuperada da ressaca, foi até o carrinho e se serviu de uma taça de champanhe.

– A você – disse Miranda, erguendo um brinde a si mesma.

Tomou um gole e abriu espaço entre as roupas para se sentar no sofá. Tudo aquilo por uma transa rápida da qual nem conseguia se lembrar.

– Eu devo ter sido ótima – declarou ela, com um sorriso malicioso, ao tomar mais um gole.

Por fim, Miranda tomou banho e combinou uma blusa de seda rosa com um terno Chanel que tinha um belo corte. Saiu do quarto, desceu e perguntou ao concierge como chegar à estação Charing Cross.

Após uma caminhada rápida, ela trocou uma das notas de cinquenta na bilheteria.

Miranda consultou o relógio enquanto esperava que as fotos saíssem da ranhura. Dez para meio-dia. Bem a tempo de voltar para o hotel e encontrar Ian Devonshire no bar.

Sem sequer considerar a possibilidade de haver algo estranho nos eventos daquela manhã – já que sempre tivera certeza de que, um dia, aquilo *ia* lhe acontecer –, Miranda caminhou devagar até o Savoy, foi até o bar e se sentou.

– Miranda?

– Sou eu.

Um jovem sem graça, usando um terno elegante e um par de óculos fundos, se sentou diante dela.

– Ian Devonshire – disse ele, estendendo a mão, que Miranda apertou. – Prazer. Posso te oferecer uma bebida?

– Claro, um vinho branco para mim.

Ian fez o pedido, depois tirou um maço de papéis da pasta. Ele parecia um pouco constrangido.

– Bom, eu presumo que você saiba que... que você não...

Ian pareceu ter esperanças de que Miranda terminasse a frase por ele, mas ela não fazia ideia do que ele estava falando.

– Você sabe que é adotada?

– Sei – confirmou ela, deixando Ian aliviado. – Você está com a minha certidão de nascimento original? – quis saber Miranda.

– Estou.

– Posso dar uma olhada?

Ian lhe entregou uma folha de papel, que Miranda analisou com interesse.

– O meu sobrenome original era Rosstoff – comentou, depois olhou de relance para Ian, com uma ideia na cabeça. – Sabe, eu prefiro o meu sobrenome original. Posso fazer o passaporte com "Rosstoff"?

Miranda calculou que Rose teria mais dificuldade de localizá-la se ela decidisse ficar... um pouco mais.

– Não vejo por que não. Vou falar com o meu amigo.

Miranda sorriu.

– Ótimo.

– Agora, só preciso que você assine aqui – pediu Ian, indicando o local no formulário do passaporte. – E verifique se todos os detalhes que preenchi estão corretos.

Miranda obedeceu.

– Maravilha. Vou levar isso para o escritório de passaportes agora mesmo e te devolvo os documentos até as quatro da tarde.

– O Sr. Santos deve ser um homem poderoso, para conseguir tudo isso para mim – sondou Miranda.

Ian fez que sim com a cabeça.

– Com certeza. Embora não visite Londres com muita frequência, ele tem vários contatos.

– Onde ele mora? – inquiriu Miranda.

– Na América do Sul – respondeu Ian, sem fazer contato visual.

– Você faz esse tipo de coisa com frequência? Quero dizer, arranjar passaportes?

Ian deu de ombros.

– Como eu disse, ele não vem muito aqui. Enfim, infelizmente, vou ter que te deixar para fazer o meu trabalho. Foi um prazer, Srta. Delancey... – disse, ele, depois ergueu um dedo no ar e se corrigiu: – Srta. Rosstoff. Faça uma boa viagem para a França.

Ian saiu do bar, e Miranda ficou sentada ali, bebericando o drinque e pensando.

Quem era aquele tal de Sr. Santos? Ela tentou lembrar se já tinha ouvido o nome dele ser mencionado na TV ou nos jornais.

Não. Por um segundo, um lampejo de dúvida passou por sua cabeça. Será que deveria viajar completamente sozinha com um desconhecido qualquer? Ele poderia estar envolvido com a máfia. Ou com tráfico de pessoas.

Por outro lado... Lá estava ela no Savoy, com roupas de grife que custavam milhares de libras. Todos os funcionários do hotel pareciam conhecer o Sr. Santos, e Ian tinha um jeito bem honesto.

De repente exausta, Miranda se levantou e caminhou até o elevador, absorta demais nos próprios pensamentos para notar que um homem, até então sentado em silêncio em um canto do bar, também se levantara.

Ele a observou chamar o elevador e saiu do hotel.

Miranda abriu a porta da suíte. A camareira obviamente estivera ali, já que todas as roupas tinham sido recolocadas nas caixas, e a cama, arrumada.

Ela afundou com gosto na cama confortável, decidindo tirar uma soneca e depois passar o resto da tarde se preparando para o retorno de Santos. Miranda fechou os olhos, com a mente acelerada pelos eventos das últimas horas. E, feliz como nunca estivera, caiu no sono.

3

– Olá, David – disse o homem alto de barba, apertando calorosamente a mão dele. – Como você está?

– Bem, obrigado. Estava começando a achar que não ia te ver de novo. Já faz oito meses desde o nosso último contato.

O homem estreitou os olhos.

– Há razões para isso, tenha certeza. Como você deve ter percebido, esse jogo de xadrez é extremamente longo. Cada movimento precisa ser calculado com precisão absoluta. Essa operação específica já dura anos e sem dúvida ainda tem mais por vir.

David se sentou atrás da própria mesa e pediu que o convidado também puxasse uma cadeira.

– Você fez as verificações de segurança que sugerimos? – quis saber o homem.

David aquiesceu.

– Fiz. A equipe passou um pente fino neste escritório. Garanto que é perfeitamente seguro conversar aqui.

O homem suspirou.

– Conversar nunca é uma coisa perfeitamente segura. No entanto, eu queria vê-lo no seu escritório para não levantar suspeitas. Estacionamentos subterrâneos à meia-noite e reuniões em praias desertas ao amanhecer são para os filmes. Isto aqui é a vida real.

Fez-se uma pausa desconfortável entre os dois homens.

– As coisas estão começando a avançar tanto do nosso lado quanto do seu ponto de vista. Estou certo?

David engoliu em seco.

– Isso mesmo. Fiz como você pediu. Você deve entender como isso tudo é difícil para mim. Mas o projeto começou há seis meses, e estou conquistando a confiança dele.

O homem pareceu satisfeito.

– Você está indo bem. Mas preciso avisar que ele é esperto.

– Você observou esse homem durante todos esses anos?

– Observei.

– E por que esperou até agora para agir? Parece que você está avançando no ritmo de uma lesma.

O homem deu de ombros.

– Ao lidar com casos assim, e eu garanto que existem muitos outros, precisamos reunir provas inequívocas. Nós descobrimos que, à medida que o tempo passa, os nossos inimigos se tornam mais confiantes, menos cuidadosos e, em algum momento, acabam cometendo um erro. Se o caso levar a vida inteira, isso tem pouca importância.

David encarou o homem, em silêncio.

– Estou achando tudo muito difícil – murmurou ele.

O homem se recostou na cadeira acolchoada de couro.

– É, eu imagino. Mas você é perfeito para isso, Sr. Cooper. Além das suas motivações *pessoais* para nos ajudar, você tem algumas semelhanças com o alvo. Os dois têm um passado que escolheram, compreensivelmente, esquecer. São poderosos, conhecidos e irrepreensíveis nos negócios.

O homem fez um muxoxo, depois prosseguiu:

– Via de regra, pessoas parecidas com o alvo são boas iscas.

David não sabia ao certo o que dizer. Aquela resposta não tinha propriamente exalado simpatia. Nos últimos quatro anos, ele tinha aprendido que aquelas pessoas não tinham o hábito de ser simpáticas.

O homem voltou a falar.

– Pedimos que você leve a sociedade adiante e reserve algum tempo para conhecer o alvo. Fique amigo dele. Para pegar esse homem, algumas circunstâncias precisam ser arranjadas. Mais para a frente, você vai ser informado sobre isso.

David bateu, devagar, o dedo indicador no tampo de mármore da mesa.

– Preciso dizer que... em muitas ocasiões, eu considerei recusar essa tarefa.

O homem deixou uma risadinha baixa escapar.

– Não, não considerou, Sr. Cooper. Você foi cuidadosamente selecionado para desempenhar esse papel para nós. Não quero te lembrar quem você é, mas... já está na hora de encerrar esse círculo. E é seu direito encerrá-lo.

Ele estendeu a mão por cima da mesa.

– Até mais, David.

O homem atravessou o escritório espaçoso, abriu a porta e a fechou depois de sair.

David suspirou e massageou a testa. Estava esgotado, exausto. Não tinha dormido na noite anterior, com a cabeça cheia de pensamentos sobre aquela reunião.

Já fazia quatro anos que o passado voltara, furtivamente, à sua vida, mas os pesadelos ainda o acordavam. As lembranças não tinham sido ofuscadas pela passagem do tempo.

David passou a mão no cabelo. Eles estavam pedindo demais, certo? Ele estava colocando não apenas a si mesmo, mas todo o seu negócio em risco.

Por outro lado, como sempre, David se lembrara da promessa que fizera quando tinha 14 anos...

4

Polônia, 1942

Ao abraçar a irmã chorosa, sentado em um minúsculo canto do vagão de carga e ouvindo o zumbido do trem que atravessava a Polônia, David sentiu que nem a morte seria pior. Outros tinham vindo preparados, com suprimentos de comida e bebida, mas tudo que os dois tinham era o violino, algumas folhas de papel, lápis e o precioso ursinho de pelúcia de Rosa. Só quando Rosa gritou, desesperada, por bebida e algo para comer, uma senhora ficou com pena e lhe deu um pequeno frasco de água e meia salsicha fria.

O calor do vagão fechado era insuportável, e o cheiro de excremento e desinfetante na palha velha viveria para sempre em sua memória. David falava pouco com os outros, limitando-se a ouvir a conversa das pessoas, que se perguntavam qual destino as aguardava no fim daquela jornada. Ele já sabia. Torcia para que fosse rápido, o que quer que eles fizessem, para o bem de Rosa, se não pelo próprio.

As mulheres tiravam as joias dos braços, dedos e pescoço e as escondiam na roupa de baixo. David fez o mesmo, escamoteando o precioso medalhão junto ao passaporte, no forro do estojo do violino.

Ao longo da viagem, um homem ao lado de David teve um infarto, caiu e morreu no colo dele. *Uma fuga abençoada*, pensou ele, enquanto a esposa do homem chorava copiosamente noite afora. Ela apertava o marido morto contra o peito, as pernas do homem ainda sobre David.

Ao amanhecer, o trem parou de repente. David espiou pela pequena grade de arame farpado e viu uma placa na plataforma: *Treblinka*. Conseguiu distinguir vários trabalhadores ferroviários ao lado de oficiais da SS. O trem voltou a se mover, parou, depois deu uma guinada para trás, lançando, com violência, os ocupantes do vagão uns contra os outros.

David percebeu que o vagão deles, junto com alguns outros, estava sendo empurrado para um desvio. A luz se dissipou quando uma densa floresta os cercou, antes que algumas cabanas surgissem em seu campo de visão e, atrás delas, o que parecia ser uma imensa pilha de sapatos. O trem passou por uma clareira, e David vislumbrou uma cerca de arame farpado envolvendo uma espécie de acampamento. Na sua frente, uma faixa do terreno tinha sido ampliada para improvisar uma plataforma. Havia oficiais da SS para todo lado, alguns carregando chicotes. Sentinelas de uniforme preto estavam de pé perto da cerca, com rifles na mão.

Quando o trem fez uma nova parada brusca, os outros ocupantes do vagão se amontoaram atrás de David, tentando, desesperadamente, ver através da grade. Poucos tiveram a chance. As portas logo se abriram, e os guardas subiram no vagão para arremessar as pessoas para fora.

– David! David!

Os gritos da irmã ressoaram na cabeça dele enquanto ela era arrastada por um guarda e desaparecia na multidão que chorava e gritava na plataforma.

Ainda agarrado ao precioso violino, David avançou pela plataforma com os outros, que eram conduzidos como gado até um portão aberto no meio da cerca. Ele gritou o nome de Rosa milhares de vezes, mas era impossível ser ouvido em meio ao barulho horrível do desespero.

– Ah, mamãe, ah, mamãe! – repetia ele, enquanto era empurrado até um pátio, ouvindo os gritos dos sentinelas *Schnell! Raus!*", que ecoavam por toda parte.

Quando eles entraram no pátio, as mulheres receberam ordens de ir para um lado, e os homens, para o outro. David procurou desesperadamente Rosa entre elas, mas em vão. Sem notar as lágrimas que escorriam pelo rosto, ele se sentou com os outros e começou a tirar os sapatos, conforme a orientação de um grupo de judeus que usava braçadeiras. Estavam distribuindo pedaços de barbante para que os prisioneiros amarrassem um sapato no outro.

Quando um dos homens de braçadeira se aproximou de David, olhou para o violino ao seu lado.

– Isso é seu? – perguntou ele em polonês.

David assentiu.

– Você toca?

– Claro.

O homem pareceu aliviado por David.

– Vou contar ao guarda.

Ele continuou distribuindo pedaços de barbante, depois desapareceu.

David viu que as mulheres estavam sendo enviadas para uma cabana do outro lado do pátio. Como o lugar não era grande o suficiente para acomodar todas, algumas eram obrigadas a ficar do lado de fora e tirar a roupa.

Um sentinela mandou os homens fazerem o mesmo. Quando David estava prestes a tirar as calças, foi puxado para ficar de pé.

– Toque!

David se virou e viu um oficial da SS atrás dele, apontando para o violino.

Desorientado, David se balançou de um lado para o outro, em silêncio. Um chicote estalou em seu peito nu.

– Toque!

David abriu o estojo com as mãos trêmulas. Colocou o violino sob o queixo e pegou o arco. Porém, por mais que tentasse, nenhuma música vinha à mente.

Os outros homens o encaravam em silêncio. Estavam todos nus.

– Mentiroso!

Quando David viu o chicote vir em sua direção pela segunda vez, o cérebro entrou em ação. Ele ergueu o arco e começou a tocar a suave e comovente melodia do "Concerto para violino", de Brahms. O som suave preencheu o pátio. Alguns dos homens nus choraram.

– Já chega. Espere aqui!

David conseguiu pegar o estojo do violino antes de ser arrastado pelo braço e empurrado para dentro de uma cabana. Ele espiou por um buraco e viu os homens nus serem empurrados através de uma abertura na cerca. As mulheres também tinham desaparecido.

Pacotes e roupas estavam espalhados pelo terreno baldio.

David caiu de joelhos, com a cabeça entre as mãos. Fraco pelo medo e pela falta de comida e sono, deixou que a mente voltasse aos tempos em que a família se reunia na sala de estar, e ele tocava o violino que acabara de salvar sua vida.

Sua imaginação não ousava conjurar o que estava acontecendo com a irmã mais nova, sua querida Rosa. Sua única esperança era que tudo já tivesse acabado e ela estivesse em paz.

Ele ouviu um barulho no pátio, o que o levou a espiar mais uma vez pelo buraco. Apareceram cerca de quinze judeus de braçadeira. Sob a supervisão dos sentinelas, começaram a catar os montes de roupas.

David olhou ao redor da cabana. Havia pilhas de trapos espalhadas pelo chão, ao lado de xícaras, pratos e blusas de pijama. Aquilo era, obviamente, uma espécie de dormitório. Ainda nu da cintura para cima, David pegou uma camisa do chão ao seu lado e a enfiou pela cabeça. Notou que o material era bom; a camisa estava quase nova.

A porta da cabana se abriu, e uma torrente de prisioneiros judeus entrou, sangrando, seguida por um sentinela.

– Venha comigo! – berrou ele para David.

David abraçou o estojo do violino ao atravessar o pátio. O sentinela o conduziu até outra cabana. Lá dentro, havia grupos de homens vestidos com todo tipo de roupa estranha. Sentados em bancos de madeira, comiam avidamente de suas tigelas. O soldado apontou para um homem mais velho com um rosto vagamente familiar.

– Pegue a sua sopa, depois fale com Albert Goldstein. Ele está no comando.

David pegou uma tigela de uma sopa muito cheirosa com uma mulher postada atrás de uma mesa com pés de cavalete. Ao se sentar ao lado do homem designado como seu superior, ele o reconheceu. Aquele era um dos diretores musicais mais importantes de Varsóvia.

– Sr. Goldstein… Eu não tenho palavras para dizer o quanto estou honrado de conhecer…

Albert Goldstein fez um gesto para que ele se calasse.

– Coma, depois nós conversamos.

David obedeceu, surpreso com o sabor da refeição – muito mais gostosa do que qualquer coisa que tinha comido no gueto. A comida o nutriu, e a tontura foi diminuindo aos poucos.

Quando Albert sorveu até o último gole de sopa, se virou para David.

– Então, o que você toca, garoto?

– Violino, senhor.

Albert limpou a boca com a mão.

– Eu devia ter adivinhado. O nosso último violinista sofreu um… acidente – disse ele, erguendo a sobrancelha. – Você é bom?

– Nada comparado aos homens que vi o senhor conduzir. Mas, para a minha idade, eu era considerado um talento em Varsóvia.

Albert anuiu.

– O senhor poderia me dizer, por favor, onde nós estamos e o que aconteceu com a minha irmã?

O homem mais velho o encarou com tristeza nos olhos.

– Quantos anos você tem, garoto?

– Catorze, senhor.

– E a sua irmã?

– Onze, senhor.

Albert soltou um suspiro profundo.

– Venha, vamos para o nosso alojamento.

David seguiu o Sr. Goldstein pelo pátio até outra cabana. Estava mais limpa que a anterior e tinha vários colchões finos no chão. O maestro apontou para um deles, sem lençol, em um canto.

– Ali. Aquele era do Josef e, agora, é seu.

– Josef?

– É. O último violinista.

– Por favor, o senhor pode me explicar que lugar é este? Para onde foram as outras pessoas que estavam no meu trem?

No fundo do coração, David já sabia a resposta, mas precisava de uma confirmação.

Albert o olhou nos olhos.

– Para a morte. Lamento dizer que você está em Treblinka. Não é um campo de trabalhos forçados. É um lugar onde os alemães exterminam judeus. O seu pescoço foi salvo por isso – explicou ele, apontando para o violino de David.

Os olhos de David se encheram de lágrimas.

– E a minha irmã? – perguntou ele bravamente.

Albert balançou a cabeça com tristeza.

– As mulheres não têm muita serventia para eles, principalmente as crianças. Perca as esperanças. É melhor que você entenda agora como funciona a cabeça dos nossos captores.

Um pequeno grito escapou dos lábios de David.

– Todas as pessoas que ainda estão vivas neste buraco dos infernos perderam as famílias. Todos nós convivemos diariamente com a culpa; por estarmos vivos e eles, não. Mas, como você vai ver, a sua irmãzinha talvez tenha sido abençoada. O que você vai testemunhar todos os dias… vai transformar seu coração em pedra – disse Albert, olhando para o chão.

– O que o senhor quer dizer?

– O trio musical que você integra agora é forçado a tocar enquanto os oficiais mandam as famílias para a morte – contou Albert, com os olhos vermelhos. – Isso ajuda a abafar os gritos dos que estão dentro da câmara de gás e acalma os que aguardam a vez deles. Garoto, você vai ver milhares de pessoas caminharem para a morte, acreditando que estão indo para o chuveiro.

David não aguentou mais e afundou no chão.

– Sinto muito, garoto, mas é melhor que você esteja a par da situação. Também é seu dever entreter os guardas alemães e as prostitutas ucranianas deles depois do jantar.

– Ucranianas? – perguntou David.

– É. E não são só mulheres. Você vai ver que a maioria dos soldados daqui é ucraniana, operando sob ordens alemãs. Na prática, eles também são prisioneiros. Toda esta área foi controlada pelos soviéticos depois da anexação de 1939: polacos, ucranianos, bielorrussos... mas, depois, veio a "Operação Barbarossa". Agora, os alemães controlam o distrito inteiro.

O rosto de David estava pálido. Albert continuou:

– Talvez agora você entenda que não teve sorte. O massacre acontece noite e dia. E nós temos que assistir.

David tentou se recompor.

– Os meus pais também foram levados de Varsóvia.

– Qual é o seu nome?

– David Delanski, senhor.

A esperança brotou nos olhos de Albert.

– Delanski? Como Jacob Delanski?

David assentiu.

– Você é filho dele?

– Sim, senhor.

Albert sorriu.

– Então, eu tenho uma boa notícia para você. O seu pai está vivo. Ele é o pintor do campo. Ele mora neste mesmo dormitório e faz retratos para os nossos captores.

Os olhos de David brilharam.

– Senhor! Eu não acredito!

– É verdade. São momentos como este que me fazem acreditar que ainda há esperança neste mundo. Mas aqui não existe espaço para sentimentalismo. Preciso te alertar que, a cada segundo que você vive, a sua vida corre perigo. Os oficiais têm prazer de atirar por atirar. Aos olhos deles, sempre vai ter outro judeu para te substituir. E, por favor, tenha muito cuidado com o vice-comandante... – avisou Albert, estremecendo.

– Qual é o nome dele? – perguntou David.

– Kurt Franzen. Nunca, jamais faça nada para atrair a atenção para si quando estiver perto dele. É o homem mais perverso e mais sádico que eu já tive o horror de encontrar. Você sem dúvida vai conhecê-lo em breve. Agora, vou te dizer as regras do campo.

David ouviu Albert explicar que seu pai, Jacob, fazia parte de um pequeno grupo de *Hofjuden*, os judeus privilegiados que prestavam serviços aos alemães. Entre eles, havia carpinteiros, mecânicos, sapateiros e joalheiros. Não faltavam alimentos nem roupas por causa da grande quantidade de suprimentos que chegavam todos os dias ao campo com aqueles que já não precisavam mais dessas coisas.

– Fisicamente, estamos confortáveis, talvez mais do que no gueto se você conseguir evitar os espancamentos. Não se meta em confusões e tente manter a sanidade. Agora, deixe-me ouvir você tocar. Em breve, eles vão nos chamar, e precisamos fazer uma apresentação perfeita para evitar as balas voadoras.

Pelas duas horas seguintes, o outro membro do trio se juntou a eles, e o grupo praticou músicas conhecidas de antes da guerra que levaram lágrimas aos olhos de David.

A chamada veio, e David seguiu Albert até uma pequena plataforma de madeira posicionada no meio do pátio. David olhou para o mar de pessoas alinhadas na frente deles. Três nomes foram chamados por um oficial alemão. Os homens deram um passo à frente, com os rostos franzidos pelo medo. Eles foram posicionados em uma fila em frente à plataforma de madeira e, um por um, jogados sobre um banquinho de madeira e açoitados.

David cambaleou ao ser atingido por uma fraqueza súbita. Pensou que ia cair, mas um aperto forte em seu braço o deteve.

– Eu disse para você não chamar atenção para si mesmo – sibilou Albert em voz baixa.

Depois que o açoitamento acabou, o guarda da SS se virou para as figuras andrajosas no suporte de madeira e assentiu.

O trio começou a tocar.

Vinte minutos depois, eles entraram na fila do refeitório para comer. David perscrutou o ambiente atrás do pai e o viu sentado a uma mesa do outro lado do salão.

– Papai! – gritou ele, saindo da fila e correndo até o homem.

A saudação jubilosa de David pareceu não fazer sentido para o homem macilento sentado à sua frente. Jacob simplesmente ignorou o filho e continuou comendo.

– Papai? Sou eu, David! O seu filho! *Jak sie masz?* Como você está?

Jacob parou de comer e ficou imóvel. O homem que estava ao lado dele se levantou da cadeira para que David se sentasse.

– Ele não escuta a gente, mas tente de novo – sugeriu o homem, baixinho.

David se sentou e pôs a mão no pulso fino do pai.

– Papai, por favor. É o David.

O rosto encovado de Jacob se virou para ele, e David viu os olhos vazios serem preenchidos pelo reconhecimento.

– É você mesmo, David? Eu morri e estou no paraíso?

– Não, papai. Você está vivo. Eles me deixaram viver porque toco violino. A mamãe...? – tentou dizer David, mas sua voz sumiu.

Jacob olhou para além do filho.

– Ela foi levada.

Ele olhou para longe, em silêncio. Em seguida, seus olhos voltaram a pousar no rosto de David, como se ele tivesse se lembrado de alguma coisa.

– A Rosa?

David balançou a cabeça.

– Tão nova, tão talentosa. Me diga uma coisa, por que *nós* estamos vivos? – perguntou Jacob, buscando a resposta no rosto do filho, sem encontrar nenhuma.

Ele se levantou.

– Adeus, meu filho.

Jacob saiu da mesa. David estava prestes a se levantar, mas uma mão o empurrou para baixo.

– Escute. Você precisa entender que o seu pai perdeu a vontade de viver – murmurou o homem. – Faz dois dias que ele não pinta mais. Ele só fica sentado lá olhando para o cavalete. Os alemães estão ficando com raiva. Ele tem pouco tempo, agora.

– Então eu preciso ajudá-lo.

– Não há nada que você possa fazer. Ouvi dizer que um novo artista foi trazido no último trem.

– Eu sou filho dele! Vou falar com ele!

David deu um empurrão brusco no homem e caminhou até a porta do refeitório. De volta ao dormitório, Albert e Filip, o violoncelista, se preparavam para a sessão noturna. Não havia nenhum sinal de Jacob.

– Você viu o meu pai? – perguntou David a Albert.

– Vi. Ele foi chamado na sala onde costuma pintar. Fica ao lado da loja do peleiro, à esquerda, no fim dessa fileira de cabanas. Você vai ver um cavalete perto da janela.

– Obrigado – disse David, fazendo menção de sair.

– Não demore. Vamos começar daqui a dez minutos! – gritou Albert.

Do lado de fora, David notou que o céu escurecia rápido, iluminado por um apavorante brilho vermelho. Uma fumaça escura e turva ondulava pelo campo, e o ar estava denso com um terrível cheiro de carne queimada. Ele passou pelas cabanas, viu o cavalete e entrou na salinha atrás dele.

Jacob estava sentado em uma cadeira, imóvel no espaço lúgubre.

– Pai!

David correu e se ajoelhou na frente dele. Assim que fez isso, a porta se abriu e um oficial da SS entrou, carregando uma pintura nos braços.

– Pai, por favor – sussurrou ele.

– *Schnell!* Atenção! – gritou o oficial.

Ele colocou a pintura no cavalete e o moveu para perto de outro quadro, que David reconheceu como o trabalho de seu pai. O oficial deixou a cabana e foi substituído por outro, que segurava uma lamparina a óleo em uma das mãos. David mal conseguiu distinguir uma segunda figura, menor, segurando a outra mão do homem, escondida atrás dele.

Ele se virou para Jacob.

– Pai, por favor, eu…

– O que foi que você disse? – gritou o oficial. – Levantem, vocês dois!

David obedeceu e viu um par de olhos tão malignos e perversos que tremeu involuntariamente.

– Eu fiz uma pergunta. O que foi que você acabou de dizer? – perguntou o oficial da SS, com o rosto a milímetros do dele.

– Eu disse "pai", senhor.

Os olhos do oficial dispararam na direção de Jacob, que estava de pé, olhando para a frente. Ele colocou a lamparina a óleo na mesa, e o brilho iluminou a sala.

– Ora, ora, que baita coincidência. Uma verdadeira reunião da família Delanski.

O áspero sotaque alemão do homem embotou a linguagem melodiosa da terra natal de David. O oficial empurrou a pequena figura que estava atrás dele para o meio da sala.

– Três de vocês na mesma sala. Diga oi para o seu irmão e para o seu pai, Rosa.

David soltou um arquejo ao ver a expressão aterrorizada de Rosa dar lugar à alegria. Ela correu até ele. David a envolveu em seus braços de maneira protetora, mal ousando acreditar que era ela. Então, Rosa viu Jacob. Seus olhos ainda estavam fixos em um ponto acima deles.

– Papai! – gritou ela.

Rosa enlaçou o pescoço dele com os braços e o cobriu de beijos.

O oficial parecia assistir à cena com certo prazer.

– Bem, parece que vocês resolveram o meu problema. Eu já ia chamar um dos *Hofjuden* para me ajudar, mas acredito que a opinião de vocês vai ser bem mais criteriosa. Olhem aqui.

O oficial fez uma pausa, depois apontou o bastão para as duas pinturas, que estavam lado a lado.

– Uma foi pintada pelo seu pai, e a outra, pela sua irmã. Um dos guardas me falou que a Rosa sabia pintar, então pedi para ela desenhar isso para mim hoje à tarde. É um retrato do meu cachorro, o Wolf.

O oficial se virou para David.

– Logicamente, não seria muito econômico manter dois artistas no campo. Então, eu queria que você escolhesse a melhor obra.

David demorou alguns segundos para entender o que ele estava pedindo. O horror o atingiu de súbito quando ele se virou e viu a irmã, agora dentro do abraço apertado do pai. Jacob estava olhando para a filha, acariciando o cabelo da menina sem acreditar.

– Bom, Herr Delanski? Qual vai ser? A da Rosa ou a do seu pai?

David olhou em volta, desesperado, em busca de ajuda, de uma orientação celestial. Não houve nenhuma. Aquilo não podia estar acontecendo. Como alguém poderia tomar uma decisão daquelas e continuar são?

– Eu quero uma resposta, garoto! – berrou o oficial, já sacando a pistola.

David sabia o que fazer. Ele se ajoelhou na frente do oficial.

– Me leve, senhor. Por favor, eu imploro. Vai ser uma boca a menos para comer, como o senhor pediu.

O oficial balançou a cabeça bem devagar, com uma expressão de falsa preocupação no rosto.

– Mas não podemos fazer isso, garoto. Você é necessário na nossa pequena orquestra. *Escolha!*

David foi erguido pelo colarinho e ficou de pé em frente às pinturas.

Me ajude, mãe!

Foi um grito interno enquanto ele fitava, desesperado, as pinturas, sem vê-las.

– Bem, garoto. Se você acha impossível escolher, é porque claramente pensa que nenhum dos artistas vale a pena. Vou ter que procurar outro na próxima leva.

– *Não!* – berrou David e se virou, com o corpo todo tremendo e lágrimas rolando pelas bochechas.

Rosa e Jacob o encaravam.

O pai assentiu para ele de maneira quase imperceptível e, com um ligeiro movimento de cabeça, apontou para Rosa.

David ouviu a pistola ser sacada atrás de si.

Ele estava respirando tão rápido que mal conseguiu falar.

Deus, mamãe, papai, me perdoem.

– Rosa.

Não passou de um sussurro.

– Desculpe, garoto. Você disse alguma coisa?

– Rosa.

– Mais alto!

– Rosa! – gritou David e correu em direção à porta.

O oficial da SS que trouxera as pinturas estava bloqueando a saída. Ele empurrou David de volta para a sala.

– Ótimo. Eu concordo com você. O retrato do meu cachorro ficou excelente mesmo. Rosa! Venha para perto do seu irmão. Ele escolheu você para continuar o trabalho do seu pai.

Jacob beijou a filha no topo da cabeça enquanto ela se agarrava a ele. Então, gentilmente, empurrou-a para longe. David estendeu os braços, e ela correu até eles.

O oficial apontou a pistola para Jacob e disparou três vezes.

O ar foi preenchido pelos gritos histéricos de Rosa. O oficial pegou o braço dela e a afastou de David.

– Por favor, senhor, ela pode ficar só um pouquinho comigo? – implorou David, enquanto Rosa gritava o nome dele sem parar.

– Eu vou cuidar da nossa pequena protegida – respondeu ele, empurrando Rosa bruscamente porta afora, para os braços de outro oficial da SS.

Em seguida, ele voltou para a sala.

– O meu nome é Franzen. Não se esqueça. Nós vamos nos encontrar de novo, tenho certeza.

Ele sorriu mais uma vez e deixou David sozinho com o corpo do pai, crivado de balas.

David não fazia ideia de quanto tempo tinha se passado. Um dia de terror, humilhação e dor se misturava a outro. Ele percebeu que o inverno devia estar se aproximando quando o campo amanheceu coberto por uma geada. A neve começou a cair, e David viu os homens e mulheres nus ficarem azuis enquanto esperavam na fila para morrer.

Agora ele entendia por que o pai tinha desaparecido dentro de si. O horror do que testemunhava todos os dias era um pesadelo surreal do qual nunca acordava.

David rezava para morrer em todos os dias que vivia.

À noite, ficava acordado, perguntando a Deus por que pessoas inocentes eram punidas daquela forma. Como nunca recebeu uma resposta, David acabou parando de rezar. Sua fé desapareceu junto com sua percepção da realidade. Ele aceitou que ninguém viria salvar a ele e à irmã. Teria que fazer aquilo sozinho.

Rosa estava viva e bem. Morava no alojamento das ucranianas. Franzen, de quem David testemunhara atrocidades indescritíveis, parecia gostar dela. Ele instruíra uma das mulheres que tratava como prostitutas particulares a proteger Rosa.

O nome dela era Anya, e ela trabalhava na cozinha do campo. A moça tinha 16 anos, era muito bonita e doce e adorava Rosa. David percebeu que ela tinha mais medo de Franzen do que sua irmã.

David suspirou e se virou, sabendo que precisava dormir. Sua cabeça fervilhava com ideias de fuga. Nos últimos meses, ele tinha conseguido esconder uma pilha de notas de dinheiro, moedas de ouro e joias sob as tábuas do piso do dormitório. Sabia que todos os outros prisioneiros faziam o mesmo. Essas coisas eram encontradas escondidas entre os pertences daqueles que já tinham morrido, e os guardas ucranianos trocavam frutas frescas e carne por dinheiro quando as rações do campo diminuíam. Para David, aquele tesouro era o seu passaporte, que ele poderia usar assim que conseguisse sair do campo com Rosa.

Lágrimas ardiam em seus olhos quando ele percebia o quanto aquilo tudo era inútil. A densa floresta e os ucranianos facilmente subornáveis que viviam nos vilarejos próximos ao campo tornavam a fuga quase impossível. Desde que entrara em Treblinka, todos os prisioneiros que tinham tentado escapar foram capturados, devolvidos ao campo e fuzilados por Franzen na frente de todos. Depois, ele dividia a lista de chamada em grupos de dez e também assassinava o décimo homem de cada um deles.

Tinha que haver um jeito. Se continuassem ali por muito mais tempo, morreriam de qualquer forma. David fechou os olhos e tentou, mais uma vez, dormir.

– Então, Rosa, *liebchen*. Deixe-me ver o quadro que você pintou hoje.

Nervosa, Rosa se postou em frente à mesa do oficial Franzen e passou a tela por cima da mesa. Ele a pegou e abriu um sorriso largo.

– Que bonito. Acho que você está melhorando, não é? Venha dar um beijo no tio Kurt, Rosa – disse ele, estendendo os braços.

Rosa deu a volta na mesa. Ela ficava feliz por ele sempre apreciar sua arte e gostava da recompensa diária de doces. O tio Kurt tinha sido muito gentil desde que ela e David tinham chegado a Treblinka. Sempre garantia que Rosa tivesse roupas quentes e comida gostosa e dava vários presentes a ela. Aquilo a fazia se sentir muito especial.

Mas, quando ela tinha que beijá-lo, o bigode grosso espetava os lábios dela e o hálito sempre cheirava a cigarro.

Franzen a pegou no colo e a sentou nos joelhos, depois bateu o dedo de leve na boca. Rosa estava familiarizada com aquela rotina. Ela o beijou. Quando tentou se afastar, Franzen agarrou sua nuca e tentou afastar seus dentes com a língua.

Franzen sorriu para Rosa.

– Muito bom. Você está melhorando. Amanhã, eu vou te ensinar outro jogo que você vai gostar.

– Está bem, Herr Franzen.

Ela desceu dos joelhos de Franzen e caminhou até a porta. Depois de fechá-la, correu o mais rápido que suas pernas conseguiram carregá-la até o dormitório, onde Anya estava deitada no colchão, com os olhos fechados.

– Você está se sentindo bem, Anya? Você parece triste.

Anya abriu os olhos e olhou para Rosa.

– Claro. Eu estou bem. Já está na hora de você dormir. Eu preciso me preparar para esta noite.

Enquanto Rosa se despia e vestia uma camisola enorme, Anya pôs um vestido que encontrara nas pilhas de roupas levadas até a cabana de triagem no dia anterior. Dizia que era Chanel. Ela esperava que Franzen gostasse e que a roupa escondesse a protuberância crescente em sua barriga. Se ele visse aquilo… ela sabia que sua vida acabaria. Já tinha ouvido histórias terríveis de gente que presenciara mulheres serem baleadas por oficiais da SS quando eles se cansavam delas.

Anya passou um pouco de batom e prendeu os cabelos dourados e macios no topo da cabeça.

Embora tivesse apenas cinco anos a mais que Rosa, já era uma mulher adulta. Chegara ao campo um ano antes, quando os pais, famintos e desesperados por dinheiro, tinham ouvido falar de uma vaga na cozinha por um vizinho do vilarejo. O pai a tinha encorajado, mas a mãe lhe implorara que não levasse Anya para trabalhar para os nazistas. Apesar dos protestos da mãe, o fato é que a família precisava comer.

Assim, Anya começara a trabalhar em Treblinka.

Uma semana após chegar, Franzen a convidara para ir ao alojamento dele. Ele oferecera vinho e comida a Anya, tudo de uma qualidade que ela nunca tinha experimentado. A menina ficara grata e, inicialmente, não rejeitara os avanços de Franzen após a refeição. Mas ele não parou quando ela pediu, depois exigiu e, por fim, implorou. Naquela noite, ele a estuprara e exigira que ela passasse a morar no campo. Caso ela o recusasse, ele mandaria fuzilar seus pais.

No último ano, Anya fora sujeitada a tamanhos atos de humilhação e indecência que não se sentia mais humana do que os prisioneiros do campo.

Às vezes, quando ela se recusava, Franzen sacava a pistola e a obrigava a fazer o que ele queria com a arma apontada para a cabeça dela. Também a compartilhava com inúmeros outros. Geralmente, para recompensar o bom desempenho de outro oficial.

Em público, ele enchia Anya de presentes e a tratava como se ela fosse uma deusa. Como resultado, os prisioneiros cuspiam nela quando passavam, mas ela sabia que, se não desse a Franzen o que ele queria, outras seriam escolhidas.

A única pessoa por quem ela via Franzen demonstrar alguma bondade era Rosa. Ele tinha se encantado pela garota no momento em que ela chegara ao campo. Anya acreditava que o afeto dele era genuíno e agradecia a Deus pelo bem de Rosa.

Claro que Anya pensara em escapar inúmeras vezes. Todas as noites, ela se deitava no colchão, constrangida e envergonhada pelo que Franzen a obrigara a fazer, e jurava que seria a última vez. E agora, já não tinha escolha. Estava grávida, deduzia, com mais de cinco meses. Anya não conseguiria esconder aquilo dele por muito mais tempo. Ele gostava do seu corpo esbelto e flexível, que estava desaparecendo rapidamente. A criança não a salvaria. Anya não seria considerada digna de dar à luz um membro da "raça superior". Ela também não fazia ideia se Franzen era o pai. Poderia ser qualquer um dentre a dezena de outros oficiais da SS por quem fora usada.

Não fazia muito tempo, ela o ouvira conversar com o comandante do campo. Eles diziam que em breve Treblinka seria apenas uma fazenda pacífica, sem nenhum sinal do que acontecera ali.

Anya passou um pouco de batom com a ajuda de seu precioso caco de espelho e viu medo nos próprios olhos. Se tentasse fugir, seus pais e sem dúvida ela mesma seriam fuzilados.

Embora, às vezes, ela se perguntasse se não seria melhor estar morta.

– Oi, Rosa! – disse Franzen, sorrindo. – O que você pintou para o tio Kurt hoje?

– Um lago – respondeu ela.

– Um lago, é? Maravilha. Traga aqui para eu dar uma olhada.

Rosa contornou a mesa em silêncio para se juntar a Franzen e lhe mostrou a obra.

Ele a inspecionou, assentindo sua aprovação.

– É muito bonito, Rosa. Assim como você. Aqui.

Ele abriu uma gaveta e tirou um saco de papel cheio de balas de alcaçuz vermelhas. Rosa foi pegar uma, mas Franzen segurou a mão dela.

– Você deve estar com fome hoje!

Rosa aquiesceu.

– Tome. Deixe o tio Kurt te alimentar – disse ele, pegando uma bala. – Abra bem a boca.

Rosa obedeceu, e Franzen enfiou o doce vermelho em sua língua.

– Está gostoso? – perguntou ele.

– Está, tio Kurt. Obrigada.

– O prazer é meu. Você é uma mocinha muito especial, com um talento muito especial. E merece as suas recompensas.

Ele abriu um sorriso largo, que Rosa retribuiu.

– Você gosta que o tio Kurt cuide de você, Rosa?

Ela assentiu com entusiasmo.

– Porque eu não posso cuidar de todo mundo, sabe? Você está sempre de barriga cheia, não é?

– É.

– E tem um cobertor bem grosso para te aquecer à noite, certo?

– Aham.

– Ninguém mais tem essas coisas, Rosa. Só você – disse ele, com um olhar atento. – Você não acha que tem sorte de contar com a proteção do tio Kurt?

Rosa assentiu mais uma vez.

– Que bom.

Franzen se levantou e foi até a única janela do escritório. Ele olhou para fora e inspecionou a área antes de fechar as cortinas.

– Você não acha que *eu* mereço uma recompensa por cuidar tão bem de você, Rosa?

– Claro, tio Kurt. Eu vou fazer mais quadros para você!

Franzen deu uma risadinha.

– Obrigado, Rosa. Eu adoro as suas pinturas. Mas a recompensa a que me refiro é um pouco diferente. Você pode me dar agora mesmo.

Rosa pareceu confusa.

– Você quer mais uma bala?

Ele pegou outro doce vermelho do saco e, desta vez, o enfiou na boca de Rosa.

Rosa tentou não engasgar. Ao olhar para o rosto dele, viu algo nos olhos de Franzen que a deixou com medo. A atitude amigável tinha desaparecido e sido substituída por algo mais sombrio.

– Você é importante para mim, Rosa. Muito importante mesmo. Eu vou continuar te protegendo. Mas você precisa aprender a fazer algo em troca por mim.

– O quê? – perguntou Rosa, com a voz um pouco trêmula.

– Uma coisa que só duas pessoas que têm um laço *muito* especial fazem – disse ele, avançando na direção dela. – Não fique com medo. Eu vou te mostrar.

Franzen foi até a porta do escritório e a trancou.

Anya soube que algo estava errado no minuto em que Rosa entrou no dormitório. O rosto dela estava branco como papel, e as mãozinhas tremiam.

– O que foi, Rosa? Conte para a Anya.

Rosa balançou a cabeça, com medo das próprias palavras. O estômago de Anya se revirou enquanto ela temia pelo pior.

– O Franzen. O que foi que ele…?

Rosa não precisou responder. Anya a abraçou, e a garotinha começou a tremer.

– Ai, minha querida, pobrezinha – disse Anya, acariciando os cabelos de Rosa.

Bastava. Nenhuma delas aguentava mais.

Depois do jantar, David ocupou seu lugar habitual na alfaiataria. Os poucos prisioneiros em posição de autoridade se reuniam ali, já que aquele era o maior e mais agradável salão do campo.

Albert assentiu para ele, e o trio começou a tocar. David se sentia grato por aquele momento, o único do dia em que a vida seguia em direção a um pouco de normalidade. As pessoas sorriam e dançavam. Ali, David podia se perder na música e se esquecer dos ossos doloridos e de como estava com fome.

Nos últimos tempos, os trens tinham parado de chegar e, junto com eles, a comida. A maioria das pessoas do campo passava fome, e os ucranianos estavam cobrando preços absurdos pelos suprimentos contrabandeados.

Como sempre, alguns alemães começaram a se aproximar e dançar. Franzen entrou no salão com Anya e se juntou aos dançarinos. David os observou valsar graciosamente com a música, como se estivessem em um dos salões de dança de Varsóvia, e não no meio do inferno. Dez minutos depois, David viu Anya pedir licença e ir até ele.

– Vocês podem tocar "Danúbio azul"? – pediu ela, depois se aproximou dele. – Preciso falar com você. Hoje à noite, depois do baile, na cabana do peleiro. Eu te espero lá – disse ela, dando um passo atrás. – Obrigada – concluiu, de maneira performática.

Anya atravessou o salão e se juntou a Franzen.

A cabana do peleiro estava um breu.

– Anya? – sussurrou David, com a voz rouca.

– Aqui.

Ele caminhou em direção à voz dela e, por fim, a viu sentada, recostada em uma das montanhas de casacos de pele.

– Por que você queria me ver, Anya?

– Porque eu e a Rosa temos que fugir e precisamos da sua ajuda.

– A Rosa está bem?

– Não, David. O interesse do Franzen na sua irmã não é inocente. Ele está obrigando ela a fazer coisas indecentes.

Um gemido profundo brotou nas entranhas de David.

– Aquele canalha! Eu vou lá agora para matá-lo com as minhas próprias mã...

– Silêncio, David! Eu tenho um plano de fuga. Também estou correndo risco. Quando ele descobrir que estou grávida, vai me dar um tiro. Agora, escute com atenção enquanto eu explico...

Quando a chamada da manhã seguinte terminou, os prisioneiros foram cuidar de suas vidas abjetas. David voltou para o dormitório com o coração martelando no peito.

Estava tudo pronto. Ele só precisava controlar o tempo certinho e, dali a duas horas, estaria saindo daquele inferno. Ele aceitou que outros prisioneiros iam sofrer com sua fuga, mas ele precisava escapar, nem que fosse para contar ao mundo a loucura que existira ali e para tentar pegar Franzen.

Como Anya prometera, David encontrou a gasolina na cabana de ferramentas – só uma lata pequena, mas suficiente para fazer o necessário. O plano era botar fogo na cerca que escondia as câmaras de gás – já que ela estava camuflada por uma montanha de galhos secos. Na confusão que se seguiria, ele planejava ir até o trem, que Anya afirmara partir naquele dia para levar as roupas descartadas de volta à "Pátria". David teria que passar bem debaixo da torre de vigia, mas torcia para que toda a atenção estivesse no fogo, do outro lado da área de triagem.

Estava na hora. Com um passo despreocupado, atravessou o caminho até as câmaras de gás e entrou no pátio, com o estojo do violino na mão, antes de mergulhar na cabana onde as mulheres se despiam. David procurou a gasolina que guardara embaixo do banco de madeira na noite anterior, junto com os três fósforos que Anya lhe dera. Aquela era a parte mais perigosa do plano. Ele tinha que chegar do outro lado do pátio, que não tinha nenhuma cobertura contra a torre de vigia.

David espiou para fora da cabana. Vendo que o caminho estava livre, disparou pelo pátio e se abrigou sob a cerca de cinco metros de altura. O mais rápido que pôde, derramou a gasolina nos galhos secos próximos, depois riscou o fósforo no chão duro de cascalho. Ele acendeu, depois apagou. David tentou de novo, mas o resultado foi o mesmo. Só restava mais um fósforo.

Por favor, mamãe. Me ajude.

Ele riscou o fósforo e, protegendo a chama com a mão, levou-a até um galho. O fogo lambeu com tamanha ferocidade que ele pulou para trás de medo.

David ouviu um grito, se virou e viu os homens da torre olhando para ele. Um segundo depois, balas retiniram ao redor de sua cabeça.

O fogo tomou conta da cerca, e os guardas desceram correndo da torre. David aproveitou aquele momento para disparar de volta até o vestiário feminino. Desembestou até o outro lado da cabana e espiou por um buraco. Lá estava o trem. David observou os ucranianos surpresos, carregando pilhas de roupas, largarem o que faziam e acatarem as ordens alemãs para ajudar a controlar o incêndio.

Quando a plataforma ficou vazia, David abriu a porta. Oito metros entre ele e o vagão. Viu Anya subir.

– David! Venha! Rápido! Se esconda! A Rosa já está aqui embaixo.

David percorreu a plataforma aos saltos, jogou o estojo do violino no vagão e pulou lá dentro. Mergulhou na enorme pilha de roupas, tentando desacelerar a respiração. Uma mãozinha tocou no seu ombro. Ele se contorceu, segurou-a e apertou-a.

Depois do que ele sempre se lembraria como uma eternidade, o trem começou a se mover. Lágrimas de alívio escorreram de seus olhos. Ele segurou a mão de Rosa com força. Ela se mexeu por entre as roupas e se aconchegou nele.

– Eu te amo, David.

– Eu também te amo, Rosa. E, um dia, vou fazer aquele homem pagar pelo que ele fez com o papai e com você, Rosa. Eu juro.

Ela adormeceu com o balanço suave do trem. David observou o rosto doce e inocente da irmã e soube que estava falando sério.

O interfone tocou, arrancando David de seu devaneio e trazendo-o de volta ao seu elegante escritório em Nova York. Ele enxugou a testa suada e os olhos.

– Sim?

– O Sr. Brett Cooper está na recepção, senhor.

– Obrigado, Pat. Sirva um café a ele e diga que vou estar com ele em cinco minutos.

– Pode deixar, senhor.

– Droga!

Pela primeira vez, David se perguntou se tinha agido bem ao esconder do filho o passado. Fizera isso com a melhor das intenções, para protegê-lo, mas, agora que o passado se infiltrava em seu próprio futuro, ameaçando transformar David, já não tinha tanta certeza de ter tomado a decisão correta.

Ele não tinha dúvidas sobre uma coisa. Estava tendo uma oportunidade de se vingar. Qualquer que fosse o preço, estava disposto a pagar.

David se recompôs o melhor que pôde e apertou o botão do interfone.

– Ok, Pat. Diga ao Brett para entrar.

Talvez, um dia, quando tudo aquilo acabasse, ele contaria a Brett. Mas aquela guerra era sua, não do filho.

A porta se abriu, e um Brett exausto e de olhos vermelhos foi até a mesa dele.

– Oi, pai. É bom te ver.

De pé com as mãos nos bolsos, Brett admirou a sala.

– Uau, este lugar é incrível. É bem mais legal que o escritório de Londres.

– É. Você vai se acostumar com tudo sendo dez vezes maior que na Inglaterra. Como foi o voo?

– Foi bom, obrigado. Eu dormi pouco, então não estou me sentindo muito bem.

David sorriu.

– Bom, não vou recomendar um dia de trabalho intenso, mas sugiro que a gente gaste uma hora repassando o plano que elaborei para você, o que vai dar até meio-dia. Depois, eu te levo para almoçar no 21 Club e te despacho para o meu apartamento, para você dormir um pouco. O que acha?

Brett deu um sorriso cansado para o pai.

– Ótimo. Estou feliz de estar aqui, pai.

– E eu, de ter você aqui.

David ficou aliviado porque o filho finalmente parecia ter aceitado a ideia de trabalhar nas Indústrias Cooper e esquecido aquele desejo bobo de ser artista. Naquele momento, ele não conseguiria lidar com isso.

O que David não sabia era que a felicidade de Brett se devia quase inteiramente ao fato de que Leah Thompson chegaria a Nova York dali a menos de três dias.

Pai e filho passaram uma hora agradável analisando o plano de trabalho de Brett. David queria que ele ficasse quatro meses no escritório de Nova York, aprendendo como funcionava o coração da empresa. Depois, ele rodaria o mundo durante um ano, visitando as instalações das Indústrias Cooper em seus vários estágios de desenvolvimento.

– Não acredito nessa coisa de começar por baixo, Brett. Todo mundo aqui sabe que um dia você vai assumir os negócios. Mas você não vai ocupar um cargo oficial pelos próximos dezoito meses, e espero que faça de tudo um pouco durante esse tempo. O mais importante é conquistar o respeito das pessoas que você vai controlar um dia. O que eu quero ver é humildade e vontade de aprender. Você está aqui para aprender com cada empregado que figura na folha de pagamento. Bom, chega de discurso! Vamos almoçar.

Depois de uma refeição agradável, eles chamaram um táxi e voltaram para o novíssimo apartamento duplex de David na Quinta Avenida, a seis quadras dos escritórios das Indústrias Cooper.

– Eu achei que esta poderia ser a sua suíte. Tem uma bela vista do parque.

Brett olhou ao redor da imponente sala de estar e depois caminhou devagar até o espaçoso quarto com banheiro de mármore.

– É ótima. Obrigado, pai.

– Pensei em arrumar um apartamento só para você. Mas eu quase nunca fico aqui, e você vai viajar em quatro meses…

– Claro, eu entendo.

David sabia que não precisava impressionar o filho, mas queria muito fazer isso.

– Ah, a Georgia, a cozinheira que mora aqui, vai estar sempre disponível para preparar alguma coisa para você.

– Perfeito, pai, de verdade.

– Certo. Eu vou te deixar dormir um pouco. Tenho um jantar de negócios hoje à noite, mas vou estar aqui amanhã de manhã. Se precisar de alguma coisa, é só apertar a campainha da governanta ao lado da cama.

David se virou para sair do quarto, mas parou e se voltou para o filho.

– Eu estou muito feliz de verdade por você estar aqui, Brett – disse ele antes de sair.

Brett afundou na cama e fechou os olhos. Embora o corpo implorasse por descanso, a mente estava alerta demais para se deixar envolver pelo sono. Ele desistiu vinte minutos depois e decidiu explorar a casa nova.

O duplex era grandioso, as salas formais de estar e jantar no andar de cima abriam-se para um terraço virado para o Central Park. A suíte de David dava direto em seu confortável escritório. O andar de baixo, onde ficava a suíte de Brett, também abrigava a enorme cozinha, outras três suítes e quartos para os empregados. Brett estava acostumado ao luxo, mas até ele precisava admitir o primor de tudo aquilo.

Ele se perguntou o que Leah ia achar, depois se conteve. Estava presumindo automaticamente que ela ia querer revê-lo.

Brett vagou de volta até o quarto e se deitou na cama mais uma vez. Dali a três dias ela ia chegar.

Com a cabeça cheia de imagens dela, ele finalmente adormeceu.

5

Nova York, agosto de 1981

– Leah, querida! Não acredito que você está aqui! – disse Jenny, abraçando a amiga com força. – Senti sua falta. Sente-se, vou pedir champanhe.

– Água mineral para mim, Jenny.

– Ah, sua chata! Você não vai se sentar no Oak Room na sua primeira noite em Nova York e brindar com água mineral! – protestou ela, rindo.

Leah teve que concordar.

– Está bem. Vou tomar uma taça.

Jenny pediu uma garrafa a um garçom que passava.

– É bom ver que você não mudou. Eu queria ter a sua disciplina! – disse ela, rindo com pesar. – Deixa eu dar uma olhada em você.

Jenny examinou a amiga e soltou um suspiro melancólico.

– Continua linda como sempre. Nem um centímetro de gordura, nem um indício de pé de galinha. Sua sortuda – comentou ela, depois revirou os olhos. – Enquanto isso, a minha idade já está começando a pesar.

Leah analisou a amiga. Embora não quisesse admitir, Jenny parecia cansada e emaciada. Os olhos dela estavam vermelhos, e era perceptível como os delicados contornos de seu rosto tinham se arredondado.

– Deixe de ser boba, Jenny. Você está como sempre – mentiu Leah com naturalidade.

Jenny balançou a cabeça.

– Eu estou horrível, Leah. Não se preocupe, eu aguento. A Madelaine me ligou hoje de manhã para dizer que, se eu não perder três quilos e começar a ser mais responsável, a empresa de cosméticos não vai renovar o contrato no mês que vem. Ela quer que eu passe uma semana fazendo um detox em um spa de Palm Springs. O problema é que lá você não pode beber nem fumar e se alimenta basicamente de comida de coelho.

– Parece uma ótima ideia.

As duas garotas encostaram as taças e brindaram ao futuro.

– Espero ter tomado a decisão certa ao me mudar para Nova York. Só tenho um mês de trabalho com a Chaval, depois volto com os freelas.

– Ah, nem venha, Leah. Você está recebendo meio milhão de dólares por vinte e poucos dias de trabalho, e o seu rosto vai circular por todo o país. As revistas e os jornais vão ficar loucos atrás de você.

Jenny pareceu um pouco triste. Ela fez uma pausa e continuou:

– Foi assim quando eu cheguei – comentou, depois esvaziou a taça. – Agora, quero saber tudo sobre a sua festa de aniversário. Me desculpe por ter perdido. Aquela porcaria de empresa se recusou a reagendar uma sessão de fotos – resmungou ela, se servindo de mais champanhe.

– Bem, foi agitada – comentou Leah, pensativa. – Eu encontrei o Brett, a minha primeira paixão, que não via há anos. Além disso, o Carlo fez um papelão e teve que ser despachado completamente bêbado de volta para o hotel.

Jenny soltou uma risadinha.

– Parece que a noite foi boa. Mas eu sempre disse para você tomar cuidado com o Carlo, Leah. O cara está louco por você. E ele acredita de verdade que te transformou em quem você é – disse ela, depois estreitou os olhos. – Acho que ele está tentando te cobrar o favor.

Leah franziu a testa.

– Como assim?

– Nos últimos quatro anos, ele se comportou como se fosse o seu dono e, agora, está indo buscar o que acredita que seja dele – explicou Jenny, erguendo uma sobrancelha. – De qualquer forma, todo o mundo da moda e a imprensa acham que vocês estão juntos há anos.

Leah ficou constrangida.

– Jenny! Por favor! Eu sou grata pelo que o Carlo fez e o considero um grande amigo, mas não me sinto nem nunca me senti... desse jeito em relação a ele. E tenho certeza que o Carlo sabe disso.

Jenny suspirou.

– Ah, querida Leah. Você pode ter crescido em vários aspectos, mas, em outros, ainda é terrivelmente ingênua. Enfim, vamos mudar de assunto. Me conte sobre essa antiga paixão da festa.

Leah encolheu os ombros.

– A gente se conheceu quando eu tinha 15 anos. Ele aprontou comigo, na verdade.

– Bom, espero que você não tenha dado conversa para ele.

Leah examinou as unhas.

– Infelizmente, eu dei. Nós dançamos juntos, e eu disse que ele podia entrar em contato comigo aqui em Nova York. Por coincidência, ele veio trabalhar aqui há uns dois dias.

– Não vai me dizer que essa virgem de 21 anos está sentindo um calorzinho aí embaixo?

Leah revirou os olhos.

– Sinceramente, Jenny. Do jeito que você fala, parece que eu sou uma relíquia. Nos últimos anos, eu nem tive tempo e…

– Você não saiu da vista do Carlo por tempo suficiente para sequer pensar em outros homens, quanto mais fazer algo a respeito – finalizou Jenny. – Você gosta desse garoto, não é?

Leah fez uma pausa, depois olhou para a amiga.

– Eu não devia. Ele fez uma coisa horrível comigo há alguns anos, mas, sim, eu gosto. Muito.

Jenny tomou outra golada de champanhe.

– Ótimo. Já está na hora de você se juntar à espécie humana. É perfeitamente natural gostar de um cara, sabe?

– Sei. Enfim, já que estamos nesse assunto, como vai o seu príncipe?

Jenny se serviu da terceira taça de Veuve Clicquot.

– Faz umas duas semanas que ele não liga. Ele está com o pai, resolvendo algum negócio familiar urgente. Tenho certeza que ele vai ligar quando chegar a Nova York.

Leah deu graças a Deus por Jenny não ter visto nenhum jornal britânico recente. O príncipe Ranu estampara quase todas as colunas de fofocas, sempre entrelaçado à filha de um rico aristocrata russo. Um colunista chegara a mencionar rumores de um possível noivado.

– Você não o ama, não é, Jenny?

A amiga ficou em silêncio, contornando a taça com o dedo.

– Na verdade, amo. Eu adoro o Ranu. Quatro anos depois, ainda sinto o mesmo que na noite em que a gente se conheceu. Se o Ranu pedisse, eu me casaria com ele amanhã e abandonaria essa correria maldita.

Jenny lançou um olhar triste para Leah.

– Eu sei. Você não precisa me dizer. Ele está de caso com aquela princesa "de la Sobrenome Impronunciável". E não é a primeira vez, posso garantir. Mas ele sempre volta correndo para mim, implorando perdão.

– E por que diabos você perdoa, Jenny?

– Por que você está disposta a perdoar esse garoto que reencontrou no seu aniversário?

Leah corou.

– *Touché.*

– Desculpe. Isso foi golpe baixo, mas ilustra a questão. Eu o amo, Leah. E ele é rico. Muito, muito rico. Ele pode ter a garota que quiser, quando quiser. Ele não precisa ser fiel, porque sempre vai ter outra mulher mais jovem e mais bonita na fila atrás de mim. Então, acho que a minha única chance de conquistar o Ranu um dia é segurar o meu lugar na fila.

– Ah, querida…

Leah não sabia o que mais dizer.

– Não se preocupe. Se você vir esse garoto de novo, vai entender.

– Mas eu não vou me apaixonar, Jenny.

– Ah, não? – disse Jenny, com os olhos brilhando. – Famosas últimas palavras, Leah Thompson.

Ela pediu outra garrafa de champanhe.

6

– Leah, é o Brett.

– Oi, Brett.

– Você parece sonolenta. Eu te acordei?

– Hum, não. Desculpe.

Leah se sentou na imensa cama king size, a cabeça ainda confusa, o coração batendo forte após ouvir a voz dele.

Ela tinha voltado do Plaza uma hora antes, depois de um almoço farto com a equipe de RP da empresa de cosméticos e uma tarde de entrevistas para a imprensa. Ainda sofrendo com o jet lag e exausta após uma noite sem dormir, ela caíra na cama e fechara os olhos.

– Eu estava me perguntando se você não quer tomar um drinque hoje à noite.

Leah viu seu rosto pálido e sua aparência desgrenhada no espelho da parede oposta. A última coisa que planejava era se arrumar e sair. Por outro lado... Ela se odiou por estar tão louca para vê-lo.

– Está bem.

– Ótimo. Eu te encontro no saguão do hotel daqui a quarenta minutos!

Leah suspirou. Quarenta minutos para se transformar. Era melhor começar logo.

Depois de tomar banho e secar os cabelos, Leah experimentou o armário inteiro, descartando uma roupa de grife atrás da outra.

– Merda! – gritou ela, frustrada.

Embora estivesse acostumada a se vestir bem, naquela noite estava agindo como uma adolescente no primeiro encontro.

Por fim, Leah se decidiu por um vestido desenhado especialmente para ela por Carlo. Depois, se sentou em frente ao espelho e prendeu o cabelo de inúmeras formas, todas horrorosas, em sua opinião. Percebendo que já estava dez minutos atrasada, desfez o coque alto e deixou os cabelos soltos sobre os ombros.

– Vai ter que servir – murmurou ela, pegando a bolsa e indo até o elevador.

Brett estava de pé no salão, nervoso, verificando o relógio, quando as portas do elevador se abriram e Leah surgiu. Quando ela saiu, ele notou que todos os homens se viraram para admirá-la. Brett sentiu uma onda de orgulho quando uma das mulheres mais bonitas do mundo o viu e atravessou o salão.

Ele achou que Leah estava ainda mais linda naquela noite do que no aniversário. Havia um brilho nela e, com os longos cabelos caindo naturalmente sobre os ombros, ele lembrou da primeira vez em que a vira, com a silhueta recortada pelo sol da manhã, em seu quarto de Yorkshire. Claro que a beleza dela tinha amadurecido, com o acréscimo das roupas de grife e o polimento das passarelas nos últimos anos. Brett se sentiu um colegial ao beijá-la casualmente nas duas bochechas.

– Oi.

– Oi – respondeu Brett, quase se sentindo corar. – Vamos ali para o bar?

Enquanto eles caminhavam até o Oak Room, ambos tentavam, desesperadamente, pensar em algo para dizer. Como nada surgiu, ficaram em silêncio.

Brett quebrou o gelo.

– O que você quer beber?

– Água mineral, por favor.

– Você não bebe?

– Raramente.

– Caramba. Impressionante!

Brett pediu uma água e uma cerveja, pensando em como ela estava tranquila e serena. Isso era compreensível, depois do que ele tinha feito tantos anos antes.

– Como foi o seu voo? – perguntaram os dois ao mesmo tempo.

A risada que se seguiu os ajudou a relaxar.

– O meu foi bom – respondeu Leah.

– O meu também. Mas ainda estou sofrendo com o jet lag.

– Meu Deus, eu também – disse Leah. – Fiquei acordada a noite toda. Passei a maior parte do tempo olhando pela janela do hotel. Esta cidade nunca dorme.

– Nem me fale. Eu vivo com vontade de tomar banho. A fuligem e a poeira parecem piores aqui do que em Londres – comentou Brett, depois pegou a cerveja. – Bom, saúde. É maravilhoso te ver de novo.

– Obrigada.

– Mal dá para acreditar que nós dois estejamos em Nova York ao mesmo tempo.

– Eu sei – disse Leah, resistindo à tentação de pensar que era o destino. – Conte o que você tem feito nos últimos anos.

Brett fez um resumo para ela. Falou de Cambridge e dos amigos com um carinho evidente. Ele obviamente não tinha passado seu tempo lá com saudades dela, pensou Leah de maneira irracional.

– E agora estou aqui em Nova York para aprender como meu pai administra a empresa – concluiu Brett. – E você? Perto da sua, a minha vida é extremamente monótona. Mal pude acreditar quando vi o seu rosto me encarando na capa da *Vogue*! Quero saber de tudo, Leah.

Claro que a evolução da carreira de Leah fora mais bem documentada pela mídia do que a do primeiro-ministro. O que Brett realmente quis dizer foi: *Me fale do Carlo*.

– Vou começar do início, Brett. Talvez isso seja chocante, mas foi *você* o responsável por eu ter sido descoberta.

Ele pareceu perplexo.

– Como assim?

– A Rose pegou o desenho que você fez de mim nas charnecas e pendurou na galeria na primeira exposição dela. Steve Levitt, o fotógrafo, viu, e aqui estou – contou ela, sorrindo.

Brett estava boquiaberto.

– Caramba! Onde foi que a Rose achou isso? Ela ainda tem o desenho?

Leah balançou a cabeça.

– Não. Esse é o mistério. Ele desapareceu alguns dias depois da exposição. E não foi visto desde então. Você ainda pinta, Brett?

– A resposta simples é: não. Amadureci um pouco. O mundo não é feito de sonhos bobos e infantis – respondeu ele, com um sorriso triste.

– Os seus sonhos não eram nada bobos. Você tinha talento de verdade, Brett. E acho que devia usá-lo, nem que seja só como hobby. Você obviamente herdou o dom da Rose.

– Talvez, mas os nossos estilos não poderiam ser mais diferentes. Ela se saiu muito bem nos últimos anos. Aliás, escrevi para ela dando os parabéns pela última exposição. Achei magnífica.

– Você devia ver a fazenda hoje em dia. Você nem ia reconhecer. Ela está mobiliada com todos os confortos modernos e sofás Laura Ashley.

Leah respirou fundo. Ela precisava saber.

– E a Chloe espichou muito desde a última vez que a vi.

– Chloe? – perguntou Brett, com uma expressão vazia.

– A filha da Miranda.

Brett sentiu o estômago dar um nó ao ouvir o nome dela.

– Meu Deus. Ela já está casada?

– Não. E ela nunca disse quem é o pai da menina. A Chloe está com 4 anos. A Miranda contou para a Rose que estava grávida logo depois que você saiu de Yorkshire.

Leah tomou um gole de água para ter algo em que se concentrar.

Brett sentiu um calafrio. Estava na hora.

– Olhe, Leah, sobre a Miranda… Você me deixa explicar?

– Se você quiser. Mas é bem óbvio. A Chloe é sua filha, não é?

Leah viu Brett ficar branco.

– Não se preocupe, eu sou a única que sei.

– Não! Meu Deus, não. Isso é absolutamente impossível. De jeito nenhum.

Brett não poderia ser mais enfático.

– Mas a Miranda disse naquela noite que vocês dois… ah, Brett, por favor, não minta para mim. A culpa estava estampada na sua cara.

Ele ergueu as mãos.

– Leah, eu juro que não existe a menor possibilidade de a Chloe ser minha filha. A Miranda e eu… ai, meu Deus… bom, a gente se beijou, se abraçou e outras coisas, mas não… você sabe.

– Então, por que a Miranda me disse que vocês fizeram isso? E por que ela se recusa a contar quem é o pai?

– A resposta da primeira pergunta é simples. A Miranda queria vingança. Da segunda, eu sinceramente não sei.

– Bom – disse Leah, suspirando. – Infelizmente, o segredo da Miranda em relação ao pai da Chloe confirmou a sua culpa na minha mente. Achei que a Miranda tinha feito isso porque você era o pai e ela estava morrendo de medo de contar para a Rose.

Brett passou a mão pelos cabelos.

– Olhe, Leah. Eu não posso provar, mas juro que não sou culpado desse crime. Eu fui idiota e egoísta, sim, mas paguei o preço quando te perdi. Entendo o que você deve estar sentindo, e acho que é justo – disse ele, lançando a ela um olhar de súplica. – Mas me dê uma chance de provar que eu realmente sou um cara decente hoje em dia?

De repente, Leah se sentiu muito cansada.

– Desculpe, Brett, mas estou exausta. Tenho um dia pesado amanhã e preciso dormir.

Brett suspirou.

– Claro.

Ela não o havia perdoado. Ele insistiu:

– Mas eu posso te ligar de novo?

Leah pensou por um instante.

– Pode. Mas eu vou estar bem ocupada na semana que vem, e a Jenny e eu vamos procurar apartamento no fim de semana.

– Você me passaria o seu novo endereço e telefone? – pediu Brett, tirando um cartão da carteira e entregando a ela. – Se eu não estiver disponível, deixe uma mensagem com a Pat, a assistente pessoal do meu pai.

– Está bem – disse Leah, se levantando. – Obrigada pela bebida.

Ele a acompanhou até o elevador.

– Você não vai se esquecer de me ligar com o seu número, não é?

– Não – disse ela, e as portas do elevador se abriram. – Boa noite, Brett. Ela deu dois beijinhos nas bochechas dele e entrou.

– Boa noite, Leah.

As portas se fecharam, e ela se foi.

Brett perambulou até o lado de fora e chamou um táxi amarelo que passava. Consultou o relógio. Nove e meia. Lá se ia o sonho de arrebatá-la até o quarto de hotel e fazer amor apaixonadamente até o amanhecer. Ele suspirou. Não havia ninguém a culpar a não ser ele mesmo. Leah tinha todas as cartas na mão, e ele teria que aguardar, na agonia da expectativa, para ver se ela ia ligar.

7

Miranda se espreguiçou com prazer, abriu os olhos e encarou o teto espelhado acima dela. Gostou do que viu. Seu corpo nu estava parcialmente escondido pelos lençóis de cetim branco, e seus cabelos louros, espalhados no travesseiro.

Ela se sentou e olhou ao redor do quarto confortável. Sua nova casa. Todo aquele luxo, uma conta bancária com o valor que ela poderia sonhar em gastar e um armário recheado de roupas de grife. Miranda sorriu e abraçou os joelhos. Tudo que sempre desejara se tornara dela em questão de dias. E tinha sido tão fácil.

Um sexo rápido e indolor em troca daquilo tudo.

Ela e Santos tinham voado para Nice e viajado até o porto de Saint-Tropez no sábado de manhã para começar um cruzeiro de fim de semana ao longo do Mediterrâneo. Ele tinha sido tão doce com ela enquanto estavam no barco, apresentando-a a seus vários sócios, a maioria dos quais trabalhava para ele.

Miranda nunca vira tanto luxo na vida. Imaginava que um iate era uma pequena embarcação com algumas cabines apertadas sob o convés, mas aquilo... Ora, era como estar em um transatlântico. O barco tinha três andares de suntuosas suítes para quinze convidados, uma magnífica sala de estar envidraçada, uma sala de jantar formal e cinco enormes terraços descobertos.

Durante os dois dias em que estivera a bordo, Santos a enchera de presentes e carinho, deixando claro para os convidados do sexo masculino que ela era sua. E, diante disso, eles a tinham tratado com respeito e deferência, como se ela fosse a anfitriã.

Miranda se esforçara para extrair informações sobre Santos dos amigos dele, mas só conseguira determinar que ele vivia em algum lugar da América do Sul, tinha mais de 60 anos e era incrivelmente rico... Tudo que ela já sabia.

Tarde da noite, quando ele a visitara em sua cabine, Miranda fechara os olhos e imaginara seu colar de diamantes, suas belas roupas e o luxuoso jatinho particular, emitindo, de vez em quando, o que esperava serem gemidos realistas de prazer feminino. Depois, Santos a beijara, vestira seu robe de seda e voltara para a própria cabine.

Na noite de domingo, o iate retornara devagar para Saint-Tropez, e os convidados começaram a desembarcar e entrar nas limusines que os aguardavam. Melancólica, Miranda os observou de um dos terraços superiores, aceitando que o retorno a Yorkshire e à normalidade estavam próximos. Até que Santos se aproximou e lhe entregou uma chave.

– A limusine que vai te levar para o aeroporto está esperando.

– Você não vai comigo?

– Não posso. Preciso ir para casa. Esta chave abre a porta de um apartamento em Londres. O motorista que te pegar no aeroporto vai te levar até lá. Eu te ligo mais tarde – disse ele, beijando-a. – Tchau, minha doce mulher.

Após pousar em Londres, Miranda passou rapidamente pela alfândega e foi até o Rolls-Royce que a aguardava. O carro a conduziu pelas ruas de Londres, que escureciam ao cair da noite, e parou em frente a uma construção suntuosa de estuque branco com vista para um parque.

– Por favor, me siga, madame – disse o motorista, formalmente.

Ele guiou Miranda por um grande saguão e os dois subiram até o terceiro andar em um pequeno elevador. Após uma curta caminhada ao longo de um corredor luxuosamente acarpetado, ele abriu a porta de um apartamento de um quarto decorado com muito bom gosto.

O motorista levou as malas para dentro e tocou no chapéu.

– Se a senhora precisar de mim, o meu número está na lista ao lado do telefone. Boa noite, madame.

Miranda teve a nítida sensação de que o motorista já tinha feito aquilo tudo antes. Por isso, passou a hora seguinte vasculhando o apartamento em busca de sinais de ocupantes femininas anteriores ou do próprio Santos. Não encontrou nada em nenhuma das gavetas perfumadas nem atrás do encosto do luxuoso sofá de seda desbotada. O que ela viu foi um envelope ao lado do telefone, com seu nome escrito. Lá dentro, havia 2 mil libras em espécie, além da garantia de que receberia dois cartões de crédito em seu nome, ambos debitados na conta do Sr. F. Santos. Isso, além de uma conta bancária aberta para ela, com a quantia de 10 mil libras, valor que seria acrescido de mais 5 mil no último dia de cada mês.

Miranda ficou ali sentada, em estado de choque. Aquilo era melhor do que ela tinha sonhado. Ela estava rica.

Às nove da noite, o belo telefone tocou alto no silencioso apartamento. Ela atendeu.

– Alô?

– Alô, Miranda? – cantarolou Santos. – Está tudo do seu agrado?

– Claro, querido. Está tudo maravilhoso – respondeu ela.

– Que bom.

Fez-se uma pausa, e a má qualidade da chamada denunciou a distância entre eles.

– Espero que você entenda que todas essas coisas vêm com certas condições. Não quero que você saia do apartamento em nenhum momento sem chamar o Roger, o motorista, para te acompanhar até o Rolls-Royce. E sem convidados. Homens são proibidos no apartamento, exceto o Ian, que você conheceu no Savoy. Ele vai te visitar de vez em quando e, se você tiver qualquer problema, pode entrar em contato com ele. Eu vou ligar todas as noites às nove, para ter certeza que você está bem e feliz. A Camila, governanta, mora no apartamento abaixo do seu. Ela vai preparar todas as suas refeições e cuidar das tarefas domésticas.

Miranda não sabia ao certo como responder.

– Claro, meu amor – foi tudo que conseguiu dizer.

– Ótimo. Uma última coisa. Sempre mantenha uma mala feita, porque eu posso te ligar a qualquer momento e pedir para você se juntar a mim no exterior – exigiu ele e, em seguida, mudou o tom de voz. – Sob nenhuma circunstância tente entrar em contato comigo.

O que se seguiu foi uma pausa desconfortável. Ele prosseguiu:

– Bom, eu espero que essas regrinhas não te impeçam de aproveitar a sua nova casa. Tem champanhe na geladeira. Faça um brinde a nós dois. Tchau, Miranda.

Miranda ouviu um clique e pôs o fone no gancho. Ela afundou no sofá e tentou assimilar o que Santos dissera.

Todo aquele luxo vinha com um preço muito mais alto do que pensara a princípio. Após um instante, a verdade nua e crua ficou bem clara. Santos havia acabado de comprá-la, de pagar por ela. Miranda pertencia a ele e, portanto, ele tinha o direito de ditar como ela viveria.

Ela era uma amante.

– Amante.

Miranda pronunciou a palavra para ver como soava na própria língua enquanto encarava os espelhos do teto.

Depois de quatro dias sozinha, o silêncio do apartamento já parecia ensurdecedor. Ela estava acostumada aos ruídos matinais da Sra. Thompson se movimentando pela cozinha, ao canto alto de Rose ao pintar e à vozinha doce e aguda da filha, Chloe.

De repente, ficou louca de saudades de casa. Miranda pegou o telefone ao lado da cama e discou.

O telefone tocou, e Rose correu para atender.

– Alô? – disse ela, a voz rouca pela falta de sono.

– Rose, sou eu.

Rose sufocou um soluço.

– Miranda! Graças a Deus. Você está bem?

– Nunca estive melhor – cantou a voz no fone.

Rose teve vontade de estrangular a filha. Tinha passado os últimos quatro dias alucinada de preocupação.

– Onde você está, Miranda? Eu fiquei muito preocupada. Você devia ter ligado. A gente achava que você ia chegar dias atrás e...

– Pelo amor de Deus, Rose, eu tenho 21 anos e sei tomar conta de mim. Estou em Londres e perfeitamente bem.

– Você pode ter 21 anos, mocinha, mas ainda é minha filha e...

– Está bem. Desculpe, Rose.

Rose respirou fundo.

– Está bem. Em qual trem você está vindo? Eu te pego em Leeds.

– Na verdade, eu não vou voltar para Yorkshire por enquanto.

– E por que não, Miranda?

– Porque eu conheci algumas pessoas aqui e decidi ficar um pouco mais. Você cuida da Chloe por um tempo?

Rose mordeu o lábio.

– É claro, mas... onde você está hospedada? Quem são essas pessoas? Você tem dinheiro suficiente...?

A atenção de Rose foi atraída por uma mãozinha rechonchuda abrindo a porta da sala de estar.

– Mamãe? Cadê a mamãe?

O rostinho angelical, uma réplica do de Miranda naquela idade, franziu a testa.

– Vem aqui com a vovó, querida.

Rose estendeu os braços, e Chloe foi até ela.

– Tem alguém querendo falar com você, Miranda. Chloe, diga oi para a mamãe.

– Oi, mamãe. Você pode voltar para casa?

– Oi, Chloe, querida. Não se preocupe, a mamãe vai voltar logo.

Rose acomodou a neta no colo.

– Ela está com muita saudade de você, Miranda. Ela pergunta todo dia onde você está.

– Ah, sim, bom… Eu tenho que ir, agora. Ligo de novo em breve. Dê um beijo na Chloe por mim. E não se preocupe, Rose. Eu vou ficar bem, sério. Tchau.

A linha foi desconectada. Rose devolveu o fone ao gancho devagar e observou a linda menininha chupando o dedo, satisfeita, em seu colo.

– Quando é que a mamãe vai voltar para casa, vovó?

Aquele rostinho a encarou com tanta confiança e inocência nos grandes olhos azuis que os de Rose se encheram de lágrimas, e ela abraçou a neta com força.

– Eu não sei, meu amor. Eu realmente não sei.

8

Jenny se jogou no confortável sofá creme e afastou os cabelos da testa suada.

– Nunca mais – declarou, balançando a cabeça.

– Você está certíssima – disse Leah, desabando em uma poltrona do outro lado da sala. – Eu nunca mais vou te ajudar a mudar as suas coisas de apartamento. Sério, Jenny, você só está aqui há nove meses. Não dá para acreditar na quantidade de lixo que você acumulou!

Ela sorriu.

– Desculpe. Mas vai valer a pena, não vai? – perguntou ela, olhando, orgulhosa, para o novo apartamento.

As duas tinham passado o fim de semana anterior procurando uma casa para alugar, até que, finalmente, tinham encontrado um novo lar. Não era tão grande quanto alguns lofts que elas tinham visto no Soho, mas ambas achavam o excesso de espaço intimidante, acostumadas às suas residências inglesas menores.

O apartamento ficava no 12º andar de um luxuoso arranha-céu na East 70th Street. No instante em que passaram pela porta, as duas souberam que aquele seria o escolhido. Ele ostentava uma grande sala de estar, com portas que davam em uma varanda virada para a fervilhante rua abaixo. Ao longo do corredor, havia uma pequena e funcional cozinha com sala de jantar, duas suítes amplas, um quarto de hóspedes e um banheiro. O lugar tinha sido decorado com muito bom gosto, em suaves gradações de bege e creme, e o piso de madeira rústica era coberto por tapetes em tons pastel. Consequentemente, o aluguel era tão impressionante quanto o apartamento, mas, como a empresa de cosméticos de Leah estava pagando, isso não era um problema.

– Adorei este lugar. É tão aconchegante – comentou Leah. – Café, Jenny?

– Para mim, algo mais forte. Acho que eu mereço. Devo ter perdido uns dois quilos hoje carregando todas aquelas caixas.

– Está bem. Você pode tomar uma dose de vodca com muito gelo.

As duas garotas atravessaram o corredor e foram até a cozinha. Leah começou a vasculhar as caixas atrás de um pote de café.

– É um ótimo lugar para uma festa. Acho que a gente devia fazer um *open house* no fim de semana que vem. Posso te apresentar algumas pessoas da cidade – disse Jenny, se debruçando no abarrotado balcão da cozinha.

– Ótimo. Pode ser no sábado à noite? Assim eu vou ter 24 horas para me recuperar do México.

Leah tinha uma sessão de fotos na segunda-feira e só voltaria na noite da sexta seguinte.

– Deixe comigo. Não tenho absolutamente nada marcado na semana que vem. Pode me considerar a chefe do Comitê de Planejamento da Festa!

Leah suspirou ao tirar o café do fundo de uma caixa. Jenny dizia que não tinha "nada marcado" desde que Leah chegara a Nova York. Para uma modelo de elite, aquilo era bem incomum.

Madelaine tinha ligado para Leah no meio da semana e compartilhado algumas palavras preocupantes.

– Fico feliz que você vá morar com ela, Leah. A Jenny precisa de alguém para manter ela nos trilhos. Imagino que você já tenha notado o problema dela com o álcool, certo?

– Bom, Madelaine. Eu notei que a Jenny gosta de um drinque, mas…

– No mês passado, ela apareceu em duas sessões de fotos completamente chapada e bêbada. Ela ganhou peso, e a pele dela está parecendo concreto. A notícia está se espalhando. Eu falei para a Jenny que a empresa de cosméticos está pensando seriamente em cancelar o contrato se ela não andar na linha. E estou tendo dificuldade de encontrar alguma coisa para ela fazer enquanto a nova campanha não começa. Ela tem uns dois meses para resolver isso. Ajude a Jenny, Leah. Sei que vocês duas são próximas.

– Vou fazer tudo que puder, Madelaine. Tenho certeza que ela vai ficar bem. Ela ainda é uma das melhores modelos do mercado.

– Pode até ser, mas tem milhares de garotas lindas por aí prontas para pegar o lugar dela. Essa é a última chance da Jenny. Diga isso a ela por mim.

Leah tivera poucas chances de dizer alguma coisa a Jenny na semana anterior. Ela cumprira uma exaustiva agenda de ensaios fotográficos e entrevistas, além do grandioso lançamento da campanha para a Chaval na noite anterior. Agora, só tinha 24 horas antes de voar para o México. Certamente não era a pessoa certa para bancar a babá naquele momento. Mas, naquela noite, ia conversar com Jenny.

– Pronto – disse Leah, colocando a vodca na mesa da cozinha e se sentando em frente a Jenny.

– Saúde. À nossa nova casa.

Leah se retraiu ao ver Jenny entornar o copo de uma só vez.

– Humm. Bem melhor agora. Você quer pedir comida chinesa? Estou morrendo de fome.

– Está bem.

– Eu vou lá na loja da esquina comprar algumas garrafas de vinho. Vamos curtir uma noite aconchegante em casa.

Uma hora depois, elas estavam sentadas na varanda, comendo e vendo o sol se pôr sobre Nova York. Jenny tinha encomendado um banquete de comida chinesa, que elas agora acompanhavam com vinho branco. Enquanto Leah consumira metade da taça, Jenny já estava na terceira.

– Você sabe que esta é a última comida chinesa que vai comer por um bom tempo, não é, Jenny?

Jenny estava lambendo os dedos.

– Como assim?

– Eu falei com a Madelaine na semana passada. Ela está muito preocupada com você.

– Você quer dizer que ela é uma bruxa mandona e enxerida que adora meter o nariz na vida dos outros.

– Sério, Jenny. Você sabe que isso não é verdade. Você adorava a Madelaine. Ela realmente se preocupa com a gente, só isso.

– É, no que diz respeito à conta bancária dela – rebateu Jenny.

– Ela é uma mulher de negócios. E o negócio dela é vender a gente. Quando um dos "produtos" dela dá defeito, ela...

– Produtos! – explodiu Jenny. – Você disse tudo. É isso mesmo, Leah. Nós não somos humanas. Somos só Barbies que falam e andam, sem uma única célula cinzenta na cabeça!

– Desculpe, Jenny. Não foi isso que eu quis dizer.

Leah olhou para o rosto raivoso da amiga, desejando saber como abordar o assunto com mais tato.

– O fato é que a Madelaine acha que você pode perder o contrato com a empresa de cosméticos.

Jenny olhou para os pés.

– Eu sei. Eu te falei isso.

– Você não quer que isso aconteça, não é?

– Claro que não!

– Então vale a pena sacrificar alguns drinques, parar de fumar esses baseados e encarar umas aulas de ginástica, não é?

Jenny fitou o crepúsculo, depois deu de ombros.

– Para você é fácil falar, Leah. Você não gosta de álcool, nunca usou drogas e pode comer batata frita o dia inteiro que não engorda um grama. Eu não sou assim. Eu nasci para o excesso.

Jenny tomou o resto da taça e prosseguiu:

– Ah, qual é o sentido disso? É um círculo vicioso. Eu fico deprimida porque sei que estou acima do peso e bebendo demais. E aí, o que eu faço para me sentir melhor? Como mais, bebo mais e me drogo mais. É inútil!

Jenny começou a chorar, se levantou da mesa e correu para a sala de estar, derrubando a taça mal tocada por Leah e espalhando vinho na varanda.

Leah a seguiu e se sentou ao lado de Jenny no sofá. Gentilmente, pôs um braço em volta dos ombros da amiga.

– Não chore, querida. Eu sinto muito ter te chateado.

– Não sinta. Sei que você só está tentando ajudar. E aquele canalha do Ranu! Ele não me liga há semanas – disse ela, liberando uma nova torrente de lágrimas. – Ah, Leah, eu estou tão arrasada! Há dois anos, tudo parecia incrível. Agora, estou completamente arruinada e não sei nem como começar a me consertar.

Leah segurou os ombros da amiga.

– Jen, me escute. Você tem 23 anos. A maioria das garotas está só começando a vida nessa idade. E você já está falando como se a sua tivesse acabado. Você não percebe a sorte que tem? – perguntou Leah, com um sorriso empático. – Essa pressão toda te afetou, foi só isso. Você é forte, Jenny. Você consegue, sei que consegue.

– Eu não sei se consigo – disse Jenny, fungando baixinho.

– Bom, eu sei. Lembra como você cuidou de mim quando eu comecei? Se não fosse por você, só Deus sabe onde eu teria ido parar. Agora é a minha vez de fazer o mesmo por você. A Madelaine está disposta a pagar para você passar uma semana em um centro de desintoxicação de Palm Springs. Se eu fosse você, aceitava a oferta dela.

Jenny ficou em silêncio por um instante.

– Você está certa. Devo isso a mim mesma – disse ela, afinal, cheia de coragem. – Eu vou acabar morta se continuar assim – concluiu, depois olhou para Leah. – Meu Deus, como você cresceu. Como foi que conseguiu ficar tão sensata?

– Deve ser o sangue de Yorkshire – brincou Leah e abraçou a amiga. – Agora, por que não liga para a Madelaine e diz a ela que vai para Palm Springs?

– Está bem.

Jenny se levantou, pegou a garrafa de vinho da varanda e despejou seu conteúdo em um vaso de planta ao lado do sofá.

– À minha nova versão.

– À sua nova versão – disse Leah, com um sorriso.

9

Exatamente uma semana depois, o apartamento vibrava com o pulsar da música, e havia gente amontoada de uma parede à outra.

Jenny bebericava um copo de Coca-Cola e sorria para seu príncipe árabe com os olhos cheios de amor. Leah ficara aliviada quando Jenny ligara para ela no México na quinta-feira para contar que Ranu estava na cidade. Aquele era exatamente o incentivo de que sua melhor amiga precisava. Ele tinha até oferecido o jatinho particular para levá-la a Palm Springs na segunda de manhã.

Leah estava de pé no meio de um bando de gente que não conhecia, a maioria modelos, fotógrafos, artistas e estilistas: a nata dos descolados de Nova York.

No entanto, todos sabiam quem ela era. E faziam a mesma série de perguntas: como estava o Carlo? Ela ia mesmo ganhar meio milhão pelo contrato com a Chaval? Quanto tempo ficaria em Nova York?

Leah soltou um suspiro. Talvez fosse só cansaço, mas não estava no clima para conversa fiada. Perambulou pela sala de estar e foi até o banheiro da própria suíte, querendo ter um pouco de espaço e um pouco de silêncio. Leah fechou a porta e encarou seu reflexo no espelho.

– O rosto mais valioso do mundo.

Aquela tinha sido uma das manchetes da semana anterior, quando a imprensa soubera quanto ela ia ganhar pelo contrato com a Chaval.

Muitas vezes, ela não conseguia conciliar o próprio rosto com a pessoa que era por dentro. O primeiro era famoso no mundo inteiro, já a segunda, bom, ninguém nem olhava para ela. Ninguém se interessava.

Leah apoiou o rosto nas mãos. Pensou em como seria lindo ter um dia de anonimato, encontrar alguém que não tivesse ideia de quem ela fosse e que a tratasse desse jeito.

Ela escovou os cabelos e se perguntou se Brett ia aparecer naquela noite.

Após oscilar entre o sim e o não a semana inteira, ela decidira dar a ele o benefício da dúvida. Conforme fora instruída, Leah deixara uma mensagem com Pat, nas Indústrias Cooper, dando os detalhes da festa e o endereço.

Ela se tocou que estava se esquivando dos seus deveres de anfitriã. Com alguma relutância, saiu do banheiro, abriu a porta do quarto para o corredor e, imediatamente, trombou com um homem mais velho, alto e de cabelos escuros.

– Desculpe – murmurou ela.

– Ah, não se preocupe. Na verdade, eu estava à sua procura.

– Estava? – respondeu ela, cansada e sem ânimo.

– Estava. Meu nome é Anthony van Schiele.

Se era para significar algo para Leah, não significou nada.

– Oi.

– Acredito que você esteja trabalhando para mim.

– Estou? – perguntou Leah, sem entender.

Ele sorria para ela com um brilho nos olhos.

– Está. Eu sou o dono da Cosméticos Chaval... entre outras coisas.

– Ai, meu Deus. Desculpe. Eu não fazia ideia – disse Leah, claramente constrangida.

– Não tem problema. A maioria das pessoas que trabalha para mim também não faz ideia. Comprei a empresa faz só alguns meses, e não existe nada pior do que um novo dono mandão para estragar tudo.

Leah gostou da atitude tranquila dele, uma commodity aparentemente rara em Nova York.

– Bom, muito prazer, Sr. Van Schiele.

– O prazer é meu. Eu estava me perguntando se poderia te levar para jantar, para comemorar a nossa parceria.

Leah não estava em condições de recusar.

– Claro.

– Maravilha. Eu te pego aqui às oito, na quarta-feira, que tal?

Leah assentiu.

– Perfeito. Eu tenho que ir agora, mas aguardo ansioso o nosso jantar. Tchau, Srta. Thompson.

Ele fez uma mesura formal e foi até a porta. Quando a abriu, Brett entrou e caminhou até Leah.

– Oi, Leah – disse ele, beijando-a nas bochechas e lhe oferecendo a garrafa de champanhe que estava segurando. – Feliz casa nova.

– Obrigada, Brett. Entre, vou pegar uma bebida para você. Cerveja?

– Ótimo. Que festão! Você conhece essa gente toda? – murmurou Brett, perplexo.

– Não – respondeu Leah, com uma risadinha. – Mas, infelizmente, todos parecem me conhecer.

– Você é bem famosa. Até o meu pai ficou com inveja quando contei que estava indo para a festa da Leah Thompson.

– Já que você está aqui e trouxe uma garrafa de champanhe, vou abrir uma exceção e tomar uma taça. Vamos fazer um brinde aos britânicos.

Leah soltou um gritinho quando a rolha voou com um estrondo. De repente, ela se sentiu nos ares e estranhamente sedutora.

– Aos britânicos! – disse ela, erguendo a taça.

– Sim, a nós – respondeu ele.

Eles foram até a sala de estar, onde "Satisfaction" ressoava pelo aparelho de som hi-fi. Brett pegou o braço dela.

– Vamos dançar. Adoro essa música!

Eles se juntaram à massa humana que gritava e batia os pés na pista de dança improvisada no centro da sala. Quando a música acabou, Brett a pegou no colo e a girou nos braços.

– Meu Deus, como estou feliz – disse ele, colocando-a no chão.

– Eu também – disse Leah, abrindo um sorriso radiante.

E ela estava sendo sincera. Era como se tivesse ganhado vida no instante em que Brett entrara no apartamento. Seus sentidos estavam aguçados, e o mundo de repente parecia ser um lugar extremamente encantador.

Uma música de Lionel Richie seguiu a dos Rolling Stones, desacelerando o ritmo. Brett envolveu Leah em seus braços, e ela se aninhou neles, satisfeita.

O par foi interrompido por Jenny.

– Querida, eu e o Ranu vamos para a casa dele. Você vai ficar bem sozinha?

Leah se virou, irritada por ter sido incomodada.

– Claro. Jenny, este aqui é o Brett.

Os dois se cumprimentaram com um aperto de mãos.

– E este é o Ranu, Brett.

– Oi, Brett, tudo bem? – disse Ranu, depois se virou para Jenny. – A gente já se conhece. Ele estava seis anos atrás de mim na Eton.

Brett anuiu.

– É. Eu fui ajudante do Ranu por um semestre. Ele era um homem difícil de agradar.

Embora estivesse brincando, Leah notou uma antipatia óbvia nos olhos de Brett.

– Vamos combinar de sair para jantar quando eu voltar de Palm Springs – sugeriu Jenny. – Tchau, Brett. Tchau, Leah. Volto amanhã em algum momento – disse ela, dando uma piscadela para a amiga enquanto Ranu a conduzia para fora da sala de estar.

Brett balançou a cabeça.

– A Jenny está seriamente envolvida com o Ranu? Ele não passa de um imbecil de primeira linha com o bolso cheio de dinheiro. Ninguém gostava dele na Eton.

– Infelizmente, sim – confirmou Leah. – Mas não se preocupe, a Jenny sabe cuidar de si – acrescentou ela, com uma convicção que não sentia.

Durante o resto da noite, Leah fez o papel de anfitriã, verificando as bebidas das pessoas e sendo arrastada de grupo em grupo, onde era apresentada à elite do mundo da moda nova-iorquino. Brett ficou ao seu lado, parecendo entediado. Era quase impossível passar dois minutos a sós com ela.

Mas, em algum momento, o último dos festeiros inveterados saiu do apartamento, deixando Leah e Brett de pé no meio daquela devastação total.

– Meu Deus – resmungou Leah, examinando as garrafas, os copos e os cinzeiros entupidos espalhados com alegre abandono pela sala de estar.

Ela desabou no sofá.

– Não tenho energia para isso.

– Venha, eu te ajudo. Não vai levar nem um minuto depois que a gente começar – disse ele, pondo-a de pé. – Você vai ter que encarar isso amanhã se não fizer nada agora.

Durante uma hora, os dois trabalharam muito para devolver o apartamento ao seu estado original. O sol estava nascendo quando Leah se jogou de volta no sofá.

– Café? – ofereceu Brett.

– Hum. Sim, por favor – respondeu ela, fechando os olhos.

Brett preparou duas xícaras fumegantes e se sentou no chão em frente a Leah.

– Vamos lá, dorminhoca. Você já está bem grandinha para ser carregada até o quarto. Beba isso. Eu vou acender a lareira. Está frio aqui.

Leah forçou os olhos a se abrirem e observou Brett acender a ornamentada lareira a gás. Um tremor percorreu seu corpo quando ela percebeu que eles estavam sozinhos pela primeira vez após muito tempo.

Ela bebeu o café devagar.

– Eu amo o amanhecer em Nova York. Vi algumas vezes na semana passada. Por alguma razão, não tenho conseguido dormir – refletiu Brett, enquanto o fogo ganhava vida.

Ele se sentou no imenso tapete de pele de carneiro que Leah tinha comprado naquela manhã e olhou para o horizonte pelas janelas da varanda.

Eles beberam o café em silêncio, uma certa ansiedade impedindo toda e qualquer conversa.

Leah pôs a xícara vazia no chão. Quando tentou levar a mão de volta, Brett a segurou com força. Ele a olhou fixamente nos olhos, aproximou o rosto do dela e a beijou.

Os lábios dela se abriram de bom grado para ele, e os braços dele a envolveram.

Cada terminação nervosa do corpo de Leah formigava de êxtase. Ela arquejou quando a boca dele desceu por seu pescoço e ele a puxou gentilmente para o tapete de pele de carneiro. Brett se debruçou sobre ela e permitiu que sua mão pairasse sobre os botões da blusa preta que ela usava.

– Posso? – perguntou ele.

Leah assentiu timidamente, e Brett desabotoou cada um dos botões de pérola com reverência, até que a blusa caiu.

– Leah, você é muito, muito linda.

Ela ficou deitada ali, de olhos fechados, se deliciando com cada sensação que a permeava, mas também sabendo que precisava tomar uma decisão. Leah tinha guardado sua inocência por tanto tempo que ela tinha se tornado sagrada.

De repente, ela entendeu por quê. Estava esperando por ele.

Brett deve ter lido seus pensamentos, porque parou de beijá-la e a encarou.

– Eu quero muito fazer amor com você.

Ele disse isso com delicadeza, e Leah viu a sinceridade nos olhos dele.

Ela assentiu, tentada, por um segundo, a contar que ele seria o primeiro, mas envergonhada demais para pronunciar as palavras.

Parecia natural eles se unirem como um só. Ela sabia que sempre estivera esperando por ele, que ninguém mais poderia fazê-la se sentir completa como aquele homem.

As sensações físicas e emocionais de Leah se misturaram, explodindo em um clímax de puro deleite.

Depois, ela ficou aninhada nos braços dele, no tapete em frente à lareira, olhando pela janela para o brilho arroxeado da aurora.

Leah sabia que, naquela noite, tinha encontrado a chave para seu futuro. Brett era sua outra metade. O elo perdido de sua alma.

Brett sentiu a mesma coisa. Ele tinha tentado negar, mas, ao olhar para ela, soube que amá-la era o seu destino e que isso governaria a sua existência a partir dali.

Perdidos nos próprios pensamentos, eles ficaram ali aninhados, na absoluta certeza de que tinham acabado de selar o próprio destino.

10

Na segunda-feira, Jenny voou para Palm Springs e Brett escapou do duplex do pai para o apartamento de Leah.

Eles passaram a noite revivendo o prazer que tinham experimentado no domingo de manhã e achando que aquilo era ainda melhor do que a lembrança. Leah estava ansiosa para aprender a agradar a Brett e descobriu que conseguia tocar nele sem nenhum constrangimento.

Eles dormiram pouco e, na terça de manhã, Brett entrou no escritório com a sensação de ter voltado da lua. Estava distraído, não conseguia se concentrar. Enquanto o pai falava, Brett percebeu que sua mente vagava até Leah e passou a contar os minutos para ser liberado do mundo real e voltar àquela existência de sonho ao lado dela.

Quando ele chegou à porta do apartamento, ela estava lá esperando por ele, com os cabelos molhados do banho e o lindo rosto sem maquiagem.

– Eu estava com saudade – disse ele, abraçando-a e inalando aquele aroma celestial.

Após fazer amor de novo, Leah caminhou nua até a cozinha e jogou um pouco de espaguete em uma panela. Brett tomou banho e se sentou à mesa da cozinha, feliz de observá-la preparar habilmente um molho à bolonhesa.

Eles se sentaram juntos em frente à lareira com a massa e uma garrafa de vinho tinto.

– Uau, além de tudo você é uma ótima cozinheira. O que mais um homem pode querer?

Leah deu uma risadinha. Ela parecia tão doce, ali sentada de roupão no sofá… Brett mal conseguia acreditar que aquela fosse a mesma mulher cuja beleza e sofisticação paravam o trânsito ao ser exibida nos inúmeros outdoors que estavam sendo espalhados pelos Estados Unidos.

– Que tal a gente sair para jantar amanhã à noite? Na semana passada, fui ao 21 Club com o meu pai e achei excelente.

O rosto de Leah se anuviou.

– Amanhã à noite eu não posso. Tenho que jantar com Anthony van Schiele. Ele é dono da Chaval.

Uma centelha de medo percorreu o corpo de Brett. Nos últimos dois dias, nada tinha atrapalhado aquelas preciosas noites juntos. A ideia de Leah passar um tempo com outro homem fazia com que ele se sentisse mal de verdade. Mas ele sabia que aquilo era só o início de uma série de inseguranças inevitáveis. Ele estava apaixonado por uma das mulheres mais lindas do mundo e teria que arcar com as consequências.

– Claro. Eu entendo – disse ele, fingindo indignação.

No mesmo instante, Leah largou o prato e se sentou no colo dele.

– Eu não quero ir, Brett, mas preciso.

– Eu sei, amor. Tenho muito trabalho para botar em dia, então vou passar a noite em casa e tentar dormir um pouco.

Na manhã seguinte, Brett ficou desolado ao deixá-la na entrada do prédio.

– Eu te vejo na quinta. Só não esquece que eu te amo.

– Eu também te amo.

Ela o beijou e pulou na limusine que a aguardava para levá-la até a Chaval.

Brett chamou um táxi e foi para o trabalho, sentindo-se meio ridículo quando lágrimas ameaçaram encher seus olhos ao pensar em esperar até a noite seguinte para vê-la.

– Srta. Thompson. Como sempre, encantadora.

Anthony van Schiele a cumprimentou na entrada do Delmonico's, e o maître os conduziu até a melhor mesa do esplêndido salão.

– Posso oferecer uma bebida para os senhores?

– Claro. Uma garrafa do meu vinho branco de sempre e um pouco de água mineral com muito gelo para a Srta. Thompson.

Leah ficou impressionada porque Anthony van Schiele se dera ao trabalho de descobrir o que ela bebia.

– Por favor, pode me chamar de Leah – disse ela, sorrindo.

– E você pode me chamar de Anthony.

Leah olhou para o homem do outro lado da mesa e pensou em como ele era atraente. Ela arriscaria dizer que ele estava no início dos 40 anos, embora parecesse mais jovem, com apenas alguns fios brancos nas têmporas tingindo de leve os cabelos castanho-escuros. Seu corpo era magro e tonificado, mas eram os olhos que lhe conferiam seriedade. Eles eram de um cinza suave, sublinhados por anos de sorrisos, e emanavam um brilho gentil. Havia algo confiável e forte nele.

– Então, como vai a campanha? Eu vi os cartazes... Bom, quem em Nova York não viu? – comentou ele, radiante. – Acho que eles ficaram maravilhosos e que você vai ganhar muito dinheiro para a nossa pequena empresa.

Leah tentou não rir da descrição de Anthony. A Cosméticos Chaval provavelmente era uma das maiores e mais bem-sucedidas empresas do setor no mundo.

– Também espero. Tudo parece estar indo bem.

– Acredito que o meu vice-presidente de marketing esteja te tratando bem, sem te fazer trabalhar demais, certo?

– Ah, sim. O Henry tem sido muito gentil.

– Ótimo. Qualquer reclamação, é só me ligar – disse ele, com sinceridade. – Como está a vida em Nova York? Tem saído muito?

– Não. Para ser sincera, tenho estado meio cansada. O ritmo frenético da cidade está começando a me exaurir.

Anthony aquiesceu.

– É. Pessoalmente, eu não suporto. Acho intimidador e impessoal. Eu tenho uma casa em Southport, Connecticut, onde o ritmo é mais lento e o ar, mais puro. Mas devo admitir que Nova York parece combinar com você. Você está radiante hoje à noite – comentou Anthony, observando a pele brilhante e luminescente de Leah, que estava vendendo milhões de dólares em cosméticos Chaval.

Apesar de estar convencida de que o jantar seria extremamente desagradável, Leah percebeu que a noite passou voando. Anthony a tratara com total respeito e completo decoro e parecia realmente fascinado por seus pensamentos e opiniões. Por isso, ela se viu derrubando sua barreira habitual e contando a ele coisas sobre si mesma que costumava manter em sigilo.

Ela ficou pasma quando olhou de relance para o próprio relógio no toalete e viu que já eram quase onze horas.

Leah se sentou à mesa e tomou um golinho do cappuccino.

– Então, você ainda vai voltar para a sua casa em Southport hoje à noite?

– Vou. Tento voltar para casa todas as noites, a menos que os negócios me prendam aqui até muito tarde. Eu tenho um apartamento no alto do prédio da Chaval, onde posso descansar por algumas horas.

– Aposto que a sua esposa não te vê muito – comentou Leah.

– A minha esposa morreu há dois anos, então, infelizmente, não tem ninguém em casa para sentir a minha falta – respondeu ele em voz baixa.

Leah corou.

– Sinto muito, Anthony.

– Obrigado. Mas foi um alívio. Fazia muito tempo que ela estava sofrendo – contou ele, olhando para longe. – Às vezes, quando chego em casa, ainda acho que ela vai estar lá, sentada na poltrona dela perto da lareira, me esperando. As pessoas dizem que o tempo cura todas as dores, e espero que seja verdade.

Leah sentiu uma onda de pena envolvê-la. Por instinto, estendeu o braço e apertou a mão dele.

Anthony ficou comovido com sua preocupação.

– Mil perdões, Leah. Eu não te trouxe aqui para deixá-la deprimida. É um pouco complicado quando os outros olham para as pessoas ricas e bem-sucedidas como nós e só veem os enfeites do lado de fora, que, eu suponho, exalam felicidade.

Leah assentiu com entusiasmo, achando revigorante ter encontrado alguém que expressasse os próprios sentimentos.

– Eu sei. Por causa do meu trabalho, ninguém parece querer ver quem eu sou por dentro. As pessoas só se interessam pelo meu rosto, nada mais.

– Eu me interesso, Leah – disse ele baixinho. – Se algum dia você precisar conversar, já sabe onde me encontrar. Mas, agora, está na hora de eu te levar para casa. Não quero ser responsável por fazer com que a funcionária mais preciosa da Chaval chegue a uma sessão de fotos com olheiras!

Anthony a acompanhou. Lá fora, o motorista endireitou imediatamente a postura e abriu a porta traseira da lustrosa limusine preta. Leah entrou, e Anthony se juntou a ela. Eles percorreram as ruas movimentadas em um silêncio amigável até chegarem ao prédio dela.

Anthony pegou a mão de Leah e a beijou.

– Obrigado pela noite encantadora. Gostaria de repetir, qualquer dia desses.

Para sua surpresa, Leah respondeu sem hesitação.

– Claro, eu também.

Ela fez menção de sair do carro, mas Anthony a reteve.

– Você é uma pessoa real em um mundo muito irreal. Continue assim por mim, está bem?

Ela assentiu e desceu do carro.

– Pode deixar. Boa noite, Anthony, e obrigada.

Enquanto esperava o elevador, Leah pensou naquele homem incomum com quem tinha passado a noite. Um vínculo peculiar se formara entre eles, e Leah soube que acabara de fazer um amigo.

11

O telefone tocou, estridente, em meio ao sonho de Leah. Ela se forçou a abrir os olhos e se inclinou para pegar o fone.

– Alô.

– *Mia cara*. Sou eu, o Carlo.

Ela olhou para o mostrador luminoso do relógio.

– Carlo, são quatro da manhã! O que está fazendo? Sei que você tem que estar de pé quando o sol nascer.

– *Scusa, cara*, mas eu não podia esperar nem mais um segundo para falar com você. Eu senti muita saudade.

Leah sabia que Carlo esperava escutar que ela também sentia saudade, mas a verdade era que mal pensara nele desde que chegara a Nova York.

Leah ficou em silêncio. Carlo continuou:

– Você também está sentindo saudade de mim como eu sinto de você?

– Claro que sim, Carlo – respondeu ela de um jeito mecânico.

Um braço envolveu Leah e a puxou de volta para o calor do edredom. Quando ela não cedeu, outro braço serpenteou ao redor dela e agarrou um peito.

– Para – sussurrou ela.

– Como? Tem alguém aí com você, Leah?

– Não, claro que não.

Brett voltou a afundar na cama ao lado dela.

– Enfim, só faltam três semanas para o desfile. A gente vai se ver logo. – Leah viu Brett abrir os olhos e franzir o cenho para ela. – Olhe, eu tenho que ir. Quero tentar dormir um pouco. Tenho uma sessão de fotos importante amanhã.

– Está bem. Eu entendo – disse ele, com um tom petulante no qual estava implícito que não entendia coisa nenhuma. – Você realmente sente saudade de mim, não é, Leah?

– Claro, Carlo.

– Espero que esteja se comportando e se guardando toda para mim. Tenho espiões em todos os cantos que vão me dizer se você está sendo uma menina levada.

– Está bem, Carlo. Eu te vejo em Milão.

– Está bem. Vou esperar ansioso até lá. *Buona notte, cara.*

Leah desligou o telefone devagar e voltou a se recostar nos travesseiros.

– Imagino que tenha sido o Sr. Porselli verificando como está a protegida dele – comentou Brett.

– É.

Brett se apoiou em um cotovelo e olhou para ela com frieza.

– E o que foi aquilo de não aguentar esperar três semanas para ver ele de novo?

Leah suspirou.

– Ah, Brett. Não seja bobo. Você entendeu tudo errado. O Carlo só…

– Eu estou com ciúme, Leah. Existe alguma verdade nos boatos sobre vocês dois?

– Claro que não, Brett – respondeu Leah, ao mesmo tempo irritada e na defensiva. – O Carlo tem sido muito bom para mim, mas nunca aconteceu nada físico entre nós. Nunca.

Nem com nenhum outro homem, pensou Leah arrependida, desejando ser capaz de pronunciar as palavras.

– Eu fico com tanta raiva quando a imprensa inventa essas histórias ridículas. Achei que você estava acima disso, que não acreditava nesse lixo que eles escrevem.

Brett viu a cólera nos olhos de Leah. Ele voltou a se deitar no travesseiro ao lado dela.

– Está bem. Desculpe. Eu te amo tanto que estou inseguro, só isso.

– Brett, querido, por favor. Você precisa confiar em mim – disse Leah, enfiando a mão embaixo do edredom e encontrando a dele. – Eu também te amo. Nunca mais vai ter ninguém. Jamais. Eu prometo.

Ela apertou a mão de Brett e se aninhou no ombro dele.

– Boa noite, amor. Desculpe.

Cinco minutos depois, Brett ouviu a respiração ritmada de Leah, mas o sono não viria fácil para ele. A forma como Leah tinha falado com Carlo pouco antes… ele tinha certeza de que houvera algo entre eles. Ele se lembrou do aniversário de 21 anos de Leah, quando os dois tinham dançado juntos. Dali a três semanas, Leah partiria para Milão e voltaria às garras de Carlo. Brett ainda não sabia como lidar com a ideia de que os dois ficariam sozinhos.

Todos os pensamentos sobre Carlo se desvaneceram quando Brett e Leah passaram um idílico fim de semana explorando as delícias de Nova York juntos.

No sábado de manhã, eles foram às compras no Rockefeller Center e, à tarde, fizeram uma longa caminhada pelo Central Park e observaram as crianças brincando no carrossel. À noite, Brett a levou ao restaurante Sardi's, onde os dois ficaram admirados com as estrelas da Broadway sentadas a centímetros de distância, como se fossem duas crianças loucas por teatro. Depois, pegaram um táxi e voltaram para o apartamento duplex do pai de Brett e se sentaram no terraço, no clima ameno de setembro, tomando café.

– Este lugar é simplesmente lindo – disse Leah, admirada. – Você deve se sentir em um cortiço quando fica na minha casa.

– O seu apartamento tem alma – comentou Brett, depois fez um gesto abarcando o espaço. – Este aqui não tem.

Brett convenceu Leah a passar a noite ali com ele, afirmando que o pai estava fora da cidade e que ela não teria nenhum encontro constrangedor no café da manhã.

Infelizmente, Brett estava errado e, enquanto os dois subiam, de roupão, a escada do terraço para apreciar a vista soberba do Central Park tomando o café da manhã, David já estava lá, lendo os jornais.

Leah encarou o pai de Brett. David Cooper não se parecia nem um pouco com o filho nem com a irmã, Rose. Ele tinha cabelos louros com partes grisalhas, um bronzeado profundo e olhos azuis penetrantes, que analisaram Leah com tanto interesse quanto ela o analisou.

– Bem, estou vendo que temos uma convidada para o café da manhã. Leah Thompson, imagino.

Ele se levantou para apertar sua mão, e Leah percebeu que David era um pouco mais baixo que ela, com um corpo firme e compacto.

Ela estendeu a mão, e David a apertou com força.

– Nós nunca nos vimos, mas o seu rosto me parece muito familiar – brincou ele.

Leah riu com ele, embora já tivesse ouvido a frase mil vezes.

Eles se sentaram à mesa do terraço, e a empregada levou café e croissants. Enquanto Brett conversava tranquilamente com o pai, Leah se viu comparando David Cooper a Anthony van Schiele. A aura de poder que ele exalava era impressionante, mas, enquanto Van Schiele era modesto em relação à própria riqueza, Cooper parecia vesti-la como um manto. Leah se sentiu intimidada pela presença dele e um pouquinho desconfortável. Ela deu graças a Deus quando ele se levantou da mesa, se despediu educadamente e deixou os dois a sós.

– Desculpe por isso. O meu pai teve uma mudança de planos de última hora – se justificou Brett, mastigando o croissant. – E aí, o que você achou? – perguntou ele, olhando casualmente para um jornal.

– O que eu achei do quê?

– Do meu pai, claro.

– Ele não se parece nem um pouco com você – respondeu Leah, cautelosa.

– É o que todo mundo no trabalho diz. Grande parte da equipe fica petrificada diante dele.

– Não me surpreende.

Brett a encarou, seus olhos exigindo uma explicação.

– O que eu quero dizer é que ele simplesmente... exala poder. Mas ele me pareceu muito agradável – acrescentou ela.

– Ele é, depois que você conhece. É uma das razões pelas quais eu estou feliz de ter vindo trabalhar com ele. Eu mal conheci o meu pai quando era criança. Ele estava sempre fora. Acho que esse medo acabou sendo passado para mim. Mas, desde que eu vim para Nova York, ele parece diferente, mais carinhoso de algum jeito.

Brett deu de ombros e prosseguiu:

– Eu realmente admiro o que ele fez, sabe? Ele construiu um negócio imenso do zero sozinho. Muitos dos conglomerados daqui são riquezas de segunda ou terceira mão. O que o meu pai conquistou em trinta e poucos anos, as outras empresas levaram gerações para conseguir – explicou Brett, depois fez uma careta. – Infelizmente, acho que não se faz isso sendo um doce com os funcionários.

– Claro que não – concordou Leah, surpresa ao perceber que Brett sentia que precisava defender o pai.

– Bom, o que você quer fazer hoje, amor?

Leah pensou por um instante.

– Que tal a gente passear em um daqueles barcos que dão a volta em Manhattan? Parece que vai fazer um dia lindo.

Eles pegaram um táxi amarelo até o píer da 42nd Street, onde embarcaram na Circle Line e encontraram dois assentos na frente do barco. Leah e Brett aproveitaram a brisa fresca enquanto os motores ganhavam vida e o barco atravessava o rio.

Enquanto passavam pela Estátua da Liberdade, ouviram os alto-falantes estalarem e o capitão fazer comentários.

Brett estava apoiado nos cotovelos, olhando para o mar.

– Os barcos dos imigrantes costumavam chegar por aqui, carregando os passageiros para uma nova vida na terra prometida. Eu me pergunto o que passou pela cabeça desses imigrantes quando eles viram os Estados Unidos pela primeira vez – refletiu ele. – Meu Deus, eu adoraria pintar isso – acrescentou, baixinho.

Quando o barco completou o passeio e se arrastou de volta para o píer, Brett se inclinou para Leah e a tomou nos braços.

– Você já teve vontade de congelar o tempo e o que está sentindo para sempre?

– Já.

– Bom, este é um desses momentos. Eu te amo, Leah. Nunca fui tão feliz quanto nas últimas duas semanas. Não consigo imaginar a vida sem você.

Eles se esqueceram dos outros passageiros, se beijaram e se abraçaram até que o barco fosse amarrado no píer e chegasse a hora de sair.

– Sei onde quero passar a tarde se você não for ficar muito entediada – disse Brett, com um ímpeto repentino e uma luz nos olhos.

– Tenho certeza que não. Onde?

– No Museu de Arte Moderna.

– Eu adoraria ir.

Leah sentiu um frisson de prazer enquanto o trem chacoalhava pelas estações de metrô. Aquela era a Nova York real; o ar repleto de tensão e perigo, o vagão imundo com cheiro de suor, droga e perfume e seus ocupantes, que viviam na esperança de um dia se juntar a ela e Brett em seu mundo rarefeito de dinheiro e conforto.

Leah saiu do metrô com a sensação de estar em um planeta diferente. Ao andar de mãos dadas com Brett pela rua, ela se lembrou do quanto a vida tinha mudado nos últimos anos. E de quantas coisas, agora, eram garantidas. Ela sentiu um pouco de vergonha.

Leah passou o resto da tarde seguindo Brett ao longo da enorme e inestimável coleção de pinturas do museu, ouvindo, admirada, o namorado discorrer com conhecimento de causa sobre o que eles estavam vendo.

Ele a fez compreender *A noite estrelada*, de Van Gogh, *Les Demoiselles d'Avignon*, de Picasso, e *La Danse*, de Matisse.

Brett parecia estar em um mundo diferente, como se algo tivesse ganhado vida dentro dele. Quando a tarde acabou, Leah entendeu que a arte despertava em Brett um amor e uma alegria que ela só poderia invejar e admirar, porque não tinha essa paixão.

– Quem é o seu artista preferido? – quis saber Leah.

Brett arregalou os olhos.

– Eu não consigo responder isso. Vejo um quadro que amo, algo que é uma pura obra de arte pela atmosfera, pelo que transmite e pelo uso das cores; logo depois, descubro outro do qual não consigo desgrudar os olhos. Tenho uma queda por Manet, Seurat… e Degas! Ele capturou a vitalidade e a graça das bailarinas com tanta perfeição! Eu amo todos eles, Leah – concluiu ele, rindo.

Brett fez uma pausa e prosseguiu:

– Por um lado, fico feliz de não ter feito faculdade de Belas-Artes. Eu não estudo os quadros pelo ponto de vista técnico, porque não sei como fazer isso. Acredito que uma pintura deve ser uma obra de beleza, algo que você nunca vai deixar de querer olhar. Quando você tem muito conhecimento, pode acabar encontrando falhas em cada uma das obras, e isso acaba com o deleite puro e simples.

– Mas você sabe tanto sobre todas elas… – comentou Leah, segurando a mão de Brett enquanto eles saíam do museu.

– Ah, eu não sou especialista – admitiu ele.

– Você precisa continuar a pintar, Brett.

Brett fez uma careta.

– Talvez. Venha, vamos discutir isso com caviar e blinis no Russian Tea Room. O meu pai disse que é imperdível, e a gente pode ir a pé daqui.

Quinze minutos depois, eles estavam sentados em um banco confortável de veludo vermelho, bebendo um chá forte. Leah olhou desconfiada para as pequenas panquecas cobertas por caviar vermelho e preto.

239

– Humm. Maravilhoso. Experimenta uma, Leah.

– Está bem. Mas eu vou logo avisando: sou uma consumidora voraz de peixe com batatas fritas.

Brett riu quando Leah mordeu o blini com cautela e descobriu que gostava daquele sabor incomum.

– Não é só porque você está trabalhando para o seu pai que tem que parar de pintar. Você tem muito talento – afirmou Leah, decidida a não desperdiçar aquele entusiasmo de Brett com o museu.

– Como é que você sabe que eu tenho talento?

– Eu observei você pintando nas charnecas. Você tinha uma habilidade muito natural. Se eu tivesse um talento como o seu... – disse Leah, balançando a cabeça. – Mas eu não tenho. Eu não tenho nenhum talento.

– De que diabos você está falando, sua boba? Você é uma das modelos mais bem-sucedidas do mundo. Tenho certeza que isso exige um pouco de talento – repreendeu Brett, com a boca cheia do quarto blini.

Leah suspirou.

– Não. Pelo menos, eu não acho. Por acaso eu tenho um rosto bonito, um corpo bom e as roupas caem bem em mim. Não é algo que vem de dentro de mim. Eu não tenho um dom natural para as artes ou um incrível cérebro matemático que possa fazer algum bem para a humanidade.

Brett olhou para Leah e pensou em como ela não parava de surpreendê-lo. Quando a conhecera, naquele primeiro verão em Yorkshire, ele se apaixonara por sua embalagem exterior e por sua natureza doce e gentil.

Mas, conforme ficava mais próximo dela, começava a perceber que havia muito mais a descobrir.

– Nós vivemos em um mundo imediatista, Leah. E a coisa mais imediata em você é a sua beleza. Você não deve se ressentir dela, porque ela é uma parte de você e te trouxe sucesso. E, imagino, muito dinheiro.

Leah assentiu.

– Eu sei, Brett – disse ela, depois fez uma pausa e suspirou. – Mas, às vezes, quando estou de pé na mesma posição por uma hora, mais ou menos, observo as pessoas correndo para mexer nas luzes, trocar a lente da câmera ou ajeitar uma mecha de cabelo fora do lugar. Todas elas se preocupam profundamente com isso. Quero dizer, é uma foto. Dificilmente vai mudar o mundo, não é? Tudo parece tão falso e fútil...

Ela tomou um novo fôlego e prosseguiu:

– E lá estou eu, ganhando todo esse dinheiro para não fazer nada, na verdade, quando existem pessoas com talentos verdadeiros que estão lutando para sobreviver, como o grafiteiro que pintou aquele dragão no trem ou os jovens atores que trabalham aqui como garçons.

Brett pegou a mão de Leah.

– Amor, eu entendo perfeitamente o que você está dizendo. Mas existe uma solução para esse problema, um jeito de você se reconciliar com o que faz.

– E qual é, Brett?

– Bem, você está em uma posição muito privilegiada. As pessoas conhecem você e o seu rosto. No momento, você é embaixadora de uma empresa de cosméticos. Mas, no futuro, pode usar o seu dinheiro e a sua fama para um propósito muito maior. Se você quer mesmo fazer algum bem pelo mundo, não podia estar em uma posição melhor.

Leah pensou no que Brett estava dizendo. Uma expressão de alívio surgiu em seu rosto.

– Você está certo, Brett. No futuro, eu posso fazer algo de bom. Nunca tinha pensado dessa forma. Obrigada.

– Pelo quê?

– Por me dar uma razão para acordar às seis da manhã e colocar um sorriso profissional no rosto pelo resto do dia.

Brett apertou a mão dela.

– Só se lembre, amor, que existem pessoas reais à sua volta. E é maravilhoso ver que você não foi sugada pelo frisson e pelo falso glamour do mundo em que vive. É por isso que eu te amo tanto.

Quando eles voltaram ao apartamento de Leah, foram recebidos na porta por uma Jenny radiante, recém-chegada da semana em Palm Springs.

– Leah, querida, que saudade! – exclamou Jenny, se atirando nos braços da amiga.

Depois, ela deu um passo atrás.

– Como eu estou?

– Absolutamente maravilhosa. Não está, Brett?

– Sem sombra de dúvida – respondeu ele, sorrindo.

– Venham se sentar aqui que eu vou contar como foi tudo. Acabei de fazer um chá de ervas. Vocês querem?

Leah riu com sarcasmo, e Jenny deu um soquinho brincalhão na amiga.

– Está bem, está bem. Sei que é estranho ver a sua melhor amiga e fã número um de vodca bebendo chá de dente-de-leão, mas, Leah, eu me converti!

Jenny foi até a cozinha, derramou um pouco do líquido amarelo em três canecas e as levou até a sala de estar.

– Prontinho. Experimentem. É muito saudável.

Leah levou a caneca aos lábios e foi imediatamente atingida por aquele cheiro familiar e nocivo. Ele estava atrelado a uma forte lembrança; por um instante, Leah ficou tonta e desorientada.

Estava de volta à cozinha de Megan, aos 11 anos, aterrorizada.

Leah bateu a caneca na mesa ao seu lado, como se quisesse quebrar o feitiço. O líquido amarelo derramou pela borda e formou uma pequena poça.

– Você está bem, Leah? – perguntou Brett, olhando com preocupação para o rosto pálido da namorada.

– Não é tão ruim assim, Leah, sério – disse Jenny, com uma risadinha. – Enfim, deixa eu contar tudo sobre o spa. Você *tem* que ir. Foi absolutamente incrível, e eu me sinto uma nova mulher. Eles elaboraram uma dieta para mim e me mostraram alguns exercícios que preciso fazer para manter o peso baixo, e eu não bebo nem fumo desde que saí de Nova York. Estou me sentindo fantástica!

Leah sentiu uma onda de orgulho pela amiga. Ela com certeza parecia renovada. Os exercícios constantes tinham eliminado os quilos extras e tonificado o corpo dela, que voltara à antiga elegância. Os cabelos dourados de Jenny caíam em ondas brilhantes sobre os ombros, a pele parecia saudável e, o mais importante, os olhos brilhavam com o antigo entusiasmo.

– Eu fico muito feliz, Jenny. Agora, tudo que você precisa fazer é continuar assim.

– Vou continuar, Leah. Eu preciso, não é? – disse ela, simplesmente.

12

O telefone tocou exatamente às nove horas.

O coração de Miranda disparou, batendo descompassado quando ela pegou o fone.

– Alô.

– Você está sozinha?

– Estou.

Ele perguntava isso todos os dias.

– Que bom. Sentiu saudade de mim?

Miranda cerrou os dentes.

– Claro.

– Eu também senti saudade de você. Estou me tocando agora, enquanto penso em você. Está fazendo a mesma coisa?

Miranda olhou para a mão que segurava com firmeza a taça vintage de vinho tinto.

– Estou.

– Não acredito.

– Juro que estou – disse Miranda, tentando evitar que a repulsa transparecesse na voz.

– Ahhh, isso é tão bom. Também está sendo bom para você?

– Está. Maravilhoso – respondeu ela sem nenhuma emoção.

– Na sexta, eu vou mandar o meu jatinho te pegar em Londres – avisou Santos, com um tom de voz completamente diferente do que usara segundos antes. – O Roger vai estar aí às quatro horas, e você vai ser recebida por uma limusine depois do voo.

– Para onde vou? – perguntou ela.

– Para o barco. Estou ansioso para te encontrar, vamos passar um fim de semana muito agradável. Durma bem, Miranda.

Ela desligou devagar. Miranda passara a temer aquele horário das nove horas e, à medida que ele se aproximava, ela se servia de uma grande taça de vinho para se preparar para a ligação de Santos.

Nas primeiras semanas no apartamento, ele fora um poço de doçura. Depois, o tom de voz começara a mudar. Passara a incentivá-la a dizer coisas obscenas pelo telefone. Ela tentara protestar, mas ele tinha gritado com ela. Quando estava irritado, Santos a assustava, então ela acabara obedecendo.

Miranda passou a mão pelos cabelos grossos e louros. Não dava mais para viver daquele jeito. As coisas não tinham saído como ela esperava. Nas últimas seis semanas, vivera como uma princesa, fazendo refeições suntuosas e vestindo roupas caras e elegantes. Tinha sido conduzida a bordo de um Rolls--Royce e passado as tardes na loja Harrods, aumentando seu guarda-roupa ou comprando lindos vestidinhos que enviava para Chloe em Yorkshire.

Mas fizera tudo isso sozinha. Miranda não tinha visto ninguém, exceto Maria, a governanta alemã de expressão dura, e Roger, o velho motorista *cockney*, que insistia em segui-la para dentro e para fora de todos os lugares que ela visitava. No desespero, ela tentara conversar com eles, mas Maria mal falava inglês e Roger respondia ao seu bate-papo informal com monossílabos.

Nos últimos tempos, ela começara a ter sonhos intensos com Chloe. O pesadelo era sempre o mesmo: aterrorizante, horripilante.

Chloe corria pelas charnecas, e uma figura escura a perseguia. Ela chorava e chamava por Miranda.

– Mamãe, mamãe! Cadê você? Me ajuda!

Miranda estendia os braços quando a filha se aproximava, mas Chloe não a via e passava correndo por ela. Os gritos de Miranda se juntavam aos da filha quando a figura ameaçadora alcançava Chloe, e ela ficava assistindo à cena, impotente.

Miranda acordava com os próprios soluços; suando e tremendo descontroladamente.

Ela caminhava pelo apartamento até o amanhecer, petrificada pela escuridão, censurando-se pela maneira como se ressentira de Chloe desde que ela nascera. Ela nunca tinha demonstrado o amor e o afeto que a filha merecia. Chloe tivera que encontrar isso em outras pessoas, como Rose e a Sra. Thompson.

Ela queria consertar as coisas. Queria acordar de manhã em seu lindo quarto em Yorkshire, abraçando a filha e ouvindo os maçaricos piarem enquanto sobrevoavam as charnecas.

Naquela noite, a saudade de casa estava insuportável.

Miranda estava com muito medo. Queria desesperadamente fugir, mas sabia que estava presa.

Ficou sentada ali pelo resto da noite, entornando o gim goela abaixo e afundando lentamente no esquecimento.

Na manhã seguinte, quando a campainha tocou, Miranda ainda estava no sofá. Com a cabeça latejando, ela cambaleou até o interfone.

– Alô.

– É o Ian.

– Ok.

Ela apertou o botão e, poucos minutos depois, Ian estava parado na porta, com uma expressão preocupada.

– Bom dia, Miranda. Nossa, você está bem?

A óbvia empatia dele fez Miranda cair no choro. Ian a levou até o sofá, a colocou sentada e esperou, pacientemente, que ela terminasse de chorar. Em seguida, foi até a cozinha e preparou uma xícara de café bem forte.

– Beba isto e tente se acalmar.

Ele ficou sentado em silêncio, observando-a. De alguma forma, Miranda achou a presença dele reconfortante. Ele não era o tipo de homem para quem ela teria olhado mais de uma vez dois meses antes, com aqueles óculos e o rosto gentil e sem graça. Porém, agora, Ian proporcionava um toque de normalidade e confiabilidade que tanto faltava na sua vida estranha.

– Agora, quero que você coloque o seu melhor vestido, porque eu vou te levar para almoçar.

Ela assentiu e foi até o quarto para tomar um banho e se trocar.

– Pronto, agora você voltou ao seu belo normal – disse Ian com gentileza antes de oferecer o braço a ela. – Vamos.

Eles desceram as escadas, e Miranda ficou surpresa e satisfeita ao ver Ian abrir a porta do passageiro de um Range Rover novinho em folha.

– Está tudo bem. Você tem permissão para sair comigo. Fui testado e aprovado e achei que você ia preferir ir no meu carro.

Miranda se sentou no banco, grata por estar longe do apartamento e dos olhares intrometidos de Roger e Maria.

Ian dirigiu por Londres em silêncio, depois estacionou o carro em uma pequena viela lateral de paralelepípedos próxima à Kensington High Street.

– Eu conheço um bistrô muito bom por aqui. Achei que a gente podia comer alguma coisa e conversar.

Dentro do pequeno restaurante, eles se sentaram a uma mesa no canto, e Ian pediu uma garrafa de vinho.

– No seu caso, acho que vai ser o drinque para curar a ressaca. Vamos lá, você vai se sentir melhor. Se você não pode vencê-los, piore as coisas. É o que eu sempre digo – declarou ele e riu.

Pela primeira vez em semanas, Miranda também conseguiu dar uma risadinha.

– Bom. Eu te trouxe aqui porque o Roger me ligou para contar o que aconteceu ontem à noite, e eu queria conversar com você – disse Ian, com uma expressão séria. – Não sei o quanto você sabe sobre o Sr. Santos.

Miranda deu de ombros.

– Quase nada.

– Não é de se admirar. Fora do mundo dos negócios, ele é discreto. O Sr. Santos poderia ir a qualquer lugar do planeta sem ser reconhecido. O círculo de amigos dele, alguns dos quais você conheceu no barco, é pequeno e de elite. A maioria já trabalha para ele há muito tempo e conquistou sua confiança. Ele não socializa fora desse grupo, e a noite em que vocês se conheceram, em uma boate aqui de Londres, foi um evento raro. Mas a última, hum, amiga dele tinha sido descartada, e ele saiu à caça de uma nova. Você.

Uma presa. Caçada, capturada, como uma mosca indefesa atraída para a teia da aranha, pensou Miranda.

– Ele sempre trata as… amigas dele desse jeito? Como prisioneiras?

Ian a encarou do outro lado da mesa com um olhar carinhoso. E soltou um suspiro.

– Miranda, faz mais de dez anos que eu trabalho para o Santos. Desde que saí da faculdade, e ele me deu um emprego quando eu estava desesperado. Ele tem sido um chefe generoso, e com certeza também tenho sido um empregado leal. Vou quebrar uma regra pelos próximos dez minutos porque realmente acho que você não tem noção de onde se meteu. Geralmente, as garotas que ele escolhe são profissionais: duronas, experientes e dispostas a fazer qualquer coisa por um casaco de pele e uma vida de luxo. Você não é assim, é?

Miranda balançou a cabeça.

– Achei que eu fosse. Quero dizer, eu também queria todas essas coisas. Mas não desse jeito.

– Bom, eu preciso dizer que você se enfiou em um belo de um buraco. Apesar de todo o anonimato do Santos, ele controla um dos impérios empresariais mais poderosos do mundo. Está envolvido em diversos setores, embora quase sempre use um intermediário para fazer a negociação, de modo que a outra parte não fique sabendo que ele é o dono da empresa. Foi assim que ele conseguiu angariar tanta riqueza e poder no mundo todo sem que ninguém percebesse.

– Por que ele faz isso?

Ian balançou a cabeça.

– Não faço ideia, mas sempre foi assim. Por exemplo, eu trabalho para uma empresa em Londres, e só eu e outro diretor nos reportamos ao Santos. Os outros funcionários não conhecem o verdadeiro dono. É estranho, eu sei, mas o Santos é um homem estranho.

– E não é? – sussurrou Miranda. – Então eu sou a única amante dele?

Ela odiava usar essa palavra, mas sabia que era a única descrição precisa.

– Claro que eu não posso afirmar com certeza, mas, sim, acredito que sim. O Santos é casado. A mulher dele é alemã. Eu só vi a mulher uma vez. Não faça nada para despertar a ira desse homem. Ele é perigoso quando está com raiva – advertiu Ian em voz baixa.

Um arrepio de medo percorreu a espinha de Miranda.

– O que você quer dizer com isso?

– Eu não vou falar mais nada, mas não quero ver você nem a sua filha machucadas.

Ele deixou a frase escapar sem querer e se arrependeu imediatamente ao fitar o rosto horrorizado de Miranda.

– Como é que você sabe da Chloe? – perguntou Miranda, tentando se controlar.

– Bom, pelas compras que você faz em lojas infantis e pelos telefonemas que a Maria escutou. É para isso que ela e o Roger recebem tanto dinheiro do Santos. Eles somaram dois e dois rapidinho. Felizmente, eles contaram para mim, não para ele. Não tenho como enfatizar o quanto é importante que o Santos não saiba da sua filhinha. Ele vai tirar vantagem disso se precisar. Então, chega de telefonemas e cartas. Você precisa cortar todo contato com ela imediatamente, para proteger vocês duas.

Miranda respirou fundo algumas vezes para tentar se acalmar enquanto o medo crescia dentro dela.

– Eu não entendo por quê, Ian. Por que ele me mantém prisioneira? Por que paga pessoas para me espionarem? Por que eu não posso falar com a Chloe?

Lágrimas de impotência brilharam nos olhos dela. Aquilo parecia um pesadelo terrível.

Ian pareceu nervoso.

– Eu vou ficar em um baita apuro se o Santos descobrir que te falei isso. Ele te comprou e te possui. Ele é assim com todas as mulheres. Se você for boa para o Santos e fizer tudo que ele manda, vai ficar bem. Se não...

Ele deixou a ameaça pairar no ar.

Miranda tomou coragem.

– Eu vou embora. Vou até King's Cross pegar um trem de volta para Leeds. O que vai acontecer de verdade?

O olhar de Ian ficou sombrio.

– Você vai ser detida.

– Por você?

Ele se mexeu na cadeira, desconfortável.

– É mais provável que seja pelo Roger. Como você sabe, ele é bem menos compreensivo. Se ele for direto até o Sr. Santos... eu temeria pela sua família.

Miranda balançava a cabeça de um lado para o outro, incrédula.

– Você não pode me ajudar, Ian? Não tem nada que você possa fazer?

Ian baixou os olhos.

– Os meus pais são idosos, e preciso do dinheiro que ganho.

– E a polícia? – perguntou Miranda, já ficando desesperada.

– Ele tem metade da polícia no bolso, sem falar nos funcionários do governo.

Miranda apoiou a cabeça nas mãos.

– Desculpe, eu não quis te assustar. É terrível que você tenha se enredado nisso tudo. Mas você se enredou, e eu precisava te alertar. Eu vou fazer de tudo para te ajudar na sua situação atual, eu prometo.

Fez-se uma pausa desconfortável, enquanto a desesperança do cenário se apoderava dos dois.

– Vamos fazer nosso pedido?

Ian tentou aliviar o clima durante o resto do almoço, fazendo piadas e contando histórias bobas. Miranda mal o ouvia. Ela beliscou a comida do prato sem entusiasmo e ficou feliz quando Ian pediu a conta.

No caminho para casa, ela ficou olhando em silêncio pela janela.

– Eu não vou entrar, porque tenho trabalho a fazer. Você vai ficar bem?

– Vou – respondeu ela, com uma voz monótona.

– Acho que você vai viajar na sexta para passar o fim de semana com o Santos.

– Vou, sim.

– Como eu disse, seja legal com ele. Você provavelmente vai se divertir. Eu apareço para te ver quando você voltar. Se cuide, Miranda.

– Obrigada pelo almoço.

Ian observou Miranda se dirigir tristemente até a porta do apartamento e desaparecer lá dentro.

– Coitada dessa garota – sussurrou ele enquanto dava a partida e seguia pela elegante rua arborizada.

13

– *Buongiorno*, Leah! Você está radiante, *cara*. É tão bom te ver.

Carlo parecia um garotinho animado paparicando Leah, encontrando uma cadeira para ela na galeria lotada e mandando um de seus assistentes lhe servir uma xícara de café.

Leah olhou em volta e sorriu. Não teve como não se lembrar da manhã em que Maria Malgasa era a estrela do desfile e Carlo a tratara como uma rainha. Leah virou para trás e viu alguns rostos novos e mais jovens sentados, nervosos, lá no fundo, como ela própria tinha feito um dia. As garotas a encaravam com admiração, e Leah abriu um sorriso amistoso para elas.

Os desfiles semestrais eram uma oportunidade de conversar com o pessoal da moda. Após seu primeiro ano, Leah passara a gostar muito deles. Claro que agora ela era a estrela da coleção de alta-costura de setembro, e não apenas do prêt-à-porter de outubro, e os fotógrafos estavam tão ansiosos para registrá-la em filme quanto para ver as criações de Carlo.

Porém, naquele ano, ao ouvir Giulio repassar a ordem de apresentação das roupas, ela não sentiu a mesma empolgação. Talvez fosse só o jet lag do voo longo ou, o que era mais provável, ela se sentisse desolada ao pensar em passar a semana inteira sem Brett. Isso, além de ter que enfrentar as atenções asfixiantes de Carlo depois que se acostumara à vida sem ele.

E, naquele ano, Jenny não estava ali. Nenhum dos estilistas quisera usá-la quando Madelaine oferecera seus serviços. Eles não acreditaram na palavra da mulher quando ela dissera que Jenny voltara à sua antiga forma. Leah tinha até engolido o orgulho, ligado para Carlo e lhe implorado que desse uma chance a Jenny.

– Mesmo para você, querida, a resposta é não. Ela está *finita*. Acabada, como dizem os americanos.

Leah lhe garantira que Jenny estava livre do álcool e das drogas e com a aparência ótima, mas o cancelamento do contrato com a empresa de cosméticos não ajudava em nada a causa da amiga. A própria Jenny recebera a notícia com relativa calma quando Madelaine ligara para ela.

– Eles é que estão perdendo – dissera ela, dando de ombros.

Leah se sentira péssima quando Jenny a ajudara a fazer as malas para a viagem a Milão, mas ficara feliz de saber que o romance com o príncipe parecia estar indo bem. Ranu a levaria para uma viagem de alguns dias, e Leah sabia que aquela era a única coisa que fazia Jenny seguir em frente. Sentia vontade de chorar quando pensava em como a amiga tinha se esforçado pela reabilitação. Ninguém dera uma chance sequer a ela.

– Muito bem, garotas. Ao trabalho! – chamou Giulio.

A coleção de primavera foi um enorme sucesso, e Carlo se superou naquele ano. Depois do desfile, os fotógrafos cercaram Leah. Como sempre, Carlo insistiu em abraçá-la com força e beijá-la na bochecha. Leah se desvencilhou, mas já era tarde demais.

– Ainda existe um romance entre vocês dois, Srta. Thompson? – gritou um colunista de fofocas, destacando-se na multidão.

Leah se virou.

– Senhores. Basta. A Leah, como todos sabem, é tímida. Nós dois estamos cansados – declarou Carlo.

– E o jovem com quem a senhorita foi vista jantando no Sardi's?

Leah suspirou. Alguém tinha flagrado Leah e Brett saindo do restaurante de braços dados, tirado uma foto e publicado a imagem em todos os tabloides dos Estados Unidos. *A modelo e o filho do milionário*, diziam as manchetes. Leah não sabia que a foto tinha chegado à Itália.

Carlo lançou um olhar esquisito para ela, depois respondeu:

– A Srta. Thompson não pode sair com um parceiro de negócios quando está sozinha em uma cidade nova? Muito bem, senhoras e senhores. Imagino que já tenham o suficiente. *Scusate.*

Ele puxou Leah para longe das garras dos fotógrafos.

– *Scusa*, tenho que me encontrar com algumas pessoas, depois quero te levar para jantar.

Carlo se afastou com passos largos, e Leah entendeu que tinha recebido uma ordem, não um convite.

Meia hora depois, Carlo apareceu para pegá-la. Eles saíram para a rua, e Carlo abriu a porta do passageiro de seu Lamborghini vermelho.

Fez-se um silêncio desconfortável enquanto eles atravessavam as ruas tranquilas de Milão e chegavam ao campo aberto.

– Aonde estamos indo, Carlo?

– Eu te disse. Vou te levar para jantar.

Depois de confiar totalmente em Carlo durante anos, Leah agora aceitava que algo mudara na noite de seu 21º aniversário. A sensação de desconforto crescia dentro dela à medida que aceleravam para longe de Milão.

Carlo virou à esquerda, atravessou um imenso portão de ferro forjado e avançou por uma estrada sinuosa. Ele parou o carro em frente a um grandioso *palazzo* iluminado por refletores, que parecia um castelo de conto de fadas.

– Bem-vinda à minha casa – disse Carlo.

Leah não teve como não prender a respiração. Carlo sempre prometia mostrar seu *palazzo* a ela, mas suas visitas a Milão tinham sido tão agitadas nos últimos anos que ela nunca conseguira ir até lá.

Ela saiu do carro e o seguiu pelos largos degraus até o pórtico da entrada. A porta foi aberta por um mordomo.

– Boa noite, Antonio.

– Boa noite, senhor.

– Está tudo arrumado?

– *Sì*, senhor. Venham comigo.

Leah seguiu Carlo e o mordomo pela vastidão de cômodos requintados, um mais esplêndido do que o outro. Os tetos altos delicadamente pintados em tons pastel representavam cenas religiosas, e os móveis pareciam inestimáveis. Aquilo parecia mais um museu do que uma casa, e ela pensou em como Brett teria apreciado as obras de arte que cobriam as paredes.

No fim de um longo corredor com piso de mármore e iluminado por inúmeros candelabros, Antonio abriu as portas duplas e os conduziu para dentro de um salão.

Leah soltou um arquejo. Ela olhou para o teto, a uns 15 metros acima. Mal conseguia ver o outro lado da sala, de tão grande que era.

– O salão de baile – disse Carlo, oferecendo o braço a ela. – Venha. Vamos comer.

O salão de baile estava completamente vazio, exceto por uma mesa perto das grandes portas francesas que davam para um terraço iluminado.

Carlo a conduziu pelo amplo espaço até a mesa, que estava posta para o jantar.

Quando se sentaram, um garçom apareceu do nada e abriu o champanhe acomodado em um balde de gelo. Ele serviu duas taças, depois foi até a varanda e estalou os dedos. Imediatamente, notas suaves de música clássica vieram de lá, e Leah viu o quarteto de cordas tocando do lado de fora.

Carlo sorriu ao ver o rosto estupefato de Leah.

– Viu, eu disse que ia te levar para jantar. É bonito aqui, não é?

Leah aquiesceu.

– É. É um cenário de conto de fadas.

O sorriso de Carlo ficou ainda maior.

– Que bom que te agrada. Venha. Vamos brindar. Sei que você não gosta de beber, mas uma tacinha não faz mal nenhum.

Ele ergueu a taça, e Leah fez o mesmo, com relutância.

– A nós.

– A nós – murmurou ela.

A refeição que se seguiu foi a mais suntuosa que Leah já tinha provado. Minestrone, ossobuco, canela de vitela sobre uma camada de risoto – delicadamente temperado com ervas cultivadas na propriedade – e zabaione de sobremesa.

Leah ergueu as mãos em desespero quando o garçom trouxe e pôs na mesa uma enorme variedade de queijos.

– Sério, Carlo. Eu não aguento mais. Vou explodir. Este foi o jantar mais delicioso que já comi. Fico surpresa que você tenha vontade de comer fora tendo uma cozinheira dessas em casa.

– É. A Isabella é maravilhosa. Ela está na nossa família há anos. Agora, acho que está na hora de dançarmos.

O garçom afastou a cadeira de Leah para trás, e ela se levantou. Carlo a conduziu até a varanda e fez uma mesura formal.

– Você me daria o prazer?

Leah assentiu, e Carlo a tomou nos braços. Eles valsaram devagar ao som da música suave, e Leah ficou admirada com a beleza do lugar. Ela só queria que os braços que a envolviam fossem de Brett.

– Ah, *cara*, hoje à noite você está mais linda do que nunca. A sua beleza parece crescer a cada ano. Venha, eu tenho uma coisa para te mostrar.

De repente, Carlo parou de dançar e a conduziu pelo terraço, passando por outro par de portas francesas.

O cômodo era muito menor que os outros e parecia quase aconchegante se comparado ao salão de baile. Carlo fechou as portas.

– Venha. Sente-se perto do fogo. A brisa de outono está um pouco fria.

Leah se sentou em uma confortável poltrona de veludo vermelho, e Carlo se acomodou de frente para ela.

– Quer um pouco de conhaque, *cara*?

Leah balançou a cabeça e observou Carlo se levantar e ir até um grande armário incrustado de ouro, sobre o qual havia uma seleção de pesados decantadores de cristal. Ela notou que Carlo parecia estranhamente nervoso. Ele se serviu de uma grande dose de conhaque, que tomou de uma só vez. Depois, se serviu de mais uma taça, que levou até sua poltrona ao lado da lareira.

Carlo olhou para a lenha que queimava, girando o copo nas mãos.

– Você deve estar se perguntando por que está aqui hoje à noite. As últimas seis semanas sem você foram insuportáveis. A nossa separação confirmou o que eu sempre soube. Eu te amo, Leah. Quero que você seja a minha esposa.

Ele tirou uma caixinha de veludo preto de dentro do bolso, revelou um reluzente anel de diamante e se ajoelhou em frente à poltrona dela.

– É o que todo o mundo da moda já esperava. Nós estamos destinados a ficar juntos, você e eu. Você vai morar aqui comigo, cercada do esplendor que a sua beleza merece e, um dia, vai me dar filhos tão lindos quanto você.

Carlo pegou a mão de Leah e colocou o anel no quarto dedo.

– Diga sim, *cara*, e eu farei de você a mulher mais feliz do mundo.

Leah olhou para o anel no dedo. De repente, todo o absurdo daquela noite a atingiu, e ela teve vontade de rir.

Era tudo tão perfeito. O belo e jovem príncipe pedindo sua dama em casamento em meio ao opulento esplendor de seu palácio. Direto de um livro de contos de fadas. O único problema era que ela amava outro homem.

Leah respirou fundo, balançou a cabeça e tirou o belíssimo anel do dedo. Ela lhe devolveu a joia.

– Não, Carlo. Não posso me casar com você.

Carlo pareceu ter levado um tapa na cara.

– Por que não?

Seu espanto era genuíno, e Leah percebeu que, nem por um segundo, ele contemplara a possibilidade de ela dizer não.

– Porque estou apaixonada por outra pessoa.

O espanto dele se transformou em horror.

– Quem?

– O rapaz com quem você me viu na foto. O nome dele é Brett Cooper, e eu o conheço desde os 15 anos.

– Você está me dizendo que, durante todos esses anos, estava tendo um caso? Enquanto o paciente Carlo cuidava de você e se preocupava com você sem nunca te tocar? – perguntou Carlo, com a voz tremendo de raiva.

Leah balançou a cabeça.

– Não, Carlo. Nós nos reencontramos na minha festa de 21 anos. Ele está morando em Nova York, e nós nos vimos lá.

Carlo se levantou e andou de um lado para o outro.

– *Un momento, per favore!* Então é só um casinho. Um garotinho que te fez companhia enquanto você estava solitária em Nova York. Você vai superar esse cara, Leah. Ele não pode te oferecer o que eu posso, o que você merece. Uma casa linda, um título. Não jogue isso fora. Nós nascemos um para o outro.

– Na verdade, o pai do Brett é um dos homens mais ricos do mundo. Não que o dinheiro importe – acrescentou ela. – Não se esqueça que eu tenho o meu próprio dinheiro, e eu amaria o Brett mesmo que ele não tivesse nem um tostão furado.

– Depois de tudo que eu fiz por você, essa é a minha recompensa. Eu fiz você se tornar quem você é e você me retribui desse jeito, transando com um garotinho que mal saiu dos cueiros! – exclamou Carlo, erguendo a voz.

Leah se levantou.

– Eu sou grata por tudo que você fez por mim, Carlo. Você tem sido maravilhoso, e eu te considero um dos meus melhores amigos. Mas acho melhor eu ir embora.

Leah caminhou com calma em direção à porta.

– Durante todo esse tempo, você se comportava como a Virgem Maria comigo, mas saía com outros homens – disse Carlo, contornando Leah. Ela viu o brilho de triunfo nos olhos dele. – É tarde demais. Hoje à tarde eu contei à imprensa sobre o nosso noivado e futuro casamento.

Leah parou no meio do caminho.

– Você fez o quê?

Carlo não disse nada, só sorriu para ela.

– Como você se atreveu a falar uma coisa dessas sem a minha permissão? Quem diabos você pensa que é?

– O homem que te transformou de uma *goffa*, uma garotinha boba, na estrela que você é hoje.

– A Jenny estava certa. Ela me disse que você acreditava que era responsável por todo o meu sucesso. Mas você não é meu dono, Carlo, ninguém é. Acho bom você ligar para a imprensa amanhã e dizer a eles que houve um erro. Se não fizer isso, eu faço.

– Eu não posso fazer isso. A notícia vai estar em todos os jornais do mundo amanhã cedo. *Cara*, por favor. Não vamos brigar. Sei que você me ama. Você vai esquecer esse outro garoto.

Carlo estendeu os braços para Leah, mas ela se afastou, tremendo de raiva.

– Não me toque, Carlo!

Ele a seguiu e a puxou bruscamente para seus braços.

– Eu acho que você me deve pelo menos um beijo – disse ele, pressionando os lábios nos dela, tentando forçar Leah a abrir a boca.

– Pare! Pare! – gritou Leah, ofegante, se livrando dos braços dele. – De minha parte, eu nunca mais quero te ver. O nosso contrato terminou no fim deste desfile, e não vou assinar outro. Quero que você chame o seu motorista e peça para ele me levar de volta para Milão neste exato momento.

A expressão de Carlo mudou, e ele abrandou a voz.

– *Cara*, você não pode estar falando sério. *Va bene*, talvez eu tenha me precipitado um pouco ao falar com a imprensa antes de finalizarmos os preparativos...

– Carlo, pela última vez, eu não te amo, nós não vamos nos casar, e o que você fez foi desprezível. Chame um carro agora! Senão, eu é que vou ligar para a imprensa.

– Está bem, está bem – concordou Carlo, tocando uma sineta. – A gente conversa amanhã, quando você estiver mais calma.

O mordomo apareceu, e Carlo falou com ele em italiano.

– O carro está lá fora.

– Tchau, Carlo. Eu espero, pelo seu bem, que o estrago que você causou possa ser corrigido.

Leah deixou a sala e seguiu o mordomo pelo longo corredor, tremendo de raiva.

No trajeto de volta a Milão, ela tentou processar o que Carlo tinha feito. Se ele estava mesmo falando a verdade, era tarde demais para fazer alguma coisa. A história estaria nos jornais na manhã seguinte.

Brett.

Leah mordeu o lábio. Ela sabia o quanto ele já era inseguro em relação ao vínculo dela com Carlo.

Assim que pisou no quarto, Leah ligou para o escritório de Brett. Pat disse que ele tinha acabado de sair. Ela tentou o duplex, mas a ligação caiu na caixa postal, então deixou uma mensagem pedindo que ligasse para o hotel dela.

Ela precisava tentar se explicar antes que ele visse os jornais.

Leah tentou se convencer de que Brett entenderia, mas, quanto mais a manhã se aproximava, mais crescia a dúvida em seu coração.

14

Carlo Porselli, o estilista italiano que arrebatou Milão nesta semana de desfiles, anunciou ontem o noivado com sua musa e top model, Leah Thompson. O evento não é inesperado; os dois jovens amantes são inseparáveis há quatro anos.

Ontem à noite, a Srta. Thompson passou uma noite romântica no palazzo de Carlo, às margens do lago de Como, para comemorar o futuro casamento. Ela foi vista voltando para sua suíte no hotel Principe di Savoia ao amanhecer.

A Srta. Thompson retorna hoje a Nova York para cumprir seus compromissos de trabalho com a Cosméticos Chaval, mas Carlo me assegurou que ela se mudará para Milão assim que o contrato terminar. Parabéns aos dois!

Leah examinou a foto de Carlo beijando-a em frente à sua galeria e suspirou. Enquanto o táxi que a levava do Aeroporto Internacional John F. Kennedy até seu apartamento acelerava pelas ruas, Leah leu mais quatro artigos em outros jornais. Eram todos quase idênticos, palavra por palavra.

– Ai, meu Deus.

Leah esfregou a testa, consternada, sabendo que não havia nenhuma esperança de que Brett não visse a notícia. Ela se perguntou se devia ligar para seu advogado e abrir um processo contra os jornais, mas qual seria o sentido? Eles tinham todo o direito de publicar o que Carlo tinha dito... então ela teria que processar Carlo. Leah chegou em casa com a cabeça girando.

– Ah, não.

Leah ofegou, desanimada, ao ver os paparazzi se aproximando do táxi.

– Vocês já marcaram a data, Leah?

– Parabéns, Srta. Thompson!

– E o Brett Cooper, o homem que te acompanha desde que você chegou a Nova York?

– Nada a declarar, nada a declarar – disse Leah, lutando contra a multidão de jornalistas e fotógrafos.

Ela precisava se recompor antes de dar uma declaração, e Madelaine sempre instruíra suas garotas a não falarem com a imprensa diretamente. A primeira coisa que queria fazer era ligar para Brett.

O apartamento estava quieto. Leah jogou a mala no quarto e avançou pelo corredor até o quarto de Jenny.

A porta estava fechada. Leah bateu de leve.

– Jenny, Jenny! Voltei! Preciso falar com você.

Não houve resposta. Leah abriu a porta e encontrou o quarto completamente escuro, mas conseguiu distinguir o volume adormecido na cama.

– Jenny, acorde. Tem uma horda de jornalistas lá embaixo e... – começou a dizer Leah, se esgueirando até a cama.

Jenny estava apagada.

– Jen, acorda – insistiu ela, sacudindo a amiga de leve.

Ainda assim, não houve resposta. Leah abriu as cortinas, e a luz brilhou sobre o rosto pálido e imóvel na cama.

Nesse momento, ela notou a garrafa de vodca ao lado do frasco vazio de comprimidos em cima do edredom.

– Jenny, acorde! – gritou Leah, sacudindo a amiga violentamente, o pânico crescendo na boca do estômago. – Ai, meu Deus.

Leah pegou o telefone ao lado da cama e ligou para a emergência.

– Alô. Ambulância, por favor. Sim – disse ela, e depois deu o endereço. – Acho que ela pode ter tomado uma overdose. Por favor, venham logo. Eu não consigo acordá-la... o quê? Não, não sei há quanto tempo. Está bem, vou fazer isso.

Leah desligou e foi correndo pegar o edredom da própria cama. Ela o jogou em cima da massa inerte e sem vida, depois se sentou e segurou a mão fria de Jenny.

– Ah, Jenny, por favor, não morra. Vamos lá, a Leah está aqui, agora.

Lágrimas lavaram o rosto de Leah. Cada segundo parecia durar uma eternidade, e tudo que ela podia fazer era ficar sentada ali inutilmente, incapaz de ajudar. Seus próprios problemas desapareceram enquanto ela rezava para que não fosse tarde demais.

Finalmente, ela ouviu o zumbido do interfone.

Leah atendeu e, um minuto depois, os paramédicos estavam ao lado de Jenny, testando os sinais vitais.

– Muito bem, vamos levá-la para o hospital.

Eles puseram Jenny em uma maca, e Leah segurou o elevador enquanto todos se espremiam lá dentro.

– Ela está…?

Leah não conseguiu pronunciar as palavras.

– Ela está viva, mas por pouco. Está inconsciente há muitas horas.

Na porta do prédio, os paparazzi se aproximaram enquanto os paramédicos erguiam Jenny até a parte de trás da ambulância e imediatamente colocavam uma máscara de oxigênio nela.

– Quem é, Srta. Thompson? Uma amiga? – quis saber uma jornalista, abrindo caminho até a frente do grupo.

– A senhorita vem com a gente? – perguntou um paramédico.

Leah assentiu, agradecida, enquanto era puxada para dentro da ambulância e as portas se fechavam.

Assim que chegaram ao Lenox Hill Hospital, Jenny foi levada diretamente para a emergência, deixando Leah na sala de espera deserta, andando de um lado para outro. As lágrimas não paravam de cair enquanto ela pensava no esforço que a amiga tinha feito para se recompor e em como ninguém tinha lhe dado uma chance. A pressão de ser perfeita estava matando Jenny.

Por fim, um médico irrompeu das portas vaivém.

– A senhorita é amiga de Jennifer Amory?

Leah levantou o olhar devagar, empalidecendo.

– Sou – murmurou ela.

– Bom, achamos que a Srta. Amory vai ficar bem. Ela está na UTI e vai continuar bem debilitada pelos próximos dias, mas deve sobreviver.

– Graças a Deus – sussurrou Leah com novas lágrimas brotando dos olhos. – Foi overdose?

O médico ergueu as mãos.

– Foi. Se intencional ou não, ainda não sabemos. Mas o médico que prescreveu as pílulas dietéticas que acabamos de tirar do estômago dela devia levar um tiro. Misturadas com álcool, podem ser letais. Duvido muito que a Srta. Amory tenha comido alguma coisa nos últimos dois dias. Não encontramos nenhuma evidência disso dentro dela. A senhorita sabe se ela estava de dieta?

– Estava. Mas eu não fazia ideia de que o spa tinha receitado comprimidos para ela.

– Spa? É esse o nome, hoje em dia? – perguntou o médico, erguendo uma sobrancelha. – Vou dizer à Srta. Amory para ela não desperdiçar mais dinheiro com lugares assim no futuro. Os comprimidos que eles prescrevem muitas vezes não são testados nem seguros. Não se brinca com o metabolismo desse jeito, como se ele fosse um carro de segunda mão, sabe?

– Eu posso ver a Jenny?

O médico assentiu.

– Ela está sonolenta e bem assustada, o que é bom sinal. Venha comigo.

Leah seguiu o médico pelo corredor até um pequeno quarto particular.

Jenny estava deitada na cama com tubos saindo de todas as partes do corpo e desembocando em imensos monitores. Seus olhos estavam abertos e brilharam no rosto pálido quando ela viu Leah.

– Oi.

A voz dela estava rouca e não passava de um sussurro.

Leah se inclinou e beijou a bochecha fria de Jenny, depois se sentou na cadeira ao lado dela.

– Os médicos disseram que você vai ficar bem – contou Leah com um sorriso.

– Eu não queria tomar tantas. Eu… eu só perdi a conta.

– Bom. Chega dessas pílulas. Agora você já sabe o que esse tipo de comprimido pode fazer com você – disse Leah gentilmente.

– É, mas eu estava muito desesperada para manter o peso baixo. Eu tinha um compromisso importante na segunda e queria estar na melhor forma. A Madelaine disse que era a minha última chance e…

Lágrimas encheram os olhos de Jenny, e Leah pegou a mão da amiga.

– Shhh, eu vou ligar para a Madelaine na segunda logo cedo, e a gente vai resolver tudo. Então, não se preocupe com isso. Tente descansar um pouco, que eu volto para te ver assim que puder.

– Não! – disse Jenny, agarrando a mão dela. – Não quero que ninguém saiba. Por favor, Leah, prometa que não vai dizer nem uma palavra.

– Está bem, está bem. Eu prometo.

O médico estava chamando Leah na porta.

– Agora eu tenho que ir. Tente dormir. Vai ficar tudo bem. Tchau, querida.

Jenny esboçou um sorriso, e Leah a beijou mais uma vez antes de sair do quarto com o médico.

– Deixe a próxima visita para amanhã de manhã. Tudo que ela precisa agora é dormir muito.

– Ela me disse agora há pouco que não queria tomar tantas pílulas, então acho que não foi deliberado.

O médico deu de ombros.

– Vai saber. Às vezes, esse tipo de coisa é um pedido de ajuda. De qualquer forma, vamos garantir que o nosso terapeuta tenha uma boa conversa com a Srta. Amory antes de darmos alta para ela.

Leah pegou um táxi de volta para casa, sentindo frio apesar do relativo calor do fim de setembro. Felizmente, os jornalistas tinham desaparecido, mas a cabeça dela girava por causa dos eventos das últimas 24 horas. Ela entrou no apartamento silencioso e, exausta, foi até a sala de estar, onde viu a figura familiar sentada no sofá.

– Oi, Brett.

Ele não se virou para falar com ela.

– Espero que você não se importe. Entrei com a minha chave. Achei que, dadas as circunstâncias, era melhor devolver.

A voz dele estava monótona e fria, e as palavras saíram arrastadas. Leah percebeu que ele estava bêbado.

A última coisa que ela queria era um grande confronto. Estava esgotada, exaurida.

– Você demorou um pouco para chegar em casa. Estava comemorando a boa notícia, é?

– Não, Brett. Na verdade, eu estava no hospital. A Jenny, ela... ah, não importa.

Jenny a fizera jurar segredo. Leah balançou a cabeça de leve e se sentou na poltrona diante de Brett.

– Eu tentei te ligar ontem à noite e...

– Eu sei. Recebi os seus recados. Foi legal da sua parte tentar me avisar antes. Ou você queria me chamar para ser padrinho? – retrucou Brett.

– Por favor, Brett, escute. Me dê uma chance de explicar antes de tirar conclusões precipitadas. Eu...

– Precipitadas! Meu Deus, Leah! O país inteiro sabe que você foi vista voltando para o hotel ao amanhecer, depois de passar uma agradável noite a sós com o Carlo. Você vai negar?

– Não, eu... Mas eles entenderam tudo errado. Eu realmente fui com o Carlo para o *palazzo* dele. O Carlo me convidou para jantar, eu não percebi o que ele tinha planejado e...

– Ahh, a pequena, doce e inocente Leah, arrastada pelo imenso e maquiavélico Carlo até o covil dele. Por que você levou até de manhã para fugir? Ele estava te mantendo prisioneira ou você não queria sair da cama quentinha dele?

– Chega! – exclamou Leah, furiosa. – Você não tem o direito de vir até a minha casa e falar comigo desse jeito. Eu já fui declarada culpada antes mesmo do julgamento, e você nem me deu a chance de explicar.

Por um instante, Brett ficou atordoado diante da raiva dela.

– O Carlo *realmente* me pediu em casamento no *palazzo* dele. Eu fiquei horrorizada e enojada. E eu disse NÃO, pelo amor de Deus. Mas ele já tinha falado para a imprensa que eu tinha aceitado. A história estava pronta para ser publicada. Eu não fiz *nada* de errado, Brett. Nada.

Brett se levantou e cambaleou um pouco. Ele se esforçou para fixar os olhos em Leah.

– É uma historinha bem conveniente.

– Você está bêbado, Brett. Acho que é melhor discutirmos isso quando você estiver sóbrio.

Brett deu um passo cambaleante para a frente.

– E você não estaria? Se a garota que você ama tivesse mentido, passado a noite com outro homem e depois anunciado o noivado para o mundo? Bom, você conseguiu o que queria, Leah. Retribuiu à altura o mal que eu te fiz quando você era mais nova. Espero que esteja se sentindo bem.

Leah observou Brett cambalear em direção à porta. Era inútil tentar explicar. Ele estava bêbado e irracional demais para ouvir. Lágrimas encheram os olhos de Leah enquanto ela o seguia pelo corredor até a porta.

– Bom, tchau, Leah. Foi bom te conhecer. Espero que você tenha muitos anos de felicidade com aquele italiano imbecil.

– Brett – disse ela, pegando o braço dele. – Vá para casa e, quando estiver mais calmo, por favor me ligue. E não se esqueça que eu acreditei em você e te dei mais uma chance.

Por um segundo, Leah viu um lampejo de compreensão brilhar nos olhos de Brett. Em seguida, o orgulho ferido e a raiva voltaram. Brett balançou a cabeça, se virou e caminhou, trôpego, pelo corredor em direção ao elevador.

Leah bateu a porta, caiu de joelhos e soluçou alto. Ela sabia que o tinha perdido de novo.

Por fim, se arrastou, exausta, até o banheiro e tomou banho. Sentindo-se um pouco recuperada, sentou-se na cama e ligou para o hospital. Jenny descansava confortavelmente. Leah tirou o fone do gancho e se arrastou para baixo dos lençóis frios.

Mas o sono não veio. Estava tudo tão confuso. Carlo, Jenny, Brett... Leah olhou para o teto e pensou em quantas garotas no mundo dariam tudo para ser ela: bonita, bem-sucedida, rica. Mas essas coisas tinham um preço alto demais. E Leah não sabia ao certo se estava preparada para continuar pagando.

15

– Quem era? – perguntou, baixinho, o lastimável volume no sofá.

– Anthony van Schiele. Ele quer que eu vá almoçar na casa dele em Southport amanhã. Vai mandar um carro ao meio-dia. Provavelmente está com medo desse negócio do Carlo e acha que estou prestes a desistir do contrato para me tornar uma *principessa*. Vou ter que ir e dar alguma garantia. Você vai ficar bem?

– Vou, sim, Leah, sério.

Leah atravessou a sala e se sentou na beirada do sofá, perto dos pés de Jenny. O rosto pálido e a estrutura esquelética não lembravam em nada a garota que um dia conhecera.

Fazia duas semanas que Jenny saíra do hospital. Isso tinha coincidido com o fim do trabalho de Leah com a Chaval. Ela havia cancelado todos os outros compromissos e cuidado de Jenny dia e noite. Porém – o que era preocupante –, não tinha notado nenhuma melhora na amiga. Muito pelo contrário, Jenny tinha piorado. Ela parecia ter perdido a vontade de lutar e, a cada dia, se retraía mais.

O médico advertira Leah que a depressão era uma reação esperada após uma overdose e que a abstinência repentina das pílulas dietéticas e da bebida teria um efeito debilitante na estabilidade emocional de Jenny.

Depois de lutar durante tantos anos para manter o peso baixo, Jenny agora tinha descambado para o outro extremo. Leah quase tinha que enfiar goela abaixo o pouco de comida que conseguia impor a ela. Agora, Jenny não passava de um saco de ossos, e Leah pensou, com ironia, no quanto Madelaine ficaria satisfeita.

– Se eu fizer aquela sopa gostosa que comprei ontem, você toma um pouco?

Jenny balançou a cabeça.

– Não estou com fome.

– Mas você precisa comer, querida. Está desaparecendo.

– Nos últimos anos, todo mundo me encheu o saco para perder peso e, agora, eu não paro de ouvir que tenho que comer.

– No momento, você não consegue nem ficar de pé, quanto mais mostrar o seu corpo para uma câmera. Você precisa recuperar a força, ganhar um pouco de peso e só então vai poder retomar o ritmo normal da vida.

– Para quê, Leah? Sei que está tentando ser legal, mas você sabe tão bem quanto eu que a minha carreira acabou. As pessoas não podem nem ouvir falar no meu nome – disse Jenny, com tristeza.

Leah mordeu o lábio. Após conversar com Madelaine, ela sabia que o que Jenny estava dizendo era verdade.

– Bom, e o Ranu? Ele ia odiar te ver assim.

– Eu não tive notícias dele desde que voltamos das nossas férias. Ele não sabe que eu estive doente, e prefiro que continue assim. Ele não está nem aí, de qualquer forma.

– Claro que está. Você não disse que vocês se divertiram para caramba em Aspen?

– A gente se divertiu. Mas eu sei que ele não me ama, Leah. Além disso, ele quer ser visto de braço dado com um símbolo sexual renomado e bem--sucedido, e não com uma famosa drogada e fracassada como eu.

– Não fale assim – retrucou Leah, desesperada.

– Por que não? É a verdade, não é?

Leah suspirou fundo.

– Jenny. Você precisa sair dessa. Você é jovem demais para desistir. Você tem a vida inteira pela frente. Mesmo que não seja modelar, existem outras coisas na vida, coisas que valem muito mais a pena.

– Tudo que eu tenho é o meu rosto e o meu corpo. Tentei destruir as duas coisas, e não sobrou nada.

– Jenny, essa é a maior bobagem que eu já ouvi na vida. São os fotógrafos e estilistas que fazem as pessoas sentirem que não têm nada por dentro. E você caiu como um patinho – afirmou Leah, depois pensou com cuidado nas palavras seguintes. – Eu estou muito decepcionada com você.

– Desculpe. Mas é assim que eu me sinto – declarou Jenny, dando de ombros.

Leah ergueu as mãos para o alto, em um gesto desesperado, e entrou no quarto. Era uma manhã de outono em um sábado de outubro, e as árvores embaixo da janela adquiriam suaves tons de amarelo e dourado.

Por alguma razão, a beleza da cena levou lágrimas aos olhos de Leah. Talvez fosse porque cuidar de Jenny lhe dera uma desculpa para hibernar nas últimas semanas. Ela precisava dar um tempo das câmeras e da mídia, fazer um balanço das coisas antes de voltar para o brilho da publicidade. Tinha discutido o problema Carlo com Madelaine, que ficara muito ansiosa quando Leah dissera que talvez o processasse.

– Não, querida, não faça isso. Vai ser ruim para a sua imagem.

E para a sua agência, pensou Leah, com ironia.

– Dê tempo ao tempo, deixe as coisas se acalmarem. Na semana que vem, a mídia já vai estar atrás de outra grande notícia. Daqui a alguns meses, eles vão te mostrar com outra pessoa.

– Mas, Madelaine, o Carlo não devia escapar impune.

– Eu sei, querida. Ele foi um menino muito levado… mas te deu a sua grande chance.

– Por que as pessoas não param de me dizer isso, Madelaine? Eu também não sou responsável de alguma forma? É a droga do meu rosto, afinal de contas – retrucou Leah, ciente de que nunca tinha usado aquele tom com a agente até aquele momento.

– É, sim, querida. Mas o Carlo é um homem poderoso. Eu só… *sinto* que a coisa certa a fazer é deixar isso de lado. A história vai perder força. Não se esqueça que amanhã ou depois você e o Carlo vão ser usados para embrulhar peixe.

Leah sentiu o sangue subir.

– Você não quer que eu processe o Carlo porque ele e os amigos vão parar de usar as suas modelos.

Fez-se uma pausa tensa entre as duas.

– Você gosta da sua vida, não é, Leah?

– O quê?

– O apartamento em Nova York, o status social, o dinheiro. E tudo isso em troca de ir a locações glamourosas e se deixar fotografar. As pessoas matariam pelo seu trabalho.

– O que você está dizendo, Madelaine?

– Que, se você quiser continuar a ser festejada e adorada pela indústria *e* pelo público, é melhor tomar muito cuidado e seguir em frente como se nada tivesse acontecido. O Carlo sabe que cometeu um erro. Vamos usar isso a nosso favor.

Leah não tinha forças para lutar também contra Madelaine.

– Bom, você pode dizer ao Carlo que eu nunca mais quero trabalhar com ele e que é melhor ele não tentar entrar em contato comigo. Caso contrário, eu vou, sim, abrir um processo contra ele!

A injustiça das ações de Carlo corroía Leah dia e noite. Ela o odiava por destruir seu relacionamento com Brett, que não tinha voltado a ligar. E, mesmo que ele ligasse, seria impossível reconstruir a confiança da relação.

Resumindo, as duas últimas semanas tinham sido terríveis.

– Oi, Leah. Nossa, você está linda. Entre.

Leah ficou maravilhada com a ampla casa ao seguir Anthony pelos cômodos simples, mas mobiliados com primor. A mansão ficava em um enorme terreno da arborizada Southport, em Connecticut.

– O que você quer beber? – perguntou Anthony.

– Água mineral, por favor.

Anthony assentiu e preparou as bebidas ele mesmo, enquanto Leah olhava pelas grandes janelas da elegante sala de estar para a paisagem repleta de colinas verdes do outro lado.

– Você tem uma casa belíssima, Anthony – elogiou Leah.

– Obrigado. Nós… eu mesmo projetei. É claro que, agora que o meu filho só vem para casa nos feriados e desde que a minha mulher… bom, é uma casa grande só para mim. Eu uso, basicamente, a saleta e o quarto. Na verdade, estou pensando em vender.

Leah ficou horrorizada.

– Não faça isso. É uma casa muito especial. Mal consigo acreditar que estou a uma curta distância de Nova York. A vista daqui me lembra o lugar onde eu cresci.

– E onde foi isso?

– Yorkshire.

– A terra das Brontë. Eu li todos os livros das irmãs.

Leah não escondeu sua surpresa.

– Sério? Eu também. Eu adoro.

Os dois conversaram com entusiasmo sobre seus romances preferidos, discutindo amigavelmente os diferentes estilos de Charlotte, Emily e Anne.

Uma empregada veio anunciar o almoço, e Leah seguiu Anthony até a sala de jantar formal, onde dois lugares tinham sido preparados na cabeceira da longa mesa.

– Eu me sinto um bobo almoçando aqui, mas está muito frio para comer no jardim de inverno e achei que a cozinha seria informal demais – desculpou-se Anthony. – O meu filho e eu sempre usamos a cozinha.

– Quantos anos ele tem?

– O meu filho? Acabou de fazer 18. Eu o mandei para Yale em setembro – contou Anthony, deixando os ombros caírem um pouco. – Tenho que admitir que morro de saudades dele. Enfim, peço desculpas pela minha complacência. Desde que você chegou, não tenho feito muito mais do que falar de mim.

– De forma alguma. Estou realmente interessada – respondeu Leah, com sinceridade.

Depois do almoço, eles se sentaram para tomar café na sala de estar.

– Preciso te perguntar, Leah, se existe alguma verdade nessa história que a imprensa publicou, de que você vai se casar com o Carlo Porselli e se mudar para a Itália. Sei que o seu trabalho com a Chaval acabou por enquanto, mas obviamente gostaríamos de renovar o seu contrato por mais um ano.

Anthony viu uma nuvem cruzar os olhos de Leah.

– Não, Anthony. Não existe nem um pingo de verdade nisso. Eu estava disposta a abrir um processo, mas a minha agente me desaconselhou.

– Então a história foi totalmente inventada?

– Não… O Carlo deu a notícia para a imprensa. Sei que parece bizarro, mas ele tinha tanta certeza de que eu ia me casar com ele que nem se deu ao trabalho de me consultar primeiro. A ironia é que, durante todos esses anos, a gente sequer se beijou.

Ela fez uma pausa e prosseguiu, dando de ombros:

– Enfim, a Madelaine me disse que tudo isso vai ser esquecido. Confesso que ainda estou furiosa. Por causa das ações do Carlo, um relacionamento ótimo com alguém de quem eu gosto muito acabou.

Anthony tomou um gole de café, pensativo.

– E não tem volta?

– Não. Mas talvez tenha sido melhor assim. Eu vivo sob os holofotes e, se não fosse agora, seria depois. Acho que ele não ia conseguir lidar com essas fofocas constantes.

– A mídia pode ser muito perigosa. Obviamente, a Chaval adora que você esteja no centro das atenções, mas não em detrimento da sua vida pessoal.

Leah estava prestes a expressar sua desilusão com a carreira como um todo, mas se conteve. Aquele homem podia até ser compreensivo, mas estava pagando uma fortuna para que ela fizesse seu trabalho.

Anthony sugeriu que eles fossem dar uma volta pelo terreno para arejar a cabeça, e os dois partiram. Embora fossem apenas 14h45, o céu já estava escurecendo. Eles passearam pelos jardins belamente cuidados, e o espaço e a paz da natureza de que Leah sentia tanta falta desde a infância em Yorkshire a reanimaram. Ao respirar o ar puro e fresco, Leah começou a sentir parte de seu otimismo natural voltar. De repente, a cidade de Nova York e seus próprios problemas pareceram muito distantes.

– Caramba, como eu sinto falta de espaços abertos. Acho que a cidade está me esgotando. É lindo aqui.

– Obrigado, Leah.

– Embora seja um pouco perfeito demais para mim. Gosto do aspecto rústico, selvagem, das charnecas – gracejou ela.

Anthony deu uma risadinha.

– Eu concordo, mas aqui tem um monte de leis de bairro que obrigam a gente a manter o jardim bem cuidado. O comitê provavelmente me expulsaria se eu não mantivesse a grama abaixo de uns 6 milímetros – explicou Anthony, sorrindo. – Acho que você ia gostar da Nova Inglaterra. Eu tenho uma casa lá. Você pode visitar quando quiser.

– Talvez eu aceite.

Ele pareceu satisfeito.

– Mais cedo, você estava dizendo que gosta de balé.

Leah assentiu.

– É. Quando eu era mais nova, queria ser bailarina. Só que, quando eu fiz 11 anos, percebi que precisava abandonar qualquer esperança de me tornar uma *prima ballerina*. Eu não ia encontrar um par mais alto que eu, e os bailarinos iam acabar com uma hérnia de tanto tentar me erguer – disse ela, com uma risadinha.

– Você pode até ser alta, mas aposto que é leve como uma pluma. Bom, estou no conselho do Met e vai ter uma apresentação de gala daqui a duas semanas. O Baryshnikov vai dançar. Você quer ir?

O rosto de Leah se iluminou.

– Ah, eu adoraria, Anthony!

Ele olhou sério para ela.

– Leah, você só deve ir se quiser. Hoje de manhã, fiquei pensando que você talvez só tenha aceitado vir hoje porque achou que não tinha como recusar, já que tecnicamente eu sou seu chefe.

Anthony parou de andar e olhou para a frente.

– Gosto muito da sua companhia, mas espero que saiba que não sou o tipo de homem que vai guardar rancor se você não quiser passar o seu tempo livre com um velho careta.

– Anthony, acredite em mim, eu adoraria. A primeira vez que você me convidou para jantar, eu aceitei por obrigação, mas gostei muito, *muito mesmo*, da sua companhia. E não há a menor chance de eu perder a oportunidade de ir ao Met, então sinto te informar que você não vai se livrar de mim!

Leah riu e passou o braço amigavelmente pelo dele enquanto os dois se viravam e voltavam para a casa. Anthony sorriu para ela.

– Você deve ter o homem que quiser.

O rosto de Leah se anuviou.

– Não. Na verdade, não. É uma área da minha vida em que eu não consigo acertar, então decidi que não quero mais saber de relacionamentos. Vou manter os homens no campo da amizade. Como você.

Anthony não pôde evitar a pequena facada de decepção que atingiu seu coração. Ele entendeu a mensagem. Mas, talvez, com o tempo... quem sabe? A companhia dela já era melhor do que nada.

Mais tarde, enquanto observava o motorista levar Leah de volta para Nova York, a depressão, que não o abandonava desde a morte da esposa havia quase dois anos, desapareceu.

Anthony foi até a saleta e se serviu de uma taça de conhaque.

Ele sabia que Leah não estava pronta naquele momento, mas não se importava de esperar até que ela estivesse.

Uma hora depois, em Nova York, Leah estava revigorada e feliz como não se sentia havia muito tempo. Quando o carro se aproximou da East 70th Street, ela já tinha decidido não deixar que Jenny e seus problemas a deprimissem.

Ao sair do elevador e entrar em casa, Leah ouviu vozes baixas vindo da sala de estar. Ficou boquiaberta quando entrou.

Miles Delancey estava sentado na poltrona perto da lareira, e Jenny, em vez de estar deitada em seu habitual estado de letargia, estava sentada e conversava avidamente com ele.

– Oi, Leah – disse ela, acenando. – Você tem visita.

– Estou vendo. Que diabos você está fazendo aqui, Miles?

– Olá, Leah – disse ele, sorrindo e se levantando para cumprimentá-la. – Como você está?

– Bem – respondeu ela. – Você está de férias aqui?

Miles balançou a cabeça.

– Não. Na verdade, eu decidi morar aqui de maneira permanente a partir de agora.

– Mas eu vi a sua matéria na *Vogue* na semana passada. Você está começando a se dar bem na Inglaterra.

– Eu sei, mas a Big Apple é onde as coisas estão realmente acontecendo hoje em dia no mundo da moda. Eu não queria me acomodar, então decidi me juntar à migração em massa para o outro lado da poça para ver no que dá.

– Ah.

Os motivos de Miles não pareciam sinceros.

– A Jenny aqui me entreteve pelas últimas duas horas – contou Miles, lançando a ela um sorriso sedutor, que fez Jenny corar.

Leah sabia que Miles conseguia ser extremamente charmoso quando queria.

– O Miles me colocou em dia com todas as fofocas da moda britânica – explicou Jenny, olhando para ele.

Leah viu uma luz nos olhos de Jenny que estava desaparecida havia meses.

– Pois é. Não que tenha muita coisa para contar. Aceita um pouco de vinho, Leah?

– Não, obrigada.

Ela observou Miles se servir de uma taça e se sentiu desconfortável ao vê-lo tão à vontade em seu apartamento.

– O Miles quer que você o apresente para todo mundo que possa ajudar no recomeço dele por aqui – disse Jenny.

Miles olhou para o copo, envergonhado.

– Jenny, sério. Você não devia ter colocado as coisas assim – disse ele, depois se virou para Leah. – Eu só falei para a Jenny que qualquer ajuda seria bem-vinda. Você sabe como as coisas são nesse ramo. É quem você conhece, não o que você sabe.

Leah sentiu o mesmo arrepio de anos antes, quando Miles olhava para ela com aqueles olhos penetrantes.

– Além disso, ele está hospedado em uma espelunca qualquer do Lower East Side. Eu falei que ele pode ficar aqui com a gente por um tempo até se organizar, já que é um velho amigo seu – disse Jenny.

Leah soltou o ar com força. Ter Miles Delancey hospedado em sua casa era a última coisa de que precisava. No entanto, ele com certeza parecia ter funcionado como um tônico para Jenny, e ela não tinha como dizer não naquele momento.

– Claro. Vou tomar banho e cair na cama. Estou exausta. Não deixe a Jenny ficar acordada até tarde, Miles. Ela esteve muito doente.

– Eu estou bem, Leah. Pare de se preocupar – retrucou Jenny, irritada. – Durma bem – disse ela, antes de voltar a prestar atenção em Miles.

Leah foi para o quarto, furiosa por sua paz de espírito ter sido, mais uma vez, perturbada. Estar tão perto do assustador Miles Delancey era algo que a enervava completamente.

Ela pulou na cama e fechou os olhos.

Naquela noite, voltou a ter o sonho. A vozinha repetindo dentro de sua cabeça… *coisas não naturais, coisas malignas… nunca mexa com a natureza… ele vai te encontrar…*

Ela se sentou de repente e acendeu a luz. Seu coração batia forte contra o peito e seu corpo estava encharcado de suor.

Leah soube, então, com uma certeza terrível, que seu pesadelo da infância estava ligado ao homem em seu apartamento.

16

– Obrigada por me avisar, Roddy. A Miranda? Não, eu não soube dela. Vou pensar na sua sugestão e entro em contato assim que puder. Se cuide, eu te vejo na semana que vem. Tchau.

Rose pôs o fone no gancho e respirou fundo. Estava exausta e não se lembrava da última vez em que dormira direito. Ao sair do estúdio, foi até a mesa da cozinha e acendeu um cigarro. Não era nem uma da tarde, e aquele já era o décimo do dia.

Fazia um mês que Miranda ligara pela última vez. Rose se fez as mesmas perguntas repetidas vezes enquanto tentava entender por que o contato tinha sido interrompido de maneira tão brusca.

Ela havia procurado a polícia, que tinha sido bem inútil. Como Miranda tinha 21 anos, eles disseram que desaparecer sem dizer a ninguém onde estava era direito dela e que isso acontecia o tempo todo. Principalmente porque Miranda *entrara* em contato com Rose, eles chamaram a atenção para o fato de que não havia razão para que a polícia a considerasse desaparecida ou uma possível vítima de crime. Mesmo assim, Rose deixara uma foto de Miranda com a polícia de West Yorkshire e pedira a eles que enviassem a imagem a Londres, diante da remota possibilidade de que um policial visse sua filha. Ela sabia que a chance era de uma em um milhão.

Rose não parava de se perguntar se o desaparecimento de Miranda era culpa sua. Ela repassou toda a infância de Miranda várias vezes, as inúmeras discussões das duas assombrando-a como se tivessem acontecido um dia antes. Roddy lhe dissera para parar de se torturar, que Rose tinha acolhido Miranda quando ela era bebê e a amado como se fosse sua.

No entanto, Roddy não tinha que olhar para a cópia em miniatura da filha desaparecida todos os dias. O rostinho de Chloe se iluminava no instante em que via Rose, e aquilo partia seu coração. Ela e a Sra. Thompson mimavam muito a menina, para tentar compensar o fato de que ela era pouco mais do que uma órfã.

Rose só desejava ter contado a Miranda o quanto lutara para adotá-la... que movera céus e terras pelo direito de se tornar sua mãe... mas era tarde demais.

Ela apagou o cigarro no cinzeiro com força e decidiu ouvir o noticiário de uma hora no rádio.

A Sra. Thompson entrou apressada.

– Esquento a chaleira? – sugeriu ela.

Rose assentiu. As duas ficaram ouvindo as notícias em silêncio, como já era rotina. Naquele dia, o locutor relatou, em tom sombrio, que uma jovem tinha sido estuprada, estrangulada e encontrada morta em seu quarto em King's Cross, no norte de Londres. Doreen Thompson observou, empática, Rose se enrijecer e estender a mão para pegar os cigarros mais uma vez.

– A mulher, que ainda não foi identificada, devia ter 20 e poucos anos. Era uma prostituta conhecida, que operava em King's Cross há dezoito meses. Outras prostitutas da área foram instruídas a ficarem alertas depois do que a polícia descreveu como um ataque muito cruel. Uma investigação completa para encontrar o assassino está em andamento.

Rose respirou aliviada.

– Graças a Deus – murmurou ela.

– Pronto, Sra. Delancey – disse a Sra. Thompson, colocando uma caneca fumegante de café na frente dela. – A senhora quer comer alguma coisa antes de eu ir ao vilarejo para pegar a Chloe na creche?

– Não, obrigada, Doreen. Acho que vou levar isto aqui para o meu estúdio.

– Está bem – respondeu a Sra. Thompson, depois fez uma pausa. – Ela está viva, Sra. Delancey. A Miranda vai voltar, eu sei que vai.

Rose olhou pela janela da cozinha.

– Espero que você esteja certa, Doreen – disse ela, depois se levantou com um suspiro. – Obrigada.

– Pelo quê?

– Por toda a sua ajuda com a Chloe e só por... estar aqui.

– Não precisa agradecer, Sra. Delancey. Adoro aquela garotinha. Eu volto daqui a uns 45 minutos.

Rose assentiu, depois perambulou de volta até o estúdio e olhou para a pintura em que estava trabalhando. Ela identificava o medo e a frustração que transmitira para a tela.

O que lhe parecia mais cruel era o fato de sua carreira ter deslanchado desde a primeira exposição – a tal ponto que ela tinha encomendas suficientes para trabalhar até completar 90 anos. Sua conta bancária agora continha uma pequena fortuna, e todas as suas preocupações financeiras tinham ficado para trás.

Até os anos de ansiedade em relação ao futuro de Miles pareciam ter chegado ao fim.

Na verdade, ela sempre se preocupara com o filho único. Embora extremamente educado, ele fora uma criança solitária. Apesar de Rose ter se esforçado muito para que ele socializasse com outros garotos, Miles sempre evitara a realidade, preferindo viver dentro da própria imaginação. Mesmo quando os dois passavam algum tempo a sós, Miles parecia distante da mãe. E, de vez em quando, embora tentasse ignorar, Rose via algo nos olhos dele que era... frio. Ela não ousava pensar no motivo. Não. Era melhor deixar o passado para trás.

Agora, parecia que o filho tinha encontrado sua vocação e se tornado um jovem talentoso. Nos últimos tempos, suas conversas com Miles tinham sido positivas como sempre.

Sinceramente, Rose deveria estar se sentindo bem como não se sentia havia muito tempo.

Mas Miranda lhe causava cabelos brancos e noites em claro.

Rose se levantou, pegou um pincel e o molhou nas tintas verde Hooker e amarelo ocre que tinha misturado antes. Deu uma pincelada ampla na tela à sua frente e se perguntou se era seu destino viver sem paz.

17

– Miranda, bem-vinda a bordo – disse Santos, sorrindo e estendendo a mão para ajudá-la a subir os degraus íngremes ao sair da pequena lancha que flutuava ao lado do barco.

Miranda fez uma careta quando ele a beijou nas duas bochechas.

– Você está linda como sempre, querida. Teve um voo agradável?

– Tive, sim, obrigada.

– Ótimo. Agora, sugiro que descanse na sua cabine e se junte a mim na sala de estar às oito. Vamos tomar alguns drinques e depois jantar. O Marius vai levar a sua bagagem lá para baixo. É só seguir ele.

Miranda aquiesceu e desceu alguns degraus atrás do forte tripulante até as entranhas luxuosamente acarpetadas do barco. Ele parou na frente de seu quarto de sempre e o destrancou. Assim que Miranda entrou, Marius, vestido com um elegante uniforme branco, fechou a porta com firmeza e voltou para o convés de popa.

O esplendor e a opulência de sua cabine já não a impressionavam mais. Ela foi imediatamente até o armário de bebidas e se serviu de um copo grande de vodca com água tônica. Em seguida, afundou em uma das confortáveis poltronas de couro e olhou pela grande escotilha para o brilhante mar azul.

Ela tomou um gole da bebida. Durante o voo para Nice, Miranda decidira que a única forma de sobreviver a mais um fim de semana terrível com Santos seria encher a cara. A ideia de ser tocada por ele lhe causava um frio na espinha.

Santos a repugnava. Não havia outra palavra para aquilo. Ela não o via fazia mais de um mês e tinha passado todas as noites em Londres morrendo de medo de que ele lhe pedisse para acompanhá-lo em seu barco mais uma vez. No último fim de semana que passara com ele ali, a bordo daquele palácio flutuante com todos os lacaios, Santos se comportara da mesma maneira carinhosa de sempre na frente dos outros. Porém, mais tarde, quando os dois estavam sozinhos na cabine dele... Miranda tinha vontade de vomitar ao pensar nas coisas que ele tinha pedido para ela fazer... ordenado que ela fizesse.

Ian costumava aparecer para vê-la nas noites de sexta, e Miranda vivia por essas ocasiões. Era a única oportunidade que tinha de conversar com outro ser humano durante a semana inteira. Ele levava livros e presentes para mantê-la ocupada, e Miranda via nos olhos dele que se compadecia de sua situação.

Ele ficava para tomar alguma coisa, falava sobre a semana e contava histórias engraçadas para tentar provocar um sorriso nela, mas sempre tinha que ir embora cedo demais. Geralmente, ele corria para casa para se trocar e ir a algum jantar ou para passar o fim de semana com os amigos no campo.

– Eu queria poder ir com você – dizia ela, soltando um suspiro triste.

– Eu também queria – respondia Ian, enquanto a beijava castamente na bochecha. – Se cuide e tente não ficar muito para baixo. Tenho certeza que as coisas vão se acertar.

Mas Miranda tinha consciência de que aquelas eram palavras vazias de consolo. Ian sabia tanto quanto ela que havia pouca esperança de que isso acontecesse.

Nas últimas semanas, começara a fantasiar com ele. Ela imaginava o que aconteceria se as coisas fossem diferentes. Ian e ela saindo para jantar, caminhando no parque, indo ao teatro. Ela havia implorado que ele a levasse para sair de novo, mas Ian tinha lhe lançado um olhar cauteloso e dito que poderia parecer suspeito e que seria melhor visitá-la em casa.

Como Ian poderia servir de consolo quando Miranda sabia que ele tinha tanto medo de Santos quanto ela?

Ele era tão bom e gentil, diferente de todos os homens que ela conhecera. Miranda estava começando a se perguntar se tinha se apaixonado por ele. Ela nunca acreditara nessas coisas, e certamente não com alguém de aparência tão comum como Ian. Mas a sensação que experimentava quando acordava na sexta de manhã sabendo que ia vê-lo dali a poucas horas era meio mágica.

Ele entendia como Miranda se sentia em relação a Chloe e a culpa que ela nutria por se ressentir do modo como a bebê a forçara a ser mãe quando ela própria não era muito mais do que uma criança. Miranda sempre se censurava por isso, desejando que houvesse um jeito de contatar Rose e dizer o quanto amava a filhinha e como lamentava ter dado a Chloe qualquer coisa que não fosse afeto. Ela sentia uma saudade desesperadora da filha.

Mas Ian a tinha alertado inúmeras vezes que Santos usaria a criança contra ela. Todas as semanas, Miranda desabafava seus sentimentos reprimidos com Ian, e ele ficava ali sentado, em silêncio – ouvindo, sem nunca julgar. Estava cada vez mais difícil vê-lo partir.

Miranda se serviu de outra dose de vodca e ouviu o zumbido dos motores enquanto o barco se afastava devagar do porto de Saint-Tropez.

Ela voltou a se sentar e pensou em como Ian tinha sido doce na noite anterior, aparecendo na quinta-feira à noite porque sabia que ela passaria o fim de semana no barco. Quando ouvira a chave na fechadura, Miranda estava sentada no sofá, com lágrimas escorrendo pelo rosto, o olhar vazio fixo na tela da TV.

Ian preparara uma bebida para ela e se sentara ao seu lado no sofá.

– Eu não aguento mais, Ian. Eu sei o tipo de coisa que ele vai me obrigar a fazer. Ai, meu Deus.

Ele a pegara gentilmente nos braços e a embalara enquanto ela chorava. A sensação de ser abraçada por ele tornara o fim de semana que tinha pela frente ainda mais insuportável.

– Eu preferia estar morta. Por favor, não me faça ir.

– Shhh, vamos lá, Miranda. Não vai ser tão ruim assim. Algumas mulheres dariam tudo para voar em um jatinho particular e passar o fim de semana com um bilionário no barco dele.

Miranda olhou para ele.

– Mas eu não sou assim. Eu achava que faria qualquer coisa em troca de uma vida de luxo. Pensava que eu conseguiria aguentar. Mas tudo que eu quero agora é morar em uma casinha em algum lugar, com a minha filha, e ter a liberdade de passear na rua quando quiser.

Miranda também queria acrescentar "e ter você comigo todos os dias", mas não conseguiu.

– Você precisa me ajudar, Ian. Não vou aguentar isso por muito mais tempo. Sabia que o Santos dorme com uma arma embaixo do travesseiro?

Ian ergueu as sobrancelhas.

– Não sabia, mas não estou surpreso.

– Eu juro, Ian, que se ele me obrigar a fazer qualquer coisa... Ai, meu Deus. Eu mato ele.

Ian olhou para o rosto branco e os olhos selvagens de Miranda e viu que ela estava falando a verdade.

– Olhe, não seja boba. Isso não resolveria nada. Aguente o fim de semana como conseguir e, quando você voltar, na semana que vem, vamos ter uma conversa séria. Deve ter alguma coisa que possamos fazer.

– Está falando sério? – perguntou Miranda, e seu rosto se iluminou.

Ian assentiu.

– Estou. Mas me prometa que vai ser uma boa menina e fazer tudo que o Santos mandar.

Ian tinha ido embora pouco antes das nove, o horário em que Santos ligava, e Miranda conseguira falar com ele normalmente.

E agora lá estava ela no barco, com Ian a centenas de quilômetros de distância, e à mercê de seu captor.

– Vamos lá, Miranda. Feche os olhos e pense no que o Ian falou. Você nunca mais vai ter que fazer isso – disse ela, e foi tomar um longo e demorado banho de banheira com outro copo grande de vodca.

– Boa noite, querida. Você está linda. Tenho um presentinho para você.

Santos lhe entregou uma caixa forrada de couro, e os dez convidados presentes no salão interromperam a conversa para ver Miranda abri-la.

Ela prendeu a respiração ao ver o conjunto resplandecente de brincos, colar e bracelete de diamantes. Era, de longe, o presente mais impressionante que Santos já lhe dera. Ela se perguntou o que ele pediria em troca naquela noite.

Durante uma hora, ela ouviu Santos falar sobre o lugar para onde eles navegariam na manhã seguinte. Todos os olhos estavam voltados para ele, e Miranda desprezou, em silêncio, o imenso poder que o dinheiro proporcionava. Aquele homem não merecia que suas opiniões fossem respeitadas. Mas ela estava presa na mesma armadilha que todos os outros do salão. E, assim como eles, precisava participar do faz de conta.

A atenção de Miranda foi atraída por um homem que passou devagar pela porta do salão e pegou uma taça de champanhe com um dos funcionários do barco. Seu rosto parecia familiar. Miranda ficou impressionada com a beleza dele. Devia estar perto dos 50 anos e tinha cabelos louros entremeados por fios grisalhos, além de um par de olhos penetrantes cuja expressão ela sabia já ter visto em algum lugar.

Santos se virou e o viu.

– Ah, David. Bem-vindo. Que bom que você conseguiu vir.

– Pois é. Peço desculpas por ter chegado tão tarde. Fiquei preso em Nova York por causa dos negócios – disse David, forçando um sorriso.

Miranda reconheceu nele a mesma repulsa que sentia todas as vezes que via Santos.

– Miranda, este é David Cooper. Nós nos tornamos bons amigos quando trabalhamos juntos em um projeto no Rio. Fico muito honrado que um homem tão ocupado quanto ele tenha nos agraciado com a sua companhia neste fim de semana.

– É um prazer estar aqui – disse David.

Miranda prendeu a respiração ao olhar para David Cooper, esperando que ele lembrasse que tinha uma sobrinha com o mesmo nome, que o filho conhecera durante as férias em Yorkshire, anos antes.

Mas David não fez isso, apenas sorriu calorosamente e pegou a mão dela para beijá-la.

– Encantado, Miranda.

Ele desviou a atenção e começou a conversar com Santos. Miranda soltou o ar devagar, tentando acalmar seu coração acelerado. Ainda bem que ele e Rose não tinham tido contato no passado. Miranda percebeu, racionalmente, que não havia nenhum motivo para que David soubesse quem ela era. Era provável que Brett nunca tivesse mencionado seu nome. Mesmo assim, era perturbador saber que havia uma conexão entre ela e aquele homem. Se Rose descobrisse que ela era uma amante sustentada que ganhava a vida praticando atos obscenos, talvez nunca mais a deixasse ver Chloe de novo.

Mesmo assim, havia uma parte dela que queria confidenciar com o tio recém-descoberto, contar a ele o que estava enfrentando e pedir ajuda. Afinal, segundo todos os relatos, ele era tão poderoso quanto o seu captor, e a primeira pessoa que ela vira chamar a atenção de Santos de verdade.

Um forte clarão surgiu quando um dos convidados usou uma pequena câmera para tirar uma fotografia de Santos, Miranda e David.

– Para o meu álbum de fotos – disse ele, sorrindo de maneira insinuante.

– *Não!* – vociferou Santos em um tom tão assustador que todos deram um pulo para trás. – Pegue a câmera dele e jogue fora junto com o filme – ordenou, vermelho de ódio.

Um dos tripulantes que servia os drinques assentiu e tirou a câmera das mãos do convidado apavorado.

– Eu… me desculpe. Por favor, eu sinto muito.

A raiva de Santos evaporou, e ele voltou a ser o anfitrião encantador de sempre.

– Não se desculpe. É uma regra que eu sigo, porque tenho receio de me tornar uma figura pública. Valorizo muito o meu anonimato e a minha liberdade. Vamos entrar para jantar. Miranda, por favor acompanhe o David até a sala de jantar.

Miranda estava examinando o rosto do tio. Ele encarava Santos com uma expressão que lembrava… o quê? Triunfo? Sorriu para Miranda e lhe ofereceu o braço. Eles seguiram Santos, que dera o braço a uma bela garota ruiva, até a sala de jantar.

Miranda foi posta entre os dois homens na mesa, com a garota, cujo nome era Kim, do outro lado de Santos. Miranda notou que ele parecia estar prestando muita atenção nela, e se perguntou, esperançosa, se isso a livraria dele naquela noite.

– Este barco não é sublime? – comentou David com Miranda, dando um sorriso caloroso. – Eu tenho um iate na Costa Amalfitana, mas nada comparado a isto aqui. Infelizmente, nunca consigo ter tempo para navegar. Na verdade, estava pensando em vender, mas talvez deva esperar para ver se vou gostar deste fim de semana.

– É – respondeu Miranda.

– Você é britânica, não é? – perguntou David, enquanto os garçons serviam grandes terrinas de sopa.

– Sou.

– De onde você é?

– Ah, hum, de Londres.

– Sério? Achei que o seu sotaque vinha de bem mais ao norte. Mas eu passei a maior parte dos últimos 25 anos em Nova York, então devo ter perdido o ouvido para as nuances nativas do Reino Unido – contou ele, com um sorriso. – Eu adoro Londres. Passei os melhores anos da minha vida lá. O que você faz da vida, Miranda?

Miranda ficou desconcertada. Será que David não sabia o que ela era?

– Está bem. Deixe eu adivinhar – disse ele, pensativo, olhando para ela. – Bom, você é bonita o suficiente para ser modelo, mas algo me diz que não é. Você trabalha para o Santos?

Miranda assentiu devagar. No fundo, era verdade. Ela não entendia por que ele parecia tão interessado nela.

– É um homem fascinante, não é?

As palavras soaram genuínas o suficiente, e Miranda se perguntou se tinha imaginado o olhar de repulsa de David quando ele entrara no salão.

– É.

Miranda sabia que seu nível de conversa estava no padrão de uma criança de 10 anos de idade, mas não podia cair na armadilha de cometer um erro.

David, contudo, não parecia notar. Ele falou sobre seu projeto com Santos e pareceu partir do princípio de que ela estava por dentro de tudo. Miranda ouviu e se viu relaxar um pouco. Ele parecia ser um homem muito bacana, bem diferente da figura megalômana e com sede de poder que Brett tinha sugerido que era. Ele também a tratou com um respeito tácito, o que restaurou um pouco da sua autoconfiança.

Depois do jantar, eles voltaram ao salão e se sentaram para beber licores.

David ocupou uma cadeira ao lado de Miranda. Estava fascinado por ela. Apesar de toda a embalagem sofisticada de Miranda, ela obviamente era muito jovem e estava determinada a não revelar nada sobre si mesma. Ele achou isso revigorante. Assim que as mulheres sabiam quem ele era, geralmente se atiravam aos seus pés.

Ela também o lembrava vagamente de alguém, mas ele não conseguia identificar quem.

Ele se perguntou qual era o papel dela ali. Com certeza, aquela garota não era uma das prostitutas de Santos. Ela não tinha o cansaço e o cinismo que as marcavam com tanta clareza.

– Acho que já está na hora de nos recolhermos. Amanhã, vamos atracar em Le Lavandou. O café da manhã é às oito.

Santos se levantou, e a noite terminou imediatamente para os outros ocupantes do salão.

– Venha, Miranda – disse Santos, estendendo o braço para ela.

Miranda olhou para ele, odiando-o por deixar óbvio para todos que ela era propriedade dele e passaria a noite com ele. Ela se levantou devagar e se virou para David.

– Boa noite, Sr. Cooper.

David se levantou, pegou a mão dela e a beijou.

– Boa noite, Miranda. Foi um prazer.

Ele sorriu para ela com certa tristeza quando Miranda pegou o braço estendido de Santos e saiu do salão.

Santos a conduziu até a cabine dele.

– Acho que o Sr. Cooper gostou muito de você, Miranda. Bom trabalho. O Sr. Cooper é um importante colega de negócios, e eu quero deixar ele feliz. Mas, agora, é hora do nosso momento.

Ele abriu a porta do quarto. As luzes estavam baixas, mas, para seu horror, Miranda viu claramente a silhueta nua da garota ruiva deitada na cama. Santos foi até o bar e serviu um coquetel pronto em um copo, antes de entregá-lo a Miranda.

Miranda engoliu o líquido e fechou os olhos, começando a nadar nas águas profundas e turvas da letargia induzida pelas drogas. Incapaz de continuar lutando, ela se deixou afundar lentamente.

18

– Você está bem, Leah? Está tão quieta ultimamente...

De pé na cozinha, vestindo um robe, Jenny segurava duas canecas de café e observava Leah passar manteiga na torrada.

Leah aquiesceu.

– Eu estou bem, Jenny. Só tenho estado ocupada, só isso.

– Muito trabalho e nenhuma diversão fazem de Leah uma garota chata – parafraseou Jenny. – Você tem visto o Brett? – perguntou ela, colocando as duas canecas na bancada.

Leah sabia que Jenny perguntaria isso em algum momento. Embora já tivesse mais de um mês que o relacionamento deles terminara de maneira abrupta, Leah não tinha mencionado o fim para Jenny. Nas duas últimas semanas, ela estivera atolada de trabalho, e Jenny saíra quase todas as noites na companhia de Miles Delancey. De qualquer forma, ela não queria conversar sobre esse assunto.

– Não. Eu e o Brett terminamos e, para ser sincera, prefiro não falar sobre isso se você não se importar.

Jenny pareceu sinceramente chateada.

– Ah, Leah. Eu realmente pensei que vocês dois...

Ela se interrompeu ao ver o rosto de Leah endurecer.

– Está bem, desculpe. Não vou falar mais nada.

– Você e o Miles parecem estar se dando bem – comentou Leah, olhando para a amiga e mal acreditando que aquela era a mesma garota de antes.

Em duas semanas, Miles conseguira fazer o que ela não conseguira em meses. Os olhos de Jenny brilhavam, ela havia ganhado peso e a cor tinha retornado às suas bochechas. Independentemente do que Leah achava de Miles, estava feliz por ele ter sido o tônico de que Jenny precisava para se colocar no caminho da recuperação física e mental.

O rosto de Jenny se iluminou, e ela sorriu com um ar travesso.

– Estamos, sim. Ele foi a melhor coisa que me aconteceu em séculos. Eu me sinto uma nova mulher. Ele não é lindo, Leah?

Leah assentiu, hesitante. Embora Miles tivesse tratado Jenny com muita gentileza desde que chegara ao apartamento, aquilo não abalara seus instintos em relação a ele. Afinal, Miles tinha seduzido Rose e a mãe de Leah, fazendo--as acreditar que ele era um perfeito cavalheiro. Desde a noite no celeiro, anos antes, Leah sabia que isso não era verdade. Ela continuava convicta de que fora Miles quem a agarrara.

– Acho que estou apaixonada – sussurrou Jenny. – Nós nos damos tão bem. Passamos praticamente todos os segundos juntos, e ele vive me dizendo que eu sou linda. Estou começando a acreditar nisso – disse ela, com uma risadinha. – Enfim, é melhor eu levar o café dele antes que fique gelado. Eu te vejo mais tarde.

Quando Jenny ergueu as duas canecas da bancada, a manga do robe de cetim escorregou até o cotovelo, e Leah viu um imenso hematoma roxo percorrendo a circunferência do braço da amiga.

– Ai! Jenny, como é que você foi se machucar desse jeito?

Jenny corou e sacudiu o braço para que o robe voltasse a cobrir o hematoma, derramando café no chão.

– Ah, eu caí ontem. Você sabe como eu sou desastrada. Acho que ainda não recuperei totalmente o equilíbrio depois da doença. Mas eu estou bem, sério.

Leah observou Jenny sair da cozinha. Algo na forma daquele machucado e no jeito como Jenny tinha corado quando fora questionada dizia a Leah que a amiga estava mentindo.

Na noite seguinte, Leah entrou em casa exausta. O apartamento estava silencioso, e ela deduziu que Miles e Jenny tinham saído. Fora um dia longo e difícil, mas ela estava animada para ir ao balé com Anthony naquela noite. Leah tomou banho, secou os cabelos e tentou decidir que vestido usaria. Escolheu um de seus preferidos, um modelo Lanvin, aplicou um pouco de maquiagem e vestiu a roupa luxuosa. Depois, experimentou vários colares e, sem encontrar nada que combinasse, lembrou que Jenny tinha uma imitação de diamante em forma de lágrima que ficaria perfeita. Ela saiu do quarto, atravessou o corredor e bateu na porta de Jenny, sem esperar nenhuma resposta.

– Leah, estou ocupada – respondeu Jenny do outro lado, com uma voz estranhamente áspera.

– Desculpe, Jenny. Só queria saber se você pode me emprestar aquele seu colar que parece diamante para usar no balé hoje à noite.

Houve uma pausa antes de Jenny responder.

– Eu perdi.

– Mas eu vi o colar ontem na sua penteadeira. Você pode dar uma olhada para mim?

– Por favor, Leah. Vá embora. Estou ocupada.

Imagens de garrafas de vodca e comprimidos surgiram na cabeça de Leah. Dessa vez, ela não ia se arriscar. Tentou abrir a porta. Estava trancada.

– Jenny, me deixe entrar agora, senão eu vou ligar para aquele médico do hospital.

– Eu estou bem, só me deixe em paz.

Leah percebeu que Jenny não soava bêbada, mas sabia Deus o que estava acontecendo atrás daquela porta.

– Eu estou falando sério. Se você não me deixar entrar, eu vou ligar para o Lenox Hill agora. Eles me falaram para fazer isso se você começasse a agir de forma estranha. Por favor, Jenny, abra a porta.

– Está bem, está bem.

O rosto de Jenny apareceu, meio escondido pelo batente da porta.

– Viu só? Eu estou bem – disse ela, estendendo o colar. – Aqui. Divirta-se hoje à noite. Eu te vejo mais tarde.

Jenny se movimentou para fechar a porta, mas Leah foi mais rápida que ela. Empurrou mais ainda a porta e entrou para procurar evidências. Não havia nenhuma à vista. Sentindo-se péssima por obviamente ter cometido um erro, ela se virou para Jenny para pedir desculpas.

– Perdão, Jenny, eu só pensei… Meu Deus!

Jenny estava olhando para o chão. O lado direito de seu rosto estava completamente roxo, e o olho, meio fechado.

– O que aconteceu? Como diabos você fez isso?

Jenny encolheu os ombros.

– Foi ontem à noite, quando eu fui pegar um copo d'água na cozinha. Eu não me dei ao trabalho de acender as luzes, tropecei na mesa do corredor e caí.

Imediatamente, Leah se lembrou do hematoma roxo que vira no braço de Jenny no dia anterior.

– Eu não acredito em você. Comece a falar a verdade, ou vou ligar para o hospital.

– Escute, Leah. Isso não é da sua conta, e não estou nem aí se você acredita em mim ou não. Estou falando a verdade. Pare de se meter na minha vida, está bem? Você parece uma mãe superprotetora observando cada passo que eu dou! Eu sei cuidar de mim, obrigada.

A raiva cresceu dentro de Leah.

– Ah, é mesmo? E o que teria acontecido se eu não tivesse voltado de Milão e te encontrado? Eu não espero que você me agradeça por ter cuidado de você do jeito que eu cuidei, mas pelo amor de Deus, Jenny! Não me trate como uma idiota! Eu não sou sua inimiga, sou a sua melhor amiga, que te ama. Foi o Miles que fez isso, não foi? Não foi?

De repente, Jenny desabou. Lágrimas encheram seus olhos, e ela afundou na cama.

– Não grite comigo, Leah, por favor. Desculpe a minha ingratidão, mas eu sabia que você não ia entender. É, o Miles foi um pouco agressivo ontem à noite, mas ele se desculpou muito. Ele prometeu nunca mais fazer isso.

– Ah, é? E aquele hematoma que eu vi no seu braço ontem? Isso é ridículo, Jenny. Fora todo o resto, como é que você espera voltar a modelar coberta de hematomas dos pés à cabeça? O Miles vai embora hoje à noite – declarou Leah, com firmeza.

– Ah, não, por favor. Não mande ele embora. Ele me ajudou tanto. Antes de ele chegar, eu só queria morrer, e ele foi tão bom e gentil. Eu amo o Miles, Leah. Eu preciso dele. E acredito quando ele diz que não vai me machucar de novo. Ele só fica um pouco passional demais às vezes, só isso.

Leah deu um suspiro demorado. Estava em um beco sem saída. Se mandasse Miles embora naquela noite, Jenny a culparia por isso e voltaria a afundar em uma depressão profunda. Se o deixasse ficar, bom, não estaria expondo Jenny a outro tipo de perigo?

– Por favor, Leah – implorou Jenny. – Prometo que isso nunca mais vai acontecer. Eu não sei o que faria sem ele.

Leah se sentou na cama ao lado de Jenny.

– Você só conhece o Miles há algumas semanas. Como é que pode amar alguém que tentou te machucar desse jeito?

Jenny encolheu os ombros.

– Ele não quis fazer isso, sério. Ele disse que me ama muito. E ele estava preocupado com a entrevista de hoje, só isso. Tenho certeza que, quando conseguir um emprego e o *green card*, ele vai se acalmar.

Leah mal podia acreditar na maneira como Jenny protegia Miles. Um homem usar sua força física contra uma mulher era um crime hediondo. Leah olhou para Jenny com pena no coração e medo na cabeça.

– Está bem, Jenny. Eu deixo ele ficar. Pessoalmente, acho que você é doida por sequer pensar em ter ele por perto de novo, mas, como você disse, eu não sou sua guardiã. Agora, este apartamento está no meu nome e, como proprietária, se aquele homem sequer encostar em você de qualquer forma que não seja gentil, eu coloco ele para fora. Sem mais uma chance, sem desculpas. Não estou nem um pouco feliz com isso, mas...

Leah foi interrompida no meio da frase quando a amiga se atirou nos braços dela.

– Obrigada, Leah. Juro que nunca mais vai acontecer. Eu sei que parece horrível, mas o Miles não é assim de verdade.

– Quem ele foi ver hoje?

– *Vanity Fair*. Eu passei o contato para ele. Ele ligou e mencionou o seu nome. Espero que você não se importe, mas sei que, assim que começar, ele vai se sentir muito melhor.

A última coisa que Leah queria era que um maníaco brutal que espancava mulheres conseguisse um emprego por recomendação dela. Ela se levantou.

– Tenho que ir. Vou encontrar com o Anthony às sete e estou atrasada. Pelo amor de Deus, se cuide e avise ao Miles que, de agora em diante, eu não quero que ele use o meu nome para abrir mais nenhuma porta, está bem?

Leah saiu do quarto, colocou rapidamente o colar, jogou um xale nos ombros e foi chamar um táxi. Ela se sentou no banco de trás, frustrada. Será que Jenny não via que Miles não a amava se tudo que ele queria era machucá-la daquele jeito? Ele estava usando as duas para conseguir contatos e um teto em Nova York.

E ele vira uma oportunidade de atacar alguém fraco e vulnerável.

O táxi parou em frente à Metropolitan Opera House, no Lincoln Center. Ela se encontrou com Anthony no bar, como combinado. Ele a beijou nas bochechas, depois deu um passo atrás.

– Você está bem, Leah? Parece chateada com alguma coisa. Tem algo que eu possa fazer para ajudar?

Ela balançou a cabeça enquanto aceitava uma taça de *buck's fizz* das mãos dele.

– Não, eu estou bem, sério, Anthony. Mal posso esperar para ver o balé. Muito obrigada pelo convite.

Quando o zumbido suave do prelúdio de "O lago dos cisnes" percorreu o auditório lotado e Baryshnikov surgiu no enorme palco à sua frente, Leah relaxou.

Seus olhos se encheram de lágrimas no clímax do balé, e ela mal conseguia falar quando eles deixaram o teatro após a plateia aplaudir de pé várias vezes a genialidade do bailarino.

– Foi maravilhoso – disse Leah, com um suspiro.

Ela estava nas nuvens quando os dois saíram para a Columbus Avenue.

– Está com fome, Leah?

Ela sorriu.

– Sempre posso ser convencida a comer.

– Então, vamos jantar.

A limusine os levou até o GE Building, no Rockefeller Plaza. Leah seguiu Anthony para dentro do edifício e do elevador. Eles entraram em um salão de jantar espetacular. As paredes forradas de seda cor de berinjela, as cadeiras de couro verde e os garçons que circulavam de fraques em tons pastel enquanto a banda tocava davam a impressão de que eles tinham feito uma viagem no tempo até os anos 1930.

O maître cumprimentou Anthony calorosamente e os conduziu até uma mesa perto da janela. Leah olhou para a rua, 65 vertiginosos andares abaixo.

– Onde estamos?

– No Rainbow Room. Um dos meus lugares preferidos.

– Eu amei – disse Leah, entusiasmada.

Após consultar sua companheira de jantar, Anthony pediu dois *steaks tartare* e uma garrafa de vinho branco seco.

– Tem certeza que está tudo bem? Você está muito quieta hoje à noite.

– Não, sério, não é nada.

– Tem certeza?

Leah aquiesceu, se sentindo culpada por Anthony ter notado.

– Está bem, Leah, mas espero que, a esta altura, você já tenha percebido que eu sou seu *amigo*, não só seu chefe. Sempre que quiser conversar, fique à vontade. Eu vou estar aqui para ouvir. Aliás, espero que você não me ache abusado, mas eu estava me perguntando o que você vai fazer no Natal.

– Eu prometi passar com a Jenny, minha colega de apartamento.

– Ah. Bom, sabe aquela casa que eu disse que tenho em Vermont?

– Sei.

– Eu vou para lá com o meu filho, o Jack. Você gostaria de se juntar a nós? A Jenny também seria muito bem-vinda. É uma casa grande e, se nevar, vai ser bem bonito.

– Obrigada pelo convite. Eu vou perguntar para a Jenny.

Uma hora e meia depois, Anthony deixou Leah na porta do prédio. Aquela noite adorável a tinha animado, mas ela se perguntou o que ia encontrar ao entrar em casa.

Jenny estava na sala de estar, sozinha, bebericando um café com calma.

– Oi, Leah, a noite foi boa?

– Foi, foi ótima. Cadê o Miles?

– No quarto de hóspedes. Sinceramente, Leah, ele estava tão arrependido. Ele comprou um buquê de flores enorme para mim. Passei um sabão nele e disse que ele não ia voltar para a minha cama até que eu autorizasse. Mas a boa notícia é que ele conseguiu uma matéria de três páginas na *Vanity Fair* hoje à tarde. Não é ótimo?

– É, sim – mentiu Leah. – Bom, tenho uma sugestão para fazer. O Anthony me convidou para passar o Natal com ele e o filho em Vermont. Quero que você vá comigo.

Jenny pareceu decepcionada.

– Ah. Mas e o Miles?

– Jenny, eu não ia conseguir dormir nem um minuto sabendo que você está aqui sozinha com o Miles. Tenho certeza que ele vai conseguir se virar por alguns dias, e realmente acho que dar um tempo te faria muito bem. Além disso, acho que pode ser divertido. O Anthony é um cara muito legal.

– Não sei, Leah. Vou ter que perguntar para o Miles e…

– Vou fazer um trato com você. Prometo esquecer o que ele fez se você concordar em ir comigo para Vermont. Você me deve uma, Jenny.

– Está bem, está bem – disse Jenny, soltando o ar com força. – Mas o Miles não vai ficar nada feliz.

– Que pena. Já está na hora de ele perceber que você tem vontade própria. Eu vou para a cama. Boa noite.

– Boa noite. Leah?

– O quê?

– Obrigada. E, sério, o Miles nunca mais vai me machucar.

– Contanto que você tenha certeza.

– Eu tenho.

Leah assentiu e foi para o quarto, nada convencida.

Mas, ao se deitar na cama, ela começou a ansiar pelo Natal. E tinha que admitir que gostava de Anthony. Em um mundo cheio de homens egoístas e agressivos, a gentileza e a sensibilidade dele brilhavam como um farol.

E a faziam ter esperança no futuro.

19

Miranda ouviu a chave rodar na fechadura. Estava sentada no sofá, completamente imóvel, torcendo um lenço entre os dedos. Ela ouviu os passos no corredor, com o coração batendo devagar no peito. Cada vez que a chave girava, ela congelava de medo, pensando que podia ser ele, que talvez ele tivesse decidido ir até Londres para dar uma olhada nela.

– Oi, Miranda. Pensei em dar uma passadinha aqui para saber como foi o seu fim de semana com o Santos e…

Antes que ele terminasse, ela já estava em seus braços, soluçando de dar pena. Ele pôs as mãos nos ombros dela, que subiam e desciam, desesperado para reconfortá-la, mas nervoso por ela estar tão próxima.

– Ai, meu Deus, Ian, eu não aguento mais. As coisas que ele me obriga a fazer, eu… eu não consigo nem te contar. Estou tão envergonhada.

– Ah, Miranda. Não pode ter sido tão ruim assim.

Mas ela se agarrou a ele.

– Foi, sim, foi, sim. Ai, meu Deus.

Miranda estava ficando histérica. Ian a conduziu de volta ao sofá e a pôs sentada. Ele tentou se afastar, mas ela não deixava. Ela o encarava com olhos suplicantes.

– Você tem que me ajudar. Eu não aguento mais. Vou me matar antes de encontrar com ele de novo. Por favor, Ian.

– Está bem, está bem – disse ele, para acalmá-la. – Vou pegar duas bebidas e vamos conversar sobre isso.

Miranda soltou o braço dele, e Ian foi até o bar para servir dois copos de um uísque bem forte.

– Pronto. Isto aqui vai te acalmar.

Miranda pegou o copo e deu um gole no líquido termogênico.

– Bom. Não vale a pena ficar neste estado, não é? – disse ele com delicadeza. – Me conte exatamente o que aconteceu.

Depois de muita persuasão e mais dois drinques, Ian conseguiu arrancar a história dela. O que Santos a forçara a fazer o encheu de ódio e repulsa.

– A pior parte é que ele me drogou com alguma coisa, mas eu me lembro de tudo que aconteceu. Não posso passar por isso de novo, Ian, sério.

Ao envolvê-la em seus braços, um súbito instinto de proteger aquela garota contra seu chefe monstruoso surgiu dentro dele. Nos últimos meses, ele tentara fingir que só estava fazendo seu trabalho ao visitar Miranda regularmente, mas a verdade era que mal podia esperar para vê-la.

Ian já não conseguia negar seus sentimentos.

Não estava preparado para pensar no que aquilo significava para suas perspectivas de carreira e seus pais idosos, mas não podia ficar parado assistindo à mulher que amava suportar de novo aquele tipo de tratamento por parte de Santos.

– Miranda, querida Miranda. Acredite em mim, vou fazer tudo que puder para te ajudar.

– Vai?

O olhar de gratidão que ela lhe lançou afastou todas as dúvidas que ele poderia ter tido antes.

– Vou.

– Obrigada, Ian.

Ela o abraçou forte, murmurando algo incoerente no ombro dele.

– Como?

Miranda se afastou dele e olhou para as próprias mãos.

– Eu disse que te amo, Ian – confessou ela, suspirando profundamente. – Não espero que você sinta o mesmo por mim. Afinal, eu sou a prostituta do Santos e…

Dessa vez, foi Ian quem tomou Miranda nos braços.

– Ah, querida, isso não importa. Você não faz ideia do que eu passei neste fim de semana, pensando em você com *ele*, imaginando o que ele estava te obrigando a fazer. Tentei negar esse sentimento, mas não consigo evitar. Eu também te amo.

Ele pegou o rosto dela gentilmente entre as mãos e a beijou nos lábios com timidez, sabendo que Miranda poderia recuar com medo. Mas ela não fez isso.

Nenhum dos dois conseguia se afastar do outro. Pela primeira vez na vida, Miranda entendeu que o sexo podia ser a máxima manifestação do amor, puro e bonito, e soube que nunca mais deixaria outro homem usar seu corpo como repositório do próprio prazer.

Depois, nus e exaustos, eles ficaram enlaçados nos braços um do outro.

Ian acariciou os cabelos dela gentilmente.

– Eu te prometo, Miranda, que aconteça o que acontecer, eu nunca mais vou deixar aquele homem te tocar.

O medo terrível dos últimos meses abandonou Miranda pela primeira vez. Como ela estava errada ao pensar que o mundo girava em torno de dinheiro e poder. Naquela hora, ela daria tudo para transportar sua vida para uma casinha com Ian e Chloe. Eles teriam amor e liberdade. E isso era tudo que realmente importava.

– Vou pensar em alguma coisa, meu amor. Eu vou te tirar daqui. Vamos recomeçar em algum lugar, onde o Santos não consiga nos encontrar e...

O toque áspero e estridente do telefone invadiu a paz recém-encontrada. Os dois deram um pulo, e o olhar de medo voltou a surgir no rosto de Miranda.

– Atenda, meu amor.

– Não consigo – disse Miranda, mordendo o lábio e voltando a abraçá-lo com força. – Faça isso parar, Ian, por favor.

– Vamos lá, meu amor. Não podemos fazer ele achar que tem algo errado. Ele vai ficar desconfiado, e isso vai tornar a nossa vida ainda mais difícil. Você tem que atender. Prometo que você não vai ter que falar com ele por muito mais tempo. Atenda – disse ele, estendendo a mão, tirando o fone do gancho e entregando a ela.

– Alô.

O olhar agonizante no rosto de Miranda era demais para ele suportar. Ian se levantou, saiu do quarto e seguiu pelo corredor até o banheiro.

Ele se recostou na porta e se perguntou se Miranda tinha noção de quais poderiam ser as consequências dos atos deles naquela noite.

20

O Aeroporto LaGuardia estava em clima de férias. Uma sensação de expectativa e vários rostos sorridentes tinham substituído os habituais empresários exaustos e ansiosos para chegar à reunião seguinte.

Leah e Jenny foram até o portão de embarque e se acomodaram no avião.

– Me conte mais sobre o nosso anfitrião. Você está… envolvida de alguma forma? – quis saber Jenny.

– De jeito nenhum. O Anthony é só um grande amigo. Você vai gostar dele. O filho dele também vai estar lá.

– Então você não acha que ele te chamou para passar o Natal lá sob falsos pretextos?

Leah balançou a cabeça.

– Não, tenho certeza que não – respondeu Leah, sorrindo. – Ele perdeu a esposa há dois anos e ainda sente muita saudade dela. Ele provavelmente quer a casa cheia, só isso.

Quando o avião pousou no Aeroporto Regional de Lebanon, Anthony estava esperando para buscá-las. Seu rosto se iluminou ao ver Leah, e ele foi até elas para ajudar com a bagagem.

– Nossa. Você só vai ficar uma semana. Parece que veio passar meses.

– É isso que dá bancar o Papai Noel. Não trouxe nada para vestir, só um monte de presentes – disse Leah, com uma risadinha. – A propósito, esta é a minha amiga Jenny.

– Oi, Jenny. Bem-vinda. Prazer.

As mulheres seguiram Anthony até o jipe dele, respirando o ar revigorante, mas frio. Quando eles partiram, Leah ficou boquiaberta com a paisagem.

– É tão lindo aqui, Anthony. Me lembra a Inglaterra.

– Acho que foi por isso que eles deram o nome do seu pequeno país a este lugar. Imaginei que você fosse aprovar.

Em um clima festivo, eles dirigiram pelas estradas rurais até o pitoresco vilarejo de Woodstock, situado no sopé das montanhas Catskill. Anthony contou seus planos para o fim de semana.

– Vai ser bem informal, na verdade. Façam o que quiserem quando quiserem. O resort de esqui Suicide Six está com neve, e eles estão esperando que caia muito mais, então podemos esquiar, se quiserem.

Leah balançou a cabeça.

– Eu não sei esquiar.

– Ah, mas eu sei! – exclamou Jenny, animada. – Eu adoro.

– Ótimo. O meu filho, Jack, também. Eu não esquio muito, então vai ser divertido para ele ter companhia nas descidas – contou ele, depois tirou a mão do volante e apontou para além do para-brisa. – Chegamos, garotas. Lar, doce lar.

A casa de Anthony ficava em uma zona rural com colinas ondulantes e vista para as montanhas à distância. Tinha sido pintada com um branco luminoso, e persianas verdes emolduravam as janelas de cristal de chumbo. Uma varanda com pórtico circundava a estrutura inteira, ao redor da qual Anthony tinha pendurado luzinhas de Natal.

– Ah, Anthony. Ela é tão… pitoresca.

– Obrigado. Originalmente, era a casa dos meus avós. Eles viveram aqui por cinquenta anos e, quando os meus pais morreram, ela passou para mim.

Anthony tirou a bagagem do porta-malas, e Leah e Jenny o seguiram escada acima até a porta da frente. Quando elas entraram no amplo vestíbulo e o seguiram até a sala de estar, a primeira coisa que viram foi uma árvore de Natal natural de 3 metros no canto, com luzinhas piscando e pilhas enormes de presentes embaixo. A imensa lareira era uma chama quente e alaranjada, e o console tinha sido decorado com azevinho. O sofá de mogno no estilo Sheraton da Nova Inglaterra estava repleto de almofadas de patchwork, e o piso de madeira rústica, coberto por um tapete Sarouk inestimável.

– Ah, isto aqui parece ter saído de um conto de fadas – comentou Jenny, com um suspiro.

– Me lembra um balé que eu vi uma vez. "O quebra-nozes". É lindo – disse Leah, sorrindo.

Um jovem desceu as amplas escadas aos pulos, saltando de dois em dois degraus. Ele entrou na sala de estar e sorriu calorosamente para as duas garotas.

– Bom, deixe eu adivinhar. Você não seria o filho do Anthony, seria? – perguntou Jenny, com um sorriso largo.

– Você notou a semelhança? Eu adoraria dizer que o meu pai herdou a beleza juvenil de mim, mas... – brincou o jovem, dando de ombros. – Agora, quem é quem? Sei que vocês duas são supermodelos e que eu vou me gabar na faculdade pelos próximos seis meses contando que as duas garotas mais bonitas do mundo vieram até a minha casa só para passar o Natal comigo, mas...

Jack examinou Jenny.

– Você é a Leah?

Jenny balançou a cabeça, em seu íntimo encantada por ele ter pensado que ela poderia ser a famosa modelo que o pai empregara.

– Isso só demonstra o poder que a nossa monstruosa campanha publicitária tem de penetrar na psique do grande público americano, certo, garotas? – comentou Anthony, com os olhos brilhando.

Jack apertou a mão delas.

– Prazer em conhecer vocês duas.

– Jack, por que você não leva a Jenny e a Leah lá para cima e mostra os quartos delas enquanto eu organizo o almoço? Metade da diversão daqui é que nós fazemos tudo.

Leah seguiu Jenny e Jack escada acima.

– Muito bem, Leah, você fica aqui – disse Jack, conduzindo-a até um quarto amplo. – Se você quiser jogar uma água no rosto e desfazer as malas, a gente se vê lá embaixo para almoçar daqui a uns vinte minutos. Jenny, venha comigo, para eu te mostrar os seus aposentos.

Eles saíram do quarto, e Leah foi imediatamente até a janela. Ela imaginou que Anthony tinha escolhido aquele quarto para ela de propósito, já que a vista para o campo verde e ondulante era de tirar o fôlego e, de repente, a fez sentir uma saudade louca de casa. Ela se perguntou o que a mãe e o pai estariam fazendo.

Leah se sentou no grande banco em frente à janela, meio que apreciando a doce dor da reminiscência. Mas, então, Brett invadiu seus pensamentos, como sempre acontecia quando ela se lembrava de casa.

Ela se permitiu se perguntar onde ele ia passar a véspera de Natal, como estava se sentindo e se tinha tanta saudade dela quanto ela dele.

– Deixe eu te ajudar com isso, Mamãe Noel – disse Anthony, rindo, enquanto Leah cambaleava até a sala de estar com sua montanha de presentes alguns minutos depois.

Juntos, eles colocaram os embrulhos embaixo da árvore.

– Quer me ajudar com o almoço? – perguntou ele, com um avental florido por cima da calça jeans.

– Claro. Acho que você podia lançar uma nova tendência na moda masculina com isso aí – disse Leah, ao segui-lo até a grande e confortável cozinha, que a lembrou imediatamente da de Rose, na fazenda em Yorkshire.

Havia um cheiro de comida caseira gostosa no ar, e o rádio tocava baixinho corais de Natal. Uma sensação de bem-estar se apoderou de Leah, e ela começou a se sentir muito feliz por ter ido até lá.

– Quer um pouco de vinho quente com especiarias? – ofereceu Anthony. – Grande parte do álcool acaba evaporando.

Leah deu uma espiada na imensa panela que cozinhava em fogo baixo no fogão. O cheiro era delicioso.

– Claro, vou experimentar.

– Ótimo. É a minha receita especial. Falando nisso, preciso avisar que, amanhã, o almoço de Natal vai ser preparado, cozido e servido por mim.

Anthony serviu um pouco do vinho em duas taças e entregou uma a Leah. Ela tomou um gole e aprovou o sabor quente e picante.

– Está muito bom mesmo. Estou impressionada com a sua habilidade na cozinha. Eu sou um desastre.

– Não seja tão modesta. Sei que não é verdade.

Anthony começou a servir a sopa em quatro tigelas, colocando-as junto ao pão recém-assado na mesa de pinho escovado, enquanto Leah chamava Jenny e Jack.

Eles irromperam na cozinha, rindo de alguma coisa, e Leah ficou felicíssima ao ver os olhos de Jenny brilhando.

– Antes de cairmos de boca no que, espero, vai ser uma refeição espetacular, eu queria dizer, no meu nome e no do meu filho, que estamos muito felizes por ter vocês duas aqui. Agora, por favor, comecem, antes que a sopa esfrie.

O almoço foi alegre, com vinho quente correndo solto e uma comida quase tão boa quanto a da Sra. Thompson. Claramente, Jenny e Jack tinham tido uma conexão imediata, e o humor ágil e perspicaz pelo qual ela era conhecida no mundo da moda parecia estar de volta.

Quando eles terminaram, já eram três da tarde, e o céu lá fora escurecia.

– Não sei como vocês todos estão se sentindo, mas para mim seria ótimo tirar uma soneca antes dos festejos da noite. É uma tradição convidarmos alguns amigos de longa data para uns drinques na véspera de Natal. Depois, nós caminhamos até a igreja para a missa da meia-noite.

Todos concordaram que precisavam de um descanso.

Leah se deitou na cama confortável com uma sensação de paz, as preocupações dos últimos meses desaparecendo devagar naquela atmosfera tranquila...

– Olá, bela adormecida – disse Jack, com um sorriso, enquanto ela descia as escadas até a sala de estar. – Estávamos nos perguntando se você ia voltar a acordar algum dia.

– Desculpe, eu...

– Ele está brincando, Leah. É isso que este lugar faz com a gente. Posso dizer que você está linda hoje à noite? – aventurou-se Anthony.

– É, você caprichou, não foi, Leah? – provocou Jenny.

– Ignore a Jenny. Sente-se aqui e beba – disse Jack, dando um tapinha no sofá a seu lado e entregando uma taça de champanhe a Leah. – O meu pai disse que você não bebe muito, mas é *Natal*.

– Você me faz parecer tão chata, Anthony – comentou Leah, sorrindo para ele, do outro lado da sala. – Estou vendo que você não colocou o seu avental para receber os convidados.

– Hum, não. Um cara precisa variar o visual de vez em quando, e amanhã vou passar o dia todo de avental.

Anthony estava vestido de maneira impecável, com calças de flanela cinza e um blazer belamente cortado.

Alguém bateu à porta, e Jack pulou para atender.

Um casal mais velho desceu os degraus até a sala de estar com presentes na mão. Anthony os beijou, providenciou uma taça de champanhe para cada um e os apresentou a Jenny e Leah.

Durante uma hora, a campainha não parou de tocar. Em pouco tempo, a sala de estar estava cheia de gente.

Leah percebeu que todos pareciam tão relaxados quanto o próprio Anthony. Não havia nenhum nova-iorquino pragmático no grupo, e ninguém mencionou seu contrato de modelo nem uma única vez, embora claramente soubessem quem ela era.

Leah foi até a cozinha para pegar um copo de suco de laranja, e Anthony a seguiu.

– Você está se divertindo, Leah? Espero que não se importe de os meus amigos terem vindo. Sei que você sempre tem que ficar de pé em festas, conversando sobre amenidades.

– De forma alguma. Eles parecem bem mais relaxados que os outros americanos que eu conheci. Mais reais – acrescentou ela.

– É. Mas talvez você fique surpresa de saber que a maioria deles tem grandes empresas sediadas em Nova York. Mas todos vêm passar o Natal aqui, e é uma regra tácita que ninguém pode falar de trabalho em Vermont. O Bill, com quem estávamos conversando, é dono de uma grande empresa de eletrônicos, e o Andy administra uma empresa de RP em Manhattan.

– Estou impressionada – disse Leah, com sinceridade.

– Vamos para a igreja daqui a alguns minutos, mas você não precisa ir se não quiser.

– Ah, eu adoraria. Faz anos que eu não assisto à missa da meia-noite.

– Ótimo. Estou tão feliz que você e a Jenny estejam aqui. Está parecendo até… bom, quase uma família de novo.

Leah ofereceu a ele seu sorriso mais acolhedor.

– Venha, é melhor você pegar o seu casaco. Está congelando lá fora, e tem previsão de neve.

A igrejinha estava enfeitada com perfeição, iluminada por velas e com um coro em túnicas tradicionais. Todos entoaram, entusiasmados, as conhecidas canções de Natal e, no fim do serviço, Leah foi até a frente com Anthony para receber a comunhão. Ela olhou para a cabeça baixa dele a seu lado no altar e sentiu uma onda de afeto.

Quando eles saíram da igreja, minúsculos flocos de neve estavam começando a cair.

A congregação prendeu a respiração diante da cena mágica. Em seguida, eles se cumprimentaram com beijos e seguiram caminhos separados aos gritos de "Feliz Natal".

Anthony ofereceu o braço a Leah.

– Parece adorável, mas neve sobre gelo pode ser fatal.

Leah pegou o braço dele e partiram, com Jenny e Jack logo atrás.

– Tenho que dizer que esta é a minha noite favorita no ano todo. E este lugar nunca deixa de oferecer o cenário perfeito.

– Faz anos que eu não me sinto tão natalina – concordou Leah.

– Mas que pobre criatura cansada do mundo, você. Quantos anos você disse que tem? Uns 50? – disse Anthony, sorrindo para ela. – Eu só estava brincando, Leah – acrescentou ele, analisando a expressão séria dela com preocupação.

– Eu sei. Mas você está certo. Eu tenho 21 e, às vezes, parece que tenho 50. Você já parou para pensar que eu sou só três anos mais velha que o Jack?

– Isso já me passou pela cabeça, embora seja difícil de acreditar. Vocês tiveram vidas tão diferentes.

Eles chegaram à frente da casa, e Anthony a pegou pela mão, puxando-a pelo caminho cada vez mais branco.

– Venha, vamos entrar e descongelar perto do fogo.

Os quatro se sentaram próximos ao calor das chamas, tomando chocolate quente.

Meia hora depois, primeiro Jenny, depois Jack foram para seus respectivos quartos.

Anthony verificou o relógio.

– Quinze para as duas. Nós já entramos o suficiente no dia de Natal para eu abrir a minha garrafa especial de vinho do Porto.

Ele se levantou e foi até o bar. Depois, voltou e encheu duas taças.

– Não vou beber, Anthony.

– Na verdade, não é mesmo para você – disse ele, colocando a taça no piso da lareira. – É para o nosso amigo natalino, para o caso de ele descer pela chaminé para nos visitar. Todos os anos, nós tomamos uma tacinha de vinho do Porto juntos. Saúde.

Anthony inclinou a taça para a chaminé e tomou um gole do líquido cor de rubi.

– Por favor, se você estiver cansada, pode ir para a cama. Sempre fico acordado até altas horas nesta noite especial.

Leah não estava nem um pouco cansada, apenas maravilhosamente relaxada e em paz. Ela olhou para o fogo e pensou em como era bom estar com um homem que não considerava nem um pouco ameaçador. Com quem podia ser ela mesma.

– É triste, não é, como todos crescemos e deixamos de acreditar na magia? – comentou ela.

– É – disse Anthony devagar. – Mas ela está à nossa volta. Quando crescemos, enchemos a cabeça com tantos pensamentos práticos que perdemos a habilidade de sentir a magia. É por isso que noites como esta são tão especiais. Elas são um tempo longe do mundo real. Um tempo para sonhar e recuperar a nossa inocência perdida. Quando estou aqui, lembro que o mundo é um lugar maravilhoso, cheio de beleza. À medida que crescemos, temos que nos esforçar cada vez mais para encontrar essa beleza. Ela está aqui, só que oculta.

Leah assentiu e, mais uma vez, sentiu irradiar de seu peito um carinho genuíno por aquele homem profundo e sensível.

Eles ficaram sentados juntos perto do fogo, compartilhando o silêncio.

– Bom, como só vou dormir algumas horas antes de começar a trabalhar, acho melhor eu ir para a cama agora.

– Humm – murmurou Leah, se espreguiçando. – Estou tão relaxada. Posso me enroscar perto da lareira como um gato e dormir aqui?

– Tudo que você quiser, Leah, mas talvez você fique um pouco mais confortável em uma cama.

– Você está certo.

Com relutância, ela se moveu e ficou de pé. Anthony fez o mesmo.

– Boa noite, Anthony, e obrigada pelo dia incrível.

Ela ficou na ponta dos pés e o beijou na bochecha.

– Não me agradeça, Leah. Não consigo nem expressar o que significa para mim ter você aqui.

Ele pegou a mão dela e a beijou.

Ela sorriu, depois caminhou devagar até a escada, parando no primeiro degrau.

– Feliz Natal, Anthony.

– Feliz Natal, Leah.

Ele observou o corpo flexível e perfeito subir graciosamente a escada, depois se abaixou para pegar a outra taça de vinho do Porto. Ele bebeu devagar, saboreando o gosto.

Leah era uma mulher rara. Sob aquele exterior perfeito, ela era muito madura e profunda. Nela, ele tinha encontrado a beleza oculta sobre a qual acabara de falar.

21

Seis dias depois, Leah acordou com um mau pressentimento. A ideia de voltar para Nova York naquela tarde era terrível.

Mal podia acreditar como a semana tinha sido maravilhosa. Nenhum estresse, nenhum problema, apenas boas companhias, muita comida gostosa e, o mais importante de tudo, nenhum cronograma. Ela acordava na hora que queria, comia quando estava com fome e dormia quando ficava cansada.

Anthony fora um anfitrião muito cordial, sempre cheio de sugestões de atividades, mas também deixando Leah à vontade para passar o dia inteiro deitada ao lado da lareira comendo *mince pies* e lendo um romance se quisesse. Aliás, como o tempo estava péssimo, era assim que os dois ocupavam boa parte das horas. Jenny e Jack tinham ficado muito amigos e, em geral, saíam antes de Leah acordar para ir até as pistas de esqui. Eles costumavam voltar por volta das quatro da tarde, prontos para enfrentar Leah e Anthony em uma fervorosa batalha de bolas de neve.

Ver como Jenny tinha desabrochado aquecia o coração de Leah, e ela pensou em como aquele descanso também tinha sido bom para a amiga. Ela se perguntou se Jenny e Jack estavam vivendo um romance e torcia para que isso tirasse Miles de cena, mas a relação deles parecia mais uma grande amizade do que algo físico.

Quando tirou as roupas do armário e começou a guardá-las na mala, Leah soube que, em Nova York, sentiria muita falta da constante companhia de Anthony. Nos últimos dias, ela havia passado algum tempo ponderando se estava atraída por ele e decidira que... estava. Não da forma arrebatadora que a paixão por Brett a tinha inspirado, mas de uma maneira mais calma, talvez mais madura.

Leah não fazia ideia do que Anthony sentia por ela. Ele nunca tinha dado a menor indicação de que a considerava outra coisa que não uma boa amiga, o que, nas atuais circunstâncias, era tudo que ela queria.

Mas, ao descer para tomar o café da manhã, Leah ficou triste de pensar que suas férias juntos tinham acabado.

– Bom dia. Temos panquecas com xarope de bordo para vocês se prepararem para a viagem de volta à cidade – disse Anthony, colocando um prato com uma pilha alta de calorias na frente dela.

Dessa vez, Leah não estava com fome.

– Nem me lembre – resmungou ela. – A Chaval quer que eu vá a um megabaile de Ano-Novo amanhã.

Anthony se sentou e começou a comer as panquecas.

– Eu sei. Eu também vou. Podemos faltar e ficar aqui.

– Não me tente. Eu amei este lugar. Só de pensar em Nova York já fico doente. Quando é que você vai voltar?

– Amanhã. Hoje à noite, vou arrumar a casa e, lá pelo meio da manhã, pego o voo. Quer que eu te busque amanhã à noite, antes do baile?

– Seria ótimo. Odeio ir a esses eventos sozinha e, pelo menos, vou chegar com o presidente da empresa – brincou ela.

Três horas depois, eles se despediram com tristeza no aeroporto. Jenny e Jack pareciam estar de coração partido com a separação.

– Meu Deus – disse Anthony, suspirando. – É como quando éramos crianças e tínhamos que nos despedir do nosso melhor amigo para ir à escola.

Jack sorriu e se virou para dar um beijo de despedida em Leah.

– Foi ótimo te conhecer. Obrigado por vir. Você faz muito bem para o meu pai. Se cuide.

Leah olhou com tristeza pela janela do avião enquanto elas deixavam o campo coberto de neve lá embaixo.

– É, eu tenho que dizer que esse foi o melhor Natal da minha vida – afirmou Jenny.

– Eu também – concordou Leah. – Agora, vamos lá: me conte tudo. Quando vai ser o casamento?

– Para dizer a verdade, não aconteceu nada disso entre mim e o Jack. Ele é como o irmão que eu nunca tive. Nós só nos demos muito bem. Além disso, ele tem uma namorada séria na faculdade e eu tenho o Miles.

Leah ficou decepcionada.

– Ah.

– Mal posso esperar para falar com ele. Mas e você? O Anthony é encantador. Não dá nem para acreditar que ele é presidente de uma empresa tão grande. Ele é muito modesto – comentou Jenny, depois abriu um sorriso malicioso. – E, nossa, ele está muito apaixonado por você.

Leah se virou para encarar Jenny.

– Eu não acho. É a mesma coisa que existe entre você e o Jack. Nós só gostamos da companhia um do outro. Na verdade, é estranho, porque temos uma diferença de idade de vinte anos, mas, sei lá, simplesmente nos conectamos.

– O que você sente por ele?

– Eu gosto muito dele.

– Mas você não sente atração por ele?

Leah fez uma pausa. Ela não queria analisar o que sentia por Anthony por medo de estragar tudo.

– Não sei.

Jenny deu de ombros.

– Se eu tivesse um homem incrível como ele, que claramente me adorasse, nunca ia deixar ele ir embora. Vocês combinam. Muito. Não descarte a ideia de cara, Leah.

Leah olhou para Jenny. Ela balançou a cabeça devagar.

– Não vou descartar.

22

Miranda ouviu a batida na porta e correu para receber Ian. Ele a pegou no colo.

– Feliz Ano-Novo, meu amor – sussurrou ele.

– Para você também – disse ela, aninhada nele, eufórica porque as intermináveis horas da semana anterior tinham passado e Ian estava ali, abraçando-a.

Ele a pôs no chão.

– Venha, vamos para a sala de estar. Tenho uns presentes para você – disse ele, passando o braço em volta dela.

Ian foi tomado pela culpa e pela tristeza assim que viu a pequena árvore de Natal que Miranda tinha montado. Ela correu para pegar os três presentes que estavam embaixo dela.

– Para você! – disse ela, entusiasmada.

– Ah, querida, eu me sinto tão mal por ter te deixado sozinha no Natal... Mas não podíamos correr o risco de Santos desconfiar. Você sabe que eu senti muito a sua falta, não é? Passei todos os dias contando as horas.

– Eu também – sussurrou ela. – Graças a Deus existe a TV. Eu vi de tudo, desde *A felicidade não se compra* até *Um conto de Natal do Mickey*.

Miranda não contou a ele que passara o Natal mergulhada em uma névoa de lágrimas e álcool, pensando no que Rose e Chloe estavam fazendo em Yorkshire. A única coisa que lhe dera forças para aguentar foi saber que Ian voltaria da casa dos pais no Ano-Novo.

– Mas adivinha qual é o melhor presente de Natal de todos? – perguntou ela, com os olhos brilhando.

– Qual?

– Ah, ontem a Maria veio falar comigo que ia passar uma semana com a família na Alemanha. Ela foi embora ontem à noite e não vai voltar até a próxima terça. Então, se você quiser, pode passar a noite aqui hoje. Não tem nenhum espião.

Ian já sabia, pois a própria Maria tinha ligado para ele três semanas antes. Isso lhe dera tempo e a oportunidade perfeita para colocar seus planos em ação. Ele puxou Miranda para perto e a abraçou.

– É claro que eu quero.

– Tem champanhe no gelo. Achei que podíamos fazer o nosso Natal e Ano-Novo juntos.

– Bom, vamos tomar uma taça de champanhe e abrir os presentes.

– Ótimo! – disse Miranda, animada.

Ela o abraçou de novo, como se temesse que, ao se desgrudar dele um minuto que fosse, ele desaparecesse.

Ian riu.

– Vamos lá, sua boba, pegue o champanhe. Tenho uma surpresa para você.

Miranda reapareceu com a melhor garrafa que conseguiu encontrar; Ian tirou a rolha e serviu as duas taças.

– A nós – brindou Miranda.

– A nós.

Eles tocaram as taças.

– Prometo fazer tudo que puder para que o novo ano seja melhor que o anterior.

Logo depois, eles se lançaram à séria tarefa de abrir os presentes. Miranda tinha torrado uma fortuna em um dos cartões de crédito, sentindo um enorme prazer em gastar o dinheiro de Santos com Ian. Era a única maneira que tinha encontrado de desafiá-lo.

Ian se inclinou e a beijou.

– Obrigado, meu amor. São maravilhosos. Agora, está na hora de abrir o seu.

Ian entregou a ela um envelope fino embrulhado com um papel bonito e amarrado com um laço.

Quando Miranda viu o conteúdo, lágrimas lhe encheram os olhos, e ela mal conseguiu falar.

– Ah, Ian, eu...

Ela examinou as passagens com cuidado. Dois voos para Hong Kong reservados em nome de Sr. e Sra. Devonshire. Também havia uma certidão de habilitação para casamento com os mesmos nomes.

– Ian... você está me pedindo...?

– Sim, meu amor. Para você se casar e fugir comigo, para recomeçarmos em um lugar onde o Santos não nos encontre. Eu planejei tudo. Vamos nos casar em um cartório, depois pegamos um táxi direto para o aeroporto de Heathrow. Em seguida, embarcamos em um avião para Hong Kong na mesma tarde. Tenho um amigo de trabalho que me ofereceu um emprego lá. Infelizmente, eu não vou poder te manter no luxo a que você está acostumada, mas estaremos livres e bem longe do Santos. Temos que fazer isso esta semana, porque a ausência da Maria vai facilitar muito para nós. Eu também sei que o Santos está no recesso anual de Natal com a mulher e os filhos. Ele vai ficar no barco até 10 de janeiro, então, quando ele voltar, já estaremos bem longe daqui.

– Mas, Ian, eu preciso de um passaporte e…

– Calma, Miranda. Amanhã de manhã, o Roger vai estar ocupado me ajudando no escritório. Quero que você saia bem cedo e pinte o cabelo de uma cor mais escura. Depois, quero que tire umas fotos para passaporte. Amanhã à noite, eu venho aqui buscar as fotos. Se você sair de carro com o Roger, use um chapéu. Até sexta, eu vou ter novos passaportes para nós dois. Os contatos que eu consegui em todos esses anos de trabalho com o Santos vieram a calhar.

– Eu preciso mesmo pintar o cabelo, Ian?

– É uma precaução adicional. Não quero dar chance para o azar. Se isso der errado, bom… – disse ele, balançando a cabeça.

Miranda começou a chorar.

– Ai, meu Deus, obrigada, Ian. Eu estou tão feliz.

Ele secou as lágrimas das bochechas dela.

– Está parecendo mesmo – disse ele, irônico, e abriu um sorriso.

– Desculpe. São lágrimas de felicidade, eu juro. Eu nem acredito que esse pesadelo todo vai acabar. Eu te amo.

Miranda o beijou com tanta paixão que Ian quase perdeu o controle.

Um pensamento passou pela cabeça de Miranda, e seu rosto ficou sombrio.

– Ian, e a Chloe?

– Eu pensei muito nisso. Não temos como levar a Chloe para fora do país agora. Mas, quando estivermos a milhares de quilômetros de distância, você vai poder entrar em contato com a sua mãe, avisar que está bem e seguir daí. Sinto muito, Miranda, mas, enquanto você for uma prisioneira virtual aqui, nunca mais vai ver a sua filha. Pelo menos, se estiver livre, vai ter uma chance.

– Você está certo – disse Miranda, baixinho. – Você acha que algum dia eu vou vê-la de novo?

Ian apertou a mão dela.

– Claro que sim, meu amor – respondeu ele, e a pôs de pé. – Agora venha, que eu quero comemorar o nosso noivado.

Eles caminharam devagar até o quarto, um agarrado no outro.

Ainda estavam acordados quando amanheceu, e Ian se levantou para ir embora.

– Não vamos ter tempo de discutir as coisas amanhã quando eu vier pegar as fotos, então não esqueça, só uma bolsa pequena. A ideia é dar a impressão de que estou só te levando para almoçar. Vou arranjar umas roupas para você, mas vista uma roupa bonita. Afinal, vai ser o seu vestido de casamento.

– O Santos não vai deduzir que nós fugimos juntos quando o Roger contar para ele que eu fui vista pela última vez com você?

– Vai. Mas não existe uma maneira simples de contornar isso. Eu sou a única pessoa em quem ele confia para te levar para sair, então tem que ser eu.

Ian voltou até a cama. Deu um beijo suave nos lábios de Miranda e se virou para ir embora.

O medo correu pelas veias dela enquanto observava Ian partir.

– Ian! – chamou ela, quase gritando.

– O que foi?

– Eu estou com medo. E se alguma coisa der errado?

– Está tudo planejado. Apenas se lembre que, nesta mesma hora, na semana que vem, seremos marido e mulher, e tudo isso vai parecer um sonho ruim. Eu te amo, Miranda.

– Eu também te amo.

Ele soprou um beijo para ela enquanto saía do quarto.

Miranda se recostou nos travesseiros, mas sabia que o sono não viria. Ela se esgueirou até a janela e abriu a cortina.

Ela o viu à meia-luz, afastando-se dela e do apartamento com um passo rápido em direção ao carro, que tinha escondido a algumas ruas de distância.

– Tchau, meu amor – murmurou ela ao deixar a cortina cair de volta no lugar.

23

– Oi, Leah, como foi o voo?

Anthony a beijou nas bochechas quando ela se sentou no banco de trás da limusine, e eles partiram em direção ao Museu de Arte Moderna.

– Ótimo. Mal dá para acreditar que só tem 24 horas que saí de Woodstock.

Anthony a analisou enquanto ela mergulhava no silêncio, olhando pela janela.

– Está tudo bem? Você está um pouco quieta.

– Desculpe, Anthony. Está tudo bem, sim – respondeu Leah, e sorriu para ele.

Na verdade, ela não estava nada bem, mas não sabia ao certo por quê. Miles tinha cumprimentado as duas cordialmente quando elas voltaram, no dia anterior. Ele mantivera o apartamento impecável e, naquela noite, iria com Jenny a uma festa no East Village.

Por alguma razão, uma sensação de desgraça iminente baixara sobre Leah, e ela não conseguia se livrar disso.

A limusine parou na Quinta Avenida quando um grupo de festeiros com fantasias extravagantes atravessou a rua. Eram todos jovens, provavelmente da mesma idade que Leah. Por um segundo, ela teve uma vontade louca de arrancar o elegante vestido de noite, escapar dos limites restritivos do mundo rarefeito e privilegiado em que vivia e correr para se juntar a eles.

Anthony percebeu. Ele se sentiu culpado por querer levar Leah embora para sempre. Mas, de certa forma, se fizesse a pergunta naquela noite, não estaria lhe devolvendo sua liberdade? Ela nunca mais teria que ficar na frente de uma câmera e poderia passar seus dias como bem entendesse.

Enquanto o carro atravessava devagar a West 53rd Street, ele tocou no braço dela com delicadeza.

– Não fique tão triste, querida. Você tem o poder de mudar o seu destino se quiser.

Leah olhou com atenção para ele. Estava perplexa por Anthony entender o que ela estava sentindo.

– Estou agindo como uma menina mimada. Afinal, quem daqueles lá atrás não ia querer trocar de vida comigo? Dinheiro, fama, juventude... Acho que eu sou o sonho americano.

A limusine parou em frente ao Museu de Arte Moderna, e Anthony ajudou Leah a sair. Enquanto eles se juntavam à multidão cheia de joias que entrava no prédio, Leah não pôde deixar de se lembrar com quem estivera ali pela última vez.

Leah se separou de Anthony para tirar a longa capa de veludo. Quando o reencontrou no amplo salão do térreo onde acontecia o baile, Anthony estava cercado de pessoas, algumas que ela conhecia da Chaval. Ao se aproximar, todos os olhos do grupo se voltaram para ela.

Até uma modelo profissional que adorna as passarelas e os outdoors do mundo inteiro conta com noites de brilho extraordinário. E aquela era uma dessas noites para Leah.

O cabelo dela estava espiralado em cachos, e ela usava um vestido de gala Jean Muir com um corpete de cetim preto coberto por fios prateados. A saia, feita de camadas e mais camadas de tule preto, se movia com a mesma suavidade de uma bailarina ao redor de seus tornozelos.

Anthony estendeu as mãos para ela.

– Leah. O que eu posso dizer? Você está... muito mais que deslumbrante. Imagino que já conheça a maioria das pessoas aqui, não é?

Anthony apresentou os convidados que ela não conhecia, e eles ocuparam seus lugares em uma das mesas repletas de cristais e pratos de porcelana antiga.

Quando a deliciosa refeição chegou ao fim, a banda começou a tocar, e as pessoas se levantaram para dançar.

– Me daria o prazer? – perguntou Anthony.

– Claro.

Ela pegou a mão que ele estendeu, e os dois foram até a pista de dança.

Quando começaram a se mover em um ritmo constante, Leah vislumbrou David Cooper dançando a poucos metros de distância. Ele a viu, acenou e sorriu. Anthony também o viu e fez um aceno de cabeça.

– Eu não sabia que você conhecia o David – comentou ele.

– Eu não conheço. Bom, não muito bem. Só nos vimos uma vez.

– Ele é um sujeito estranho. Uma figura meio enigmática no meio empresarial de Nova York. Na verdade, é bem raro ver o David em um evento público como este. Ele é super-reservado e ficou ainda mais depois que a esposa morreu, há alguns anos. Mas eu entendo. As pessoas podem ficar bem antissociais nesses casos.

A banda parou de tocar, e o par voltou para a mesa. O diretor do museu se levantou e fez um discurso sobre os benefícios que o baile proporcionaria à fundação, pedindo a todos que erguessem as taças ao novo ano que já estava se aproximando.

Todos participaram da contagem regressiva, e soou a meia-noite. Em meio aos aplausos cada vez mais altos, Anthony abraçou Leah e a beijou castamente nas bochechas.

– Feliz Ano-Novo, Leah. Espero que ele te traga paz e felicidade.

– Eu te desejo o mesmo, Anthony.

Eles foram até a pista para dar as mãos aos demais convidados e cantar a tradicional "Auld Lang Syne".

Depois, a banda acelerou o ritmo, e as ponderadas senhoras levantaram a barra do vestido de gala para dançar.

– Esta definitivamente não é a minha praia – disse Anthony. – Mas, por favor, continue.

Antes que Anthony soltasse Leah, eles foram interrompidos.

– Posso?

Era David Cooper.

– Oi, David. Claro, com prazer – respondeu Anthony, entregando-a nos braços dele.

Ao ter que escolher entre ser abertamente grosseira ou dançar com o pai de Brett, Leah assentiu e começou a se mover no ritmo da música.

– Como você está? – perguntou David.

– Bem, obrigada.

– Você está deslumbrante hoje à noite.

– Obrigada.

– Achei uma pena o que aconteceu entre você e o Brett. Eu achava que era sério.

Trocar figurinhas com David Cooper sobre o fim de seu relacionamento não era bem o que Leah tinha em mente para começar o novo ano.

– Fiquei surpreso quando o Brett me pediu para antecipar a viagem dele para o exterior.

Então, Brett tinha deixado o país.

– Pois é – respondeu Leah, de maneira ambígua.

– Você está saindo com o Anthony van Schiele? – inquiriu David.

Leah balançou a cabeça.

– Não. Ele é meu chefe, e nós nos tornamos bons amigos.

David sorriu.

– Sinceramente, você não precisa ter vergonha de nada por minha causa. Entendo como o mundo funciona. Não é porque você teve um casinho com o meu filho que precisa entrar para um convento agora que acabou.

Leah teve vontade de gritar. Aquele homem não fazia ideia do que ela sentia por Brett, e a forma como ele reduziu o amor deles a um "casinho" a deixou enjoada.

– Não, eu não pretendo entrar para um convento, garanto! Agora, se me der licença...

Leah se desvencilhou dos braços de David e foi rapidamente em direção ao toalete.

Ela lavou as mãos, que estavam suadas, e se demorou ali, relutante em voltar para a festa. Queria ir para casa.

Por fim, ela se aventurou a voltar para o salão e encontrou Anthony segurando sua capa.

– Hora de ir para casa? – perguntou ele.

Leah assentiu, agradecida.

– Como você sabia?

Ele a conduziu para fora do prédio até a limusine, que os aguardava.

– Eu te observei com o David Cooper. Tenho que admitir que estou intrigado com a natureza da relação de vocês. Quer dar um pulo no meu apartamento para tomar uma saideira? Você pode me contar tudo lá.

– Está bem – concordou Leah, dando-se conta de que seria bobagem ter vergonha de Anthony depois de passar duas semanas inteiras sob o mesmo teto que ele.

No 67º andar do prédio, o apartamento de Anthony era um conjunto de cômodos confortáveis e espaçosos com uma bela vista de Nova York. Como a casa dele em Southport, tinha poucos móveis, mas era decorado com muita elegância.

– Você me acompanha? Fico constrangido de beber sozinho – disse Anthony, abrindo o armário de bebidas.

– Está bem. Você sabe que não é por questões morais que eu não bebo. Só não sou muito fã do sabor.

Ele assentiu.

– Eu vou fazer um *crême de menthe frappé* para você.

Anthony preparou as bebidas e se sentou em frente a ela.

– Então, *como* você conhece o David Cooper?

Leah esfregou os olhos cansados.

– É uma longa história.

– Temos a noite toda – rebateu Anthony, erguendo o copo e fazendo o gelo tilintar.

– Está bem. Você lembra quando eu fui à sua casa pela primeira vez e contei que tinha acabado de terminar um relacionamento?

– Lembro.

– O David Cooper é pai dele.

Leah contou a história toda, desde o encontro com Brett quando era mais nova até o golpe final, quando ele deixara o país sem se despedir.

Anthony ficou sentado em silêncio, assentindo de vez em quando.

– A coisa toda abalou demais a minha confiança.

– Eu entendo como você se sente, Leah. Quando nos envolvemos profundamente com alguém, como é óbvio que você se envolveu com o Brett, e sofremos uma decepção, surgem uns sentimentos estranhos. Deteste soar condescendente, mas você vai acabar superando isso. Ouça a voz da experiência.

– Eu sei, mas ver o David Cooper hoje à noite trouxe tudo à tona de volta.

De repente, Anthony pareceu um pouco nervoso.

– Olhe, Leah, esta pode ser a hora errada, depois de tudo que você me contou, mas sempre fomos francos um com o outro, não é?

– Claro.

– Bom, o fato é que…

Geralmente tão eloquente, Anthony lutava para encontrar as palavras certas.

– Quando eu te vi pela primeira vez, te achei uma mulher incrivelmente bonita. Depois, quando comecei a te conhecer melhor, percebi que você era muito mais do que isso. A sua beleza mascara as suas outras qualidades muito bem, então tem sido um prazer constante descobrir o quanto a sua personalidade é profunda e a sua alma é boa de verdade.

Os olhos de Anthony foram atraídos para o fundo do copo enquanto ele tentava compartilhar seus sentimentos.

– Isso pode soar como mais um elogio tipicamente americano, mas o que eu quero dizer é que, na semana passada, confirmei o que já pensava ser verdade. Fiz uma coisa que nunca acreditei que faria de novo depois que a Florence morreu. Eu me apaixonei por você.

Anthony continuou a analisar o conhaque enquanto Leah o observava, optando por não falar. Ela sabia que ele tinha mais a dizer.

– O fato é que eu não sou o tipo de homem que vive em festas, com uma mulher por dia e, quando percebi que te amava, fiquei culpado pela Florence e também por causa da nossa diferença de idade. Tentei me convencer de que nunca ia dar certo e que você precisava de alguém mais novo.

Anthony encontrou os olhos dela e continuou:

– Como o Brett – disse ele, suspirando. – Mas, depois que passamos mais tempo juntos, comecei a pensar que, como você cresceu tão rápido, talvez possa querer alguém mais velho.

Ele engoliu em seco e concluiu:

– Resumindo… Quero que você se case comigo, Leah.

O silêncio reinou, pesado, no apartamento, e Leah ficou ali sentada, atordoada pela revelação.

– Agora, depois de te ouvir falar sobre o Brett, entendo que vai levar um tempo para você o esquecer. Sei como é. Perder alguém próximo é a experiência mais dolorosa do mundo, então leve o tempo que precisar. Eu só achei que, antes de prosseguirmos com o nosso, hum, relacionamento, você devia saber quais são as minhas reais intenções. Mas prometo que, se você não sentir o mesmo que eu, podemos continuar exatamente como antes – disse ele, erguendo três dedos no ar. – Palavra de escoteiro.

– Anthony, eu…

– Está tudo bem, você não precisa dizer nada. Não estou esperando nenhuma resposta hoje à noite. Tenho certeza de que isso é uma surpresa para você e quero que tudo continue como está. Quando estiver pronta, você me dá a sua resposta.

Leah estava de olhos arregalados.

– Obrigada por me contar, eu sei que isso deve ter exigido muita coragem. Eu me sinto honrada com o seu pedido… Eu me sinto… Bom, não sei como eu me sinto, porque nunca tinha pensado no nosso relacionamento nesses termos – disse ela, fitando profundamente os olhos dele. – Prometo que vou pensar.

Anthony pareceu um pouco aliviado.

– Que bom. É tudo que eu te peço. Bom, tenho que viajar amanhã para a França para uma reunião e devo ficar fora alguns dias. Posso te ligar quando voltar?

– Claro.

– Ótimo. Vou chamar o Malcolm e pedir para ele trazer o carro e te levar em casa.

Anthony a acompanhou até a porta do elevador e a beijou mais uma vez nas bochechas.

– Se cuide, Leah. Eu te vejo em breve. E estou falando sério, sem pressão, não se preocupe com o que eu disse hoje à noite.

– Está bem. Obrigada pela noite adorável.

A porta do elevador se fechou, e Leah desceu até o saguão, onde Malcolm a aguardava. Enquanto afundava no luxuoso couro do banco do carro, sua cabeça girava. A despeito do que Jenny lhe dissera no voo de volta da Nova Inglaterra, Leah sinceramente não esperava aquilo. Ela e Anthony sequer tinham se beijado. O que havia entre eles era amizade. Uma amizade *maravilhosa*, mas só isso. Ou não?

Após meia hora de viagem, Leah girou a chave na fechadura e entrou no apartamento escuro. Caminhou em direção ao quarto, mas um barulho a deteve. Era um ruído baixinho, como o de um animal ferido. Ela seguiu o gemido fraco até a sala de estar, mas o cômodo estava um breu. Leah tateou a parede atrás do interruptor e acendeu a luz na intensidade mais fraca.

Lá, encolhida no meio do chão da sala, estava Jenny. Nua, ela tremia, se balançando para a frente e para trás e soltando gritinhos agudos. Quando Leah se aproximou e ficou a menos de 2 metros de distância, prendeu a respiração, horrorizada.

O corpo de Jenny estava coberto por violentos hematomas roxos.

24

Leah ficou parada por um segundo, tentando se acalmar. Jenny não parecia ter notado sua presença. Ela se ajoelhou perto da amiga, tomando cuidado para não a assustar.

– Jenny, é a Leah – disse ela, baixinho.

Jenny pulou quando ela pôs a mão em seu ombro.

– Ai, meu Deus – gemeu Jenny.

Leah tirou a capa de veludo e embrulhou os ombros da garota trêmula antes de acender rapidamente a lareira a gás.

– Venha, sente-se aqui. Se não, você vai acabar morrendo.

Devagar, Leah conduziu Jenny para perto das chamas. Ela chorava baixinho, e tudo que Leah podia fazer era abraçá-la forte.

– Ah, Jenny, Jenny – murmurou ela. – Por que ele fez isso?

– Eu... eu contei que a gente se divertiu muito em Woodstock e como eu e o Jack nos demos bem. Ele me acusou de estar transando por aí. Ele... ele me chamou de... puta... ele tentou me estrangular e...

Jenny não conseguiu dizer mais nada. Ela olhou para Leah, que viu as brutais marcas vermelhas na pele delicada do pescoço da amiga, já ficando cinzentas e azuis.

– Cadê o Miles?

– Na minha cama, ferrado no sono. Ele estava muito bêbado. Provavelmente não vai se lembrar de nada amanhã de manhã.

Só de pensar que o autor daquele crime terrível estava a poucos metros de distância, Leah sentiu um calafrio na espinha. Sua cabeça girava enquanto ela tentava decidir o que devia fazer.

– Eu vou chamar a polícia.

– Não! Não faça isso!

Uma expressão terrível de angústia estampou o rosto de Jenny.

– Por favor, Leah – implorou ela –, não, não, *não!*

A voz de Jenny começou a aumentar, e ela estava ficando histérica. A última coisa que Leah queria era acordar Miles.

– Está bem, está bem, calma. Eu não vou ligar para a polícia. Mas acho que eu preciso te levar para o hospital para ser examinada.

– Não! – exclamou Jenny, dessa vez com uma expressão apavorada. – Ele não me machucou demais. Foi só o choque. Eu estou bem, sério.

– Tem certeza que não está sentindo dor?

– O meu pescoço está dolorido, mas só isso. Por favor, não me faça ir ao hospital, Leah. Eles vão me perguntar quem fez isso, e eu não consigo encarar esse interrogatório hoje à noite. Se eu não estiver me sentindo bem amanhã, juro que vou – prometeu ela, suplicante.

– Você sabe que isso não pode continuar, não é? E que o Miles tem que ir embora amanhã?

Jenny assentiu devagar.

– Ele podia ter me matado.

Mais uma vez, Leah tinha ignorado os próprios instintos. A culpa a assolou. Ela devia ter escorraçado Miles da última vez.

– Venha, eu vou te colocar na cama. Você pode dormir comigo hoje à noite. Amanhã bem cedo, quero que você vá até o pronto-socorro para ser examinada por um médico. Só volte depois do almoço. Tenho umas coisinhas para dizer ao Miles.

– Ah, Leah, por que a minha vida é essa bagunça? – perguntou Jenny, com tristeza. – Em Woodstock, eu realmente achei que estava começando a vencer. Eu me senti… feliz. Estava louca para ver o Miles e retomar a minha carreira. E agora? É inútil. Por quê, Leah, por quê?

Leah balançou a cabeça devagar enquanto ajudava Jenny a se levantar do chão.

– Não sei, Jenny, eu realmente não sei.

25

Na manhã seguinte, Leah despachou uma Jenny desolada para buscar atendimento médico.

Depois, preparou uma xícara de café quente e forte e se sentou na sala de estar à espera de Miles.

Às onze horas, ela ouviu a porta de Jenny se abrir. Seu coração bateu ritmado no peito quando Miles, vestido com o roupão de Jenny, entrou na sala de estar sem fazer barulho.

– Bom dia. Quer café?

– Já tenho.

Ela seguiu Miles até a cozinha e o observou encher e ligar a chaleira com toda a calma do mundo.

– Feliz Ano-Novo, a propósito – disse ele, sorrindo. – Caramba, ontem foi uma noite e tanto.

– É uma forma de colocar as coisas. Sente-se, Miles. Eu preciso falar com você.

Ele pareceu vagamente surpreso com o tom severo dela.

– Está bem. Aliás, cadê a Jenny?

– Saiu.

– Ah. Eu não imaginei que ela fosse acordar tão cedo. Nós dois bebemos um pouco demais ontem à noite na festa.

A chaleira ferveu, e Miles encheu a xícara antes de se sentar de frente para Leah.

A indiferença que ele demonstrava depois das ações brutais da noite anterior a enervava.

– Miles, quando eu cheguei em casa, às três da manhã, encontrei a Jenny chorando. Ela estava muito perturbada. A Jenny disse que você tentou estrangular ela.

Uma expressão de espanto genuíno se apoderou do rosto de Miles.

– O quê? – perguntou ele, rindo alto. – Bom, ela obviamente bebeu um pouco demais ontem à noite.

– Não, eu acho que não. Ela estava coberta de hematomas, e não é a primeira vez que isso acontece. Um mês atrás, ela apareceu com a cara toda inchada e um olho roxo.

O rosto de Miles ficou sombrio, e seus olhos penetrantes brilharam.

– Você está dizendo que fui eu que causei esses ferimentos?

– Estou. Não só a própria Jenny me contou que foi você, mas é bem pouco provável que tenha sido outra pessoa, não é? Você passou a noite toda com ela ontem.

Leah pensou em como aquela conversa era ridícula. Ela fez uma pausa e prosseguiu:

– Eu queria te mandar embora um mês atrás, mas a Jenny não deixou. Ela disse que você sempre pedia desculpas depois e que tinha prometido não fazer mais aquilo. Então, eu te deixei ficar. Mas, Miles, isso não pode continuar. Quero que você saia deste apartamento hoje mesmo.

Ele ficou sentado em silêncio, olhando para Leah. A expressão em seu rosto era a mesma que a fazia estremecer quando criança. Fazia ela se sentir quase suja.

– Você acredita na Jenny, então? – perguntou ele devagar, sem piscar.

– Claro que sim. Eu vi os hematomas. Não tenho o menor motivo para duvidar dela. Agora, preciso que você faça as malas e vá embora até a hora do almoço. Você tem sorte porque a Jenny se recusou a chamar a polícia. Se você for embora e prometer nunca mais tentar entrar em contato com ela, eu também não vou chamar, pelo bem da sua família.

– Minha família? Que família?

– A Rose, a Miranda e a Chloe, claro. Elas ficariam arrasadas se você acabasse no tribunal por espancar uma mulher.

Miles se levantou e se aproximou de Leah devagar, fazendo questão de estar acima dela. Pela primeira vez, Leah sentiu o medo correr pelas veias.

– Você sabe tudo sobre a minha família, não é? Você estava sempre se metendo na nossa vida quando a gente era criança, puxando o saco da Rose e seduzindo aquele meu primo patético. É muita audácia sua dizer como as pessoas devem viver. Srta. Pura, Srta. Perfeita.

Miles levou a mão ao rosto dela e, por um instante, Leah pensou que ele ia bater nela. Em vez disso, ele traçou gentilmente os contornos do seu rosto, escorregando os dedos pelo pescoço, em direção aos seios. Isso fez Leah agir. Ela deu um salto.

– Pare, Miles! Não se atreva a me tocar! Saia daqui agora! Caso contrário, eu chamo a polícia!

– Está bem, eu vou.

Miles caminhou devagar até a porta, mas parou e se virou. Os olhos sombrios dele brilhavam quando ele a encarou.

– Você vai se arrepender disso, minha querida Leah.

Dez minutos depois, Miles reapareceu com a mala e jogou a chave da porta de entrada no chão.

– Não precisa me levar até a porta. *Ciao.*

Leah ouviu a porta da frente bater e o elevador descer. Torceu para que aquela fosse a última vez que via Miles Delancey. Ele lhe inspirava um medo frio e terrível que, naquele momento, a tornava incapaz de se mover. Ela se sentiu com 16 anos de novo, sozinha com ele no celeiro de Rose.

Vamos lá, Leah. Ele já foi. E não vai voltar. Ele sabe o que aconteceria se fizesse isso.

Duas horas depois, ela ouviu a chave girar na fechadura e pensou no esforço que teria que fazer para, mais uma vez, convencer a amiga querida de que a vida valia a pena.

Jenny entrou na sala de estar. Estava pálida e parecia extremamente infeliz.

– Ele já foi?

– Foi, querida.

– Ah.

Na mesma hora, Jenny caiu no choro. Leah se levantou e abraçou a amiga.

– Sabe, eu amava ele de verdade. O que é que eu vou fazer agora? – perguntou Jenny, soluçando.

– Seguir em frente e olhar para o futuro. Desculpe, Jenny, mas, sério, você precisa entender que vai ficar muito melhor sem aquele canalha. Eu conheço o Miles há muito tempo, e alguma coisa nele sempre me perturbou. Qualquer homem capaz de fazer o que ele fez com você é completamente podre por dentro.

– Eu sei. Mas ele me deu uma razão para viver. Eu estava tão deprimida antes. E, agora, ele se foi.

– Ah, Jenny. Lembra de como você ficou feliz em Woodstock. Por que não dá uma ligada para o Jack? Ele vai te animar.

– Não. Ele foi passar o Ano-Novo com a namorada. Eu não sou a primeira da lista de ninguém.

– Você é na minha. Nós temos uma à outra. Ah, Jenny, por favor, você precisa continuar lutando. Vão aparecer outros homens, que vão te amar e cuidar de você, e não te machucar como o Miles fez.

Jenny se jogou no sofá.

– Vale a pena, Leah?

Leah enxugou as lágrimas dos olhos da amiga. Jenny precisava de otimismo. Ela escolheu ser forte.

– Claro que vale, sua boba. Você só passou por um período muito difícil, só isso. As coisas vão melhorar. Confie em mim.

Jenny agarrou a mão de Leah.

– Ah, Leah. Você é tão forte. Queria ser como você. Você tem sido tão boa para mim. E eu só te dou problema.

– É para isso que servem as amigas. Tudo que eu quero em troca é te ver superar isso o mais rápido possível. Você precisa tentar. Promete?

Jenny balançou a cabeça, desamparada.

– Eu não consigo. O Miles era tudo que eu tinha. Todo o resto desapareceu.

– Vamos lá, Jenny, você não pode pensar assim – insistiu Leah, tentando desesperadamente encontrar algo para dizer que animasse Jenny. – O que o médico falou?

– Quase nada. Você sabe como eles são. Ele não acreditou que eu caí da escada, mas disse que não podia fazer nada se eu não contasse a verdade. Ele me examinou, e eu estou bem. Ele me deu uma receita de Valium e uns comprimidos para dormir.

– Bom, me dê esses remédios. Não queremos começar tudo de novo.

– Eu nem cheguei a pegar os remédios – disse Jenny, baixinho.

– Está bem. Me prometa que não vai pegar. Você já sabe que se entupir de drogas não vai ajudar, não é?

Jenny assentiu.

– Por que não tira um cochilo? Você deve estar exausta. Eu vou fazer uma xícara de chá e levo para você.

Jenny se levantou com cautela.

– É, eu estou um pouco cansada – disse ela, e apertou a mão de Leah mais uma vez. – Obrigada por tudo.

– Disponha. Pode ir. Vou lá daqui a um minuto.

Jenny saiu devagar da cozinha. Leah encheu a chaleira, pensando no que fazer. Ela não estava habilitada para lidar com alguém tão deprimida quanto a amiga e, depois da última vez, a responsabilidade começara a pesar sobre seus ombros. Decidiu ligar para o médico de Jenny no Lenox Hill Hospital.

A recepcionista disse que o médico estava de férias até o dia seguinte e a aconselhou a ligar de novo. Leah pôs o fone no gancho. Não havia mais nada que pudesse fazer agora, mas ligaria no dia seguinte bem cedo se Jenny continuasse instável daquele jeito.

– Pronto – disse Leah, entregando o chá fumegante à figura lastimável na cama.

– Obrigada.

– Quer que eu fique aqui com você?

Jenny balançou a cabeça.

– Eu vou ficar bem. Estou morrendo de sono. Tenho certeza que vou acabar cochilando.

– Está bem. Mas, se precisar de alguma coisa, me chame. Vou estar no meu quarto.

Leah fechou a porta ao sair e foi para o quarto tentar dormir um pouco.

A proposta que Anthony fizera na noite anterior lhe veio à cabeça pela primeira vez. Com o problema de Jenny e Miles, ela não tivera a chance de pensar no assunto.

Ela amava Anthony? Ela se sentia confortável na presença dele, cuidada e, o que era mais raro, totalmente compreendida. E, sim, o achava atraente.

Mas casar? Leah não tinha certeza.

Às dez e meia da noite, Leah entrou no quarto de Jenny. Ela estava sentada, comendo uma maçã e assistindo à TV portátil. Os cabelos estavam brilhantes e escovados, e Leah pensou que, dadas as circunstâncias, ela estava surpreendentemente bem. Leah se sentou na cama e pegou a mão da amiga.

– Oi, Leah. Estou me sentindo muito melhor.

– Você parece mesmo. Quer dormir no meu quarto hoje à noite?

– Não. Eu vou ficar bem aqui.

– Tem certeza?

Jenny abriu um sorriso radiante.

– Tenho.

– Estou tão orgulhosa de você, Jenny – disse Leah, com carinho. – Você sabe onde eu vou estar. Boa noite, durma bem.

Leah se levantou.

– Leah? – chamou Jenny, estendendo o braço e puxando a amiga para perto. – Você tem sido fantástica nos últimos meses. Eu não podia desejar uma amiga melhor. Muito obrigada. Eu te amo.

Jenny jogou os braços em volta dela e a abraçou com força.

– Eu também te amo. Feliz Ano-Novo, querida.

– É, feliz Ano-Novo. Você merece tudo de melhor. Continue sendo quem você é e você sempre vai ficar bem.

Quando Leah saiu do quarto, Jenny acenou.

– Adeus – murmurou ela, entre lágrimas, quando a porta se fechou.

Às nove da manhã seguinte, Leah levou uma caneca de café fumegante ao quarto de Jenny.

Antes que visse qualquer coisa, o cheiro de álcool lhe disse que o pior tinha acontecido.

Leah acendeu a luz e foi em direção ao corpo imóvel e pálido da amiga. Tirou as garrafas de bourbon e os pacotes de Valium do edredom antes de verificar o pulso de Jenny.

Leah pegou a garota nos braços e a abraçou com força.

– Ah, Jenny, minha querida Jenny...

Leah chorou.

26

Miranda estava na frente do espelho, conferindo a aparência pela última vez. Depois de pensar muito, tinha escolhido um terninho Zandra Rhodes simples de seda creme adornado com pele de arminho.

Ela não dormira nada durante a noite e, por fim, tinha se levantado às cinco da manhã e passado horas arrumando os novos cabelos escuros.

Miranda olhou para o relógio. Faltavam cinco minutos para as dez. A qualquer momento, Ian chegaria para tirá-la daquele pesadelo com sua pequena sacola de viagem e levá-la para uma nova vida juntos.

No dia anterior, ela havia ligado para Roger e pedido que ele a levasse até o banco. Lá, tinha sacado cada centavo da conta que Santos abrira. Miranda tinha retirado 5 mil libras em espécie, e as outras 20 mil em um cheque emitido no novo nome que tinha no passaporte. Ian ficaria preocupado se soubesse o que ela fizera, mas, quando Santos descobrisse, eles já estariam a milhares de quilômetros de distância, e o dinheiro os ajudaria a recomeçar.

Miranda foi até a sala de estar e se sentou. Entrelaçou as mãos de um jeito nervoso e não conseguiu deixar de acompanhar o pequeno relógio no console da lareira, os segundos escorrendo um atrás do outro.

– Por favor, não se atrase, Ian – murmurou ela.

Desde que concordara com o plano, ela vivia acordando encharcada de suor após sonhos vívidos em que Santos aparecia no aeroporto, tentando impedi-los de embarcar no avião.

O relógio já marcava mais de dez horas, e Miranda continuava sentada, na agonia da espera. Ela se lembrou das últimas palavras de Ian.

– Se eu não chegar até as dez e meia, pegue a mala, saia do apartamento e corra como louca até encontrar um táxi. Nos encontramos no cartório. Se isso também falhar, pegue um táxi até o aeroporto, e eu te vejo na sala de embarque.

Miranda sabia que Ian tinha arrumado um trabalho para Roger fazer naquela manhã e, no dia anterior, o motorista lhe dissera que não estaria disponível até a hora do almoço. A barra estava o mais limpa possível.

Pela centésima vez, Miranda verificou o endereço do cartório na bolsa de mão. De qualquer forma, ela já o sabia de cor.

O relógio marcou 10h15, e Miranda não aguentava mais esperar. Ela se levantou e se serviu de uma boa dose de vodca. O líquido insípido desceu pela garganta.

Às 10h25, Miranda estava tão nervosa que começou a andar de um lado para o outro.

– Ai, meu Deus, por favor, venha, por favor, venha – repetia sem parar.

O silêncio da sala era ensurdecedor, e ela ligou a TV na esperança de se concentrar em outra coisa. Ia esperar até 10h40 e, depois, faria o que Ian pedira e correria para pegar um táxi até o cartório.

Ela acompanhou com indiferença o boletim de notícias das dez e meia.

De repente, viu o rosto de Ian surgir na tela.

Miranda se perguntou se estava alucinando. Ela se aproximou da TV e ouviu atentamente o que o jornalista dizia.

– ... morto em um acidente de trânsito com omissão de socorro às oito da noite de ontem. A polícia está apelando para quaisquer testemunhas que possam ter visto o motorista do carro. E, agora, a previsão do tempo. A frente fria deve chegar...

O rosto de Ian desapareceu. Miranda mergulhou no chão, achando que ia desmaiar.

– Não, não, meu Deus, não...

Ela se balançou para a frente e para trás, incapaz de absorver o que acabara de ver.

Seu coração martelava perigosamente no peito, deixando dormentes os dedos das mãos e dos pés. Ela respirou fundo várias vezes, tentando se controlar.

A fraqueza passou. Miranda se levantou, cambaleante, e pegou a garrafa de vodca. Tomou um gole imenso e voltou para o sofá.

Algo dentro dela dizia que era vital permanecer no controle. Ela se forçou a pensar nos passos seguintes.

Ian estava morto. Será que tinha sido um acidente? Miranda não conseguia aceitar que era.

Santos com certeza tinha descoberto sobre eles.

Tudo que Ian lhe contara sobre Santos voltou rapidamente à cabeça dela. Ele a advertira de que aquele homem era ruim o suficiente para matar.

Miranda corria um perigo mortal, e não havia um segundo a perder. Com imenso esforço, ela deslocou a dor e a raiva para o fundo da mente. Era uma questão de sobrevivência. Se não se mexesse rápido, tinha grande chance de acabar morta.

O instinto assumiu o comando. Miranda pegou a sacola e foi até a porta da frente. Ao abri-la, viu um rosto familiar.

– Nãããão!! – gritou ela, tentando empurrar o motorista e esmurrando o peito dele com os nós dos dedos.

Ele simplesmente a ergueu e a carregou, chutando e berrando, para dentro do apartamento.

– Cale a boca! Cale a boca! – ordenou Roger, estapeando o rosto dela repetidas vezes enquanto Miranda gritava, histérica.

– Assassino! Assassino!

– Você acha que todos nós somos burros e cegos? Eu estou avisando, madame. Se continuar dando trabalho, aquela sua pirralha de Yorkshire vai morrer! Você está me entendendo?

Roger jogou um envelope no colo de Miranda.

– Eu vou deixar você se acalmar. Dê uma olhada nesse envelope e não esqueça o que eu falei. O Sr. Santos não está nada feliz. E todos nós sabemos o que acontece nessas ocasiões.

Miranda ouviu a porta da frente bater.

Ela abriu o envelope de papel pardo.

Lá dentro, havia fotos da filha, Chloe. Ela estava em frente à creche, no vilarejo de Oxenhope, segurando forte a mão da Sra. Thompson, com um vestido que Miranda tinha comprado pouco antes de partir.

A visão da linda filha e da cena feliz fez Miranda derramar novas lágrimas.

Eles podiam machucá-la a qualquer momento. Chloe corria perigo por causa de seu egoísmo.

Ela disparou até o telefone e o tirou do gancho. A linha estava muda.

Ela tentou a porta da frente. Trancada por fora.

Miranda era uma prisioneira.

Ela entornou o resto da vodca e começou a beber o uísque. Três horas depois, estava entorpecida.

A resposta era simples. Miranda foi até a cozinha e pegou a maior faca de pão. Se ela morresse, Chloe estaria a salvo e Santos procuraria uma nova vítima.

Miranda posicionou a faca nos pulsos. Ela tocou a pele, tirando um pouco de sangue.

A visão a fez atirar a faca no chão. Não. Aquela seria uma saída covarde. Ela era a única pessoa viva que poderia fazer Santos pagar por destruí-la e matar Ian.

Uma força repentina surgiu no corpo de Miranda. Ela pegou uma estatueta antiga de valor inestimável da bancada e a atirou contra a porta. O objeto se estilhaçou em centenas de pedaços minúsculos.

– Canalha! Eu vou dar um jeito de te fazer pagar, Santos. Por nós dois – acrescentou, em voz baixa.

27

– Do pó viemos e ao pó retornaremos... – entoou baixinho o vigário.

Leah observou o casal mais velho, que se apoiava um no outro, ir até a cova aberta. A mulher jogou uma rosa cor-de-rosa em cima do caixão, depois buscou consolo nos braços do marido e começou a chorar baixinho.

A manhã cinzenta de janeiro parecia espelhar a dor do casal. Quando a mãe de Jenny passou por Leah, pegou a mão dela. Leah se viu encarando os mesmos lindos olhos azuis que tornavam a beleza da amiga tão marcante.

– Obrigada de novo, Leah. Sei que você fez tudo que podia. A Jenny te amava como uma irmã. Sempre nos dizia que você era muito boa para ela – disse a mulher, depois ficou um instante olhando para o nada, apertou a mão de Leah e se afastou.

O grupo começou a se dispersar enquanto Leah avançava, se preparando para olhar dentro do túmulo de Jenny.

– Tchau, Jenny. Eu te amo – murmurou ela.

Lágrimas arderam no fundo dos seus olhos, mas ela não conseguia deixá-las cair. A coisa toda era surreal demais. Não conseguia imaginar o que aquele caixão de carvalho repleto de flores tinha em comum com sua jovem e linda amiga.

Outras pessoas presentes no funeral choravam copiosamente, principalmente Madelaine.

Leah se afastou da sepultura e sentiu um braço tocar em seu ombro.

– Você está bem?

A voz era forte e reconfortante, e ela voltou os olhos para Anthony. Jack estava de pé ao lado dele, com os olhos cheios de tristeza.

– Estou. É melhor voltarmos para casa. Acho que já ensinei o caminho para a maioria das pessoas.

Anthony assentiu e pôs o braço em volta dela. Eles seguiram os últimos enlutados e saíram do cemitério.

Leah ficou em silêncio durante a curta viagem de volta na limusine de Anthony. Qualquer conversa parecia banal à luz do que tinha acabado de acontecer.

Quando ela abriu a porta do apartamento, a sala de estar já estava cheia de convidados, e os garçons distribuíam copos de xerez e refrigerantes.

Enquanto avançava por entre as pessoas, Leah sentiu um leve enjoo ao ouvir trechos de uma conversa. O grupo discorria sobre a mais nova sensação do mundo da moda, uma jovem britânica que estampara a *Vogue* do mês anterior.

Era como se Jenny nunca tivesse existido.

– Querida, o que eu posso dizer? Isso é muito, muito trágico. A Jenny foi uma das melhores modelos que eu já tive.

Madelaine, a imagem do luto elegante com seu terno Lanvin preto e chapéu *pillbox* combinando, estava de pé diante dela.

Leah queria gritar. Madelaine não dera a *mínima* quando Jenny estava mal. Só se importava em garantir que seu "produto" não estragasse sua comissão saindo dos trilhos. Aquela mulher, junto com todos os outros hipócritas da sala, era tão responsável pela morte da amiga quanto a própria Jenny. Todos acharam ótimo fazer o máximo de dinheiro possível quando as coisas iam bem, mas a tinham largado como uma batata quente assim que ela começara a dar defeito.

Leah lutou para controlar a raiva.

– Anthony, esta é a Madelaine. Ela é a proprietária da Femmes.

Anthony estendeu a mão, e Madelaine a apertou.

– Prazer em conhecê-lo, Sr. Van Schiele. A Leah me falou muito do senhor. A campanha dela com a Chaval parece estar indo muito bem. Ouvi dizer que as vendas aumentaram um quarto desde que a Leah começou. A pequena taxa que eu negociei valeu a pena, não acha?

Madelaine piscou de um jeito sedutor. Leah sentiu uma aversão quase física.

Na última semana, sentindo-se entorpecida pela dor, pelo choque e pela culpa por não ter conseguido evitar a morte da amiga, Leah andara de um lado para o outro no apartamento sinistramente silencioso, tentando extrair um sentido daquilo tudo. Não encontrara nenhuma resposta, mas tomara uma decisão. O mundo falso em que vivia tinha arruinado uma jovem e bela garota que devia estar apenas começando a vida, e não deitada em uma caixa a sete palmos do chão. Era um mundo corrupto e, embora Leah suspeitasse que provavelmente aquele negócio não era pior que nenhum outro, ela precisava de espaço para tentar recuperar a simples alegria de ser jovem e estar viva. Aos 21 anos, já se sentia uma velha amargurada. Queria largar tudo.

Vocês combinam. Muito. As palavras de Jenny voltaram à sua mente.

Quando Leah encarou Madelaine, percebeu que tinha na ponta dos dedos a única arma que poderia machucar de verdade aquela mulher dura e fria que tinha tratado Jenny com tanta crueldade. Ao se lembrar da raiva louca que irrompera dentro dela quando Madelaine a impedira de processar Carlo – o homem que *destruíra* seu relacionamento com Brett –, ela soube o que fazer.

Uma imensa onda de satisfação cresceu dentro de Leah, e ela pegou a mão de Anthony.

– Eu tenho uma coisa para te dizer, Madelaine. Quando eu terminar todos os trabalhos agendados, vou abandonar a carreira de modelo.

Uma expressão de horror substituiu o sorriso no rosto de Madelaine. O dinheiro que tinha ganhado com a Srta. Thompson lhe valera uma bela casa em Cap d'Antibes e um Porsche 924.

– Eu… mas… por quê, Leah?

Leah nunca tinha visto Madelaine ficar sem palavras e saboreou a dor no rosto da mulher. Ela só esperava que Jenny estivesse ali em algum lugar, assistindo a tudo e se deleitando com isso. Ela olhou para Anthony. Um lampejo de surpresa surgiu nos olhos dele, mas desapareceu rapidamente.

Madelaine repetiu a pergunta.

– Por quê?

Leah ainda estava olhando para Anthony. Ela apertou a mão dele com mais força e sorriu para ele.

– Porque eu e o Anthony vamos nos casar o mais rápido possível.

Parte Três

Março a agosto de 1984

1

Nova York, março de 1984

Leah acordou com o suave gorjeio dos pássaros saudando a primavera vindoura. Ela manteve os olhos fechados, aproveitando o momento tranquilo entre o sono e a vigília, quando cada músculo de seu corpo estava relaxado e revigorado.

Com relutância, abriu os olhos e espiou o relógio posicionado na mesinha de cabeceira. Oito e meia. Ela nem tinha ouvido Anthony sair naquela manhã.

A exaustão a consumira no primeiro trimestre das duas malogradas gestações anteriores e, mais uma vez, ao completar dez semanas, ela se sentia esgotada.

Leah se levantou devagar da cama grande e confortável e entrou no banheiro da suíte. Encheu a grande banheira redonda com água e óleos de banho e entrou, cobrindo o rosto com uma toalha. Respirou fundo, pensando no que faria com o dia que se estendia à frente.

Anthony e o Dr. Adams, seu ginecologista, insistiam que ela se movesse o mínimo possível. Nada de cavalgadas, nada de mergulhar na bela piscina coberta... Na verdade, nada que a sobrecarregasse mais do que virar a página de um livro.

Leah saiu da banheira, se enrolou em uma toalha grande e caminhou em silêncio até o closet para encontrar o que vestir.

Ela se postou diante do longo espelho. Seu corpo ainda estava tão firme e tonificado como quando ilustrava as capas de revistas do mundo todo.

Leah soltou um suspiro profundo ao vestir um macio macacão de caxemira. Embora jamais fosse admitir para Anthony, às vezes sentia falta daquela época. Ela costumava ser necessária. Caso se atrasasse para um trabalho, causaria inúmeros problemas para a equipe montada e contratada para o ensaio.

Nos últimos dois anos, poderia ter passado todos os dias na cama, e ninguém no mundo além de Anthony teria notado.

– Vamos, Leah, pare com isso, você está muito mimada – disse ela ao próprio reflexo.

Ela saiu do closet, caminhou pelo corredor de carpete grosso, desceu as escadas amplas e atravessou o hall de entrada.

Um leve café da manhã com croissants, frutas e café descafeinado a aguardava no jardim de inverno, onde gostava de se sentar de manhã e observar os belos jardins. Naquele dia, a vista estava ainda mais bonita que o normal. Os restos da neve tinham sido lavados por uma leve chuva de março, e os primeiros raios de sol de verdade daquele ano estavam em evidência, anunciando o renascimento da natureza. Leah se sentou à mesa, serviu o café e torceu para que aquilo fosse um bom presságio para o nascimento de seu bebê.

Faltavam apenas quatro semanas para terminar a fase mais perigosa. Nas duas últimas gestações, ela tinha sofrido abortos espontâneos com doze e quatorze semanas, respectivamente. O Dr. Adams tinha certeza de que, se ela conseguisse passar daquele ponto, levaria o bebê a termo.

Leah odiava a injustiça. Ela, que nunca fumara, quase não bebera álcool na vida e se mantivera incrivelmente em forma, não parecia capaz de produzir o que milhões de outras mulheres produziam sem esforço algum. Embora tivesse feito testes rigorosos depois dos dois abortos, os especialistas não tinham conseguido identificar a razão. Disseram que Leah estava bem de saúde e que não havia nenhum problema dentro dela. Em vez de fazer com que ela se sentisse melhor, as notícias tiveram o efeito contrário, já que Leah não tinha desculpa para sua dificuldade.

Os dois queriam muito um bebê. Com 40 e poucos anos, Anthony sabia que o tempo estava passando rápido demais. E, ainda assim, fazia sua parte sem dificuldade, enquanto Leah, aos 23, lutava para fazer o mesmo.

Se perdesse aquele bebê, sabia que não aguentaria passar por tudo aquilo de novo. A agonia de cada pontada… Qualquer dorzinha leve e repentina que em circunstâncias normais ela nem teria notado agora a deixava em pânico.

Objetivamente, Leah sabia que estava obcecada pelo problema de uma maneira doentia. Aquilo tinha dominado completamente seu último ano e colocado uma pressão em seu casamento que, fora isso, era feliz. Anthony só a tratava com gentileza, amor e compreensão, mas ela se tornara irracional e irascível.

Se, pelo menos, conseguisse gerar um bebê... Leah tinha certeza de que já não se sentiria tão deprimida. Afinal, tinha tudo que uma mulher podia querer. O casamento era bem-sucedido, e ela contava com uma bela casa e dinheiro suficiente para fazer o que quisesse.

Anthony tinha insistido para que ela não tocasse na renda acumulada com o trabalho de modelo, já que ele tinha o suficiente para os dois. Então, o dinheiro dela fora investido e estava se tornando uma pequena fortuna.

Muitas vezes, Leah se censurava pelo próprio egoísmo. Ela se envolvera tanto com o problema que o sonho de usar seu dinheiro para fazer algo de bom para o mundo fora esquecido. Ficava ali sentada, sozinha, corando de culpa enquanto assistia ao locutor do jornal descrever mais um desastre em algum canto distante do mundo; falar sobre a fome e o derramamento de sangue que tinham deixado milhares de pessoas desabrigadas e à beira da morte. E dizia a si mesma como tinha sorte e que precisava fazer algo para ajudar. Em seguida, sentia uma dor na barriga e voltava a se envolver com os próprios problemas.

Assim que este bebê nascer, disse ela a si mesma enquanto cortava um kiwi em pedacinhos perfeitos, *eu vou começar a fazer algo que valha a pena com a minha vida.*

A correspondência estava cuidadosamente organizada em uma bandeja de prata. Leah a folheou, tirando as cartas endereçadas ao casal e deixando as de Anthony de lado. Eram convites para eventos beneficentes, inaugurações de galerias e jantares oficiais. Eles a deprimiam, pois Leah sabia que não iria a lugar algum até o bebê nascer.

Seu coração se alegrou quando ela viu a caligrafia familiar da mãe. Ela abriu o envelope, ansiosa. As duas se falavam todas as semanas, mas já fazia dois anos que Leah não ia à Inglaterra. Com os dois abortos, a depressão que se seguira e, depois, a nova gravidez, parecia nunca haver uma oportunidade. E, agora, seriam pelo menos oito ou nove meses antes que ela pudesse voltar. Isso, é claro, se conseguisse ter o bebê.

A mãe a mantinha atualizada sobre as fofocas de Oxenhope. Ela ainda trabalhava meio período para Rose Delancey – embora não precisasse mais, já que Leah proporcionava aos pais uma renda anual confortável. Mas a mãe dizia que o trabalho a tirava do bangalô, e ela gostava disso. Leah era fascinada pelo misterioso desaparecimento de Miranda. Aparentemente, ela não fora vista desde a festa de 21 anos de Leah, em Londres. Tinha ido embora, deixando a pequena Chloe sozinha, e, desde então, nunca mais se ouvira falar dela. As alcunhas que a mãe lhe dava não eram nada gentis, mas Leah sabia que Miranda nunca fizera muita coisa para ser estimada por ninguém. Ainda assim, abandonar a única filha era o mais baixo que alguém poderia descer.

Leah sentia no tom de voz da mãe que ela adorava Chloe. Parecia que a Sra. Thompson havia assumido o papel de mãe substituta daquela criança de 7 anos enquanto Rose se trancava no estúdio para pintar.

Quanto a Miles, a mãe estava sempre perguntando se Leah o vira recentemente em Nova York. Agora que ele era um fotógrafo de sucesso, Doreen tinha certeza de que eles frequentavam os mesmos círculos. Leah dizia que não, depois mudava de assunto. Ela não tinha contado a ninguém a forma como ele tratara Jenny, apenas assistira com horror quando o nome dele começara a surgir nos créditos de grandes matérias na *Vogue* americana, na *Vanity Fair* e na *Harper's Bazar*. Rezava para que Jenny tivesse sido sua única vítima e para que seu silêncio não tivesse colocado em risco a vida de outras mulheres que cruzassem o caminho dele.

E Carlo? Bom, ela não tivera mais notícias dele desde a noite em que a pedira em casamento. Leah deduzira que ele dera ouvidos aos avisos de Madelaine para que a deixasse em paz. Ela lera nos jornais que Maria Malgasa voltara a ser sua musa e modelo principal. Todo aquele incidente deixara um gosto horrível em sua boca, que azedara o que deveriam ter sido boas lembranças.

Leah leu a carta da mãe devagar, mordendo o lábio ao saber que o pai estava prestes a ir ao hospital para colocar uma prótese no quadril destruído pela artrite. Embora a mãe estivesse confiante na cirurgia, Leah sentiu um toque de ansiedade nas palavras.

Se ao menos pudesse ir até lá e estar com os pais durante a operação...

Leah decidiu que precisava dar uma volta. Saiu do jardim de inverno e se entregou ao ar cortante, tentando afastar todos os pensamentos desconfortáveis da cabeça. O estresse fazia mal ao bebê, e a pequena criatura dentro dela era a coisa mais importante de sua vida.

2

Embora já fossem quatro da manhã, David estava bem acordado. O voo DA412 da Delphine Airways tinha deixado o Aeroporto Internacional J. F. Kennedy cinco horas antes para dar início à longa jornada até Nice.

Ele se levantou e subiu até o lounge deserto da "corcunda" do Boeing 747 para tomar um drinque. David se sentou em uma das poltronas confortáveis e bebericou um conhaque.

A tensão o engolfou, fazendo cada terminação nervosa de seu corpo tremer com uma ansiedade angustiante. Ele não chamaria aquilo de medo. Não, medo fora o que experimentara em Treblinka. Era mais como sentir a mão do destino agir, como se toda a sua vida o tivesse guiado em direção àquela viagem até o outro lado do mundo para se vingar do homem que assassinara seus pais e abusara de sua irmã querida. E, é claro, por tudo que viera depois.

Estava tudo certo. Na última semana, houvera uma enxurrada de ligações entre ele e a organização. Tudo que David precisava fazer era se juntar a Franzen em sua casa de veraneio em Saint-Tropez, como planejado. Um dos membros da organização já estava lá, disfarçado de funcionário.

David recebera uma arma, que aprendera a disparar com precisão. Ela só deveria ser usada em caso de emergência, para proteger a própria vida. A organização queria Franzen vivo. Eles tinham concebido um plano para que o alvo fosse extraditado por seu governo e forçado a enfrentar um julgamento na Europa por seus crimes contra a humanidade.

David teria que passar uma noite se comportando normalmente e, assim que Franzen pusesse a caneta no papel – para assinar seu próprio mandado de prisão –, David seria removido da casa, e tudo acabaria. Ele estaria vingado.

Ele pensou no efeito que aqueles eventos teriam em Rose. Só podia torcer para que a revitalização de sua carreira artística a ajudasse a enfrentar aquilo.

Sabia que a exposição na galeria que comprara em Londres se revelara uma plataforma fenomenal para o regresso dela à cena artística.

David conferiu as horas. Precisava dormir, descansar.

Ele voltou para o próprio assento. Depois, fechou os olhos e fez uma prece.

Enquanto o helicóptero particular pairava sobre a pista de pouso da casa de veraneio, David teve a oportunidade de dar uma boa olhada na residência palaciana de Franzen. Ficava no topo das colinas de Var e ostentava uma vista magnífica da praia de Pampelonne, em Saint-Tropez. A propriedade em si era moderna, claramente concebida segundo as preocupações de segurança do dono. Meia dúzia de câmeras de circuito fechado adornavam as paredes caiadas e uma imponente cerca de metal circundava o perímetro – exceto na frente da casa, onde o imaculado gramado se transformava em mato e cedia lugar a um penhasco.

Quando o helicóptero pousou, Franzen o aguardava para cumprimentá-lo.

– Sr. Cooper, é um prazer vê-lo de novo – disse ele, apertando a mão de David calorosamente. – Você já conhece a Miranda, é claro.

Ele olhou para a garota emaciada logo atrás de Franzen. Ele se lembrava dela de três anos antes como sendo loura e vivaz. A mulher de agora tinha cabelos castanhos murchos e parecia ter envelhecido drasticamente.

– É bom vê-lo de novo, Sr. Santos. E é claro que eu me lembro da Miranda, mas acho que você mudou a cor do cabelo.

– Mudou. Caprichos de mulher, mas acho que combina com ela, não é? Eu pedi para ela deixar dessa cor, não foi, querida? – disse ele, sorrindo para Miranda, que assentiu, taciturna.

David sorriu.

– Bem, é bom te ver de novo, Miranda.

Ele procurou uma reação por trás dos olhos azuis opacos e inexpressivos e se perguntou que diabos teria acontecido para que a garota mudasse tanto. Ele pensou, com um horror repugnante, na forma como Franzen tinha tratado as mulheres de sua vida. Por um instante, David agradeceu por *ela* não ter ficado tempo suficiente ao lado de Franzen para sofrer o destino da pobre alma que estava à sua frente...

– Acho que podemos ir até o terraço com uma garrafa de champanhe – sugeriu Franzen. – Para apreciar a vista.

Ele se virou e começou a seguir por um caminho de pedra que saía do heliporto em direção à reluzente piscina azul-celeste. David ouviu o helicóptero religar o motor e se virou para vê-lo decolar. Em poucos segundos, parecia um pontinho no céu imenso. David sentiu o estômago revirar.

– Estamos sozinhos este fim de semana? – perguntou ele.

– Estamos, sim, porque às vezes um homem precisa de um pouco de solidão quando quer tratar de negócios. Achei melhor manter a comitiva pequena. Os outros devem se juntar a nós amanhã quando o acordo for fechado, mas, por ora, somos só nós três e o meu mordomo.

O trio foi até o extravagante terraço de mármore, onde um homem de casaca branca os aguardava de pé com champanhe. Ele ofereceu uma taça a Franzen e, depois, aos convidados.

– Que tal brindarmos a um fim de semana agradável e frutífero? – sugeriu Franzen, erguendo a taça.

Um sinal de alerta ressoou na cabeça de David, mas ele o atribuiu às suas próprias neuroses. O mordomo só podia ser o homem da organização.

Meia hora depois, estava começando a ventar e ficar um pouco frio.

– Está na hora de entrar. O jantar vai ser às oito e, depois, podemos começar a trabalhar. Por favor, relaxe e aproveite a casa. Imagino que o senhor queira tomar um banho depois desse voo longo, certo?

– Obrigado, seria ótimo.

– Tem toalhas para o senhor no banheiro do andar de cima. Fica no fim do corredor – disse Franzen enquanto atravessava algumas portas de vidro deslizantes e desaparecia lá dentro.

– Então, minha querida, você se incomoda de deixar os homens aqui trabalharem um pouco? Desculpe, mas, assim que isso acabar, vamos poder passar o resto do fim de semana nos divertindo.

Miranda balançou a cabeça. David não deixou passar a expressão de alívio no rosto dela.

– Boa noite, David – disse ela, depois se levantou e caminhou até a escada.

– Bom. Sugiro irmos até o estúdio, onde vou servir uns licores enquanto o senhor prepara os papéis para assinar. Está bem?

David assentiu, concordando. Ele se levantou e seguiu Franzen pela ampla sala de estar até o estúdio.

Ele tentou firmar as mãos enquanto destrancava a pasta e tirava os papéis de dentro. Ao fazer isso, apertou o botão do gravador escondido no fundo da pasta. Tinha treinado esse movimento tantas vezes que não teve problemas em executá-lo com naturalidade. David colocou a pasta no chão. A pressão reconfortante do aço contra seu lado direito, por baixo do paletó, o tranquilizou.

Não falta muito agora, David. Fique calmo. Tudo está indo conforme planejado.

Ele entregou os papéis a Franzen, que os dispôs na mesa de mogno e ergueu a taça de conhaque.

– Temos que fazer um brinde antes de prosseguir. À nossa cooperação contínua e à nossa parceria frutífera – declarou Franzen antes de beber o conhaque de um só gole.

– Isso – disse David, bebericando o conhaque devagar.

Ele precisava manter a mente clara.

– Preciso dizer, David, que fiquei um pouco surpreso quando você me apresentou esta proposta. Você era a última pessoa que eu esperava ver envolvida com, como posso dizer, um grupo de militantes duvidosos da América do Sul. Se o governo argentino descobrisse que estou envolvido com o fornecimento de armas para esse grupo, inimigos jurados do meu próprio país, isso significaria prisão imediata e depois extradição. Então, obviamente, o meu pessoal se esforçou muito para ter certeza de que você era tudo que parecia – disse Franzen, olhando para ele.

O corpo de David virou gelo.

– E o que foi que eles descobriram? – perguntou ele, devagar.

Franzen fez uma longa pausa. Em seguida, sorriu.

– Que você era exatamente o que parecia. Um rico e elegante empresário. Os meus homens não encontraram nenhuma mancha no seu histórico.

David relaxou e riu junto com Franzen.

Franzen se inclinou na direção de David, e seu olhar mudou no mesmo instante.

– Só que eles não compartilham a conexão *pessoal* que nós compartilhamos.

David voltou no tempo até a última vez em que vira aquela expressão nos olhos de Franzen. Eles cintilavam maldade.

– Eu sabia quem você era, claro. Que imaturidade sua achar que eu não saberia – contou ele, se recostando na cadeira, cruzando os braços e rindo.

O corpo de David enrijeceu ao ouvir as palavras lentas e hipnóticas. Franzen conhecia sua identidade. Não havia nada a fazer.

– Puxa vida, talvez eu não devesse tirar tanto sarro de você. Afinal, a sua experiência na caça aos nazistas é bem limitada, não é, David?

Anos de trabalho tinham sido arruinados.

– Como? – foi a única palavra que David conseguiu dizer.

– Eu me mantive vigilante, por motivos óbvios. Preciso admitir que, quando você se aproximou, eu não acreditei. Com certeza os seus amiguinhos não iam escolher um candidato tão óbvio para a minha captura. Mandei revistar o seu apartamento, só para ter certeza – disse Franzen, erguendo as mãos para o alto. – Dadas as circunstâncias, não foi um pouco de burrice da sua parte manter um quadro da Rose Delancey intitulado *Treblinka* pendurado no seu estúdio?

Franzen respirou fundo, satisfeito.

– David Delanski. Irmão da encantadora Rosa. Bom, como eu poderia esquecer a Rosa? Depois disso, foi fácil. Já faz anos que eu conheço esse seu bando de caçadores intrépidos. Mas tenho que admitir que era um plano inteligente. Teria funcionado... com outro protagonista.

– Seu canalha – sussurrou David.

Franzen deu uma risadinha.

– Por favor, David. O seu povo se considera muito inteligente. Vocês acham que merecem governar o mundo. Mas essa arrogância é burra. Vocês nunca vão conseguir o poder que desejam.

David se levantou.

– Tem outro homem nesta casa, sabia? A qualquer minuto, ele vai...

Franzen ergueu a mão.

– Claro. O meu fiel mordomo. Ele trabalha para mim há dois anos. Aí, descobri a ligação dele com os seus amiguinhos. Muito impressionante. Mas ele está amarrado na adega e não vai poder te ajudar. Vou me livrar dele mais tarde.

Franzen afastou uma felpa do paletó, depois prosseguiu:

– Achei melhor me livrar de vocês dois ao mesmo tempo. Sem lambança, como nos velhos tempos. Você pode até ter escapado de Treblinka, mas eu vou consertar isso.

David percebeu que Franzen ainda vivia na época em que poderia matar alguém por puro capricho.

– E como é que você vai se livrar de mim? Imagino que tenha sido por isso que você se deu ao trabalho de me trazer aqui e esvaziar a casa – disse ele, do jeito mais calmo que conseguiu.

Franzen assentiu.

– É, você está certo. Um dos meus homens podia ter acabado com você há muito tempo, mas eu achei justo concluir o trabalho que comecei quarenta anos atrás. E eu não queria estragar o seu plano bobo – contou Franzen, rindo com malícia. – Só precisamos de uma boa e simples queda – disse Franzen, apontando para a janela e para o fim do jardim. – O pobre magnata bêbado que caiu do penhasco enquanto aproveitava uma folga agradável na casa de veraneio do amigo Santos. Imagino que vá virar manchete. Parabéns!

Algo explodiu dentro de David, cavando um poço de ódio. Ele enfiou rapidamente a mão no paletó, como tinha aprendido, e puxou a arma.

– Chega! Isso tem que acabar, Franzen! Eu fui enviado aqui para garantir que você pagasse pelo que fez em Treblinka na frente do mundo inteiro, mas agora estou vendo que o meu destino é te matar com as minhas próprias mãos. Eu prometi me vingar quando saí de Treblinka. Levante-se! Agora!

David apontou a arma para Franzen, que sorriu, deu de ombros, depois obedeceu. Ele se levantou devagar.

– Como quiser, David Delanski. Você está no comando.

– Vire de costas! Ande! – gritou David.

Pressionando a parte inferior das costas de Franzen com uma das mãos, ele conduziu o inimigo até as portas deslizantes de vidro da sala de estar e o forçou a ir até o terraço ao lado da piscina. Sabia que devia trancar Franzen em um dos quartos e pedir ajuda por rádio, mas imagens do rosto apavorado de Rosa após a morte do pai não paravam de passar pela sua cabeça.

Eles chegaram à beira do jardim, e David forçou Franzen a passar por cima de um arbusto bem-cuidado e avançar pelo matagal. Pela primeira vez, conseguiu ver a queda íngreme até a água. A casa de veraneio ficava em um afloramento, e David arregalou os olhos ao ver a rocha irregular e serrilhada que pairava a mais de 150 metros do revolto mar Mediterrâneo.

– Fique na minha frente – ordenou David ao prisioneiro.

– Como quiser – disse Franzen, se aproximando da borda com um passo inseguro.

– Pule – disse David.

Franzen riu soltando o ar pelo nariz.

– Até parece que eu vou facilitar a sua vida. Você vai ter que atirar em mim, Delanski. Embora eu duvide que você tenha estômago para isso.

David ergueu a arma e a segurou a poucos centímetros da nuca de Franzen. A adrenalina corria pelas veias, deixando-o tonto e enjoado. A respiração vinha em rajadas curtas e violentas.

– Esperei muito tempo por este momento – disse David, tremendo de emoção. – Eu jurei que ia me vingar pelo que você fez. Isso é pela minha mãe, pelo meu pai, pela Rosa e por todos os outros. Que Deus tenha piedade da sua alma!

David atirou. E atirou de novo. Dois cliques ocos cortaram a brisa e ecoaram no topo do penhasco. David puxou o gatilho repetidas vezes, mas não houve estouro algum. Então, ele ouviu algo ainda mais assustador. O som de uma risada. Uma risada histérica e vitoriosa.

Antes que pudesse se mover, a mão grande já estava em sua garganta e havia uma arma apontada para sua cabeça. Sua própria arma vazia caiu da mão e aterrissou atrás dele enquanto ele era forçado a assumir a mesma posição que Franzen ocupara apenas segundos antes. Agora, Franzen o segurava pela gola da camisa e, não fosse por seu aperto forte, David já teria tropeçado para a morte.

– Seu homenzinho tolo e patético. Enquanto você tomava banho, eu esvaziei a sua arma. Meu velho amigo, não sou eu quem está destinado a morrer hoje à noite, mas você, David Delanski.

– Uma pergunta antes de se livrar de mim. Você sentiu algum remorso por assassinar milhares de pessoas inocentes?

– Nunca. Você pode fazer uma oração se quiser. Os judeus gostam de rezar antes de morrer.

A arma pressionava o pescoço de David com força, e o rosto de Franzen estava a poucos centímetros do dele.

– Não? Que seja. É uma pena que você não vai ter a oportunidade de mandar um beijo meu para a Rosa. Eu sinto muita falta dela – disse Franzen, com uma risada. – E *sei* que ela sente a minha. Como foi que você reagiu quando soube do nosso pequeno reencontro?

David fez uma careta.

– Foi o que eu pensei. Eu gosto de te ver sofrer, David. Isso me faz muito bem.

– Canalha – murmurou David.

– Ainda não terminei, Delanski. Como você sabe, estou te acompanhando desde que começamos o nosso diálogo comercial. Queria te fazer sofrer por essa triste tentativa de vingança. Assim como antes, eu fiz um jogo longo.

– Como assim?

– A garota. A Miranda. Eu a mantive como um animal de estimação. Tratei como se fosse um cachorro.

– Eu não duvido. Mas o que isso tem a ver comigo?

Os lábios de Franzen se curvaram em um sorriso largo que provocou um calafrio na espinha de David.

– Ela é filha da Rosa. Eu mandei o meu pessoal atrás dela.

David ficou chocado.

– Isso... não pode... eu...

– Eu fiz a sua preciosa Rosa sofrer terrivelmente pelos pecados do irmão... de novo!

Franzen soltou um muxoxo e aumentou a pressão da arma.

– Eu venci, Delanski. Como sempre. E, no caso de você estar se perguntando... a Miranda não é tão boa na cama quanto a sua irmã.

David usou toda a força que lhe restava para atacar Franzen, mas era inútil. Franzen soltou mais uma risadinha.

– Adeus, David. Foi interessante te reencontrar.

Perdão, Rosa, eu tentei. Mas perdi, como todos os outros antes de mim.

Um baque nauseante veio de trás de Franzen. Ele deu um grito, e a arma caiu de sua mão enquanto ele soltava David, que cambaleou para a frente, se jogando no chão. Seguiu-se, então, um estalo, que David reconheceu como o barulho de um osso quebrando. Franzen gemeu e caiu para trás, em cima de David. Reunindo todas as suas forças, David tirou Franzen de cima de si, empurrando-o para a beira do penhasco. As pernas de Franzen desapareceram de vista, deixando-o desesperadamente agarrado a um arbusto, lutando pela própria vida.

David observou um par de sapatos vermelhos de salto alto entrar em seu campo de visão.

O pé direito deu um chute veloz e firme no rosto de seu captor, e David observou Kurt Franzen despencar do penhasco.

David ficou ali deitado, ofegante.

Por fim, olhou para cima e viu a figura recortada contra o pôr do sol. Ela segurava a arma vazia e olhava para a frente.

– Obrigado, obrigado – disse David, ofegante. – Você está bem?

A figura assentiu.

– Você acha que eu o matei? Eu bati com muita força na nuca dele.

– Não sei, mas duvido que alguém sobreviva a essa queda.

– Eu queria matá-lo, David. Não fiz isso para te salvar, sabe? Eu fiz isso por mim.

E pelo Ian, pensou Miranda.

A calma com que ela falou o assustou. A garota estava obviamente em choque.

David se levantou.

– Miranda, por que você não vai lá para dentro? Acho que precisamos buscar ajuda o mais rápido possível. Vou até a adega ver o mordomo.

– Está bem. Eu estou cansada. E com frio – disse Miranda, depois estendeu os braços. – Por favor, me ajude.

David foi até ela, e Miranda começou a tremer violentamente. Ele pegou a garota nos braços.

– Está tudo bem, está tudo acabado agora.

Miranda olhou para ele.

– É. Me leve para casa, para a Rose, David.

David foi até a adega e encontrou o mordomo amordaçado e amarrado a uma cadeira. Ele o soltou depressa.

– O plano deu errado. Ele já estava atrás de nós há meses. O Franzen nunca vai ser levado a julgamento. Ou ele está morto ou está morrendo na água que fica na base do penhasco.

O mordomo pôs a mão em seu ombro.

– David, você fez tudo que pôde. Vou passar um rádio para a equipe marcando uma reunião. Vamos partir agora mesmo.

David assentiu e se deixou cair em uma cadeira, incapaz de sequer começar a pensar na mais recente revelação de Franzen.

Miranda... Ah, Miranda...

3

Rose desligou o telefone e desabou no chão. O choque de ouvir a voz de David de novo foi uma revelação tão grande quanto descobrir que Miranda estava em segurança.

Ela fechou os olhos com força e respirou longa e profundamente cinco vezes antes de reabri-los.

Veria o irmão de novo depois de tantos anos. Ele fora breve ao telefone, prometendo explicar tudo quando Rose chegasse. Ia enviar seu jatinho particular ao Aeroporto Internacional de Leeds Bradford para buscá-la e levá-la até a França.

David garantira que Miranda estava viva e bem, mas achou que seria melhor que elas se encontrassem em Saint-Tropez sem Chloe, para que todos pudessem conversar.

Rose sabia que não conseguiria imaginar como David encontrara sua filha em uma casa de veraneio em Saint-Tropez. Tentar deduzir qualquer coisa era inútil e, em menos de 24 horas, ela saberia toda a verdade.

Pouco antes de o jato Learjet pousar em Nice, Rose aplicou uma nova camada de batom e penteou os cabelos ruivos.

Ao sair da alfândega, ela o viu. Ele parecia mais velho, claro, com mechas grisalhas entremeadas aos cabelos louros.

Seus pés a levavam em direção a ele, cada vez mais perto.

Ele a viu, e seus olhos se iluminaram.

– Oi, David.

– Oi, Rose. Teve um bom voo?

– Nada mal.

– Você deve estar cansada.

A conversa banal continuou enquanto Rose o seguia pelo aeroporto até o estacionamento. David destrancou a porta do passageiro de uma Mercedes e a ajudou a entrar.

– Você está linda. Não mudou quase nada – disse David, olhando para ela.
– Você também está ótimo.
– Obrigado.

David entrou no carro e ligou o motor. Viajaram em silêncio, sem que nenhum dos dois soubesse como preencher a lacuna entre onde estavam agora e onde tinham parado 28 anos antes. Tudo que pensavam em dizer era ou leve ou pesado demais para aguentar. Rose observou pela janela a vista espetacular do Mediterrâneo.

Quinze minutos depois, David parou o carro em um pequeno estacionamento. Havia uma baía deserta lá embaixo.

– Vamos dar uma volta. Tem umas coisas que você precisa saber antes de ver a Miranda.

Rose aquiesceu e saiu do carro.

As duas figuras fustigadas pelo vento passaram duas horas na praia. Enquanto o dia cinza de março fazia as ondas deslizarem até a orla, eles caminharam juntos, lado a lado, mantendo distância. Em certo momento, a mulher parou, caiu de joelhos e apoiou a cabeça nas mãos. O homem se abaixou para reconfortá-la, embalando-a nos braços.

Por fim, eles se levantaram e continuaram andando, ele com o braço nos ombros dela.

Estava escurecendo quando Rose e David voltaram para o carro.

Rose tremia, não só de frio, mas também pelo choque e pela emoção. David a ajudou a entrar, e ela ficou ali sentada, olhando para a frente. Ele deu a volta até a outra porta e se acomodou atrás do volante.

– Então, Rose, foi tudo culpa minha, sabe? O Franzen a caçou por minha causa.

Rose balançou a cabeça.

– Eu não te culpo, David. Como poderia? Você estava tentando fazer justiça. Nós dois sabemos que você nunca teria tentado fazer nada disso se eu não...

Rose engoliu em seco e continuou:

– Eu devia ter me esforçado mais para encontrar a Miranda.

David balançou a cabeça.

– Era uma tarefa impossível. A Miranda usou o sobrenome da mãe biológica porque não queria que você descobrisse onde ela estava.

Rose se virou para David, com o rosto pálido.

– Ela te disse qual é o sobrenome da mãe biológica?

David balançou a cabeça.

– Não. Isso importa? Pelo menos a Miranda não está ligada a nada disso por sangue.

Os olhos de Rose se encheram de lágrimas.

– Ah, David, é aí que você se engana. E muito!

– Rose, ah, Rose!

Miranda se atirou nos braços da mãe, chorando de dar pena. Rose acariciou os cabelos castanhos da filha com o coração partido. Ela sabia que, para Miranda, aquilo ainda não tinha acabado.

Os três subiram as escadas de azulejos da casa de veraneio que David alugara e entraram no salão. David serviu uma bebida forte para todos e se sentou em um dos confortáveis sofás.

– Temos muita coisa para te contar, Miranda, sobre o seu passado e o nosso. Eu queria que a Rose estivesse aqui antes de começar.

– Pode começar, David – pediu Rose, se sentando ao lado de Miranda e abraçando com força a garota trêmula.

– Você faz alguma ideia de por que eu estava na casa do Santos este fim de semana?

– Negócios?

– É uma forma de colocar as coisas. O nome verdadeiro do Frank Santos é Kurt Franzen. Ele foi vice-comandante em Treblinka, um campo de extermínio para judeus na Polônia durante a guerra. Ele matou a nossa mãe, o nosso pai e muitos outros. Ele fez coisas indescritíveis com a Rose. Mas, depois... a Rose... não foi culpa dela, mas...

David fez uma pausa antes de começar a contar a história toda. A dor de fazer isso, de dizer aquilo em voz alta, era quase impossível de suportar.

Miranda segurou a mão de Rose, e David recontou as atrocidades cometidas pelo homem que ela acabara de matar. Contou sobre Anya, que os ajudara a escapar, e como ela tinha sido estuprada por Franzen e por outros oficiais da SS.

– Mas assim que a Anya, a Rose e eu escapamos de Treblinka, percebemos que a batalha pela sobrevivência não tinha acabado – continuou David. – Nós vivíamos da nossa esperteza, nos escondendo em florestas e usando o dinheiro que eu tinha roubado de Treblinka para comprar a comida que conseguia encontrar. A Anya teve o bebê dela em um celeiro perto da fronteira da Polônia. Ela ficou muito doente depois, mas acabou se recuperando.

David olhou para Rose e percebeu que ela também estava revivendo aquele horror.

– A guerra acabou, e nós conseguimos ir até a Áustria. Você se lembra de Peggetz, Rose?

Rose assentiu.

– Lembro. Um lugar terrível, uma época terrível...

4

Campo de Peggetz, Áustria, 1945

Centenas de homens, mulheres e crianças se dirigiam ao campo de refugiados gerido pelo exército britânico, todos nutrindo a esperança de que aquele seria o caminho até o seu lar. Ao lado das massas, comboios de caminhões do exército cheios de soldados avançavam pela zona rural montanhosa ao redor de Lienz.

Rosa e Anya estavam caindo de cansaço, e a filhinha de Anya, Tonia, choramingava sem parar enquanto sacolejava pendurada nas costas da mãe, presa por um tecido amarrado e enrolado em volta dela. Ela tinha quase 3 anos, mas as privações por que passara tinham atrasado seu crescimento.

O campo de Peggetz se estendia indefinidamente ao longo do vale do rio Drava. Tinha sido um quartel alemão e, agora, estava lotado com refugiados de todas as nacionalidades e cercado por soldados cossacos. Por quilômetros, era possível observar os cavalos deles pastando nos campos verdes.

– David, isto aqui parece Treblinka – disse Rosa, insegura, enquanto eles seguiam os outros pelos portões de madeira.

– Fique quietinha agora, Rosa. Não vamos passar muito tempo aqui. Tudo que temos que fazer é encontrar um oficial britânico e falar que somos metade ingleses. Eles vão ajudar a gente.

Os quatro passaram a primeira noite em Peggetz sob as estrelas, já que não havia espaço para eles nos dormitórios.

Na manhã seguinte, David deixou Anya e Rosa conversando com um jovem soldado cossaco e localizou um oficial britânico uniformizado.

– Com licença, senhor – disse David, se esforçando para recuperar a antiga fluência da língua, após vários meses sem falar inglês. – Eu e a minha irmã temos família no Reino Unido. Queremos ir para lá o mais rápido possível. Olhe – explicou ele, mostrando o passaporte britânico da mãe ao oficial.

O oficial, surpreso com o ótimo inglês do garoto desgrenhado, analisou o passaporte.

– Você está dizendo que esta é a sua mãe?

– Sim, senhor. Eu estou com o endereço dos meus avós. Tem algum trem que a gente possa pegar daqui para a Inglaterra?

– Infelizmente, não é bem assim que funciona, meu rapaz. Temos centenas de pessoas neste campo querendo ir embora, e muitas gostariam de ir para a Inglaterra. A Cruz Vermelha fica naquela cabana ali. Se você for lá e falar com o funcionário responsável, talvez ele possa te ajudar.

David ficou decepcionado quando o homem se virou. Ele sabia que a mãe tinha fugido com o pai e que, desde então, não falara mais com os pais dela. Eles sequer sabiam da existência dos netos.

Sentindo-se miserável, caminhou devagar até a cabana que o homem indicara, juntando-se a uma fila de pessoas que esperavam para falar com o funcionário da Cruz Vermelha. Por fim, chegou sua vez.

– Nome.

– David Delanski. E Rosa Delanski, minha irmã. Nós queremos ir para o Reino Unido para encontrar nossos avós.

– É mesmo? – perguntou o funcionário, desconfiado.

David explicou sua situação o melhor que pôde. A expressão do homem, endurecida por centenas de histórias semelhantes, não se alterou.

– Tudo que eu posso fazer é escrever para os seus avós no Reino Unido, para ver se eles confirmam a sua história. Depois, pode ser que você tenha uma chance. Tem algum documento de identidade?

– Tenho. O passaporte da minha mãe.

– Algo mais?

David se lembrou do medalhão, agora novamente em seu pescoço. Ele o abriu com cuidado.

– Aqui. Mande isto para eles. Foi a minha avó que deu para a minha mãe.

O oficial pareceu satisfeito.

– Ótimo. Isso vai ser muito útil. Mas pode demorar um pouco para recebermos uma resposta. Os correios ainda não estão funcionando normalmente, e temos muitos casos para atender.

– E a nossa amiga, a Anya? Ela não tem casa e também quer ir para a Inglaterra.

– Qual é a nacionalidade da sua amiga?

– Ucraniana.

– Ah. Como você disse que é o nome dela?

– Anya. Eu não sei o sobrenome.

– Certo. Eu vou ver o que posso fazer. Enquanto isso, por favor continuem no campo – disse o oficial, observando o garoto sair da sala.

Para ele e a irmã, havia uma pequena chance, mas para a garota ucraniana… nenhuma. Eles tinham acabado de receber ordens de repatriar todos os cidadãos soviéticos – se necessário, pela força. Os milhares de cossacos e demais refugiados russos seriam transferidos dali a algumas semanas para sua terra natal, onde enfrentariam um destino ainda desconhecido.

Enquanto esperava na fila para falar com o funcionário da Cruz Vermelha, David descobriu que no vilarejo de Lienz era possível comprar pão e leite fresco, mas a preços exorbitantes. Ele foi até Rosa e Anya, que ainda estavam sentadas onde as deixara com o cossaco.

– Quando é que nós vamos para a Inglaterra? – perguntou Rosa.

– Em breve, eu prometo – respondeu David, não permitindo que Rosa visse as dúvidas terríveis que lhe passavam pela cabeça.

A irmã se levantou e o abraçou.

– Que bom. Eu não gosto daqui.

– Eu sei. Só precisamos esperar eles entrarem em contato com os nossos avós. Depois, vamos embora.

Anya apontou para o cossaco.

– David, este aqui é o Sergei. Ele disse que tem uma tenda perto da dele que acabou de vagar, mas precisamos ir agora, antes que alguém pegue.

David apertou a mão dele.

– Obrigado, Sergei. Se você puder levar as meninas para a tenda, eu vou até Lienz atrás do jantar.

Anya traduziu a frase para o russo, e Sergei assentiu.

Naquela noite, os dois homens acenderam uma fogueira sobre a qual cozinharam uma imensa linguiça que David comprara. Era uma noite quente e, depois que o sol se pôs, alguns cossacos começaram a cantar e dançar com as mulheres. David foi persuadido a acompanhá-los com o violino. Anya dançou com Sergei enquanto Rosa cuidava da pequena Tonia. A mãe dela só voltou para a tenda ao amanhecer.

– David, os cossacos estão dizendo que vai ter uma repatriação forçada dos russos e ucranianos. Será que é verdade?

David encolheu os ombros.

– Não sei, Anya.

Os olhos dela se encheram de medo.

– A minha família fugiu há dez anos para escapar do regime comunista. Eu não ia suportar voltar para lá. O Sergei disse que todos nós seremos punidos.

– Mas por quê, Anya? Você não fez nada.

– Eu sei, David, mas o Stalin... ele é... – Anya se interrompeu, arrancando um pedaço de grama. – Enfim, amanhã os cossacos vão ter uma reunião com o marechal de campo Alexander. Acho que eles vão explicar tudo – contou ela, se virando para fitar os olhos de David. – Eu não posso voltar para a Rússia. Prefiro morrer.

David assentiu.

– Se surgir qualquer problema, nós vamos embora daqui na mesma hora – disse ele simplesmente.

– Obrigada. Mas, se acontecer alguma coisa... eu... você tomaria conta da Tonia por mim?

– Claro, Anya – respondeu David, sem hesitar. – Mas acho que você está se preocupando à toa.

– Pode ser.

Anya saiu da tenda e observou a linda zona rural austríaca com uma pedra de medo no lugar no coração.

No dia seguinte, David e Anya observaram os oficiais cossacos serem colocados nos caminhões.

Naquela noite, os veículos voltaram vazios.

No dia seguinte, o major Davies, o oficial responsável pelo campo, anunciou que os boatos eram verdadeiros: a repatriação forçada fora acordada entre Stalin, Churchill e Roosevelt. As pessoas seriam levadas de volta à Rússia a partir do dia seguinte.

A revelação abriu as portas do inferno. Milhares de refugiados russos – homens, mulheres e crianças – começaram a recolher seus escassos pertences e caminhar, como autômatos, para fora do campo.

Mais tarde, uma plataforma improvisada foi erguida na praça principal.

O padre ia realizar uma oração antes que os caminhões fossem carregados de gente na manhã seguinte.

David procurou Anya em meio à multidão que perambulava, aos prantos, por ali. Ela não estava em lugar nenhum.

Ele não entendia. David sabia que os cossacos eram considerados inimigos da União Soviética por lutarem com os alemães, mas com certeza mulheres e crianças inocentes não seriam punidas, certo?

David voltou para a tenda, onde encontrou Tonia dormindo pesado, embrulhada em um cobertor. Preso a ela, havia um pedaço de papel.

Querido David,
 Eu e Sergei fomos embora do campo. Se ficássemos, morreríamos. Talvez você não entenda, mas, acredite em mim, é verdade. Nós vamos para a Suíça, onde esperamos encontrar asilo. A viagem é perigosa, e é por isso que eu te peço, por favor, David, que você cuide da Tonia até eu mandar buscá-la.
 Eu te encontro na Inglaterra.
 Obrigada, meu querido amigo.
 Boa sorte e adeus.
 Anya

No dia seguinte, David observou pela janela de um dos dormitórios agora vazios as pessoas serem colocadas nos caminhões, espernando e gritando. Tiros eram disparados de vez em quando. Foi como revisitar suas piores lembranças de Treblinka. Ele tinha acreditado, como um tolo, que a guerra chegara ao fim. David agradeceu a Deus por Anya ter ido embora.

– Que Deus te acompanhe – murmurou ele, apertando Rosa e Tonia contra o peito.

David Cooper precisou sacudir a cabeça para voltar ao presente. Miranda o encarava em um silêncio perplexo. Demorou um pouco até que ela se virasse para Rose.

– Por que você nunca falou sobre o seu passado para mim e para o Miles? Eu sei que não tem muito a ver comigo, porque eu fui adotada, mas com certeza...?

– Querida – disse Rose, segurando a mão da filha. – Miranda, me perdoe, porque é aí que você se engana. David, continue, por favor.

David assentiu.

– Depois que a Anya partiu e os russos restantes foram repatriados, chegaram notícias da Inglaterra de que os nossos avós estavam dispostos a acolher a mim e à Rose. Mas Tonia, filha da Anya, não podia ir junto. As autoridades do campo disseram para não nos preocuparmos, porque o bebê seria adotado.

David passou a mão pelos cabelos e prosseguiu:

– Que escolha nós tínhamos? Antes de ir embora do campo, nós escrevemos uma carta para a bebê Tonia, explicando que a mãe dela tinha escapado da repatriação e jurado ir atrás dela assim que estivesse instalada. Dissemos que nós dois a amávamos e que queríamos que ela pudesse ir junto conosco para a Inglaterra. Depois, escrevemos nossos nomes completos e o endereço dos nossos avós em Londres e pedimos para a Cruz Vermelha colocar a carta no arquivo da Tonia, por segurança, até que ela tivesse idade suficiente para entender. Em seguida, partimos para Londres e para uma nova vida.

– O que aconteceu com a Anya? – perguntou Miranda, baixinho.

David analisou o rosto culpado de Rose.

– Não sabemos, Miranda. Achamos que ela e o Sergei foram pegos e enviados de volta para um campo de trabalhos forçados na Sibéria. Poucas pessoas escaparam.

– E a Tonia? A bebê?

Miranda olhou para Rose. Ela estava branca como um fantasma. Rose olhou para David, que assentiu de maneira quase imperceptível.

– Rose tem uma coisa para te contar, Miranda. Você vai entender por que isso tem tanto a ver com você. Eu vou estar no meu quarto. Se precisarem, me chamem.

Rose assentiu enquanto David saía da sala. Olhou para a filha. Tinha chegado a hora.

– Querida, eu quero que você seja muito corajosa, como tem sido até agora. Vou te contar tudo sobre a sua mãe verdadeira.

5

Yorkshire, outubro de 1960

A letra no envelope era estranha, escrita em uma caligrafia desconhecida. Rose pegou a carta do tapete e viu que tinha sido redirecionada da casa da avó, em Londres, para seu antigo endereço na mesma cidade. Depois, seguira para sua nova casa em Yorkshire, junto com o resto da correspondência.

Miles estava chorando na cozinha, então ela levou a carta até lá e a abriu com uma das mãos enquanto enfiava a colher na boca do filho de 3 anos com a outra.

O texto estava mal escrito, com vários erros de ortografia.

Carra Srta. Delanski...

O mero uso daquele nome já a fez estremecer. Para ela, fazia anos que Rosa Delanski não existia mais.

Meu nome e Tonia Rosstoff. Eu procurando voce ou David Delanski. Minha mae era Anya Rosstoff. Voce conheseu ela em Peggetz. Por favor muito urjente encontrar voce. Por favor vem para enderesso encima da pagina. Rapida por favor.

Tonia Rosstoff

Miles começou a gritar quando a mão que segurava o purê de maçã parou a centímetros de sua boca enquanto Rose lia a carta.

O endereço no topo da página ficava em algum lugar de Londres.

Mas, primeiro, o mais importante.

Ela se concentrou em alimentar o filho faminto, depois o limpou e o colocou no cercadinho improvisado que tinha erguido no canto da cozinha. Miles ficou sentado ali, satisfeito, brincando com um caminhãozinho, e Rose se sentou para reler a carta.

O conteúdo provocou um calafrio em sua espinha. Seu primeiro instinto foi ligar para David, mas... não. Isso não era possível. Não depois do que ela fizera. Rose teria que lidar sozinha com a situação.

Se a ideia de voltar a Londres era ruim por si só, a possibilidade de se encontrar com a bebezinha que eles tinham abandonado ao próprio destino fazia o coração dela palpitar. Por outro lado, a garota estava obviamente desesperada para vê-la. Ela verificou o carimbo original da carta e descobriu que tinha demorado mais de três semanas para que a correspondência a alcançasse em Yorkshire.

Sua consciência não permitiria que ela a ignorasse. Rose precisava ir até lá.

Não podia levar Miles, mas, embora já estivesse em Oxenhope havia mais de três anos, ainda não conhecia ninguém. A comunidade era muito unida e, sendo Rose uma mãe solteira com um bebê que tinha comprado uma imensa fazenda no topo de uma colina, os moradores a olhavam com desconfiança evidente.

Rose decidiu dar uma volta no vilarejo e perguntar no correio se havia alguém interessado em ganhar um dinheiro extra para cuidar de uma criança.

Como imaginava, a Sra. Heaton, à frente não só do correio minúsculo no centro do vilarejo, mas também da central de fofocas local, não ajudou muito.

– Cuidar de uma criança, você diz... humm.

Obviamente, a mulher estava morrendo de vontade de perguntar quem era o pai do garoto, e Rose lutou contra a própria irritação. Afinal, queria viver ali pelo resto da vida. Ela sorriu para a Sra. Heaton.

– É. Eu preciso ir a Londres amanhã e não quero levar o Miles comigo. Eu volto à noite. É realmente muito urgente.

– Coitadinho. Não tem ninguém para cuidar de você, é? – disse a Sra. Heaton, soltando um muxoxo em sinal de censura. – Bom, talvez eu conheça alguém – continuou, devagar.

O rosto de Rose se iluminou.

– Que maravilha! Quem?

– A Doreen Thompson. Ela tem uma bebê de 2 meses. É uma boa garota, a Doreen. Ela fica em casa o dia *todo* para cuidar da Leah – sugeriu a Sra. Heaton.

– Posso perguntar onde ela mora?

– Atravessando a rua em frente à praça, número 8. Ela vai estar em casa. Pode dizer que fui eu que te mandei.

– Obrigada, Sra. Heaton.

A construção número 8 era a última de uma sequência de casas geminadas, com uma fileira de fraldas brancas penduradas no varal do minúsculo quintal do lado de fora. Um bando de galinhas protestou e depois se dispersou quando Rose destrancou o portão de madeira e empurrou Miles através da abertura estreita.

Ela bateu à porta, e uma mulher com uma bebê espiou pela janela da cozinha.

– A Sra. Heaton, do correio, me mandou aqui! – gritou ela, através da vidraça.

As rugas desapareceram do rosto da mulher, e ela abriu a porta.

– Sra. Thompson?

– Sou eu.

– A Sra. Heaton me disse que a senhora poderia estar interessada em trabalhar como babá, já que também tem uma neném. Oi, lindinha – disse Rose, estendendo o dedo para a bebê à sua frente, que, satisfeita, enroscou nele a mão gordinha e o agarrou com força.

– Ah, eu não sei…

– O negócio, Sra. Thompson, é que eu preciso ir até Londres amanhã com urgência, e a viagem é muito longa para o Miles. Só vou ficar fora por um dia. Devo estar de volta lá pelas sete, mas preciso pegar o primeiro trem amanhã de manhã. Eu estou muito desesperada, Sra. Thompson. E o Miles é um bebê bonzinho. Ele não vai te dar nenhum trabalho, não é, querido?

Miles estava fascinado por uma galinha que perambulava perto de seu carrinho. Ele estendeu os braços para alcançá-la, mas, sagaz, o bicho fugiu.

– Bom, eu preciso perguntar ao meu marido, mas… – disse a Sra. Thompson, suavizando a expressão ao olhar para o lindo menino no carrinho – tenho certeza de que, se for só desta vez, não vai ter problema.

– Eu vou te pagar, claro. Duas libras seriam suficientes?

A Sra. Thompson pareceu prestes a desmaiar. Depois, balançou a cabeça.

– Não, eu não posso aceitar tudo isso. Afinal, ele não vai me causar nenhum trabalho extra, já que eu estou aqui com a Leah. Dez xelins são suficientes.

– Não… – disse Rose, vasculhando a bolsa atrás da carteira. – Eu quero te pagar 2 libras porque vou ter que trazer o Miles amanhã cedinho e por você ter sido tão gentil de aceitar me ajudar tão em cima da hora. Aqui.

Rose entregou duas notas amassadas à mulher estupefata.

– Obrigada. Eu chego aqui às seis, equipada com tudo que ele vai precisar. Tchau.

Rose sorriu para si mesma enquanto empurrava o carrinho de Miles através do portão e começava a longa caminhada colina acima. Ela sabia, por instinto, que o filho ficaria bem nas mãos competentes e maternais da Sra. Thompson.

Quando o trem chegou à estação King's Cross, às 11h15 do dia seguinte, Rose ficou nauseada ao ver a massa de gente.

Após abrir caminho na plataforma lotada, ela entrou em um táxi e deu ao motorista o endereço que estava na carta de Tonia. Só queria acabar logo com tudo.

Meia hora depois, o carro parou em frente a um quarteirão decrépito no distrito de Tower Hamlets.

– O apartamento que a senhorita está procurando fica naquele prédio ali, mas eu não vou avançar mais. Não é uma área segura, senhorita.

Isso Rose percebia perfeitamente bem.

Ela atravessou o pátio e olhou para as varandinhas caindo aos pedaços, adornadas por varais de roupas cinzentas. Havia um eco de vozes infantis, mas nenhuma criança à vista.

Ela abriu a porta do prédio que o motorista tinha indicado e começou a subir os degraus de pedra. O frio penetrou em seus ossos, e Rose estremeceu ao sentir o cheiro acre de lixo podre. Lembrava-se bem daquele odor.

A porta descascada do apartamento tinha marcas pretas de bota, e parte da vidraça estava quebrada.

Rose respirou fundo e tocou a campainha, que não funcionou. Então, bateu no escaninho do correio.

Nenhuma resposta. Ela bateu de novo, mas mais alto.

Nada ainda.

A porta do outro lado do patamar se abriu, e um par de olhos castanhos espiou para fora.

– Foi embora.

– Como é?

A mulher analisou Rose e abriu a porta um pouco mais.

– Foi embora. Em uma ambulância. Muito doente. Talvez morta agora – disse a mulher emaciada, gesticulando de maneira impotente.

– A senhora sabe para qual hospital?

– Provavelmente Whitechapel. Muito perto.

– Muito obrigada. Eu vou tentar lá.

Rose começou a descer os degraus. Ela sabia onde ficava Whitechapel e achou que seria mais rápido fazer uma caminhada ligeira de dez minutos do que pegar um táxi. Rezou para que não fosse tarde demais.

Assim que chegou ao hospital, Rose perguntou por Tonia na recepção, mal ousando respirar enquanto a mulher examinava as listas.

– Aqui. Tonia Rosstoff. Ala 8.

Rose atravessou devagar os corredores verde-claros, tentando não inalar o cheiro de doença e desinfetante. Perguntou à freira atrás da mesa em qual leito Tonia estava.

A freira era sisuda.

– Você é parente?

– Não.

– Ah – disse ela, depois pensou por um instante. – Eu estava torcendo para que fosse. Parece que a Tonia não tem família. Infelizmente, ela chegou aqui tarde demais. Ela está muito doente – explicou a mulher, encolhendo os ombros com tristeza.

– Ela vai ficar bem?

A freira balançou a cabeça.

– Infelizmente, não. Ela está com tuberculose, mas em um estágio muito avançado. Tudo que podemos fazer é mantê-la confortável. Pobrezinha. As enfermeiras não devem se apegar aos pacientes, mas a Tonia, bom… você vai me entender em um instante. Ela carrega tanta tristeza naqueles olhos jovens…

A enfermeira soltou um suspiro. Depois continuou:

– E a coitada da filhinha… Ela foi trazida aqui para o hospital com a Tonia, sofrendo de desnutrição – contou ela, fazendo o coração de Rose pular. – Ela está bem agora e pronta para deixar a enfermaria, mas só Deus sabe o que vai acontecer com a menina quando a mãe morrer. Imagino que vá ficar sob custódia. Enfim, venha comigo.

A freira começou a sussurrar quando elas entraram em uma pequena ala lateral.

– Infelizmente, o inglês dela não é muito bom, e ela está muito fraca.

A figura lastimável na cama levou lágrimas aos olhos de Rose. Toda aquela parafernália de preservação da vida parecia engolir Tonia.

Rose se aproximou e viu que Tonia estava dormindo. Ela era pequena e estava extremamente magra. As maçãs do rosto sobressaíam na face branca e chupada, e enormes manchas pretas circundavam seus olhos.

Deitada ali, com os cabelos louros espalhados no travesseiro, ela não parecia ter mais do que 12 anos, embora Rose soubesse que a garota devia ter uns 18.

– Eu vou deixar vocês duas – sussurrou a freira e fechou a porta em silêncio.

Rose se sentou na desconfortável cadeira de madeira ao lado da cama.

– Tonia – murmurou ela. – É a Rosa. Rosa Delanski.

Não houve resposta. Rose pegou a mão da garota e a apertou. Ela tentou um pouco de polonês.

– Tonia, *kochana*, Tonia, querida.

As pálpebras dela tremeram, depois se abriram. Tonia olhou para o teto, como se estivesse sonhando.

Rose apertou a mão dela suavemente.

– Tonia, *kochana*, você entende polonês?

Tonia se virou um pouquinho, como se o movimento lhe causasse muita dor. Ela olhou para Rose, depois assentiu.

Já fazia muito tempo que Rose não usava sua língua nativa, e ela começou a falar com cuidado.

– Eu sou a Rosa Delanski. Você me escreveu uma carta, pedindo que eu viesse te ver.

– Escrevi – respondeu ela, e a voz não passava de um sussurro. – Eu achava que você não ia vir. Obrigada.

– Por que você precisava me ver?

A pressão na mão de Rose aumentou, e Tonia se sentou.

– Eu tenho uma bebê. De 3 meses. Na enfermaria do hospital. Por favor, cuide dela quando eu…

O esforço pareceu esgotar as forças de Tonia, e ela caiu nos travesseiros.

– … morrer.

– Ah, Tonia, o que aconteceu com você? Tenho tantas coisas para te perguntar… Quando saímos de Peggetz, a Cruz Vermelha garantiu que você seria adotada e…

Tonia balançou a cabeça violentamente.

– Não. Orfanato. Terrível. Por favor, minha filha não. Por favor. Eu escrevi uma carta… no armário – disse Tonia, inclinando um pouco a cabeça. – Olhe lá dentro.

Rose obedeceu. Havia um envelope e nada mais.

– Caso você viesse. Ela pede para você cuidar da Miranda. Um pedido da mãe dela, entendeu?

Tonia se esforçava para falar, o que não ajudava Rosa a esclarecer a confusão.

– Posso abrir?

Tonia aquiesceu.

A carta estava escrita em um inglês ruim, mas informava que ou David ou Rosa Delanski deveria ter a custódia de Miranda Rosstoff caso Tonia morresse.

– Eu ia preferir matar minha bebê a abandonar ela. Cresci sozinha em um lugar horrível. Sem amor, só fome e tristeza – contou Tonia, com lágrimas escorrendo dos olhos enquanto a paixão lhe dava forças para falar.

Rose estava de coração partido. Lágrimas também escorriam por suas bochechas.

– Ah, Tonia, por que você não fez contato antes? Se ao menos nós soubéssemos, eu…

– Eu não sabia de vocês antes. Só há doze meses. Eu fui presa. Tive que roubar. Ficar com homens para ganhar dinheiro para comer. Uma assistente social me perguntou sobre família. Eu disse que não tinha. Ela recebeu meu arquivo das autoridades, lá dentro estava a carta de vocês. Eu escrevi, mas não recebi resposta. Eu vim para a Inglaterra para encontrar vocês. Aí eu fiquei grávida. Depois fiquei doente. Tive minha bebê e agora isso.

Tonia estava ofegante.

– Shhh. Calma, Tonia. Você tem tempo para descansar.

Os olhos arregalados de Tonia encararam Rose, cheios de medo.

– Não. Eu acho que vou morrer logo. Eu estou com medo… ai, meu Deus, eu estou com medo.

Rose se debruçou sobre ela e pegou a garota nos braços, sentindo a fragilidade do corpo de Tonia e sua força vital se esvaindo. Ela acariciou os cabelos da menina, umedecendo a cabeça dela com suas lágrimas. Rose jamais se sentira tão impotente. Os efeitos do passado e a futilidade da vida nunca tinham ficado tão aparentes quanto naquele momento.

– Eu estou aqui, *kochana*, a Rosa está aqui e vai cuidar da sua bebê para você, eu prometo. Ah, minha querida.

Tonia se afastou e encarou Rose com um olhar aliviado.

– Graças a Deus você veio antes que fosse tarde demais. Miranda vai ter uma família. Por favor, chame a irmã.

Rose deitou Tonia gentilmente no travesseiro e alertou a freira, que veio apressada pelo corredor.

– Está tudo bem? – perguntou ela, seu rosto a própria imagem da preocupação.

– Não sei. Ela disse que queria ver a senhora.

A freira foi até a cabeceira de Tonia e se inclinou para a paciente. Tonia murmurou algo para ela por um bom tempo, lutando com as palavras. Por fim, a freira assentiu e ergueu a cabeça.

– Acho que ela disse que eu tenho que prometer que vou deixar você levar a bebê dela para casa... que você é a única família que ela tem – disse a enfermeira, depois respirou fundo, organizando os pensamentos. – Que você amava a mãe dela e que ela quer que você seja a mãe da Miranda. Você pode perguntar, em polonês, se eu entendi direito?

Rose obedeceu, e Tonia assentiu.

– Isso. Sem orfanato, por favor, prometa.

Os olhos da freira também estavam cheios de lágrimas.

– Vou buscar a Miranda, agora.

Um sorriso surgiu no rosto de Tonia, e a freira saiu depressa do quarto.

Rose voltou a se sentar e pegou a mão de Tonia.

– Pronto, tudo certo, *kochana*. Viu? Você não precisa se preocupar. Miranda está vindo para cá, e prometo que vou levar ela comigo. Eu vou amar a Miranda e cuidar dela como se fosse minha. Você só precisa se concentrar em ficar melhor.

A freira entrou com um pacotinho de lã branca. Tonia fez um gesto para que Rose a segurasse.

Rose não pôde deixar de soltar um pequeno soluço quando a bebê foi colocada delicadamente em seus braços.

– Ela é linda, não é? – murmurou Tonia, observando as duas.

– É. Igualzinha à mãe. E à avó.

A freira observou a mãe moribunda segurar os dedos da bebê minúscula que corajosamente tinha entregado a outra mulher. Ela não se lembrava de ter testemunhado uma cena mais desoladora.

Os olhos de Tonia estavam se fechando.

– Está na hora de ir. Tonia deve estar exausta.

Rose assentiu.

– Tchau, Tonia. Eu vou voltar daqui a umas duas horas, para conversarmos de novo.

Tonia abriu os braços para a bebê. Rose colocou Miranda ali, e Tonia a abraçou forte.

– *Do widzenia, kochana*, tchau, minha querida – disse ela, beijando de leve o topo da cabeça de Miranda e depois entregando a bebê a Rose. – Ela é sua agora, Rosa. Eu agradeço do fundo do coração.

– Você vai poder vê-la de novo mais tarde, meu amor – disse a freira.

Rose beijou Tonia.

– Tchau, Tonia. Eu vou cumprir a minha promessa, eu juro. Agora, descanse.

Tonia assentiu. Seus olhos seguiram Rose e a bebê porta afora. Ela soprou um pequeno beijo, depois se recostou e fechou os olhos.

Duas horas depois, quando Rose voltou ao hospital, a freira, banhada em lágrimas, balançou a cabeça com tristeza.

6

Saint-Tropez, março de 1984

Rose abriu os olhos. Ela os tinha fechado para bloquear o presente e se transportar para o sombrio quarto de hospital. Aquele evento todo estava gravado com muita clareza em sua lembrança, e ela queria, pelo menos, conseguir contar à filha tudo que a mãe dela dissera antes de morrer.

Miranda estava ali sentada, muda. Rose queria continuar até o fim.

– Preciso dizer que não pude te levar imediatamente para casa, em Yorkshire, como prometi à Tonia. Tanto eu quanto aquela freira gentil sabíamos, quando fizemos a nossa promessa, que as coisas não funcionavam assim. Mas, pelo menos, a sua mãe morreu feliz, acreditando que você não ia enfrentar o mesmo destino que ela. Depois que a Tonia morreu, você foi colocada para adoção. Eu me candidatei imediatamente, mas, como não era casada, fui considerada inadequada.

Rose fez uma pausa. Depois prosseguiu:

– Durante três anos, enfrentei inúmeras audiências judiciais antes de finalmente te levar comigo para casa. E a freira também cumpriu a promessa dela. Foi a declaração dela e a carta da Tonia que acabaram convencendo a corte a me deixar te adotar. Nunca vou me esquecer do dia em que finalmente te segurei nos braços e soube que você era minha – contou Rose, com um soluço. – Ah, Miranda, juro que te amei como se fosse minha, mas, mesmo assim, você sempre se sentiu preterida em relação ao Miles. Às vezes, eu queria te contar como lutei com unhas e dentes pelo direito de te adotar, só para provar o quanto eu me importava com você.

Miranda olhava para o vazio.

– Quando eu matei o Santos, quero dizer, o Franzen, me vinguei pela minha mãe biológica e pela minha avó – disse ela, pálida. – Pelo que você disse, existe a possibilidade de ele ser meu avô.

Rose abraçou a filha com força.

– A Anya, sua avó, foi forçada a ter relações com outros oficiais da SS. Nós nunca vamos saber com certeza.

– Ai, meu Deus – murmurou Miranda.

As mulheres ficaram sentadas em silêncio por muito tempo, ambas contemplando aquela verdade de revirar o estômago.

Por fim, Miranda olhou para Rose.

– Ele merecia morrer, não é?

– Ah, minha querida, merecia, sim.

– Ele ameaçou a Chloe. Tirou fotos dela e disse que ia machucar a Chloe se eu tentasse entrar em contato com ela. Eu... amo tanto a minha filha. E ele matou o Ian. Nos últimos dois anos, ele me manteve trancada como... um animal em uma jaula, porque eu tentei fugir. Eu... – A voz de Miranda falhou, e ela não conseguiu continuar.

– Ele sabia que você era minha filha. Ele fez isso para machucar a mim e ao David. Ele era um homem perverso, diabólico, ruim mesmo. A crueldade dele não acabou em Treblinka. Não teria acabado nunca. Mas você não devia ter sofrido. Foi culpa minha.

Miranda balançou a cabeça.

– Não foi, não. Você me salvou de viver como uma órfã. Você me acolheu e me amou. Eu não te culpo – afirmou Miranda, fazendo Rose se esforçar para não chorar. – Eu estou com medo, Rose. Eles vão me mandar para a prisão?

– Não, querida. O David e a organização dele estão dando um jeito de garantir que isso nunca aconteça. As autoridades não sabem que você estava naquela casa. O David disse à polícia francesa que o Franzen tinha desaparecido quando ele e o mordomo acordaram de manhã. O corpo foi dilacerado e estraçalhado pelas pedras. Confie em mim, esse caso não vai adiante. Centenas de pessoas desejavam ver o Franzen morto.

– Mas a organização queria o Franzen vivo para que ele fosse extraditado e julgado. Eu destruí anos de planejamento.

– Acho que foi melhor assim. Eu, por exemplo, não teria conseguido ir ao tribunal para prestar depoimento contra ele. Só de pensar em ver aquele homem de novo... – disse Rose, estremecendo.

– Ele me obrigou a fazer coisas horríveis, Rose. Eu... não consigo nem contar – disse Miranda, segurando o braço de Rose.

– Ah, minha querida. Eu também sofri as mesmas coisas. E depois cometi erros terríveis. Eu bloqueei tudo isso para sobreviver, mas a dor ainda está aqui. Miranda, agora nós precisamos ajudar uma à outra. Temos que tentar recomeçar, pelo bem da Chloe e pelo nosso bem.

– Como ela está?

Lágrimas encheram os olhos de Rose.

– Linda.

– Eu estou desesperada para ver a minha filha, mas morrendo de medo que ela tenha me esquecido.

– Querida, não se passou um dia sequer sem que falássemos de você. Miranda, você não faz ideia do medo que eu senti. Eu não durmo direito desde que você desapareceu. As coisas que eu imaginei...

Quando Miranda viu o olhar aflito no rosto de Rose, um raio de sol a invadiu, limpando as profundas teias de aranha da insegurança, do ódio e da raiva. Ela viu claramente que, durante toda a sua infância, Rose não a tratara com nada além de paciência e amor. Só agora ela conseguia reconhecer isso.

Miranda sentiu uma culpa enorme pela dor que causara não só a Chloe, mas também a Rose.

– Não posso negar que fiz você e a Chloe enfrentarem um período horrível por causa do meu próprio egoísmo, mas acho que fui punida por isso – declarou ela, entre lágrimas, e Rose apertou a mão da filha com força. – Eu me apaixonei por alguém que não era nem rico nem bonito, e ele foi arrancado de mim. Com ele, comecei a entender os verdadeiros valores da vida, e agora sei que posso ser uma boa mãe para a Chloe – disse Miranda, depois fez uma pausa. – Eu vou precisar da sua ajuda nos próximos meses.

Rose estendeu os braços.

– E eu, da sua, querida. E eu, da sua.

Mãe e filha conversaram a noite inteira, e Miranda só se levantou quando amanheceu.

– Uns dois dias atrás, eu achava que a minha vida tinha acabado. Mas você me ajudou a ver coisas sobre mim e o meu passado que eu precisava entender – disse Miranda, suspirando. – Eu estou tão cansada.

– Vá dormir. Agora eu estou aqui. O pesadelo acabou – disse Rose.

– É. Boa noite, mãe. Eu te amo.

Miranda saiu do salão.

Rose ficou ali sentada por um bom tempo, pensativa, antes de ir até a varanda para ver a aurora anunciar um novo dia.

Havia tantas coisas que, assim como Miranda, ela precisava contemplar agora.

– Como foi que ela recebeu a notícia de que o Franzen pode ter sido avô dela?

Uma mão gentil pousou no ombro de Rose.

– O que ela poderia dizer? É um pensamento cruel, abominável. Mas ela já passou por coisas terríveis. A conversa correu tão bem quanto se poderia esperar. Agora, ela tem tanta coisa para absorver, para entender... Parece injusto que a história se repita.

David soltou um suspiro.

– Não estamos aqui para questionar os motivos. Quanto mais velho fico, mais acredito que o nosso destino está traçado antes mesmo de darmos o primeiro grito de existência – disse ele, depois fez uma pausa. – Senti a sua falta, Rose. Desculpe por ter te evitado. Eu nunca devia...

Rose se afastou.

– A Miranda e eu vamos voltar para casa, em Yorkshire, o mais rápido possível.

– Por favor, Rose. Fique um pouco mais. A Miranda com certeza precisa de mais tempo para se ajustar. Você já contou a ela quem é o Miles?

Rose engoliu em seco.

– Não, eu não consegui.

David assentiu.

– Eu entendo. Talvez eu possa te ajudar com isso.

Rose quase riu alto. O filho tinha sido a razão pela qual David cortara todo o contato com ela tantos anos antes.

– E tem outra coisa que eu queria falar com você – acrescentou ele.

– O quê?

– O Brett. Eu tentei protegê-lo da mesma forma que você fez com os seus filhos. Ele não sabe nada do passado. Ah, Rose, temo ter sido um péssimo pai... fui egoísta ao dissuadir o Brett de se dedicar ao óbvio talento artístico dele porque eu não conseguia lidar com isso. Mas agora preciso consertar essa situação e garantir que o meu passado não prejudique mais ainda o futuro do meu filho. Eu preciso da sua ajuda.

– Como é que eu posso ajudar?

– Bom, o que eu pretendo fazer é o seguinte...

7

Acredita-se que o empresário Frank Santos, que desapareceu de sua casa de veraneio durante curtas férias no sul da França, tenha caído de um penhasco por estar embriagado. A polícia francesa encontrou um corpo na área e não suspeita de ato criminoso. O alerta foi dado pelo Sr. David Cooper, amigo íntimo e sócio de Santos, a única pessoa no local além do mordomo. Embora tivesse empresas no mundo todo, o Sr. Santos evitava os holofotes, preferindo levar uma vida tranquila em...

Brett viu o boletim de manhã cedinho, quando estava saindo de seu apartamento em direção ao Aeroporto Internacional J. F. Kennedy, e a notícia o confundiu ainda mais. Na noite anterior, ele tinha recebido um telefonema do pai, pedindo que pegasse o voo seguinte para Nice, onde David ia encontrá-lo.

Onze horas depois, quando Brett saiu do setor de desembarque, lá estava David, elegante com uma calça casual e óculos escuros de grife.

– Oi, Brett – disse o pai, passando um braço pelos ombros dele. – Obrigado por vir tão em cima da hora. Bom, vamos sair daqui. Vamos encontrar a Rose e a Miranda em Saint-Tropez para jantar.

– A Rose e a Miranda? Por quê?

David caminhou rápido até a Mercedes alugada, jogou a mala de Brett no banco de trás e abriu a porta do passageiro. Depois, deu a partida, e a dupla deixou o aeroporto.

– Brett, tenho cerca de duas horas para te colocar a par de tudo. Eu me sinto péssimo por nunca ter te contado nada disso, culpado por ter sido um pai tão ruim e um merda completo por nunca ter ouvido nada do que você tentou me dizer.

David se concentrou em uma difícil curva à direita enquanto Brett ficava boquiaberto.

Seu pai continuou a falar com bastante calma:

– Acabaram de acontecer várias coisas que você tem o direito de saber. Vou começar do início e sugiro que me escute. Guarde as perguntas para quando eu terminar. Você vai ficar chocado, perplexo e enojado, mas eu preciso contar tudo.

Assim, enquanto percorriam as paisagens magníficas da costa do sul da França, David contou sua história ao filho, começando na Polônia e terminando com os eventos de alguns dias antes na casa de veraneio de Santos.

– Sei que é pedir demais que alguém absorva todas essas informações assim de cara, mas achei melhor colocar tudo para fora de uma vez. Você já deve ter uma lista de perguntas, e eu vou fazer o possível para responder todas.

– Ah, pai – disse Brett, com a voz embargada de emoção. – Por que você não me contou? Se eu soubesse… Eu teria ajudado, sabe? Você não devia ter carregado tudo isso sozinho. Desculpe se não estou reagindo muito bem. Mas é uma baita revelação… e também faz parte de mim. Você não devia ter me protegido. Eu tinha o direito de conhecer a minha origem.

– Eu sei disso agora. Mas, se eu tivesse te contado, eu não ia conseguir escapar. Isso teria sido parte do meu futuro e do seu.

– Mas a questão toda, pai, é que sempre foi. Isso teve um efeito enorme sobre você e, consequentemente, sobre mim… e a mamãe – respondeu Brett, com tristeza.

– Eu fiz o que achei que era certo para todos nós. Talvez eu estivesse errado. Sinto muito, Brett, por ter sido tão cego. É difícil explicar como eu me senti. Eu…

David balançou a cabeça.

– Tente, pai. Talvez eu entenda melhor do que você pensa.

– Está bem – disse David, depois pensou por um minuto. – Ganhar dinheiro era quase uma obsessão para mim. Era uma moeda desprovida de emoção, mas, ainda assim, muito poderosa. Eu consegui bloquear toda a confusão e todo o ódio herdados do meu passado e me concentrar nisso. O dinheiro não tinha como me machucar; eu o controlava, e ele me fazia sentir seguro – explicou, depois exalou profundamente o ar. – Eu também era muito bom nisso.

– Coitada da mamãe – murmurou Brett, quase para si mesmo.

– É.

– Você a amava?

– Como é? – disse David, perdido em seus próprios pensamentos.

– Você a amava?

– Amava, Brett. E, assim como você, ela tentou muito se aproximar de mim. Foi culpa minha ela não ter conseguido.

David não quis ir mais longe e mudou de assunto.

– Olha, obviamente eu te trouxe aqui para contar tudo isso, mas também por outra razão. Você está feliz trabalhando nas Indústrias Cooper?

Brett deu de ombros.

– Eu gosto.

David olhou para o filho.

– Eu fui sincero com você, Brett. Por favor, seja sincero comigo.

– Está bem, pai – respondeu o filho devagar. – Quando entrei na empresa, eu odiei. Eu me ressentia por você nunca ter sequer considerado o que eu queria fazer com o meu futuro e por sempre ter partido do princípio de que eu ia seguir os seus passos. O meu tino para os negócios nunca foi e nunca vai ser igual ao seu. Não me sinto realizado fechando acordos grandiosos. Mas, com o passar dos anos, acho que aprendi a aceitar isso melhor.

Brett começou a mexer no controle elétrico da janela.

– Eu relaxei e tentei esquecer todos os sonhos de ser artista. Se estou feliz? Admito que não, na verdade, não. Mas tenho até vergonha disso, porque existem milhões de pessoas paupérrimas que adorariam trocar de vida comigo.

– Humm – ponderou David. – O fato, Brett, é que grande parte disso é culpa minha. Afinal, se você fosse paupérrimo, ninguém se importaria se você fosse para a França e passasse o resto da vida pintando. Então, na verdade, ter uma família rica te cerceou em vez de ajudar.

Brett assentiu devagar.

– Talvez – comentou, depois olhou para o Mediterrâneo, que batia na Côte d'Azur. – Eu tenho uma última pergunta. Foi por causa da sua necessidade de romper com o passado que você ficou tantos anos sem ver a Rose?

Era uma pergunta que David temia, mas a resposta estava na ponta da língua.

– Em parte. Nós também tivemos uma… desavença muito feia. Nós dois éramos orgulhosos demais para pedir desculpas. Isso é tão idiota. Nós perdemos 28 anos. Enfim, tudo foi consertado agora. Falando nisso, eu e a sua tia Rose elaboramos um plano para você. Foi ideia dela e quero que você saiba que tem a minha aprovação total.

David parou o carro. Em seguida, estendeu o braço e apertou a mão de Brett.

– Filho, me perdoe. Espero poder me redimir.

Brett viu lágrimas nos olhos do pai.

O instante não durou nem um segundo, já que David logo saltou do carro, mas, pela primeira vez na vida, Brett tinha visto o pai demonstrar uma emoção verdadeira em relação a ele.

– Então, esse é o plano. O que você acha? – perguntou Rose, com os olhos brilhando de expectativa.

O restaurante à beira-mar estava vazio, já que os primeiros turistas só deviam aparecer em abril, com a melhora do tempo. Quando eles chegaram lá, Rose os aguardava com uma garrafa de vinho branco na mesa.

Brett estava atordoado com a proposta que a tia acabara de fazer. Ele olhou nervoso para o pai.

David sorriu para ele.

– Brett, eu disse que o plano tem a minha aprovação total. Se não der certo, sempre vai existir um lugar para você nas Indústrias Cooper.

– Achamos que seria a maneira perfeita de você descobrir se é isso mesmo que quer – continuou Rose. – Não vai ter pressão nenhuma e, em vez de ir direto para a faculdade de belas-artes, você vai poder trabalhar no seu próprio ritmo.

– Você também vai ter uma das melhores professoras do mundo para te guiar e ajudar – disse David, sorrindo. – E aí? O que me diz?

Brett olhou de um para o outro. Estava perplexo. Rose tinha sugerido que ele fosse para a Inglaterra e trabalhasse no estúdio dela, a seu lado, por alguns meses. Depois disso, ele estaria livre para continuar pintando e ir para a faculdade de belas-artes ou voltar de fininho para a mesma função que ocupava agora nas Indústrias Cooper.

– Eu... pai... e o meu trabalho nas Indústrias Cooper? Não posso simplesmente ir embora e te deixar na mão.

– A gente dá um jeito – respondeu David, com os olhos gentis. – É isso que você quer, não é, Brett?

– Bom... é. Ai, meu Deus, é! – exclamou Brett, rindo.

– A Miranda e eu vamos para a Inglaterra daqui a uma semana – contou

Rose. – Queremos passar um tempo juntas antes de voltar para Yorkshire para ver a Chloe, a filhinha dela. Você pode aparecer por lá a qualquer momento depois disso.

– Bom, eu tenho umas coisas para organizar no trabalho, mas...

David afastou os protestos de Brett com uma torção de pulso.

– Nada que não possa ser resolvido.

Brett juntou as mãos e bateu palma.

– Está bem, então. Negócio fechado!

Seus olhos brilhavam, e parecia que um peso enorme tinha sido retirado de seus ombros.

– Eu só lamento que tenha demorado tanto. Nunca vou saber como posso ter ignorado o talento do meu próprio filho, considerando as suas origens – declarou David, com tristeza.

– Calma, pai. Faz anos que eu não coloco um pincel na tela. Talvez eu nem consiga mais fazer isso.

– Acredite em mim, Brett, consegue, sim. Eu fiquei quase vinte anos sem pintar. Essa capacidade nunca te abandona – assegurou Rose.

Brett gostou de ver a tia e o pai juntos pela primeira vez na vida. Havia uma intimidade, um afeto entre eles que contrariava qualquer rompimento que os separara por tanto tempo. Ele se encheu de alegria. Pela primeira vez na vida, Brett se sentiu parte de uma família unida.

Uma figura estava parada do lado de fora do restaurante, passando os olhos pelas mesas.

– Miranda! Aqui! – gritou David, acenando para ela.

Ela sorriu, tímida, e se aproximou. David se levantou e puxou a cadeira extra.

Brett examinou, com espanto, a jovem magra de cabelos escuros. Mal podia acreditar que era Miranda. David tinha dito que ela havia passado por maus bocados, mas a sombra retraída da garota que um dia ele odiara provocou uma onda de empatia em Brett.

– Oi, Miranda. Como você está? – perguntou ele com gentileza.

Ela ergueu os olhos e o encarou, nervosa.

– Eu... melhor, obrigada.

– Que bom. Não consigo nem imaginar o que você enfrentou. Eu te acho incrivelmente corajosa.

Miranda não sabia o que dizer.

– Aliás, parece que vou me juntar a vocês na Inglaterra daqui a algumas semanas. Você deve estar ansiosa para ver a sua filha – disse ele, com ternura.

O rosto de Miranda se iluminou, e a expressão dela se abriu. Ao olhar para Brett, seus olhos estavam repletos de uma gratidão tácita.

– Estou, sim – respondeu ela simplesmente.

Como ela queria que Brett *realmente* fosse o pai de sua filha.

8

Rose teve vontade de chorar ao ver Miranda mexer nervosamente nos botões do casaco enquanto o táxi subia a colina em direção à casa da fazenda. A filha agarrou sua mão.

– E se ela não se lembrar de mim? Eu estou tão diferente.

– Ela vai se lembrar – respondeu Rose, com uma confiança que não sentia.

Brett acenou para que as duas descessem e disse que ia pagar o motorista e ajudá-lo com as bagagens.

Miranda, ainda segurando firme a mão de Rose, caminhou até a porta da frente.

Ela se abriu antes que Rose tivesse tempo de inserir a chave.

O rosto da Sra. Thompson apareceu atrás dela.

– Está tudo bem, Doreen? A Chloe? – perguntou ela, o mais calma que pôde.

– A Chloe está bem – respondeu a Sra. Thompson. – Pronto, meu amor. Eu disse que a mamãe ia voltar para casa hoje, não foi?

Uma linda criança de 7 anos surgiu timidamente atrás da Sra. Thompson. Parecia nervosa e olhou para as duas mulheres de pé no batente da porta. Por um instante terrível, Rose pensou que Chloe ia correr até ela.

– Oi, vovó – disse ela, sorrindo tranquilamente.

Depois, voltou os olhos para Miranda, que a observava, imóvel.

– Oi, mamãe – disse ela e estendeu os braços.

Com um soluço, Miranda pegou a filha nos braços e a abraçou como se não quisesse soltá-la nunca mais.

Os olhos das duas mulheres mais velhas lacrimejaram enquanto viam a cena. Rose sentiu uma mão em seu ombro. Ela se virou e viu que Brett também estava com os olhos cheios d'água. Eles observaram Miranda carregar a filha para dentro de casa, até a sala de estar.

– Ah, minha querida, minha bebezinha – disse ela, aos prantos. – A mamãe está em casa agora, a mamãe está em casa.

9

Leah acordou e viu que o sol brilhava através das frestas das cortinas. Ela se levantou da cama e as abriu. Era uma linda manhã de abril, e isso a animou.

Afinal, ela tinha todos os motivos para estar feliz. A etapa mais perigosa da gestação tinha passado havia três semanas, e ela se sentia bem. O ginecologista confirmara que o bebê estava ótimo e dissera que não havia nenhuma razão para que ela não nutrisse esperanças de levar a gestação a termo.

Ao sair da cama, uma leve dor na lateral do corpo a fez estremecer. Leah a ignorou, sabendo que era perfeitamente natural sentir dores ocasionais. A dor logo passou, e ela decidiu ir até a porta ao lado dar uma olhada no quarto do bebê. Nos últimos quatro meses, não fizera isso, morrendo de medo de que pudesse dar azar, mas, naquele dia, estava relaxada e otimista em relação à gravidez.

O quarto tinha sido decorado dois anos antes, quando Leah engravidara pela primeira vez. No berço, havia lençóis empoeirados, que Leah rapidamente removeu, e o armário estava abarrotado de roupinhas caras de todos os tipos.

– Que neném sortudo você vai ser – disse ela ao carocinho na barriga.

Ela saiu do quarto e foi tomar banho.

Quando chegou ao jardim de inverno para tomar café, já estava morrendo de fome.

Ela ignorou o suco de laranja e os croissants e caiu de boca em uma tigela com frutas enquanto folheava a correspondência. Naquela manhã, havia três cartas para ela. Duas ela reconheceu como newsletters de instituições de caridade, e a terceira tinha uma caligrafia desconhecida.

Ela abriu a carta e arquejou, horrorizada, quando viu o conteúdo.

Era uma foto dela, usando um dos vestidos de Carlo, tirada durante os desfiles de primavera em Milão. A foto fora rasgada de uma edição de abril da *Vogue* de quatro anos antes.

Seu rosto fora retalhado longitudinal e transversalmente com uma faca. Leah segurou a foto com as mãos trêmulas, sem conseguir desviar os olhos. Ela olhou dentro do envelope. Não havia mais nada.

– Ai, meu Deus – sussurrou ela.

Carlo.

As coisas estavam muito quietas no lado de lá. Nos últimos dois anos, ela não ouvira uma palavra dele, embora houvesse boatos de que seus negócios tinham sofrido uma queda vertiginosa desde que Leah fora embora.

Uma dor lateral fez Leah estremecer. Tensão. Ela não devia se preocupar nem ficar nervosa. Precisava ligar para Anthony e contar tudo. Ele saberia o que fazer.

Leah se levantou e foi até a sala de estar, em direção ao telefone.

Outra dor a fez gritar e curvar o corpo.

– Não! Ah, não!

Betty, a governanta, entrou correndo ao ouvir os gritos de Leah. Encontrou a patroa agachada no chão, seu rosto uma imagem da agonia.

– Chame uma ambulância, Betty. E o Anthony. Eu estou perdendo o bebê. Não! – gemeu ela, depois desmaiou.

10

Leah se recostou nos travesseiros, mal tendo tocado na bandeja de café da manhã que Betty levara. Desde que voltara para casa, uma semana antes, não sentia fome.

Anthony tinha sugerido que os dois fossem até a casa de Woodstock, onde tinham passado os Natais mais idílicos. Leah dera de ombros e dissera que, se era o que ele queria, tudo bem.

Anthony a incentivava a se consultar com o Dr. Simons, psiquiatra, mas Leah não queria ouvir que estava deprimida. Já sabia disso.

Uma pequena lágrima surgia no canto de seus olhos quando ela pensava no pacotinho branco que teria segurado dali a menos de cinco meses. Não queria falar com ninguém sobre esses pensamentos.

Leah abriu a correspondência sem entusiasmo.

Mais uma daquelas fotos, com seu rosto e corpo retalhados, dessa vez retirada da coleção de outono seguinte de Carlo.

Seus olhos se encheram de lágrimas, e Leah amassou a imagem até fazer uma bola e depois a atirou em uma lixeira de papel. Ela sabia que precisava contar a Anthony, mas não estava em condições de responder a interrogatórios policiais nem lidar com ameaças.

Naquele momento, não fazia a menor diferença se morresse.

Betty levou a página de revista cortada para Anthony após limpar o quarto deles.

— Acho que o senhor devia ver isso.

A governanta gostava muito da jovem doce que tratava tanto ela quanto os outros funcionários com extrema gentileza, e estava tão preocupada com o estado mental de Leah quanto Anthony.

Ele pegou o pedaço roto de papel, olhou para ele e suspirou.

– Ai, meu Deus.

– Eu encontrei no cesto de lixo, depois do café da manhã. Ela pode ter usado a faca de frutas, senhor.

– Obrigado, Betty, por me trazer isso.

– Sem problemas. Estou preocupada com ela, senhor. Essa foto linda da madame, parece que ela estava pensando em...

– É, Betty. Obrigado.

– Está bem, senhor. A madame vai descer daqui a alguns minutos. A bagagem dela já está sendo trazida aqui para baixo.

Betty saiu da sala.

Anthony dobrou o pedaço de papel e o enfiou no bolso. Era o momento errado de lidar com aquilo. Talvez perguntasse a ela depois que os dois já tivessem relaxado por alguns dias na casa de Woodstock.

Leah entrou na sala de estar. Estava magra e pálida, mas muito bonita em um terninho de lã macia Donna Karan.

– Ahh – disse ele, indo até ela e beijando-a na bochecha. – Deslumbrante como sempre. Pronta para ir, querida?

Leah assentiu em silêncio.

– Vamos, então. Não queremos perder o avião, não é?

Ela balançou a cabeça.

– Meu amor, prometo que esses poucos dias vão te fazer muito bem. Você adora aquela casa, e nós não temos que passar da porta da frente se você não quiser. Consegue abrir um sorrisinho para mim, querida?

Leah tentou, mas não se saiu nada bem.

– Lamentável – disse Anthony, com uma risadinha. – Bom, vamos.

Ele a conduziu para fora da sala e, cinco minutos depois, estavam no carro, indo para o aeroporto.

Anthony colocou a bandeja com suco de laranja, café e croissants no pé da cama.

– Como está se sentindo hoje de manhã?

– Bem – disse uma voz abafada.

– Posso abrir as cortinas? O dia está lindo.

– Se você quiser.

Anthony soltou um suspiro frustrado e triste. Ele estava magoado por

Leah ter insistido que ficassem em quartos separados ao chegar à casa. É claro que ele tinha concordado. Afinal, não conseguia nem imaginar a carga física e emocional que tudo aquilo estava causando à preciosa esposa. Ele só rezava para que, após alguns dias de repouso e relaxamento totais, Leah voltasse ao quarto que compartilhavam.

Até ali, não parecia que isso ia acontecer. Dia após dia, ele sugeria coisas gostosas para fazer, lugares para visitar, restaurantes que sabia que ela amava, mas recebia pouca resposta e nenhum entusiasmo. Tudo que ele queria era estar lá para apoiá-la, mas, naquele momento, ela rejeitava o apoio dele. Leah parecia estar a quilômetros de distância de Anthony, e agora se recusava a dividir a cama com ele.

Ele pressentia o início do fim.

Anthony dizia a si mesmo que era só depressão, que a mudança provocada em Leah ia passar, que não significava que os sentimentos dela por ele tinham mudado. Contudo, após dias e dias de frieza, ficava cada vez mais difícil se apegar a essa crença.

Anthony sabia que não podia desistir. Se fizesse isso, tinha certeza de que a perderia para sempre.

Ele respirou fundo para se preparar para a indiferença dela e abriu as cortinas.

– Pronto. Olha só isso.

Anthony foi até a cama e se sentou enquanto o sol atravessava as janelas.

– Tem alguma coisa que você queira fazer hoje, meu amor?

Leah se sentou devagar, afastando os magníficos cabelos do rosto e protegendo os olhos com a mão contra o sol forte.

Anthony raramente a tinha visto mais bela.

– Nada específico – respondeu ela, dando de ombros.

– Eu estava pensando que talvez pudéssemos dar uma volta de carro em Woodstock, fazer umas compras naquela lojinha que você adora e depois almoçar no Woodstock Inn. O que você acha?

– Eu prefiro ficar aqui, para ser sincera. Mas, se você quiser ir…

Algo dentro de Anthony se quebrou. Ele se levantou.

– Tudo bem, Leah. Pode ficar aqui sentindo pena de si mesma. Sabe, a maioria das mulheres…

Anthony se conteve ao fitar os olhos dela. A expressão ali não tinha mudado. Ele correu as mãos distraidamente pelos cabelos.

– Olha, me desculpe. Eu estou me esforçando para entender o que você está sentindo, mas... vou dar uma caminhada. Não demoro.

Leah observou Anthony sair do quarto. Sabia que devia sentir algo diante da reação dele, mas não conseguia. Só havia o mesmo entorpecimento doloroso que a impedia de reagir, como se a própria realidade a tivesse abandonado.

Ela ouviu a porta bater e imaginou que devia se preocupar.

Anthony saiu de casa e desceu o longo caminho, se censurando por um dia ter mencionado que queria outro filho. De sua parte, era completamente apaixonado por Leah, e embora um filho pudesse consolidar a união deles, Anthony estava apenas ansioso para que a esposa não perdesse nada por ter se casado com um homem mais velho.

Ele tinha rezado, pelo bem de Leah, para que aquela gravidez vingasse, e ficara igualmente devastado, pela mesma razão, quando isso não aconteceu.

O médico tinha explicado diversas vezes as razões clínicas para a mudança de personalidade de Leah, que era um estado mental que ela não podia evitar. Ele tinha implorado para que Anthony demonstrasse paciência e compreensão, mas ele era humano. A deterioração desde o primeiro aborto fora um processo gradual, mas perceptível, e Anthony ansiava pelo retorno da garota inteligente e feliz com quem tinha se casado.

Às vezes, pensava na teoria de que Leah estava entediada e por isso tinha concentrado todas as suas energias em ter um bebê. Sua mente rápida e curiosa exigia mais do que a rotina diária de ser esposa de um homem de negócios, sobretudo após a vida agitada que ela levara antes do casamento. Diversas vezes, ele perguntara a Leah se ela queria voltar a modelar ou até escolher outra carreira que lhe permitisse fazer um bom uso do cérebro. Leah sempre recusara.

Enquanto caminhava a passos largos pela avenida arborizada, ouvindo o chamado dos cucos nas sempre-vivas no alto, Anthony se pegou ponderando, mais uma vez, por que Leah decidira se casar com ele de maneira tão repentina. Naquela época, ele ficara tão feliz por ela ter aceitado que não parara para pensar muito naquilo. Mas, agora, ao ver o relacionamento se deteriorar diante de seus olhos, não tinha como não se perguntar se Leah realmente o amava.

Anthony estava com medo. Perder Leah era um pesadelo com o qual não conseguiria lidar. Uma fissura estava se abrindo entre os dois, e ele não sabia como juntá-los de novo.

Mais tarde, eles se sentaram na varanda. Anthony voltara cheio de pedidos de desculpas, e Leah tentara ser agradável.

Ele se levantou e foi até ela.

– Por que não saímos para um belo jantar romântico? Você pode colocar aquele vestido Christian Dior novo que eu te dei na semana passada. O que me diz, minha querida? – perguntou ele, colocando os braços ao redor do pescoço dela e beijando-a de leve na bochecha.

Leah se desvencilhou dos braços dele e balançou a cabeça.

– Estou cansada demais para sair. Pode ir se quiser. Vou me deitar um pouco.

Ela desapareceu dentro de casa.

Anthony estremeceu, embora fosse uma noite quente de maio. Ele suspirou e pegou um exemplar do *New York Times* para tentar afastar a mente dos problemas.

Sua atenção foi atraída por uma foto na página 14. Era a modelo Maria Malgasa em seu apogeu, deslumbrante em um dos vestidos do estilista Carlo Porselli.

Anthony leu o parágrafo logo abaixo:

Maria Malgasa, conhecida como a modelo mais bem-paga do mundo em meados dos anos 1970, foi encontrada estrangulada em seu quarto de hotel em Milão, onde participara de um ensaio fotográfico para a revista "Vanity Fair". A equipe descobriu o corpo quando ela não apareceu no aeroporto para pegar o voo de volta para Nova York. Carlo Porselli, com quem a modelo tinha um relacionamento de longa data, está ajudando a polícia nas investigações. Ainda não há muitos detalhes, mas acredita-se que existam indícios de relação sexual.

Mais tarde, Anthony mostrou o artigo a Leah.

– Você a conhecia, não?

Leah aquiesceu, observando a foto. Anthony viu o rosto dela ficar branco como papel.

– Ai, meu Deus. Anthony, eu tenho recebido fotos minhas pelo correio, retalhadas.

– Ah, querida, nós achávamos que você tinha feito aquilo... Encontramos a que você recebeu no dia em que perdeu o bebê, e a Betty me mostrou outra que pegou do lixo.

Leah balançou a cabeça.

– Nas fotos, eu estou sempre usando as roupas dos desfiles do Carlo. O carimbo no envelope era de Milão. Se ele está fazendo isso comigo, você acha que é possível que ele... a Maria? – perguntou Leah, incapaz de proferir as palavras.

– Não sei. Mas vou ligar para a polícia agora mesmo.

11

– *Per favore*, por favor, acreditem em mim. Eu me separei da Maria logo depois do jantar. Ela disse que estava cansada e queria dormir cedo – argumentou Carlo, passando as mãos pelos cabelos desgrenhados enquanto olhava fixamente para o policial do outro lado da mesa.

– Mas, signor Porselli, as suas impressões digitais estão nos objetos pessoais dela e no quarto todo.

– Mas eu já te disse! – exclamou Carlo, batendo o punho na mesa, frustrado. – Eu e a Maria fizemos amor naquela noite antes de sairmos para jantar, não depois. Eu me despedi dela no elevador do hotel e voltei sozinho para o meu apartamento.

– É uma pena que ninguém no saguão do hotel possa confirmar isso. O porteiro jura que viu um homem de cabelos escuros que se enquadra na sua descrição acompanhar a Srta. Malgasa até o quarto, quinze minutos depois do horário que o *signore* disse que foi embora. E que viu o mesmo homem sair de lá às quatro e meia da manhã.

Carlo soltou um suspiro profundo.

– *Non lo so*, eu não sei quem é esse homem. Não sou eu. Eu amava a Maria! Ela era a minha principal modelo! Por que eu ia querer matá-la? Eu não tenho histórico de violência, tenho? Pode perguntar para qualquer uma das modelos com quem eu trabalhei ao longo dos anos.

– Nós perguntamos, signor Porselli – disse o policial, atirando uma pasta de plástico na mesa. – Dê uma olhada nisso.

Carlo tirou dela as fotos rasgadas de Leah.

– Argh! Estas imagens são *nauseanti*! Uma depravação!

– Nós também achamos, assim como a Sra. Van Schiele, que tem recebido essas imagens pelo correio. A última tinha um carimbo de Milão.

Carlo abriu a boca para falar, mas se conteve. Pela forma como o policial o encarava, Carlo sabia que ele acreditava em sua culpa nos dois crimes.

– Ela seria a sua próxima vítima, signor Porselli?

Carlo sentiu lágrimas de autopiedade e indignação brotarem das pálpebras. E pensar que ele, Carlo Porselli, o grande estilista, estava detido naquele chiqueiro de cela da polícia milanesa, por suspeita de homicídio.

– Eu vou deixar o *signore* agora para pensar no que acabei de dizer. Temos provas suficientes para executar a sua prisão na atual situação.

– Quando os meus amigos souberem disso, o *signore* vai ver! – gritou Carlo, enquanto o policial se dirigia à porta da cela.

O policial sorriu.

– Eu acho que o *signore* não tem tantos amigos quanto pensava. *Buonanotte.*

A porta da cela se fechou com um estrondo.

Carlo apoiou a cabeça nas mãos e chorou.

O voo de duas horas vindo do Aeroporto de Milão-Linate chegou pontualmente ao Aeroporto Heathrow. Os passageiros atravessaram o controle de passaportes, a alfândega e saíram para o ar fresco de maio.

Ele comprou um jornal enquanto aguardava na fila do táxi. Quando o carro acelerou para longe do aeroporto, ele leu as manchetes e sorriu. Carlo Porselli tinha sido acusado de assassinar Maria Malgasa.

Ele tinha planejado isso mesmo: fazer Carlo pagar por ter roubado Leah dele e a transformado em uma puta egoísta e arrogante que o tratara como lixo.

Maria e as outras tinham satisfeito suas necessidades por um curto período, mas já estava na hora de reivindicar a mulher que sempre fora sua. Ele tinha enviado avisos a ela e, agora, tudo que tinha a fazer era esperar. Sabia que ela iria até ele.

O táxi levou uma hora para chegar à estação King's Cross. Ele embarcou no trem e se acomodou no assento para encarar a longa viagem rumo ao norte.

12

Brett acordou com o gorjeio de uma família de ferreirinhas-comuns que estava fazendo um ninho embaixo do beiral da casa da fazenda, do lado de fora de seu quarto. Ele semicerrou os olhos para enxergar o relógio em meio à luz da manhã e viu que tinha passado um pouco das seis horas. Pulou da cama, vestiu um moletom velho e uma calça jeans e desceu para seu estúdio. Brett sorriu ao entrar no cômodo. O espaço tinha sido de Rose antes de ela converter um dos celeiros e ceder o local ao sobrinho. Ele ficou parado por um segundo, regozijando-se com o cheiro de tinta e a bagunça que ele mesmo tinha feito.

Brett estudou atentamente a pintura no cavalete.

Sabia que era, de longe, a melhor coisa que tinha pintado até então. As cores, tão sutis, se misturavam umas às outras em uma harmonia natural e perfeita.

Aquilo não era só Brett Cooper imitando outro artista. A obra tinha uma individualidade e uma singularidade próprias. Tinha identidade.

Tinham sido necessárias nove pinturas e três meses de trabalho árduo para que ele chegasse a esse ponto. As outras, espalhadas pelo estúdio, eram boas, mas careciam de singularidade. Rose o incentivara muito, dizendo que ele devia continuar e que, em algum momento, seu estilo pessoal começaria a desabrochar. A tia afirmara que ele tinha um talento natural que precisava ser cultivado e trabalhado, com liberdade total para se expressar.

Brett sabia que, por fim, tinha feito exatamente isso.

Em seus anos de formação, ele costumava pegar um objeto ou paisagem e enfatizá-los em toda a sua beleza. Mas, desde que recomeçara a pintar, sentia que queria dizer algo na tela, dar um sentido ao quadro. A obra que tinha acabado de completar era de uma linda jovem tentando alcançar o céu. A parte de cima da pintura era repleta de cores gloriosas; o céu era azul, o sol brilhava, as macieiras em volta da cabeça dela estavam em plena floração, e Brett tinha explorado o expressionismo romântico ao máximo. Mas, na metade inferior da pintura, ele usara cores muito mais escuras. Mãos masculinas agarravam os tornozelos da jovem, e o solo abaixo dela era preto e frio. Um dos braços masculinos se estendia em direção à barriga dela, mal coberta.

Brett encarou o quadro por um instante.

– Mulher acorrentada – murmurou ele.

Naquele dia, levaria Rose para vê-lo. Metade da alegria de viver ali eram as longas conversas regadas a uma garrafa de vinho, que varavam a madrugada. Rose lhe contava sobre sua época na Royal College, e eles discutiam os trabalhos de Freud, Bacon e Sutherland, além das obras dos contemporâneos dela nos anos 1950, dedicando horas à observação de cada pintura da enorme coleção de catálogos de Rose.

Mas, enquanto Brett olhava para a nova pintura, percebeu que era hora de seguir em frente. Não havia a menor possibilidade de voltar a trabalhar para o pai em Nova York. Precisava estar em uma instituição cheia de jovens artistas para crescer junto com eles. Sua tia Rose era uma entusiasta da ideia de que ele seguisse os passos dela na Royal College, mas Brett sabia para onde queria ir: Paris, onde o avô Jacob vivera e aprendera seu ofício. A cidade o chamava; à noite, sonhava com ela de maneira tão vívida que acordava de manhã questionando a realidade do novo dia.

Ele decidira que chegara o momento de discutir seu futuro com Rose, de dizer a ela que queria estudar na École des Beaux-Arts de Paris. Brett pegou a paleta e um pincel e começou a dar os toques finais na pintura. Como sempre, quando trabalhava, sua cabeça se voltou para Leah.

Ele tinha lido sobre a prisão de Carlo e o assassinato de Maria Malgasa com grande horror e uma pontinha de satisfação. Brett se perguntara muitas vezes por que Leah nunca se casara com ele após o anúncio dos jornais. Ele deduzira que os dois tinham se desentendido de alguma forma, mas, agora que aquilo acontecera, uma dúvida começava a ocupar seus pensamentos. Ele estava muito bêbado e com muita raiva quando confrontara Leah, sem condição nenhuma de ouvir a explicação dela. E se ela estivesse falando a verdade? Afinal, o homem tinha acabado de ser acusado do assassinato brutal de outra modelo.

Brett suspirou. Era inútil se torturar daquele jeito. Leah estava casada e feliz com outro homem. Aquele relacionamento não era para ser. Ele estava destinado a passar o resto da vida sonhando com uma mulher que nunca seria sua.

Brett baixou o pincel e percebeu que estava com fome. Abriu a porta do estúdio, caminhou até o vestíbulo e parou para pegar a correspondência.

Miranda e Chloe já estavam na cozinha, tomando o café da manhã. O rosto da garotinha se iluminou quando ela viu Brett.

– Oi, tio Brett. Você pintou mais quadros?

Brett assentiu. Várias vezes tinha uma sensação de *déjà vu* quando eles estavam sentados à mesa tomando café da manhã. A Sra. Thompson andava de um lado para outro na cozinha, e Brett deixava que a mente vagasse até suas primeiras férias ali. Tanto tempo se passara, tanta coisa acontecera.

Rose chegou à cozinha.

– Bom dia, pessoal – disse ela, parecendo exausta.

– Dormiu bem? – perguntou Brett com educação.

– Não. De repente, às três da manhã, entrei em pânico por causa da exposição em Nova York. Estou no estúdio desde então.

– Sinceramente, Rose. Eu sei que você nunca expôs lá, mas o seu trabalho é esplêndido, sério – elogiou Brett, para reconfortá-la.

– Obrigada, querido, mas faltam menos de dois meses para a exposição, e ainda tenho quatro quadros para terminar.

– Nós vamos estar lá para te apoiar, mãe – disse Miranda gentilmente.

– Sei que vão, querida. Desculpe estar sendo tão neurótica, mas é muito importante que eu seja um sucesso lá.

– Você vai ser, eu prometo. Venha, Chloe. Vamos te vestir, meu amor.

– Está bem, mamãe.

As duas saíram da cozinha.

Rose suspirou.

– A Miranda me preocupa, Brett. Ela tem muitos altos e baixos. Espero que a viagem para Nova York faça bem para a minha filha, embora eu não vá ter muito tempo com ela. É uma pena que ela e a Chloe não possam ficar comigo o mês inteiro, mas a Chloe tem que voltar para começar a escola.

– Tenho certeza que elas vão se divertir muito. O duplex do papai é deslumbrante e fica pertinho de tudo. Ele me disse que vai tirar uma folga do trabalho enquanto vocês estiverem lá e mostrar a cidade para a Miranda e a Chloe.

Rose sorriu.

– Isso vai ser ótimo.

Brett se levantou.

– É melhor eu voltar para o trabalho. Depois, quando tiver um tempinho, você pode dar um pulo no meu estúdio? Tenho uma coisa para te mostrar e também queria conversar.

– Claro.

Rose se sentou à mesa e bocejou.

Se fosse mesmo para Nova York, tinha dúvidas se algum dia voltaria para casa.

13

Leah perambulou pelo belo jardim ensolarado, cortando as rosas murchas com crueldade.

Verificou o relógio: eram 10h10. Um dia inteiro se estendia à sua frente, culminando em um interminável crepúsculo de tensa conversação durante o jantar, quando Anthony voltasse para casa.

Ela não acreditava em como estava se sentindo. Morta, entorpecida, sem o menor interesse por nada.

Até quando a polícia falara com ela e ela tivera que mostrar a eles as páginas retalhadas enviadas pelo correio, Leah não sentira nada. Era como se fosse uma espectadora observando sua vida de longe. Também não sentira nada quando Carlo fora acusado, as evidências agravadas pelas impressões digitais encontradas no quarto de hotel de Maria. A polícia tinha dito que talvez lhe pedisse para ir ao tribunal como testemunha de acusação, mas Leah não queria nem pensar nisso.

Tinha certeza de que já não amava Anthony. Mesmo assim, ainda sofria ao ver o quanto conseguia magoá-lo facilmente com uma única palavra.

Fazia mais de três meses que eles não dormiam na mesma cama. A ideia de fazer sexo com ele a repelia, pois a lembrava de suas inadequações e das mortes de seus três bebês. Ela sabia que era inútil continuar tentando. Então, tinha decidido parar.

Muitas vezes, ela se perguntava se Anthony estava tendo um caso. Era natural que ele se consolasse com outra mulher. Mas ele nunca se atrasava e ligava o tempo todo para ela quando viajava a negócios.

De certa forma, seria melhor que ele tivesse outra pessoa. Isso aplacaria a culpa. Leah queria que ele demonstrasse alguma raiva, como fizera em Woodstock ao lhe responder com rispidez, mas, em vez disso, Anthony aceitava, resignado, a forma como ela o tratava.

Ele tinha sugerido que eles tentassem ter um filho de novo e, quando Leah se recusara categoricamente, ele propusera a adoção. Ainda assim, ela se recusara. Adotar uma criança seria a confirmação pública de suas próprias inadequações.

Assim, ela passava dia após dia só esperando dar a hora de dormir, para poder mergulhar na inconsciência e ter seu sonho maravilhoso. Era um sonho recorrente: um bebê em seus braços, pequeno, macio e dependente; Brett, orgulhoso, a seu lado, olhando para os dois com amor.

Ela ficava semanas sem pensar em Brett, depois tinha o sonho e passava o resto do dia seguinte relembrando o que tinha sentido por ele e como o amor deles tinha sido perfeito. Isso despertava nela um desejo sexual que ela já acreditava morto havia muito tempo e, culpada, Leah pensava em Anthony e em como ele se sentiria se soubesse.

Mas também havia o outro sonho; aquele que ela tinha desde criança. A figura escura, perseguindo-a pelas charnecas até que ela não aguentasse mais correr... enquanto ela ouvia a voz da bruxa Megan repetidas vezes, alertando-a...

Leah balançou a cabeça e tentou voltar ao presente. Por instinto, sabia que estava desperdiçando seu precioso tempo, que sua vida tinha perdido terrivelmente o rumo e que ela não estava fazendo nada para ajudá-la a voltar para os trilhos.

Era como se estivesse em um limbo, esperando um evento que *sabia* que viria para salvá-la de si mesma.

Até que isso acontecesse, a vida precisava continuar.

Leah pegou as rosas murchas do chão e voltou para casa.

O telefone estava tocando. Ela atendeu.

– Alô.

– Ah, Leah. É a mamãe. Eu...

Ouviu-se um som abafado do outro lado da linha.

– Mãe? Você está bem? O que aconteceu?

– Eu... Desculpe. Leah, é o seu pai. Como você sabe, ele se recuperou bem da cirurgia de quadril, mas, ontem à noite, o hospital me ligou. Ele teve um infarto, Leah, um infarto grave. Eles não sabem se ele vai sobreviver. Ah, Leah, eu estou com tanto medo. Não sei o que fazer.

– Mãe, me escute. Vou pegar o próximo Concorde para a Inglaterra. Depois, vou voar de Heathrow para Leeds. O papai está no Airedale Hospital?

– Está.

– Eu te encontro lá assim que puder. Mãe, aguente firme, e diga a mesma coisa para o papai. Eu estou indo.

– Obrigada, Leah. Eu... nós precisamos de você.

– Fique calma, mãe. Eu te ligo do aeroporto quando souber a que horas chego a Leeds.

Leah desligou e telefonou imediatamente para o setor de reservas da British Airways. Conseguiu o último assento no Concorde da hora do almoço para Londres. Ele chegaria às dez e meia da noite, perdendo a conexão para Leeds. Ela teria que alugar um carro e dirigir à noite até Yorkshire.

Leah correu escada acima para enfiar algumas coisas em uma mala e escreveu um bilhete para Anthony:

Crise de família na Inglaterra. Meu pai teve um infarto.
Ligo quando chegar lá.
L

Malcolm a levou até o aeroporto, e ela passou correndo pelo controle de passaportes enquanto ouvia a última chamada para o voo.

Quando o avião decolou, Leah sentiu uma onda de emoção. O poder dessa onda quase a deixou sem fôlego. Sim, havia uma dor profunda, mas outra coisa também.

Pela primeira vez em meses, ela se sentia necessária.

Leah chegou ao Airedale Hospital às quatro da manhã. A enfermeira a encaminhou para a UTI. Doreen Thompson estava sentada na sala de espera, olhando para o nada. Leah mordeu o lábio ao notar como a mãe tinha envelhecido desde a última vez que a vira. Pequenas mechas grisalhas tinham se espalhado por entre seus cabelos, e seu rosto estava cansado e emaciado.

Leah a envolveu em um abraço. Elas ficaram agarradas por um bom tempo, enquanto a Sra. Thompson chorava baixinho.

– Obrigada por vir, Leah. Eu estava enlouquecendo sem ter ninguém com quem falar.

– Como ele está?

A Sra. Thompson gesticulou, impotente.

– Dizem que está na mesma. Nem melhor, nem pior. Ele parece péssimo.

Tão pálido... Ele está conectado a muitas máquinas. Às vezes, abre os olhos, mas não consegue falar.

– Eu vou lá vê-lo.

– Quer que eu vá com você?

Leah balançou a cabeça.

– Fique aqui e tente descansar um pouco. Você parece exausta.

Leah seguiu devagar pelo corredor silencioso. Ela viu outros parentes sentados ao lado de seus entes queridos, embora fosse muito tarde. Não havia horário de visitas na UTI.

A enfermeira apontou para o quarto onde seu pai estava deitado. Leah respirou fundo e entrou.

Ela sufocou um soluço. Nada a preparara para ver seu adorado pai tão frágil e imóvel. Ele estava deitado de costas, com monitores e soros intravenosos presos ao corpo.

– Pai. Pai – sussurrou bem baixinho. – É a Leah.

Ela se inclinou para que, ao abrir os olhos, ele a visse. Mas ele não os abriu.

Leah afundou em uma cadeira posicionada ao lado do leito. Pegou a mão em forma de garra do pai, deformada após anos e anos de esteroides e outros medicamentos. Seu pobre corpo tinha sofrido tanto, e Leah nunca o ouvira se queixar nem uma vez. Ele estava na casa dos 40, mas parecia ter 65.

– Pai, a Leah está aqui agora. Quero que você se concentre em ficar bom logo, para que possamos te levar para casa e voltarmos a ser uma família.

Lágrimas rolaram do rosto de Leah quando pensou em todas as vezes que poderia ter viajado até lá para vê-los. Ela se censurou por estar sempre muito envolvida com os próprios problemas. Agora, talvez fosse tarde demais.

– Pai, você lembra que, quando eu era criança, nós olhávamos para as charnecas e você me dizia o nome de todos os passarinhos que voavam sobre nós? E do meu primeiro dia na escola, quando eu comecei a chorar e não queria entrar de jeito nenhum? Você disse que ia ficar lá fora o dia todo e que, se eu não gostasse da escola, podia sair, que você ia estar esperando para me levar para casa. Claro que, quando eu entrei, fiquei bem, mas você estava lá na saída. Eu sempre me perguntei se você realmente tinha passado o dia todo lá fora.

Leah sorriu em meio às lágrimas, enquanto observava os olhos do pai piscarem e se abrirem, e um leve sorriso surgir em seu rosto.

Ela ficou ali sentada por duas horas, antes de sair para encontrar com a mãe, que parecia um pouco mais alegre, na sala de espera.

– Logo, logo, o médico vai fazer a ronda. Por que não damos um pulo na cantina para tomar o café da manhã? Você deve estar faminta depois dessa viagem.

A última coisa em que Leah pensava era no estômago, mas provavelmente precisava mesmo comer.

A cantina estava muito movimentada com a troca de funcionários do turno da noite para o do dia. Leah e a mãe conseguiram engolir um café da manhã feito na hora.

– Quanto tempo vai levar para os médicos saberem se... bom, se o perigo passou?

A Sra. Thompson encolheu os ombros.

– Eles não vão, na verdade. Além de tudo, o seu pai está com uma febre muito alta e fraco por causa da operação no joelho. Foi isso que causou tudo, Leah. Foi coisa demais para o pobre coração dele. No momento, eles não sabem o quanto o infarto afetou o corpo dele. Eu nunca fui de rezar, Leah, mas fiz algumas preces nos últimos dias. Eu e o seu pai, bom... ele foi o meu único homem. Quando nos casamos, eu era bem nova. Vinte e cinco anos. Sei que às vezes fico irritada com ele, mas o seu pai são os meus dois olhos, Leah. Eu não conseguiria viver sem ele.

Leah segurou a mão dela enquanto a mãe soluçava, depois enxugou rapidamente as próprias lágrimas com o lenço encharcado.

– De qualquer maneira, não temos tempo para lágrimas – disse Doreen, de repente. – Precisamos ser fortes pelo seu pai, agora. Continue acreditando que ele vai ficar bom. Ele tem que ficar bom.

Nos dois dias seguintes, Leah e a mãe mantiveram uma vigília constante ao lado do leito dele. Conversavam com ele, liam para ele, seguravam a mão do Sr. Thompson e acariciavam sua testa. As enfermeiras sugeriam que elas fossem para casa dormir um pouco, mas nem mãe nem filha queriam ouvir falar nisso.

– Queremos que ele saiba que estamos sempre por aqui – declarou a Sra. Thompson com firmeza.

Na terceira manhã após Leah chegar dos Estados Unidos, o médico chamou as duas ao consultório.

– Tenho boas notícias. Vamos tirar o Sr. Thompson da terapia intensiva hoje de manhã.

– Ah, graças a Deus – disse a Sra. Thompson, entre lágrimas.

– Mas ele ainda vai ficar no hospital por mais três semanas mais ou menos. Depois disso, vai demandar muitos cuidados. Agora que sabemos que ele está fora de perigo, sugiro que vão para casa e descansem um pouco. Não queremos ganhar mais duas pacientes, não é?

– Obrigada, doutor, obrigada.

Leah conduziu a mãe pelo corredor, e elas enfiaram a cabeça pela porta do quarto do pai. Uma enfermeira estava removendo os eletrodos do peito dele.

Elas foram até o leito. Os olhos do pai estavam abertos e alertas, e ele murmurou "olá".

– Só vamos dar um pulinho em casa e fechar os olhos por algumas horas, meu amor. Para nos prepararmos para o seu retorno – disse a Sra. Thompson, erguendo as sobrancelhas, e Leah ficou emocionada ao ver que o tom galhofeiro da mãe estava de volta.

A Sra. Thompson se inclinou sobre o marido e o beijou na testa.

– Se fizer isso de novo comigo, os *Yorkshire puddings* vão sair do cardápio para sempre.

O Sr. Thompson sorriu e assentiu. Depois murmurou "Até mais tarde".

Mãe e filha deixaram o hospital com um passo alegre, dirigiram de volta a Oxenhope no Escort que Leah alugara e dormiram como dois bebês pelo resto do dia.

14

Uma semana antes da data prevista para o Sr. Thompson deixar o hospital, Leah marcou uma consulta com o médico dele.

Ela se sentou em uma cadeira em frente à sua mesa.

– Como está o meu pai?

– Fazendo muito progresso, Leah. Como eu disse, ele ainda vai demandar muitos cuidados por um bom tempo. Podemos providenciar uma ajuda: uma enfermeira de família vai visitar o seu pai dia sim, dia não. Mas, infelizmente, grande parte do trabalho vai cair nas mãos da sua mãe.

– É exatamente isso que me preocupa, doutor. Ela está esgotada. A minha mãe já cuida do meu pai há vinte anos. Eu posso ficar por mais alguns dias, mas em algum momento vou ter que voltar para casa nos Estados Unidos. Pensei até em contratar uma enfermeira, mas o bangalô é pequeno, e a minha mãe é péssima em delegar. Então, tive uma ideia. E se eu mandar os dois para uma casa de repouso por algumas semanas? Assim, a minha mãe poderia ficar com o meu pai, mas contaria com a assistência de enfermeiros 24 horas por dia para tudo que precisa ser feito e conseguiria descansar. Ela precisa disso tanto quanto o meu pai. Liguei para algumas instituições e encontrei uma em Skipton que parece linda e aceita casais. Isso tiraria um pouco do peso dos ombros dela nesse início, e eu não me preocuparia tanto.

O médico assentiu.

– Eu acho esplêndido. Mas é bem caro.

– Não importa. Eu só queria saber se era uma boa ideia.

– Com certeza. Para os dois.

– Que bom. Resolvido, então. Será que o senhor poderia contar para a minha mãe, doutor? Se partir de mim, ela vai ficar falando de dinheiro e dizer que não quer confusão.

– Claro – respondeu o médico, com um sorriso de compreensão.

– Agora, vocês dois. Vão embora e não se preocupem com nada. Pai, tente fazer a mamãe relaxar, está bem?

– Eu vou fazer o possível, menina.

O Sr. Thompson foi erguido e colocado na traseira da ambulância que os levaria à casa de repouso, a mais de 30 quilômetros do hospital.

– Ótimo. Tchau, mãe. Descanse. Você está indo até lá para isso.

– Está bem, Leah, mas, sério, eu e o seu pai teríamos ficado bem em casa.

– Quieta, mãe! – disse Leah, abraçando-a com força. – Quando vocês voltarem para casa, eu pego um voo para fazer uma visita.

– Se você tiver uma chance, fale para a Chloe que vou morrer de saudades e volto logo.

– Está bem, mãe – disse Leah, soprando um beijo para os dois enquanto as portas da ambulância se fechavam.

Ela observou o veículo sair do hospital e caminhou devagar até o carro.

Ao entrar no bangalô, foi atingida pela depressão. As duas últimas semanas tinham sido completamente tomadas pela preocupação com o pai e o apoio à mãe. Ela não tivera tempo de pensar nos próprios problemas. Agora, com o bangalô tão vazio e quieto, sua cabeça se voltou para Anthony e seu casamento conturbado. Ela havia ligado algumas vezes para dizer como iam as coisas. Ele fora doce como sempre, dizendo que, claro, ela deveria ficar o tempo que quisesse e que bastava pedir e ele apareceria na Inglaterra e ao lado dela em um piscar de olhos. Leah dissera que queria passar uma semana ou mais resolvendo algumas pendências antes de voltar, e Anthony aceitara sem questionar. Ela achava que ficar um tempo sozinha era exatamente do que precisava para se recompor.

Leah vagou pelo bangalô, recolhendo as xícaras do escorredor de pratos e ajeitando as almofadas do sofá, já perfeitamente posicionadas. Por fim, se sentou e soltou um longo suspiro. Talvez fosse uma reação às duas últimas semanas, mas aquele não era o dia certo para dar início a um processo de autoanálise.

Ela pegou as chaves do carro e saiu do bangalô. Sabia aonde queria ir.

O presbitério tinha recebido uma nova demão de tinta desde que ela estivera ali. Uma extensão fora acrescentada, com uma lojinha de suvenires e um espaço extra para exposições.

A fila para entrar estava enorme, mas Leah esperou satisfeita sob o sol, ouvindo o grupo de americanos que chegara em um ônibus segurando câmeras de vídeo e falando alto à sua frente. Ela achou estranho pensar que tinha passado os últimos três anos entre eles; pareciam tão estrangeiros fora do próprio país...

Lá dentro, o presbitério estava exatamente como ela lembrava. Perambulou devagar pelo espaço, absorvendo a atmosfera que tanto amava quando era criança. A última vez que estivera ali... será que fora até lá para isso? Para evocar lembranças tão agradáveis, mas ainda tão dolorosas?

Ponderou sobre isso enquanto caminhava pela rua principal de paralelepípedos, parando na Old Apothecary para comprar um pouco de pó para banho com sementes de mostarda.

Ela se deteve em frente ao Stirrup Restaurant. Que se dane. Se ia mesmo chafurdar no passado, pelo menos ia fazer isso direito.

Leah se sentou a uma mesa perto da janela para ver o mundo passar e pediu uma torta de carne com batatas.

Quando estava prestes a tomar um gole de café, olhou de relance pela janela e viu uma figura alta com familiares cabelos ruivos subindo a rua. Será que estava imaginando coisas? Ele pareceu olhar na direção dela, mas continuou andando até desaparecer de vista.

Uma decepção terrível tomou conta de Leah. Ela sorveu o café, perdida em pensamentos.

O sininho perto da porta tilintou, mas ela não ergueu o olhar.

– Meu Deus. Era *mesmo* você. Eu não tinha certeza no início, mas...

Ele estava de pé diante dela, sorrindo, nervoso.

– Oi, Brett.

– Eu... oi.

– O que está fazendo aqui?

Brett pareceu surpreso.

– Eu moro com a Rose na fazenda. A sua mãe não mencionou?

– Não. Mas ela está com outras coisas na cabeça, no momento.

– É verdade. Fiquei muito triste quando soube do seu pai. A Rose me contou. Mas ele está se recuperando bem, não é?

Leah sorriu.

– Está. Mas, por um tempo, o estado dele foi bem delicado.

Brett hesitou. Depois disse:

– Se importa se eu me sentar?

Leah deu de ombros, com um ar indiferente.

– Imagina.

Brett colocou uma sacola com dois pães no chão ao lado da cadeira.

– A Rose adora o pão do padeiro aqui da rua. Eu sempre venho a Haworth comprar para ela.

Brett se perguntou por que estava se explicando por estar ali, quando aquela parte do mundo agora era sua casa.

– Eu estou faminto. Você vai comer?

– Vou.

– Vou pedir o mesmo que você – disse Brett, fazendo contato visual com a garçonete.

– Sim? – disse a garçonete, com o bloquinho pronto.

Leah corou.

– Outra torta de carne com batatas, por favor.

– É para já.

Leah olhou para Brett e viu, na hora, que ele também se lembrava.

– Você vai ficar quanto tempo na Inglaterra? – perguntou ele.

– Mais uma semana. Estou no bangalô. Quer dizer que você não trabalha mais para o seu pai?

– Não. Ele sugeriu que eu viesse para cá por alguns meses para pintar. Depois disso, se eu tivesse certeza de que ainda era o que eu queria, eu poderia me candidatar a faculdade de belas-artes. Aliás, recebi uma boa notícia hoje de manhã.

Brett remexeu no bolso da calça jeans e tirou uma carta amassada.

– Os quadros que eu submeti à Beaux-Arts de Paris me renderam uma entrevista daqui a dez dias. Ai, meu Deus, Leah, quero tanto estudar lá. Foi lá que o meu avô estudou, sabe?

A garçonete chegou com a comida.

– Não, eu não sabia. Estou muito feliz por você. Nem acredito que, na última vez que nos vimos, você tinha certeza absoluta que o seu pai nunca ia te deixar abandonar a empresa dele.

– Eu fiz isso com a bênção dele, Leah – contou Brett, suspirando antes de erguer o garfo e começar a comer. – No último ano, aconteceu tanta coisa na nossa família. É complicado demais explicar, mas o meu pai estava escondendo um monte de feridas que faziam ele ser daquele jeito. Ele passou por um período muito difícil, e essa experiência fez com que ele se transformasse completamente. Ele se tornou outro homem – disse Brett, depois fez uma pausa. – E eu também.

Depois de uma pausa, ele continuou:

– Leah, você devia ir até a casa da fazenda para tomar um drinque. Eu sei que a Rose ia adorar te ver. Ela vai para Nova York com a Miranda e a Chloe para fazer a primeira exposição americana, daqui a três semanas.

– Sério? E como está a Miranda? De volta depois daquele sumiço misterioso?

– É. E, assim como o meu pai, ela é outra pessoa. Aliás, nós dois nos damos superbem hoje em dia. E a filhinha dela é uma graça.

Leah não soube o que responder. Ouvir Brett discursar sobre como Miranda estava maravilhosa ainda doía.

– Bom, Brett, eu preciso correr.

– Escute, Leah. Eu realmente acho que nós devíamos conversar. Eu me comportei como um idiota na última vez que nos vimos. Posso te convidar para jantar comigo hoje à noite?

– Hoje à noite, não.

– Ah – disse Brett, com um ar decepcionado. – Amanhã, então?

– Está bem.

A resposta saiu antes que Leah conseguisse impedir.

– Vamos ao Steeton Hall. A Rose disse que a comida é incrível. Eu te pego às oito no bangalô.

– Perfeito. Até lá, Brett – disse ela, tirando algum dinheiro da bolsa e colocando-o na mesa. – Tchau.

Brett a observou sair do restaurante. Dez minutos depois, ele subia a High Street a passos largos, com as mãos enfiadas nos bolsos.

Leah, Leah. Ela estava ali. Ele tinha acabado de falar com ela, havia menos de quinze minutos.

Brett foi até as charnecas nos fundos do presbitério, onde a beijara pela primeira vez. Ele afundou na grama perfumada. O sol ainda estava alto no céu, e ele fechou os olhos.

Será que tinha acabado mesmo? Seu instinto dizia que não.

Mas começar tudo de novo... Brett tinha medo. Medo da dor de se abrir para os próprios sentimentos depois de guardá-los por tantos anos.

O pai tinha trancado o coração e jogado a chave fora. Era mais seguro assim, não havia surpresas nem sofrimentos. Por outro lado, pensou Brett, aquilo tornava a vida monótona, como um de seus desenhos a carvão que não fora preenchido pela beleza vivaz e vibrante das cores.

Ele ainda a amava.

O passado era o passado. E ele queria um futuro.

Na noite seguinte, Leah reviveu a primeira vez que tinha combinado de encontrar Brett em Nova York. Ela experimentou todas as roupas que levara na viagem e não conseguiu escolher nenhuma por nada nesse mundo. Geralmente, ela conseguia ir direto ao armário e tirar algo de lá, sabendo por instinto o que usar.

Ela se sentiu uma adolescente de novo e refletiu sobre o motivo de nunca ter tido aquele tipo de problema quando saía para jantar com Anthony.

Por outro lado, Brett sempre a deixava assim: inibida e nervosa como um gatinho assustado.

Após passar a noite em claro no bangalô, decidiu que aquilo tudo era um misto de estar sozinha pela primeira vez e lutar contra a própria consciência por se encontrar com Brett no dia seguinte.

Umas duas vezes, enquanto a aurora irrompia nas charnecas, pensou em ligar para Anthony, mas não fez isso. Talvez ele percebesse a culpa em sua voz.

Pelo amor de Deus, Leah, você só vai sair para jantar com um velho amigo, só isso.

Mas seu coração não concordava.

Brett dirigiu até o vilarejo de Oxenhope. Entrou na nova propriedade e o bangalô surgiu diante dele, gerando uma onda de apreensão.

Leah parecera tão calma no dia anterior, como se o encontro deles não a afetasse em nada. Já ele tinha ficado com os nervos à flor da pele e acabara falando demais, pensou. Estava em tal estado que Rose quase o assassinara quando ele admitira que esquecera o pão em algum lugar de Haworth.

Todos os sentidos vibravam de ansiedade quando Brett dirigiu até a porta da frente. Ele desligou o motor.

Fala sério, Brett, ela é uma mulher casada..., disse uma voz em sua cabeça. *É só um agradável jantar a dois, para você se desculpar pelos tropeços do passado.*

Ambos eram adultos maduros e sensatos, agora.

Mas seu coração lhe dizia o contrário.

– Oi, Leah. Você está muito bonita.

– Obrigada, Brett.

Ele ficou parado na porta, sem saber se devia entrar ou se Leah planejava ir direto para o restaurante. Tomou coragem e decidiu perguntar.

– Vamos direto para lá? É um passeio agradável, e podemos tomar um drinque antes de comer.

– Está bem.

Leah fechou a porta ao sair, e os dois caminharam até o carro.

A viagem até o Steeton levou vinte minutos. Rose tinha doado seu surrado Range Rover para Brett durante a estada dele ali, e Leah gostou do cheiro característico de carro velho: uma mistura de couro e gasolina.

Eles conseguiram conversar sobre amenidades durante boa parte da viagem, chegaram ao restaurante e se acomodaram no bar. Brett pediu uma cerveja e uma taça de vinho branco para Leah.

– Quer dizer que agora você bebe? – quis saber ele.

– Só em ocasiões especiais.

– Eu fico muito honrado, madame – replicou Brett, pensando se devia começar a se explicar imediatamente ou esperar até o jantar.

Acabou ficando com a segunda opção.

– Então, por que você abandonou a carreira de modelo? – perguntou ele.

– Eu não aguentava mais. E, quando a minha amiga Jenny morreu, foi a gota d'água.

Brett pareceu genuinamente triste.

– Sinto muito, Leah. Eu não fazia ideia – disse ele, engolindo em seco. – Ela morreu de quê? Foram as drogas, a bebida?

– Ela tentou se matar duas vezes; na segunda, ela conseguiu – respondeu Leah.

– Que tragédia. Eu... – disse ele, se interrompendo, sabendo que não encontraria as palavras certas. – E há quanto tempo você está casada?

– Há mais de dois anos.

– Feliz?

Leah respirou fundo.

– Nós tivemos os nossos problemas, mas, na maior parte do tempo, sim. O Anthony é um homem muito bom e gentil.

– Fico feliz. Estou certo em pensar que ele é mais velho?

– É, 22 anos mais velho. Ele só tem 46, o que não é nada, hoje em dia.

– Não mesmo – concordou Brett, e viu o maître acenando para eles. – Vamos lá?

Leah seguiu Brett até um jardim de inverno à luz de velas. Uma mesa para dois tinha sido colocada perto da janela.

– Este lugar é encantador – comentou Leah enquanto pegava o garfo para comer a salada de camarões com abacate.

Durante todo o jantar, Brett encontrou vários momentos certos para começar seu discurso, mas depois perdia a coragem e falava de outra coisa.

No fim, ele pediu dois cafés e um conhaque e se preparou.

– Olhe, Leah. Eu quero me desculpar pela forma como me comportei naquela noite em Nova York. Eu estava bêbado como um gambá, com raiva e chateado. Não aceitei a sua explicação.

Leah balançou a cabeça.

– É. Você não aceitou, não é?

– Eu fiquei arrasado quando li em todos os jornais que a garota que eu amava estava prestes a se casar com outro. Eu pirei.

Leah analisou Brett com calma.

– Só para constar, Brett, eu estava falando a verdade. Nunca tive um caso com o Carlo e fiquei furiosa quando ele me disse que tinha informado à mídia que íamos nos casar. Eu quis abrir um processo, mas a Madelaine, minha agente, me impediu – contou Leah, depois deu de ombros. – Enfim, são águas passadas, agora. Eu entendo por que você ficou tão chateado.

Brett suspirou.

– Quando o Carlo foi preso pelo assassinato da Maria Malgasa, eu pensei que ele devia ter mesmo te levado para o *palazzo* dele naquela noite sob um falso pretexto.

– É, foi isso mesmo que ele fez. Exatamente como eu te contei – respondeu Leah, depois balançou a cabeça. – Eu não sei, Brett. O Carlo era um monte de coisas: mimado, egoísta, arrogante, mas acho difícil acreditar que seja assassino. Por outro lado, ele estava me mandando fotos minhas retalhadas pelo correio. Eu fui até a polícia, e acho que isso ajudou a corroborar as evidências contra ele. O julgamento vai ser ainda este ano. Enfim – disse Leah, dando de ombros –, vamos falar de coisas mais alegres. Para onde você foi quando sumiu do mapa?

Brett contou a Leah sobre suas viagens pelo mundo, visitando as propriedades do pai, até perceber que eles eram o único casal que restava no restaurante.

– Acho melhor deixarmos os pobres funcionários irem para casa dormir.

Ele pagou a conta, e eles caminharam devagar até o carro.

Brett tirou o Range Rover do estacionamento e seguiu pelo longo caminho. Usando a escuridão para disfarçar seu constrangimento, ele disse:

– Olhe, eu preciso te perguntar. Você consegue me perdoar para começarmos tudo de novo?

– Claro, Brett. Tenho certeza que podemos ser amigos. Isso tudo já faz muito tempo.

Não era a resposta que ele queria.

Eles ficaram em silêncio enquanto Brett se aproximava do bangalô.

– Obrigada pelo jantar – disse Leah, e Brett desligou o motor.

– Disponha. Não consigo expressar o peso que tirei dos ombros por poder te explicar tudo depois de tanto tempo.

– Fico feliz por você ter explicado.

Leah abriu a porta do carro.

– Boa noite, Brett.

– Boa noite, Leah.

Ela fechou a porta do carro e caminhou até o bangalô.

Ela destrancou a porta e entrou, fechando-a em seguida.

Leah mergulhou no chão, tonta por um misto de alívio e ansiedade frustrada. Ai, meu Deus, ela queria tanto convidá-lo para entrar, mas… não, o relacionamento deles tinha terminado em Nova York e, quaisquer que fossem as razões, ele fazia parte do seu passado, não do seu futuro.

Ela se levantou, tirou os sapatos e avançou pelo corredor até a cozinha.

Leah encheu a chaleira e ligou o rádio para preencher o silêncio. Ela se sentou à mesa, sentindo um orgulho enorme de seu autocontrole.

Depois, se serviu de uma xícara de café e caminhou em silêncio até a sala de estar.

A xícara se espatifou no chão com um estrondo, derramando o conteúdo fervente, quando ela viu a silhueta de um rosto na janela.

Ela precisou usar todo o seu autocontrole para evitar que um grito saísse dos lábios quando levou a mão à boca.

– Sou eu, Leah! Brett! Meu carro não está pegando!

15

Na manhã seguinte, ainda aninhada nos braços de Brett, Leah entendeu que, no instante em que abrira a porta para deixá-lo entrar, aquilo se tornara inevitável.

Nenhum deles fora forte o suficiente para lutar.

Eles tinham tentado: Brett insistira em voltar para casa a pé e depois bebera litros de café para postergar o momento de tomar a decisão.

Caindo de cansaço, mas ainda assim desperto por conta do desejo reprimido, Leah finalmente se levantara e sugerira que Brett dormisse no sofá, já que ela estava no quarto de hóspedes do bangalô, em vez de fazer a longa caminhada para casa.

Ele se desculpara muito pelo inconveniente e aceitara o edredom que Leah lhe dera, agradecendo e prometendo ligar para a oficina mais próxima de manhã bem cedo.

– Boa noite, então – dissera ela enquanto se virava para deixar a sala.

Ele pegara a mão dela.

– Eu te amo, Leah. Nunca deixei de te amar.

Em seguida, ele a puxara para perto e a beijara, como nos sonhos que ela tivera tantas vezes nos últimos anos.

Eles acabaram fazendo amor ali mesmo no chão, incapazes de se separar, ainda que por um átimo, para encontrar o quarto.

Brett tinha sido tudo que ela sabia que ele seria: delicado, carinhoso e apaixonado – palavras cujo significado ela quase esquecera. E ela havia respondido de uma forma que a surpreendera e a assustara. Ela queria explorar, tocar e acariciar cada parte do corpo dele.

– Ai, meu Deus, Leah. Ai, meu Deus – disse ele, encarando-a com lágrimas nos olhos. – É você, sempre foi você desde aquele primeiro verão. E nunca vai existir mais ninguém. Eu sei disso. Eu sinto isso de uma forma muito profunda. Ah, meu amor...

E ela ficou deitada ali, incapaz de sentir culpa ou tristeza, apenas inundada pela pura alegria de ser amada por ele mais uma vez.

Mais tarde, quando foram para a cama e fizeram amor de novo, Leah encontrou a mão de Brett na escuridão.

– Eu tenho que voltar, você sabe.

Ele não podia esperar nada além do que ela havia lhe dado.

– Eu sei – respondeu ele, apertando a mão dela. – Vamos aproveitar ao máximo o tempo que nós temos.

Leah nunca sentira os dias passarem tão depressa.

Como ambos sabiam que cada segundo juntos era precioso, eles tornavam todos os momentos especiais e repletos de amor. Leah parou de pensar no futuro e decidiu que pagaria o preço pelo tempo passado com Brett depois.

Rose soube imediatamente, claro, quando Brett chegou em casa na tarde seguinte, explicando, constrangido, que o Range Rover ainda estava quebrado em frente ao bangalô. A felicidade nos olhos dele era inconfundível, e ela não teve como não se alegrar por ele. Ela não passou nenhum sermão no sobrinho sobre as consequências do que ele estava fazendo. Rose sabia que ele tinha plena consciência delas, mas decidira aceitá-las.

Sentindo apenas uma pontada fugaz de culpa, Leah se deleitou com Brett em uma volta ao passado descaradamente romântica. De mãos dadas, eles foram até o presbitério, subiram as charnecas de Haworth e se beijaram onde tinham se beijado pela primeira vez; se deitaram na grama próxima à casa da fazenda e fizeram amor sob o ardente céu azul. À noite, dirigiram até Haworth e se juntaram aos turistas que comiam em um dos pubs aconchegantes ou bons restaurantes da área antes de voltarem ao bangalô para outra noite de amor.

Tudo voltara a ser como antes. E a figura os observava agora da mesma forma que os observara então.

Quatro dias, três dias, dois dias... Na manhã anterior à viagem de volta para Nova York, Leah acordou ao lado de Brett e vomitou no banheiro.

Brett a encontrou, pálida, infeliz e olhando para o nada, na mesa da cozinha.

– O que foi, Leah? – perguntou Brett.

– Nada – respondeu ela.

– Você parece doente.

– Não estou me sentindo muito bem. Deve ter sido aquela pimenta de ontem à noite.

Brett estava desesperado para persuadi-la a admitir a verdade. Ele se sentou ao lado de Leah.

– Isso tudo é porque você tem que voltar para os Estados Unidos amanhã?

Brett tinha dito, expressado o fato que ambos tinham tentado evitar durante os últimos seis dias sublimes.

O feitiço fora quebrado, e Leah caiu no choro. Brett a deixou chorar, sem saber ao certo o que fazer ou dizer.

– Desculpe – disse Leah, encontrando um lenço de papel no bolso do roupão e assoando o nariz.

Ela se levantou – uma força repentina substituindo a vulnerabilidade –, saiu da cozinha e voltou para o banheiro.

Enquanto tomava banho, todas as consequências do que tinha feito a atingiram. No dia seguinte, Leah teria que voltar para o marido e tentar fingir que não acontecera nada demais, quando tinha certeza de que levava os sentimentos por Brett inscritos no corpo. Anthony não era burro. Ele ia perceber. Ondas de vergonha se apoderaram de Leah quando ela pensou que Anthony só a tratara com amor e carinho e sua retribuição fora ter um caso assim que se afastara dele.

Leah se sentou, nua, no chão do banheiro, com a cabeça entre as mãos. Se Brett lhe pedisse – o que, até agora, ele não tinha feito – para ficar, ela ficaria?

Ai, meu Deus, ela não sabia. Achava que aquele período sozinha em Yorkshire lhe daria tempo e espaço para pensar no estado de seu casamento, mas só tinha complicado ainda mais as coisas, impedindo uma reflexão lógica.

Leah não tinha a menor dúvida de que amava Brett, mas, logo depois, viu o rosto querido de Anthony olhando para ela. Uma batida interrompeu seus pensamentos.

– Você está bem, Leah?

– Estou. Eu já vou sair.

Leah destrancou a porta. Ela foi direto para os braços de Brett e, cinco minutos depois, para a cama.

A última noite juntos tinha sido planejada nos mínimos detalhes. Champanhe no bangalô, depois jantar no Old Haworth Hall.

Foi um desastre. A visão da mala de Leah quase pronta no quarto foi suficiente para estragar a noite antes mesmo que ela começasse. Brett tinha reservado o voo para fazer a entrevista na Beaux-Arts de Paris, de modo que os dois pudessem viajar juntos até Heathrow. Eles partiriam no carro alugado de Leah às cinco da manhã, o que significava que as despedidas e os conselhos de última hora de Rose para Brett tinham acontecido no início daquela tarde. Ele voltara ao bangalô completamente infeliz.

Nenhum dos dois tocou na comida do restaurante, e eles fizeram uma última e silenciosa viagem de volta ao bangalô no Range Rover recém--consertado.

Leah preparou um café, e eles se sentaram na sala de estar, perdidos nos próprios pensamentos.

Esta é a última noite que eu vou passar com ela.

Como eu posso suportar a ideia de deixá-lo?

– É melhor irmos para a cama. Temos que acordar cedo amanhã – murmurou ela.

– Leah, eu...

– Shhh – disse Leah, pousando o dedo nos lábios dele. – Não diga nada.

Ela o conduziu até o quarto, e eles fizeram amor pela última vez. Havia um desespero e uma ternura no ato físico que refletia os sentimentos que nenhum deles conseguia verbalizar. Mas os dois sabiam que, enquanto vivessem, jamais se esqueceriam daquilo.

Eles não dormiram, mas se levantaram às quatro e fizeram uma última checagem no bangalô. Leah fechou a porta da frente e colocou as chaves no escaninho do correio. Depois, eles foram embora no carro alugado.

Às sete da manhã, o Aeroporto de Leeds Bradford era um lugar deprimente. Felizmente para os dois, o ônibus até Heathrow chegou no horário.

Uma hora depois, eles foram até os balcões de check-in do Concorde de Leah, que saía às dez e meia para Nova York. Leah observou sua bagagem desaparecer na esteira rolante. Na vez seguinte que visse a mala, também estaria a poucos minutos de ver Anthony.

Brett estava branco como giz e com os olhos injetados de sangue.

– Café?

Ela balançou a cabeça, sabendo que prolongar o inevitável só lhe causaria mais dor.

– Acho melhor eu ir. Meu voo vai ser chamado já, já.

– Está bem – disse Brett, se controlando.

O nó em sua garganta ameaçava transbordar pelos olhos.

Ele caminhou ao lado dela, mas a distância até o controle de passaportes era dolorosamente curta.

Ela parou a trinta centímetros da divisão que a engoliria e a faria desaparecer para sempre.

– Tchau, Brett – disse ela, com os olhos baixos.

Ele não aguentou mais. Lágrimas escorreram pelo seu rosto, e ele não se importou com quem poderia ver aquilo.

– Eu te amo – murmurou ele.

Ela se virou e caminhou até a mesa.

Brett a observou como se a vida, de repente, estivesse em câmera lenta. Ela entregou a passagem à jovem da segurança.

– *Não!* – gritou Brett, mal reconhecendo a própria voz.

Ela havia passado pela mesa e estava prestes a desaparecer atrás do biombo. Ele entrou em ação.

– *Leah! Não!*

Ele correu na direção dela, passando pela atônita jovem da segurança, e alcançou Leah.

Tremendo, ela se virou para encará-lo.

– Você não pode ir embora, não pode fazer isso comigo. Eu sei que você me ama. Por favor, por favor, Leah. O nosso destino sempre foi ficar juntos. Admita! – exclamou ele, quase a sacudindo. – Você me ama, Leah, você me ama.

Ela olhou para ele, para as lágrimas que escorriam de seus olhos.

Naquele momento, Leah escolheu o próprio futuro, para o bem ou para o mal.

– É, eu te amo.

Duas horas depois, quando o voo A300 da Air France decolou em direção a Paris, Brett sorriu para a bela mulher sentada a seu lado.

– Você não vai se arrepender, meu amor. Eu juro.

Leah sorriu de volta. Em seguida, se virou, olhou pela janela e balançou a cabeça devagar.

16

Anthony desligou o telefone devagar. Estava de pé no magnífico vestíbulo, e o lustre acima dele brilhava ainda mais em meio às lágrimas nos seus olhos.

Ele queria mover o corpo, levá-lo à sala de estar, onde poderia se servir de um copo cheio de conhaque.

Ela não ia voltar.

O pensamento não parava de se repetir em sua cabeça, mas, mesmo assim, o cérebro não o registrava como um evento plausível. Com certeza, dali a algumas horas, ele iria até o aeroporto para receber a esposa que voltava da Inglaterra. Ele a levaria de volta para casa, e a vida seguiria normalmente.

Não. Leah nunca mais estaria entre aquelas quatro paredes. Ela se apaixonara por outro homem e o deixara.

Acontecia o tempo todo: com seus amigos, vizinhos, com pessoas do mundo inteiro, todos os dias. E, agora, tinha acontecido com ele.

Anthony tinha a sensação de ter recebido um golpe físico. Suas pernas não passavam de dois gravetos de músculos trêmulos, e ele pegou a taça de conhaque e a encheu antes que elas desabassem completamente.

Ele se sentou de um jeito pesado, derramando um pouco de conhaque no sofá bege.

O relógio Fabergé tiquetaqueava como sempre na cornija da lareira de mármore.

Silêncio. O silêncio que seria o legado de Leah para ele; seu único companheiro.

O sentimento de destruição que o preenchia era total. Nem quando a primeira mulher ficara muito doente ele se sentira assim. Mas, naquela ocasião, ele tivera tempo de aceitar a perda enquanto via a vida se esvair devagar do corpo dela.

Era o choque. Nunca, durante aquela temporada estendida que Leah passara longe, Anthony tinha considerado a possibilidade de ela não voltar.

Pensando bem, ele sabia que aquilo não devia ser uma surpresa. Ela estivera desesperadamente infeliz por muito tempo. Agora, estava claro que era porque não o amava mais.

Quando telefonava de Yorkshire, Leah parecia muito mais alegre, e Anthony ficara feliz de dar à esposa todo o tempo de que ela precisasse se isso lhe trouxesse de volta a velha Leah.

Mas agora ele percebia que a razão daquela alegria era ter se apaixonado por outra pessoa.

A dor era terrível. Anthony teve vontade de vomitar quando imaginou Leah fazendo amor com outro homem.

Ele devia ter percebido, quando se casara com ela, que Leah era jovem demais para se amarrar a um homem mais velho como ele. Brett e ela tinham a mesma idade. Ele era forte e estava em forma; Anthony tinha certeza de que ela não teria nenhum problema para gerar um filho dele.

No entanto, se recusava a acreditar que qualquer outro homem pudesse amar uma mulher mais do que ele amava Leah.

Ele a amava de maneira completa, desinteressada e exclusiva. Anthony chorou.

17

– Você está feliz, meu amor?

Ela assentiu devagar. Leah estava na cidade mais romântica do mundo, planejando seu futuro com o homem que amara durante tantos anos.

No entanto, não conseguia se livrar de uma tristeza terrível. A liberdade e a alegria que encontrara com Brett em Yorkshire tinham desaparecido no segundo em que fizera a ligação a cobrar para Anthony do Aeroporto Heathrow.

Ele parecera de coração partido, arrasado. Mas não tinha implorado para ela voltar. Dissera que a amava e que sempre a amaria, mas que não atrapalharia a felicidade dela.

Leah queria que ele tivesse brigado e berrado, porque, assim, não se sentiria tão culpada.

No dia anterior, ela dera um beijo de despedida em Brett do lado de fora da Beaux-Arts. A entrevista dele tinha tomado a maior parte da manhã, então ela passara o tempo visitando velhos amigos estilistas em suas galerias ao longo da Avenue Montaigne. Sua bagagem provavelmente ainda estava no Aeroporto Internacional John F. Kennedy, e ela só tinha o vestido que estava usando. Os estilistas a receberam de braços abertos em seus santuários e, quando ela lhes contara que talvez se mudasse para Paris, eles imploraram que ela voltasse à antiga profissão e trabalhasse para eles. Ela havia alegado que, com certeza, agora já estava muito velha, e eles tinham rido e dito que 24 anos não era nada naqueles dias – *olhe só a Jerry, a Christie e a Marie!*

Ela saíra de lá satisfeita, mas confusa. A compreensão do que tinha feito a atingira. Ela foi se sentar em um café e pediu uma *citron pressé* com uma baguete de queijo brie.

Na noite da entrevista, Leah comemorara com Brett. Ele fora aceito na Beaux-Arts. Eles tinham jantado no Maxim's, e Brett perguntara a Leah o que ela achava de morar em Paris pelos anos seguintes. Ela respondera que aquela noite não era o momento de começar a planejar os pormenores, mas tinha certeza que não se importaria nem um pouco.

Em certo sentido, a oferta para trabalhar como modelo era tentadora; afinal, ela teria algo para fazer enquanto Brett estudasse. Mas Leah estava convencida de que poderia fazer outras coisas de que gostasse mais.

O rosto de Brett se iluminou quando ela lhe contou que tinha a opção de voltar a modelar.

– Isso é fantástico, Leah. Eu na Beaux-Arts de Paris e você trabalhando de novo. Afinal, você me falou que passou os últimos anos entediada, sem nada para fazer a não ser arrancar as ervas daninhas do jardim. Você vai pensar no assunto?

Leah aquiesceu.

– Ah, sim.

Brett não conseguiria entender como ela se sentia em relação a voltar a modelar, como a morte de Jenny a tinha afetado profundamente… e Leah sabia que não podia esperar isso dele.

Leah beijou Brett e se levantou da cama grande e confortável do hotel. Foi até o banheiro e ligou o chuveiro.

Só mais um dia em Paris antes que voltassem a Yorkshire e ao início de sua nova vida.

Talvez, quando chegassem ao lugar que guardava todas as memórias dos dois juntos, ela se sentiria mais segura e otimista em relação ao futuro.

A água quente escorreu pelo corpo dela.

Depois que a dor e a culpa por ter deixado Anthony diminuíssem, com o passar do tempo, ela conseguiria voltar a apreciar o que tinha com Brett.

18

– Bom, Rose, eu estava pensando se você teria como hospedar uma pessoa a mais pelas próximas semanas, só até embarcarmos para Paris.

De pé na cozinha da fazenda, Brett fitava o chão. Ele estava morrendo de vergonha.

Rose suspirou.

– Onde ela está agora?

– Na casa dos pais, dando a notícia. Eles chegaram ontem da casa de repouso, e ela achou melhor contar logo tudo. Podíamos ter alugado alguma coisa por umas três semanas, mas está tudo lotado. Estamos bem no meio da temporada de turismo.

Rose assentiu devagar.

– É claro que a Leah pode ficar aqui. Acho que eu não vou precisar arrumar uma cama extra, certo? – perguntou ela, com os olhos brilhando.

Brett corou.

– Não.

– Bom, você e a Leah vão ficar aqui sozinhos, porque eu, a Miranda e a Chloe vamos viajar para os Estados Unidos daqui a uma semana. Como você sabe, a casa da fazenda vai estar vazia. Só Deus sabe o que a Doreen Thompson vai pensar disso tudo. Acredito que a Leah já tenha contado para o marido, não é? Ele não vai aparecer aqui com um par de brutamontes para destruir a casa, não é?

– Não. Parece que ele aceitou razoavelmente bem. Acho que eles não estavam felizes há algum tempo.

Rose fitou os olhos brilhantes de Brett e ficou feliz por ele.

– Leah gostou da ideia de se mudar para Paris com você?

– Bom, ainda não conversamos seriamente sobre isso, mas acho que sim. Eu devo ir para Paris daqui a umas duas semanas para encontrar um apartamento antes do início do semestre. A Leah vai para lá assim que eu conseguir um lugar. Ela quer passar um pouco mais de tempo com os pais e garantir que eles conseguem ficar sozinhos.

Rose olhou séria para ele.

– Leah deve te amar muito para fazer o que fez. Mesmo que o relacionamento dela com o marido não fosse dos mais felizes, ela desistiu de tudo por você. Não a decepcione de novo, Brett.

– Pode deixar, Rose. Você sabe o que eu sinto por ela. Tive muita sorte de receber outra chance. Eu quero me casar com ela assim que ela estiver livre.

– Que bom – disse Rose, sorrindo. – Tenho que dar um pulo em Leeds hoje à tarde para comprar umas roupas para usar nos Estados Unidos. Quer alguma coisa de lá?

– Não, obrigado. Acho que vou ficar no estúdio até a Leah chegar. Meus dedos estão coçando, depois de cinco dias de descanso.

Brett foi até Rose e a abraçou.

– Obrigado, Rose. Eu sabia que você ia entender.

Ele a beijou e saiu da sala.

Rose o observou ir embora. Ela torcia para que nada impedisse o sobrinho ainda idealista de ser feliz com a mulher que amava.

– Leah! Achei que você já estava em segurança nos Estados Unidos com o Anthony! O que você está fazendo aqui?

O rosto da Sra. Thompson exalava felicidade enquanto ela conduzia Leah para dentro do bangalô.

– Eu conto em um minuto. Primeiro, quero saber de vocês dois – disse Leah, seguindo a mãe até a sala de estar e abraçando o pai. – Tenho que dizer que vocês dois parecem novas pessoas.

Leah apertou a mão do pai, sentindo-se péssima por ter uma notícia tão chata para dar quando eles pareciam tão bem. Ela tomou a xícara de chá devagar e ouviu a mãe expor as maravilhas da casa de repouso.

– Bom. Agora que contamos as nossas novidades, conte para mim e para o seu pai por que você ainda está aqui.

Leah respirou fundo e obedeceu. Ela teve vontade de chorar ao ver o choque no rosto dos dois.

– Desculpe – foi tudo que ela conseguiu dizer.

Após um longo silêncio, a Sra. Thompson falou.

417

– Você tem certeza absoluta que não está cometendo um grande erro? O Anthony é um homem tão bacana e gentil. Ele tem sido muito bom para você.

Leah quis tapar os ouvidos. A mãe estava certa, mas aquilo era mais do que suportava escutar.

– Faz muito tempo que eu estou infeliz, mãe. E o Brett, bom... – disse Leah, retorcendo as mãos. – Eu amo o Brett.

– Ele já te decepcionou, Leah. E pode fazer isso de novo. Ele não tem nenhum senso de responsabilidade, aquele garoto. Tem a cabeça nas nuvens como a tia.

– Ele não vai me decepcionar, mãe. Ele mudou, cresceu. Não é mais um menino. É um homem.

– No instante em que pus os olhos naquele garoto, anos atrás, eu soube que ele ia ser um problema – ruminou a Sra. Thompson. – Então, onde é que vocês dois vão morar?

– O Brett está perguntando para a Rose se ela se importa de me hospedar na casa dela até irmos para Paris, em setembro.

– Paris, é? E o que você vai fazer lá enquanto o Brett estiver envolvido com as pinturas dele?

– Eu recebi ofertas de trabalho de duas marcas de roupa.

Os olhos da Sra. Thompson brilharam.

– Mas quem foi que me disse, anos atrás, que nunca mais ia pisar em uma passarela?

– Eu ainda não decidi – respondeu Leah, irritada porque a mãe tinha desenterrado aquilo. – Só estou muito entediada depois de tantos anos sem fazer nada...

– Você não acha que vai ser um pouquinho difícil viver com um estudante depois do Anthony? Afinal, é isso que o Brett vai ser. Ele está indo para lá trabalhar dia e noite. Quanto tempo ele vai ter para você?

– O suficiente. Eu amo o Brett, mãe, e já fiz a minha escolha. De qualquer forma, preciso ter a minha vida sem depender totalmente de um homem. Foi isso que deu errado entre mim e o Anthony.

Ela se virou para o pai, sentado em silêncio em sua cadeira.

– O que você acha, pai? – perguntou Leah, lançando a ele um olhar desesperado.

Ele a encarou por um instante, depois deu de ombros.

– O mais importante é que a nossa Leah seja feliz. Você está feliz, meu amor?

– Ah, sim – respondeu Leah, olhando-o nos olhos. – Muito.

19

Na noite anterior à partida de Rose, Miranda e Chloe para os Estados Unidos, Leah e Brett se uniram a elas para um jantar barulhento na mesa da cozinha.

– Eu queria propor um brinde à Rose Delancey, que vai tomar os Estados Unidos de assalto. À Rose! – disse Brett, erguendo a taça.

– À Rose! – entoaram Miranda, Chloe e Leah.

– Obrigada por essa homenagem, Brett querido. E um brinde a você, à Leah e à nova vida juntos em Paris. Espero que, um dia, eu seja conduzida pela Tate na minha cadeira de rodas para estudar as suas pinturas. Só acho bom você não se tornar mais famoso que eu! Saúde! – exclamou Rose, rindo.

Leah se levantou.

– E eu queria agradecer a todos vocês por fazerem com que eu me sentisse tão bem-vinda aqui. Sou muito grata por isso – declarou Leah, olhando de relance para Miranda, que deu um sorriso tímido para ela.

– Certo. Bom, que tal todos nós darmos uma mãozinha com a louça? – sugeriu Rose.

Miranda balançou a cabeça.

– Não, mãe, vai lá para a sala de estar. Sei que você quer ter uma conversa com o Brett. A Leah e eu vamos lavar a louça, não é?

Leah assentiu.

– Você lava, e eu seco.

– Eu te ajudo, tia Leah.

– Está bem, Chloe.

Leah observou os cabelos escuros inclinados sobre a pia e pensou que ser morena combinava com Miranda, agora. Mais sutil, mais profundo e bem mais interessante. Leah sentiu uma tristeza nela e entendeu por que Brett achara muito mais fácil conviver com ela naquela fase. Miranda não demonstrara nada além de gentileza desde que Leah se mudara para a casa da fazenda, embora as duas não tivessem tido muitas chances de conversar.

– Está animada com os Estados Unidos, Chloe? – perguntou Leah, enquanto a garotinha secava um prato com todo o cuidado.

– Estou. A gente vai ver o Mickey Mouse – respondeu ela, assentindo.

– Bom, Chloe, o tio David disse que talvez a gente faça isso, se você se comportar – corrigiu Miranda, piscando para Leah por cima da cabeça da filha.

– Você gostou da minha jardineira, tia Leah? A tia Doreen me deu de presente hoje.

– É muito chique, Chloe – disse Leah, sorrindo.

Mais cedo, Doreen e Chloe tinham se despedido entre lágrimas. A menina parecia mais ligada à Sra. Thompson do que à própria mãe ou a Rose, o que não era de surpreender.

Após lavar a louça, Miranda pendurou o pano de prato no radiador.

– Chloe, por que não vai lá em cima colocar o pijama? A mamãe vai subir daqui a um minuto.

– Está bem. Você pode subir para me contar uma história, tia Leah?

– Claro.

Os olhos de Chloe se iluminaram, e ela saiu da cozinha saltitando e feliz.

– A Chloe parece gostar muito de você, Leah. E a sua mãe sempre foi boa com ela. A Chloe adora a Sra. Thompson.

– Ela é uma garotinha adorável, Miranda. Você deve ter muito orgulho dela.

Miranda sorriu.

– Eu tenho. Leah, eu…

Miranda mexeu, envergonhada, em uma xícara de café limpa.

– Caso eu não tenha chance de fazer isso antes de você e o Brett irem para Paris, eu só queria me desculpar pelo que eu disse na noite do meu aniversário de 16 anos. Eu estava com tanto ciúme de você com o Brett que… as coisas que eu disse foram um monte de mentiras. Eu e o Brett fizemos pouco mais do que nos beijar, e só porque eu forcei a barra. Eu sabia que ele te amava naquela época e tive ódio por isso. Sinto muito. Vocês dois já estariam juntos há muito tempo se não fosse por mim.

Leah se sentou à mesa da cozinha.

– Miranda, por favor, esqueça isso. Eu já esqueci. Tudo bem, eu fiquei arrasada na época, principalmente quando pensei que o Brett podia ser o pai da Chloe…

O rosto de Miranda ficou sombrio.

– Ele não era. Quero dizer, não é. Eu juro, Leah.

– Bom, eu deduzi que era quando você manteve segredo sobre o pai dela.

Miranda aquiesceu devagar e olhou para Leah. Por um segundo, Leah identificou nos olhos dela uma necessidade desesperada de desabafar, mas isso logo desapareceu.

– Eu fico muito feliz de você e o Brett estarem juntos. Não sou mais aquela pessoa que você conheceu quando éramos mais novas e abomino a forma como me comportei. Espero que, no futuro, possamos ser amigas.

– Eu adoraria, Miranda – disse Leah, sorrindo. – Aproveite muito Nova York. É um lugar maravilhoso, e tenho certeza que você vai amar. Quando você voltar para casa, a gente podia almoçar em Haworth antes de eu ir para Paris. Agora é melhor eu subir para ver a Chloe.

– É. Obrigada, Leah.

Miranda ficou sentada na cozinha, olhando para o nada. Havia lágrimas em seus olhos enquanto ela lutava para enterrar as lembranças que a assombravam desde que era pouco mais do que uma criança.

– Você está bem, meu amor? – perguntou Brett, se aproximando de Leah na cama na noite seguinte e roçando o nariz no rosto dela. – Você pareceu um pouco quieta hoje à noite.

Leah fitou a escuridão.

– Estou, sim. Só um pouco cansada, só isso. Não tenho dormido muito bem ultimamente.

– Foi um dia longo. Acordamos às cinco para levar a Rose, a Miranda e a Chloe ao aeroporto. Elas já devem estar em Nova York agora. Nem acredito que, no ano passado, nesta mesma época, eu também estava morando lá. Não é estranho o rumo que a vida tomou?

– Como assim?

Brett suspirou no escuro.

– Bom, ontem à noite eu estava sentado à mesa da cozinha pensando em como somos todos diferentes, cada um de nós, e ainda assim aqui estamos de volta, juntos outra vez. É como se aquele primeiro verão tivesse afetado todos nós, a nossa vida e o nosso futuro. Tinha um cheiro de destino no ar.

– Tinha, sim – concordou Leah, em voz baixa.

– Boa noite, meu amor – disse Brett, depois a beijou e a envolveu em seus braços.

Leah fechou os olhos.

E lá veio ele de novo. Agora, todas as noites ela tinha o sonho; todas as noites era igualzinho. Só que, dessa vez, ela viu o rosto dele.

– *Não!*

Leah se sentou de repente e estendeu a mão até o interruptor do abajur.

– O que foi, meu amor? – perguntou Brett, se sentando ao lado dela, alarmado.

Ela o sentia tão perto que ainda ouvia sua respiração.

– Desculpe. Eu tive… um pesadelo.

– Ah, meu amor. Você tem tido vários, ultimamente. Venha cá. Vou cuidar de você, o Brett está aqui.

Ele a embalou suavemente nos braços, acariciando os cabelos dela.

Mesmo cercada pelo amor dele, Leah sabia, com uma certeza que a impediu de dormir pelo resto da noite, que ninguém podia protegê-la do homem que assombrava seus sonhos desde que ela tinha 11 anos.

Destino… Megan… o mal… O medo se aterrou em seu estômago até o amanhecer.

Ela havia retornado por vontade própria. Tinha cumprido sua parte naquele destino e sabia que não tardaria muito para que ele cumprisse a dele.

20

– Tem certeza que você vai ficar bem, meu amor? Eu odeio te deixar aqui sozinha neste casarão.

As malas de Brett estavam prontas no vestíbulo. Os dois esperavam o táxi na sala de estar.

Leah sorriu, tranquilizando-o.

– Claro que vou ficar bem. O meu pai e a minha mãe estão aqui pertinho, caso eu me sinta sozinha. E a Miranda e a Chloe vão voltar logo.

Brett a puxou para perto.

– Vou começar a procurar apartamento amanhã. Imagino que eu consiga alguma coisa nos próximos dias. Você provavelmente vai estar em um voo para Paris até o fim da semana.

– Está bem.

– Você promete conversar com o advogado da Rose sobre o divórcio do Anthony? Quanto mais você esperar, mais vai demorar para ficar livre.

– Prometo, sim – respondeu Leah, com firmeza.

Brett ergueu o queixo dela em sua direção e a beijou suavemente nos lábios.

– Você não sabe como eu vou sentir saudades.

– Eu também – respondeu Leah.

Eles viram um carro subir lentamente a colina.

Brett se levantou.

– Bom, meu amor, está na hora.

Leah o seguiu até o vestíbulo e pegou uma mala.

– Eu te amo, meu amor. Se cuide, e eu te ligo quando chegar ao hotel.

Brett a abraçou.

– Tchau, Brett.

Ele abriu a porta da frente, e o taxista pegou as malas. Leah observou o carro descer a colina e acenou até que ele sumisse de vista.

Depois, se virou e voltou para dentro de casa.

Era muito estranho estar completamente sozinha. Leah se perguntou se devia ir para a casa dos pais, mas decidiu que não.

Ela foi até a cozinha preparar o jantar. Sopa e pão bastavam.

Verificou o relógio. Seis e meia. Uma noite inteira sozinha.

Leah foi até a sala de estar, admirando, mais uma vez, como Rose conseguira transformar a casa decrépita em um refúgio aconchegante e confortável.

Afundando em um dos sofás macios, Leah pegou o controle remoto e ligou a TV. Zapeou os canais e, ao constatar que nada lhe agradava, desligou o aparelho.

Havia uma pilha de revistas na mesa de centro. Ela as colocou no colo e folheou as páginas sem registrar nada.

Dez para as sete. Chocada, Leah percebeu que não sabia ficar sozinha. Quando era mais nova, costumava se entreter sozinha por horas a fio, e os dias que passara sozinha na casa de Anthony eram arregimentados e seguiam uma rotina rígida. Na maior parte do tempo, estava tão preocupada em pensar nos bebês – ou na perda deles – que não reparava em mais nada.

De repente, Leah percebeu que já não fazia ideia de quem ela era.

Sua vida estava uma bagunça terrível, e aquela garota sensata e centrada que ela fora um dia tinha lhe escapado sem que se desse conta disso.

E o que dizer daquele sonho de fazer algo de bom com seu dinheiro, de tornar o mundo melhor? Deixara que ele desaparecesse no instante em que se deparara com os próprios problemas.

Leah se levantou do sofá e caminhou, hesitante, em direção ao bar bem-abastecido. Pegou uma garrafa de gim e a encarou, pensativa.

A decisão era dela, e ela queria uma bebida.

Serviu-se de uma medida inexperiente de gim e acrescentou um pouco de água tônica.

O gosto amargo ficou preso na garganta, e Leah engasgou, indefesa. Ela acrescentou um pouco mais de água tônica e voltou a se sentar.

Homens. Eles tinham governado sua vida desde os 15 anos. Primeiro Brett, depois Carlo e, por último, Anthony. Mesmo com uma carreira tão bem-sucedida, tudo para ela girava em torno do que acontecia na vida pessoal.

Enquanto tragava a bebida avidamente, ela evocou o período mais feliz de que se lembrava – quando ela e Jenny dividiam um apartamento em Nova

York. Sentia saudades daquelas noites em que as duas ficavam acordadas até amanhecer, contando histórias e rindo do universo bizarro que se viam habitando.

Tanto tempo para refletir fizera com que seus problemas para gerar um filho crescessem de maneira desproporcional.

Leah se levantou e se serviu de mais uma dose de gim.

Pensava estar no comando do próprio destino, quando, na verdade, tinha sido tão manipulada pelos outros quanto sua amiga morta. Ela chorou porque o mundo era muito difícil e bonito e cruel e maravilhoso e porque, naquela noite, pela primeira vez conseguia se enxergar com total clareza.

Leah bebeu metade da garrafa de gim, mas não se sentiu bêbada. A espantosa clareza com que sua vida entrava em foco fazia qualquer ressaca valer a pena. Sabia que precisava tomar as próprias decisões, tendo em mente nada além de seu próprio bem-estar.

Ela amava Brett mais do que tudo.

Apesar da jornada tumultuada que eles tinham enfrentado, ele a fazia se sentir segura. Mas será que queria morar com ele em Paris? Leah precisava admitir que não estava totalmente convencida. E tinha ainda menos certeza sobre voltar a modelar. A lembrança de Jenny a fizera se questionar como pôde sequer comparecer àquelas reuniões em Paris.

Resumindo, ela contaria suas preocupações a Brett. Se o amor fosse verdadeiro, o que seriam alguns voos de vez em quando? Se Brett discordasse, teria que fazer uma escolha em relação ao futuro deles juntos. Independentemente do resultado, Leah daria um jeito de estar bem.

Seus pensamentos se voltaram para os pais e para a opinião deles. A voz do pai ecoou em sua cabeça.

O mais importante é que a nossa Leah seja feliz. Você está feliz, meu amor?

– Eu sei que posso ser, pai. Eu *escolho* ser – murmurou para si mesma.

Leah estava decidida a ser a única responsável pelo rumo que sua vida tomaria. Ninguém mais tomaria decisões por ela.

Os pesadelos recorrentes? Eram manifestações de sua instabilidade – uma maneira de dizer a si mesma que as coisas não estavam bem. Uma onda de alívio a inundou. Sim, era isso.

Cinco dias, no máximo, até Miranda e Chloe voltarem. Cinco dias sem Brett para ela se resolver. Um oásis que Leah tinha certeza ter recebido por uma razão.

Mais tarde, ela subiu as escadas, sabendo que sofreria fisicamente no dia seguinte, mas saboreando mentalmente uma sensação de liberdade.

Ela sabia que encontraria as respostas.

Em paz pela primeira vez em meses, Leah se esgueirou até o quarto, se enfiou embaixo do edredom e dormiu um sono sem sonhos.

Ele viu as luzes se apagarem.

Uma coruja piou em algum lugar do celeiro.

Não, naquela noite, não. Era arriscado demais. Os outros já tinham partido havia cerca de dez dias, mas Brett poderia voltar.

Ele sabia que aquele não era o momento certo.

Ele ia esperar.

21

O almoço de Anthony foi perturbado pela campainha, que tocava incessantemente. Quem diabos precisava tanto falar com ele em um domingo?

– Está bem, está bem, estou indo – resmungou ele, e encontrou Betty perto da porta. – Pode deixar, Betty, eu atendo.

Betty deu de ombros e desapareceu no corredor.

Anthony espiou pelo olho mágico e viu o familiar uniforme de um policial. Um homem à paisana estava postado ao lado e mostrou a identificação pelo olho mágico. Anthony assentiu, desligou o alarme e destrancou a porta.

– Como posso ajudar?

– Detetive Cunningham, FBI. Desculpe incomodá-lo, mas a Sra. Van Schiele está em casa?

– Não, infelizmente ela… – Anthony não teve coragem de dizer a verdade. – Ela está de férias.

– Desculpe, senhor, mas posso perguntar para onde exatamente ela foi?

– Para a Inglaterra. Yorkshire, na verdade. Para visitar os pais.

Cunningham franziu a testa, preocupado.

– Nesse caso, senhor, acho melhor entrarmos.

– Ela está bem, não está?

– Até onde sabemos, no momento.

Anthony os conduziu até a sala de estar.

– Sobre o que exatamente os senhores querem falar com a minha esposa?

– Sobre isso, senhor.

O detetive tirou da pasta um envelope grosso de polietileno e o entregou a Anthony.

Ele pegou o envelope e examinou o conteúdo. Havia edições anteriores da *Vogue* americana, da *Vanity Fair* e algumas da *Harpers & Queen* inglesa.

Ele olhou para o detetive, perplexo.

– Não estou entendendo por que o senhor está me mostrando isto.

– Podemos nos sentar, Sr. Van Schiele?

Cunningham deu um tapinha no assento do sofá a seu lado, e o oficial se posicionou em uma cadeira em frente.

– A sua esposa recebeu mais alguma correspondência estranha recentemente?

Anthony balançou a cabeça, pensando na pilha de correspondência que ainda esperava fechada por Leah no vestíbulo.

– Não, acho que não. Mas não abro a correspondência desde que ela viajou. De qualquer forma, Carlo Porselli está trancafiado em uma prisão italiana à espera do julgamento.

Cunningham aquiesceu.

– Infelizmente, esse é o nosso principal problema. Acreditamos que não foi o Carlo Porselli que enviou aquelas páginas retalhadas para a sua esposa – disse Cunningham, mostrando as revistas a Anthony. – Nós encontramos isto, entre outras coisas, durante uma investigação diferente.

– Eu... Desculpe. Estou muito confuso. O senhor poderia explicar melhor? – pediu Anthony.

– Claro. Há uns dois dias, a polícia foi chamada até um apartamento em Nova York. Alguns moradores estavam reclamando de um cheiro desagradável vindo do imóvel de cima. A polícia invadiu o lugar e encontrou o corpo em decomposição de uma jovem embaixo das tábuas do piso. Achamos que ela já estava lá havia um bom tempo. Fui chamado à cena do crime. Em um dos quartos do apartamento, descobrimos centenas de fotos da sua esposa pregadas nas paredes. Elas tinham sido cortadas violentamente com uma faca e desfiguradas. Também havia um desenho a carvão da sua esposa, de quando ela era mais jovem, retalhado. Também encontramos isto.

Cunningham pegou uma das revistas e a abriu em uma página previamente marcada.

– Em todas as quatro revistas há uma página arrancada. No início, achamos que não era nada, mas, depois de pedir que as publicações em questão nos enviassem cópias idênticas dessas edições, percebemos que existia uma conexão entre elas. Todas tinham uma foto da sua esposa, Sr. Van Schiele. E, quando comparamos com as fotos cortadas que o senhor nos enviou há vários meses, descobrimos que eram as páginas que faltavam.

Cunningham observou, em silêncio, o rosto pálido de Anthony.

– Não temos nenhuma dúvida de que foi esse homem que enviou as páginas de revista para sua esposa. Também temos certeza que o homem errado está detido pelo assassinato da Srta. Maria Malgasa. A jovem achada embaixo do piso foi morta de forma idêntica. A investigação forense confirmou que outras impressões digitais não identificadas foram encontradas no quarto do hotel em Milão onde ela foi assassinada. Elas não só batem com as que estavam nos pertences da vítima de Nova York, mas também com as de outro assassinato idêntico e não resolvido de uma prostituta no Reino Unido, cometido três anos atrás.

Anthony estava horrorizado. O detetive prosseguiu:

– Também existe outra conexão. Sabemos que o homem que aluga o apartamento onde encontramos o corpo também estava em Milão quando a Srta. Malgasa foi assassinada. Na verdade, ele era o fotógrafo da sessão.

Anthony não aguentou mais.

– Quem é esse homem?

– Miles Delancey. O fotógrafo de moda. Infelizmente, ele está desaparecido. Ele não voltou para o apartamento de Nova York desde que esteve em Milão para a sessão de fotos com Maria Malgasa. Acreditamos que ele foi direto para o Reino Unido. E temos quase certeza que a próxima vítima dele é a sua esposa.

22

– O telefone tocou agora há pouco, meu amor. Eu estava dormindo quando ouvi pela primeira vez, e ele parou antes que eu conseguisse atender. Quando tocou de novo, peguei o fone, mas infelizmente o deixei cair.

O Sr. Thompson apontou para o fone que, caído no chão ao lado de sua cadeira, emitia um bipe monótono.

A Sra. Thompson o pegou e o recolocou no aparelho. Ela ergueu as sobrancelhas.

– Quem poderia ser? Acabei de deixar a Leah na casa da fazenda, e o telefone de lá não está funcionando há alguns dias, então não pode ter sido ela. Bom, não importa. Se for urgente, vão tentar de novo.

O Sr. Thompson assentiu, mais uma vez envergonhado da própria fragilidade.

– Eu vou fazer o nosso jantar, meu amor. O seu favorito: *Yorkshire puddings* com ensopado de carne.

A Sra. Thompson sorriu para o marido e foi para a cozinha.

Ele foi acordado pelo som de um carro ao longe.

Ouviu atentamente o barulho diminuir. Não fazia ideia de quanto tempo havia dormido, mas o celeiro estava escuro. Ele encontrou a lanterna e iluminou o relógio. Faltavam dez para as dez.

Tinha sonhado com ela.

Não aguentava mais esperar.

Precisava ser naquela noite. Ele observara a casa por quatro dias e ninguém, exceto a mãe dela, a visitara. Ela estava sozinha naquele momento, e ele precisava agir antes que alguém voltasse.

Dali a mais uma hora, iria até ela.

Ele se deliciou ao pensar no que faria com ela, se acariciando devagar.

Um dia, ele a amara, a adorara. Ela era muito perfeita, perfeita demais para ser tocada fisicamente por um homem.

Mas, depois, ela o expulsara de seu apartamento e o jogara na rua. Ela o ameaçara e o tratara como lixo.

E havia três semanas ele a vira transar com aquele canalha, Brett, nas charnecas.

Naquele momento, tivera certeza de que ela não era melhor do que as outras.

Ela era dele. Sempre fora.

E estava na hora.

Ele foi até a beira do celeiro e olhou em volta. As luzes do andar de cima tinham se apagado.

Não seria preciso invadir. Afinal, era a casa dele, e ele tinha a chave.

Não havia nenhuma luz do lado de fora, e ele se esgueirou ao longo do exterior do celeiro. A meia-lua recortava sua silhueta contra o céu.

Ele correu depressa até a porta da frente, enfiou a chave na fechadura e a abriu devagar.

O vestíbulo estava um breu total. Ele fechou a porta e se postou atrás dela, tentando enxergar ao redor.

Ao ajustar os olhos, distinguiu uma figura de robe comprido descendo as escadas. Então, ele se mesclou furtivamente às sombras e se permitiu sorrir.

Ela estava indo até ele.

Seu corpo pulsava enquanto ele a observava descer as escadas, com os longos cabelos escuros caindo sobre os ombros.

Ela chegou ao patamar e cruzou o vestíbulo.

Miles entrou em ação. Cobriu a boca da jovem com uma das mãos enquanto a agarrava e a arrastava pelo vestíbulo até a sala de estar.

Ela lutava, mas não era páreo para a força bruta dele.

Ele a jogou no chão, de bruços.

– Você sabe quem eu sou. E sabia que eu ia vir atrás de você, não sabia?

– Miles…

– Cala a boca! Se você se mexer ou der mais um pio, eu te mato.

Era muito importante que ela não falasse, não estragasse aquele momento pelo qual ele esperara.

Ele se abaixou e arrancou o robe dela. Sim, ele a tomaria deitada.

Ela gemia baixo como um gatinho enquanto ele a rasgava selvagemente por dentro, mas ele não aguentava mais ouvir aquilo. Não demorou muito para que suas mãos se movessem até o pescoço esguio e se fechassem em volta dele. Ele o apertou, colocando todo o peso do corpo sobre ela.

– Sua puta! Você queria isso desde que era menininha. Você sempre foi minha, sempre. E eu te achava tão perfeita, tão pura, mas o tempo todo você estava fodendo com aquele canalha!

Miles a esganou com mais força, até que a vida abandonasse seu prêmio.

Ele se levantou depressa. A culpa logo o consumiria, como sempre acontecia. Precisava sair dali o mais rápido possível. Poderia pegar o Range Rover de Rose. Ela guardava as chaves na cômoda perto da porta da sala de estar.

– Mamãe!

Miles se virou para a porta pela qual tinha empurrado Leah.

Havia uma pequena figura de pé ali. Uma mão acendeu a luz na parede ao lado da porta.

Miles piscou.

A figura olhou para além dele, para o corpo no chão.

– Mamãe!

Os olhos azuis o encararam.

– O que você fez com a mamãe?

23

A garotinha passou correndo por Miles e se ajoelhou ao lado do corpo no chão. Ela balançou a cabeça e começou a soltar gritos estridentes quando não conseguiu extrair nenhuma resposta dele.

Miles ficou ali, paralisado. Ele não estava entendendo, ele...

– Chloe, mas que diabos?

Miles se virou e viu Leah parada atrás dele, no batente da porta. Ela tapou a boca com a mão enquanto o encarava. Então, olhou para além dele, para a cena no chão.

Miles balançou a cabeça, tentando entender a situação. Ele tinha acabado de pegar a garota parada na porta. Ela estava morta no chão.

– Chloe, venha com a Leah. Venha cá. A mamãe vai ficar bem. Venha com a Leah.

Miles estava com os cabelos compridos, despenteados e oleosos. Seu rosto estava sujo, e ele fedia.

Mas foram seus olhos sombrios que a chocaram. Ela viu que estavam cheios de loucura.

Ele parecia confuso. Ele tinha ido atrás dela, como sempre acontecia nos sonhos. Mas encontrara Miranda, que tinha chegado mais cedo dos Estados Unidos.

Seu único pensamento era tirar Chloe da casa, levá-la para longe. Não havia nada que ela pudesse fazer naquele momento para ajudar Miranda.

E precisava agir enquanto Miles estivesse transtornado.

– Chloe, venha cá, querida – disse ela, acenando para a criança, sem conseguir focar no corpo nu estendido no chão, os cabelos escuros cobrindo o rosto. – Vamos até a cozinha beber alguma coisa, meu amor – insistiu ela, sem desgrudar os olhos dos de Miles.

Ela tirou Chloe da sala bem devagar, depois se virou e caminhou em direção à cozinha. Em seguida, bateu a porta atrás de si e a trancou. Leah sabia que sua única opção era fugir. O telefone estava quebrado havia alguns dias, então ligar para a polícia ou para uma ambulância estava fora de questão. Ela se abaixou para falar com a garotinha histérica.

– Chloe, eu quero que você faça tudo que a tia Leah disser e aja como uma mocinha crescida. Nós temos que correr o mais rápido possível para buscar ajuda para a mamãe no vilarejo. Está bem?

Chloe assentiu.

Cheia de adrenalina, Leah se levantou e arrastou Chloe pela cozinha até a porta dos fundos. Com os dedos trêmulos, ela a destrancou, segurou a mão da menina e fugiu noite adentro.

Miles ficou imóvel, fitando o corpo no chão. Caminhou até ela e se ajoelhou. Com o coração martelando no peito, afastou os cabelos grossos do rosto e a virou.

Os penetrantes olhos azuis o encararam sem vida.

Um uivo animalesco escapou enquanto ele a puxava para si e a apertava contra o peito.

– Nãããão! Por favor, não!

A Miranda, não.

Ela o compreendia, ela o levava para sua cama desde que eles eram pequenos e o consolava quando ele tinha um daqueles sonhos horríveis. Ele embalou o corpo nos braços, acariciando os cabelos escuros que o tinham levado a assassiná-la. Lágrimas banharam seu rosto. Ele a beijou, desejando que ela voltasse à vida.

Um movimento rápido do lado de fora chamou sua atenção. Ele se sentou, deixando o corpo de Miranda cair no chão. Duas figuras fugiam colina abaixo.

Ele se encheu de ódio no mesmo instante. Aquilo era culpa dela. Ela havia causado a morte de Miranda e tinha que ser punida.

Ele se levantou e correu até a porta da frente.

– Venha, querida. Você consegue. Continue.

Ofegante, Leah arrastava Chloe atrás de si.

– Por favor, a gente pode parar, tia Leah? Eu não aguento mais correr.

– Você tem que aguentar, Chloe, pela mamãe.

Leah tentava elaborar um plano. O mais importante era fugir de Miles. Ele era louco e mataria as duas. Ela ia correr até a casa dos pais e pedir ajuda de lá.

– Ai! – gritou Chloe, quando uma das pantufas voou de seu pé e o cascalho áspero cortou a pele macia.

Ela parou e correu de volta para alcançar a pantufa, mas então dois faróis surgiram na colina e começaram a avançar em sua direção com uma velocidade assustadora.

– Rápido! Para as charnecas! – gritou Leah, virando à esquerda e entrando na pradaria.

Teria que atravessar o campo até o vilarejo, passando pelo reservatório. Ele não conseguiria segui-las por aquele caminho.

Ela ouviu o barulho do carro desacelerando, depois o ribombo quando virou e começou a atravessar as charnecas.

– Ah, meu Deus, ah, não!

Agora, Chloe gritava com toda a força de que dispunha. Leah só pensava em chegar até os pais em segurança e pedir ajuda.

Por favor, não deixe que ele nos pegue. Por favor, Deus, nos ajude!

Leah arrastou Chloe colina abaixo, em direção ao reservatório. O carro estava se aproximando, e ela quase sentia a luz branca dos faróis dianteiros perfurar suas costas.

Não havia nenhum lugar onde se esconder, e as perninhas de Chloe não conseguiam acompanhar as suas.

Naquele momento, uma ideia lhe passou pela cabeça. Ele não estava atrás de Chloe, mas dela.

Leah olhou para trás. O carro estava a menos de 500 metros de distância. Não havia escapatória. Ele as alcançaria e mataria as duas.

Ela podia, pelo menos, dar uma chance a Chloe.

Com uma força que sequer sabia que seu corpo exausto ainda tinha, Leah arremessou Chloe para longe de si e colina abaixo, rezando para que a criança aterrissasse em segurança. Ela olhou para trás e viu que o carro não tinha parado, mas permanecia atrás de sua presa.

Então, ela continuou correndo. Correndo pelas charnecas, correndo pela própria vida, como fizera tantas vezes no sonho.

Ela viu um muro baixo a menos de 200 metros e, pela primeira vez, um raio de esperança surgiu em sua mente. Ele não poderia segui-la de carro, teria que sair do veículo.

Arfando dolorosamente, ela implorou às pernas que corressem mais rápido enquanto avançava em direção ao muro.

Ele estava muito perto. Ela não podia olhar para trás.

Ela alcançou o muro e subiu nele. O reservatório brilhava embaixo do declive íngreme das charnecas e, do outro lado, as luzes de Oxenhope cintilavam.

Ela pulou do muro e caiu, gritando de dor ao sentir o peso do corpo nos tornozelos, e ouviu um estalo nauseante.

Não, por favor, não me deixe desmaiar, eu vou morrer, eu vou morrer.

Ela se ergueu até ficar de cócoras e se levantou, a dor terrível no tornozelo deixando-a tonta e enjoada.

Preciso continuar, preciso continuar. Lágrimas escorriam por seu rosto quando ela ouviu o carro frear atrás de si com um chiado. Em seguida, o som de uma porta se abrindo.

Mancando o mais rápido que conseguia, ela viu flashes de luz azul no céu e se esforçou, mais uma vez, para não desmaiar de dor.

– Não adianta, Leah. Eu estou indo atrás de você. Eu estou bem perto, a centímetros de distância. Desista.

– Não! Não!

Um outeiro com tufos altos de grama a fez cair de cara no chão.

Leah ficou sem fôlego. Tentou desesperadamente se mover, mas não conseguiu.

Ela ficou deitada ali, esperando.

Não havia escapatória.

Ela escutou a respiração dele atrás de si. Fechou os olhos e rezou enquanto ouvia o matagal estalar e ele se ajoelhar atrás dela.

Mãos envolveram seu pescoço e o apertaram. Ela não conseguia mais lutar.

Aquele era o seu destino.

Ela sentiu que o ar lhe faltava.

Então, um tiro ressoou.

A pressão em volta de seu pescoço parou no mesmo instante. Leah sabia que devia tentar se mover, mas não conseguia.

– De pé, mãos para cima, e você não será ferido.

Tonta pela falta de oxigênio, Leah pensou que estava sonhando quando a voz masculina reverberou nas charnecas.

Miles se ajoelhou e olhou para cima.

– Se você se entregar, não vamos te machucar – insistiu a voz. – Se afaste da garota.

Miles piscou quando um holofote foi aceso, banhando as charnecas de luz.

– Nunca, nunca. Ela é minha.

As mãos voltaram a enlaçar o pescoço dela.

Ai, meu Deus, não. Por favor, não!

Então, outro tiro ressoou. Miles pulou e gritou de dor. Ele deslizou para longe de Leah e se deitou no chão, agarrado à perna.

– Vamos! Vamos! Levante-se! – gritou ele para si mesmo.

Miles se levantou, com o sangue encharcando a calça na área da canela. Ele colocou Leah de pé. Em seguida, pôs os braços em volta do peito dela e a arrastou em direção ao muro.

– Solte a garota agora, Miles.

O bafo fétido dele varreu o rosto de Leah.

– Eles não vão atirar enquanto eu tiver você para me proteger, viu?

Eles alcançaram o muro. Miles os ergueu até o topo, e os dois rolaram juntos para o outro lado.

– Nós vamos entrar no carro, e você vai dirigir.

– Eu… eu não consigo. O meu tornozelo.

Ele a arrastava em direção ao carro. Ele abriu a porta do motorista e a colocou lá dentro. Depois, rastejou sobre ela e caiu estatelado no banco do passageiro.

– Dirija! Dirija!

Leah tateou à procura das chaves na ignição. O carro ligou e, com cuidado, ela colocou o pé na embreagem, gritando de dor quando o tornozelo sentiu a pressão.

– Cale a boca, sua vadia estúpida! Dirija! Para baixo. Para longe desses canalhas!

Leah pôs o pé no acelerador. O carro deu um salto para a frente. Miles lutava para arregaçar a calça e tentar conter o sangue que escorria de sua perna.

– Estamos indo em direção ao reservatório, Miles. Temos que voltar para chegar à estrada.

O declive íngreme logo abaixo de Leah, com sua piscina de água brilhante no fundo, a encheu de pavor.

– Não! Dirija para baixo, e vamos pegar um atalho no campo quando chegarmos ao reservatório.

– Mas, Miles, é íngreme demais, nós vamos…

– Obedeça! – vociferou ele.

– Está bem, está bem.

Pelo espelho, ela viu que faróis os seguiam colina abaixo.

– Mais rápido! Mais rápido! Eles estão nos alcançando!

– Eu não posso! Vamos bater.

– Pelo amor de Deus!

Miles tirou o pé dela do acelerador e colocou o dele. Suas mãos viraram o volante.

– Pare! Pare, por favor! Vamos cair no reservatório!

Mas Miles não escutava. O carro adernou com grande velocidade colina abaixo, a água se aproximando cada vez mais.

Leah sabia que eles enfrentariam a morte certa no fundo.

– Ai, meu Deus, ai, meu Deus! – choramingava.

Ela afastou o pé dos pedais, jogando todo o seu peso contra a porta.

Só havia uma coisa a fazer. Ela tateou atrás de si e encontrou a maçaneta.

Usando toda a força, Leah a puxou e abriu.

Em seguida, caiu do carro e foi jogada ao chão.

Houve um estouro a poucos metros de onde ela estava, quando uma bala atingiu um dos pneus.

Ela conseguiu levantar a cabeça e ver o carro capotar diversas vezes, rebentar em uma bola de chamas alaranjadas e mergulhar na água abaixo.

Naquele momento, ela desmaiou.

24

Com o rosto pálido, Rose observou o caixão ser baixado ao solo. Seus olhos estavam vermelhos de tanto chorar.

Não restara muito de Miles para ser enterrado.

De qualquer forma, que membro do clero conduziria o enterro de um homem que assassinara a própria irmã, além de outras mulheres?

Rose ficou tonta ao ouvir o vigário entoar a bênção sobre a alma de Miranda.

Outros ao seu redor puseram coroas de flores ao lado do túmulo e começaram a se afastar.

– Venha, Rose. Está na hora de ir – disse Brett, envolvendo os ombros dela com um braço.

Ela balançou a cabeça.

– Não, Brett. Eu quero ficar um pouco mais. Você se importa de cuidar dos convidados na fazenda até eu chegar?

– Claro que não – respondeu Brett. – Mas não demore muito.

– Pode deixar.

Rose observou os outros se afastarem. O zumbido dos carros desapareceu, e tudo que ela ouvia agora, naquela tarde amena de setembro, era o gorjeio dos pássaros nas árvores.

Ela foi até o túmulo e se ajoelhou.

– Miranda, querida. Eu não sei se você pode me ouvir. Mas, caso possa, peço que escute o que eu tenho a dizer. Eu preciso contar para alguém, explicar por que é minha culpa que você esteja deitada aí. Rezo para que você me entenda e me perdoe.

Rose enxugou as lágrimas do rosto e respirou fundo.

25

Londres, outubro de 1946

David e Rosa passaram a primeira noite em Londres agarrados um ao outro embaixo de uma sebe no Hyde Park.

David nunca tinha sentido tamanha desesperança. Sabia que era porque tinha se iludido, pensando que eles tinham finalmente encontrado um santuário.

Ninguém ficara mais surpreso que ele quando o funcionário da Cruz Vermelha lhe informara sobre a carta da avó, Victoria. Ele estava começando a acreditar que a resposta nunca ia chegar, à medida que os dias se transformavam em semanas, e as semanas, em meses. Mas, por fim, um funcionário tinha chamado David em sua cabana e informara que a avó escrevera para dizer que ficaria feliz em lhes dar um lar quando chegassem a Londres. Ela havia incluído algum dinheiro para que eles conseguissem uma cabine em um navio o mais rápido possível.

David só lamentara ter que deixar a bebê Tonia no campo. Ela não era parte da família e, ainda que fosse autorizada a viajar para a Inglaterra, David não tinha como pedir aos avós que também a acolhessem. Mas o funcionário da Cruz Vermelha garantira que Tonia seria bem cuidada e adotada assim que eles encontrassem um lar para ela.

O navio tinha atracado em Tilbury, e eles foram colocados em um ônibus para a estação King's Cross. Lá, foram recebidos por uma mulher pequena e lindamente vestida e por um homem alto e imponente, que tinha encarado os dois adolescentes macilentos com faíscas nos olhos. Era Robert, lorde Brown, seu avô materno.

Enquanto Victoria e o resto da nação britânica ouviam, horrorizados, os relatos das atrocidades que os alemães tinham cometido contra os judeus, seu marido ficava ali sentado, imóvel.

Ele era antissemita, antigermânico, antitudo, exceto contra os britânicos. Seus anos na Índia o tinham transformado na pior espécie de patriota, e seus pontos de vista eram limitados e arrogantes em sua certeza.

Quando Beatrice ligara de Paris para dizer que Adele tinha desaparecido e ficara óbvio que ela nunca mais voltaria, Robert a cortara completamente de seus pensamentos e de sua vida. Dissera aos amigos que ela havia morrido em um trágico acidente de carro perto do Arco do Triunfo. Tinha até insistido em ir para a casa deles em Somerset na semana em que o funeral deveria acontecer.

Victoria lhe implorara que a ajudasse a procurar a filha, mas ele ordenara, de um jeito meio agressivo, que o nome de Adele nunca mais fosse mencionado na casa. Afirmara que ela estava morta.

Consequentemente, ele lera a carta da Cruz Vermelha com uma expressão raivosa, quase explodindo ao descobrir que a filha tinha se casado com um judeu. Ele atirara a carta no fogo e dissera à mulher que nunca mais tocasse no assunto. A resposta fora uma negativa total e absoluta.

– Que eles apodreçam como a mãe – vociferara ele.

– Não acredito no que você está dizendo, Robert! Tenha piedade! São seus netos, sua família! – exclamara Victoria, erguendo as mãos para o alto em desespero.

O homem corpulento e careca colocara as mãos na cornija da lareira e balançara a cabeça. Victoria deixara o corpo cair em uma cadeira. Era inútil.

– O que você quer que eu faça? Se nos recusarmos a acolher as crianças, elas vão ser deportadas como estrangeiros ilegais e enviadas de volta para um campo de pessoas deslocadas na Polônia. Elas já sofreram demais. Eu não acredito que ninguém, nem mesmo você, deseje isso para alguém, muito menos para os do seu próprio sangue.

– Eles não têm o meu sangue! A minha filha está morta. Ela morreu há vinte anos. É óbvio que essas pessoas são impostoras.

Victoria sentira a bile subir até a garganta enquanto o ouvia. Ele era doente, cruel, mas, pior ainda, era hipócrita. Ficava de pé diante do cenotáfio, prestando uma homenagem pública a todos os ingleses mortos na guerra, mas negava a entrada dos netos em sua casa, lançando-os na rua só porque eram metade judeus.

Victoria o desafiara e escrevera à Cruz Vermelha garantindo que ela e

Robert dariam um lar feliz às crianças. Que aquele homem fosse para o *inferno*. Se necessário fosse, ela pegaria os dois e iria embora. O plano de Victoria só fora descoberto quando Robert interceptara a resposta que detalhava a chegada dos Delanskis à estação. Ele explodira em uma raiva vil, ameaçando deportá-los e jogar a esposa na rua sem nada.

Após horas de súplicas e tentativas de persuasão, Victoria concordara com o marido que as crianças poderiam permanecer na Inglaterra desde que nunca mais entrassem em contato com Robert nem com a esposa.

Na estação, o coração de Victoria se partira em mil pedaços quando o marido declarara que David e Rosa não eram seus netos.

David pensou que a oferta de abrigo na Inglaterra parecia mesmo boa demais para ser verdade.

Curiosamente, se sentia grato a lorde Brown. Ele não contestaria a presença deles no país. Ser deportado de volta para o inferno do encarceramento na Polônia não era um risco que ele podia correr. Rosa talvez sequer sobrevivesse à viagem de volta. David a observou dormir, aninhada nele para se proteger do frio intenso, sob a sebe frondosa.

Ela tivera uma vida tão terrível até aquele momento, mais do que qualquer pessoa deveria suportar. Havia presenciado dor e sofrimentos horríveis e sequer lembrava o que era ter conforto, amor e segurança.

Enquanto David olhava para ela, um pouco de força penetrou em seus ossos. Ele tinha prometido à mãe que tomaria conta de Rosa e faria isso.

Precisava encontrar uma forma de construir uma vida para os dois. Naquele momento, sabia com certeza que só podia contar consigo mesmo.

Com cuidado, ele abriu o estojo do violino, com as mãos quase completamente paralisadas de frio. Tateou embaixo do forro e tirou as moedas remanescentes.

Restavam quatro. E eram uma mistura de moedas alemãs e polonesas. Sabia que não podia usá-las ali; aquilo levantaria suspeitas demais.

Então, teria que vender o violino. Não havia escolha. O Stradivarius era extremamente valioso e, se David conseguisse um bom valor por ele, o instrumento providenciaria comida e abrigo e lhes daria uma chance.

Tendo mantido o violino consigo por tanto tempo, David se sentiu culpado por todo o resto ter falhado.

Assim que amanheceu, acordou Rosa e eles atravessaram uma grande rotatória até uma rua chamada Oxford Street.

– Eu estou com tanta fome, David. Temos algum dinheiro ou alguma coisa para comer?

David balançou a cabeça.

– Não, Rosa, mas vamos ter na hora do almoço.

– Como?

– Não se preocupe. Venha, vamos descer por ali. É uma estação de metrô ou algo assim. Vai estar mais quente.

Eles desceram os degraus da estação Oxford Circus. Havia um banco no canto, e David conduziu Rosa até ele, depois se sentou.

– O que vamos fazer, David? E se a polícia vier atrás de nós?

– Vamos dar um jeito de não sermos encontrados, querida.

Ele verificou o relógio do outro lado da estação. Dez para as oito.

David se levantou e foi até a bilheteria.

– Com licença – disse ele ao funcionário sonolento. – O senhor poderia me dizer como eu faço para chegar à Suddeby's? Acho que é um antiquário na Bomb Street.

O bilheteiro deu uma risadinha.

– Acho que você quer dizer Sotheby's, na New Bond Street. Claro. Não fica muito longe daqui. É logo ali na rua.

David ouviu as instruções do bilheteiro.

– Obrigado, senhor.

Ele voltou para Rosa e estendeu a mão.

– Venha, Rosa. Vamos encontrar o café da manhã.

– Entrem, entrem – disse o homem, conduzindo David e Rosa até uma salinha lotada de objetos bonitos e valiosos.

– O meu nome é Sr. Slamon. Meu assistente disse que vocês têm um objeto raro para vender. Posso ver?

David aquiesceu e colocou o estojo na mesa do homem. Depois, pegou o instrumento e o entregou a ele.

Os olhos de Slamon se iluminaram quando ele tocou na delicada madeira de abeto na frente do instrumento. Ele o virou e examinou a parte de trás feita de bordo, sem marcas. O acabamento do violino era excelente. Ele verificou a etiqueta do fac-símile enquanto sua empolgação aumentava.

– Bonito, muito bonito. Onde você conseguiu isto?

– Meus pais compraram para mim no meu aniversário de 10 anos. A gente morava em Varsóvia.

– Você é um rapaz de muita sorte por ter pais capazes de comprar um tesouro desses para você. Eles te disseram se o violino tem um nome?

– Sim. Ludwig.

Slamon analisou com atenção o jovem à sua frente. Era altamente improvável que ele soubesse o nome do violino se o tivesse roubado.

– É claro que temos que verificar se ele é autêntico, o que vai levar alguns dias...

– Não! – disse David. – Eu quero vender agora.

Slamon tossiu.

– Entendo. Humm, você tem alguma prova de que o instrumento é seu? Quero dizer, a Sotheby's não pode vender bens roubados.

Os olhos de David brilharam de raiva, e ele pegou o violino da mão de Slamon.

– Se é isso que o senhor acha, vou levar o meu violino para outro lugar.

– Espere, espere, calma. Peço desculpas, mas, desde a guerra, aparece todo tipo de indivíduo oferecendo bens que não poderiam ser deles.

– Toque, David – disse Rosa, baixinho. – Isso vai convencer o homem.

David se sentiu profundamente magoado por ter que provar não ser um ladrão, mas viu a fome nos olhos da irmã e assentiu.

– Está bem. Vou tocar para o senhor.

Ele aninhou o violino carinhosamente sob o queixo e posicionou o arco nas cordas. Em seguida, fechou os olhos e tocou.

Slamon finalmente se convenceu. A familiaridade entre músico e instrumento era inefável – uma relação que só poderia ser criada ao longo de vários anos. O garoto tocava lindamente. E o som era de um raro e belo violino, confeccionado pelo próprio grande mestre.

– Obrigado. Foi muito bonito. Peço desculpas por ter duvidado de você. Obviamente, eu ainda preciso de uma segunda opinião do meu colega, mas, depois de te ouvir tocar, estou convencido de que o instrumento é autêntico. Posso pegar o violino, por favor?

David entregou o Ludwig a ele com um olhar desconfiado.

– Você pode me acompanhar se quiser ou posso pedir para o meu assistente trazer chá e biscoitos enquanto vocês esperam.

Os olhos de Rosa se iluminaram.

– Vamos esperar aqui – disse ele, hesitante.

Meia hora mais tarde, Slamon voltou, sorrindo.

– Meu colega concorda comigo. É mesmo o Ludwig, feito por Stradivarius em 1730 – afirmou Slamon, se sentando atrás da mesa. – Bom, nós conduzimos leilões todas as quartas-feiras, e a Sotheby's cobraria uma taxa de preparação e manuseio de 10%, claro. Eu estimo que com algo assim você possa conseguir...

– Por favor, senhor. Eu já disse: preciso do dinheiro hoje.

– Entendi. Bom, o que podemos fazer é te dar um adiantamento até conseguirmos um comprador. Na verdade, tem um cavalheiro específico que eu sei que vai ficar muito interessado. O que você me diz de um adiantamento de 200 libras, com um recibo dizendo que o resto será pago assim que vendermos o violino?

– E por quanto o senhor vai vender?

Slamon tamborilou no tampo da mesa.

– Humm. Bom, deixe-me ver. Acho que podemos colocar um preço de reserva de 1.200 libras, de modo que esse seria o mínimo que você receberia, menos a taxa de preparação e manuseio. Mas um objeto raro assim pode angariar até duas ou três vezes mais.

– Desculpe, senhor, mas quanto isso seria em zlótis, em dinheiro polonês?

– Eu não saberia dizer de cabeça. Que tal em francos franceses? Você tem como calcular, hum, zlótis a partir disso?

David assentiu.

Slamon fez algumas contas e mostrou o resultado.

David fez os cálculos de cabeça rapidamente. Seus olhos brilharam. A quantia era uma fortuna, o suficiente para sustentá-los por anos.

– Está bem. Eu aceito as 200 libras, mas gostaria que o senhor vendesse o instrumento o mais rápido possível.

– Ótimo. Eu faço o cheque em nome de...?

David balançou a cabeça.

– Dinheiro, por favor.

Slamon deu de ombros.

– Está bem. Só que vai demorar um pouquinho mais. Aceitam outro chá?

Uma hora depois, Rosa e David emergiram sob o sol fraco de outubro.

David virou Rosa rapidamente para si e a abraçou com força.

– Viu? Eu disse que ia resolver tudo. Bom, vamos encontrar uma cafeteria e tomar o café da manhã mais gigantesco que você já viu na vida!

Eles passaram as duas noites seguintes em um pequeno hotel próximo à Bayswater Road. David comprou um terno e foi visitar agências imobiliárias para encontrar um lugar para alugar.

O primeiro escritório pediu que ele preenchesse um formulário.

No topo, precisava colocar o nome.

David pensou rápido. Ele não queria escrever seu nome verdadeiro ali, caso a polícia estivesse atrás dele. *Como foi mesmo que o inglês do café chamou os policiais? Co... Coo... Coopers!* Era isso.

Ele escreveu o novo nome no quadrado e sorriu. David Cooper. Soava bem e muito inglês. David e Rosa Delanski morreram naquele momento.

Ele disse à secretária da agência imobiliária que estava procurando um apartamento pequeno para ele e a esposa, pensando que dois jovens irmãos em busca de um lugar para viver talvez levantassem suspeitas.

Ela deu a David o endereço de dois lugares para visitar, e ele comprou um mapa de Londres e pegou um ônibus vermelho. O primeiro apartamento, em um lugar chamado Notting Hill, era pequeno e apertado, com uma proprietária enxerida.

O segundo, a poucos passos do hotel da Bayswater Road, era muito mais agradável.

O único problema era que só tinha um quarto, com uma grande cama de casal.

Não importa, pensou David. Ele dormiria no sofá da sala de estar.

O apartamento ficava no último andar, e o proprietário morava no prédio. Era pequeno, mas bem limpo e seria ótimo para eles começarem a vida.

David disse que aceitava e que se mudaria imediatamente. Ele contornou o problema das referências pagando seis meses de aluguel adiantados. Nos tempos sombrios da recessão pós-guerra, o dinheiro vivo abrandava as regras de qualquer um.

Rosa amou o lugar. Ela dançou pelo apartamento, louca de felicidade.

Mais tarde, eles foram atrás de comida para o jantar. Com o racionamento ainda em vigor em Londres, David e Rosa tiveram que desembolsar um bom dinheiro para que os lojistas materializassem, furtivamente, mercadorias escondidas debaixo do balcão.

Mas valeu a pena, já que eles puderam saborear a comida maravilhosa de Rosa: rissoles de frango e *kopytkas*, deliciosos bolinhos de batata que a mãe deles costumava fazer. Acompanharam o jantar com uma garrafa de vinho, que subiu direto à cabeça.

– Um brinde aos Coopers! Falando nisso, estive pensando… Talvez devêssemos adaptar o seu nome. David não chama atenção, mas Rosa é um pouco mais raro. O que você acha de se tornar *Rose* Cooper?

Rosa pensou por um instante antes de erguer o copo.

– Eu gosto! É bem… inglês.

26

David e Rose viveram felizes juntos no apartamento por quase dois anos. O Ludwig fora vendido por 2.500 libras e, financeiramente, eles estavam seguros. David nunca tinha sentido uma alegria tão plena. Eles não tinham amigos, ninguém que conhecessem em Londres, mas não sentia falta disso. Ele tinha Rose. Sua confidente, sua irmã, sua gênia. Ficavam juntos 24 horas por dia, se deleitando em explorar a cidade, exultando na segurança do minúsculo apartamento. Depois de tanto terror, dor e incertezas, o santuário da pequena casa e a companhia um do outro se tornaram a fortaleza dos irmãos.

David costumava se deitar no sofá, contente ao observar Rose diante do cavalete que tinha comprado para ela, enquanto a irmã fazia um retrato dele ou desenhava qualquer outra coisa que conseguisse encontrar.

Pouco a pouco, as pinturas dela começaram a abandonar o estilo puramente representacional que ela sempre seguira.

Às vezes, ela baixava o pincel e se jogava na cama, frustrada.

– Ah, David, tem uma ideia que quer sair da minha cabeça, mas eu não consigo passar para a tela.

David levou Rose a todas as galerias e exposições que encontrou. Eles foram à National Gallery e à Tate e passearam pela Cork Street para estudar a série *Miserere*, de Georges Rouault, na Redfern Gallery. Mas a exposição que mais fascinou Rose foi a que exibia o trabalho de Graham Sutherland, na Hanover Gallery.

– É tão... brutal – comentou Rose, se virando para David. – Quero ir para casa pintar.

Mais tarde naquela semana, David analisou o quadro que Rose acabara de concluir. Ele estremeceu ao olhar para a tela. Havia algo de sombrio e desolador nela: rostos e olhos distorcidos fitando-o por trás de grades em ângulos estranhos.

– Rose, qual é o nome desse?

– *Treblinka* – respondeu ela, com um ar despreocupado.

David sabia que estava na hora de Rose avançar. Ela precisava de estímulo para seu talento.

Isso o assustava: a ideia de Rose conhecer outras pessoas, sair e deixá-lo sozinho por horas enquanto estivesse na faculdade de belas-artes. Mas ele logo teria que encontrar um emprego, ainda mais se fosse pagar as mensalidades da faculdade de Rose.

Eles discutiram o assunto naquela noite, durante o jantar.

– Ah, David, você acha mesmo que eles me aceitariam na Royal College?

– Tenho certeza que sim, quando virem o seu trabalho.

No dia seguinte, David chamou um táxi e empilhou quatro telas de Rose no banco de trás.

– Exhibition Row, por favor, motorista.

O táxi parou em frente à grande entrada da Royal College of Art, e David carregou as pinturas lá para dentro.

– Bom, Sr. Cooper, não é assim que fazemos as coisas por aqui – disse uma recepcionista confusa. – O senhor precisa de um formulário de inscrição e...

– A senhora poderia pedir para alguém dar uma olhada nisto aqui, por favor, e entrar em contato se achar que a minha irmã tem talento? – perguntou David, escrevendo o nome e o endereço em um pedaço de papel. – Tenha um bom dia – disse, assentindo para a mulher estupefata e saindo do prédio, totalmente confiante de que alguém veria a genialidade que ele sabia que Rose tinha.

Ele estava certo. Dez dias depois, Rose recebeu uma carta pedindo que ela fosse à faculdade na segunda-feira seguinte. Ela teria que ficar dois dias lá fazendo desenhos de modelo vivo e inúmeras entrevistas.

Na noite anterior, Rose estava com os nervos à flor da pele.

– Você vai passar fácil, eu garanto – disse David, abraçando-a com força.

Três meses depois, em setembro de 1948, Rose começou seu curso na Royal College of Art. Embora tivesse apenas 17 anos, a universidade reconhecera o talento dela e a aceitara.

O primeiro dia sem ela foi insuportável. David perambulou pelo apartamento vazio e silencioso, sem saber como se ocupar. Sentiu-se desolado sem Rose.

Mas ele tinha coisas a fazer, planos a elaborar. Precisava começar a pensar no próprio futuro. Eles ainda contavam com dinheiro suficiente para viver por mais dois anos, mas a faculdade de Rose agora comeria uma grande parte.

David encontrou um lápis e um bloco de papel e se sentou à mesa da cozinha. Fez uma lista dos diversos empregos que achava adequados, depois riscou um por um.

Nenhuma das opções o atraía minimamente. Queria ser o próprio chefe, começar o próprio negócio, em que o céu fosse o limite. Ele era tão diferente dos outros rapazes de sua idade que sabia que nunca se adaptaria à rotina de um escritório.

Vagou pelo apartamento com as mãos nos bolsos, pensando.

Às três e meia, desistiu. Tinha acabado de fazer uma xícara de chá quando a campainha tocou.

David abriu a porta e viu que era o proprietário.

– Entre, Sr. Chesney. Eu estou com o aluguel.

– Obrigado, Sr. Cooper. Gosto quando os meus inquilinos pagam em dia.

– O senhor tem muitos? – perguntou David, estendendo um envelope a ele.

– Ah, sim. Uns 25. Eu tenho sete casas. Comprei por uma ninharia depois da guerra e converti os imóveis. Foi a melhor coisa que fiz. Tchau, Sr. Cooper – disse o Sr. Chesney, tocando no chapéu e desaparecendo escada abaixo.

David fechou a porta e voltou à mesa para beber o chá. Ele refletiu sobre o que Chesney dissera. O homem lhe dera uma ideia.

No dia seguinte, David foi visitar vários agentes imobiliários locais. Ficou pasmo ao ver como uma casa geminada comum era barata. Ele pegou os detalhes de uma boa amostra de propriedades em seu país e se sentou para fazer alguns cálculos.

David conferiu e reconferiu os números, para ter certeza de que não estava cometendo nenhum erro.

Não estava. O dinheiro que poderia ganhar era excelente se estivesse preparado para arriscar o capital inicial. Suspeitava que aquele fosse um mercado em expansão, com cada vez mais jovens preferindo sair de casa e ter o próprio espaço. Muitos não tinham dinheiro para comprar ou alugar casas, mas sim apartamentos.

David fez anotações detalhadas e elaborou projeções de fluxo de caixa. Depois, foi até a City of London para tentar encontrar um banco que o ajudasse a financiar seu projeto. Todos eles disseram não. David voltou para casa desanimado, mas não pronto para desistir.

Sabia que precisava tomar uma decisão. A única forma de fazer aquilo era pegar o resto do dinheiro da venda do Stradivarius, deixando o suficiente para que ele e Rose vivessem pelos seis meses seguintes. Com isso, poderia comprar duas casas pequenas ou uma grande e convertê-la em unidades independentes.

Ele foi para casa com uma garrafa de champanhe e festejou com uma exultante Rose, ainda empolgada pela primeira semana na faculdade. Não contou a ela a aposta que estava fazendo.

– A nós – disse David, erguendo o copo. – Ao magnata do setor imobiliário e à maior pintora da próxima metade do século.

27

Nos três anos seguintes, os negócios de David não pararam de crescer. No início dos anos 1950, ele descobriu que a demanda excedia a oferta. Ficou conhecido por oferecer apartamentos convertidos de boa qualidade por um preço razoável. Os inquilinos estavam felizes, e a notícia se espalhou.

Em 1951, David já tinha quinze casas em Londres. Começou a procurar terrenos que tivessem sido bombardeados para comprar barato e construir prédios de escritórios na City. Agora, os bancos estavam se estapeando para emprestar dinheiro a ele.

Tudo estava perfeito. Exceto por uma coisa.

Rose. No primeiro ano da faculdade, nada tinha mudado. Durante o dia, David trabalhava muito em seu negócio, e eles passavam as noites juntos como sempre. Então, no segundo ano, Rose começara a ficar na rua até mais tarde. Ela voltava depois da meia-noite, falando, entusiasmada, do clube privativo Colony Room, na Dean Street, onde ela e outros estudantes da faculdade bebiam com Muriel, a proprietária, e com artistas como Bacon e Freud.

Ela começou a fazer aulas noturnas de meio período na Borough Polytechnic, junto com outros colegas da Royal College.

– Ah, David, as técnicas do Bomberg são incríveis. Ele rejeita tudo que é artificial ou fabricado. Ele está me ensinando tanto…

David a escutava pacientemente e assentia e sorria nas horas certas. Ele ficava feliz por Rose estar desenvolvendo seu talento e tentava não se importar que ela tivesse pouco tempo ou energia para ele.

Mas, no terceiro ano, David quase não a via. Rose culpava a carga de trabalho da faculdade, dizendo que precisava ficar lá até tarde para terminar as pinturas, mas várias vezes havia álcool em seu hálito e, de vez em quando, ela não aparecia até as primeiras horas da manhã seguinte.

No último semestre, Rose muitas vezes nem sequer voltava para casa.

David ficou pensando se ela estava com um homem.

Ela era jovem; merecia ter uma vida normal, e ele não devia impedir.

Na noite seguinte à formatura de Rose na Royal College, David a levou para jantar. Ela havia acabado de conseguir a primeira exposição na Redfern Gallery. Estava louca de empolgação.

– Dá para acreditar, David? Eu, fazendo uma exposição! E tudo graças a você.

– Não, Rose. É o seu grande talento. E, para comemorar, aqui – disse ele, entregando um envelope a ela.

– Posso abrir? – perguntou ela, animada.

David aquiesceu, sabendo que ela amava surpresas.

Ela leu o documento que estava dentro do envelope, e seu rosto ficou sério.

– O que foi?

– Ah, David, eu sinto muito.

David ficou apreensivo.

– Por quê? O que você quer dizer? Achei que você fosse adorar se mudar para um apartamento novo em Chelsea. Ele é meu, Rose. Somos donos da nossa casa.

Rose o encarou do outro lado da mesa. Depois, baixou os olhos.

– Eu… eu queria falar com você sobre isso antes, David.

– O quê? Pelo amor de Deus, me conta, Rose.

– Acho que é melhor não morarmos mais juntos. Eu conheci uma pessoa…

Rose se remexeu na cadeira de um jeito desconfortável.

David assentiu. Ele vinha se preparando para aquele momento.

– Tudo bem, Rose. Eu entendo.

Ela levou as mãos ao rosto.

– Não… Infelizmente, você não entende.

O irmão conseguiu dar uma risadinha.

– Seja quem for, desde que ele cuide de você e tenha uma boa higiene pessoal, estou ansioso para conhecê-lo.

– Você não entende…

– Qual é o nome dele? – perguntou David, tomando um gole de vinho. – Ele é inglês?

Rose balançou a cabeça.

– Não.

– Ah. Polonês?

– Alemão – murmurou Rose.

David ficou um pouco tenso, mas quis garantir a Rose que não guardava rancor.

– Por favor, não se preocupe com isso. Vocês se conheceram na Royal College?

Rose ficou pálida.

– Mais ou menos. Ele... era um admirador do meu trabalho. Ele comprou um dos meus quadros.

– É mesmo? Sério, Rose, não precisa ficar nervosa – disse ele, estendendo o braço por cima da mesa e pousando a mão tranquilizadora na dela. – Eu estou feliz por você.

Rose fechou os olhos.

– Você nunca vai me perdoar, David.

David franziu a testa.

– Por que eu preciso te perdoar? Você ainda não me disse o nome dele.

Rose respirou fundo.

– O nome dele é Frank.

– E o que o Frank faz?

Os olhos de Rose se moveram rápido pelo salão.

– Ele é empresário. Tem negócios no mundo todo. Algo a ver com segurança.

– Ah, então ele é um pouco mais velho? – deduziu David, de repente entendendo a reticência da irmã.

– É.

– Bom, contanto que ele te trate bem, não tenho nenhum problema com isso.

Rose pôs a mão na boca. David ficou alarmado ao ver os olhos dela se encherem de lágrimas.

– Ele te *trata* bem, não é?

– Ele mudou, eu juro.

David franziu a testa.

– "Mudou"? Então é alguém do passado?

Parecia que Rose ia vomitar.

– É – conseguiu dizer.

– Rose, do que você está falando?

– Ele diz que sempre tentou me proteger...

O sangue de David virou gelo.

– Te proteger?

– Dos horrores de Treblinka.

David tentou falar, mas descobriu que não conseguia.

– Ele disse que decidiu me observar nos últimos anos. Que se importava mais comigo do que com qualquer outra pessoa que já conheceu…

– Rose… – disse David, com os olhos arregalados de medo. – Você não… você não pode…

Rose estava chorando.

– Eu sei que é impossível que você entenda. Mas eu o amo.

As palavras dela cortaram o coração de David como uma faca.

– Franzen? Kurt Franzen?

A irmã assentiu solenemente.

– O monstro que matou o nosso pai?

– Ele não queria fazer isso, David. Ele não teve opção. Se não demonstrasse força, ele próprio teria sido morto.

David sentiu como se estivesse em um pesadelo do qual não conseguia acordar.

– Você não acredita mesmo nisso, não é, Rose? Pelo amor de Deus, ele era um dos comandantes do campo!

– Todo mundo respondia a alguém.

– Ele *abusou* de você!

– Porque ele me amava. Ele pediu perdão como um louco. Ele sabe que o que fez foi errado, já que eu era tão nova.

– Rose! Você ficou maluca? Eu… eu…

O mundo à frente de David começou a ficar borrado e fluido.

– Ah, David, eu sinto muito.

– Como é que ele está aqui?

– Franzen tem alguns amigos poderosos que estão ajudando ele a começar de novo. É tudo que ele quer. É tudo que *eu* quero.

– Eu… eu vou contatar as autoridades. Ele não pode ter permissão para…

David tentou se levantar, mas descobriu que as pernas trêmulas não lhe serviam de nada.

– Eu sei, David, *eu sei*. Não consigo explicar. Mas acho que simplesmente não consigo viver sem ele. Ele…

– Ele te localizou! Ele te caçou! Você não vê?

– Para mim, isso só prova que ele se importa... Ele arriscou tudo quando me contatou depois de comprar o quadro.

– Não consigo compreender o que estou ouvindo, Rose! Ele matou milhares de pessoas. Ele matou o nosso... o nosso...

David ficou sem fôlego.

– Você está doente. É uma doença, só isso. Você pode ser curada.

Rose balançou a cabeça devagar.

– Eu estava com tanto medo de te contar, mas você merecia ouvir. Eu vou embora agora.

Rose se levantou da mesa, com lágrimas rolando pelo rosto. David reuniu a pouca força que tinha e segurou a mão dela.

– Você não ama esse homem de verdade. Ele te enganou, Rose. Ele está te usando! Você não vê?

– Não, por favor, David. Eu não posso ouvir isso. Sinto muito mesmo.

Ela correu do restaurante e mergulhou na noite. David percebeu que era incapaz de segui-la.

Ela não voltou para casa naquela noite nem na noite seguinte. As tentativas de David de contatá-la se provaram inúteis. Ninguém do círculo de amizade de Rose forneceu o paradeiro dela. Ele foi até a polícia, claro, mas tinha poucas informações para lhes dar. David sabia que era importante que eles não examinassem a ele nem à irmã muito de perto. Afinal, como os avós tinham se recusado a adotá-los, tecnicamente não tinham o direito de morar no Reino Unido.

Duas semanas depois, David percebeu que Rose nunca mais ia voltar.

28

Londres, 1950

Kurt Franzen tragou profundamente a fumaça do cigarro enquanto observava o rio Tâmisa fluir no Victoria Embankment, em Londres. Era um rio sujo, imundo, o que atravessava o coração daquela grande cidade. Uma metáfora pronta para um país tão hipócrita. Eles tinham se unido para deter a máquina de guerra alemã sob o pretexto da decência e da democracia. Mas ninguém na história do mundo tinha conquistado e escravizado tanto quanto os britânicos.

Talvez por isso eles achassem a derrota particularmente irritante.

Franzen estava convencido de que tudo tinha começado com aquele rato, David Delanski. A fuga de Treblinka naquele dia fizera bem mais do que ferir o orgulho de Franzen. Ela inspirara outras fugas. A partir daquele momento, os prisioneiros souberam que havia uma *chance* para eles.

No dia 2 de agosto de 1943, houve uma insurreição no campo. Com a cópia da chave do arsenal de Treblinka, os conspiradores conseguiram roubar trinta rifles, vinte granadas e várias pistolas, além de tanques de gasolina. Alguns incendiaram construções enquanto um grupo de judeus armados atacou o portão principal, permitindo que outros escalassem a cerca. Duzentos prisioneiros escaparam naquele dia, e menos da metade foi recapturada.

Aquilo foi o princípio do fim para Kurt Franzen. Ele sabia quais seriam as consequências. Com um fracasso tão humilhante, o alto-comando nazista o enviaria à linha de frente para ser eliminado. Franzen não deixaria isso acontecer, é claro. Ele tinha se precavido com um plano de fuga, caso precisasse de um. O vice-comandante não esperou pela chegada de seus superiores: escapou de Treblinka naquela noite.

Ele sabia muito bem que vários líderes católicos simpatizavam com a causa nazista, temendo o inimigo comum do bolchevismo. Ele sem dúvida conseguiria convencer um bispo de que era um bode expiatório – uma vítima prestes a ser perseguida por algo que nem sequer queria fazer.

Franzen ouvira alguns dos ucranianos católicos falarem de um caminho para a América do Sul por meio de uma comunidade em Gênova. Durante meses, ele mapeara a rota que pegaria através da Hungria e da Iugoslávia, se fosse necessário. Com documentos falsos que mantinha à mão para o caso de um evento como aquele, Franzen foi até a Itália. Como era de se esperar, um idiota qualquer o ajudara com um visto argentino e um passaporte falsificado da Cruz Vermelha.

Ele foi embora muito antes de os outros começarem a usar as chamadas *ratlines* ("rotas dos ratos") no fim da guerra. Os dois anos extras lhe deram tempo de se estabelecer em Buenos Aires, e, quando a caça aos nazistas fugidos começou, Kurt Franzen já tinha sido quase esquecido. A ausência de burocracia e olhares indiscretos transformou a Argentina em um playground para ele. Usando seu charme e intelecto, ele angariou confiança, estabeleceu conexões, expandiu os negócios... e, quando alguém porventura questionava quem ele era, Franzen dava seu jeito para que o enxerido não durasse muito.

Frank Santos, quem ele se tornara, tinha liquidado todas as suspeitas e viajava pelo mundo como um cidadão argentino livre.

Até mesmo ali. Se ficara nervoso ao ir para a Inglaterra, uma das potências aliadas que tinham derrotado a Alemanha? Talvez um pouco. Mas sabia que a vingança valeria a pena.

Ele mataria David Delanski, claro. Mas isso parecia tão... deselegante. Queria fazer com que David sofresse uma humilhação parecida com a dele.

Franzen sabia qual era o segredo.

Com sua eficiente rede de contatos e riqueza acumulada, fora relativamente simples localizá-los. Agora viria a parte mais difícil do plano.

Após comprar o quadro de Rosa – ou Rose Cooper, como ela se chamava agora –, ele lhe escrevera. A carta fora impecavelmente elaborada, elogiando a habilidade artística da jovem, sugerindo que ela havia recebido um talento dos deuses. Ele tinha dado o endereço de seu apartamento alugado em Londres para que ela escrevesse de volta, e a correspondência entre os dois continuara por várias semanas. Franzen sempre se orgulhara de sua habilidade de moldar uma frase e apreciava imensamente o jogo da manipulação. Ele dissera a Rose que, embora fosse um empresário internacional, sua paixão verdadeira eram as artes e que o trabalho dela tinha revelado algo que estava escondido dentro dele... ele era solitário... ela era especial...

Franzen tinha plena consciência do quanto aquela jovem era vulnerável e fez questão de explorar essa fraqueza em todas as oportunidades possíveis. De acordo com seu plano, o coração de Rose se abria um pouco mais a cada carta enviada.

Ele tinha calculado que, depois de tudo que passara em sua curta vida, ela ansiaria por uma sensação de segurança. Aquela era a porta de entrada para Franzen. Na última carta, ele se oferecera para se tornar um benfeitor benevolente, apoiando-a financeiramente para que ela pudesse se concentrar apenas na arte.

Como ele tinha previsto, fora Rose quem sugerira um encontro depois disso.

Seus lábios se curvaram em um sorriso. A estratégia rendia frutos. Ela estava começando a se sentir cortejada e cuidada.

O encontro foi marcado para a semana seguinte, no restaurante River, do Hotel Savoy. Franzen fora cuidadoso ao escolher o local, embora não acreditasse que ela faria uma cena – a artista emergente não criaria confusão no meio da alta sociedade, que esperava ter como cliente.

Quando Rose entrou, ele a reconheceu no mesmo instante. Os cabelos grossos e ruivos e os olhos grandes o transportaram para outro tempo. Ela estava tão bonita quanto ele se lembrava. Aquilo não seria esforço nenhum.

Ele se levantou e ergueu um braço. Quando o viu, o rosto dela se abriu em um sorriso enorme e luminoso. Ficou claro que o reconhecimento não foi recíproco, exatamente como Franzen esperava. Por razões óbvias, agora ele usava um corte de cabelo diferente e maquiagem para cobrir as nítidas pintas e manchas.

Franzen sabia que o importante naquele dia era ter humildade e generosidade. Durante os dois primeiros pratos, a conversa fluiu como vinho, lhe permitindo tecer sua teia de elogios e aprovações antes de falar em dinheiro.

– Sério, eu quero te apoiar durante o resto dos seus estudos e depois disso.

– Sinceramente, Frank, você já foi tão gentil... Eu jamais poderia te pedir para...

Ele abanou a mão no ar.

– Imagine aonde o Monet teria chegado se não precisasse se preocupar com as contas, minha querida!

Rose deu uma risadinha enquanto ele enchia sua taça de champanhe.

– Além disso, eu sou muito rico e não tenho ninguém com quem gastar.

Franzen notou uma expressão de empatia nos olhos dela e soube que estava ganhando.

– Bom, eu...

– Você não precisa tomar nenhuma decisão antes da sobremesa, minha querida. Conte mais sobre o seu amor por Van Gogh. Eu adoro te ouvir falar com tanta paixão.

No fim do almoço, todas as defesas de Rose tinham sido totalmente derrubadas. Ela estava nas mãos dele. Após pagar a conta cara, Franzen esperava seu momento. Quando Rose foi pegar o copo d'água, ele pôs a mão sobre a dela com delicadeza. Para seu deleite, longe de se afastar, Rose o segurou com força.

– Eu adorei te conhecer pessoalmente, Rose.

Ela corou.

– Também adorei te conhecer, Frank. Obrigada pelo almoço.

– O prazer foi meu. Estamos de acordo que eu vou cobrir as suas despesas enquanto você pinta?

– Como eu poderia recusar? Obrigada.

Os dois passaram um instante se encarando antes que Franzen se debruçasse sobre a mesa e desse um beijo suave nos lábios dela. Depois disso, Rose abriu um sorriso largo e baixou os olhos para o chão.

– Desculpe. Eu não consegui resistir. Espero não ter te ofendido.

– Não, de jeito nenhum! – respondeu Rose, enfática.

Perfeito. Franzen respirou fundo e se permitiu fazer uma pausa expressiva.

– Estou muito feliz por você ter tido a oportunidade de ver meu verdadeiro eu.

Sua interpretação precisava ser impecável.

– Como assim?

Franzen levou as mãos à cabeça e cutucou sutilmente os olhos para produzir lágrimas.

– Frank? Você está bem?

– Não, minha querida. Infelizmente, não. Eu fiquei com tanto medo que você me reconhecesse e fugisse...

Rose pareceu preocupada.

– Do que você está falando?

Franzen tirou as mãos do rosto devagar, exibindo uma expressão triste e arrependida.

– Acho que você sabe, no fundo do seu coração, que este não é o nosso primeiro encontro – disse ele, voltando a tomar a mão de Rose e olhando atentamente para ela. – Eu não tive opção, você precisa entender. Era matar ou morrer. Isso não justifica nada do que eu fiz, mas... Ai, meu Deus! – exclamou ele, forçando alguns soluços.

– Eu não estou entendendo, Frank.

– Eu tentei tanto te proteger. Eu sempre soube que você era especial. E o seu irmão também, claro.

Franzen notou a mudança na expressão de Rose.

– Meu irmão?

– É. Foi por isso que eu o coloquei na orquestra. Eu sabia que, assim, ele estaria seguro.

– O que...? – sussurrou Rose.

– A verdade é que eu te amava. Eu tinha certeza que você ia ser especial. Foi por isso... – disse ele, e aquela precisava ser a parte mais convincente da mentira – que, naquele dia, eu dei os fósforos para a Anya. Sem eles, David jamais poderia ter começado o incêndio que permitiu que vocês dois escapassem. Eu sabia do plano todo. Eu ajudei vocês.

Ele estava bem orgulhoso da história.

Rose ficou em silêncio enquanto lágrimas lhe enchiam os olhos.

– Franzen...

– Por favor! Nunca mais me chame assim. Kurt Franzen foi uma invenção, uma consequência tóxica, pútrida e *odiosa* do regime nazista – afirmou ele, depois reuniu toda a sinceridade que conseguiu. – Aquele *não era* eu.

Rose permaneceu congelada.

– Eu...

– Você *sabe* que não era eu. O meu eu verdadeiro tentou impedir que você se machucasse. A minha artista especial. A minha *Rosa*.

Ela se levantou, apressada. Estava tudo bem, aquele momento era inevitável. Ele segurou a mão dela.

– Eu entendo, minha querida, que você tenha que ir. Mas, por favor, tente lembrar que eu garanti a sua sobrevivência, quando tantos outros morreram.

Rose tentou ir embora, mas ele apertou um pouco mais a mão dela.

– Lembre-se de mim. Do meu eu *verdadeiro*, não de Kurt Franzen. Você tem o meu endereço. E saiba que você deve ter cuidado para não contar isso para qualquer pessoa – disse Franzen, com uma expressão de dar pena. – Não me importo com o que pode acontecer comigo, claro. Mas eu sei que você e o seu irmão estão neste país sob falsos pretextos – lembrou ele, balançando a cabeça. – Odiaria que vocês dois sofressem mais um golpe do destino por minha causa.

Ele lançou a Rose um último e demorado olhar antes de soltar a mão dela. Franzen a observou atravessar o restaurante, apressada.

O encontro tinha sido até melhor do que ele imaginava. Franzen se recostou na cadeira e saboreou o resto do champanhe. Se havia uma coisa que ele sabia fazer bem era dobrar as pessoas. Pressentia que Rose estava prestes a ceder.

Dito e feito: Franzen recebeu uma carta dela menos de duas semanas depois.

Quando os dois se encontraram de novo, ele continuou a narrativa: Treblinka era um *inferno*, e ele tinha sido o anjo da guarda dos Delanskis. Atirar no pai deles tinha sido um ato de *bondade*, pois ele sofrera por muito tempo. Franzen era um homem *bom* e uma *vítima* do regime maligno de seu país. Tudo que ele desejava era uma chance de provar isso a ela.

Com o passar das semanas, Franzen começou a depositar dinheiro na conta bancária de Rose. À medida que as semanas se transformavam em meses, ele abria portas para ela, arranjando reuniões com marchands ricos e clientes potenciais.

A fama de Rose começou a crescer devagar, e ela não podia negar a ajuda que tinha recebido de seu "protetor". Entre o primeiro e o segundo beijos, se passaram seis meses. Franzen tinha fingido lágrimas e insistido que eles só prosseguissem se ela realmente quisesse. Aquele era um jogo longo.

Três meses depois, eles dormiram juntos pela primeira vez. A satisfação de Franzen foi imensa. Aquele era seu objetivo final. E, assim que sua tarefa fosse concluída, ele a deixaria para sempre.

No verão de 1951, Rose chegou ao apartamento de Franzen completamente angustiada, dizendo que, durante um jantar, tinha contado ao irmão sobre o envolvimento deles. Como sempre, Franzen estava preparado. Ele a consolou, disse a ela que entendia e que tudo ficaria bem.

– Ele nunca vai me perdoar! – exclamou ela, soluçando.

– Claro que vai. Dê um tempo para ele – mentiu Franzen.

Aquela era sua deixa para sair da cidade. O "relacionamento" era sólido o suficiente para que ele fizesse visitas frequentes sem precisar ficar ali, correndo o risco de ser encontrado por David.

Franzen fez tudo que pôde para que Rose continuasse interessada nele, apoiando-a financeiramente e garantindo que a carreira dela prosperasse. Ele sugerira que ela adotasse o nome Delancey. Aquela era uma forma sutil de roubá-la de David. Mas ainda havia uma dor pior por vir. Em intervalos de poucos meses, ele viajava para Londres para visitá-la e, de vez em quando, a levava a Buenos Aires. Franzen garantia que eles dormissem juntos várias vezes nessas ocasiões.

Estava demorando mais do que ele antecipara. E se ela não fosse capaz?

Mas, então, durante um jantar no restaurante River, Franzen recebeu a notícia que queria. Tinha levado quase quatro anos, mas a tarefa estava concluída.

– De quanto tempo você está? – perguntou ele.

– Seriam três meses, já que nós…

Franzen pagou pelo jantar, foi embora e nunca mais entrou em contato com Rosa Delanski.

Seu trabalho estava feito.

29

David bebeu, encontrando o fundo de todas as garrafas da cidade. Após confirmar que suas mágoas podiam ser afogadas, mas não extintas, ele voltou seus esforços para encontrar Franzen. Investiu altas somas de dinheiro em investigadores particulares, mas nenhum deles conseguiu encontrar nada além de rumores e teorias. Eles acharam Rose, claro, que estava morando com o amigo Roddy. Suas tentativas de contatá-la foram inúteis. Fosse por carta, telefone ou cara a cara, a irmã simplesmente não conseguia encará-lo.

Embora não a tivesse visto pessoalmente, David viu a fama artística da irmã crescer sem parar nos quatro anos seguintes. Cada jornal que ele abria estava cheio de trabalhos da jovem "Rose Delancey". David notou a sutil mudança de sobrenome.

Em 1955, sua irmã de 24 anos já era *a* artista de Londres. Os críticos acolheram seu trabalho forte e único, e John Russell, do *Sunday Times*, destacou sua semelhança com Bacon. Uma insinuação de sua vida durante a guerra estava presente em todos os quadros. Os colunistas a amavam. Ela tinha tudo: beleza, talento, inteligência e um passado desconhecido.

Certa vez, David vira uma fotografia de Rose com um homem não identificável no Regent's Park. Ele estava de chapéu, e o rosto aparecia virado para o de sua irmã. Talvez fosse Franzen. Talvez não.

Os artigos que David lera só mencionavam um "homem misterioso".

Teria a coisa toda sido uma espécie de delírio?

Como sempre, ele concentrou as emoções em seu império empresarial, que rapidamente o alçava ao status de milionário.

Então, em uma noite de verão, o telefone tocou.

– David Cooper.

– Oi, David. É a Rose.

Ele engoliu em seco. O simples som da voz dela bastava para transformá--lo em gelatina.

– Oi, Rose.

– Eu… eu estava me perguntando se podia ir aí te ver hoje à noite. Você está ocupado?

David olhou para as montanhas de papéis à sua frente e disse:

– Não, de jeito nenhum. Pode vir.

– Eu chego aí em meia hora.

O brilho que Rose emitia ao entrar na sala era inacreditável. David entendeu por que os tabloides estavam tão interessados nela.

Rose tirou um cigarro e uma piteira da bolsa de mão, mas, após um instante, guardou os dois. Ela parou perto da janela para observar a vista do apartamento de David, e ele pensou em como a irmã tinha se tornado sofisticada.

– Quer beber alguma coisa?

– Água está ótimo, obrigada.

– Certo. Você se importa se eu…?

– De jeito nenhum.

Na cozinha, David tomou um grande gole da garrafa ao servir o vinho em uma taça, depois voltou à sala de estar com as duas bebidas.

– Obrigada – disse ela, pegando o copo.

– Por que você queria me ver?

– Eu… eu queria pedir desculpas por não ter entrado em contato nos últimos anos. Eu… não consegui.

Ela olhou para ele, e David viu a dor em seus olhos.

– Você entende, David?

O clima entre eles estava pesado.

– Não.

Rose respirou fundo.

– Antes que eu prossiga, preciso que você saiba que o Frank… *Franzen* e eu não estamos mais juntos.

O coração de David disparou.

– Onde ele esteve nos últimos anos? Não consegui achar nenhum vestígio dele.

Rose bebericou a água delicadamente.

– Buenos Aires, na maior parte do tempo. Mas ele se movimenta muito.

O silêncio que se seguiu foi intolerável.

465

– Eu sinto muito, David. Consigo ver tudo com clareza agora.

– Está bem.

Respostas curtas eram tudo que ele conseguia dar enquanto piscava para conter as lágrimas.

– Tentei racionalizar o que aconteceu. Conversei com algumas pessoas. Psicólogos, médicos.

Ele tentava ao máximo se manter calmo.

– O que eles disseram?

– Existe uma teoria sobre uma doença que podemos desenvolver no cérebro. Quando alguém está em um relacionamento abusivo que tem um desequilíbrio de poder, às vezes laços emocionais podem ser formados.

A descrição de Rose era fria e pragmática.

– Entendi.

– Os laços são totalmente irracionais. Paradoxais. A empatia que a vítima sente pelo abusador é oposta ao que qualquer pessoa sã experimentaria.

Ele notou que ela estava achando aquilo muito difícil.

– Isso pode ser especialmente poderoso se o relacionamento começar quando a vítima é uma criança.

David assentiu devagar.

– Eu entendo.

– Ele foi muito legal no início, se desculpando pelo passado e me prometendo o mundo – contou Rose, depois engoliu em seco.

David pegou um exemplar do *Sunday Times* da mesa de centro e o segurou na frente da irmã.

– Você ficou famosa.

– É. Ele sempre gostou da minha arte. Ele me apresentou a marchands e colecionadores ricos. O meu trabalho... vendeu bem.

– Eu sei, Rose. Eu leio sobre você com frequência.

– É. Eu...

Ela não sabia o que dizer.

David entornou a taça de vinho e cerrou os punhos. Não conseguia mais se conter.

– No que *diabos* você estava pensando, Rose?!

A irmã baixou os olhos para o chão.

– Você tinha razão. Eu estava doente – afirmou ela, voltando a olhar para ele. – Mas agora estou melhor, eu juro. David, me desculpe.

– Desculpar? Eu devia te *perdoar*?

– Claro que não. Mas eu esperava que você entendesse...

– E o que tem para entender? Que a minha irmã se apaixonou pelo homem que matou o nosso pai? O homem que exterminou milhares de pessoas do nosso povo?

– Eu achei que ele...

– Você achou que ele te *protegia*. Eu lembro o que você me disse. Mas ele não te protegia, Rose. *Eu* te protegi. EU TE PROTEGI! – gritou David, jogando o jornal no chão.

Rose suspirou.

– Eu estava errada, David. Comecei a perceber à medida que ia crescendo. A minha mente estava distorcida. Eu dependia tanto dele em Treblinka... Consigo enxergar as razões que fizeram isso acontecer, mas esse fato não torna o que eu fiz certo.

– É claro que não! O que o papai diria para você? E a mamãe? – berrou David, em um ataque de fúria.

– David...

– Não! Quatro anos, Rose. Quatro anos em que eu tive que aceitar que você preferiu aquela *coisa* a mim. Eu jurei para a mamãe que ia tomar conta de você. Arrisquei a minha vida para salvar a sua, e é assim que você retribui. Como você pôde? Como você *teve coragem*?

– Eu estou... Eu estou tão...

Rose não conseguiu pronunciar nem mais uma palavra antes de deixar cair o copo. Ela enfiou o rosto nas mãos e soluçou com força.

David respirou fundo várias vezes para assentar a raiva que brotara dentro de si. Apesar da fúria, a visão da irmã tremendo incontrolavelmente provocou nele uma reação automática. Foi transportado de volta à vida miserável da família em Varsóvia, quando ela ainda era uma criança faminta e assustada.

Não importava o que tinha acontecido, Rose era a pessoa que ele mais amava no mundo. Sua cólera começou a se dissipar, e ele foi até a irmã para envolvê-la em seus braços.

– Eu sinto muito, David... Eu sinto muito.

Ele a abraçou com força por muito tempo, até que os soluços dela começaram a se transformar em fungadas.

Durante a longa noite que se seguiu, Rose contou ao irmão os detalhes de seu relacionamento com Franzen.

Quando ela terminou a história, David estava convencido de que a irmã era pouco mais do que uma vítima de suas próprias circunstâncias terríveis. A família tinha sido arrancada dela da forma mais desumana possível. A garotinha vulnerável passara a ver Franzen – a única constante durante seu período em Treblinka – como uma espécie de guardião. Franzen tinha calculado isso e, como o mais mortal dos predadores, se recusara a abrir mão de sua presa.

David e Rose tinham escapado das garras dele, constrangendo-o.

Ele tinha ido atrás de vingança.

– Onde ele está agora? – perguntou David baixinho.

– Na Argentina, imagino. Mas ele tinha casas na América do Sul inteira. Eu não ficaria surpresa se soubesse que ele se mudou.

– Tem alguma forma de a gente chegar até ele? Pelas autoridades, quero dizer.

Rose balançou a cabeça.

– Sinceramente, eu duvido. Ele tem muitos contatos, e existe muita corrupção por lá... Ai, meu Deus, eu sei que não é isso que você quer escutar.

David levantou a mão.

– Está tudo bem. Você está aqui. Você está segura – disse ele, segurando Rose pelos ombros. – Mas eu preciso que você jure para mim, Rosa Delanski, que o pesadelo acabou. Que você nunca mais vai ver o Franzen. Não vai nem... *mencionar* o nome dele.

David viu um medo sincero nos olhos da irmã.

– Eu juro.

David se levantou e ajudou Rose a ficar de pé, depois a puxou para perto. Quando fez isso, notou que ela instintivamente protegeu a barriga, curvando as costas para a frente.

David deu um passo atrás e olhou para a irmã. Um pensamento medonho lhe passou pela cabeça.

– Tem certeza que não quer que eu te sirva uma taça de vinho?

Rose balançou a cabeça.

– Obrigada, estou bem.

– Tem alguma razão para você não estar bebendo no momento?

Rose ficou vermelha.

– Não. Eu só não estou com vontade de beber nada hoje à noite.

Ele encarou a barriga da irmã enquanto ela tentava, de maneira desajeitada, esconder a leve protuberância com as mãos.

– Ah, Rose…

– O quê?

David sentiu como se alguém tivesse lhe dado um tapa na cara. Como se estivesse se afogando e não conseguisse respirar.

Ele não podia deixar que ela visse.

– Acabei de me lembrar que vou para os Estados Unidos na semana que vem. Vou ficar lá seis meses. Estou pensando em expandir os meus negócios por lá.

David se orgulhou de seu autocontrole. Naquele momento, queria que ela fosse embora para que ele pudesse sentir a dor sozinho.

– Ah. Bom, eu espero te ver quando você voltar.

– Claro.

David não sabia o que dizer a Rose, mas tinha certeza de que aquela seria a última interação dos dois.

– Vou ficar de olho nos seus quadros enquanto estiver no exterior.

Rose suspirou.

– Obrigada, mas, para ser sincera, eu ando um pouco cansada no momento. Sinto como se estivesse em uma linha de montagem. Seria bom fazer uma pausa.

David percebeu que a irmã estava exausta.

– Bom, você tem sido uma jovem muito ocupada nos últimos anos. Eu tenho que te dar os parabéns de novo pelo seu sucesso.

– Obrigada. Na verdade, foi o papai que me deu esse dom – disse Rose, depois olhou para a parede. – Você pendurou o *Treblinka* ali. Eu odeio esse quadro. Por que você fez isso?

David poderia ter dito que era porque a pintura o fazia se lembrar dos dias gloriosos que os dois tinham vivido em seu casulo, o período mais feliz de sua vida.

Em vez disso, ele deu de ombros.

– Eu gosto, só isso.

Rose verificou o relógio, nervosa.

– Tenho que ir, David. Fiquei de encontrar o Roddy às oito e meia – disse ela, se levantando. – Foi bom te ver de novo.

Rose caminhou até a porta, e ele a seguiu.

Ela se virou, com a mão na maçaneta.

– Tchau, David.

Ela deu um beijo de leve na bochecha dele.

David fechou a porta atrás da irmã. Naquele momento, ele a perdoou, mas jurou que nunca mais veria Rose nem o filho dela.

Rose ficou parada no corredor, se controlou por um instante e depois se permitiu irromper em um choro intenso. Embora David não tivesse dito nada, ela sabia que ele tinha notado a gravidez. Era inevitável. Ela não tivera nenhuma oportunidade de dar uma explicação falsa sobre quem era o pai. E, mesmo que tivesse tido, o irmão jamais acreditaria nela.

Rose estava sufocando. Precisava sair daquela cidade.

– Tchau, David – murmurou ela. – Eu sinto muito.

30

Yorkshire, agosto de 1984

Rose notou que o céu estava escurecendo. Ela consultou o relógio. Fazia duas horas que estava sentada ao lado do túmulo de Miranda. Ela secou as lágrimas com o dorso da mão.

– Então, você entende, Miranda, David nunca mais podia me ver. Era doloroso demais para ele. Ele foi para os Estados Unidos uma semana depois. Ai, meu Deus, eu estava tão confusa, tão exausta dos últimos anos. Foi quando decidi vir para Yorkshire. Ia ser um prato cheio para a imprensa se eu ficasse em Londres e tivesse um filho. Eu não ia conseguir lidar com isso. Eu precisava ficar sozinha. Aos 24 anos, já estava esgotada emocional e mentalmente. Sabia que nunca mais veria o David, que ele nunca aceitaria que eu tivesse um filho daquele homem.

Ela fez uma pausa, então concluiu:

– Miles. O filho de Kurt Franzen.

Rose pronunciou as palavras pela primeira vez.

– E é por isso que você está deitada aí, Miranda. Porque eu fui fraca a ponto de me apaixonar pelo meu próprio captor. Gerei uma criança que estava condenada desde o início. Rezei para que ele ficasse bem, observei o Miles em busca de quaisquer sinais reveladores e encontrei poucos. Miles era muito inteligente. Sempre foi tão encantador comigo…

Ela se deteve, depois continuou:

– Eu estava cega de amor. Devia ter visto há muito tempo o que eu tinha criado: um monstro. Então você não deve culpar o Miles – murmurou Rose. – O que ele se tornou não foi culpa de ninguém mais, só minha. Ah, Miranda, eu sinto tanto, mas tanto pelo que fiz. Por favor, se puder me ouvir, me perdoe, por favor, me perdoe.

Rose voltou a soluçar. Em seguida, olhou para o alto e viu uma fileira de pássaros pousar na árvore acima do túmulo de Miranda. O vento fez as folhas farfalharem e, depois, os pássaros começaram a trinar até formarem um vigoroso coro de vida.

Estava quase escuro.

Rose sorriu.

– Obrigada, Miranda – murmurou ela. – Agora acabou, não é?

– Não, Rose. Está apenas começando.

Uma voz masculina fez com que ela desse um pulo.

Rose se virou e viu David parado atrás dela. Ele a segurou delicadamente pelos ombros e a ergueu.

– Venha comigo, Rose.

Ela olhou para ele.

– Está bem.

David a abraçou com força.

Os dois avançaram lentamente pelo caminho, abraçados um ao outro. Das árvores sobre o túmulo, os pássaros os observaram até que eles não passassem de dois pontinhos à distância.

Epílogo

Paris, 1992

– Senhores lordes, damas e cavalheiros. Sejam bem-vindos. Obrigada, do fundo do coração, por terem comparecido ao desfile da coleção desta noite, aqui no Grand Ballroom do Ritz. Gostaria de agradecer ao gerente por nos emprestar este magnífico salão sem custo nenhum. Como estou certa de que a maioria de vocês sabe, a Fundação Delanski foi criada há quatro anos. Ela é uma instituição de caridade diferente, porque não discrimina os diversos tipos de sofrimento humano.

Leah fez uma pausa, então continuou:

– O sofrimento pode assumir muitas formas, quer se trate de um jovem morrendo de aids ou de um veterano de guerra cuja pensão não é suficiente sequer para proporcionar os confortos simples que todas as pessoas merecem. Nos últimos quatro anos, ajudamos mais de mil causas, algumas delas catástrofes em escala nacional e outras, tragédias de um único ser humano. Hoje à noite, estamos auxiliando a Fundação do Holocausto a continuar o seu bom trabalho. Eles são um grupo de homens e mulheres que optaram por garantir que o assassinato de seis milhões de cidadãos não seja esquecido e nunca mais se repita na história. Também aconselham vítimas e familiares que perderam seus entes queridos, para ajudá-los a lidar com o que aconteceu com eles.

Ouviu-se um aplauso sincero do público.

– Gostaria de apresentar a vocês o meu sogro, David Cooper, um homem de quem tenho certeza que todos ouviram falar e que é presidente da Fundação do Holocausto. Por favor, o recebam aqui no palco.

David subiu no estrado ao lado de Leah. Ele a beijou nas bochechas, e ela se sentou para escutar o que o sogro tinha a dizer.

– Boa noite, senhoras e senhores. Obrigado por estarem conosco hoje à noite. Leah conduziu de maneira brilhante uma organização que, quando foi lançada, ocupava apenas um quarto em sua casa. Agora, ocupa um andar inteiro do meu prédio em Nova York, e Leah tem um escritório maior do que o meu.

Ouviram-se risadas abafadas e mais aplausos.

Ele esperou que o público fizesse silêncio.

Enquanto David começava seu discurso, Leah desceu discretamente da plataforma e se juntou ao marido.

– Ela está aqui? – perguntou Leah, ansiosa.

Brett assentiu.

– Está, sim. O voo de Moscou atrasou, só isso.

O público de alta classe ofereceu quase 50 mil libras pela suntuosa linha de roupas da nova coleção de Carlo. O próprio Carlo, um homem bem mais humilde e agradável desde a passagem pela cadeia enquanto aguardava ser julgado por assassinato, abraçou Leah calorosamente. Fazia tempo que ele tinha pedido desculpas por suas ações, e Leah as aceitara de bom grado, sabendo o que o estilista tinha sofrido e se sentindo parcialmente responsável por ter colocado o homem errado atrás das grades.

Rose, David, Chloe, Brett e Leah se sentaram ao redor da mesa, conversando e aproveitando o excelente jantar.

Feliz, Leah olhou em volta, refletindo como era estranho ver todas as pessoas que tiveram um imenso impacto em sua vida mais uma vez reunidas.

Após a tragédia de oito anos antes, Rose tinha trocado Yorkshire por Nova York, fugindo das terríveis lembranças que a fazenda lhe despertava. Ela nunca mais voltara, ficando com David em seu duplex desde então. Naquela noite, Leah pensou em como os irmãos pareciam contentes.

Chloe tinha decidido ficar com a Sra. Thompson em Yorkshire, mas passava as férias escolares com Rose nos Estados Unidos. Leah ficou feliz porque os pais tinham Chloe para lhes fazer companhia. Com sua agenda agitada, as visitas dela a Yorkshire eram menos frequentes do que deveriam.

Naquela noite terrível nas charnecas, ao recuperar a consciência, ela se vira nos braços de Brett. Após tentar desesperadamente ligar para Leah e para os pais dela em Yorkshire, Anthony agira como um cavalheiro e entrara em contato com Brett em Paris. Ele fretara um jatinho particular para voltar no mesmo instante. Alguns dias depois do incidente, Brett a levara para Nova York, depois que Rose tinha voltado para Yorkshire e deixado Chloe com a Sra. Thompson. Leah e Brett buscaram refúgio no apartamento de David.

Ela levara muitos meses para se recuperar do choque daquela noite em Yorkshire. Com o amor e a compreensão de Brett, tinha conseguido. Nos últimos oito anos, o relacionamento deles só ficara mais forte. Brett pesou as questões de Leah em relação a Paris e acabou se inscrevendo na School of Visual Arts, em Nova York. Sob a orientação de Rose, a carreira dele estava realmente começando a deslanchar, e ela sentia um orgulho imenso da dedicação do sobrinho. Não tinha nenhum filho, mas eles estavam pensando em adotar. E quem poderia prever o que o futuro reservava? Naquele momento, Brett e a fundação davam a Leah toda a alegria de que ela precisava.

Naquela noite, seu trabalho e sua vida pessoal estavam casados.

Um ano antes, Brett procurara a esposa com um pedido.

– Leah, eu preciso da ajuda da sua organização – dissera ele.

Então, lhe contara a ideia.

Aquilo tinha demandado um esforço imenso – pistas que, de maneira frustrante, só levavam a obstáculos intransponíveis, burocracia e papelada atrapalhando os planos dos dois repetidas vezes.

Depois de um tempo, eles a tinham encontrado.

E, finalmente, ela estava ali.

Brett fervilhava de empolgação.

Ele pôs a mão sobre a de Leah.

– Obrigado, Leah. Por tudo. Você não sabe o que isso significa para mim.

Ela se levantou da cadeira.

– David, Rose, Chloe, podem vir comigo? Tem uma pessoa esperando por vocês. Acho que vão gostar de encontrá-la.

Leah saiu da mesa, e os outros, com uma expressão perplexa, a seguiram para fora do salão de baile através de uma porta lateral.

Ela os conduziu pelo corredor e bateu em uma porta.

Uma voz fraca respondeu.

Leah abriu a porta e entrou. David a seguiu.

Ele encarou a frágil senhora sentada em uma poltrona. O rosto era muito familiar, mas ele não conseguia identificá-lo.

– Oi, David.

Lágrimas lhe encheram os olhos enquanto ele corria até ela, a abraçava e a cobria de beijos. Rose se juntou ao irmão, e Chloe ficou observando, fascinada.

– Anya, Anya... Eu pensei que você estivesse morta. Ai, meu Deus...

Leah fechou a porta em silêncio e os deixou sozinhos.

Do lado de fora, Brett esperava. Ele viu que os olhos dela estavam cheios de lágrimas.

– Meu amor, eu tenho uma coisa para você.

Ele entregou a Leah um pesado pacote quadrado embrulhado em papel pardo. Leah rasgou o papel e soltou um arquejo quando viu a pintura.

– É baseado no desenho original a carvão de quando você tinha 15 anos. É um presente de agradecimento por tudo que você fez para ajudar a encontrar a Anya. O nome é *A garota escondida*.

– Eu não mereço isso.

– Merece, sim, meu amor. E um monte de gente que está aqui hoje à noite concorda comigo. Eu estava muito ansioso para localizar a Anya pelo bem do meu pai. Trazer o passado para o presente vai ajudar o meu pai a finalmente aceitar o que aconteceu com ele e a Rose. Eles sofreram demais juntos, e agora o ciclo se fechou para os três. Você fez uma coisa incrível ao tirar a Anya da Rússia e trazê-la até aqui. Eu te amo, Leah.

Ele ergueu o rosto dela e a beijou gentilmente.

Dentro da suíte do hotel, um flash de câmera disparou.

– Agora não, Chloe. Você pode fotografar a sua bisavó depois.

A bela garota de 16 anos olhou de soslaio para Rose e sorriu.

– Desculpe, vó.

Rose estremeceu.

Já tinha visto aquele olhar frio e distante antes.

CONHEÇA A SAGA DAS SETE IRMÃS

"O projeto mais ambicioso e emocionante de Lucinda Riley. Um labirinto sedutor de histórias, escrito com o estilo que fez da autora uma das melhores escritoras atuais. Esta é uma série épica." – *Lancashire Evening Post*

"Lucinda Riley criou uma série que vai agradar a todos os leitores de Kristin Hannah e Kate Morton." – *Booklist*

Com a série As Sete Irmãs, Lucinda Riley elabora uma saga familiar de fôlego, que levará os leitores a diversos recantos e épocas e a viver amores impossíveis, sonhos grandiosos e surpresas emocionantes.

No passado, o enigmático Pa Salt adotou suas filhas em diversos recantos do mundo, sem um motivo aparente. Após sua morte, elas descobrem que o pai lhes deixou pistas sobre as origens de cada uma, que remontam a personalidades importantes. Assim começam as jornadas das Sete Irmãs em busca de seus passados.

Baseando-se livremente na mitologia das Plêiades – a constelação de sete estrelas que já inspirou desde os maias e os gregos até os aborígines –, Lucinda Riley cria uma série grandiosa que une fatos históricos e narrativas apaixonantes.

Conheça a série:

As Sete Irmãs (Livro 1)
A irmã da tempestade (Livro 2)
A irmã da sombra (Livro 3)
A irmã da pérola (Livro 4)
A irmã da lua (Livro 5)
A irmã do sol (Livro 6)
A irmã desaparecida (Livro 7)
Atlas (Livro 8)

LEIA UM TRECHO DO PRIMEIRO LIVRO

LUCINDA RILEY

AS SETE IRMÃS

As Sete Irmãs | Livro 1
A História de Maia

ARQUEIRO

Personagens

ATLANTIS

Pa Salt – *pai adotivo das irmãs [falecido]*
Marina (Ma) – *tutora das irmãs*
Claudia – *governanta de Atlantis*
Georg Hoffman – *advogado de Pa Salt*
Christian – *capitão da lancha da família*

AS IRMÃS D'APLIÈSE

Maia
Ally (Alcíone)
Estrela (Astérope)
Ceci (Celeno)
Tiggy (Taígeta)
Electra
Mérope [desaparecida]

Maia

Junho de 2007
Quarto crescente
13; 16; 21

1

Sempre vou lembrar exatamente onde me encontrava e o que estava fazendo quando recebi a notícia de que meu pai havia morrido.

Estava sentada no lindo jardim da casa da minha velha amiga de escola em Londres, com um exemplar de *A odisseia de Penélope* aberto no colo, mas sem nenhuma página lida, aproveitando o sol de junho enquanto Jenny buscava seu filho pequeno no quarto.

Eu estava tranquila e feliz por ter tido a bela ideia de sair de casa um pouco. Observava o florescer da clematite. O sol, tal qual um parteiro, a encorajava a dar à luz uma profusão de cores. Foi quando meu celular tocou. Olhei para a tela e vi que era Marina.

– Oi, Ma, como você está? – falei, esperando que ela conseguisse notar o calor em minha voz.

– Maia, eu...

Marina fez uma pausa e, naquele instante, percebi que havia algo terrivelmente errado.

– O que houve?

– Maia, não existe uma maneira fácil de dizer isto. Seu pai teve um ataque cardíaco aqui em casa, ontem à tarde, e hoje cedo ele... faleceu.

Fiquei em silêncio, enquanto um milhão de pensamentos diferentes e ridículos passavam pela minha mente. O primeiro era o de que Marina, por alguma razão desconhecida, tivesse resolvido fazer uma piada de mau gosto.

– Você é a primeira das irmãs para quem estou contando, Maia, já que é a mais velha. Queria saber se você quer contar para suas irmãs ou prefere que eu faça isso.

– Eu...

Eu ainda não conseguia fazer nada coerente sair dos meus lábios, agora que começava a me dar conta de que Marina, minha querida Marina, o mais próximo de uma mãe que eu conhecera, nunca me falaria algo assim *se não fosse verdade*. Então tinha que ser verdade. E, naquele momento, meu mundo inteiro virou de cabeça para baixo.

– Maia, por favor, me diga que você está bem. Esta é a pior ligação que já tive que fazer, mas que opção eu tinha? Só Deus sabe como as outras garotas vão reagir.

Foi então que ouvi o sofrimento na voz *dela* e percebi que Marina precisava me contar aquilo não apenas por mim, mas também para dividir aquela tristeza. Então passei à minha zona de conforto usual, que era tranquilizar os outros.

– É claro que conto para minhas irmãs se você preferir, Ma, embora não tenha certeza de onde todas estão. Ally não está longe de casa, treinando para uma regata?

E, enquanto falávamos sobre a localização de cada uma de minhas irmãs, como se tivéssemos que reuni-las para uma festa de aniversário e não para o enterro de nosso pai, a conversa foi me parecendo cada vez mais surreal.

– Quando você acha que deve ser o funeral? Com Electra em Los Angeles e Ally em algum lugar em alto-mar, com certeza não podemos pensar nisso até semana que vem – disse eu.

– Bem… – Ouvi a hesitação na voz de Marina. – Talvez seja melhor conversarmos sobre isso quando você estiver em casa. Não há nenhuma pressa agora, Maia, por isso, se preferir passar seus últimos dias de férias em Londres, não tem problema. Não há mais o que fazer por ele aqui… – Sua voz falhou, tomada pela tristeza.

– Ma, é claro que vou estar no primeiro voo para Genebra que eu conseguir! Vou ligar para a companhia aérea imediatamente e depois vou fazer o máximo para entrar em contato com todas elas.

– Sinto tanto, *chérie* – disse Marina com pesar. – Sei como você o adorava.

– Sim – falei, a estranha tranquilidade que eu sentira enquanto debatíamos o que fazer me abandonando como a calmaria antes de uma tempestade violenta. – Ligo para você mais tarde, quando souber a que horas devo chegar.

– Por favor, cuide-se, Maia. Você passou por um choque terrível.

Apertei o botão para encerrar a ligação e, antes que as nuvens em meu coração derramassem uma torrente e me afogassem, subi até o quarto para pegar minha passagem e entrar em contato com a companhia aérea. Enquanto esperava ser atendida, olhei para a cama em que eu tinha acordado naquela manhã para mais *um dia como outro qualquer.* E agradeci a Deus por os seres humanos não terem o poder de prever o futuro.

A mulher intrometida que acabou atendendo não era nem um pouco prestativa, e eu sabia, enquanto ela falava sobre voos lotados, multas e detalhes do cartão de crédito, que minha barragem emocional estava prestes a se romper. Finalmente, quando consegui que me garantisse, com muita má vontade, um lugar no voo das quatro horas para Genebra – o que significava ter que jogar tudo na minha mala imediatamente e pegar um táxi para Heathrow –, sentei-me na cama e olhei por tanto tempo para a ramagem que decorava o papel de parede que o padrão começou a dançar diante dos meus olhos.

– Ele se foi… – sussurrei. – Se foi para sempre. Nunca mais vou vê-lo.

Esperando que dizer essas palavras fosse provocar uma torrente de lágrimas, fiquei surpresa em ver que nada aconteceu. Em vez disso, permaneci ali sentada, paralisada, a cabeça ainda cheia de questões práticas. Seria horrível ter que contar às minhas irmãs – a todas as cinco –, e revirei meu arquivo emocional para decidir para qual ligaria primeiro. Tiggy, a segunda mais jovem de nós e de quem eu sempre fora mais próxima, foi a escolha inevitável.

Com dedos trêmulos, toquei a tela para achar seu número e liguei. Quando caiu na caixa postal, não soube o que dizer além de algumas palavras confusas lhe pedindo que me ligasse de volta com urgência. Ela estava em algum lugar das Terras Altas, na Escócia, trabalhando em uma reserva para cervos selvagens órfãos e doentes.

Quanto às outras irmãs… Eu sabia que as reações iam variar, pelo menos externamente, da indiferença ao choro mais dramático.

Como não sabia bem para que lado *eu* penderia na escala de emoção quando falasse de fato com alguma delas, escolhi o caminho covarde de mandar para todas uma mensagem pedindo que me ligassem assim que pudessem. Então arrumei apressadamente a mala e desci a escada estreita que levava à cozinha para escrever um bilhete para Jenny explicando por que tive que partir tão de repente.

Resolvi arriscar a sorte e pegar um táxi na rua, então saí de casa andando rapidamente pela verdejante Chelsea Crescent como qualquer pessoa normal faria em qualquer dia normal de Londres. Acho que cheguei a dizer oi para um cara com quem cruzei, que passeava com um cachorro, e até consegui esboçar um sorriso.

Ninguém poderia imaginar o que tinha acabado de acontecer comigo, pensei enquanto entrava num táxi na movimentada King's Road, instruindo o motorista a seguir para Heathrow.

Ninguém poderia imaginar.

❀ ❀ ❀

Cinco horas depois, quando o sol descia vagarosamente sobre o lago Léman, em Genebra, eu chegava a nosso pontão particular na costa, de onde eu faria a última etapa da minha viagem de volta.

Christian já esperava por mim em nossa reluzente lancha Riva. Pela expressão em seu rosto, dava para ver que ele já sabia o que acontecera.

– Como você está, mademoiselle Maia? – perguntou, e percebi a compaixão em seus olhos azuis enquanto ele me ajudava a embarcar.

– Eu… estou feliz por ter chegado aqui – respondi sem demonstrar emoção.

Caminhei até a parte de trás do barco e me sentei no banco de couro cor de creme que formava um semicírculo na popa. Normalmente eu me sentava com Christian na frente, no banco do passageiro, enquanto atravessávamos as águas calmas na viagem de vinte minutos até nossa casa. Mas, naquele dia, queria um pouco de privacidade. Quando ele ligou o potente motor, o sol cintilava nas janelas das fabulosas casas que ladeavam as margens do lago. Muitas vezes, quando fazia esse trajeto, sentia que entrava num mundo etéreo, desconectado da realidade.

O mundo de Pa Salt.

Notei a primeira vaga evidência de lágrimas arder em meus olhos quando pensei no apelido carinhoso de meu pai, que eu tinha criado quando era mais nova. Ele sempre adorou velejar e, às vezes, quando voltava para nossa casa à beira do lago, cheirava a mar e ar fresco. De alguma forma, o nome pegou e, à medida que minhas irmãs mais novas foram chegando, passaram a chamá-lo assim também.

Conforme a lancha ganhava velocidade, o vento quente passando pelo meu cabelo, pensei nas centenas de viagens que eu tinha feito para Atlantis, o castelo de conto de fadas de Pa Salt. Como ficava em um promontório particular, atrás do qual se erguia abruptamente uma meia-lua de montanhas, inacessível por terra: só se podia chegar lá de barco. Os vizinhos mais próximos ficavam a quilômetros de distância pelo lago, então Atlantis era nosso reino particular, isolado do resto do mundo. Tudo o que havia naquele lugar era mágico, como se Pa Salt e nós – suas filhas – tivéssemos vivido ali sob algum encantamento.

Cada uma de nós tinha sido adotada por Pa Salt ainda bebê, vindas dos quatro cantos do mundo e levadas até lá para viver sob sua proteção. E cada uma de nós, como Pa sempre gostava de dizer, era especial, diferente... éramos *suas* meninas. Ele tirara nossos nomes das Sete Irmãs, sua constelação preferida. Maia era a primeira e a mais velha.

Quando eu era criança, ele me levava até seu observatório com cúpula de vidro no alto da casa, me levantava com suas mãos grandes e fortes e me fazia olhar o céu noturno pelo telescópio.

– Ali está – dizia enquanto ajustava a lente. – Olha, Maia, aquela é a linda estrela brilhante que inspirou seu nome.

E eu a *via*. Enquanto ele explicava as lendas que eram a origem dos nomes das minhas irmãs e do meu, eu mal escutava, simplesmente desfrutava da sensação de seus braços apertados à minha volta, completamente atenta àquele momento raro e especial quando o tinha só para mim.

Com o tempo percebi que Marina, que eu imaginava enquanto crescia que fosse minha mãe – eu até encurtara seu nome para "Ma" –, era apenas uma babá, contratada por Pa para cuidar de mim porque ele passava muito tempo fora. Mas é claro que Marina era muito mais do que isso para todas nós, garotas. Era ela quem secava nossas lágrimas, nos repreendia pelo mau comportamento à mesa e nos orientara tranquilamente durante a difícil transição da infância para a idade adulta.

Ela sempre estivera por perto, e eu não a teria amado mais se tivesse me dado à luz.

Durante os três primeiros anos da minha infância, Marina e eu moramos sozinhas em nosso castelo mágico às margens do lago Léman enquanto Pa Salt viajava pelos sete mares cuidando de seus negócios. E então, uma a uma, minhas irmãs começaram a chegar.

Normalmente, Pa me trazia um presente quando voltava para casa. Eu escutava o motor da lancha chegando e saía correndo pelos vastos gramados e por entre as árvores até o cais para recebê-lo. Como qualquer criança, eu queria ver o que ele tinha escondido em seus bolsos mágicos para me encantar. Em uma ocasião especial, no entanto, depois de me presentear com uma rena de madeira primorosamente esculpida, assegurando que vinha da oficina do Papai Noel no polo Norte, uma mulher uniformizada apareceu saindo de trás dele, e em seus braços havia um pequeno embrulho envolto em um xale. E o embrulho se mexia.

– Desta vez, Maia, eu lhe trouxe o mais especial dos presentes. Agora você tem uma irmã. – Ele sorrira para mim enquanto me pegava nos braços. – E não vai mais ficar sozinha quando eu tiver que viajar.

Depois disso, a vida mudou. A enfermeira que Pa trouxera com ele foi embora em algumas semanas, e Marina assumiu os cuidados da minha irmãzinha. Eu não conseguia entender como aquela coisinha vermelha que berrava e que por vezes cheirava mal e desviava a atenção de mim poderia ser um presente. Até que, certa manhã, Alcíone – que recebeu o nome da segunda estrela das Sete Irmãs – sorriu para mim de sua cadeira alta no café da manhã.

– Ela sabe quem eu sou – falei fascinada para Marina, que lhe dava comida.

– É claro que sabe, querida. Você é a irmã mais velha, aquela que ela vai admirar. Caberá a você lhe ensinar tudo que ela não sabe.

À medida que crescia, ela ia se tornando minha sombra, seguindo-me para todos os lugares, o que me agradava e me irritava em igual medida.

– Maia, me espere! – pedia gritando enquanto cambaleava atrás de mim.

Apesar de Ally – como eu a apelidara – ter sido originalmente um acréscimo indesejado à minha vida de sonho em Atlantis, eu não poderia ter desejado uma companhia mais doce e adorável. Ela raramente chorava e não tinha os ataques de pirraça das crianças de sua idade. Com seus cachos ruivos caindo pelo rosto e os grandes olhos azuis, Ally tinha um encanto natural que atraía as pessoas, incluindo nosso pai. Quando Pa Salt voltava de suas viagens longas ao exterior, eu notava como seus olhos se iluminavam quando ele a via, de uma maneira que eu tinha certeza que não brilhavam por mim. E, enquanto eu era tímida e reticente com estranhos, Ally tinha um jeito sempre receptivo, sempre disposta a confiar nos outros, e isso encantava todos.

Ela também era uma daquelas crianças que parecem se sobressair em tudo – especialmente na música e em qualquer esporte que tivesse a ver com água. Lembro-me de Pa ensinando-a a nadar na nossa ampla piscina. Enquanto eu lutava para me manter na superfície e odiava ficar embaixo d'água, minha irmãzinha parecia uma sereia. E, enquanto eu não conseguia me equilibrar direito nem no *Titã*, o imenso e lindo iate oceânico de Pa, quando estávamos em casa Ally implorava que ele a levasse para dar uma volta no pequeno Laser que mantinha atracado em nosso cais particular. Eu me agachava na popa estreita do barco, enquanto Pa e Ally assumiam o controle e cruzávamos rapidamente as águas cristalinas. Aquela paixão comum por velejar os conectava de uma forma que eu sentia que nunca conseguiria.

Embora Ally tenha estudado música no Conservatório de Genebra e fosse uma flautista altamente talentosa, que poderia ter seguido carreira em uma orquestra profissional, desde que deixara a escola de música tinha escolhido ser velejadora em tempo integral. Agora participava regularmente de regatas e representara a Suíça em diversas competições.

Quando Ally tinha quase 3 anos, Pa chegou em casa com nossa próxima irmã, a quem deu o nome de Astérope, como a terceira das Sete Irmãs.

– Mas vamos chamá-la de Estrela – disse Pa, sorrindo para Marina, Ally e para mim, que observávamos a recém-chegada deitada no berço.

Naquela época, eu tinha aulas todas as manhãs com um professor particular, por isso a chegada da minha mais nova irmã me afetou menos do que a de Ally havia afetado. Então, apenas seis meses depois, outra bebê se juntou a nós, uma garotinha de doze semanas chamada Celeno, nome que Ally imediatamente reduziu para Ceci.

Havia uma diferença de apenas três meses entre Estrela e Ceci e, desde que me lembro, as duas forjaram uma estreita ligação. Pareciam gêmeas, conversando em uma linguagem de bebê só delas, e continuavam se comunicando desse jeito. Elas viviam em seu próprio mundo particular, que excluía todas nós, suas outras irmãs. E mesmo agora, na casa dos 20 anos, nada havia mudado. Ceci, a mais nova das duas, era sempre a chefe, atarracada e morena, em contraste com Estrela, pálida e muito magra.

No ano seguinte, outra bebê chegou – Taígeta, que apelidei de "Tiggy", porque seu cabelo escuro e curto nascia em ângulos estranhos de sua cabecinha e me fazia lembrar do porco-espinho da famosa história de Beatrix Potter.

Eu tinha então 7 anos e me liguei a Tiggy desde o primeiro momento em que coloquei os olhos nela. Ela era a mais delicada de todas nós e, na infância, enfrentara uma doença atrás da outra, mas, mesmo ainda bem pequena, fora sempre serena e complacente. Depois que Pa trouxe para casa, alguns meses mais tarde, outra neném, que recebeu o nome de Electra, Marina, exausta, muitas vezes me perguntava se eu me importaria de ficar com Tiggy, que continuamente tinha febre ou tosse. Depois que a diagnosticaram como asmática, raramente a tiravam do quarto para passear em seu carrinho, de modo que o ar frio e a névoa pesada do inverno de Genebra não atingissem seu peito.

Electra era a mais nova das irmãs, e seu nome combinava perfeitamente com ela. Eu já estava acostumada com bebês e toda a atenção que exigiam, mas minha irmã mais nova era, sem dúvida, a mais desafiadora de todas. Tudo relacionado a ela *era* elétrico. Sua habilidade natural de mudar em um instante da água para o vinho e vice-versa fazia nossa casa, antes tão tranquila, reverberar diariamente com seus gritos agudos. Os ataques de pirraça ressoavam na minha cabeça de criança e, quando ela cresceu, sua personalidade impetuosa não se suavizou.

Ally, Tiggy e eu tínhamos, secretamente, nosso próprio apelido para ela: nossa irmã caçula era chamada entre nós três de "Difícil". Todas pisávamos em ovos perto dela, tentando não fazer nada que pudesse deflagrar uma repentina mudança de humor. Sinceramente, havia momentos em que eu a odiava por toda a perturbação que trouxera a Atlantis.

Porém, quando Electra sabia que uma de nós estava em apuros, ela era a primeira a oferecer ajuda e apoio. Assim como era capaz de um enorme egoísmo, sua generosidade em outras ocasiões era igualmente marcante.

Depois de Electra, toda a família esperava a chegada da Sétima Irmã. Afinal, tínhamos recebido nossos nomes em homenagem à constelação preferida de Pa Salt e não estaríamos completas sem ela. Até sabíamos seu nome – Mérope – e nos perguntávamos como ela seria. Mas um ano se passou, depois outro, e outro, e nosso pai não trouxe mais nenhum bebê para casa.

Lembro-me claramente de um dia em que estava com ele no observatório. Eu tinha 14 anos, e entrava na adolescência. Esperávamos para assistir a um eclipse, que, explicara Pa, era um momento seminal para a humanidade e geralmente trazia alguma mudança.

– Pa – disse eu –, o senhor nunca vai trazer para casa nossa sétima irmã?

Ao ouvir isso, sua figura grande e protetora pareceu congelar por alguns segundos. De repente, parecia que ele carregava o peso do mundo nos ombros. Embora não tivesse se virado, pois estava ajustando o telescópio para o eclipse que ia acontecer, percebi instintivamente que o que eu dissera o deixara angustiado.

– Não, Maia, não vou. Porque eu nunca a encontrei.

❀ ❀ ❀

Quando pude enxergar Marina de pé no cais, perto da cerca viva de abetos que escondia nossa casa de olhares curiosos, finalmente senti o peso da verdade inexorável que era a perda de Pa.

Então percebi que o homem que tinha criado o reino em que todas havíamos sido princesas não estava mais lá para conservar o encantamento.

CONHEÇA OS OUTROS LIVROS DA SÉRIE

A IRMÃ DA TEMPESTADE

Ally D'Aplièse é uma grande velejadora e está se preparando para uma importante regata, mas a notícia da morte do pai faz com que ela abandone seus planos e volte para casa, para se reunir com as cinco irmãs. Lá, elas descobrem que Pa Salt – como era carinhosamente chamado pelas filhas adotivas – deixou, para cada uma delas, uma pista sobre suas verdadeiras origens.

Apesar do choque, Ally encontra apoio em um grande amor. Porém, mais uma vez seu mundo vira de cabeça para baixo, então ela decide seguir as pistas deixadas por Pa Salt e ir em busca do próprio passado. Nessa jornada, ela chega à Noruega, onde descobre que sua história está ligada à da jovem cantora Anna Landvik, que viveu há mais de cem anos e participou da estreia de uma das obras mais famosas do grande compositor Edvard Grieg. E, à medida que mergulha na vida de Anna, Ally começa a se perguntar quem realmente era seu pai adotivo.

A IRMÃ DA SOMBRA

Estrela D'Aplièse está numa encruzilhada após a repentina morte do pai, o misterioso bilionário Pa Salt. Antes de morrer, ele deixou a cada uma das seis filhas adotivas uma pista sobre suas origens, porém a jovem hesita em abrir mão da segurança da sua vida atual.

Enigmática e introspectiva, ela sempre se apoiou na irmã Ceci, seguindo-a aonde quer que fosse. Agora as duas se estabelecem em Londres, mas, para Estrela, a nova residência não oferece o contato com a natureza nem a tranquilidade da casa de sua infância. Insatisfeita, ela acaba cedendo à curiosidade e decide ir atrás da pista sobre seu nascimento.

Nessa busca, uma livraria de obras raras se torna a porta de entrada para o mundo da literatura e sua conexão com Flora MacNichol, uma jovem inglesa que, cem anos antes, teve como grande inspiração a escritora Beatrix Potter. Cada vez mais encantada com a história de Flora, Estrela se identifica com aquela jornada de autoconhecimento e está disposta a sair da sombra da irmã superprotetora e descobrir o amor.

A IRMÃ DA PÉROLA

Ceci D'Aplièse sempre se sentiu um peixe fora d'água. Após a morte do pai adotivo e o distanciamento de sua adorada irmã Estrela, ela de repente se percebe mais sozinha do que nunca. Depois de abandonar a faculdade, decide deixar sua vida sem sentido em Londres e desvendar o mistério por trás de suas origens. As únicas pistas que tem são uma fotografia em preto e branco e o nome de uma das primeiras exploradoras da Austrália, que viveu no país mais de um século antes.

A caminho de Sydney, Ceci faz uma parada no único local em que já se sentiu verdadeiramente em paz consigo mesma: as deslumbrantes praias de Krabi, na Tailândia. Lá, em meio aos mochileiros e aos festejos de fim de ano, conhece o misterioso Ace, um homem tão solitário quanto ela e o primeiro de muitos novos amigos que irão ajudá-la em sua jornada.

Ao chegar às escaldantes planícies australianas, algo dentro de Ceci responde à energia do local. À medida que chega mais perto de descobrir a verdade sobre seus antepassados, ela começa a perceber que afinal talvez seja possível encontrar nesse continente desconhecido aquilo que sempre procurou sem sucesso: a sensação de pertencer a algum lugar.

A IRMÃ DA LUA

Após a morte de Pa Salt, seu misterioso pai adotivo, Tiggy D'Aplièse resolve seguir os próprios instintos e fixar residência nas Terras Altas escocesas. Lá, ela tem o emprego que ama, cuidando de animais selvagens na vasta e isolada Propriedade Kinnaird.

No novo lar, Tiggy conhece Chilly, um cigano que altera totalmente seu destino. O homem conta que ela possui um sexto sentido ancestral e que, segundo uma profecia, ele a levaria até suas origens em Granada, na Espanha.

À sombra da magnífica Alhambra, Tiggy descobre sua conexão com a lendária comunidade cigana de Sacromonte e com La Candela, a maior dançarina de flamenco da sua geração. Seguindo a complexa trilha do passado, ela logo precisará usar seu novo talento e discernir que rumo tomar na vida.

A IRMÃ DO SOL

Electra D'Aplièse parece ter a vida perfeita: uma carreira de sucesso como modelo, uma beleza inegável e uma vida amorosa agitada com homens bonitos e influentes.

No entanto, longe dos holofotes, Electra está desmoronando. Com a morte do pai adotivo, Pa Salt, e o recente término de um relacionamento, ela afunda em seus vícios, incapaz de pedir ajuda à família e aos amigos.

É nesse momento conturbado que Electra recebe uma carta inesperada. Uma mulher chamada Stella Jackson afirma ser sua avó... e ela tem uma longa história para contar.

É assim que Electra mergulha numa saga emocionante que envolve as turbulências da guerra, a militância por direitos civis e um amor que ultrapassa barreiras sociais. Todo o seu passado se revela para ajudá-la a entender o presente e, quem sabe, mudar seu futuro.

A IRMÃ DESAPARECIDA

Cada uma das seis irmãs D'Aplièse seguiu uma jornada incrível para descobrir sua ascendência, mas elas ainda têm uma pergunta sem resposta: quem é e onde está a sétima irmã?

Elas têm só duas pistas: o endereço de um vinhedo e o desenho de um anel incomum, com esmeraldas dispostas em forma de estrela. A busca pela irmã desaparecida vai levá-las numa viagem pelo mundo – Nova Zelândia, Canadá, Inglaterra, França e Irlanda –, unindo-as em sua missão de finalmente completar a família.

Nessa saga, as seis vão desenterrar uma história de amor, força e sacrifício que começou quase cem anos atrás, quando outra corajosa jovem arriscou tudo para mudar o mundo ao seu redor.

ATLAS

1928, Paris

Um menino é encontrado à beira da morte e acolhido por uma bondosa família. Gentil, precoce e talentoso, ele se adapta muito bem ao novo lar, e a família lhe proporciona uma vida com a qual ele jamais havia sonhado. Entretanto, ele se recusa a dizer uma única palavra sobre sua verdadeira identidade.

Ao se tornar um rapaz, descobrindo o amor e estudando no prestigiado Conservatório de Paris, ele quase consegue esquecer os horrores de seu passado e a promessa que fez. Mas, na Europa da década de 1930, um mal vem crescendo e se alastrando, e ninguém mais está a salvo. Em seu íntimo, ele sabe que precisará fugir novamente.

2008, mar Egeu

As sete irmãs estão reunidas, pela primeira vez, a bordo do *Titã* para dar um último adeus ao enigmático pai que tanto amavam.

Para surpresa geral, Pa Salt havia escolhido justo a irmã desaparecida para receber as pistas sobre o passado de todas elas. Mas, para cada verdade revelada, surge uma nova pergunta. As irmãs precisarão enfrentar a ideia de que seu pai adorado era alguém que elas mal conheciam. E, ainda mais chocante, que os segredos de seu passado ameaçam trazer consequências para o presente.

CONHEÇA OS LIVROS DE LUCINDA RILEY

A garota italiana
A árvore dos anjos
O segredo de Helena
A casa das orquídeas
A carta secreta
A garota do penhasco
A sala das borboletas
A rosa da meia-noite
Morte no internato
A luz através da janela
Beleza oculta

Série As Sete Irmãs

As Sete Irmãs
A irmã da tempestade
A irmã da sombra
A irmã da pérola
A irmã da lua
A irmã do sol
A irmã desaparecida
Atlas

Para saber mais sobre os títulos e autores da Editora Arqueiro,
visite o nosso site e siga as nossas redes sociais.
Além de informações sobre os próximos lançamentos,
você terá acesso a conteúdos exclusivos
e poderá participar de promoções e sorteios.

editoraarqueiro.com.br